Bedwelmd

Lulu Wang

Bedwelmd

2004 – De Boekerij – Amsterdam

NOOT VAN DE SCHRIJFSTER

De in dit boek ten tonele gebrachte personages en gebeurtenissen zijn,
op enkele na, louter fictief.

De vertaling van de geciteerde Chinese poëzie is van mijn hand.

De *j* van Jelai wordt op dezelfde manier uitgesproken als de *j* van Jan.

De hoofdstad van de Volksrepubliek China wordt tegenwoordig aange-
duid als Beijing, echter voor bestaande termen zoals 'de Universiteit
van Peking' en 'de Peking Opera' heb ik de oude spelling gehanteerd.

Lulu Wang
Den Haag, september 2004

Omslagontwerp: MarliesVisser.nl
Omslagfoto: E.O. Hoppé/Corbis/TCS
Foto auteur: Reinoud Klazes
Kalligrafie: Fuzeng Wang

ISBN 90-225-3912-1 (geb.)
ISBN 90-225-3989-x (pb)

Voor Will en Margriet

Mist
van
geuren

Een

CHRIS

Al tien jaar woon en werk ik in China. Intussen ben ik getrouwd met Jelai en samen hebben we drie kanjers van kinderen. Volgens mijn moeder lach ik vandaag de dag te pas en te onpas, net een Chinees. Persoonlijk vind ik mezelf Haagser dan mijn broer, wiens avontuurlijkste reis naar Tenerife was. Mijn vader vraagt me wel eens wat het is dat mij in Beijing doet blijven steken. Ik zeg dan: de luxe waarin mijn gezin zich wentelt. Hier kan mijn zus, een yup met een grachtenpand, hartje Amsterdam, van haar leven niet aan tippen. Nu serieus. Wat mij hier het meest aantrekt is ook waar ik het meest van gruwel: alles wat ogenschijnlijk eenvoudig is, kan zich ontpoppen tot een totale verschrikking of verrassing. Als ik mij er niet door van mijn stuk laat brengen, liggen de kansen voor het oprapen. Dit geldt niet alleen voor ondernemerschap. Neem nou mijn vrouw. Als ik haar vraag waar ik mijn sokken kan vinden, komt ze met een geschiedenisverhaal. In mijn nuchtere Hollandse ogen is dat op zijn minst ongebruikelijk, maar, als ik er goed naar luister, verandert dat geklets in het antwoord waar ik op heb zitten wachten. Vanaf de dag dat ik haar leerde kennen, tien jaar geleden, is onze relatie in de ban van de sprookjes die ze tussen neus en lippen door vertelt. Achteraf gezien heeft elk ervan voor de nodige mazzel of ellende gezorgd. Als ik toen had geweten dat het geen prietpraatjes waren, maar voorlopers van een zegen of vloek, zou ik beter bij de les zijn gebleven...

Het moment dat ik mijn eerste stap zet in de slurf, richting aankomsthal van de luchthaven van Beijing, waan ik me in een sauna. Ik zweet me een ongeluk. Spijt heb ik, als haren op mijn hoofd, dat ik in mijn enthousiasme heb besloten in één moeite door te treinen naar Qingdao. Een nachtje slapen in een hoofdstedelijk hotel – voorstel van mijn collega Verboon – bleek een geslaagder idee. Nu kan ik een heerlijke douche voordat ik me aan de lange treinreis – twaalf uur – waag wel op mijn buik schrijven. Tijdens de eindeloze gang naar de douanecontrole geef ik mijn ogen flink de kost. In Den Haag, waar ik ben geboren en getogen, zou het bij niemand opkomen mij te vragen: 'En, is het koud daarboven?', maar hier ben ik een lantaarnpaal. Als ik me wil oriënteren, is het een voordeel – een overzicht krijgen van dit hele gebouw is zo gepiept. Een kwestie van één oogopslag. Waar ik ook kijk, overal zie ik op schouderhoogte zwartharige, geelhuidige minimensjes. Die geen druppel zweten en mij met dribbelpasjes voorbijstreven. Behangen, links, rechts en overdwars, met zakken en tassen, net versierde kerstbomen. Zelfs nu ik me op Chinese bodem begeef, geloof ik nog steeds niet dat het waar is. Pas drie maanden geleden ben ik afgestudeerd, hoofdvak economie, bijvak Chinees, Universiteit Leiden. En amper een week later werd ik uitgenodigd voor een sollicitatiegesprek in Groningen. Afgenomen door de eigenaar van een textielfabriek, de heer Kraan. Tien dagen later vond het vervolggesprek plaats, waarna mij een jaarcontract werd aangeboden. Ik had nauwelijks drie weken meegelopen op de afdeling im- en export, of ik werd hiernaartoe gestuurd. Dit is mijn eerste opdracht. Bemiddelen in een geschil tussen Eric Verboon en Fugui Zhang. Beiden directeur van een joint venture in Qingdao, waar Kraan veertig procent aandelen in heeft. Deze firma maakt confectiekleding naar de modellen die Kraan aanlevert en vervolgens in Europa, met name in de Benelux, afzet. Verboon vertegenwoordigt het belang van de Nederlandse partner en Zhang dat van de Chinese. Volgens Verboon probeert Zhang onder de winstdeling van vorig jaar uit te komen. Zhang wil dat geld gebruiken om het productievermogen te verdubbelen, terwijl de markt voor confectie momenteel verzadigd is. De leverancier van de naaimachines en andere apparatuur die Zhang wil bestellen is een volle neef van zijn vrouw. Verboon beticht Zhang van het doorsluizen van bedrijfskapitaal naar zijn familie en Zhang beschuldigt op zijn beurt Verboon van kortetermijndenken. Mijn taak is ervoor te zorgen dat Kraan zijn geld ziet. Het hoe moet ik zelf uitzoeken. Om zijn vertrouwen in mij, een volstrekt groentje, niet te beschamen, wilde ik regelrecht afreizen naar Qingdao. Hoe eerder ik het probleem oplos, hoe beter.

'Chris, hier!' Een roodharige slungel steekt zijn arm omhoog. Onder zijn oksel staan drommen Chinezen te zwaaien en te springen. Het is een verademing iemand in de ogen te kunnen kijken, zonder te bukken, bedoel ik.

'Dat was een makkie.' Hij pakt de koffer uit mijn hand, ondanks mijn 'Het hoeft écht niet!', draait zich om en knipoogt. 'Jou pluk ik nog uit een hooiberg.'

Ik hijg en benijd hem om zijn kurkdroge t-shirt – heeft hij wel zweetklieren? Nieuwsgierig vraag ik: 'Hoezo?'

12

'Wie draagt hier nou een overhemd en een stropdas? Zelfs de *shengzhang*, zeg maar de commissaris van de koningin, van de provincie Shangdong bijvoorbeeld, draagt een poloshirt als hij een internationaal verdrag moet tekenen.'

Ik maak mijn bovenste knoopje los: 'Inderdaad niet te harden. Zou me niets verbazen als we straks door een regenbui worden overvallen.'

Eric staart mij aan met koeienogen – een ware attractie tussen de spleetjes hier!

'Kijk hoe bewolkt het is,' wijs ik naar de lucht.

Hij rekt zijn hals en kraait – is dit zijn manier van lachen? 'Chris, wat je ziet is het werk van uitlaatgassen en half verbrande steenkool. Welkom in de wereld van smog.'

'Dit is dus het Plein van de Hemelse Vrede.'

Ik volg Erics vinger en zie alleen een zwarte zee van Chinese hoofden: 'Wat wordt er gevierd?'

'Wat denk je?'

Ik houd mijn mond. Stel je voor dat ik de plank missla met mijn antwoord.

'Een doodgewone dag, Chris.' De rossige vacht op Erics blote arm, waarmee hij het dak van de taxi op zijn plaats houdt, gaat liggen en staat weer op. Afhankelijk van de windrichting die langs onze wagen scheert. Het gerinkel van fietsbellen en getoeter van automobilisten stroomt via het open raam naar mij toe.

'Wat vind je van deze straat?'

'Breed.' Aan deze constatering mankeert tenminste niets.

'Mis. Je moet zeggen: "Lang."'

Ik begin een hekel te krijgen aan die betweter.

'Weet je hoe lang?'

'Zolang is zijn broer.'

'Geen flauwekul, Chris: vijftig kilometer.'

De achterbank waarop ik zit verandert in een speldenkussen. Nog nooit heb ik me zo groot gevoeld als hier – met al die Chineesjes, maar ook nergens zo klein – dit is pas majestueus.

Vanaf de straat voor Beijing Centraal tot aan de loketten in de hal staan rijen bagage. Daarop leunen, liggen en hurken mannen en vrouwen, oudjes en kinderen die, bij nader inzien, blijken te slapen. Ongeacht de onmogelijke houdingen die ze tussen hun zakken en tassen hebben aangenomen. Ze snurken gewoon door. Oefening baart kunst, zou je zeggen.

13

'Kijk, dat bedoel ik.' Eric wijst naar de massa wachtenden. 'Toen je mij eergisteren belde vanuit Groningen, wilde je niet hebben dat ik naar Beijing zou komen om je op te halen. Acht jij jezelf in staat om, net als zij, hier de nacht door te brengen voor een kaartje?'

Ik zwijg en volg hem. Nu al verheug ik me op de dag dat ik hem een poepje kan laten ruiken. Had je moeten horen hoe hij 'centraal' in het Chinees zei tegen die taxichauffeur. Als je dat Swahili noemt, zou niemand raar opkijken. Hij spreekt de taal weliswaar vloeiend – dat mag ook wel, volgens Kraan is dit al het derde jaar dat hij in China zit –, maar met een onmiskenbare Friese tongval. Mooi is anders.

Hij elleboogt zich een weg naar het enige loket waar geen kip voor staat. *Alleen voor internationale vrienden* luidt de tweetalige tekst – Engels en Chinees – op het bord erboven. Hij verdeelt zijn bankbiljetten in twee gelijke stapels. De ene schuift hij de kaartverkoopster stiekem toe en de andere legt hij met een weids gebaar op de balie. De vrouw werpt Eric een samenzweerderige blik toe, waarna ze op haar vinger spuugt. Luid en duidelijk telt ze het officiële bedrag uit voor het openbaar vervoer.

Eenmaal geïnstalleerd in onze coupé steekt Eric een sigaret op – vragen of ik daar bezwaar tegen heb doet hij niet. Een vrouwtje in uniform sleurt een ketel naar binnen die even groot is als zij en twee keer ronder.

'Ahá,' Eric graait meteen in zijn tas. Een jampotje in een hoesje van gebreide plastic draden wordt eruit gevist. De conductrice richt van meters ver de tuit van de ketel op Erics hand. In de lucht ontstaat een boog stomend water, die keurig eindigt in zijn 'beker'. Hij schuift het ding mijn kant op: 'Jij hebt natuurlijk niets te vullen. Weet je wat, wij drinken dit samen.'

Ik lik mijn droge lippen af en bedank hem voor de eer.

Hij kraait weer hartelijk: 'Niet om het een of ander, maar als ik jou was, zou ik mij neerleggen bij de gewoonten van dit land. Met een beschaving van vijfduizend jaar mag je aannemen dat ze weten wat ze doen.'

Het water in zijn jampot wordt zienderogen geler. Eric biedt het mij nogmaals aan.

Moet je die groeven om dat drinkding zien, bruin van de thee-aanslag. De moed zakt mij in de schoenen.

Eric slurpt zijn vocht op en komt terzake. In de paar minuten voordat de trein zich gereed puft, is het hem gelukt de problematiek rondom de joint venture, zijns inziens, in kaart te brengen.

Eric kijkt mij hoofdschuddend aan terwijl ik de hele coupé op zijn kop zet.

'Dat heb ik vaak genoeg geprobeerd, maar de Peking Opera wordt centraal uitgezonden. Je kunt hem niet uitzetten.'

'Word jij niet gestoord van dat kattengejank?'

Hij leunt achterover: 'Ik heb mezelf getraind van dat gemiauw te genieten. Al is dat geen succes te noemen, zuur maakt het mijn leven niet meer.'

Ik tuur naar buiten, in de hoop mij te onttrekken aan het gezaag uit de luidsprekers. De Gele Rivier kolkt, woelt de aarde om en sleept hem met zich mee. Het is eerder een grenzeloze lava van modder dan een horizon van water. Hij gromt en dat voel ik tot in mijn botten.

Gewend aan groene weiden met bonte koeien en vuilwitte schapen, doen mijn ogen pijn door de blote velden die voorbijrazen. Zwarte varkens en gevlekte kippen kuieren op de bruine oppervlakten en wroeten in vuilnishopen.

Eric wijst naar buiten: 'Berg Tai.'

Immense rotspartijen met in de spleten gekromde dennenbomen torenen in de lucht. Aan de top kun je de sterren aanraken, dwaal ik af. Ik schud mijn brein op scherp: sinds wanneer ben ik poëtisch?

Het valse gezang wordt gevolgd door iets wat doet vermoeden dat het om een marslied gaat. Er wordt door de muziek heen gepraat. Qingdao Centraal wordt aangekondigd. Eric drinkt zijn beker leeg en stopt hem in de tas. Ik rits mijn koffer dicht en kijk uit het raam. Om de paar meter staan jonge meisjes in uniform te salueren. Een man met een rode vlag in de hand is, aan zijn opgebolde wangen te zien, aan het fluiten. Wij hebben onze voeten amper op het perron gezet of een horde mannetjes valt ons aan. Ze pakken ons de koffer uit de hand en sleuren ons naar hun riksja's. Ik verzet me, maar Eric gebaart mij dat te laten. Voordat ik het weet, ligt de troep met elkaar in de clinch. Iedereen wil ons als klant claimen en dat wordt vechten. Terwijl ze in hun handpalm spugen en schuttingtaal uitslaan, wordt de knokpartij op temperatuur gebracht. Eric stoot mij aan, wij pakken onze biezen en smeren 'm. In de taxi zie ik een riksjamannetje dat een blanke dame heeft gestrikt. Zijn spillebenen zijn dunner dan haar polsen, maar hij zigzagt pijlsnel door de mensenhaag, zonder een zweetdruppel in zijn nek. Zij daarentegen stoomt als een locomotief en wappert met een waaier die ze zeker van een straatventer heeft gekocht. Met kalligrafie aan de ene kant en platborstig Chinees schoon aan de andere.

Voor de ingang van het hotel geeft Eric mijn bagage aan een bediende: 'Mijn taak zit erop. Ik wil je onafhankelijke onderzoek niet beïnvloeden. Vanaf nu ben je alleen op de wereld.'

Ik wil iets zeggen, maar houd mij in.

Hij wordt opeens persoonlijk: 'Het zal je heus meevallen. Toen ik hier voor het eerst kwam…'

'Ik red me wel.'

'Hoor je mij zeggen van niet? Kha…' Hij kraait voor de derde keer, alleen ditmaal kort.

De iele bediende sjouwt in rappe pas mijn loodzware bagage naar de lift. Ik blijf bij de ingang plakken: 'Eric,' – de eerste keer dat ik hem bij zijn naam noem – 'mijn planning is als volgt: binnen drie dagen met Zhang onderhandeld én binnen een week de winstdeling afgerond hebben. Zodra dit voor elkaar is en voordat ik naar Anhui vertrek voor een marktonderzoek – onze baas wil daar ook een joint venture opzetten – gaan we erop uit. Naar Berg Tai, misschien?'

Hij antwoordt, met zijn ogen gericht op de ventweg: 'We zien wel.'

Ik draaf, met doucheschuim in mijn voetsporen, naar de telefoon. Da's snel, denk ik bij mezelf. In zangerig Engels stelt een zekere Liu zich voor. Hij is de tolk van Zhang en nodigt mij namens zijn baas uit voor een diner.

'Wanneer?'

'Wij wachten al in de hal.'

Zo efficiënt hoeft nou ook weer niet.

Zhang kan zo model staan voor de Lachende Boeddha. Hij waggelt zijn blubberbuik achterna. Van verre roept hij al: '*Ni-hao, ni-hao!*'

Ik buig zoals het een Chinees betaamt: 'Aangenaam kennis met u te maken.'

Zijn brede grijns bevriest nu hij mij van dichtbij ziet. Mijn kennis van de Chinese cultuur is niet groot maar net genoeg om te weten wat voor de ommezwaai in zijn houding heeft gezorgd. Hij voelt zich door Kraan voor schut gezet, omdat het gezicht van de bemiddelaar, ik dus, niet voorzien is van voldoende jaarringen. Alsof er niets aan de hand is, open ik mijn attachékoffer en overhandig hem gewichtig de agendapunten van onze eerste vergadering. Hij trekt parkinsonisch met zijn hoofd, waarop een jongere man naar voren stapt en het document in ontvangst neemt. Voorzichtig informeer ik wanneer en waar onze bespreking zal plaatsvinden. Zhangs antwoord bestaat uit een serie 'Ah... 's en een boel luidruchtige jovialiteit. Ik heb erop gelet: zijn gezichtshuid lacht, maar de spieren eronder doen niet mee. Die jongere kerel, Song – zijn secretaris blijkbaar – leidt ons roef roef naar een Chinese versie van Volkswagen.

Onderweg vertelt Zhang mij via Liu (het oogt deftig via een tolk te praten, terwijl ik de directeur keurig in het Chinees te woord sta) dat Qingdao een historische band heeft met Nederland. Hiermee doelt hij op de villa's in de duinen uit de koloniale tijd, van Duitse makelij. Ik wil eigenlijk opmerken dat Duitsers en Nederlanders niet bepaald dikke vrienden zijn, zoiets als Chinezen en Japanners. Maar mijn gesprekspartner beledigen door hem de les te lezen, kan ik mij in dit stadium van onze onderhandelingen niet permitteren.

Voor de ingang van het, volgens Zhang, chicste restaurant in Qingdao, posten twee jongedames in Shanghai-dress. Schuin over hun schouders dragen ze een geel lint met knalrode karakters:

Wij omarmen u in oprechte vriendschap
en schotelen u hemelse gerechten voor
tegen een prijs die ons naar de bliksem helpt.

We doorcrossen drie prachtzalen en worden opgesloten in een kamertje. Dat moet doorgaan voor een vip-room. Bekleed met nepgoud en beplant met zijden bamboes. In elke hoek bevinden zich meisjes met geborduurde schoentjes aan. Ze snellen toe om onze stoelen aan te schuiven. Beleefd wacht ik tot de gastheer mij een zitplaats aanwijst, maar daar heeft hij voorlopig geen tijd voor. Hij duwt het viertal mannen – de tolk, de secretaris en nog twee met onbekende identiteit – dat meegekomen is in de stoelen en zij op hun beurt hem. Ze veren acuut omhoog, alsof ze op een hete pan moeten plaatsnemen. Hun kaken worden vierkant van de inspanning – de spierballen worden aangesproken. Ze grijpen elkaar bij de schouders en drukken deze opnieuw omlaag. Onderwijl schudden ze hun hoofd en stoten klanken uit in plaats van woorden. Hun wangen lopen deels rood en deels wit aan; de wenkbrauwen worden tot midden in het gezicht gefronst. Ik sta versteld en pleeg spoedoverleg met mezelf: zal ik ingrijpen? De meisjes die de leuningen van de stoelen vasthouden, glimlachen de zooi toe en wachten geduldig af tot dit... Nu valt het kwartje: er is een ritueel aan de gang. Ik herinner me dat de moeder van een Surinaams-Chinese schoolvriend van mij ook zo maf deed op zijn veertiende verjaardag. Ze sprong telkens van de stoel die haar werd aangeboden en 'verkoos' een kruk ver van het hoofd van de tafel. Als vrouw van de jongste broer diende ze de belangrijkere zitplaatsen aan haar schoonzusters af te staan. Dat haar man de meest geslaagde zakenman van de jongens was, met twee restaurants, een toko en een kapsalon, plus dat alle familiefeestjes door hem werden gefinancierd, nam niet weg dat ze evengoed op haar hoede moest zijn. Na vijf volle minuten leggen de heren zich bij de uitslag van de 'krachtmeting' neer. Eenmaal aan tafel draai ik om mijn as: had ik ook niet een paar gaten in de tafelschikking moeten schieten?

Er wordt een pauw opgediend.

De nepivoren eetstokjes glijden steeds uit mijn greep, maar dat is, achteraf gezien, geen slechte move.

Iedereen sluist zijn mondwater terug en gaapt van de vogel naar hun leider. Uitgebreid neemt Zhang de tijd om aan de sterke drank te nippen alvorens hij de uitspraak doet: 'Tast toe!' Nu pas durft het gezelschap het pronkzieke beest te ontleden. De veren blijken van selderij en *duizendjarige eieren* te zijn gemaakt; de romp is van roze garnalen op een bedje van alfalfa; de ogen zijn twee olijven en de snavel is een in die vorm gesneden winterpeen. Nu snap ik waarom hier twaalf serveersters op onze vingers kijken. In ijltempo doorkruisen ze de ruimte, als een dozijn veertjes zo licht. Met een tussenpoos van hoogstens twee minuten verwennen ze ons met de ene delicatesse na de andere, waarvan de bouwstoffen onherkenbaar verminkt zijn.

'U zit rijst met rijst te eten!' Zhang bouwt mijn kommetje dicht met wat hij vindt dat mij zal smaken. Mijn 'Ik heb genoeg gehad!' werkt om een duistere reden als aanmoediging mij nog voller te proppen. Hij kantelt opnieuw parkinsonisch zijn hoofd en de meisjes reageren door vuurwater in mijn glas te gieten. *Maotai* heet dat goedje. Vijfenzestig procent alcohol. Per fles het maandsalaris van een fabrieksarbeider, aldus de directeur. Deze keer zég ik niet meer 'Ik heb genoeg!'– ik beeld het uit. Ik zet het glas op zijn kop, maar de meisjes krijgen de instructie het weer om te keren. Ik bedek het met beide handen; de meisjes kijken Zhang aan en beginnen vervolgens mijn vingers van het glas af te peuteren. Eigenlijk zou mijn volgende zet moeten zijn erbovenop te gaan zitten, maar ik heb me bedacht. De vingers van de meisjes die mij het drinkgerei proberen af te pakken voelen glad als zeep en kietelen mij als de snorharen van een poes. Wat dat betreft mogen ze de hele avond naar mijn glas graaien…

Zhang fluistert in Liu's oren, die meteen giert van het lachen. 'Meneer Chris,' tolkt hij, 'hier in China mag de gast de wijn die hem wordt aangeboden niet afslaan, anders zwaait er wat.'

Ik ben op slag nuchter.

Pret doet Liu's spleetjes fonkelen: 'Directeur vraagt mij u geen sprookje, maar een waar gebeurd verhaal te vertellen.'

Ik spits mijn oren.

'Ruim zeventienhonderd jaar geleden leefde er een man die Shi Chong heette. Als hoofd van de provincie Jingzhou stuurde hij zijn leger af op elke boot of caravan die koopwaar vervoerde. Zo werd hij schatrijk. Hij bezat duizenden landerijen, paarden, bedienden, varkens en actrices. Hoge pieten van heinde en verre kwamen bij hem brassen, drinken en van de fijnste zang en dans genieten. Shi beroemde zich op zijn exquise collectie kunstenaressen. Onweerstaanbaar waren ze. Als ze iemand wilden overhalen zich te bezatten, werd hij gehied op een brancard thuisbezorgd. Toen een van zijn gasten er niet koud of warm van werd, kondigde Shi een wedstrijd aan. Hield een actrice haar doelwit niet aan het zuipen, dan werd ze voor de ogen van haar winnaar onthoofd. Dus liet iedereen zich gedwee lazarus voeren, behalve een generaal. Hij sloeg drie glazen alcohol af en de drie bijbehorende actrices werden ter ere van zijn stalen zenuwen een kopje kleiner gemaakt.'

'Hahahaaa!' laat de dubbelganger van de Lachende Boeddha van zich horen.

Twee meisjes dienen een joekel van een schaal op – een rode karper onder een sissende zoetzure saus.

Zhang wendt zich tot mij: 'Alleen in een havenstad als Qingdao kan men zo'n visgerecht proeven. Verser kan niet.' Hij knikt tegen Song, die het bord ronddraait. Net zo lang totdat de karper mij in de ogen kijkt. Nu zie ik wat Zhang bedoelt. Het beest hapt, met zijn bek wijdopen, naar lucht en zwaait wanhopig met zijn krokant gebakken staart.

Ik kijk weg, naar de kalligrafierol aan de muur.

In een mum van tijd is er alleen maar een graat van de karper over.

Zorgvuldig verwoord ik mijn vraag: 'Meneer Zhang, u bekleedt deze functie pas sinds april, maar ik heb mij laten vertellen dat u al prestaties hebt neergezet die...'

'Hahahaaa!'

Ik zie zijn amandelen hoogfrequent schudden, maar ik laat me niet van de wijs brengen: 'Hebt u deze benoeming te danken aan uw rijke werkervaring of louter aan uw vakopleiding?'

Zijn kaken hangen halfgeopend in de lucht.

Liu heft het glas: 'Ik ben nog niet klaar met mijn verhaal over de rijkaard Shi Chong. Ondanks zijn bloeddorst liepen de actrices met hem weg. Een van hen heette Groene Parel...'

'Meneer de directeur,' ik doe een nieuwe poging.

Het glanzende gezicht van Zhang gaat uit als een gloeilamp. Zijn blik wordt donker en vol venijn.

Ik maak mijn borst nat. Zowel hij als ik weet waar het om gaat. Hij was een gepensioneerde piloot en als wederdienst van de staat kreeg hij deze functie cadeau. Sinds zijn benoeming zoekt hij allerlei wegen om de jaarlijkse winstdeling te omzeilen, aldus Kraan.

'Hahahaaa!' Zhang laat opnieuw zijn amandelen zien: 'Opleiding? De Grote Roerganger zegt: *De Chinese Communistische Partij is de beste leermeester.*'

De tolk steekt een vinger in de lucht: 'Directeur nam al vanaf 1941 deel aan de revolutie.'

'Mmmmmmm?!' Een van Zhangs wenkbrauwen gaat omhoog.

De stem van Song slaat over: 'Hoe kom je erbij, kameraad Liu? Directeur heeft nog meegelopen met de Lange Mars. Zijn politieke loopbaan dateert uit de jaren dertig!'

De Lachende Boeddha legt bij wijze van beloning een plakje kippenborst in Songs kommetje.

Het schemerlampje op mijn nachtkastje is aangelaten, zeker door het kamermeisje van de turn-over service. Ik maak de balans op. Weinig om over naar huis te schrijven. Zelfs wanneer de eerste vergadering gehouden zal worden, heb ik nog niet kunnen achterhalen. Hier pieker ik dus niet over. Niet omdat ik niet wil, maar omdat ik niet kan. De maotai is mij naar het hoofd gestegen...

Tringggggggg...

Op de tast grijp ik de telefoon. Heb ik moeder dit nummer gegeven? Nee, toch?

'Goedenacht.' Het stemmetje aan de andere kant van de lijn klinkt allesbehalve slaperig.

Nadat ik een geeuw heb weggewerkt, wacht ik af wat ze te vertellen heeft. Een bommelding misschien?

Een meisjesstem: 'Wilt u eh... schaken?'

'Wát? Om twee uur 's nachts?'

Tuuuuut...

Ik ben net ingedommeld of er wordt weer gebeld.

'Goedenacht.' Deze keer voert een rijpere vrouw het woord.

'Ik heb geen zin in schaken!'

'Ook niet in een potje kaarten?'

'Mahjong evenmin!' Ik leg de hoorn van de haak.

Drie dagen voorbij. Behalve twee keer daags schransen met Zhang en de zijnen heb ik niets kunnen verrichten. Niet waar. Gisteravond ben ik meegevoerd naar, je raadt het nooit, de Peking Opera. Gelukkig hadden ze voor mij een stuk uitgekozen met een hoop kungfu en weinig valse noten. Telkens als ik bij Zhang informeer wanneer wij rond de tafel kunnen zitten – niet om te eten – lacht hij uitbundig. Song begint dan meteen te lullen over een of andere mafkees in de geschiedenis.

Nog eens twee dagen voorbij.

Vanavond zondig ik tegen de spelregel – ik bel Eric. Hoe kan ik het geschil tussen hem en zijn Chinese zakenpartners objectief belichten én beslechten als Zhang en zijn satellieten weigeren mij te woord te staan?

'*Long time no see!*' Hij klinkt niet bepaald verbaasd dat ik hem benader. 'Hoe vordert je onderzoek?' Voordat ik wat kan zeggen, gaat hij verder: 'Zo werkt het nu eenmaal hier. Het is trouwens een stuk beter dan drie jaar geleden. Toen ik hier pas kwam, moest ik soms weken wachten voor ik doorhad wie de verantwoordelijke was.'

Ik spring uit mijn vel: 'Hoe moet ik dit aan Kraan verkopen? Hij mólt mij!'

'Dat heb je mis. Vraag 't hem en zijn adjunct. Hoe zij vier jaar geleden de joint venture met Zhangs voorganger op poten hebben gezet. Zijn rechterhand was nog geen veertig, maar kreeg het aan zijn hart van het getouwtrek en de gevoerde zenuwoorlogen.'

'Waarom ging Kraan in godsnaam met zo'n staatsbedrijf in zee?'

'Hier is hij per jas een kwartje aan arbeidsloon kwijt, een fractie van wat hij in Oost-Europa betaalt. Exclusief de sociale premies en ziektekostenverzekering waar men geen weet van heeft. Als een arbeider ziek is, wordt hij met bed en al op straat gezet. Er wachten honderden aan het hek om hem te vervangen, vaak tegen een nog lager loon.'

'Als de PvdA hier lucht van krijgt...'

'Ben je mal! Als het om goedkope arbeidskrachten gaat, willen ze wel een krat water bij de wijn doen. Nu over jou. Wat kan ik voor je betekenen?'

'Daar hangt mijn toekomst van af!'
'Ben je niet bang dat ik je onafhankelijke onderzoek beïnvloed?'
'Houd toch op, Eric! Al moet ik je smeergeld betalen...'
'Doe dan maar kattenpis.'
We spreken af dat ik hem op een avondje Qingdao bier trakteer.

Ik heb de lobby van het duurste hotel in Qingdao uitgekamd, maar Eric is nergens te bekennen. Wel een groep meisjes... wacht eens even, ik hoef niet eens op mijn tenen te gaan staan om over de porseleinen popjes heen te kijken en bingo! – daar zit het middelpunt van hun belangstelling. Met zijn benen over elkaar maakt hij een ◇ met zijn vingers, waaruit hij de ene mop na de andere tapt. De jongedames schateren zich de rug krom zodra hij iets – in hun oren – grappigs heeft gezegd. En dat met zijn Chinees à la Fries.
'Hi, Chris. Dames, ik moet ervandoor, helaas.'
'Oooo!' Ze tuiten hun lippen.
'Tja, "zaken gaan voor het meisje".'
Het was niet nodig geweest. Voordat Eric zijn kalenderwijsheid had uitgesproken, keerde de vrouwelijke helft van het hotelpersoneel kwiek terug naar hun werkplek. Beroepsmatige ernst verpest hun zachte gelaatstrekken. Eén ding staat vast. Ze zijn Eric al vergeten.
Er klopt iets niet. Ah, hij draagt een bril. 'Ik wist niet dat je bijziend was.'
'Ssst!' Hij leidt mij half duwend naar de uitgang. En wacht tot wij buiten gehoorafstand van de meisjes zijn: 'Dat ben ik ook niet, kippig, bedoel ik. Maar die jongedames hoeven dat niet te weten.'
Nu snap ik er niets meer van.
Hij knipt met zijn duim en wijsvinger en een taxi komt voorrijden. 'Chris, jij mag een atletische bouw en een frisse kop hebben, maar ik, een staketsel met een centenbak, heb meer sjans. Benieuwd waardoor?'
'Dankzij je centenbak?'
'Je bent jaloers!'
Ik kijk uit het raam. Wrakken, die regelrecht uit een autokerkhof gekropen zijn, sukkelen achter onze taxi aan. Uit hun kont een gitzwarte rookpluim. 'Eric, even voor de duidelijkheid. Niet dat ik volgende maand met Anouck wil trouwen, maar een Chinese vrouw aan de haak slaan staat niet in mijn agenda. Wat zie je in hen?'
'In de lekkere dropjes hier?'
'Ze zijn zo plat als een vliegveld, voor en achter.'
'Chris, waarom koop je rozen als ze nog in de knop zijn?'

'Platte borsten zijn geen bloemen…'

'De schoonheid van Chinese vrouwen zit tussen je oren. Je moet je voorstellingsvermogen activeren om hen te waarderen.'

Die daar moet zijn wielen laten afstellen, zeg ik bij mezelf, want het linker achterwiel is een centimeter of twee hoger dan het rechter.

'Hetzelfde geldt voor Chinese mannen. Spierbundels zijn geen verkooppunten. Een brilletje en twee spillebeentjes spreken de Chinese dames eerder aan.'

'Ze houden van kabouters,' leg ik hem uit.

'Confucius – de Chinese collega van God – zegt: *Degene die met zijn hersenen werkt regeert; degene die met zijn spieren werkt wordt geregeerd.* Door de eeuwen heen bekleden meestal bijziende – tegenwoordig gebrilde – mannen die nog geen twee emmers water kunnen dragen hoge functies. In Europa daarentegen waren het vooral gespierde militairen – ridders – die sociaal aanzien genoten. Die mandarijnen hebben hun vrouw (behalve tussen de lakens) meer te bieden dan Stallone-achtige figuren. Dus, wat denk je, Chris, zullen we afbuigen naar een brillenzaak?'

Ik werp hem een mondsnoerende blik toe, maar daar trekt hij zich niets van aan. Hij gaat door met zijn voorlichting. Over hoe ik er geleerder uit kan zien. Met één pen in de borstzak ben je een leerling; met twee, een student; met drie, een hoogleraar; en met vier, een vertegenwoordiger van een pennenfabriek.

Ondanks mijn kopzorgen barst ik in lachen uit. 'Naar je tongval te oordelen ben je een Fries.'

Hij knikt.

'Wat is er met je gebeurd? Je kletst nu meer bij elkaar dan een Limburger!'

Gevleid – hij vat dit kennelijk op als compliment – speelt hij met zijn knokige vingers piano op zijn knieën.

In Erics stamkroeg wemelt het van de Duitsers – managers of technici uitgezonden naar de Qingdao bierfabriek. De paar zomervakanties die ik als kind heb doorgebracht bij opa en oma in Eckelrade, hebben mij vloeiend Duits (vol fouten in naamvallen, maar dat mag de pret niet drukken) opgeleverd. Eric heeft al spijt dat hij mij heeft meegenomen, maar ik zit natuurlijk te glunderen. Een blonde Beierse met alles erop en eraan nestelt zich in mijn armen, maar mijn hóófd houd ik koel. Ik heb het vermoeden dat ze eerder onder invloed is van de Chinese variant van Duits bier dan onder de indruk van mijn vlotte babbel in haar moedertaal. Tussen de slokken door heeft Eric mij een gouden tip gegeven.

De volgende ochtend bel ik Zhang om precies acht uur. Ik krijg Song aan de lijn. Nee, zegt-ie, de directeur kan mij op dit moment niet te woord staan. Wanneer dan wel? Begin volgende week maak ik meer kans, aldus hem. Hoe ik erbij kom, weet ik niet, maar ik schater, nog 'hartelijker' dan het mislukte duplicaat van de Lachende Boeddha. Song probeert mee te doen, maar zijn poging eindigt in een droge hoest. Op een beduidend minder harde toon herinnert hij mij aan de enige verplichting van vandaag – de acrobatiekvoorstelling 's avonds om zeven uur. Ik denk hardop – conform Erics instructie – en herhaal voor mezelf wat Kraan mij in zijn fax – die, ssst, niet bestaat – heeft meegedeeld.

'Ikke... ik geef dit meteen aan directeur door!'

Nog geen vijf minuten later rinkelt de telefoon. Song sist astmatisch: 'De bespreking vindt vanmiddag om twee uur plaats. In uw hotel. Zaal Fluisterende Bamboe, een verdieping lager dan de uwe.'

Als ik had geweten dat het hier zo werkte, had ik eerder gelogen.

Zhang schuifelt de vergaderruimte binnen – het liefst zou hij zijn buik, die alsmaar in de weg loopt, loskoppelen. Er kan geen lach meer bij die man af. Ik wilde hem bedanken omdat hij 'zaken van staatsbelang' opzij heeft geschoven voor deze vergadering, maar ik houd mij gedeisd. Dat mijn trucje heeft gewerkt is één ding, maar hoe ik het geschil moet beslechten is een tweede. Hoogstpersoonlijk schenkt de directeur mij een beker thee in, die – jasses – naar parfum riekt. Song veegt zijn voorhoofd droog en knikt ja voordat hij heeft gehoord wat ik te zeggen heb. Zhang kantelt voor de verandering zijn hoofd en Liu komt op een drafje naar mij toe. Voorzichtig informeert de tolk of het waar is wat ik Song vanochtend luid en duidelijk heb verteld. Gisternacht heb ik twee pakjes Marlboro leeggerookt en tot het krieken van de dag naar het plafond gestaard. Ik prentte mezelf in dat eerlijkheid een ruim begrip is. Oneerlijkheid ook. Dat Kraan zogenaamd een tweede joint venture in Anhui heeft opgezet kan een logisch gevolg zijn van zijn onderhandelingen met een bedrijf aldaar. Dat verhaal over de fax van Kraan heb ik weliswaar uit mijn duim gezogen, maar last van een kwellend geweten? Niet voordat Zhang zich heeft verontschuldigd voor wat hij mij heeft geflikt.

De directeur volgt de bewegingen van mijn lippen terwijl ik voor

Liu herhaal wat er in Kraans fax staat. Als ik niet binnen achtenveertig uur met een positieve uitslag inzake Qingdao kom – ik mag Kraan desnoods uit zijn bed bellen – gaan alle orders naar Anhui, waar hij een nieuwe joint venture heeft opgezet.

'Kijk,' Zhang schuift zijn stoel nog dichter naar mij toe, 'ik ben weliswaar de directeur, maar de beslissingsbevoegdheid ligt niet bij mij.'

Dit verhaal ken ik – Eric heeft mij ervoor gewaarschuwd. Ik zwijg.

Zhang kucht: 'Zelfs als ik deze kwestie morgen zou voorleggen aan het Bureau van Industrie en Handel van de stad Qingdao, duurt het nog maanden voordat er een officieel oordeel wordt geveld. Het is nu al augustus. De winstdeling van vorig jaar moet vóór 31 december geschieden. Dat halen we nooit.'

Ik blijf zwijgen.

Song staat op en giet mijn beker leeg in een van de vier spuugbakken die de kamer rijk is. Hierna schenkt hij hem opnieuw vol met parfumwater.

Mijn zachte geduld raakt op: 'Ik heb u al drie keer gezegd dat ik geen thee, niet van deze soort, lust!'

De zaal schrikt.

Ik ook.

Zhang drukt mij op het hart dat hij vanmiddag naar het Bureau van Industrie en Handel gaat. Morgenochtend zal hij mij op de hoogte brengen van wat hij daar heeft bereikt.

Vanaf acht uur 's ochtends houd ik de wacht bij de telefoon. Ik zit hier al meer dan een week. Het enige dat ik voor elkaar heb gekregen is die belofte van Zhang. Eric voorspelde mij weinig goeds. Als hij gezien had hoe Zhang mij op het hart drukte dat ik op zijn volledige medewerking kon rekenen, zou hij anders hebben gepiept. Als dit werk binnen een paar dagen is afgerond, moet ik als de bliksem naar Anhui – een trip met Eric naar de Berg Tai zit er niet meer in. Het marktonderzoek daar lijkt me nog ingewikkelder. Gezien het tempo waarin dingen worden gedaan in Qingdao, vrees ik het ergste.

Eric dreigt nogmaals gelijk te krijgen: het is twaalf uur geweest en ik heb nog geen kik gehoord. Ik bel Zhang.

Song neemt op en klinkt verbaasd: 'O? Heeft hij u niet verteld dat hij vanochtend naar Jinan zou vertrekken? Voor een spoedvergadering?'

Ik voel het bloed in mijn schedel klotsen.

Eric reageert gelaten op de 'uitslag' van de onderhandeling. Zat hij niet veilig en wel in zijn eigen kantoor, dan had ik hem een dreun verkocht. 'Eric, dank je wel voor je gouden tip!'

Hij steekt een sigaret op. Dit kan ik horen aan de doffe 'floep' door de telefoon. '*Als je haast hebt, kun je niet van bamisoep genieten.* Een Chinees gezegde. Dit is pas de eerste stap van de krachtmeting.'

'Bij wie probeer ik de tweede uit? Zhang heeft zich verstopt in Jinan.'

'Geloof je werkelijk wat Song zei?'

'Joh!'

'Wedden dat Zhang zich binnen een halfuurtje bij je komt melden?'

'De stad Jinan is…'

'Chris, hij zit gewoon thuis – een tegenaanval te bekokstoven!'

'Hoe bedoel… Wát?!'

'Je hebt hem toch gezegd dat Kraan de orders door zou spelen naar Anhui? Dacht je dat Zhang dit zomaar zou pikken? Chinezen zijn niet vatbaar voor chantage. Sterker nog, ze bloeien ervan op. Niets kan ze doeltreffender uit de loomheid halen dan het krenken van hun trots.'

'Wat voor tegenaanval heeft hij op het oog?'

'Uhmm! Je had moeten vragen wat voor tegenmaatregel Zhang zich kan permitteren. Gezien dit mensvriendelijke politieke klimaat.'

'Oké dan, schiet op.' Het zweet druipt van mijn hand. De telefoon wordt glibberig.

'Nu kan Zhang "buitenlandse imperialisten" zoals wij niet meer bij de bajes bezorgen. Zaten we midden in de Culturele Revolutie…'

'Kom op, zeg!'

'Ik ben al bezig: ervaring heeft mij geleerd dat Zhang in het nauw politieke studiemiddagen gaat instellen en daarmee de arbeiders van hun werk houdt.'

'Het oude probleem is de wereld nog niet uit of een nieuw hangt ons boven het hoofd! Kraan zal mij door de vleesmangel halen als Zhang de bestelling, door mijn toedoen, niet tijdig naar Rotterdam verscheept.'

'Juist, als Kraan niet op tijd levert, kan hij nieuwe opdrachten van de Europese markt vergeten. Dan kan hij de orders die hij niet heeft rustig naar een andere joint venture doorschuiven.'

'Zhang lijdt ook schade als Kraan zijn opdrachtgevers kwijtraakt.'

'Chris, het zal hem een worst wezen of zijn staatsbedrijf een stuiver verdient of een miljoen verliest.'

'Ik sta dus mat.'

'Dat had Zhang gedacht. Tijd voor scenario twee.'

'En dat is?'

'Tweeduizend jaar geleden leefde er een lamme strateeg die Sunzi heette.'

Dit gebeurt mij nooit, maar ik hyperventileer. Zodra er weer adem voorradig is, brul ik het uit: 'Begin je nu ook à la Zhang en de zijnen? Met je sprookjes of geschiedenisverhalen?'

Naar het geluid te oordelen blaast hij een paar rookkringen in de lucht: 'Die Sunzi heeft een onsterfelijk boek geschreven: *Zesendertig trucjes om je vijanden te verslaan*. Zijn werk is in één zin samen te vatten: om een strijd te winnen, moet je de oplossing buiten het spel zoeken.'

Ik ga ervoor zitten.

'Je raakt Zhang niet door hem te waarschuwen dat zijn bedrijf het onderspit delft.'

'Waarom liet je mij dan lullen over de zogenaamde fax van Kraan?'

'Als scenario één was aangeslagen, zou het doen van een fikse investering ons bespaard zijn gebleven.'

'Investering? Waarin?'

'Als je Sunzi's theorie zou doortrekken, krijg je: om je tegenstander onschadelijk te maken, moet je bij zijn dierbaren beginnen.'

'Je wilt toch niet zeggen dat ik zijn vrouw of kinderen moet ontvoeren?'

Eric verslikt zich in de rook: 'Al sla ik in principe geen aanbod van mooie jongedames af – bij gebrek aan liefde neem ik genoegen met seks – maar een crimineel ben ik niet. Integendeel, ik ben er heilig van overtuigd dat ik oprechter ben dan vele van mijn gereformeerde landgenoten. Die elke avond thuiskomen en stipt om zes uur met hun gezin aardappelen en spruitjes naar binnen werken.'

'Dit onderwerp gooien we later wel in de groep.'

'Jíj begon ermee! Scenario twee luidt: pak Zhang bij zijn ballen.'

'Waar hangen die in zijn geval?'

'Bij zijn jongste dochter.'

'Je zet mij toch niet aan tot aanranding?'

'Daar gaat-ie weer. Chris, open je laptop, nu. Maak een berekening van de kosten voor Kraan als hij Zhangs dochter laat overkomen. Voor een MBA-opleiding aan een hogeschool in Eindhoven. Daar zijn de Chinezen wild op. Zet dat af tegen de baten voor Kraan als Zhang overgaat tot winstdeling. Presenteer dit plaatje aan Kraan en vraag hem binnen vierentwintig uur zijn besluit door te seinen. Bel nu Song en zeg hem dat je Zhang onmiddellijk wilt spreken, in je kamer én persoonlijk. Zinspeel op de toekomst van dochterlief.'

Twee dagen later wordt er bij me op de deur geklopt. Een regenton zit klem in de deuropening, met achter haar een jongere uitvoering van... Ahá, Zhangs familie komt op bezoek. Zogenaamd studeert het flinke (fysiek, voornamelijk) meisje internationale handel, maar meer dan anderhalf woord over de Chinese grens spreekt ze niet. 'Good morning' en 'Bye-bye'. Ik maak me zorgen. Hoe moet ze de Engelstalige lessen aan de hogeschool volgen? Maar algauw wuif ik deze gedachte weg. Gezien haar vaders staat van dienst, kan ik weinig medeleven voor haar opbrengen.

Het meiske legt een plastic netje op mijn salontafel, vist er een appel uit en begint die te schillen.

Heb ik ze gevraagd binnen te komen en gezegd dat ik fruit lust?

'Meneer,' de moeder taxeert mij, '... jade meegeven... een woord... vier paarden... niet inhalen...'

Opeens besef ik dat de moeder in klassieke Chinese parabels praat. Daarin ben ik allesbehalve een kei, maar haar verstaan kan ik nog net. Ze zegt zoiets als: ze heeft haar dochter aan mij overhandigd. Of ik goed voor haar wil zorgen. Wat heb ik nou aan mijn fiets hangen?

Ja, zegt ze, Fangfang kent niemand in Nederland, laat staan in Eindhoven. Als ze daar eenmaal studeert, kan ik haar geregeld opzoeken en haar de nodige wegen wijzen.

Ik wil de moeder de waarheid zeggen, maar die voldoening is niet voor mij weggelegd. Mijn bemiddeling moet ervoor zorgen dat Kraans joint venture eindelijk winstgevend wordt. Als ik mevrouw Zhang de behandeling zou geven die ze verdient, kan ik fluiten naar het beoogde resultaat. Ik schud mijn hoofd en doe alsof ik haar niet kan volgen, maar ze is niet voor niets Zhangs wederhelft. Telkens als ze met haar dochter overlegt en een snood plan smeedt met betrekking tot mijn 'hulp', krab ik op mijn hoofd. Dit is voor haar genoeg bewijs dat ik haar wel degelijk snap.

Eric stoort zich niet aan mevrouw Zhangs verwachtingen. Vind je het gek? Híj hoeft niet elk weekend naar Eindhoven. En nodigt zichzelf uit voor het diner dat directeur Zhang thuis in besloten kring geeft. Die twee helpen elkaar om zich binnen de kortste keren onder tafel te drinken. Na een pot sterke thee klauteren ze opnieuw op de stoel. Om de strijd te hervatten wie het eerst onderuitgaat. Ze lachen elkaar broederlijk toe! Alsof ze samen de Lange Mars hebben gelopen. Terwijl het een publiek geheim is dat ze elkaar, zonder dipsaus, rauw lusten. Juffrouw Zhang bedekt haar mond met een kanten zakdoekje als ze per se tegen mij moet praten. Eric biedt aan haar alvast een paar Nederlandse woordjes te leren, ter voorbereiding op haar studie.

Op weg naar huis wordt het me te veel: 'Een Fries én een rokkenjager. Deze combinatie heb ik nooit eerder aangetroffen.'

'Ík ben juist het loslopend wild hier!'

'Haha!' Vals lachen gaat mij met de dag makkelijker af.

'Wil je weten waarom Zhang mij overal in het werk dwarsboomt?'

'Omdat hij door de fabrieksuitbreiding zijn familie wil spekken.'

'Dan denk je veel te zakelijk. Bij Chinezen ligt de oorzaak eerder in emoties: Zhang wil zich wreken.'

'Daar vraag je om, gezien de manier waarop je zijn dochter probeert te versieren.'

'Je hebt het mis, Chris. Drie jaar geleden, toen ik hier net aankwam, liep zijn familie mijn deur plat. De ene keer namen ze een netje appels mee en de andere keer peren. Ik bleef zeggen dat ik sinds ik zindelijk ben geen fruit lust, maar dat mocht niet baten. Tot Zhang er op een dag achter kwam dat ik de berg vruchten verdeelde onder mijn vrouwelijke fans. Toen hij dat merkte, was de lobby van mijn hotel te klein. Pas toen had ik door wat hij met mij van plan was: mij aanstellen als zijn schoonzoon. Dan kon ik zijn vette dochter meenemen naar Nederland en haar daar nog vetter mesten. Ik hapte niet toe en sindsdien kan ik geen goed meer doen. Nu zit hij in zak en as. Over een paar jaar gaat hij met pensioen. Tijdens zijn ambtstermijn moet hij een wintervoorraad hebben aangelegd voor zijn vrouw en kinderen: *Maak gebruik van je toegangsbewijs tot macht zolang het nog geldig is.*'

'Waarom zie je haar niet zitten? Ze heeft tenminste dikke tieten… zij het dat de rest van haar postuur ook niet bepaald dun te noemen is.'

'Zo hé! Wie is hier cru? Gezien het aanbod waarmee ik hier word overspoeld…'

'Eric, wat héb jij toch met vrouwen? Is één dan niet genoeg?'

'Zij zitten achter mij aan. Een beetje vrouw met ambitie wil tegenwoordig de westerse welvaart proeven. Kijk uit dat jij ook niet gestrikt wordt als opstapje naar het rijke Europa. Al zie je er weinig geleerd uit, zonder bril en zo.'

Ik sluit mijn ogen en tel de dagen totdat ik weer Hollandse spruitjes voorgeschoteld krijg.

Ik heb weken uitgekeken naar het pennen van het rapport over de onderhandelingen. Nu Zhang zijn reis naar Jinan heeft afgelast en akkoord is gegaan met de winstdeling, voel ik niet de trots die zo'n succes normaliter met zich meebrengt. De joint venture heeft misschien een paar jaar nut gehad maar achteraf gezien zitten er te veel haken en ogen aan. Gebruikmaken van goedkope Chinese arbeid kan net zo goed via uitbesteding. Zo heeft Kraan vat op zijn financiën en is hij van het gedonder af.

Tringgggggg.
'Ga met je moeder schaken!' Ik gooi de hoorn op de haak en kruip onder het hoofdkussen.
Tringgggggg.
Ik veer overeind. Ze vraagt erom! 'Als je niet ophoudt, bel ik de politie!' Wacht, zou dit zoden aan de dijk zetten? Ik druk op mijn slapen. Van Eric heb ik gehoord dat pooiers de chef van de telefooncentrale van het hotel omkopen en via hem klanten werven; het hotelmanagement smeert de hand van de politie, die 'vergeet' invallen te doen om illegale prostitutie aan te pakken. 'Neuken wil ik wel, maar jij trakteert!'
'Chris van Nuenen!'
Een gigolo! En hij spreekt Nederlands. Ik ben klaarwakker.
'Met Kraan.'
Uhh?!
'Sorry dat ik je uit bed bel.'
'Het… het geeft niet, meneer Kraan. Ik heb u toch gezegd dat u mij uit bed mag bellen? Of… was het andersom?'
Er wordt hartelijk gelachen aan de andere kant van de lijn: '… Hoe dan ook, ik ben blij je te treffen. Een tijdsverschil van zeven uur. Alleen al die factor… Nou ja. Allereerst wil ik je feliciteren met het resultaat van je bemiddeling.'
Ik doe het bedlampje aan: 'Dank u.'
'Je fax kwam net op tijd. Ik stond op het punt een intentieverklaring te tekenen met Anhui. Onze neuzen wijzen dezelfde kant op. Dat gedoe met mede-eigenaren kost meer dan dat het opbrengt. Wat mij betreft zetten we een punt achter de joint ventures.'
'Wilt u ook de bestaande opheffen?'
'Laten doodbloeden is een beter woord. Zhang kan mooie beloften doen, maar als hij vandaag of morgen wordt overgeplaatst, is alles voor niks geweest. Ondertussen zitten we mooi vast aan het studiegeld van zijn dochter in Eindhoven.'
'Die zaak is nog niet rond. Zal ik Zhang een contract laten tekenen dat als hij weggaat…'

'Ga verder.'
'… laat maar.'
'Juist.'

'Meneer Kraan, als ik had geweten dat dit addertje onder het gras zat, zou ik u een ander voorstel hebben gedaan.'

'Wat is er mis mee? Het heeft direct resultaat opgeleverd. Waar ik je voor bel, is het volgende: je schreef mij in de fax dat je morgenochtend, vanochtend dus, naar Anhui zou vertrekken. Dat hoeft niet meer.'

Ik ga op de rand van het bed zitten.

'Chris, je zei zelf dat joint ventures geen denderend idee zijn.'

'O, vandaar! Zal ik dan een onderzoek doen naar de haalbaarheid van het opzetten van een eigen bedrijf? Met uzelf als de enige aandeelhouder.'

'Hoe denk je een vergunning te krijgen voor het bouwen van een fabriek? Chinese arbeiders selecteren en aanstellen? En de plaatselijke overheid laten meewerken? Zonder ons het faillissement in te jagen vanwege de bakken smeergeld die wij hun verschuldigd zijn? Een bestaand bedrijf overnemen is een ander verhaal, maar een geschikte heb ik nog niet gevonden.'

Ik staar dommig voor mij uit.

'In Qingdao regelden mijn Chinese partners deze zaken altijd. Wij zijn geen General Motors of Coca-Cola. Dat soort bedrijven kan zich permitteren de eerste vijf jaar puur met verlies te draaien. Ze nemen rustig de tijd om de mazen in de Chinese wetten te doorgronden en te netwerken voordat ze winstgevend worden.'

'…'

'Chris, ga lekker een paar daagjes naar Beijing voor wat sightseeing. Dat heb je verdiend. Meld je volgende week woensdag hier op kantoor. Moosdijk, jouw directe baas van afdeling im- en export, zit overspannen thuis. Echtscheiding. Een paar andere collega's van je nemen hun ATV-dagen op. Heb je belangstelling om hem waar te nemen?'

Ik tel tot drie: 'Met genoegen.'

'Eric, ik heb je toch niet wakker gebeld?' Het is zeven uur, zaterdagochtend.

'Mijn vriendin is al terug van de ochtendmarkt, Chris. Ik ben klaar met mijn IJzeren Kruis Kungfu. Een oefening van anderhalf uur.'

'IJzeren wát?'

'Leg ik je later wel uit.'

'Eric, onze reis naar de Berg Tai gaat door. Kraan heeft mij gebeld. Het onderzoek in Anhui hoeft niet meer.'

'Dat zal Yanyan minder leuk vinden... Hoeveel dagen heb je ervoor uitgetrokken?'

'Eén of twee. Jij bepaalt.'

'Mag ik bepalen? Dan wordt het de Berg Lao.'

'Hè!'

'Om twee redenen. Eén, voor Tai hebben we te weinig tijd; twee, jij als Hagenees moet eens meemaken wat een echte kust is. Morgenochtend vertrekken en maandagavond terug. Tenminste, als het reisbureau meewerkt.'

Voor het eerst sinds mijn verblijf hier daal ik af naar de ontbijtzaal. Ik loop langs rijen schalen en word al moe van de aanblik. Tien soorten vruchten, evenveel verschillende salades, bergen vlees- en viswaren, gekookt, gerookt en naturel, kazen met noten, zonder noten, met gaten, zonder gaten, Hollandse stoofpotten, Engelse braadworstjes, garnalen, gepeld en ongemoeid, muesli, gebakjes in een dozijn smaken. De rest heb ik overgeslagen. Ik dacht dat ik het eindpunt had gehaald, maar dit was alleen nog maar de westerse keuken. Op de Chinese afdeling kun je kiezen tussen pap van groene, rode, gele, witte, oranje en paarse bonen, soepen met wantans, *jiaozi's* en visballetjes, bapao's gevuld met vlees, notenmix en geroosterd sesamzaad, nasi, bami en een tiental gerechten – vraag mij niet naar welke naam ze luisteren. Als ik dit thuis aan mijn ouders vertel, verklaren ze me voor gek. Een communistisch land met zo'n overdaad. Wie kan dit vatten? En verteren? Naast mij loodsen stokmagere Chineesjes non-stop XL porties ratjetoe (gerookte paling met aardbeientaart) naar binnen. Waar ze de voedselberg laten, is mij een raadsel.

De enige Engelstalige krant die hier verkrijgbaar is en die ik graag bij de koffie lees is de *China Daily*. Maar ik zie ervan af, want de verleiding elders is me net iets te groot. Door het raam zie ik oudjes die tussen rotsblokken aan het trainen zijn voor een maanlanding. Hun bewegingen in slowmotion werken niet alleen op mijn lachspieren, maar roepen tegelijkertijd ontzag op. Het is niet niks om je spieren zo te beheersen dat je loopt als een astronaut op de maan. Hun kledij voert mij terug naar de tijd dat ik twaalf was, toen het Chinees Staatscircus Den Haag aandeed. Een gifgroene *lantaarnbroek* met zo'n ruimte in het kruis dat je er gerust twee pompoenen in kon stoppen, zonder dat het iemand opviel. En een helrode, knooploze jas, bij elkaar gehouden door een stoffen ceintuur. Er spelen geen kinderen in de bloemrijke rotstuin, noch wandelen er volwassenen. Tekenen genoeg om aan te nemen dat dit staaltje *taiji-boksen* geënsceneerd is, speciaal voor ons hotelgasten.

Eindelijk heb ik de tijd én de rust om de stad te verkennen. Een thuisgevoel overvalt mij. Afgezien van kleine Chineesjes die alle hoeken en gaten van het centrum dichten en reclameborden in karakterschrift, ziet de binnenstad er hetzelfde uit als Den Haag, nou ja, zo ongeveer dan. Oorverdovend gerinkel van fietsbellen, zowat het enige dat ik me van Beijing herinner, ontbreekt hier. Het lijkt mij stug dat Qingdaonezen geen liefhebbers zijn van de nationale 'sport' – fietsen –, maar als je zegt dat de negen heuvels waarop de stad rust dit ondoenlijk maken, geloof ik het direct. De kerken, kastelen, het stadhuis en zelfs winkelpanden ogen – nu weet ik het weer – Duits. Had Zhang mij niet gezegd dat Qingdao 'een historische band' met onze oosterburen heeft? De typische *siheyuans* – woningen met vier vleugels – vind je hier nergens. Ik begin Beijing te missen...

Van zeven hoog naar beneden.
Opzij!
Wij plegen maar één keer prijzenzelfmoord.

Rode spandoeken lokken mij een warenhuis binnen. Dat komt goed uit. Over een paar dagen sta ik op Schiphol en ik heb nog geen cadeautjes gekocht. De lingerie voor Anouck! Als ik haar bestelling vergeet, zal ze me de oren van het hoofd zagen.

'Mister! Mister!'

Ik draai me om en zie wit gejurkte meisjes uitnodigende gebaren maken. Nagellak, koelkasten, visvoer, canapés en diepvrieskippen. Deze komen niet voor op de verlanglijstjes van het thuisfront. Ik schud mijn hoofd tegen de vriendelijke verkoopsters – waarom staan ze met zijn tienen achter één toonbank? – en loop door. Op de derde verdieping zie ik paspoppen die alleen op de strategische punten zijn verpakt. Ik zit dus goed. Tussen de rekken met katoenen onderbroeken door steven ik af op de doorzichtige stofjes. Voor de tweede keer vandaag sta ik paf van de keuzemogelijkheden. Beha's van kant, al dan niet geborduurd, plaatselijk of over de hele linie, in alle kleuren van de regenboog, plus tinten die de regenboog niet kan bedenken, van zijde, nylon, fluweel en van een soort gaas waarvan ik de – zeker chique – naam niet ken, met een sluiting van voren, van achteren, aan de linker- of rechterzijde, gebeugeld en niet voorgevormd, je noemt het en ze hebben het. Gelukkig is Anouck er niet bij, anders zou ze haar studiebeurs van het komende jaar er in één moeite doorheen jagen. Waar hangen de beha's zonder voering? Hoe lopen de maten eigenlijk? Waarom houdt het op bij cup B? Nu komen de enthousiaste winkeljuffrouwen mij goed van pas. Ik vraag een van hen om hulp. Ze bedekt haar mond en giechelt. Hier blijft het niet bij. Ze zwaait met haar armpje en van alle kanten snellen haar collega's op mij af. De afdelingen met pyjama's, sokken, sportschoenen en vaatdoeken zijn tijdelijk onbemand. Ommuurd door vrouwen, die vloeiend overgaan van gapen in giechelen en hetzelfde traject terug, teken ik met een rood hoofd de letter C in de lucht. Cup C, tachtig centimeter. Verstaan ze hier opeens geen Chinees meer? Pas wanneer ze hun armen kruisen en voor hun borst(jes) houden, gaat er een belletje rinkelen. Er bestáát geen C in hun assortiment. Naar de hilariteit te oordelen, gaat het hun voorstellingsvermogen te boven dat iemand een C nodig zou kunnen hebben. En mij lachen ze uit als ooggetuige van zo'n maatwerk. Mijn verlegenheid slaat om in woede. Grof baan ik mij een weg door de mensenhaag. Ik vind Anouck leuk. Ze is slank… volslank… vooruit dan maar: reusachtig. Toch houd ik haar liever in mijn armen dan die sprinkhaantjes hier. Het wordt een zijden kamerjas. Gekocht op de afdeling ernaast. Zo fijntjes bewerkt dat een Europeaan er geen minuut aan twijfelt dat hij voor een vrouw bestemd is. Ik koop de grootste mannenmaat die er is.

Na de lunch begin ik aan de *China Daily* van vanochtend. Als het aan mij lag, zou ik langer in de stad willen rondhangen, maar afspraak is afspraak.

Om klokslag twee uur gaat de telefoon. 'Chris, deze keer mag jij bepalen. De enige georganiseerde reis naar de Berg Lao die in ons schema past en die ik op de valreep nog kan bemachtigen, is bedoeld voor Chinezen. Alle reizen voor buitenlanders zijn volgeboekt. Hoogseizoen, weet je wel?'

'En de hamvraag is…?'

'Heb ik je toch gesteld: wil je met de Chinezen mee?'

'"Grote neuzen", zoals ze ons hier noemen, heb ik genoeg gezien. Ik kom niet helemaal naar China om weer tussen hen in te zitten.'

'Wat dacht je van mij? Het punt is alleen dat de bussen die buitenlanders vervoeren streng gecontroleerd worden. De kans dat ze nog heel zijn is dus groter.'

'Wil je soms zeggen dat…'

'Precies. Op sommige plekken moet de bus zowat verticaal omhoog. Wij hebben het hier wel over een bergpad met aan één kant een ravijn, dat eindigt in zee. Als de bus gammel is…'

'Valt hij onderweg uit elkaar? Hoe lang duurt die rit trouwens?'

'Pak 'm beet twee uur.'

'Waarom nemen we dan geen taxi? Vijfendertig Nederlandse centen per kilometer. Dat is geen geld.'

'Dan loop je de legenden mis die de gids aan elk rotsblok of elke dennenboom koppelt. Vind je *Spookverhalen van Liao's studeerkamer* mooi?'

'Daar ben ik te oud voor.'

'Dat zijn geen griezelverhalen voor kinderen, als ik je erop mag wijzen. De roman behoort tot de acht klassiekers die geen zichzelf respecterende Chinees overslaat.'

Ik houd wijselijk mijn mond.

'De auteur, Shi Nai'an, heeft de Berg Lao gebruikt als achtergrond voor veel van zijn verhalen.'

Ook aan deze discussie doe ik maar niet mee.

'De buschauffeur, die tevens gids speelt, zal ons overladen met boeiende vertellingen.'

'Dan gaan we toch?'

'Met die wrakkige bus voor Chinezen?'

'Als zij het aandurven, overleven wij het ook wel.'

'Dat hoor ik graag.'

'Eric, hebben wij niet afgesproken vanmiddag boodschappen te doen?'

'Yanyan heeft al dekens en een middeltje tegen muggenbeten voor ons klaargelegd. Wat frisdrank kan nooit kwaad. Haal jij die of ik?'

'Dekens? Eric, we slapen in een hotel, mag ik hopen?'

'Dat wel, maar als we barbaars vroeg naar de bergtop moeten, is het daar ijskoud.'

'Hoe vroeg?'

'Niet later dan vier uur. Anders vinden we geen mooie plek om de zonsopgang te zien.'

'Dan is één deken genoeg. Ga jij daar maar naar kijken. Ik slaap wel lekker door. O, voordat ik het vergeet, de frisdrank en het bier verzorg ik wel.'

'Chris, waarom wil jij daar per se naartoe als je geen interesse hebt voor de zonsopgang?'

'…'

'Mao zegt: *De jeugd is net de zon om zeven, acht uur.* Natuurverschijn-selen zijn in de ogen van Chinezen de taal van Boeddha. Daarom laten ze zich er graag door inspireren. Jouw leven is net begonnen. Kijk hoe de vuurbal uit de zee omhoog sprint en zie wat een vooruitzicht je jeugd met zich meebrengt.'

Ik kan niet wachten.

'Chris, in het Chinees zeggen ze: *Als een pechvogel zich wendt tot Boeddha, draait Hij hem Zijn kont toe.*'

Ik wilde dat Eric ongelijk had. In de twee weken dat ik hier ben, weet ik niet eens meer hoe een grijze wolk eruitziet, maar nu wij uitgerekend met een rugzak voor de bus staan, is de lucht gitzwart. Ook het voertuig maakt de boel er niet vrolijker op. Ik heb mij ingesteld op een rijdend wrak, maar zo'n roestig geval als dit gaat me te ver. Na wat gerommel begint het te druppelen en vervolgens te hozen. Terwijl de buschauffeuse onze namen roept en kruisjes op haar lijst zet, ben ik getuige van een gedaanteverwisseling. De regen kleedt onze heilige koe uit. Onder de wielen ontstaat een modderpoel en de bus bekent kleur: blauw met witte strepen. De roestvlekken vallen reuze mee – het meeste was gewoon modder. Nauwelijks is de chauffeuse klaar met haar lijst of ze klimt kwiek in de bus. Alle twee de deuren worden geopend. 'Dames en heren, kom gauw naar binnen. Hier is het tenminste droog.'

Voor mij in de rij krikken twee vrouwen van middelbare leeftijd hun bejaarde schoonmoeder (tegen hun eigen moeder hoeven ze namelijk niet zo beleefd te zijn) omhoog en planten haar in een stoel op de eerste rij. Ik volg hen op de voet, opdat de kerel achter mij er niet in zal slagen mijn ochtend verder te verpesten met zijn knoflookadem.

'Ning wil hier zitten!' Een dikkerdje duwt zijn moeder weg en wiebelt met zijn Michelin-beentjes.

'Lieverd, deze rij is voor ouderen en invaliden.'

'Ning vindt hier leuk.'

'Als je naar mama luistert, koopt ze straks vuurwerk voor je.'

'Tien raketten met zes, nee, twaalf knallen!'

De moeder zucht en aait hem over de bol.

Nu weet ik wat een zondvloed is. Slagregen drumt op het blikken dak. Kabaal in de hel zal hier weinig van verschillen. Maar Eric is on-verbeterlijk optimistisch: 'Wij zitten niet in Nederland, Chris. Daar heb je van die motregen. Dagen en soms weken achter elkaar. Hier giet het. Binnen een mum van tijd staat alles blank, maar voordat je er erg in hebt, is het weer droog gebakken.'

Ik knik. Overtuigd ben ik niet, maar geloven wil ik het wel.

Kwart over zeven. Halfacht. Twee mannen achter mij schakelen over van kuchen tot openlijk klagen: 'Hé, chauffeur daar, ik weet niet hoe het met jou zit, maar ík heb geen boodschap aan de paar mensen die niet komen opdagen. In de brochure staat dat de bus om zeven uur vertrekt...'

'Wie zegt dat wachten zin heeft?' voegt een ander eraan toe.

'Daar zit wat in!' De rest in de bus wordt ook rumoerig.

De twee dames voor mij, die de gordijntjes dicht hebben getrokken – tegen de zon, die inderdaad in een mum van tijd doorgebroken is –, tillen elkaars haren op en 'fluisteren' in de oren die daardoor bloot komen te staan. Niet dat ik ze afluister, maar de vijf rijen voor en achter hen kunnen de dialoog woordelijk volgen: 'Commissie, daar aast ze op.'

'Zeg dat wel! De zoon van mijn overburen heeft ook voor een reisbureau gewerkt. Dacht je soms dat hij van zijn loontje alleen droog brood kon kopen?'

'De souvenirwinkels, restaurants en hotels die ze ons aanpraat schuiven haar vast vette biljetten toe. Hoe meer klandizie, hoe hoger haar commissie.'

'Vind je 't gek dat ze gebrand is op zoveel mogelijk passagiers?'

'Als je dat maar weet.'

Eric knipoogt. Wat hij wil zeggen met die knipoog, is mij niet duidelijk. Om niet zo vroeg in de ochtend al debiel over te komen, wissel ik met hem een blik van verstandhouding uit.

De chauffeuse springt van haar hoge stoel en posteert zich in het gangpad. Ik blijf het een gek gezicht vinden: een miniatuurvrouwtje dat een joekel van een touringcar in bedwang houdt. Uit dat kleine ding stijgt een volume op waar je u tegen zegt: 'Dames en heren, als klant hebt u inderdaad recht op wat er in onze reisbeschrijving staat. Maar ervaring heeft mij geleerd dat we rekening moeten houden met onze boerenbroeders en -zusters...'

Eric knipoogt weer. Ik begin het een beetje te vatten.

'... die 's nachts een fikse afstand te voet moeten afleggen om op tijd...'

De man die op dat moment de bus instapt maakt de rest van haar zin af: 'Wie is je boere... broeeeder? Kutwijf! Te voet? Zie je de rikke...

riksja daar? Die heeft ons op zijn blote kkknietjes hiernaartoe gebracht!'

Nu pas krijgen we zijn smoelwerk te bewonderen. Best wel harig voor een Chinees. Een van zijn voortanden heeft hij eraf laten knuppelen en hij heeft er een gouden voor in de plaats gezet. Er zit een tandenstoker tussen zijn kiezen – geen wonder dat hij niet normaal kan praten. Wat heeft hij voor ontbijt gehad dat hij zijn holle kiezen moet uitmesten?

'Tjonge jonge, wat heeft de Hemelopa gepist! Hoeveel kratten bier had hij gisteravond op? Meer dan wij kan bijna niet. Hahaaa!'

Je kunt een speld horen vallen. Aan zijn teleurgestelde mimiek kan ik zien dat hij op een schaterlach van ons had gerekend. Hij kijkt achterom en een langgerekte droge hoest, aanvankelijk als lach bedoeld, beurt hem enigszins op. De twee andere misbaksels die onze bus komen opluisteren, zijn niet zo harig en gespierd als hun aanvoerder, maar hun gezichtsuitdrukking doet qua smerigheid nauwelijks onder voor die van hem.

'Opzouten!' De klootzak – als iemand een nog complimenteuzere naam voor hem weet, houd ik me aanbevolen – doet de bejaarde vrouw zich het lazarus schrikken en ze rolt vanzelf van haar stoel. Hij neemt haar plaats in; zijn maatjes volgen zijn lichtende voorbeeld en jagen andere passagiers van de eerste rij weg.

'Waar wacht je nog op? Gassen!'

De chauffeuse blijft roerloos achter het stuur zitten.

'Wacht je soms op een beurt van mij?'

De bus is stiller dan een graf.

De stem van de chauffeuse klinkt des te luider: 'Wilt u echt weten op wie wij, drieënvijftig man, een uur lang hebben zitten wachten?'

'Pffffft!' De hufter spuugt zijn tandenstoker uit en tilt zijn voorpoot op. 'Wil je weten wie ik ben?'

'Lao Bá.'

Erics handen beven. Zo onopvallend mogelijk kijk ik om me heen: hij is niet de enige die verbleekt.

'Wat bedoel je met je nadruk op "Ba"?' Hij slaat zich op de bef. 'Al ben ik slechts Ba – "de achtste van deze regio" –, maar om de ingewanden van jou en je buslading schijtebroeken als eidooiers uit de karkas te knijpen, heb ik fut te over! Jij met je "een uur op ons hebben gewacht".' Zijn bloeddoorlopen ogen roetsjen langs het reisgezelschap: 'Wie heeft jullie toestemming gegeven zo vróég te komen?'

Mijn handen jeuken. Al beheers ik geen kungfu – doodzonde – ik heb wel een paar blokjes kaas van kickboksen gegeten. Dit stel teelballen een facelift bezorgen kan ik best… waarschijnlijk best…

Op kalme toon zegt de chauffeuse: 'Dames en heren, welkom aan boord. De zon schijnt weer. Het belooft alsnog een mooie dag te worden. Mijn naam is Yang. Ik begeleid u naar de Berg Lao. Als de op een na beroemdste taoïstische gebedsplaats is Berg Lao...'

Eric steekt een sigaret op. Het vonkje pendelt heen en weer terwijl de bus zigzagt door de stad, op naar de vakantiebestemming. Hij zoekt oogcontact met mij.

Ik doe alsof ik ingedut ben. Wat voor recht heb ik om de chauffeuse 'een klein ding' te noemen? Zij is de enige die een stevig woordje voor die klootzak klaar heeft. Dat de twee roddeltantes voor mij niet meer hardop durven te fluisteren, is nog tot daar aan toe, maar waar blijven de twee mannen achter mij met hun grote waffel? Zelfs een scheet durven ze niet te laten. Waar sta ík eigenlijk?

De ingebouwde luidsprekers delen muziek uit aan het verschrikte publiek. De soort die je hoort in de toiletten of liften van vijfsterrenhotels. Erics sigaret dient zijn doel: met elke trek ziet zijn roker er meer ontspannen uit. 'Wat een blaaskaak!'

Ik frons mijn wenkbrauwen en wijs met mijn kin naar voren.

'Relax. Dat stuk vreten kent niet eens Mandarijns, laat staan Nederlands.'

Opgelucht zak ik in mijn stoel. Hó, een blaaskaak? Wie lijkt daar het meest op?

Eric zegt gelijk: 'Ik voel me niet verantwoordelijk voor de slangenkuil waar wij in gestonken zijn. Ik zei je al: deze reis is voor Chinezen. Vijfentwintig yuan, zo'n acht gulden dus, helemaal verzorgd. Reisleiding en half pension. Zelfs een straatveger kan dit betalen. Zie je het oudje op lotusvoetjes daar? Vergezeld door haar twee schoondochters maakt ze misschien haar laatste pelgrimstocht naar de taoïstische tempel; de twee mannen achter ons hebben net een goede oogst binnengehaald. Pinda's of zoete aardappelen, gewassen van deze streek. Ze belonen zichzelf met een reis waar ze vroeger alleen van konden dromen. De vrouw, niet omdraaien, Chris, twee rijen achter ons met haar verwende zoontje. Verlaten door haar man. Wedden dat hij vrachtwagenchauffeur is? Dat hij met zijn maandloon de halve straat *kippen* – het Chinese eufemisme voor hoeren – langs de autosnelweg tussen Qingdao en Jinan onderhoudt? En dat de vaderliefde die het jochie mist wordt gecompenseerd met cadeautjes? Wat betreft de bandieten op de eerste rij, heb je wel eens van de "drie getuigschriften" gehoord? Waarvan vrouwen een spontaan orgasme, zonder voor-, hoofd- of naspel, krijgen? Eén: echtscheidingspapieren (beschikbaarheid); twee: bewijs van vrijlating uit de bajes (laag sociaal aanzien en daarom de drang alles aan te pakken); drie: een academische graad. En in deze volgorde, graag. Als een man er minstens twee van in huis heeft, telt hij als prins op het witte paard.'

'Ik word liever gewurgd door een python dan dat ik onder één dak zou moeten leven met zo'n klootzak.'

'Als je een Chinese was, zou je anders piepen. Hier in China kun je beter bevriend zijn met een crimineel dan met een brave burger.'

'Ja, ja.'

'Vraag maar rond of ik uit mijn nek lul. Dit is een rechte- en ordeloze staat. Sommige ambtenaren spannen samen met de onderwereld om de massa uit te melken. In de volksmond heet dat: *De witte weg kruist de zwarte.*'

'Dat had ik niet achter een communistisch regime gezocht.'

'Toen Mao de Chinezen in zijn ijzeren greep hield, kon je 's nachts de voordeur openlaten.'

'Logisch, Eric, wat viel er te stelen? Armoede misschien?'

'Daarom willen ze, ondanks de sociale onrust die nu heerst, niet meer terug naar die tijd.'

De liftmuziek verstomt in het geroezemoes van de ontdooide reizigers. Vooraan zie ik de klootzak obscene gebaren maken en kokhalzen van het gieren. De tweede rij is inmiddels ontruimd, vermoedelijk niet op bevel van de schoft, maar op eigen initiatief van de overige passagiers. Iets verontrust mij en dat is dat de gebaren van de kwal voor de chauffeuse bestemd lijken te zijn. Maar de bus rijdt, gezien de omstandigheden – het wegdek is niet om over naar huis te schrijven, of juist wel – zeer stabiel. Niets aan de hand dus. Anders zou ze zich niet zo goed kunnen concentreren. 'Eric, je zei dat Chinese vrouwen masochisten zijn en geilen op griezels, ex-gedetineerden bijvoorbeeld, maar wat ben jij dan? Je zit al drie jaar in deze ellende, maar niets kan je wegbranden. Zo te zien heb je de tijd van je leven in Qingdao.'

'Hoor je mij zeggen dat het hier ellendig is?'

Of ik ben imbeciel of hij is knetter. Een tussenoplossing bestaat niet.

'De Chinese maatschappij houdt zichzelf keurig in evenwicht, al vinden wij westerlingen het hier een zooitje. Het goede wordt beloond en het slechte gestraft. Zelden middels de wet, toegegeven, maar er zijn meer wegen die naar Rome leiden, en in dit geval, naar Beijing.'

Ik sla op mijn knieën en kom niet meer bij van het lachen. 'Wat je zegt is zo waar als ik hier sta, nee, zit. Ik heb met eigen ogen gezien hoe het goede wordt "beloond" en het slechte "gestraft".'

'Wees niet zo cynisch, Chris. Dat past niet bij je leeftijd.'

'Hilarisch zul je bedoelen!'

Het is me wat te stil in de bus, maar ik ratel gewoon door. Afgezien van Eric verstaat hier toch geen mens onze kikkertaal. Zelfs als ik alle namen en bijnamen van... je weet wel van de daken zou schreeuwen, zou ik nog niet met de nek worden aangekeken. 'Zhang is zo'n "goeie lobbes" dat hij ons bedrijf op klaarlichte dag leegroofd en wat voor "straf" staat daartegenover? Zijn dochter mag drie jaar lang, op onze kosten, in Eindhoven studeren.'

Er straalt iets ontegenzeggelijks uit Erics ogen. Ik word er stil van, net als de rest van de bus. Heb ik wat gemist?

'Chris, zal ik je wat vertellen? Toen de joint venture in Qingdao opgericht was, werd een afspraak gemaakt. Liang, de voorganger van Zhang, zou namens het staatsbedrijf zestig procent in de nieuwe onderneming investeren en Kraan veertig. Wat deed onze baas? Zogenaamd was zijn inbreng "hightech apparatuur en knowhow". Liang was misschien van gisteren, maar zijn ingenieurs niet. Toen Kraans machines de haven van Qingdao bereikten, wisten de Chinese technici meteen hoeveel die waard waren. Het betrof een partij in Nederland afgeschreven troep. Ze deden het nog wel – met nukken en stuiptrekkingen – maar ze waren twee generaties ouder dan de modellen die toen gangbaar waren. Daarbij komt nog dat de Chinese overheid kort daarvoor een nieuwe wet had uitgevaardigd die het internationaal handelsverkeer stimuleerde. Kraan hoefde dus geen havenbelasting te betalen voor zijn vracht. Via vrienden en kennissen kwam hij op het spoor van een tiental gepensioneerde adviseurs. Vrijwilligers die regelmatig door de PUM naar derdewereldlanden werden uitgezonden. Kraan stuurde hen naar Qingdao. Het waren idealisten, oftewel: ze genoten een dik pensioen en wilden zich alleen nuttig voelen door hun kennis over te dragen. Voor hun diensten rekende Kraan tweehonderdvijftig gulden per uur, op papier dan, plus de torenhoge verblijfkosten en dergelijke, al net zo fictief. Het tikte aardig aan.

Liang zorgde voor het fabrieksterrein, de werkplaats, de honderd-zeventig arbeiders, naaimachines en vele andere productiemiddelen. Met zijn honderdtal personeelsleden, die gemiddeld negentig piek per maand kregen, had hij twee jaar lang gezwoegd. Eindelijk kwam er geld in het laatje. En hup, Kraan was er als de kippen bij. Winstdeling, eiste

41

hij. Veertig procent voor hem, conform het contract. Je kunt je voorstellen dat Liang zich genomen voelde. Hij dacht dat ze naar eer en geweten een akkoord hadden gesloten. Dat hield in: Liang zou Kraan helpen tegen lage kosten een business in China te starten; als tegenprestatie stond Kraan Liang toe zijn Hollandse naam te gebruiken om een voorkeursbehandeling voor hun joint venture aan te vragen. Ik ken de nieuwe wet niet uit mijn hoofd, maar het is zoiets als: in de eerste drie jaar geen vennootschaps- en omzetbelasting, in de drie daaropvolgende jaren de helft. Maar Kraan beriep zich op de schriftelijke overeenkomst en daar hing Liang. Ten einde raad vroeg hij zijn baas in het provinciebestuur om overplaatsing of desnoods gedwongen ontslag, zodat de fabriek haar zuurverdiende centjes, zogenaamd middels herinvestering, kon behouden. De rest van het verhaal is je bekend.'

Ik houd mijn adem in. De anderen in de bus zo te horen ook. Hé, ze kunnen ons gesprek toch niet volgen? Ik kijk om me heen en mijn bloed stolt. Alle ogen zijn naar voren gericht, op de klootzak. Als een heldhaftig standbeeld staat hij daar, op zijn achterpoten, met een kettingslot in een van zijn voorpoten. Om de paar tellen zwaait hij ermee. Het ding suist door de lucht en buigt de zonnestralen om tot een flikkerende cirkel. Wanneer ik zijn twee maatjes zie, weet ik hoe laat het is. Ze drukken een mes op de keel van de chauffeuse en de bus schokt met een slakkengang voort. Dat is maar goed ook. Ik kijk uit het raam – door ons drukke gesprek is het me ontgaan langs wat voor afgrond we rijden. De zee schuimt ergens ver onder onze wielen en een diepblauw ravijn – vooral diep – gaapt ons aan. Ik heb nooit last gehad van duizelingen, maar nu wel.

'Zeg nú "Ja"! Anders gaat je strot eraan!'

Mijn maag. O god!

De klootzak kijkt ons aan: 'Voor het geval iemand het in zijn hoofd haalt dit lekkere brokje te redden: mijn oom heet Li Qun. Voor de boerenkinkels onder ons die alleen naar de krant graaien als ze hun gat moeten afvegen voeg ik er nog aan toe: het provinciehuis is mijn achtertuin.'

Nou en? Ik wend mij tot Eric… laat maar, ook zijn bénen beven. Ik kan de hersenen van de chauffeuse horen kraken. Gezien haar doen en laten van het afgelopen – is het een uur geweest? – weet ik dat ze de veiligheid van ons passagiers voorop zal stellen, maar…

De bus komt tot stilstand. De klootzak pakt de chauffeuse beet en steekt zijn… Last van plankenkoorts heeft zijn lul zo te zien niet. Mijn bloed stolt niet meer – het kookt. 'Poten van d'r af! Anders...' Ik bal mijn vuisten en neem de basispositie aan.

Eric trekt aan mijn mouw.

Ik stoot hem van mij af. Niets maar dan ook niets verwacht ik van hem. Noch van de rest van de 'schijtebroeken' – hiermee heeft de klootzak de buslading treffend samengevat.

De vingers aan mijn mouw worden hardhandiger en proberen mij weer op mijn stoel te trekken. 'Rot op!' Ik schrik van mijn eigen donderslag, maar vergeet ondertussen niet naar voren te schieten.

'Chris! In godsnaam! Je maakt het voor haar en voor ons allen alleen maar erger...' Voordat de Nederlandstalige schijterd uitgesproken is, lig ik al overhoop met de verkrachter...

Iets liefs, ivoorwits zwaait driftig voor mijn ogen. Ik probeer mezelf overeind te krikken maar au! het valt vies tegen. Mijn hoofd. Het voelt zwaarder dan mijn romp. 'Meneer Klisse, hoort u mij? Alstublieft!'

'Hahaha!'

Deze blaf komt mij bekend voor, maar waarvan?

'Klisse, drink een slokje water.' Hete druppels biggelen langs mijn wangen. Niet van mijzelf.

'Kom op, Chris!'

Verhip, ik hoor mijn moerstaal.

'Chris, laat eens zien dat je het kunt halen!'

Wat halen? Ik wil mijn benen strekken, maar ook die verrekken het.

'Mietje van tofoe! Ik heb hem nog niet geraakt of hij ligt met zijn poten omhoog!'

Nu wil ik koste wat kost opstaan, maar mijn hoofd staat in de weg.

'Gassen, afgedragen schoen! Door mij afgedragen, hahaa!' De hond blaft weer.

Ik zie het lieve, ivoorblanke handje vervagen, voel de bus onder mijn rug brommen en sluit mijn ogen. Mietje van tofoe. Deze zwarte band heb ik verdiend, ruimschoots. De klootzak heeft, naast spieren, ook een taalknobbel. Alle bijnamen die hij heeft bedacht dekken de lading, geheel en terecht. Dat kickboksen van mij stelt dus niets voor, alleen had ik het leuker gevonden daar in een besloten kring van intimi achter te komen. Ik ga kungfu leren. Opeens krijg ik zin langer in China te blijven. Net zo lang tot ik die vechtersbaas de baas kan zijn.

Het bergpad wordt breder, althans voorzover ik kan beoordelen vanuit de positie waarin ik me bevind. Eric blijft naast mij zitten, op zijn hurken. Een hele toer, gezien zijn gebrek aan souplesse. Hem vergeven doe ik niet. Niemand in de bus vergeef ik. Nu snap ik wat hij bedoelde met 'deze rechte- en ordeloze staat'. Maar wat schiet ik ermee op? Het is me niet gelukt te voorkomen wat er gebeurd is en ik sla ook nog een figuur door hier pontificaal gestrekt te liggen.

Met de verbreding van het pad treedt een vermeerdering van voorbijgangers op. Wij zijn er bijna, afgaande op de hoeveelheid kraampjes die de weg omtovert in de finish op de Alpe d'Huez. Vanwege de verschillende vlaggen/tafellakens/T-shirts/handdoeken, allemaal met het logo van de Berg Lao, die stijf staan in de wind.

'Dames en heren, wij naderen onze bestemming. Namens alle passagiers verzoek ik meneer Klisse de bus nú te verlaten.'

Hoor ik soms een stem uit het stopcontact?

'Klisse, wij dulden geen vechtpartijen meer!' herhaalt de chauffeuse.

Mijn bloed bevriest. Zit ik midden in een boze droom?

'Als Klisse hier blijft, zal de reis wegens dreigende onrust afgelast worden.'

De klootzak kijkt haar aan, met zijn tong uit de muil, om vervolgens tegen mij te brullen: 'Relschopper, sodemieter op!'

'Relschopper, stap uit!' galmt de bus.

Ik word door de twee handlangers van de verkrachter naar de deur gerold, maar Eric protesteert luidruchtig: 'Zijn hoofd bloedt!'

De chauffeuse vertrekt geen spier.

De spanning is te snijden.

Haar stem herken ik niet meer – opeens bikkelhard: 'Meneer Elikke, als u ook van plan bent herrie te schoppen, gaat u achter Klisse aan.'

'Dacht u soms dat ik nog zin had om te gaan sightseeën?!' Eric zet zich schrap en hijst mij op zijn rug. Kan het zelf wel! wil ik zeggen, maar de grote knobbel op mijn achterhoofd speelt op. Ik heb niet eens de fut mijn lippen te bewegen.

Half duwend en in koor scheldend werken ze ons tweeën de bus uit.

De deur van de touringcar weigert dicht te gaan. Ik leun dubbelgevouwen tegen de paal van een verkeersbord – geen gezicht, maar wat kan ik in deze glorieuze staat? – en meen dat de chauffeuse ons iets toefluistert over de afstand. Ik versta haar niet en eerlijk gezegd boeit het me ook niet meer.

Eric zet mij min of meer rechtop en dwingt zichzelf – zijn ogen kunnen niet liegen – vrolijk te klinken: 'Jij je zin. Wij nemen, zoals jij al eerder voorstelde, de taxi. Tja, wij zullen het moeten doen zonder de geschiedenisverhalen van de gids. Dat vind je vast niet erg, hè? Wij gaan nu regelrecht naar de dokter. Ik ken een ziekenhuis waar ze wegwerpnaalden gebruiken.'

Ik knik voorzichtig met mijn hoofd, anders word ik nog duizeliger. Het was als grap begonnen, maar eindigt als waarheid. Ik bén debiel.

'Kijk, de bus maakt rechtsomkeert. Terug naar Qingdao!'

Ik neem niet eens de moeite Erics vinger te volgen. Niets verbaast mij meer. Ook niet wat de geschifte chauffeuse in haar schild voert. Jammer dat ik mijn nek voor haar heb uitgestoken. Dat laatste... meen ik natuurlijk niet.

Het bezoek aan de Verboden Stad te Beijing is in duigen gevallen, maar daar ben ik niet rouwig om. Het eten in het Qingdaose ziekenhuis is lekkerder dan in poenige restaurants; de verpleegsters hebben stuk voor stuk de handjes van de chauffeuse, lief en ivoorblank. Eric en zijn Yanyan – nog zo'n poppetje van porselein – brengen elke dag vers fruit mee. Wat hebben Chinezen toch met wat er aan bomen groeit? Terwijl Yanyan ervaringen uitwisselt met de verpleegsters over voordelig winkelen, leest Eric mij de *China Daily* voor. Ik schijn een lichte hersenschudding te hebben, maar na een nachtje slapen ben ik weer aardig boven Jan. Dit houd ik uiteraard voor mezelf en ik doe of ik ziek ben. Het liefst zou ik hier tot dinsdagochtend vertroeteld, pardon, verpleegd willen worden. Op zondagmiddag ben ik van de intensive care naar Vleugel 4 verhuisd. Als ik had geweten dat ik bij een stelletje oude taarten terecht zou komen, was ik wel zo slim geweest om de waarheid over mijn gezondheidstoestand te vertellen. Eric grinnikt. Yanyan ook. Ik vraag waarom. Ze wachten tot een ouwe tang klaar is met het verwisselen van een infuus en de kamer heeft verlaten: 'Omdat je buitenlander bent.'

'Geloven ze dat wij blanken sneller genezen als we tegen lelijkerds moeten aankijken?'

Yanyan kan niet meer van het lachen.

Eric gaat over in onze geheimtaal: 'Andersom. Vleugel 4 heeft de beste voorzieningen. Alleen hoge Chinese pieten en rijke buitenlanders worden hier toegelaten. Vroeger waren de verpleegsters op deze afdeling ook van topkwaliteit – en dan bedoel ik niet alleen hun vakkennis, maar ook hun uiterlijk. Maar het ziekenhuis durfde hen niet te beschermen als ze door een herstellende provinciebestuurder of generaal lastig werden gevallen. Vandaar dat deze vleugel bekend staat om zijn luxe en zijn saaie "landschap".'

Als Eric naar het toilet gaat, moet Yanyan mee – ze mag mij niet onder vier ogen spreken. Snappen doe ik het niet, maar ik ben er intussen aan gewend geraakt. Een paar keer zie ik Yanyan Eric smekend aankijken, alsof ze hem om toestemming vraagt mij iets te vertellen. Hij walst er gewoon overheen.

Maandagavond komt hij alleen. Wij discussiëren over wat wijsheid is. Mijn vliegticket verlengen lijkt ons beiden geen geslaagd idee, want ik ben niet ziek of zo. Die bult op mijn hoofd? Ik leg thuis wel uit dat ik een klap van de molen heb gekregen, hó, hier zijn geen molens. Dat het een klap van een kettingslot was, mag ik vooral niet zeggen van Eric, anders... Hèhè, zo achterlijk ben ik ook weer niet. Anders zouden moeder en Anouck mij hier nooit meer naartoe laten gaan.

Dinsdagochtend trein ik naar Beijing. Eric gaat mee. In tegenstelling tot de heenreis zegt hij onderweg praktisch niets. Nadat ik bij de KLM-balie heb ingecheckt, trillen Erics wenkbrauwen. Wanneer wordt hij nou eens een vent?! Ik schud hem de hand – die beeft als een troela die een kakkerlak ziet. Hij stopt mij een verfomfaaid Chinees krantje in de hand: 'Lees het pas als je in het vliegtuig zit.'

Een hoop reclame. Borstvergroting. Kalekopbestrijding. Zonnebloemolie voor de prijs van water, blablabla. De enige lap tekst die voor nieuws door kan gaan heet 'Yin-huwelijk'. Typisch Eric. Altijd eigenaardigheden die kant noch wal raken. Dit bijvoorbeeld:

Bij een auto-ongeluk zijn tien vrouwelijke passagiers omgekomen, onder wie drie ongehuwde (lees: ze waren nog maagd). *Ruim vijftig ouderparen haastten zich naar de begrafenis van de jongedames. Een ware veiling kwam op gang. De hoogste bieder was de vader van een jongeman die vorig jaar bezweken was aan leukemie. Twintigduizend yuan had hij ervoor over om de bloedmooie chauffeuse – nu dood natuurlijk – als yin-bruid voor zoonlief aan te schaffen. Aanstaande woensdag is de yin-bruiloft* (zeg maar: elkaar het ja-woord geven in het hiernamaals). *Iedereen binnen een straal van twee Chinese kilometer is op het feest welkom. Cadeautip: envelop met inhoud.*

Einde bericht.
Onder aan deze pagina in telegramstijl:

Afgelopen zaterdag is een touringcar met vierenvijftig inzittenden op de terugweg van de Berg Lao in het ravijn/de zee gestort. De enige overlevenden waren naar verluidt twee blanke mannen uit Europa en een pindaboer uit Qingdao. De twee Europeanen waren wegens baldadigheid door de chauf-

feuse bij een taxistandplaats de bus uitgezet, vlak voordat het voertuig veron-
gelukte. Volgens de pindaboer had de chauffeuse de bus met opzet het ravijn
ingereden als wraak jegens haar verkrachter nadat ze haar redder, een van de
twee Europeanen, samen met zijn vriend, in veiligheid had gesteld.

Eric had weer gelijk. Ik had met mijn bemoeienis de chauffeuse en haar
passagiers letterlijk en figuurlijk naar de verdoemenis geholpen.

Twee

JELAI

Al tien lentes staat mijn leven in het teken van Chris. Het eerste jaar hadden we verkering; de drie erop volgende waren we man en vrouw; het vierde gingen we uit elkaar en het vijfde bracht iemand die Chris en ik allang waren vergeten ons weer bij elkaar. Nu zijn we gelukkig hertrouwd en gezegend met drie kinderen. In dat turbulente maar hemeltje, honingzoete decennium heb ik Chris, alleen Boeddha heeft bijgehouden hoeveel, geschiedenisverhalen door de strot geduwd. Hij noemde ze, als hij goedgemutst was, sprookjes en zo niet, prietpraatjes. Rauw lustte hij ze, en dit stak hij niet onder stoelen of banken, maar ik vond dat hij ze moest kennen. Anders zou hij mij nog hysterischer vinden dan ik al was. En nog heb ik er één over het hoofd gezien. Nou ja, te laat verteld. Als ik het vier jaar eerder had gedaan, op de dag dat hij mij voor het eerst mee uit nam, zouden ons een heleboel (ook fysieke) pijn en ruzies bespaard zijn gebleven. Dat hij niet wist dat geschiedenisverhalen magie bezaten was nog tot daar aan toe. Maar ik wist toch beter? Hoe kon ik zo hoogmoedig zijn om hun toverkracht te trotseren? Alleen omdat we innig van elkaar hielden? Waardoor ik meende dat we, gesterkt door onze liefde, konden afwijken van de route die onze voorouders voor hun nageslacht hadden uitgestippeld? De gevolgen van mijn inschattingsfout heb ik aan den lijve ondervonden. De enige schrale troost is: hoewel ik Chris in dat bewuste geschiedenisverhaal had ingewijd, op de vooravond van onze bruiloft, had dit onze breuk drie jaar later evenmin kunnen voorkomen. Wederom onze eigen schuld. Wij dachten dat onze band zo hecht was dat er geen moraal van wat voor verhaal dan ook tegen opgewassen zou zijn. Het heeft ons een echtscheiding gekost om te beseffen dat magie alleen werkt als we, ondanks alle voorspoed van de liefde, nederig blijven en er oren naar hebben. Tien jaar hebben wij erover gedaan om de woorden van Jiufanggao tot ons door te laten dringen.

Zeshonderd jaar voor Christus leefde er een paardenkenner, die naar de naam Jiufanggao luisterde. De beste van de tientallen koninkrijken, die elkaar constant in de haren vlogen. Koning Qinmugong wilde het snelste paard ter

*wereld aanschaffen en hoopte hiermee meer veldslagen te winnen dan zijn
krachtigste tegenstander. Hij gebood Jiufanggao hem hierbij te helpen. Het
moest 'vijfhonderd kilometer paard' heten, dat niet zweette noch hijgde nadat
hij die afstand had afgelegd. Kort daarna leidde Jiufanggao zo'n prachtdier
naar het hof. Hij liet het wachten buiten de audiëntiezaal en knielde zelf voor
Zijne Majesteit. Hij zei dat als het beest galoppeerde, je geen stofwolken onder
zijn hoeven zag. Zo lichtvoetig was-ie! Soms kon je hem waarnemen en soms
ook niet. Zo snel bewoog-ie zich! Net een pijl die voorbijschoot. Moeilijk voor
het menselijke oog te volgen. En, hoe zag-ie eruit? De koning werd met de
minuut nieuwsgieriger. Het was een zij en haar vacht was geel, lichtte de ken-
ner toe. Hierna excuseerde hij zich en verdween uit het paleis.*

*De koning zat op het puntje van zijn troon en wachtte met het water in de
mond op zijn winnende kaart. Twee van zijn lakeien kwamen met het paard
aan. Zijne Majesteit sloeg op tilt. Hoe durfde Jiufanggao hem voor de gek te
houden? Het beest was een hij – dit kon de koning vanuit de verte al met zekerheid vaststellen – en zijn vacht was zwart! De ministers die hem mringden
riepen in koor: bravo! De koning werd nog kwader: hoe durfden ook zij hem te
bedriegen terwijl hij erbij stond/sprong?! Allemaal onthoofden! zou hij zeggen.
Een van de ministers stapte naar voren en voerde het woord. Jiufanggao beschreef het paard met opzet verkeerd omdat hij een kei was in dit vak. Die niet
op uiterlijkheden lette, maar op de geest. Wie de essentie van een mens, dier,
ding of zaak doorhad gaf niets meer om de buitenkant. De minister ging nog
een stapje verder. Alleen door uiterlijke kenmerken te negeren kon je tot de
kern doordringen, anders zou je, net als leken, door zintuigen worden misleid.
De koning bereed het paard en won talloze veldslagen.*

De eerste keer dat ik Chris zag, was tijdens een diner in een chic
restaurant, dat door mijn oom werd gegeven. Zijn vrouw, mijn tante
dus, kon mij niet meer aan. Dag in dag uit zeulde ik, volgens haar, rond
met een lang gezicht. Oom wilde mij wel helpen een investeerder te
vinden voor mijn bedrijfje, maar waar? Via via kreeg hij te horen dat er
in Qingdao, waar ik destijds logeerde, een loslopende Nederlander gesignaleerd was. Als oom ergens zijn zinnen op had gezet, hoed je.

In de spiegel zie ik tante haar hoofd schudden. Het moge duidelijk zijn
dat ik niet op haar kledingadvies moet rekenen. Deze blouse? Die is zo
laag gesneden dat het leeuwendeel van mijn hebben en houden

kant-en-klaar voor het grijpen hangt. Ik word zenuwachtig van tantes hoofdschudden, maar haar mening in de wind slaan kan ik beter laten. De voorwaarde voor haar zwijgen tegen mijn ouders over mijn huidige verblijfplaats is haar klakkeloos gehoorzamen. 'Oké, ik draag wel een zwarte body, met een col die zelfs mijn nek niet blootgeeft.'

Oom verdedigt zijn hoofd, maar tante is onverbiddelijk. Ze scheidt zijn brosse, grijze haren in het midden en tracht ze met olie, spuug, een zachte aai en uiteindelijk met een flinke mep liggend te krijgen. Hij wordt helemaal korzelig wanneer ik weiger een korte jas aan te doen. 'Je gaat toch niet in dat ondergoed naar het restaurant, hè? Zwart nota bene. Er is toch niemand dood?'

Tante werpt mij een stichtende blik toe en ik kies eieren voor mijn geld.

'Da's beter, Jelai.' Oom begeeft zich naar de voordeur. 'Bovendien, wij gaan naar een zakenbespreking, dat wil zeggen, naar een voorloper ervan. Niet naar een kennismakingsgesprek met je kandidaat-levensgezel.'

Eerst nemen wij bus 9. En dan bus 27. Pas wanneer het bewuste hotel-restaurant in zicht komt, stappen wij uit. Oom steekt een vinger op, met zijn borst én buik vooruit – dat laatste is niet de bedoeling. Alsof hij elke dag een taxi neemt. Binnen een paar tellen stopt een rode Santana voor onze voeten.

'Waarheen mag het zijn, meneer?' De chauffeur heeft een accent dat ik niet thuis kan brengen. Een Qingdaonees is hij zeker niet.

'Rij maar naar voren!' Ik heb oom nog nooit zo hautain horen praten.

De boerenkinkel die in de stad contant geld komt verdienen, dateert ook niet van gisteren: 'Had u gedacht dat ik achteruit zou rijden?' Hij trapt op de rem en de wagen kraakt aan alle kanten.

Ik zeg meteen: 'Hotel Golvensonate.'

'Golvenwát? Dat is híér!'

'Dat zie ik ook wel, jongeman.' Oom leest de meter af en zijn stem slaat over: 'Tíén yuan voor víjf stappen?!'

'Starttarief, meneer, voor de eerste vijf kilometer.'

Ik sleep oom gauw de auto uit: 'Ik heb u in de bus steeds gezegd dat wij eerder een taxi konden pakken. Maar telkens kreeg ik te horen dat ik een gat in mijn hand had.'

'Dat heb je nog steeds. Maar dat onderwerp kan wel wachten. Waarom heb je me niet eerder verteld over dat – ik neuk de grootmoeder van de taxibranche! – starttarief?'

'Hoort u uzelf praten, schelden eerder? Ik had dus geen zin om in de tjokvolle bus door u te kijk gezet te worden.'

Na zichzelf flink voor de kop te hebben geslagen, komt oom tot bedaren. Hij klimt statig – met andere woorden, hij buigt zijn benen zo min mogelijk, zoals het een heer betaamt – de marmeren trap op en klopt vlak voor de ingang van het hotel op zijn broekzak. Daar heeft tante de inhoud van hun oude sok in gestopt.

Tranen dreigen mijn mascara in de soep te doen lopen. Zo krap als oom en tante zitten – geld vragen aan hun rijke zoon is niet hun stijl, maar toen ze hoorden dat mijn bedrijfje het onderspit zou delven, haalden ze hun spaartegoed te voorschijn en... Als ik weer succes boek, zal ik hen als eerste verwennen.

'Kop op, Jelai. Dit is een belangrijke dag. Wie weet komt er een ommezwaai in je business. Je oom kan niet tegen tranen, vraag maar aan je moeder.' Hij trekt zijn broekriem omhoog en kiest uit verschillende posen de meest deftige die hij zal aannemen, alvorens de lobby te betreden. Zijn troebele ogen twinkelen: 'De schade die wij door de taxi hebben geleden, halen we hier dubbel en dwars in. Jiang – de chef-kok hier – staat bij mij in het krijt.'

'O?'

Zijn borst wordt nog boller: 'Verdomd als het niet waar is. Nadat Jiangs vorige baas – nota bene lid van de CCP – hun goedlopende staatsrestaurant had leeggeroofd, zette hij zijn vierenzestig medewerkers – hup! – op straat. Daar stond Jiang, met alleen het schort dat hij aanhad. Het was verboden een kraam neer te zetten voor de schoolpoort, die ik destijds bewaakte, maar Jiang bakte lekkere slakken! Om je tong, neus en wenkbrauwen van het hoofd te smullen! Voor hem maakte ik een uitzondering. Als de politie kwam, zag ik dat vanuit mijn raampje als eerste en floot een deuntje. En Jiang kon vlug zijn fornuis en sauzenrekken afbreken! Toveren was er niets bij. Er stond altijd veel volk om Jiangs dampende wok. Op een dag proefde de CEO, ja, zo heten de bazen van internationale concerns tegenwoordig, van dit vijfsterrenhotel Jiangs snack. Ik zie hem daar nu nog staan, op de smalle stoep. Het liefst had hij zijn eigen vingers opgegeten, vanwege de heerlijke slakkensaus die eraan kleefde. Ter plekke bood hij mijn vriend een contract aan voor drie maanden. Zie je, binnen een paar jaar is Jiang opgeklommen tot chef-kok.'

Wij schaatsen achter een piccolo aan, over het spiegelende marmer, en stoppen bij een jongedame achter een soort lessenaar. Terwijl ze onze namen opzoekt op haar lijst, trekt oom mij opzij en fluistert verder: 'Dadelijk als wij haaienvinnen bestellen, laat Jiang ze bij de kassa afrekenen als plakjes rettich. Schildpadden? Als tofoe. Voor een presidentieel banket betalen we een schijntje. Ssst!' Oom heeft niet in de gaten dat hij degene is die dendert als een luidspreker.

Het spreekt vanzelf dat we niet ordinair in de zaal aan tafel zullen schuiven. Een serveerster, die blijkbaar van tevoren door Jiang is geïnstrueerd, brengt ons naar een aparte dis achter een jaden kamerscherm en…

Ik waan mij in een bioscoop, waar *De klokkenluider van de Notre-Dame* van Victor Hugo wordt vertoond. Is het Phoebus, de zonnegod, die daar zit, geadoreerd door Esmeralda? Mijn benen veranderen in twee zoutpilaren en ik staar naar een Adonis van vlees en bloed. Hij lijkt mijn blik te voelen en zijn blanke huid neemt een rozenkleur aan. Oom buigt diep voor directeur Zhang, die voor de vorm half van zijn stoel opstaat om ons te groeten, maar onderwijl niet nalaat ons eraan te herinneren wie hij is. Ook mijn wangen gloeien, maar vrij snel heb ik een gepaste rol voor mezelf gevonden. Ik schud de aanwezigen vriendelijk de hand en wacht tot de serveerster de stoel onder mijn zitvlak duwt.

Al is oom de gastheer, hij realiseert zich meer dan voldoende dat hij het voltallige tafelgezelschap, behalve mij natuurlijk, moet bewieroken alsof ze zijn voorouders zijn. Degene die de Nederlandse Adonis met mijn oom in contact heeft gebracht is ook aanwezig en hij is niemand minder dan de oudste zoon van Zhang. Heng heet de eenogige kreupele. Ook hij staat bij oom in het krijt. Hierover later meer. Oom zegt alleen maar 'Hé? Hè! Há? Hà! O ja? Ga weg!' op alles dat aan tafel wordt gezegd en beweerd. Zo kan hij geen blunder begaan. Die door de wol geverfde vos! Meneer Knap zit met zijn rug tegen de bleke winterzon, die zijn blonde lokken als gesmolten goud doet schitteren. Als hij lacht, gaat zijn rode (gebruikt hij lippenstift?) mond open, net een rozenknop die de wereld wil ontdekken. Gelukkig ben ik pas vijfentwintig. Vermoedelijk de jongste hier en zeker de laagste in de pikorde. Ik schik me graag in mijn rol en laat de anderen aan het woord – zo kan ik meneer Knap van top tot teen bestuderen.

Het koude voorgerecht wordt opgediend. Mmm, zeekomkommers in een sausje van azijn, sesamolie en geperste knoflook. Zulke reuzenexemplaren heb ik nooit eerder gezien. Als wat gaat Jiang deze op de rekening zetten? Als augurken misschien? Hoewel Zhang niet degene is die trakteert, gedraagt hij zich wel als zodanig. Hij kucht en hoest net zo lang totdat iedereen zit te watertanden en pas dan begint hij met zijn stokjes in de gerechten te wroeten en roept: 'Tast toe!' Wij laten het ons geen twee keer zeggen. Mijn oom en Heng tenminste niet.

Door... tja, de aanwezigheid van Adonis krijg ik geen hap door mijn keel. Zonde, deze delicatesse kost per kilo het maandloon van mijn tante. Als ik hem deze keer aan mijn neus voorbij laat gaan, kan ik wachten tot mijn volgende leven voordat ik weer zo'n kans krijg.

Zhang knijpt met zijn stokjes één zo'n bruin, wrattig zeedier vast en bijt op zijn lip. Hij mag vooral niet afgaan door het ding weg te laten glijden. Het duveltje is glibberig als een kwal. Met een zucht legt hij de lekkernij op Adonis' bord. Meneer Knap duwt er met zijn vork tegen en verbleekt. Dit detail kan wel aan de aandacht van anderen ontsnappen – ze zijn druk bezig met fijnproeven – maar aan de mijne niet. Verbleken is niet het juiste woord, want er verschijnen witte vlekken op zijn roze gezicht, als een partij wolken in een zonovergoten hemel. Verschrikt of niet, hij blijft nieuwsgierig naar het vreemde beest op zijn bord turen. Na een tweede stootje begint de zeekomkommer te kruipen. Hoe langer meneer Knap ermee stoeit, hoe meer zijn obsessie de publieke aandacht trekt. Zhang lacht breeduit: 'Meneer Klisse, hij doet niks. Daar is hij te gaar voor.'

Adonis doet zijn best die angst te verbergen: 'Hij komt wel in op- stand nu ik hem wil opeten.'

Waarop Zhang antwoordt: 'Dat is de aard van het beestje. Probeer eens een plakje gelei. Dat wiebelt ook.'

'Haha!' Oom schatert van het lachen. Heng volgt zijn voorbeeld.

Het gezicht van Klisse wordt vuurrood. Ik zoek onder tafel naar ooms voeten en geef ze een niet mis te verstane schop. Ik wilde hem vertellen dat Europeanen rechttoe rechtaan denken en dat ze onze welgemeende omwegen niet kunnen waarderen, maar hoe? Met zo- veel tafelgenoten om ons heen? Gelukkig neemt oom het zekere voor het onzekere en kapt met zijn 'hilarische' uitbarsting. Ik krijg medelij- den met hem. Hij wist niet beter dan dat hij hardop moest lachen om op die manier zijn buitenlandse gast te helpen zijn gêne te vergeten.

Voor oom, Zhang en Heng is deze maaltijd een festijn, voor Klisse komt het neer op een martelgang. De haaienvinnen slikt hij, om Zhangs gastvrijheid te eerbiedigen, zonder kauwen door; het schild- paddenvlees wil hij stiekem overslaan, maar dat lukt niet. Gefascineerd kijk ik naar zijn gezicht. Daarmee vergeleken slaat een thermometer in wisselvallig weer minder door. Het is lang geleden dat ik een man heb zien blozen.

Thuisgekomen geeft oom de portemonnee aan tante retour: 'Hier zijn je levenswortels. Geen cent minder dan toen wij het huis uitgingen, afgezien van het tientje voor die grootmoeder neukende taxi. De rijke Hollander wilde per se betalen. Daar zei ik geen nee tegen, alleen…'

Hij krabt aan zijn hoofd: 'De haaienvinnen konden niet doorgaan voor rettich, want Klisse gebruikte een creditcard. Dat kon alleen bij de hoofdkassa. Jiangs connecties reiken niet zo ver.'

Tante gluurt naar zijn gezicht – ze is even benieuwd als benauwd voor wat ze te horen zal krijgen: 'Maar hoe… hoeveel is het dan gewórden?'

'Het loopt in de honderden, verdomd als het niet waar is!' Hij maakt het er voor haar niet gemakkelijker op.

Ik hang mijn jas op en zeg tussen neus en lippen door: 'Zevenhonderdzestig, plus een fooi van zestig yuan.'

'Hemeltje!' Tante kan zo voor flauwvallende poetsvrouw spelen.

Oom kijkt haar veelbetekenend aan: 'Alleen Boeddha weet wat die blonde knaap bezielt. Wij horen hém in de watten te leggen, of zie ik dat verkeerd?'

Tante kijkt veelbetekenend terug.

Zij met hun insinuaties. Zich druk maken over mij. Alsof ik een vis ben. Die verrot als hij niet gauw van de hand wordt gedaan. Een vrouw van vijfentwintig én ongehuwd. Als ik geen vaart maak, wil niemand me meer hebben, zelfs niet als ik gratis word aangeboden. 'Hoe Klisse zich ook voor mij uitslooft, hij zal hoogstens mijn zakenpartner worden, meer niet.'

Tot mijn verbazing roepen ze in koor: 'Gelukkig!' Het is altijd afwachten hoe ze reageren. 'Pas op voor westerlingen. Die hebben aids!'

'Oom en tante!'

Schaamrood op hun kaken. Hun geraden ook.

Ik pak een kruk en een boek, ga naar de overloop tussen de eerste en de tweede verdieping en zit daar met mijn neus boven op de gemeenschappelijke telefoon van ons gebouw. Zogenaamd om Hemingways *Farewell to Arms* te lezen. Van tante heb ik gehoord dat Klisse mij, toen ik bij mijn broer was, heeft proberen te bereiken, zonder succes. Dit gebeurt mij geen tweede keer.

Iets over tweeën is het zover.

'U spreekt met Chris van Nuenen. Kan ik mevrouw Bai van kamer zeven spreken?'

Mijn hart zoeft naar de hemel, maar ik dwing mezelf met beide benen op de grond te blijven staan. Verstand op scherp: 'U bent op zoek naar mijn tante?'

'Alstublieft niet! Haar nicht… ben jij het, Jelai?'

Hij nodigt mij uit voor een etentje. Vanavond, als het kan.

'Nee, ík ben… aan de beurt.'

Voor een buitenlandse barbaar is hij best attent. Hij merkt de knik in mijn toon en zegt: 'Gun mij de eer om jou nogmaals te trakteren. Zolang je geen kruipend ongedierte, van land noch zee, bestelt…'

Ik barst in lachen uit. Hij ook.

'Niet om het een of ander, Chris – directeur Zhang noemde je toch Klisse? – maar ik sta erop jou uit te nodigen. Misschien niet in een chique tent of helemaal niet in een tent. Ik bel je straks wel.'

'Maar…'

Ik holderdebolder de trap op, naar het kamertje van oom en tante. 'De potentiële investeerder heeft weer gebeld!'

Ze krabbelen overeind en tasten met hun bibberende voeten naar sloffen: 'En?'

'Hij wil mij mee uit eten nemen. Een heus zakendiner, geloof ik.'

Oom vraagt tante om de portemonnee: 'Je kunt die jongen niet nog een keer op kosten jagen.'

'Daarom juist. Oom en tante, wat vindt u ervan hem hier te laten komen? Hij lust geen zeekomkommers en dergelijke dure grappen.'

'Hemeltje!' Tante gooit haar armen in de lucht. 'Bij ons?'

'Dat zou het internationale imago van ons land besmeuren.' Oom praat alsof wij nog in de Culturele Revolutie leven.

'U bent nooit in Hongkong geweest. Daar lopen overal blanke Engelsen rond. Onder de golfplaten slapen Vietnamese en Chinese asielzoekers.'

'Jelai! Je tante en ik zijn geen asielzoekers. Onze staat is geen kapitalistisch vagevuur.'

'Oom, Chris is sinoloog, een halve dan, en China-kenner. Moet u horen hoe goed hij Chinees praat. We kunnen hem geen bord voor de kop houden.'

Tante kijkt oom aan en oom mij. In de stilte komen we tot rust. Ieder van ons beseft hoe belangrijk een investeerder is voor mijn overleving en we weten allemaal dat een diner buitenshuis een aanslag op onze vel-over-benige geldbuidel is.

Tante ziet het licht: 'Vader van onze zoon, weet je nog? Vorig jaar kwam hier een dikke Japanner, met… ik dacht eerst dat het een machinegeweer was, maar nee, het bleek een videocamera. Hoe vies en bouwvallig onze woning ook was, hij legde elke hoek op beeld vast. En riep maar *kitasenai* – mooi, mooi. Je weet maar nooit hoe een buitenlandse duivel tegen onze grot aankijkt.'

'Moeder van onze zoon, daar noem je wat op: die sakézuiper was een achterkleinzoon van de vorige eigenaar van dit huis. Natuurlijk vond hij alles kita-en-nog-wat.'

'Het antwoord is dus ja?' Ik smeed het ijzer als het nog heet is.

Oom draait zich om. Tante schudt haar hoofd: 'Jelai, als je bedrijf uit de rode cijfers is, zoek dan ergens anders maar een stekkie. Mijn versleten hart kan niet tegen de schrik die jouw opwellingen mij telkens bezorgen.'

'Afgesproken.' Ik ren naar de gang.

De taxi van Chris kan niet verder rijden dan de ingang van het Luotai Park. Ik wijs naar het steile bergpad van platte stenen: 'Het huisje op de top van de heuvel, zie je dat? Daar wonen we.'

Hij kijkt eerst omhoog en dan moeilijk: 'Hoe doen jullie boodschappen?'

'Gewoon, jatten.'

Zijn knikkerogen met blauwe strepen zenden lichtbundels uit: 'Ben je altijd zo bijdehand? Waarom was je tijdens het diner in Golvensonate dan zo stil? Even serieus, hoe krijgen jullie die zware boodschappentassen naar boven?'

Ik lach alleen. Aan westerlingen uitleggen hoe wij leven en denken? Da's moeilijker dan een kameel door het oog van een naald jagen. Wat zijn nou een paar tassen? Mijn opa, die vorig jaar op zijn negenennegentigste bij oom thuis in vrede is heengegaan, klom tot zijn vijfenzeventigste elke ochtend deze vervaarlijke trap op. Met een bundel brandhout op zijn rug, dat hij achter de heuvels placht te sprokkelen. Maar de verbazing van Chris doet mij deugd. Een steun in de rug van mijn zelfmedelijden.

Chris slaat telkens twee treden over en steekt zijn hand naar mij uit. Ik kijk net zo lang de andere kant op tot hij zijn hand terugtrekt. De zevenenvijftig bewoners van ons gebouw staan ons unaniem achter de geraniums te bespieden. Ik gun ze de lol niet om mij hand in hand te zien met een harige aap. Chris als mijn zakenpartner, daar kunnen ze niets van zeggen. Wie vandaag de dag vooruit wil, moet samenwerken met rijke Amerikanen of Europeanen. Zo zit de vork nu eenmaal in de steel. Hij zweet blijkbaar, want hij trekt zijn winterjack uit. Ik waan me opnieuw in een bioscoop. Deze keer wordt de film *Zorro* gedraaid. Hoe de Mexicaanse Superman zijn zwarte cape over de schouders slaat heeft hij van Chris geleerd…

Onder de hete adem van mijn buren voel ik mij meer op mijn gemak dan wanneer ik alleen zou zijn. Dat is een kwaliteit die ik wel in huis moet hebben, anders was ik destijds niet tot de toneelacademie toegelaten. Ik praat honderduit: 'Chris, wij staan nu op de Luotai Heuvel, waar dit park naar vernoemd is. Vroeger was dit het concessieterrein van Japanse kolonialisten. Het gebouw waar mijn oom en tante een kamer hebben was vroeger eigendom van een industrieel uit Kioto. Ook hier waren de Japanners beducht voor aardbevingen. Straks zul je zien dat ons gebouw uitsluitend uit hout en papier is opgetrokken. Als de aarde door elkaar geschud wordt – niet dat dit in Qingdao gebeurt of zo –, worden de bewoners niet onder beton bedolven.'

Eenmaal in het trappenhuis schuif ik een stapel koeken van steenkoolpulver tegen de muur: 'Chris, loop met één schouder voor en één achter, anders is je witte trui zwart gestreept voordat je onze kamer bereikt.'

Oom en tante snellen – voorzover ze daartoe in staat zijn – samen naar de deur. Chris tovert een doos chocolade uit zijn jaszak en overhandigt deze. Voor mij heeft hij een… zijden sjaal! Zo een draagt de megaster Sun Li ook, op de cover van het glossy magazine *Films voor het volk*.

'Kom, gauw naar bed!' Tante zet een pot thee op de lage tafel op ons bed en neemt daar zelf de lotushouding aan.

Chris knippert met zijn lange wimpers en ik moet helse moeite doen om niet in lachen uit te barsten. Wat Europeanen onder 'Naar bed gaan' verstaan, weet ik al te goed.

Oom biedt Chris een sigaret aan uit zijn pakje nep-Marlboro's.

Chris komt ogen tekort. Groot gelijk heeft-ie. De kamer van mijn oom en tante telt twee tweepersoonsbedden, ertussen een gangetje om je zijdelings in en uit te wringen. 'Neem me niet kwalijk, maar, waar slaap jij, Jelai?' De knikkerogen van Chris fonkelen weer, deze keer van pure nieuwsgierigheid.

'Hier, met mijn tante.'

'Uhmm.' Hij klinkt niet overtuigd.

'Daar sliep oom met opa en neef Haihai, maar nu opa overleden is en Haihai een eigen gezin heeft, is het domein helemaal voor oom zelf. Zie je, dat is het hoekje van opa geweest.' Ik wijs naar de muurkant van het bed, behangen met glanspapier, gescheurd uit *Films voor het volk*.

De wenkbrauwen van Chris gaan omhoog: 'Met… met die pin-ups daar?'

Pin-up? Daar heb ik eerder van gehoord, in… Ik kom niet meer bij van het lachen: 'Maar Chris! Bedoel je te zeggen…?'

60

Oom en tante zetten ogen op als perfecte driehoeken – ze zijn het spoor bijster.

Ik schater tot ik moet hoesten: 'Oom en tante, Chris denkt dat opa naar mooie, halfnaakte vrouwen keek om lekker te dromen van…'

Tante staat op en sleept haar man mee. 'Kom, wij gaan eten klaarmaken.'

'Zal ik u helpen?' vraag ik voor de formaliteit.

Chris kijkt naar de tafel – hij is nog niet gedekt.

Dat is pas lollig! Werkelijk. Geen haar op mijn hoofd die eraan denkt Chris van de nodige uitleg te voorzien. Ik houd lekker voor mezelf dat het papier van *Films voor het volk* mooi glad is. Als opa er 's nachts met zijn blote ellebogen tegen stootte, schuurde het niet zo erg als gewoon krantenpapier. Ook wil ik Chris in het ongewisse laten waarom we – behalve de eend – nog niet gekookt hebben en de tafel niet hebben gedekt. We wachten ermee tot de gasten arriveren, want dan stropen ze hun mouwen op om ons een handje te helpen. De maaltijd is pas verrukkelijk als hij het resultaat is van teamwerk. Ik kijk naar Chris, als een kind naar een gestreepte tijger in de dierentuin. Elke sprong van dit machtige beest fascineert mij.

Van het eten komt een strandwandeling. Vooral in het weekend is Chris niet van de Zhanqiao Boulevard weg te slaan.

'Zie je dat?'

Ik volg zijn wijsvinger: 'Wat?'

'De zee!' De pupillen van zijn knikkers zetten uit en trekken samen, als de ogen van een Perzische kat die een muis op het spoor is.

Ik proest het uit: 'Als je langs de kust loopt, kun je de zee wel eens tegenkomen, ja.'

Hij slaat met zijn hand op zijn dij: 'Het water is bevroren!'

'Als het winter is, kan het wel eens flink koud zijn, ja.'

De blauwe strepen van zijn knikkerogen worden – zo waar als mijn achternaam Bai is! – bruin nu zijn nek rood aanloopt: 'Jelai, ik heb vijfentwintig jaar in Den Haag gewoond, maar de zee nog nooit in ijs zien veranderen. Ik dacht dat zoiets alleen op de noordpool kon.'

Dat bedoel ik, het kijkgenot dat Chris mij bezorgt. Zo groot en gespierd als hij is, iets onbenulligs kan hem in alle staten van opwinding brengen. Of, moet ik het anders formuleren? Hij windt geen doekjes om zijn verbazing en andersoortige gevoelens. Onze schaamte is hem vreemd – hij is niet met de confucianistische leer opgevoed. Gelukkig maar, anders zou hij, net als de mannen hier, dag en nacht een masker dragen. En bij wijze van voorspel tegen zijn vrouw zeggen: 'Kameraad x , zullen wij vanavond gehoor geven aan de oproep van de CCP en timmeren aan de hoeksteen van onze communistische samenleving?'

De silhouet van Chris wordt op het zand getekend, wit beslagen door de vorst. Zijn wangen gloren als de ochtendzon, net uit zee opgestegen, sprankelend van het zoutwaterbad en verkwikt door een goede nachtrust. Hij wisselt lopen af met rennen, zachtjes stappen met hard stampen, maar de ijsplaat onder zijn voeten geeft geen krimp. Hij steekt zijn hand naar mij uit. Ik kijk om mij heen. Behalve Chris en ik is niemand zo gek om hondsvroeg op het strand te gaan lopen klappertanden. Dus leg ik mijn hand in de zijne en… ik waan mij in de film *Dokter Zhivago*…

Chris draait zich om en om, met mij als het verlengstuk van zijn geluk. IJs, overal om mij heen zie ik ijs; en de zon, die mij in zijn oranje cirkel opneemt. Boven mij dansen witte wolken in het rond, zetten zich af tegen het blauwe gewelf dat op dit ogenblik als enige stilstaat…

Het kan mij geen zandkorreltje meer schelen of hij investeert in mijn bedrijf of niet; het zal mij een ijsspegel wezen of mijn bedrijf vandaag of gisteren het loodje legt. Hier in de omarming van mijn harige duivel wil ik de eeuwigheid ingaan, desnoods via de weg van alle zielen…

Tegen oom en tante zeg ik dat we in een onderhandelingsfase verkeren. Mijn samenwerking met Chris is alleen een kwestie van tijd. Oom blij natuurlijk. Tante trapt er echter niet in. Als ik haar help met de afwas, geeft ze steekjes onder water. Ik doe lekker mee. Ze moet van goeden huize komen om beter toneel te spelen dan ik.

Ik hoef niet meer op de overloop tussen de eerste en tweede verdieping te zitten, met een boek waarvan geen letter tot mij doordringt. Als de telefoon van ons gebouw gaat, roept eenieder die toevallig in de buurt is 'Hello, hello!' in de hoorn. Zelfs de oma van San'er, die naast het Jimuo-dialect geen woord Algemeen Beschaafd Chinees spreekt, kan vandaag de dag 'in het Engels' de telefoon beantwoorden. Anders dan ik had gevreesd, word ik door de buren niet met scheve ogen aangekeken, nu een blanke aap mijn deur platloopt. Wel voel ik hun priemende blikken in mijn rug. Naast nieuwsgierigheid bemerk ik jaloezie. De sjaal die ik van Chris heb gekregen prijkt om mijn hals. De dochter van mijn linkerbuurvrouw zou mij er dolgraag mee willen wurgen. Jiao heet ze. Met die naam kun je alle kanten op. Hij kan 'lief' en 'teer' betekenen, maar ook 'aanstellerig', 'loops' en 'hoerig'. Die laatste drie heb ik afgeleid van de eerste twee. Logisch, toch? Jiao had gewerkt als lasser in tractorfabriek Oostenwind. Twee jaar geleden was dit bedrijf door de plaatselijke partijleiding kaalgeplukt en vervolgens failliet verklaard. Anders dan haar collega's kwam Jiao heelhuids uit de massale ramp te voorschijn – ze werd bijvrouw nummer vierenhalf van Pan, haar voormalig directeur. Dat halve in haar titulatuur heeft ze te danken aan een verfspuitster, die op dezelfde dag en in hetzelfde bed als Jiao door Pan werd ingelijfd. Nr. 4 $1/2$ springt niet hoog en laag als de telefoon van ons gebouw rinkelt. O nee, want ze heeft een eigen pieper. Vraag me niet hoeveel dat ding heeft gekost, want dat weet ik niet. Jiao ook niet. Zodra haar werkverschaffer overloopt van… je weet wel én genoeg heeft van zijn andere vrouwelijke attributen, wordt Jiao opgeroepen. Dan verpest ze haar mooie snuitje met een laag Lancôme (nep!) gezichtssmeer. Vervolgens wacht ze met één poot recht en één poot krul bij de ingang van ons Luotai Park. Tot er een Lada komt aanhoesten. Ze draait haar derrière van linksboven naar rechtsonder voordat ze deze op de achterbank van de wagen neervlijt én maar wuiven, alsof ze naar de Oscaruitreikingen gaat. Nu ziet ze met lede ogen aan dat Chris mij afhaalt met een BMW. Een heuse, hoor. Zelfs de asbak is Made in Germany. Hij is – ssst, het gaat Jiao niets aan – niet van Chris, doch geleend van zijn Nederlandse collega. Volgens zeggen ziet die Hollander eruit als een hoogzwangere flamingo, maar hij kan met zijn Chinese vriendinnen ruimschoots een bataljon formeren.

De wind snijdt in mijn wangen, maar binnen in mij zingt een kampvuur. Elke voetafdruk die Chris op het natte zand achterlaat is in mijn ogen een kunstwerk. Nu lunchtijd nadert, hebben we het strand niet enkel en alleen meer voor onszelf. Daarom maak ik mijn hand los van de zijne, telkens als hij die vastpakt. Zo nu en dan, als zijn arm langs mijn mouw schuurt, pompt mijn hart een bloedgolf naar mijn schedel. Wanneer was de laatste keer dat ik me zo licht in mijn bol voelde? Daar wil ik niet aan denken. Mijn verleden is een doos van Pandora, die beter ongeopend kan blijven. Mijn oor kietelt als Chris erin schreeuwt, maar hoe moeten we ons anders verstaanbaar maken? De ijsplaten van vorige week zijn door de zonnestralen in grote blokken gezaagd. Gedreven door de eeuwigdurende eb en vloed botsen de schotsen tegen elkaar. Met als gevolg een daverend geluid. Bij elke ontmoeting tussen twee brokken ontstaat een nevel van ijssterretjes. Hoeken en randen worden afgerond, de blokken worden compacter en alleen nog de essentie van hun wezen blijft intact. Door Chris ben ik van de zee gaan houden. Bleef het daar maar bij…

Voor de gecapitonneerde deur van een nachtclub houd ik mij vast aan een boom. Onder geen beding laat ik mij door Chris naar binnen sleuren. Deze gelegenheid is een begrip in Qingdao. Alleen rijke blanke duivels en duivelinnen, dure Chinese hoeren en gigolo's vertonen zich hier. Chris heeft mij nog nooit zo verbeten gezien en wrijft aan zijn pols waarin ik mijn tanden heb laten zinken.

'Jelai!'

Ik kijk hem aan, zonder er een woord aan vuil te maken.

'Ik trakteer, weet je nog? Bovendien, wij nemen alleen een kop koffie… of thee, wat je wilt.'

'Een kopje vocht kost daarbinnen evenveel als een zeekomkommer!' Ik bedek mijn mond: 'Ssssorry, je lust dat zeedier niet. Maar je weet wel wat ik bedoel.'

'Nou en?'

'Chris, daar komen geen nette mensen!'

'Je wordt bedankt! Dit is toevallig wel mijn stamcafé.'

'Da's fraai!'

'Nogmaals, dit is een doodgewoon bruin café. Nederland stikt ervan.' Hij trekt mij naar een raam: 'Zie je? Studenten Engels van de Universiteit van Qingdao. Naast hen, op die barkruk, mijn collega Eric.'

Boeddha nog aan toe! Eric? En Chris? Ze kennen elkaar? Dit had ik kunnen weten! Mijn hart slaat een slag over. Ik haal diep adem, raap mezelf bijeen en bestudeer de lellebellen aan de bar. Al verbrand je ze tot as, dan nog herken ik ze aan hun luchtje. Ze gebruiken geen make-up, 'zoals het intellectuelen betaamt', maar ze dragen wél een push-up beha onder een blouse die een maat of tien te nauw is. Bij hen vergeleken zie ik er analfabetisch uit, maar ik gun ze het plezier niet mij uit te rangeren. 'Chris, ga jij maar met ze praten, voor mijn part over Spinoza. Ik wacht hier wel.'

Het gezicht van Chris wordt voor de helft witheet, maar de zeewind over de boulevard verkoelt zijn zenuwen: 'Jij je zin. Het wordt een theehuis.'

Ik dartel naast hem: 'Ik weet er eentje iets verderop. Tien *fen* per lepel theeblaadjes, gekookt water onbeperkt.'

Hij zucht en slaat zijn arm om mij heen.

Dat een blanke met een Chinese in de volksbuurt is aangespoeld, gaat als een lopend vuurtje rond. De serveersters giechelen en vergeten onze bestelling op te nemen. Nauwelijks vijf tellen later waggelt een man uit een zijkamertje naar ons toe. Zijn buik vol thee (of is het bier?)

baant voor hem de weg en hij schenkt hoogstpersoonlijk Longjing thee voor Chris in. Mijn kopje smijt hij op tafel, recht onder mijn neus, die een paar gloeiende spetters mag opvangen. Voor de eerste keer sinds mijn omgang met Chris ben ik zeker van mijn zaak. Hoe meer afgunst, hoe vaster het staat dat dit met Chris een goede zet is. Ik laat de bierbuik de schaal watermeloenpitten weghalen en verse brengen – deze zijn ranzig geworden. Je zou zijn smoelwerk moeten zien. Paars als een ingedeukte aubergine. Chris probeert ons te sussen, maar ik tik met mijn vingerkootje op tafel en wacht geduldig tot de aubergine zijn excuses aanbiedt. Met Chris als mijn paraplu voel ik me beschut.

'Mag ik je wat vragen?'

'Jij mag alles, Jelai.'

'Al heb ik die beruchte nachtclub… dat café dan… nooit vanbinnen gezien, ik heb me laten vertellen dat de bezoekers daar gezette Duitsers en kalende Amerikanen zijn. Iemand van jouw leeftijd heeft toch te weinig werkervaring om hiernaartoe uitgezonden te worden? Laat mij uitpraten, Chris. Bovendien, als je jong bent, moet je toch eerst een plek in je eigen land veroveren voordat je je carrière in het buitenland uitbouwt?'

Hij schuift de schaal watermeloenpitten tussen ons in opzij: 'Je wilt dus weten hoe ik hier verzeild ben geraakt?'

Ik spuug meteen een schil uit: 'Zo moet je het niet zien.'

'Jawel, Jelai, met alle plezier. Want ik vat je eerste vraag op als compliment.'

Uhhhh?

'Omdat ik de Chinese taal machtig ben en economie heb gestudeerd, vond mijn baas, ene meneer Kraan, mij geschikt voor dit werk. Mijn antwoord op je tweede vraag is lang. Heb je tijd?'

'Yes, you goes on.' Ik zeg dit expres fout en hardop, opdat de aubergine achter de toonbank mij Engels hoort praten. Die boer! Behalve knorren als een beer beheerst hij geen andere exotische taal.

'Net als mijn leeftijdgenoten ambieerde ik na de universiteit een normale loopbaan. Ik kreeg een jaarcontract bij een textielbedrijf en verhuisde naar een luxeappartement in Groningen. Amper drie weken later werd mij medegedeeld dat ik naar China moest, om een geschil te beslechten tussen Eric en Zhang. Je houdt het niet voor mogelijk hoe ingewikkeld de zaken in elkaar staken. En ik als Hollander, recht door zee en, achteraf gezien, simpel, maar aan eigendunk geen gebrek, dacht dat ik de kluwen wel eventjes zou kunnen ontwarren. Niets is minder waar.

Toen ik het probleem zo goed en zo kwaad als het ging had opgelost, wist ik niet meer welke kant correct was en welke niet. Daarbij kwam nog dat ik de Berg Lao wilde bezoeken. Onderweg heb ik met mijn recht-vaardigheidsgevoel ruim vijftig mensen om zeep geholpen...'

Ik kijk om me heen: zes paar serveerstersogen turen naar mij, maar het hindert niet. Ik reik naar zijn hand, die klam is. 'Nee toch, was jij een van die Europeanen die de dans is ontsprongen? Ik heb erover gelezen. Maar Chris, dat was niet jouw schuld. Dergelijke dingen gebeuren wel vaker – ons land is immens en sinds de invoering van de markteconomie rommelig. Met of zonder jouw tussenkomst was de buschauffeuse gedoemd te...'

'En de drieënvijftig passagiers dan? Eric had me nog zo gewaar-schuwd me er niet mee te bemoeien...'

Ik pak ook zijn andere hand. Het liefst zou ik hem in mijn armen wil-len sluiten. Waarom kom ik tegenwoordig geen Chinese man meer te-gen die zich bezighoudt met wat goed is en wat slecht? De gestreepte tijger verandert plotsklaps in een kwetsbaar jongetje. Mijn moeder-instinct wordt aangewakkerd. Nu weet ik waarom hij mij fascineert... Nee, aantrekt.

Zachtjes maar resoluut pelt hij mijn vingers van zijn handen: 'Laat me maar even.' Hij drinkt zijn thee op en bestelt een whisky. Het wordt een glaasje maotai. De boer van deze tent heeft nog nooit van Schot-land gehoord, laat staan van zijn distillaat. 'Vóór mijn werkbezoek had ik een vrij positief zelfbeeld. Ik deed het goed op school en vond direct na mijn studie een prima job. Elk debat in onze projectgroep won ik met vlag en wimpel. Denk maar niet dat ik mijn stem hoefde te verhef-fen. Mijn tegenstanders kregen geen speld tussen mijn argumenten. Hier in China zijn al mijn overtuigingen onderuitgehaald. Ben ik naïef of zijn jullie meesters in het omzetten van wit in zwart en zwart in wit?' Hij krabt aan zijn hoofd: 'Zie je, nu doe ik het weer. Ik geef jouw land de schuld van mijn onvermogen.'

Mijn brein raast voort: 'Als je China zo'n warboel vindt, waarom ben je hier dan voor de tweede keer?'

'Het lot, denk ik.'

'Ha!' Ik tover een overdreven mimiek te voorschijn: 'Je praat als mijn oma zaliger.'

'Nu je het zegt. Weet je wie mij in het lot heeft doen geloven? Mijn opa! Weer een lang verhaal. Heb je nog tijd?'

'Ik heb een eeuwigheid voor je. Is dat... lang genoeg?' Mijn kaken vatten vlam.

De zijne ook.
Twee schotsen ijs in een ontdooiende zee...

Chris op zijn praatstoel. 'Ik begin bij het begin. Na het incident met de buschauffeuse stond ik met bloedend hart op Schiphol, een luchthaven onder de rook van Amsterdam. Alleen mijn vader en Anouck – mijn ex-vriendin – waren bij de ingang van de aankomsthal te bekennen. Met een bos rode rozen. Door wat ik in de bus naar de Berg Lao had meegemaakt, kon ik niet meer tegen rood, maar ja, probeer dat maar eens een twee drie aan mijn vader en Anouck duidelijk te maken! Dus ik toonde mij blij met het welkomstcadeau. Waar is moeder? vroeg ik, want normaliter is die altijd van de partij. Vader schudde zijn hoofd en zei dat ze last had van hyperventilatie. Ik keek hem vuil aan: had hij weer de drinkebroer uitgehangen bij zijn ouwe-jongens-krentenbroodvrienden, waarover moeder zich kwaadaardig opwond? Anouck nam me apart en deed me uitentreuren verslag van het wel en wee van de hortensia in onze tuin. Het bleek dat Snortje, de cavia van onze overburen, uit haar – het was een zij – kooi was ontsnapt en had huisgehouden tussen de bloemperken. Niet alleen bij haar baas, maar ook bij ons. Moeder belde meteen Aegon, een maatschappij die... nou ja, daar had ze een plantenverzekering lopen. De details zal ik je besparen. Kortom, een gedoe om moeders hortensia vergoed te krijgen en daar werd ze letterlijk en figuurlijk benauwd van. Thuisgekomen moest ik de hele geschiedenis opnieuw aanhoren, sterk gezouten en flink gepeperd door moederlief. Ze trok mij de tuin in en liet de stoffelijke overschotten van haar struiken zien, bedekt met plastic, als onbetwistbare bewijzen. Eindelijk mocht ik terug naar de huiskamer, maar ze duwde foto's van de zielige hortensia onder mijn neus, keurig genummerd met een waterafstotende viltstift. Steeds zag ik de vierenvijftig verongelukte reizigers voor mijn ogen, maar niemand vroeg me hoe ik het in China had gehad. Ik probeerde het geanimeerde gesprek naar mijn werkbezoek om te buigen, met bescheiden succes. Hun belangstelling bleef beperkt tot het al dan niet slagen van mijn missie. Mooi zo, vatte vader mijn complete reis samen. Ik heb een streepje voor als promotie om de hoek komt kijken. 's Avonds sloeg Anouck haar armen om mij heen en ik schrok me lam!'

Hij had dus een... intieme relatie met een vrouw. Ik zeg 'kalm': 'Waar schrok je van?'
Na een slokje maotai kijkt hij mij in de ogen: 'Wil je het echt weten?'

67

Ik schud en knik mijn hoofd.

'Toen ik de eerste keer in China was, maakten Eric en ik wel eens grapjes over Fangfang, de vette dochter van directeur Zhang, maar Anouck! Zij spant de kroon. Haar arm is niet veel dunner dan de taille van een Chinees meisje. Geen wonder dat ik geen passende beha in Qingdao voor haar kon vinden. Waarom was dit me nooit eerder opgevallen?'

'Daar schrok je dus van, Chris?'

'Van mijn schuldgevoel, ja. Ik was amper twee weken weg of ik vond mijn vriendin niet sexy meer. Maar je moest eens weten wat een gevaarte zij is! Als zij op mij geilde, wist ik niet hoe gauw ik de benen moest nemen. Het was dus voor het eerst dat ik zo op haar reageerde. Twee maanden later kwam er een telefoontje uit Eindhoven. De decaan van Fangfangs school moest mij dringend spreken. Hij zei dat ze mij als haar enige contactpersoon in Nederland had opgegeven. En hij verzocht mij snel te verschijnen: Fangfang had in de korte tijd dat ze hier was al twee keer van zes hoog naar beneden willen springen. Ik de auto in, met Anouck naast me. Ze was erg attent en tapte van Groningen naar Brabant de ene mop na de andere. Onderweg stopte ik bij de Edah, een supermarkt. Daar kocht ik een netje sinaasappels. Anouck vroeg mij of Fangfang verkouden was. Ik snauwde haar af en kreeg meteen spijt. Hoe kon zij weten dat Chinezen elkaar te pas en te onpas fruit voeren?

Er sprongen sterretjes uit Fangfangs ogen toen ze mij in de deuropening zag. Ze nodigde mij uit bij haar op bed te gaan zitten, en Anouck ook. Om mijn vriendin geen verkeerde indruk te geven, nam ik een stoel. In het piepkleine kamertje begonnen wij – Fangfang en ik – te kletsen, in het Chinees. Met handen en voeten om onze woorden kracht bij te zetten, zoals men in China gewend is. Het bleek dat ze niet kon wennen aan de onderwijsmethode hier: te weinig colleges en te veel zelf dokteren. Tijdens de lessen overlaadden de leraren de leerlingen met vragen. "Wat is dat voor een vaag gedoe! Als ik het antwoord op hun vragen wist, zat ik hier niet!" riep ze fel. Ze vertelde er niet bij dat ze niet eens de helft verstond. Na school verpieterde ze in haar holletje. Ze had gedacht dat haar klasgenoten haar vaak zouden opzoeken (desnoods zonder fruit). "Ze weten toch dat ik hier moederziel alleen ben?" merkte ze verontwaardigd op. Ik legde haar uit dat Nederlanders erg op zichzelf zijn en dat ze moeite moest doen vriendschappen aan te knopen. "Moet ik soms op mijn kop gaan staan?" Ze lachte. Ik ook. In een fractie van een seconde ging mijn hart open. Ik wierp een vlugge blik op haar. Gek, daar in Nederland viel ze niet op als dikzak. Sterker nog, in Nederland behoorde ze tot de volslanken. Ze vertelde hoe ze een keertje tegen etenstijd bij Cindy, een studiegenote van haar, was binnengewipt. Deze was aan het montignaccen – weet je wat dat is, Jelai? Echt? Hoe is het mogelijk? Maar goed. Op haar bord lagen een plakje bloemkool, een kootje wortel en twee schijfjes aardappel. Cindy legde haar uit dat ze vóór de kerst in haar galajurk wilde passen. Maar toen ze ging afwassen, deed ze de koelkastdeur open en likte ter plekke een bekertje slagroom leeg. Dat schoot op! Fangfang sloeg met beide handen op haar knieën en ik werd nogmaals getroffen door haar gevoel voor humor.

Voordat ik haar leuk begon te vinden, pakte ik mijn biezen en verdween in de auto. Ik ben geen Romeo en wil niet verliefd worden op de dochter van mijn vijand.'

'Zo gemeen is haar vader ook weer niet.'

'O nee?'

Ik bestel vier *goud-en-zilverbroodjes* – het is lunchtijd. Als ik niet zelf voor maagvulling zorg, kan ik wachten tot we samen een ons wegen. Daar ben ik de afgelopen weken wel achter gekomen. Drinken slaat Chris daarentegen nooit over. Wat hebben Nederlanders toch met alcohol? Het is niet eens zoet of zo. 'Niet dat ik Zhang goed wil praten, Chris, maar zonder corruptie zou hij zijn vrouw en zoon niet kunnen redden. Dit is mij verteld door mijn vader, die bevriend is met Heng, de enige stamhouder die de Zhangs rijk zijn. De directeur was vroeger piloot. Een ware held. Die tijdens de Koreaanse Oorlog tegen de Amerikanen had gevochten. Drie F-16's had hij neergehaald, aldus Heng. Hij mocht dan wel uitblinken in vliegend schieten, maar hij had een verstopte neus voor de politieke wind. Tijdens de Culturele Revolutie kwam hij op voor zijn ex-ploeggenoot, een achterboordschutter van het eerste uur. Dat maakte Zhang medeplichtig aan een "revisionistische aanslag". Hij werd gedemobiliseerd en moest in Binnen-Mongolië paarden gaan fokken. Pas na de dood van Mao werd hij in ere hersteld. Als compensatie voor het hem aangedane onrecht werd hij benoemd tot directeur van een ziekenhuis in Yantai, een voorstadje van Qingdao. Terwijl hij niet eens wist of de milt onder aan de blaas zat of in de kransslagader. Hij wilde net uitgebreid zijn privé-zaken op kosten van de staat in orde maken of hij werd overgeplaatst. Ditmaal naar een insecticidefabriek in Qingdao zelf. Toen hij met zijn gezin in Binnen-Mongolië zijn straf uitzat, had de kleine Heng polio opgelopen. Ze hadden de kuil achter de tent al klaar om de jongen in te begraven, toen de blotevoetendokter eindelijk aankwam. Heng haalde het, maar zijn rechterbeen en linkeroog moesten het ontgelden. Zhangs vrouw werd geveld door een zeldzame nieraandoening, maar ze wilde niet sterven voordat Heng getrouwd was. Sinds Zhang leiding geeft aan jullie joint venture, is hij driftig op zoek naar gelden om ervoor te zorgen dat zijn vrouw en zoon gedegen medische zorg krijgen. Daartoe voelt hij zich verplicht: zonder zijn politieke "fout" zouden ze niet zo invalide of ziek zijn. Na de invoering van de markteconomie is de gratis gezondheidszorg zo goed als afgeschaft. Als een arbeider iets ernstigs onder de leden heeft, gaat hij gewoon naar huis om zijn laatste snik af te wachten. Anders zou hij na zijn dood een boel schulden achterlaten die ook het leven van zijn dierbaren zouden verzieken. Met de steekpenningen die Zhang vangt, hoopt hij een operatie voor Heng te kunnen bekostigen, zodat de jongen wat rechter kan lopen. Hoe moet hij anders aan een vrouw komen, met zijn uiterlijk dat behalve de lachspieren geen andere gevoelige snaar van het andere geslacht kan raken?'

'Zhang is dus een gemene zielenpoot.'

'Chris, moet je zo nodig een stickertje op hem plakken?'

'Een zielige gemenerik dan.'

'Je hebt gelijk over die eigendunk van jou. Hoe dan ook, met je mening wordt onze maag niet gevuld.'

'Waar slaat dat nou op!'

'Daar draait het om. Hoe snoeren we onze maag driemaal daags de mond? Klinkt ordinair, maar voor óns is dat heilig.'

Chris houdt zijn glaasje maotai vast.

'Voordat Zhang in ere werd hersteld, moest zoonlief zijn eigen kost zien te verdienen, maar hoe? Mensen met twéé ogen en benen van gelíjke hoogte komen niet eens aan de bak, laat staan dit gehandicapte joch. De eerste keer dat mijn vader Heng zag was voor de schoolpoort. De jongen stond te watertanden voor Jiangs slakkenkraampje. Jiang kreeg medelijden en gaf hem een gratis portie. Uit dankbaarheid bood Heng aan het vlees uit de slakkenhuizen te halen, een extra service voor klanten met twee linkerhanden. Zo verdiende Heng zijn dagelijkse portie eiwit. Mijn vader grapte: "Een arend kan vliegen, een kat in bomen klimmen, een muis tunnels graven en Heng? Heng kan peuteren." Verrek, dacht de jongen, waarom maak ik er niet mijn beroep van? Mijn vader keek oogluikend toe wanneer Heng, tegen de straatverordening in, een krukje voor de schoolpoort neerzette en in de oren van voorbijgangers peuterde, waarna hij ze met een kwastje afstofte en zachtjes kietelde. Vijf fen per stel. Dat ene oog van hem bleek een zegen. Hij hoefde niet zijn andere, slechte oog te sluiten om goed te mikken.'

Met het smoesje dat hij zijn dorst wil lessen gaat Chris over op Qingdao bier. Een literfles wordt op tafel gezet, evenals een tweede schaal watermeloenpitten voor mij. 'Begrijp me niet verkeerd, Jelai. Ik heb geen hekel aan Zhang, maar daarom hoef ik zijn dochter Fangfang nog niet leuk te vinden. Of wél soms?' Hij kijkt mij aan.

'Dat moet je zelf weten!'

Hij glimlacht.

Soms kan ik zijn gevoel voor humor wel schieten.

'Toen wij van Eindhoven naar huis reden, tapte Anouck geen moppen meer. Het regende pijpenstelen en het enige dat ik zo nu en dan hoorde was Anoucks: "Voet van dat gaspedaal!" De stiltes in de auto kwamen mij goed uit. Al snel realiseerde ik me dat ik niet zozeer geïnteresseerd was in Fangfang, maar meer in het land waar ze vandaan kwam. De chef van mijn afdeling was zo doorgedraaid dat hij regelrecht in een gesticht belandde – zijn echtscheiding was hem te veel geworden. Ik maakte dus kans op promotie. Kraan had mij meermalen, in bedekte termen uiteraard, hierop gewezen. Mijn luxeappartement in Groningen keek uit op een gracht. 's Avonds kon ik in het monumentale stadscentrum de ene kroeg na de andere keuren. Als Fangfang niet was opgedoken, zou ik verder zijn gegaan met mijn vertrouwde leventje, maar nu?'

'Wil je zeggen dat je niet geïnteresseerd bent in Fangfang in het bijzonder, maar in Chinese meisjes in het algemeen?'

'Wwwaarom vraag je dat?'

Schouderophalend zeg ik: 'O, zomaar.'

'Nou, thuisgekomen belde ik Eric in Qingdao. Zijn ééndagsliefje nam de hoorn op en geeuwde. Eric haastte zich de badkamer uit – ik kon dit horen aan het geklets onder zijn natte slippers. Allereerst vertelde hij mij over een nieuwe ringweg die vóór mijn vertrek nog een blauwdruk was. Nu telt deze ruim dertig kilometer. In een paar maanden tijd! Eric klonk apetrots, alsof China zijn geboorteland was. Mijn bloed raasde als een rode Ferrari door mijn aderen. De Betuwelijn in ons eigen land zou pas in de volgende eeuw voltooid zijn. Jelai, jouw land is net een jonge poema. Het groeit als kool, sprint voort, valt en staat weer op. Je vroeg zojuist waarom ik geen carrière in mijn eigen land wilde maken. Daarom. In China voel ik de polsslag van het leven. Vandaag bedenk je een plan, morgen is het gerealiseerd. Geen last van allerlei overlegorganen, protestgroepen en Kamervragen. Anouck was als de dood voor mijn affiniteit met China. Ze studeerde biologie en wilde later gaan solliciteren bij TNO in onze stad, nee, Den Haag ís geen stad, maar goed, dat doet er niet toe. Zelfs Leiden is geen optie voor haar, kun je nagaan. Mijn ouders vonden het ook maar niks, dat gedoe met China en joint ventures. Vroeger vond moeder het schattig als ik bij de Chinees de originele menukaart ontcijferde, maar dit ging haar te ver. Alleen mijn opa begreep mijn passie voor China. Exacter geformuleerd: hij zag groen en geel van jaloezie.'

Ik frons mijn wenkbrauwen: 'Vind je het erg als ik je vraag het verhaal van je opa even te laten rusten?'

'Jelai, wil je niet meer weten hoe mijn lot, via mijn opa, met China verweven is?'

'Dat wel, alleen…' Ik slik de rest van de zin in. Nu ik oog in oog zit met meneer Knap, wil ik alles van hem weten, in plaats van een gerimpelde oude heer.

Hij kijkt mij vol verwachting aan: 'Alleen wat? Wie a zegt, moet ook b zeggen.'

'Chris, weet je wat wij Chinezen over je zouden zeggen?'

'Nee.'

'*De scharnieren van je tong zijn pas met olie gesmeerd.* Daarom kun je er goed mee roeren.'

Ook dit vat hij op als compliment en hij lacht hartelijk.

Ik kijk naar zijn rode lippen: 'Hoe kwam je erbij Chinees te leren? En het zo vloeiend te spreken ook?'

Hij bloost weer en krabt aan zijn hoofd: 'Het waarom heb ik zelfs mijn moeder niet verteld.'

Ik zet mijn ellebogen op tafel en leun voorover.

Hij neemt een reuzenslok bier: 'Hoe oud was ik, twaalf? Vast, want ik zat toen in de brugklas. Op een middag pakte ik mijn schooltas in. Ik wilde net het leslokaal verlaten of ik werd staande gehouden door – ik weet nu nog zijn naam – Sjoentjong Hoewensjang. Van hem moest ik wachten tot de klas leeg was, waarna hij op zijn tenen ging staan en fluisterde: "Chris, wil je je hand in mijn broek stoppen?"

Had hij verteld dat er eskimo's op de maan leefden, dan had ik mijn oren eerder geloofd! Ik strompelde flink wat stappen terug en bekeek dat Chinese ventje uit Suriname voor het eerst in het afgelopen driekwart schooljaar. Hij had kort haar en lange oorlellen. Aan zijn ogen kon ik niet zien of hij sliep of dat hij in wakkere toestand verkeerde. Ik nam aan dat hij even oud was als ik, maar hij was net zo klein en iel als Tineke – mijn zusje, dat in groep zes zat. Wedden dat niemand van onze klas iets van zijn bestaan had gemerkt? Hij zat, vanwege zijn lengte, op de eerste rij en gaf nooit uit zichzelf antwoord als leraren vragen stelden. En juist zo'n mannetje had een lef dat de stoerste jongen van onze klas in zijn natste droom niet zou kunnen opbrengen. "Nee… vandaag niet," stamelde ik en ik nam de benen. Op weg naar huis kon ik mezelf voor de kop slaan. Wat bedoelde ik nou met "vandaag niet"?' Chris kijkt mij bezorgd aan.

'En toen?' Ik doe alsof het de gewoonste zaak van de wereld is dat hem een dergelijke ervaring ten deel viel en dit stelt hem gerust.

'Sindsdien kocht ik altijd een loempia in het restaurant tegenover de bieb waar ik vaak boeken haalde over astronomie. Sjoentjong was in alle staten als hij mij de zaak van zijn ouders zag binnenkomen. Hij stelde mij voor aan zijn moeder achter het doorgeefluik, die een ellenlange tekst uitsprak, waar ik geen moer van snapte. Zonder dat ik wat zei, begreep hij dat ik niet in zijn je-weet-wel geïnteresseerd was. Daar zat hij niet mee. Of had hij zich daar gewoon bij neergelegd? Uit zijn platte, uitdrukkingsloze gezicht kon ik in ieder geval niet opmaken of hij het mij kwalijk nam of niet. Wel begon ik Chinees te leren. Een paar maanden later kon ik zonder handen en voeten met Sjoentjongs moeder over het weer klagen; een jaar later lukte het me aardig om de Chinese video's die zijn familie wekelijks huurde te volgen. De woorden die ik daaruit had opgepikt gebruikte ik om te flirten met Sjoentjongs zus.'

'Chris, was zij je eerste vriendin?'

'Ze was al bezet. Een "Hollander" – zo noemde haar moeder haar vriendje. Een doorn in het oog van haar ouders. Twee jaar later kreeg mijn vader promotie en verhuisden we naar de Vogelwijk. Mijn nieuwe school was een eind weg. In het laatste jaar van het vwo moest ik een studierichting kiezen. Ik ging economie studeren in Leiden, en nam, jawel, als keuzevak ABC (Algemeen Beschaafd Chinees). Maar de taal heb ik eerder geleerd door op te trekken met mijn Chinese medestudenten dan door wat anders. En nu ben jij aan de beurt. Ik heb mijn levensgeschiedenis, tot in details, uit de doeken gedaan, terwijl jij alleen maar vragen stelt. Het lijkt wel een diepte-interview. Waarom woon je bij je oom en tante in? Waar zijn je ouders?'

Ik voel een dolk in mijn hart steken: 'Bemoei je met je eigen zaken!'

Zijn roze wangen verbleken. Ontredderd zoekt hij oogcontact met mij.

Gauw kijk ik van hem weg. Ik heb geen spijt. Dat ik zijn nieuwsgierigheid in de kiem heb gesmoord. Maar medelijden wel. Ik schenk hem thee in en zoek naar een neutraler onderwerp, tevergeefs.

Chris is een echte heer. In plaats van dat hij mij mijn brutaliteit kwalijk neemt, schiet hij mij te hulp. En doorbreekt de impasse: 'Vind je het leuk als ik nu over mijn opa vertel? Via wie mijn lot met China is verweven?'

Ik weet niet hoe gretig ik met mijn hoofd moet knikken.

Chris schraapt zijn keel. Op de trouwdag van zijn oma Mia en opa Sjef gingen ze naar zijn grootouders in Eckelrade. Deze traditie was volgens Chris' vader ouder dan zijn oudste broer. Ze stapten, zijn ouders en broer enerzijds, zijn zus, Anouck en hij anderzijds, in respectievelijk een Saab en een Volkswagen Golf. Om kwart over één kwamen ze bij opa en oma aan. Ze wachtten hen al bij de ingang op. Met zijn allen moesten ze vlug de Poesjenellenkelder in. Daar stond al vanaf twaalf uur een tafel klaar. Vanaf haar zeventigste verjaardag kroop oma niet meer achter het fornuis om een feestmaal in elkaar te flansen.

Opa Sjef mopperde dat hij eigenlijk een tafel bij de Chinees wilde reserveren: volgeboekt. Chris' moeder troostte opa. Volgens haar een goddelijke voorzienigheid. Ze keek Chris smalend aan en knipoogde tegen Anouck.

Deze zenuwoorlog was opa ontgaan en hij borduurde voort. Dat het was omdat hij een klein AOW'tje had. Anders zou hij vaker Chinese serveersters willen zien die met hun fijne handjes zijn babi pangang opdienden. Oma gebaarde Chris' moeder haar mond te houden en fluisterde haar iets in. Het bleek dat opa sinds kort kinderliedjes van voor de Eerste Wereldoorlog zong. Ook vertoonde hij een obsessie voor alles wat met het Verre Oosten te maken had. Een week daarvoor had hij bij een reisbureau een trektocht door China besproken. Dat hij een operatie voor een pacemaker en drie bypasses achter de rug had, weerhield hem niet zijn wilde plannen door te zetten. Waar die tik vandaan kwam, wist niemand.

Tijdens het diner begon opa weer. Moeder vroeg Chris van stoel te ruilen. Haar schoonpapa bofte vandaag, aldus moeder. Al was oma zijn praatjes zat, zijn kleinzoon had een gewillig oor. Chris kreeg het verzoek opa te vertellen waar hij was geweest. De oude heer geloofde zijn oren niet. Chris knikte tegen opa en ging door met zijn zalmmoten à la crème. Opa zat op het puntje van zijn stoel en wilde precies weten waar. Chris antwoordde Qingdao. Een werkbezoek. Had hij meer tijd gehad, zou hij… Opa beweerde dat hij Schinktouw kende. Iedereen aan tafel, behalve Chris, lag in een deuk. Qingdao, corrigeerde Chris, een Chinése stad. Opa zette ogen als schoteltjes op. Hij dacht dat Schinktouw wel degelijk Chinees klonk. Het gelach om hem heen werd ondraaglijk. Chris wist niet of hij opa op de werkelijkheid kon wijzen. Van opa mochten ze gerust gieren als een stelletje koeien dat last had van buikgas. Hij tikte met zijn bestek op het bord en noemde zijn tafelgenoten een stelletje ongelovige Thomassen, met oma voorop. Ze vitte al maanden op hem, alsof hij een kleine deugniet was. Maar, de engelen boven de olijfbomen waren opa's getuigen, hij had een hechte band met China. Of ze rare gezichten trokken of niet, hij maalde er niet meer om. Hij gaf toe een echte Limbo te zijn. Die geen voet buiten dit eikenhoutlandschap zette. Maar, wisten ze wel dat hij in zijn jonge jaren bijna naar Schinktouw was uitgezonden? Je kon een vork horen vallen. Opa ging verder. Zonder Chris zou hij dit geheim hebben meegenomen in zijn graf. En bood oma zijn excuses aan. Omdat hij dit driekwart eeuw voor zich had gehouden. Zijn leven als mijnwerker, vader van twaalf kinderen en opa van eenentwintig kleinkinderen was niet over rozen gegaan. Hij kon zich niet permitteren terug te denken aan zijn jongensdroom. Nu wel. Chris was hem voor. Opa zou hem achternakomen. Oma verbleekte. Moeder hapte naar lucht. Anouck beet op haar nagels.

Opa's verhaal

Ik had een oom in Steyl, Christiaan. Hij zat bij een kloosterorde opgericht door Duitsers. In de zomervakantie ging ik bij tante Sjaan logeren, die met een hoevenbeslager aldaar was getrouwd. Zondags ging ik naar de kerk. Daar zag ik af en toe oom Christiaan. Hij was toen nog een eenvoudige frater en mocht de priester helpen. Nu kunnen jullie het je moeilijk voorstellen, maar toen ik elf was, had ik van die blonde krullen. Een hoofd vol. En mijn ogen waren zo blauw. Een typisch engelengezicht, aldus de Duitse kloosterfamilie. Dankzij mijn arisch uiterlijk – toentertijd nog geen vloekwoord – was ik uitverkoren om de kandelaar te dragen. Het was even oefenen om, gekleed in een albe, met eroverheen een stola en kazuifel, gestikt met gouddraad en versierd met edelstenen, op de maat van het orgelspel achter de priester aan te lopen. Plechtig en langzaam. Zonder te struikelen over het lange witte gewaad waar ik me in hulde. Heel soms, na een hoogmis – vermoedelijk als de centenbak royaal gevuld was – werd ik beloond met een, voor mij althans, bruiloftsmaal. Een biefstuk van drie vingers dik. Sissend van de roomboter. Zoiets had ik, een simpele jongen uit Eckelrade, nog nooit gezien, laat staan geroken. Maar… er was een kink in de kabel. Ik mocht het vlees namelijk niet eten voordat we uitgebeden waren. Naast het eren van God en het smeken om vergiffenis ging de priester een oeverloze lijst af. Van zielenpoten die zonder Zijn zegen de volgende zonsopgang niet meer zouden meemaken. Onder hen vielen de arme kindertjes in Schinktouw. Lach maar, Mia. Misschien spreek ik de naam van de Chinese kuststad niet goed uit, maar wat wil je? Voor een kind van elf was dat woord een tongbreker. Ik moest de priester net zo lang nazeggen tot het er een beetje op leek, anders verdiende ik de biefstuk niet, maakte hij mij bang. Om ezelsbruggen zat ik niet verlegen. Ik verzon een klank die mij tenminste wat zei: het touw om schinken mee te binden.

Chris verifieerde bij opa of het werkelijk om Qingdao ging. Opa schudde zijn hoofd. Al sloeg Chris hem dood. De hoogbejaarde man krikte zichzelf op, strompelde naar de bar en vroeg of hij de telefoon mocht gebruiken. Met zijn Limburgs accent – o wee als iemand mij uitlacht omdat ik het niet goed uitspreek: 'Theo, mit mich, hei Sjef oet Eckelder. Ist Dietrich bej diech? Nei…?' Chris haalde opa bij de bar vandaan, anders zou zijn moeder gaan hyperventileren. Opa duwde zijn bord opzij en zei dat Diederik de conservator was van het Missiemuseum in Steyl. Hij kon Chris vertellen of Schinktouw Schinktouw was. Opa vervolgde.

Al in de zomer moest ik oom Christiaan helpen kerstcadeautjes in te pakken. Voor de arme kindertjes op een lagere school in Schinktouw… Het Heilig Hart of zoiets. Gefinancierd door de kloosterorde in Steyl. De zomer daarop, wanneer ik oom en tante weer bezocht, kreeg ik de bedankbriefjes te lezen. Geschreven door Chinese leerlingen, met bijgesloten klassenfoto's. Dat was de eerste keer dat ik mijn oosterse leeftijdgenoten zag. Frêle meisjes met lange vlechtjes. Sommigen hadden ogen als kooltjes vuur, maar de meesten een snee boven elke wang – daarmee moesten zij het doen. Had je hun grammatica moeten zien! Zulk keurig Duits zou ik in geen honderd jaar kunnen nadoen. En dat voor de minimensjes aan de andere kant van de aardbol! Ook de borduursels die ze voor het klooster maakten waren wonderschoon, met een tekst: God is genadig *of* Wij dienen God in dit leven op aarde om in het hiernamaals de hemel te betreden. *Wat mij het meest bijbleef, was een kaasstolp beschilderd met aardbeien, met ertussen engelen die naar mij knipoogden. Volgens oom was dit van de hand van een meisje van zeven. Ze kon amper schrijven, maar het paradijs dat ze tekende kon de hardnekkigste geelhuidige heidenen bekeren. Dat werd mijn kalverliefde. Eenzijdig, weliswaar, maar dat deed niets af aan mijn jeugdige hartstocht. Ik fantaseerde,*

stiekem natuurlijk, hoe haar lieve handjes eruitzagen en vooral aanvoelden…
Oom zei tegen mij dat alleen de uitverkorenen onder hen naar Schinktouw
uitgezonden zouden worden. Sindsdien bad ik elke avond op mijn blote
knietjes dat ik, als ik groot was, een missionaris in China zou zijn. In mijn
kleine zieltje brak oorlog uit. Aan de ene kant wilde ik naar Schinktouw om
dat kunstzinnige meisje ten huwelijk te vragen, maar aan de andere kant, als
ik daarheen ging, moest ik celibatair blijven. Hoe? Zelfs dit ópbiechten vond
ik een zonde tegen God. Gekweld door mijn tegenstrijdige verlangens vreesde
ik voor het vagevuur als de klokken voor mij zouden luiden. Aan deze
innerlijke strijd kwam een bruut einde door één zin die mijn vader op mijn
veertiende verjaardag uitsprak. Ik moest de mijnen in, net als hij, zijn opa en
de vader van zijn opa. Hoe ik daar zelf tegenover stond, deed er niet toe, werd
mij verteld. Een geluk bij een ongeluk was dat ik amper een jaar later, toen
onze fabriek uit ging, op weg naar huis je oma Mia tegen het lijf liep. Wat een
slanke den – ik praat hier over bijna zeventig jaar geleden. Alles erop en
eraan, én op de juiste plaats. De morgenster was een doffe steen vergeleken
met jullie oma in die tijd. Op zondag klom ik in de lindeboom voor Mia's
huisje en floot een deuntje dat haar naar het raam lokte. Als ik haar 's avonds
in een donker steegje kuste…

Oma wilde eigenlijk boos kijken, maar in plaats daarvan giechelde ze
als een bakvis. Waarop opa haar verzocht hem zijn gang te laten gaan.
Hij wilde zijn ei kwijt. Want hij liep tegen de negentig. Wie weet wanneer Hij hem tot Zich zou roepen…

Enfin, als ik jullie oma kuste, gaf ze licht af. Als ik één woord lieg, mogen de
engelen mij vandaag nog komen halen. De laatste tijd denk ik almaar aan
mijn zomervakanties in Steyl. Ik heb geen spijt dat mijn rug krom is
gezwoegd en dat mijn longen zijn dichtgeslibd; ik heb nooit geklaagd over de
magere jaren die het grootste deel van mijn leven hebben beslagen – het spijt
me voor Mia en onze twaalf kinderen, dat wel. Maar ik kan mezelf niet
vergeven dat ik niet genoeg moeite heb gedaan om, toen de kinderen het huis
uit waren, naar Schinktouw te reizen en Het Heilig Hart op te zoeken. De
kleine kunstenares – ze zal nu waarschijnlijk oud en verschrompeld zijn, áls
ze nog in leven is – heb ik nooit ontmoet. Het zal er ook niet meer van komen.
Maar ik zou dolgraag nog met eigen ogen willen zien waar ze heeft geleefd.

Opa vroeg of zijn kleinzoon van die school had gehoord. Chris wilde wel
voor hem informeren. Eric, een collega van hem, werkte in Qingdao.
Moeder kwam tussenbeide en verkondigde dat Chris waarschijnlijk

hoofd zou worden van zijn afdeling. Zodra Anouck afgestudeerd was, zouden ze gaan... Opa zwaaide met zijn hand. Moeder moest niet zo ouderwets doen. Weer een gegier van jewelste rond de tafel. Opa meende het serieus. Of Chris zijn vriend wilde vragen Het Heilig Hart voor hem op te sporen. Samen met opa hief Chris een glas bordeaux. Een man een man, een woord een woord. Bovendien, zo had hij een legitieme smoes om nogmaals internationaal met Eric te bellen en de laatste nieuwtjes uit te wisselen. In de dagen na oma's verjaardag liep Chris opgefokt rond. Iets was bezig tot hem door te dringen, maar wat? Aan het einde van de zeven dwaze dagen stak hij de sleutel in zijn Golfje en yes! Er was óók een meisje in China dat hij nooit vergeten zou. Ook zij had twee lange vlechten. Ook zij had van die kleine handjes. Waar ze een joekel van een touringcar mee bestuurde – de buschauffeuse.

Ik wil over Anouck beginnen, maar wat voor recht heb ik? Wiebelend met mijn linkerbeen: 'En? Heeft Eric de school voor je opa kunnen vinden?'

Chris neemt een grote slok bier: 'Was het maar waar. Nu is het zo dat Erics interesse ergens anders ligt dan bij historische geografie. Geen man overboord. Zodra ik dit project met de joint venture achter de rug heb, ga ik zelf op pad. Opa's geluk hangt hiervan af. Tenminste, als ik zijn stelligheid het voordeel van de twijfel geef.'

Ik spuug een watermeloenpit uit: 'Doe geen moeite. Ik heb een kant-en-klaar antwoord voor je.'

Hij valt bijna van zijn stoel.

'Eric zat op het verkeerde spoor. Hij had niet naar Het Heilig Hart moeten zoeken. Deze naam heeft drie gedaanteverwisselingen ondergaan. Toen in 1949 de Volksrepubliek was uitgeroepen, vond ons bevrijde gele ras die naam een vernederende herinnering aan het westerse imperialisme. Hij werd veranderd in "De vierde meisjesschool te Qingdao". Tijdens de Culturele Revolutie doopten de Rode Gardisten hem om in "De-oostenwind-wint-van-de-westenwind-school". Na de dood van Mao kwam er een discussie op gang. Moest de school wel of niet zijn oorspronkelijke naam terugkrijgen? Het belangrijkste argument van de voorstanders luidde: op deze manier zouden Duitse toeristen het monumentale schoolgebouw willen bezichtigen. Tegen betaling van buitenproportioneel entreegeld, uiteraard. Wie weet, misschien zaten er vermogende industriëlen tussen, die de vervallen gotische architectuur wilden helpen renoveren, financieel dan. Maar de afdeling onderwijs en cultuur van het gemeentebestuur vond het een te diepe kniebuiging voor de Europeanen. Al ging het erom ze het geld uit hun ex-kolonialistische zak te kloppen. Waar is onze nationale trots gebleven? Dergelijke links-radicalen hadden, ondanks de economische hervorming, een dikke vinger in de pap.'

'Jelai, je kent de geschiedenis van Het Heilig Hart tot in de kleinste details. Hoe is dat mogelijk?'

Ik bijt op mijn onderlip. Zin om hem van antwoord te voorzien heb ik niet, maar… 'Een speling van het lot, vrees ik. Ik heb je toch verteld dat mijn vader vierendertig jaar als conciërge op een school heeft gewerkt? Die dus.'

'Ga weg! Ik bel mijn opa in Eckelrade vanavond meteen op!' Terwijl Chris als een locomotief stoom afblaast, bal ik mijn vuisten. De druppel die mijn emmer doet overlopen, is dat hij mijn hand grijpt. Ik gil het uit: 'Laat los, jij!'

Daar gaat zijn roes: 'Wat… wat is er?'

'Je bent dus naar Qingdao gekomen voor die buschauffeuse?'

De stem van Chris klinkt ineens dromerig: 'Ze heeft net zo'n diepe indruk op mij gemaakt als het Chinese meisje van de kaasstolp op mijn opa, denk ik… Een fragiel dingetje, dat alleen vertedering bij mannen… bij mij althans opwekte, had een lef dat een boom van een kerel niet eens kan opbrengen. Dit is een van de paradoxen waar je land van wemelt, en die mij mateloos boeien…'

'Is… was ze mooi?'

Rode wolken bestoken zijn blanke kaken; de strepen van zijn knikkerogen veranderen, zo waar als ik hier zit, van koel blauw in warm bruin: 'Bloedmooi.'

Pijnscheuten perforeren mijn ingewanden. Een mooie vrouw wórdt geen buschauffeuse. Chris heeft stront in zijn knikkers! Wat scheelt mij toch? Waarom ben ik zo fel om niks? Is dit een teken dat ik… verliefd ben? Waarom gun ik anders dat vrouwspersoon het licht niet in de ogen? En dan heb ik het nog niet eens over Anouck gehad.

Chris zwijmelt weg bij zijn herinnering. In zo'n verrukte staat heb ik hem nooit eerder aangetroffen.

Ik dwing mezelf de feiten onder ogen te zien. Een ervan is dat de buschauffeuse de pijp uit is. Boeddhazijdank!

Drie

CHRIS

De eerste keer dat ik Jelai zag, dacht ik: daar gaat mijn droom! Ik weet nog precies waar en wanneer het was.

Laatste zondag voor Sinterklaas.

Na de brunch – ik heb toch niets te doen – slenter ik door de stad. Voordat ik er erg in heb, ben ik al meegezogen door een stroom Chinezen die de grootste winkelstraat van Qingdao doet onderlopen. Stapvoets elleboog ik mezelf vooruit. Sinds dit tweede China-bezoek voel ik me voor het eerst thuis in de trekkende en duwende menigte. Op deze dag van het jaar is het op de Lange Poten, in de stad waar ik vandaan kom, ook zo druk. Met dien verstande dat het hier in de Zhongshan Straat elk weekend de laatste koopzondag voor pakjesavond lijkt. Evenmin stoor ik me aan de slangverlichting die in de bomen klimt, langs de deurposten kruipt en van de ene kant van de straat, dwars door de lucht, naar de andere crost. Men is vergeten de verlichting eraf te halen toen de kermis naar de volgende stad trok, althans zo komt het over. Bonte lampjes flikkeren tot in de kleine uurtjes, waar ik ook kijk. Om niet goed van te worden. Ik sluit mijn ogen en waan mij in Nederland. Heimwee overvalt me.

Ik duik de eerste de beste drogisterij in. Het is maar hoe je het bekijkt. De specialist beslaat een grondgebied vergelijkbaar met dat van de Bijenkorf in Rotterdam, alleen één verdieping meer. Volgens Eric is de Wangfujing Boekhandel te Beijing nog een graadje erger. De kassa's op de benedenverdieping zijn een halve (Nederlandse) straat lang. Wel is het zo dat je Erics woorden doorgaans met een lepel zout moet nemen.

Bodylotion en een douchemuts voor moeder. Deze geef ik haar elk jaar cadeau. Al vanaf mijn eerste bijbaantje als vakkenvuller bij Albert Heijn. En elke keer dat ze mijn surprise openmaakt, zet ze ogen als schoteltjes op en roept 'Ooooo...!' Haar wangen krijgen dan steevast, zonder ook maar één jaar over te slaan, een kleurtje dat niet uit een potje komt. Vader heb ik een keer of vier met een scheerapparaat van Philips verblijd. Vlak voor elke Sinterklaas leerde het ding er een kunstje bij. Vorig jaar kon de kop draaiende bewegingen maken. Reden genoeg om het nieuwste model maar weer aan te schaffen. Mijn broer? Een wasknijper voor op zijn neus. Dat snurken van hem. Ik ben wat blij dat ik niet meer thuis woon. Hoeveel bomen hij niet heeft omgezaagd? Mijn zus? Een nachtjapon van pure zijde. Die kan ik me hier gemakkelijk permitteren. Anouck is tuk op parfum. Dat koop ik. Wacht. Mijn hart slaat op tilt. Ik leun tegen een toonbank, nadat het me gelukt is de drie lagen klanten ervoor opzij te duwen. Ik vrees dat mijn vriendin, mijn ex dan, de fles in het toilet leeg zal gieten. Een vergelijkbaar lot is de geborduurde kamerjas, van de vorige keer, beschoren geweest...

Ik zette het bosje paarse fresia's in de enige vaas die Anoucks studentenkamer rijk was. En prompt ging ze er met haar neus bovenop zitten. Het zou mij niets verbazen als ze in een van haar vorige levens een alchemist in Frankrijk was geweest. Geuren en het mengen ervan konden haar uren zoet houden. Ze was ook niet uit De Tuinen van Den Haag weg te branden als je daar nietsvermoedend met haar binnenstapte.

Tussen neus en lippen door vertelde ik dat ik van mijn baas nogmaals naar Qingdao moest... mocht eigenlijk. Ik wist hoe ze over mijn China-bezoeken dacht en deed daarom zo luchtig mogelijk. Op scènes zat ik niet te wachten. Met of zonder haar zegen, nog twee daagjes en dan zou ik oostwaarts vliegen.

'Hoe lang blijf je deze keer weg?'

'Niet lang.' Ik zag haar ogen vuur spuwen en voegde er meteen aan toe: 'Hoop ik.'

'Hoe lang is "niet lang"?'

'Het Chinese deel van onze joint venture wordt geprivatiseerd. Ik ga erheen om de Nederlandse directeur daar bij te staan om dit proces in goede banen te leiden. Als er niets misgaat, kom ik direct terug. Anderhalf... hooguit twee maanden ben ik weg.'

'Waarom blijf je daar niet voor de rest van je leven?'

Ik ging ervoor zitten. Het beloofde – hier was ik al bang voor – een stevig gesprek te worden.

'Nou, zeg op!'

'Anouck, je weet wel waar ik wil blijven. Bij jou.'

'Bewaar je gladde praatjes maar voor je Chinese liefje!'

Mijn stoel kantelde: 'Wát?!'

'Als je niet wilt dat het uitlekt, flik het dan niet.'

Ik stond op: 'Hoe vaak wil je het nog horen? Behalve jou zie ik geen andere vrouwen staan.'

'Liggen dan wel?' Haar blonde steile haar woelde op en verduister-de het bedlampje achter haar rug.

Mijn benen trilden.

'Chris, wie bel je om de haverklap internationaal? Voor een geani-meerd gesprek in de taal van vogels... of uilen, weet ik veel?'

'Van wie heb je dat gehoord?' Ik sloeg op mijn voorhoofd: 'Van mijn moeder zeker, toen ik in het weekend thuiskwam?'

'Betrapt!'

'Maar Anouck, ik bel met Eric! Mijn collega in Qingdao.' Ik vertel-de haar er niet bij dat ik, raar maar waar, het helemaal te gek vond om Chinees met hem te praten. Dan waande ik me weer in de Zhongshan Straat.

'Ahá...'

Ik glijd van mijn stoel: 'Je denkt toch niet dat hij en ik...?'

'Waarom doe je anders zoveel moeite om tot middernacht wakker te blijven?'

'Dan is het daar overdag, troela!'

'... hoe het ook zij, Chris, ik ben het zat.'

Ik verslikte me: 'Is er... een ander?'

'Dat wilde ik jou net vragen!'

'Nogmaals, Anouck, behalve jou...'

'Ik heb er lang over nagedacht. Er is inderdaad een ander...' Ze ruk-te een lade uit haar klerenkast. De zijden kamerjas vloog eruit: 'Dacht je soms dat ik het niet in de gaten zou hebben? Dit is een mannenjas! De griezel erop is een Chinese draak. Bij een vrouwenjas hoort een fe-niks, heb ik mij laten vertellen.'

'Vertellen door wie?' Mijn rug werd wervel voor wervel koud.

'Maakt dat wat uit? Sinds je terug bent uit Schinktouw... Stinktouw, of hoe het waar je geweest bent ook mag heten, kun je je ogen niet van Aziatisch schoon afhouden. Vrouwtjes van Madurodam-formaat. Eén voordeel: ze kunnen ongeschminkt meedoen in de reclamespot van Lemia-mayonaise. En mij scheep je af met een kledingstuk voor een vent!'

'Maar jouw... lengte hebben ze daar niet.'

Tzzzz! Mijn oren suisden terwijl Anouck de kamerjas in repen scheur-de: 'Opeens ben ik te groot en te zwaar voor je. Oefen je acrobatische standjes maar met een Chinese! René vindt mij goed zoals ik ben!'

Welke René? Toch niet die jongen van onze studentenflat, in Leiden destijds? De arts in de dop die slapend negens en tienen scoorde?

Wiens snor en T-shirt aangaven wat hij vorige week én de week daarvoor had gegeten? Wie, nog niet eens afgestudeerd, al een contract was aangeboden door het AMC? Wat krijgen we nou?!

'Kijk niet zo verongelijkt, Chris. Ik had René op afstand kunnen houden, op mijn woord. Tot ik hem in 't Goude Hooft tegen het lijf liep.'

'Ww… wanneer is dat begonnen?'

'Vorig najaar, toen je in China zat.'

Ik wilde haar vragen… maar mijn tong zat in de knoop.

'Trots vertelde ik René over je project in Qingdao, maar hij trok een raar gezicht. Dat ken ik, zei hij breed grijnzend. Werkbezoeken aan China, ja, ja. Als arts die daar voor VROM vaak heen moest weet hij er alles van. Sommigen gebruiken dat als dekmantel. In werkelijkheid willen ze naar het Verre Oosten om zich te laven aan de zijdezachte huid van goedkope hoertjes! René verzekerde mij dat met alle vrouwen in China te praten valt.'

'Anouck! Je kunt gerust met René… hoe zeg ik dat een beetje fatsoenlijk? Nog één lelijk woord over Chinezen en…'

'En wat? Jij, bamivreter!'

Ik wilde haar net vragen of ze mij van overspel beschuldigde omdat ze zich rot voelde over haar stiekeme verhouding met René. En haar troosten dat ik het haar niet kwalijk zou nemen. Maar nu ze mij bamivreter noemt, ben ik er klaar mee. Ik sloeg de deur achter me dicht. De buschauffeuse van de Berg Lao had voor niets zelfmoord gepleegd. Ik had daarnet gehoord hoe mijn eigen landgenoten over de hare dachten.

Ik wist niet meer hoe ik haar flatgebouw uitgestampt was. In ieder geval stond ik, naar mijn gevoel, een seconde later op de ventweg. Vijf mislukte startpogingen terwijl ik verdorie direct weg wilde scheuren. Toen ik de motor eindelijk aan de praat had, bibberden mijn handen zo vreselijk dat ik het stuur onmogelijk kon vasthouden. Het werd zwart voor mijn ogen. Op die manier kwam ik hier nooit, zonder brokken dan, weg. Een bliksemschicht in de duisternis! Ik stormde Anoucks gebouw weer binnen en trapte haar deur in: 'En jíj hebt het lef mij te beschuldigen van vreemdgaan! Hoeren doen zich tenminste niet kuis voor! En ze eisen ook geen trouw van hun klanten!' Ik maakte dat ik wegkwam. Het kamertje achter mij werd bij toverslag een slachthuis. Een gekrijs om onvruchtbaar van te raken…

Bepakt en bezakt arriveer ik bij de Beachclub. Friedhold, de kastelein, druk bezig om de stoelen die omgekeerd op de tafels staan op de grond te zetten, kijkt medelijdend en roept tegen zijn Chinese barman: 'Koffie voor deze meneer, van het huis. Of gelijk iets sterkers, Chris?'

Ik knik, bedenk me en antwoord: 'Koffie verkeerd, alsjeblieft.'

De Stuttgarter, die vanwege zijn ex – derde secretaris, DDR-ambassade te Beijing – in China is blijven plakken, ziet toe dat mijn wens vervuld wordt, maar onthoudt zich discreet van verder commentaar.

Terug in mijn hotel kuch ik de receptioniste wakker. Ze richt haar hoofd op, dat tussen haar armen verborgen lag, en overhandigt mij de sleutel van mijn kamer. Hierna wijst ze naar de fontein midden in de lobby: 'Bezoek voor u.'

Ik wou dat Friedhold dit kon horen. Dan zou hij het laten mij zielig te vinden – hoezo ken ik hier geen ziel? Haar vinger volgend zie ik inderdaad iemand naast het kabbelende water zitten, jammer genoeg van het mannelijk geslacht. Mijn euforie daalt tot het vriespunt, maar beleefdheidshalve loop ik glimlachend naar hem toe. Hier in China zegt lachen niets, maar als je het verzuimt, heb je de poppen aan het dansen.

De jongeman wipt zichzelf overeind. Slaapt zijn been of is hij kreupel? Hij stelt zich voor als Zhang. Verhip. Als ik zijn gebreken wegdenk – een oog zit dicht en een been doet niet mee – lijkt hij sprekend op directeur Zhang. 'Noem mij maar Heng.' Hij rommelt aan zijn kwasthaar. Opwinding staat in zijn ene goede oog te lezen: 'U kent mij niet, maar ik heb veel over u gehoord, van mijn vader en mijn zus Fangfang.'

Ik wacht geduldig op het volgende deel van zijn monoloog.

'Mijn vriend Bai en ik trakteren u in Golvensonate op visspecialiteiten.'

Woorden proberen zich een weg naar buiten te banen, maar ik heb geleerd om à la Confucius een en al minzaamheid tentoon te spreiden: 'Zou u zo vriendelijk willen zijn mij te vertellen ter gelegenheid waarvan?' De resterende vragen heb ik maar ingeslikt. Zoals: Waarom denk je dat ik met je uit eten wil – ik ken je niet eens? Wie zegt dat ik vis lust? Nog een goeie: Dat ik met je vader samenwerk – niet dat ik een keuze had – houdt niet in dat ik met jou op stap moet. Of zie ik het verkeerd?

'Zomaar, niets bijzonders!'

Het bloed stijgt naar mijn schedel. Dit zeggen ze ook tegen een corrupte ambtenaar die ze meenemen voor verhoor en een nekschot. Zijn vonnis staat vóór het proces al vast.

Strak kijk ik Heng aan.

Hij grimast: 'Het zit zo. Mijn vriend Bai is een ongeneeslijke Ajax-fan. Toen hij er lucht van kreeg dat u Nederlander bent, moest en zou hij kennis met u maken. Zo oud als hij is – sinds vijf jaar opa –, nog steeds heeft hij de poster van Marco van Basten boven zijn bed hangen. Zijn nicht Jelai is een oranjeklant. Ze verzamelt foto's en prenten van levende koningen en koninginnen. Dit wilde ik u nog vragen: hoe bestaat het dat een modern land als het uwe nog in die koninklijke flauwekul gelooft?' Hij verlaagt zijn stem: 'Verklap dit niet aan Jelai, anders zet ze ook mijn goede oog buiten werking!'

Mijn heimwee, vooral nu de Sinterklaastijd is aangebroken, maakt mij gevoelig voor alles wat enigszins met mijn polderlandschap te maken heeft. Hengs timing is dus ideaal. Ondanks zijn quatsch ben ik over de streep. Hij weet dat ik weet dat zijn vriend nooit van betaald voetbal heeft gehoord en dat diens nicht niet van het bestaan van Beatrix weet. Ook heeft hij door dat dit voor mij geen lor uitmaakt.

'Vanavond, halfzeven.' En er gauw achteraan: 'Mijn vader is ook van de partij... Hij is gek op oesters.'

Heb ik iets in te brengen? Dolgraag zou ik op zijn Hollands kwijt willen dat dit geen stijl is. Er wordt – weglating krachtterm – voor mij bedisseld wat ik vanavond moet doen. Wie denkt Heng dat hij is? Mijn moeder? Herstel, ook zij heeft geen vinger meer in mijn pap. Echter, mijn rol als waarnemer van het privatiseringsproces staat mij niet toe tegen de zoon van mijn zakenpartner uit te vallen. Ik zucht en opeens ziet de boel er niet meer zo somber uit. 'Wie is nog meer aanwezig, zegt u? Jelai? Wat geinig! Ruikt ze zoals ze heet – "kamperfoelie"?'

Precies om halfzeven laat ik mij door een serveerster naar een tafel brengen, afgescheiden van de rest van de zaal, middels kitscherige kamerschermen, die ingelegd zijn met stukjes jade. Op een zoetsappige toon dicteert ze mij de wijnkaart. Champagne, Margaux, Châteauneuf-du-Pape, Maotai, Wu Liangye... Mijn hoofd bevindt zich nog in hogere sferen na mijn lange zit in de Beachclub. Daarom blijf ik liever nuchter, als ze het niet erg vindt. Wel dus. Ze klinkt zuurder naarmate ik mijn hoofd schud tegen elk drankje dat ze in afwisselende toonhoogten opsomt. Op het laatst draait ze haar achterste – daar heeft ze, niet dat ik cru wil zijn, weinig van – naar mij toe. 'Pats!' Ze zet een glas bronwater voor mijn neus en laat mij in mijn eigen sop gaarkoken. Ik hoor haar mooie hoofdje malen: een gierige Europeaan! Goed dat ze niet weet dat ik een Hollander ben... Komt er ooit nog een dag dat Chinezen eindelijk zullen geloven dat er bij ons in het Westen, als het regent, ook gewoon water uit de hemel druppelt (of giet), in plaats van honderdjes of op zijn minst briefjes van vijfentwintig?

Na mijn tweede bronwater komt het duo Zhang eraan. De vader heeft een geruit, overwegend groen hemd aan. Op zijn paarse stropdas dansen de Mickey muizen. Zijn gestreepte broek is uitgevoerd in de kleuren bruin en wit en ik moet toegeven, hij is vlijmscherp geperst. Met gekrulde pink maakt hij de bovenste knoop van zijn jas los. Zo menselijk en ijdel heb ik hem nooit eerder meegemaakt. Alleen, waarom draagt hij niet het zwarte pak, witte hemd en de lichtblauwe das waar zowel zijn postuur als onze ogen aan gewend zijn? Al is dat ook geen gezicht, hij loopt er dan tenminste niet bij als een levensgrote waarschuwing tegen slechte smaak.

Heng draagt een driedelige Gucci (nagemaakt in China). Zijn jeugd en strakke lijnen passen bij elke outfit, denk ik, hoe goedkoop of poenig ook. Wanneer mijn ogen afdwalen naar zijn broekspijpen, weet ik niet of ik moet lachen of huilen. Een paar gympies. Gloednieuwe Nikes, daar niet van. Is hij wezen joggen en vergeten andere schoenen aan te doen of... Ahá! Ik bespeur een verband tussen zijn nette pak en footware. Beide merkproducten. Pronken dus.

Zhang senior laat het menu dat hem wordt aangeboden demonstratief links liggen en mompelt iets tegen de serveerster. Even later draaft de hoogste baas naar ons toe en hij buigt zo diep als een Japanner. Achter hem aan dribbelen twee mannen in donkerblauw pak en een stoet serveersters in het rood. De uitbater tovert lachrimpels op zijn glimmende gezicht en knikt bij elk gebod dat Zhang uitspreekt. Ondertussen houdt hij zijn smoel in de plooi en deelt instructies, in de vorm van geblaf, uit aan zijn ondergeschikten. Ik waan mij in *The Godfather*. Marco Polo heeft blijkbaar niet alleen de Chinese spaghetti meegenomen naar zijn geboorteland, maar ook dit maffiagedoe, of is het andersom? Eind van het liedje: er worden schotels zeevruchten bereid waarvan er niet een op het menu staat. Zhang senior rekt zich vergenoegd uit: 'Klisse, wilt u een glas maotai? Of blijft u liever bij uw vertrouwde wijnen? De Margeaux, bijvoorbeeld?'

Beide opties spreken mij niet aan.

'Kom op, wij zijn hier niet als zakenpartners, maar als vrienden van Heng en de Bai's, weet u nog? Er wordt niet naar huis gegaan voordat wij onder tafel liggen.'

Ik knik, maar zijn grijns laat mij niet los. Dacht-ie soms dat ik hem niet doorhad? Zijn machtsvertoon bij het bestellen van gerechten? Bluffen noemen we dat. Dat doen we ook, daar in het, volgens Zhang, simpele Westen. Een beproefde methode om klanten te laten voelen wie je bent en zo je onderhandelingspositie te versterken.

Volstrekte onzin is Zhangs opmerking ook weer niet. Hij rept inderdaad met geen woord over de privatisering en smakt bij elk hartig hapje dat met de drank standaard wordt opgediend. De Heng van vanmiddag herken ik niet meer. Onder de vleugels van zijn vader rest hem maar één optie: mond houden en de gehoorzame zoon spelen.

Het zal Bai zijn. Dat kleine, drukke mannetje. Grijs als hij is, hij loopt als een kieviet. Hij ziet mij, komt mijn kant uit, maar laat me in de kou staan wanneer het zover is. Eerbiedig schudt hij de hand van directeur Zhang. Het valt mij op dat zijn complete woordenschat uit 'Há! Hà! Hé? Hè!' bestaat. Achter hem... Achter hem nadert geen struik kamperfoelie, maar een heel perk, in het bloeiseizoen.

Zhang probeert van zijn stoel op te staan – mankeert er ook iets aan zijn been? – en stormt op Jelai af. Een slijmerige lach bezorgt hem een gezicht vol vouwen. Ze stapt terug en zegt met honingzoete stem: 'Nee, Heng, blijf maar lekker zitten. Wat is het moeilijk lopen hier! Directeur Zhang, u vindt het vast niet erg als ik u van hieruit groet?'

'Eh...' Zhang trekt zijn hand terug. Zijn bolle wangen trillen asymmetrisch. 'Natuurlijk niet, Jelai. Maar,' hij klopt op de stoel aan zijn rechterzijde: 'je... zou toch hier zitten? Of vergis ik me, gastheer Bai? U gaat immers over de tafelschikking.'

Jelai's oom propt zijn mond vol met kapucijners en houdt zich Oost-Indisch doof.

Ze neemt plaats naast Heng, maar veert direct op. Beleefd biedt ze eerst haar hand Zhang junior aan en dan mij. Hieruit leid ik af dat Heng iets ouder moet zijn dan ik.

Ik houd er een zeperig gevoel aan over. Haar vingers gleden steeds weg toen we elkaar de hand schudden. Ze voelden warm, zacht en bovenal glad. Alsof ik een stukje Nivea vasthield, althans probeerde vast te houden. Ik zag er beslist lachwekkend uit, met mijn rode hoofd en stotterende zelfintroductie. Zij keek mij net zo lang in de ogen tot er een ongekende rust op mij neerdaalde...

Haar oom vindt alles wat Zhang bestelt en met zijn gasten uitspookt goed. De oude man is hier om te smullen én te betalen, meer niet.

Zhang eigent zich de taak toe het voedsel ongelijk te verdelen. Hij rommelt in de karper, knijpt het dikste deel van de rug vast en legt hem op Jelai's bord. Ik krijg de staart en zoonlief de kop waarvan alleen twee oogbollen eetbaar zijn, vooropgesteld dat hij dat ook vindt. Verontwaardigd ben ik niet. Welke man blijft onbewogen met zo'n bloem in de buurt? Terwijl Zhang schuine moppen tapt, kijk ik 'tussen de bedrijven door' naar de jonge vrouw. Juist, een vrouw, geen meisje. Dit kan niet gezegd worden van de… buschauffeuse. Die volgens het krantenartikel zevenentwintig was geworden maar eruitzag als een tiener. Sowieso zien de meeste Chinezen er jonger uit dan de door hen opgegeven leeftijd. Een pluspunt? Dat dacht ik, tot vanavond. Jelai draagt een zwarte blouse van rekbare stof – het heeft een naam, maar welke? Waaronder haar volwassenheid prijkt. Haar ranke schouders vormen een schril contrast met haar… borsten. Ook haar taille – ja, hier heb ik op gelet, wat dat betreft ben ik geen haar beter dan Zhang – steekt af tegen die ronde… billen.

Voor de grap vraag ik meneer Bai naar zijn favoriete doelpunt van Marco van Basten. Een stuk scampi blijft in zijn keel haken. Hij kijkt Heng eerst verbaasd en dan vuil aan. Ik schater. Jelai legt een hand op haar… boezem en lacht mee. In een vlaag van vrijmoedigheid zoek ik haar blik. Ik gloei: zo te zien heeft ze de hele tijd naar mij gekeken.

Zhang geeft zich niet gewonnen en gaat door met voedsel verstrekken: 'Jelai, je hebt je eten nog niet aangeroerd.'

Ik volg zijn eetstokjes en zie dat haar bord bol staat van zijn toegiften.

Ze lacht met haar gezichtshuid – de spieren eronder blijven onbewogen: 'Directeur, sinds gisteravond heb ik last van gastritis.' Ze tikt op Hengs bord: 'Zeg, jij hebt niets. Hier, dan krijg je wat van me.' Ze verhuist haar voedselberg zijn kant op en kijkt hem vertederend, bijna moederlijk aan.

Zhang krabt tussen zijn haarwortels – last van luizen? Hij is niet voor niets directeur van een middelgrote fabriek. En overlaadt Jelai opnieuw met oesters, zeewier en andere dieren/planten uit het ruime sop. Met een glimlach wacht ze tot er een tweede heuvel ontstaan is en hevelt deze nogmaals over. Na de vierde ronde is de arme Heng zo volgepropt dat hij er met zijn vinger bij kan.

Bij het afscheid merk ik dat Jelai bijna tot mijn schouders reikt. Zulke (betrekkelijk) lange Chinese vrouwen zijn hier dun gezaaid. Met haar naast me voel ik me eindelijk geen museumbezoeker meer die porseleinen poppen in een vitrine staat te bezichtigen. In de taxi naar huis – mijn hotel – verwonder ik me over de ommezwaai in mijn schoonheidsidealen. Opeens vind ik het iele van de buschauffeuse niet meer zo aantrekkelijk. En ik val vanaf nu op, naar Chinees begrip, volwassen vrouwen. Of is het de dapperheid van Jelai die mij aanspreekt? Als de buschauffeuse ook zo vindingrijk was geweest, zou ze die geile schoften op een gewiekste manier hebben teruggepakt. Dan hadden zij en haar drieënvijftig passagiers niet in het ravijn hoeven te eindigen…

Terug in mijn hotelkamer kleed ik me uit, zonder licht. Normaal zou je dan toch last moeten hebben van de duisternis om je heen, maar nee. Het slaapvertrek wordt als het ware verlicht door twee koplampen. De amandelogen van Jelai zweven van mijn gezicht naar mijn eetstokjes. Het ene moment kijkt ze me diep in de ogen – de eerste vrouw die ik tegenkom die niet naar haar mouw of het schilderij achter me tuurt terwijl ze tegen mij praat; het andere moment houdt ze haar adem in terwijl ik met mijn eetgerei een zeekomkommer met beleid voortduw. Ze blaast haar adem pas uit wanneer het beest uitgewiebeld is…

Languit in bed voel ik een glimlach opkomen. Mijn afkeer tegen dat ongedierte uit zee zou niet zo'n ernstige vorm hebben aangenomen als… ik weet het niet… of toch wel. Als ik daarmee niet al die aandacht en al dat medeleven van Jelai had kunnen oogsten. Welke kerel is nou bang voor een propje wrattige familie van de kwal? Als ik op die manier dat Chinese snoepje tegenover mij in de ban van mijn strijd kan brengen, griezel ik desnoods van een zeemug, indien zoiets bestaat. Van wie heb ik gehoord dat Chinese vrouwen op zijde lijken? En hiermee doelde hij niet alleen op hun fijne, zachte huidje, daar kwam ik vanavond pas achter. Het textiel voegt zich naar de spiermassa en scherpe hoeken van je lijf. Licht als een zuchtje wind, maar verwarmt als je het koud hebt en verkoelt als je broeit…

Na de ochtendsessie sprint ik als eerste de vergaderzaal uit. Ik blijf bij de deur staan tot Zhang en zijn gevolg eindelijk de kamer verlaten. 'Directeur,' ik klem de aktetas onder mijn arm en verlaag mijn toon, 'kan ik u even spreken, onder vier ogen?'

Hij knippert met zijn spleetjes. Ongeloof druipt van zijn gezicht en er wordt gewichtig gekucht. De plaatsvervangend directeur trekt de notulist mee en tezamen verdwijnen ze buiten gehoorafstand.

Zhang richt zijn kin naar de ruimte waarin we net onderhandeld hebben, waarop ik instemmend knik. Het is even wennen, die Chinese

92

gebarentaal, maar ik begin erin te komen. Het schijnt dat hoe hoger je positie, hoe minder je jezelf op de gangbare manier verstaanbaar hoort te maken. Elke oogwenk, frons, of juist het wegblijven ervan, wordt door je ondergeschikten nauwkeurig bijgehouden. Het zijn instructies zonder woorden. Die volgens ongeschreven regels feilloos in daden worden vertaald.

Hij geeft mij een kop thee en is een en al lachrimpel: 'U bent mij voor, meneer Klisse. Ik had u allang willen benaderen voor een onder-onsje.'

Mijn handen worden klam. O jee, wat heb ik nou aan mijn kar hangen!

Hij steekt een sigaret op: 'Mijn dochter schreef me dat u haar opgezocht hebt. Helemaal naar de stad van Philips, samen met uw verloofde Aloe. Ze stelde het zeer op prijs, en… ik ook.'

Ik wilde opbiechten dat ik daar in het begin helemaal geen zin in had, maar dat haar decaan mij plat belde. Maar wat dat betreft ben ik Chineser geworden. 'Graag gedaan, meneer Zhang. Fangfang maakt het goed in Eindhoven.'

'Meent u dat?'

'Eh… dat wil zeggen…'

'Ik wilde toch iets vragen: heeft ze zich werkelijk twee keer van kant proberen te maken?' Zhang dooft zijn sigaret en gaat fluisterend verder: 'Wat uw antwoord ook moge zijn, laat dit leven en sterven binnen deze vier muren. Als mijn vrouw er lucht van krijgt, hakt ze me in mootjes!'

Voor het eerst voel ik me zowaar op mijn gemak bij hem. 'Zo ernstig is het allemaal niet, meneer Zhang. Fangfang maakte op mij een vrolijke indruk. Wat mij wel opviel is dat ze… – hoe zal ik het zeggen? – de neiging heeft tot overdrijven. De kans dat ze zichzelf daadwerkelijk iets aandoet, is mijns inziens… nihil.'

Zhang komt een stoel dichter bij mij zitten: 'Dat denk ik dus ook. Ik ken haar kuren als de gaten van mijn broekzak. Klopt, het is een drift- · kop. En ze heeft het niet van een vreemde.'

Ik knik en… schud gauw mijn hoofd. Telkens vergeet ik dat ik in China zit. Hier moet je het nooit beamen als iemand zichzelf omlaaghaalt. De bedoeling is dat je hem omhoogtrekt en complimentjes geeft. Alhoewel, niet in dit specifieke geval, geloof ik.

'Meneer Klisse, wat mij de laatste tijd steeds bezighoudt: heeft Fangfang überhaupt iets aan die dure opleiding? *Een draak broedt draakjes uit; een feniks baart minifeniksen; het jong van een rat kan alleen maar tunnels graven.* Uit het hout van mijn vrouw en mij valt geen MBA'er te snijden.' Het air van een communistische huichelaar en een bikkelharde onderhandelaar is nergens meer te bekennen. 'Had mijn vrouw niet dag en nacht aan mijn kop gezeurd, dan zat onze dochter nu niet moederziel alleen in Nederland, met haar neus in boeken die haar toch niets zeggen.'

Een fractie van een seconde heb ik zoiets van: daar gaan Kraans centen! Maar wanneer ik denk aan de afgedankte machinerieën die hij China als nieuw aansmeerde, is het gedaan met mijn medelijden.

'Mag ik u om een gunst vragen, meneer Klisse?' Hij wacht niet tot ik ja knik. 'Als alles meezit, zal de privatisering van het Chinese gedeelte van ons bedrijf binnenkort een feit zijn. Dan gaat u terug naar Nederland. Zou u dan eventueel...'

'Uiteraard, meneer Zhang. Met alle plezier.' En ditmaal meen ik wat ik zeg.

'Belt u mij direct daarna, collect call? Als u denkt dat ze er inderdaad niets van bakt en vooral doodongelukkig is, zeg het alstublieft. Ik haal mijn vrouw wel over om onze dochter naar huis te laten komen.'

Verrek! Ik heb nog maar een maand. Ineens weet ik weer waarom ik Zhang privé wilde spreken. 'Geen probleem, ik laat van mij horen zodra ik bij Fangfang ben geweest en haar decaan heb gesproken. Eh... kunt u... het zit zo... hebt u toevallig het telefoonnummer van juffrouw Jelai Bai?'

Een gênante stilte.

'De jongedame bij het diner gisteren. Ze zat naast uw zoon.'

'Ik wéét wel wie ze is! Hahaaa...' De zojuist nog door twijfels en zorgen gekwelde vader keert terug in zijn normale gedaante – een politiek dier... Nee, toch niet helemaal. Daar is de staart van zijn geschater te vreemd voor. Eskimo's hebben zesendertig woorden voor 'sneeuw' en Chinezen tweeënzeventig manieren van lachen.

'Geeft niets hoor, als u het niet hebt.' Nonchalant tik ik met mijn vingers op de conferentietafel, maar het liefst zou ik door de grond willen zakken.

'Jelai? Versta ik je goed? Háár nummer heb ik niet, wel dat van haar oom en tante.' Hij haalt zijn adresboekje uit de attachékoffer: 'Klisse, met dit nummer bereik je de hele gemeenschap waar Jelai logeert. Het is de telefoon die haar oom en tante met hun vijftig buren delen.'

Een ongemakkelijk gevoel bekruipt me. Waarom eigenlijk? Juist. Zhang heeft verzuimd of vergeten 'meneer' voor mijn naam te zetten. Ik wíl helemaal niet op amicale voet met die vent staan!

Eenmaal in de gang gaat hij pal naast mij lopen en klopt me broederlijk op de schouders. Wat heb ik spijt dat ik hem Jelai's nummer heb gevraagd! Nu kent hij mijn zwakke plek. Ik de zijne ook, gelukkig. Van Fangfangs decaan heb ik gehoord dat hoogbegaafde, haveloze Chinezen in Europa willen studeren, maar uitgerekend Fangfang wordt gesponsord. Wat is de spreuk ook alweer? *Een eend op een klimrek jagen en hem als een aap dresseren salto's te maken.* Haar ouders hadden het geld dat ze uit Kraans zak hebben geklopt beter kunnen besteden. Door een bruidsschat voor haar te organiseren, bijvoorbeeld.

Ik wil bijna de hoorn op de haak leggen wanneer een vrouwenstem eindelijk de telefoon beantwoordt – eerst hijgend: 'Huhaaa...' Nogmaals naar lucht happend: 'Huhaaa...'

'Goedemiddag. Met Van Nuenen...'

'Vooruit! Welk gezin moet je hebben?'

'Dat van Jelai, alstublieft.'

'Nummer zeven, telefoon!'

Daar gaat mijn trommelvlies!

Refrein: 'De vrouw van mijn derde neef: telefoon voor mijn jongste nichtje!'

Mijn oren raken algauw gewend aan dat gegil. Terwijl ik gestommel van ver dichterbij hoor komen, begin ik de harde stem zelfs te waarderen. Het gaat hier blijkbaar om een groot gebouw. Door een keel op te zetten bespaart degene die de gemeenschappelijke telefoon opneemt zich de moeite drie of vier trappen op te klimmen...

Een krakende stem: 'Wie bent u?' Zeker Jelai's tante.

'Mevrouw...'

'Ik vroeg u iets!'

'Nan Keli.' Mijn Chinese naam, een toegift van een Leidse sinoloog. *Nan* – van Nuenen en *Keli* – Chris. Tevens een afkorting van de bekende uitspraak van Confucius: *Keji fuli.* Vrij vertaald: *Beteugel je gevoelens en houd de oude tradities hoog in het vaandel.*

'Nan watte?'

'Keli, mevrouw. Eergisteren hebben uw man en uw nicht met mij gedineerd in Golvensonate.'

'Meneer Klisse! U neemt mij toch niet in de maling? "Nan Keli", welke jongeman heet tegenwoordig nog zo ouderwets? Een jonge buitenlandse duivel, nota bene! Maar goed. U wilt zeker Jelai spreken? Ze is niet thuis.'

'Hoe laat is ze wel te bereiken, denkt u?'

'Vandaag lukt niet meer.'

Ik verman me: 'Morgen misschien?'

'Volgende week pas.'

De moed zakt mij in de schoenen. Van de vier weken houd ik er maar drie over…

'Mijn nicht is naar het platteland, om zwanger te raken. Als alles meezit, is ze aanstaande maandag weer terug.'

Mijn kamer begint te kapseizen. Ik weet niet hoe snel ik het gesprek moet afronden.

De hele week zit ik te dubben: zal ik Eric wel of niet vragen hoe dit precies zit? Waarom moet een goed opgeleide jonge vrouw halverwege de twintig zich haasten om kinderen te krijgen? Van een boer op het platteland nog wel! Niet dat ik iets tegen boeren heb. Mijn opa en oma van moederskant – de Jansma's – hebben veertig jaar lang aardappelen en bieten verbouwd. Maar Jelai met een boer? Zie je het voor je? Eric consulteren lijkt mij handig maar link. Ik zou niet willen dat hij zoiets tegen me zou zeggen als: welkom bij de club! Chinese vrouwen zijn voor mij geen wegwerpservies van de McDonald's.

Maandagmiddag grijp ik de telefoon: 'Mevrouw Jelai van nummer zeven.' Eén keer door haar tante afgekat worden is me voldoende. Kort en bondig mijn wens verwoorden kan ik ook. Wat kortaf, als je het mij vraagt, maar wie ben ik?

Een zonnestraal van een stem: 'Hé, Chris! Wat leuk!'

Mijn hart slaat een slag over.

'Perfect getimed. Vannacht ben ik pas thuisgekomen van het zwanger raken.'

Mijn knieën begeven het. Haar honingzoete adem echter, die ik als het ware dwars door de telefoonlijn ruik, houdt mij op de been: 'Allereerst wil ik jou en je oom bedanken voor het etentje in Golvensonate.'

'Nou zeg, ben je nu al vergeten dat jij hebt betaald?'

'Eh…'

'Alleen, je bent niet bepaald wild op zeevruchten, zag ik.'

Mijn maag draait, maar de vrolijke pieken en dalen in haar intonatie werken als drugs.

'Vis bijt niet hoor, Chris. Laat mij één keer raden: je wilt met mij afspreken?'

'Dank je, Jelai! In de roos…'

'Zijn alle Nederlanders zo verlegen? Nee, toch niet…'

Zijde verwarmt als je het koud hebt en verkoelt als je broeit…

96

Amper een week later loop ik zijdelings achter Jelai aan. In de smalle gang op weg naar kamer nummer zeven riekt het voor de ene deur naar rood geroosterd varkensvlees en voor de andere naar gestoomde karpers op een bedje van lente-uitjes. Op aanraden van Jelai til ik de hoeken van mijn trui op. Zo stoot ik niet tegen de stapels steenkoolvlaaien, pruttelende wokken of ijzeren rekken waarop luiers hangen te drogen. Voor een kolenkachel hurkt een oud vrouwtje. Met een blad Chinese kool smeert ze *Huangjiang*-saus op een braadkip. Zou ik ook zo vredig in dit krot kunnen leven en een kunst van het koken maken? De hoge hakken van Jelai tikken de lambada op de cementvloer, die hoogpolig aanvoelt. Het zand onder de schoenzolen heeft zich in de loop der jaren met bakolie, gespetterd uit koekenpannen, vermengd. Met als gevolg dat de boel als vloerbedekking op de grond kleeft. Jelai heeft vandaag een beige rok aan, met eronder een paar zwarte laarzen. Haar donkere jas met beige kraag gaat naar rechts terwijl haar ronde heupjes linkswaarts zwaaien. Voor een gewatteerd gordijn dat licht afgeeft, vanwege de vet- en stoflaag, staat ze stil. Ze gebaart mij naast haar te komen staan en schuift met haar maanbleke handje het gordijn opzij. Een deur met afgebladderde verf en het knalrode karakter 'Geluk' worden zichtbaar en ze klopt. Roef roef kamt ze met haar vingers het ravenzwarte haar en de geur van appelbloesem voert mij naar de Hof van Eden. Ik zie geen contrast meer tussen de groezelige omgeving en de oogverblindende dame die erin woont…

Jelai's oom – ik mag hem bij zijn naam noemen: Fusheng – staat op van zijn bed. Samen met een ander tweepersoonsbed de enige zitmeubels hier. Hij kijkt langs mij heen terwijl hij mijn hand schudt. Het enthousiasme en de onbevangenheid waarmee hij mij in Golvensonate verwelkomde maken nu plaats voor weifeling. Ik houd mijn mond en lach alleen maar, van hem geleerd. Jelai's tante daarentegen – 'noem mij maar "Dasher": de vrouw van mijn oudste oom' – trekt mij naar haar bed en ik moet naast haar komen zitten. 'Zo, jij bent dus Nan Keli! Jelai en haar oom praten steeds over jou…'

'Tante!' Jelai bloost.

'Herstel,' Dasher slaat op haar schoot, 'Jelai en haar oom hebben het niet steeds over jóú, maar over het etentje in Golvensonate. Dat was smullen, hè?'

Fusheng knijpt met zijn oogleden, maar Dasher doet alsof haar neus bloedt: 'Keli, mijn jongen, weet je zeker dat je wimpers niet opgeplakt zijn? Zulke lange ziet je Dasher vandaag voor het eerst. Mag ik even?'

Voordat ik me kan excuseren, zit ze al met haar brosse vingertjes aan mijn oogleden. 'Mmm, jammer dat je geen meisje bent. Wat heeft een vent aan zulke ronde ogen en poezelige wimpers?'

Oom schraapt zijn keel en krikt tante omhoog: 'Moet je de eend niet eens omkeren? Hij heeft al een uur op één zij liggen sudderen. Kom, ik help je.'

Eindelijk rust in de kamer. Jelai vouwt en ontvouwt de rand van haar jasje en giechelt.

'Waarom lach je?' Ik schuif naar haar toe.

'Om jou.'

'Wat doe ik nu weer fout?'

'Niets. "Jammer dat je geen meisje bent!" Hiehiehie!'

'Heeft je tante nog nooit een Europeaan gezien?'

'Niet van dichtbij, nee.'

'Jij wel?'

Ze slaat mij hard op de schouderbladen.

Mijn bloed steigert. Nooit heb ik durven dromen dat deze gebaren-taal op mij toegepast zou worden. Dit zie ik in films en in parken tij-dens de avondschemering. Het is een Chinese liefkozing! Of... op zijn minst een flirtpoging. Ik zoek haar ogen, die opeens verkillen en zich van mij afwenden. Een ander onderwerp: 'Jelai, hoe was je reis naar het platteland? Ben je... in je missie geslaagd?'

Ze zit rechtop – zo zie ik haar... boezem graag. 'Heeft mijn tante je alles verteld?'

Ik kijk de andere kant op: 'Het is maar wat je onder "alles" verstaat. Mag ik je iets vragen? Je hoeft geen antwoord te geven als je niet wilt.'

'Chris, mijn broer is onschuldig!'

Het wordt steeds gekker! 'Je broer? Was het niet gewoon een boer?'

Ze zit nu rechter dan een kaars.

O, help! Haar guitige, bijna kinderlijke manier van doen vormt een schril contrast met het volgroeide vrouwenlijf waarin ze zich bevindt. Ze is al vijfentwintig! Met haar vergeleken is een Nederlands bakvisje zich meer bewust van haar seksualiteit.

'Wat voor boer? Ik was naar mijn broer.'

'Om... zwánger te worden?'

'...' Na een onheilspellende stilte ligt ze dubbel van het lachen: '*Huaiyin*! Niet *huaiyun*!'

Het kan mij geen bal meer schelen of ze door haar broer bevrucht is ja of nee. Ik wil haar beminnen. Met heel mijn hart, ziel en, uiteraard, ook de rest van mijn lichaam. Onder de dunne trui dansen haar perzik-vormige borstjes op en neer terwijl ze schatert: 'Ooooo, Chris! Wat moet ik met jou! Huaiyin is een plaatsje in de provincie Jiangsu. Daar woont en werkt mijn broer. Ik moest hem... wat brengen, inderdaad missie geslaagd.'

'Dus niet *huaiyun* – zwangerschap?'

Ze timmert op mijn armen en rug, tilt het velletje van mijn hand op en draait er rondjes mee. Hier gaat het niet om flirten, dit snap ik ook wel. Ze zit haar kwaadheid te ventileren. 'Waar zie jij mij voor aan, Chris? Een draagmoeder?!'

'...'

Terwijl ik enerzijds bijkom van de schrik en anderzijds geniet van de opluchting die erop volgt, schenkt ze thee in: 'Rongs hoofd is één blok graniet. Koppiger dan de overgrootvader van een ezel. Ik heb hem, Boeddha weet hoe vaak, gevraagd terug te keren naar ons ouderlijk huis in Beijing of hier bij mijn oom en tante te komen wonen – ze zijn dol op hem. Drie keer raden waarom. Hij is een van de stamhouders van de familie Bai. Maar die middelste broer van mij heeft wortel geschoten in Huaiyins rijstvelden. Zie je, elk kwartaal moet ik vier dagen op en neer. Om hem van de nodige... middelen te voorzien. Een crime. Dat kan ik je verzekeren.'

'Jelai, waarom wil hij daar blijven? Wat moet je hem brengen?'

Ze ontwaakt als het ware uit een trance en schijnt te schrikken van wat ze heeft gezegd.

Ik wacht op haar antwoord.

Gauw staat ze op van het bed en rommelt aan de eettafel.

Al ben ik in haar ogen een domme buitenlander, ik voel wel dat hier sprake is van een precair onderwerp. Dus kies ik voor veilig: 'Je middelste broer? Wil dat zeggen dat je er nog meer hebt? Ook zussen misschien?'

Ze houdt haar lippen strak, waarna woord voor woord: 'Hong, Rong en Long. Alle drie ouder dan ik. Kanjers van jongens, mannen.'

'Rong en Long zitten niet gevangen in dat gat te Huaiyin, mag ik hopen?'

Jelai's lippen trillen. Ik haast me te zeggen: 'Ik heb maar één broer. Thijs heet-ie. En een zusje, Tineke. Mijn vader, directeur van een octrooibureau, zijn met zijn elven thuis – een echte Limburgse familie. Een ritje Randstad is voor hen een reis naar het buitenland. Vlaaien aan Den Haag leveren? Export. Mijn moeder, een biologielerares, heeft vier zussen, geen broers. Ze tennist, golft en doet voortdurend aan de lijn. Niet dat het haar lukt. Vandaar liposuctie…' Ik probeer mijn verhaal zo lang mogelijk te rekken. Misschien vergeet Jelai op den duur hetzij te schreeuwen hetzij te huilen.

Wanneer ik Jelai help met tafeldekken, hoor ik een hels kabaal op de gang. Een omgevallen vuilnisemmer, een jongetje dat krijst en een vrouw die snauwt, waarop een vermanende toon van een derde volgt. Jelai zet de stapel kommen neer die ze aan het uitstallen is: 'Haihai!'

Ik zie haar gezicht opbloeien: 'Verwacht je soms bezoek?'

Ze fladdert naar de deur, als een libel zo licht, maar ze vergeet zich niet naar mij om te draaien: 'Niet dat ik weet, maar mijn neef is toch geen bezoek?' Ze hurkt neer voor een jochie van drie, vier jaar: 'Baobao, zo héé, een nieuw legeruniform! Stoer hoor! En, kun je al een saluut brengen? Nee? Dan moet je het gauw leren, anders pas je niet in dit pakje.'

Het kind rent achter zijn vaders benen en speelt verstoppertje met Jelai. Zijn zin in dit spel is zeer tijdelijk van aard, gelukkig maar, want zijn tante heeft het druk met het ontvangen van gasten: 'Neef en nicht, wat heeft jullie tong het getroffen! Jullie vader en moeder zijn bezig met een pekingeend. Nu is het te hopen dat die vet genoeg is voor ons allen.'

Baobao zuigt op zijn duim, staart mij aan en draait nieuwsgierig rondjes om mij heen. Hierna spuugt hij zijn duim uit de mond: 'Papa, is dit de harige buitenlandse duivel? Die u van oma moest komen keuren?'

Pia! Het joch krijgt onverwijld een oorvijg toebedeeld en natuurlijk: hij begint te blèren.

'Baobao, kom maar. Tante heeft een snoepje voor je.' Jelai bedwingt haar lach en brengt zowel haar neef als zijn zoontje tot bedaren. Hierna zegt ze: 'Haihai en Yun, Chris van Nuenen. Chris, mijn neef en zijn vrouw.'

'Aangenaam. Ik ben Haihai. "Hai" van zee. Mag ik je Chris noemen?'

'Graag.' Ik knik aan één stuk door en voel me bijna op mijn gemak, te midden van de luidruchtige, 'ongenode' gasten. Voor de zoveelste keer zeg ik tegen mezelf: verstand op nul en ongeregeldheden als de normaalste gang van zaken beschouwen.

Baobao's moeder – een vrouw met een bril – stapt op haar beurt naar voren: 'It is a pleasure to meet you.'

Dasher zet een bord *Mapuo tofoe* op tafel: 'Haihai, help je vader een handje. Er moet hoognodig een kolenvlaai aan de kachel worden toegevoegd. Je pa heeft zijn handen vol aan het klaarmaken van je lievelingsgerecht – dradentrekkende stukjes appel in een stijve stroop. Yun, onze professor, ga lekker zitten. Jij hoeft niets te doen.'

Jelai leidt Yun naar een van de twee bedden: 'Thee?'

De, zo te horen, hooggeleerde jonge vrouw legt een doos op tafel: 'Moeder, het poeder van hertengewei. Voor u meegenomen uit de provincie Fujian.'

Dasher straalt: 'Wil je dat ik een ouwe word die weigert de pijp uit te gaan? Waarom dure medicijnen voor mijn versleten beenderen? Jullie hebben net een kast van een huis gekocht. Leg maar wat centen opzij voor Baobao's studie.'

Yun duwt de doos met, krijg nou wat, een afbeelding van hertenkoppen met enorme kapstokken eraan vast, in schoonmoeders hand: 'Maakt u zich maar geen zorgen over onze financiën. Het gaat ons voor de wind.'

De tafel telt inmiddels negen gerechten, maar Dasher maakt bekend dat er nog drie in de maak zijn. Dus moet ik geduld hebben. Haihai drinkt een slokje thee en taxeert mij van top tot teen: 'Stevige spieren. Je doet zeker aan vechtsport?'

'Nee.' Mijn wangen gloeien. Zou Jelai dezelfde mening zijn toegedaan?

'Dan heb je ze van je ouders cadeau gekregen. Ik heb mezelf twintig jaar moeten ontzien om de míjne op te bouwen.' Haihai stroopt zijn mouwen op en toont zijn spierballen: 'Dankzij de Shaolin kungfu.'

Zo'n lichaamsbouw ken ik ergens van. Juist, van Bruce Lee! 'Wat mij steeds verwondert: is het waar dat Chinese kungfu-meesters kunnen vliegen? In Hollywoodfilms...'

'Hahaaa! Je gelooft toch niet dat Li Lianjie werkelijk op lucht kon lopen?'

Yun leunt voorover: 'Mijn man bedoelt Jet Li.'

Jelai knikt: 'In onze romans is het gewoon dat mensen vliegen, zónder bezem, en dat bomen lopen. Dit onderscheidt onze literaire realiteit van de ogenschijnlijke.'

'Stel je voor dat we ook in de literatuur niet kunnen leven zoals we graag willen!' Yun aait Baobao over zijn hoofd.

Haihai popelt van ongeduld: 'Deze zijn wel echt. Chris, voel maar!' Hij draait zich om en wipt zijn billen mijn kant op: 'Knijp, als het je lukt.'

Ik kijk Jelai aan: ik mag toch aannemen dat dit een grap is.

Maar Yun klinkt bloedserieus: 'De kunst van meditatie.'

Haihai dreigt nog dichterbij te komen, met zijn achterwerk in de aanslag: 'Door de *qi* die ik hierin blaas worden de spieren een blok staal. Zelfs een mes krijg je er niet doorheen.'

Jelai giechelt alleen maar – aan haar heb ik wat!

Zo ongemerkt mogelijk stap ik weg van Haihai: 'Ik geloof je zo ook wel.'

'Ik heb een beter idee!' Hij gaat op de vloer liggen en haalt diep adem: 'Jelai, kom maar met je hoge hakken. Stampen op mijn buik. Laat Chris zien wat je met meditatie zoal kunt doen!'

'Wacht!' Jelai verdwijnt onder het bed, 'Waar zijn mijn naaldhakken?'

O god! Ik grijp Jelai's hand: 'Dat meen je niet!'

'Chris, Haihai vraagt erom. Bovendien, dit is niet de eerste keer dat hij zijn kunstje vertoont.'

'Oké, oké, ik doe het wel.' Ik sluit mijn ogen en knnnnnnijp in de billen van een MAN. Het voelt niet als een rots, het ís rots. Jemig. Mijn rode hoofd windt Jelai zo te zien op. Ze springt een gat in de lucht en toevallig (?) kijk ik naar haar voeten. Ze heeft zowaar haar naaldhakken aangetrokken! Je wilt niet weten hoe ze giert terwijl ik lijkbleek op bed zak en het gevreesde tafereel aanschouw. De buik van haar neef gebruikt ze als een soort trampoline, waarop ze springt, de hoogte in, gillend landt en vol overgave stampt.

Haihai komt overeind en ontbloot zijn bovenlijf: 'Dames en heren, zien jullie een deukje of een blauw plekje?'

Dasher schuift de boel tegen elkaar aan en maakt zo een plaatsje vrij voor het twaalfde gerecht: 'Opschepper!' Ze werpt haar zoon een trotse blik toe en wendt zich tot Yun: 'Je moet wel, Haihai. Hoe kun je anders bewijzen dat je zo'n intelligente echtgenote verdient?'

'Moeder!' Yun duwt haar bril omhoog.

Na het eten wordt er gekaart. 'Liegen' heet het spel. Jelai beweert met een stalen gezicht dat ze twaalf jokers heeft en twintig heren. Trek je haar woorden in twijfel en keer je de kaarten om, ben je de klos. Op de een of andere manier voelt ze aan wanneer de argwaan je te machtig wordt en je haar kaarten gaat controleren. Ze ziet er dan op toe dat vlak daarvoor de echte joker of heer op tafel ligt. Haihai is dusdanig in haar ban dat hij scheel kijkt van strijdlust, terwijl hij donders goed weet dat het vechten tegen de bierkaai is. Yun geeft zich gewonnen, ik ook. We raken aan de praat. Ze blijkt afgestudeerd te zijn aan de Universiteit van Peking. In scheikunde. 'Ik wilde eerst promoveren, maar Haihai stond erop dat we meteen gingen trouwen. Daarin kon ik hem geen ongelijk geven. We waren beiden de zogenoemde bejaarden tussen de jongelui van huwbare leeftijd – hij achtentwintig, ik zevenentwintig. Ik hoefde niet eens te proberen hem naar Beijing te krijgen, vanwege het registratiesysteem, weet je wel? Zonder connecties in hogere kringen kon je toentertijd niet eens een provinciale mug in de hoofdstad plaatsen. Noodgedwongen keerde ik terug naar Qingdao. Mijn droom wetenschapper te worden ging in rook op, maar achteraf gezien was dat een zegen in vermomming. Mijn studiegenoten die inmiddels de doctorstitel hebben behaald wonen nog steeds in een kamertje zoals dit, zonder keuken, met een openbaar toilet en moeten het badhuis met tienduizenden delen.'

Haihai neemt zijn zoontje op schoot: 'En we hebben vorig jaar een villa aan de kust gekocht, in een compound voor Chinezen van overzee en buitenlandse zakenlui.'

'Zeker dicht bij Badachu?'

'Goh, Chris, je bent dus bekend in Qingdao? Kom je bij ons kijken?'

'Graag, we kunnen een afspraak…'

'Waarom *de broek uitdoen om een wind te laten*? We kunnen nu gaan.'

'Eh… ik heb er niet op gerekend.'

'Heb je iets anders dan?' Haihai klinkt sneu.

Ik wilde zeggen: dat niet. Behalve zakenpartners en nu Jelai ken ik hier niemand. Maar… waarom wil ik niet met hem mee? Zo'n kans laat je toch niet schieten? Zou je denken. Chinezen in hun eigen omgeving leren kennen.

Jelai wisselt een blik van verstandhouding met mij uit en richt zich tot haar neef: 'Breng Chris niet in een moeilijk parket.'

'Joh, heb ik dat gedaan?' Haihai kijkt verontrust.

Jelai lacht eerst mij toe en dan haar familie: 'Europeanen zijn anders dan wij. Wij denken als water: waar mogelijk (en nuttig), daar vloeien onze gedachten naartoe. Zij zijn planners. Van tevoren stippelen ze een route uit en wijken daar niet van af, anders raken ze van slag. Met andere woorden: zonder afspraak geen bezoek.'

Ik kijk Jelai dankbaar aan. Maar… hoe kan ze dat weten?

Yun mengt zich in ons gesprek: 'Chris, ik heb in een vakblad gelezen dat er een nieuwe shampoo is, pH neutraal. Zou je – ik betaal je wel, in Chinese yuan, als je geen bezwaar hebt – in Europa een flesje voor mij willen aanschaffen en opsturen?'

'Maar natuurlijk! Heb je soms last van een gevoelige huid?'
'Ík niet.' Yun glimlacht; Haihai glundert. Mijn nieuwsgierigheid is gewekt, maar uitleg blijft achterwege.
Jelai: 'Da's niet eerlijk, Yun. Als je Chris om een gunst vraagt, moet je hem ook vertellen waarom.'
Yun trekt haar jasje glad en is zichtbaar in haar sas: 'Ik heb je net verteld dat niet promoveren een bedekte zegen was...'

Om een lang verhaal kort te maken. Nadat Yun teruggekeerd was naar Qingdao mocht ze kiezen: op de universiteit doceren of onderzoek verrichten voor een instituut, zeg maar de Chinese variant van TNO. Ze koos voor het laatste. Daar wachtte haar een tweede teleurstelling: deze baan had niets te maken met pure wetenschap. Sinds de economische hervorming kwamen veel overheidsinstanties in financiële problemen. Om een dreigend faillissement op afstand te houden, nam haar instelling opdrachten van het bedrijfsleven aan. Yuns eerste 'onderzoek' was het analyseren van een afwasmiddel (merk 'gaat mij niets aan' – aldus de chemicus). Aangekocht in Boston, door een Chinees die daar al bordenwassend IT studeerde. Dit project heeft haar twee weken zoet gehouden en het lab twintigduizend yuan opgeleverd. Toen was het hek van de dam. Zonder moeite kraakte ze de formules van talrijke topmerken. Van shampoos, waspoeders, wc-eenden, koper- en zilverpoets tot frisdrank en kippenbouillon...
'Handig,' val ik in, 'zo hoeven jullie geen licentie aan de uitvinders ervan te betalen.'
Yun kijkt mij over haar bril heen aan: 'Beschuldig je ons van iets? Van het niet naleven van octrooiwetten, bijvoorbeeld?'
Ik zit achterover 'geleund'. Geen gemakkelijke houding, op de rand van een bed. 'Dat zeg ik niet...'
'Dat denk je wel. Jullie hebben ons land vanaf de achttiende eeuw geplunderd. Ons porselein, zijde, kruiden en kunstvoorwerpen afhandig gemaakt én ons aan het snuiven van opium gebracht. Is dat het naleven van internationale wetten?'
Ik voel me persoonlijk aangesproken: 'Het opiumverhaal kwam niet uit Nederland. Daarvoor moet je bij de Engelsen zijn.'
'Het is één pot nat, Chris.' Yun duwt de hand van haar man weg. 'Toe, Haihai, laat me uitpraten! Toen het erop aankwam, stuurden jullie geallieerde troepen van acht Europese landen op ons volk af én...' met haar schelle stem, 'lieten ons de kogels nog vergoeden ook – de beruchte "overeenkomst" *Xinchou Tiaoyue*.'

Beleefdheidshalve besluit ik Yun het vuur niet verder na aan de schenen te leggen. Als ze een vent was, wist ik wel hoe ik haar zou aanpakken.

'Ik ben scheikundige, geen bioloog. Maar ik weet wel dat er in de wereld maar één wet geldt: overleving van de sterkste. Sinds de industriële revolutie zijn jullie op technologisch gebied ons land voorbijgestreefd. De wetten die jullie maken zijn om de buit veilig te stellen en jullie belangen te waarborgen. De zogenaamde bescherming van handelsmerken en intellectuele eigendommen. Laat me niet lachen! Je wilt me toch niet vertellen dat je niet weet hoe Amerika in de afgelopen eeuwen zijn rijkdommen heeft vergaard? Door inbreuk te plegen op de octrooien van de nieuwste Europese uitvindingen.'

Dit wist ik dus écht niet en ik heb mijn bedenkingen over de betrouwbaarheid van haar informatie. Maar dat doet er niet toe. Wat China flikt door massaal Amerikaanse software te kopiëren, kan ik moeilijk met goed fatsoen recht praten, of wel soms?

Dasher vindt de spanning in de kamer maar niks en stopt ons vol met pinda's en zonnebloempitten. Haihai knijpt in de billen van Baobao, die van schrik zijn machinegeweer laat vallen en in huilen uitbarst. 'Zie je, Yun, ik heb je gezegd dat de kleine moe is. Hij heeft zijn middagdutje gemist. Zullen we?'

Jelai gebaart mij naar de vensterbank. Samen kijken wij uit het raam. Voor de ingang van het Luotai Park doet Haihai, zie ik het goed?, het portier van een gloednieuwe Volvo open.

Dasher schudt haar hoofd: 'Ik kan niet jaloers zijn, dat mag je gerust weten, Klisse. In hun villa zou ik het geen dag kunnen uithouden. Een wc-pot waar je – vies! – op moet gaan zítten. Hurken is veel hygiënischer, onze voorouders zijn niet van gisteren. Een marmeren keukenvloer, om mijn oude nek te breken. Het park is wel mooi, maar buren kom je nergens tegen, alleen groepjes dienstmeisjes. Die elkaar de loef afsteken met opscheppen over wiens baas rijker is en wie meer gouden armbanden krijgt. Dit tegen betaling in natura, maar dat zeggen ze er uiteraard niet bij. Nee, geef mij dit kamertje maar. Mijn buren ken ik al vanaf hun trouwdag of vanaf de tijd dat ze nog in broeken met een open kruis liepen. Als ik een hoofdpijntje heb, ziet mijn bed zwart van het ziekenbezoek. Voordat ik het vergeet, Klisse, mijn zoon *eet geen vloeibaar voedsel*, hoor.'

Jelai fluistert mij in: 'Tante is bang dat je denkt dat Haihai van de slappe kost leeft – teren op het inkomen van de vrouw. Tegenwoordig zie je dat veel om je heen, maar mijn neef is en blijft een onafhankelijke vent.'

Dasher gaat verder: 'Twee jaar geleden hebben mijn zoon en schoondochter een staatsfabriekje gehuurd. Yun zorgt voor de formules, waar ze door het analyseren achter komt, en mijn Haihai voor de productie. Ze kunnen van alles en nog wat namaken. Zelfs een drank die naar Zeven Geluk smaakt!'

'De Chinese vertaling van Seven-Up,' licht Jelai toe. Hierna biedt ze aan mij uit te zwaaien. De steile trap vanaf de heuveltop lijkt nu gelijkvloers. Voor het eerst voel ik me geborgen in dit vreemde land... Ondanks de gezelligheid maalt mijn denkmolen door: zou Yun gelijk hebben? Jatten van het Westen klinkt uit haar mond zo illegaal ook weer niet. Illegaal misschien wel, maar slecht? Da's een andere zaak. In ieder geval, ik gun Jelai's neef en zijn gezin net zo'n comfortabel leventje als ik, als wij Nederlanders...

In de taxi naar mijn hotel onderwerp ik mezelf aan een streng onderzoek: ben ik soms een verrader geworden van mijn eigen vaderland en diens normen en waarden? Is Jelai mij dan zoveel waard?

Jelai opent de deur: 'De zon is vandaag in het westen opgekomen!'

De blijdschap, nog eens opgeklopt door ongeduld, waarmee ik naar dit weerzien heb uitgekeken, wordt de kop ingedrukt: 'Hoe... bedoel je?'

Ze trekt mij naar binnen en bitst verder: 'Gauw, niet op de gang. Ben je soms bang dat niet iedereen weet dat je hier bent?'

Ik kijk de kamer rond: 'Je bent alleen.'

'Mijn oom en tante zijn naar Baobao. Hun jongste stamhouder heeft de bof.'

Ik doe mijn overjas uit en neem plaats op bed.

'Wat doe je daar?'

Ik schrik en sta meteen op.

Jelai doet haar sjaal om: 'Je ziet toch dat mijn oom en tante niet thuis zijn?'

'En?'

'Een man en vrouw alleen in een kamer?' Haar stem slaat over: 'Wat zouden de búren wel niet denken?'

Ahá! Geen chaperonnes. Een eeuw geleden konden mijn Limburgse overgrootouders – toen waren ze nog geen overgrootouders natuurlijk – ook geen meter voor- of achteruit zonder pottenkijkers. Ik trek mijn overjas weer aan en wacht tot Jelai hetzelfde doet. Ze schiet de kamer uit, in haar korte jas, en ik vlieg achter haar aan: 'Het is koud buiten!'

Ze draait zich om en barst uit in een zonnige lach, waar ik vier dagen lang van heb gedroomd. 'O ja? Mag ik eerlijk zijn, Chris?' Ze tast in haar zak en haast zich terug de kamer in: 'Ik heb je altijd een slappe... gevonden. Kijk om je heen, wie draagt er nou een lange jas? Was je nou bejaard of zo, dan zou ik zeggen: vooruit.'

Ik sla met vlakke hand tegen mijn voorhoofd: ik vroeg mij al af waarom veel Qingdaonezen binnens- en buitenshuis dezelfde kleren aanhouden. Er is nauwelijks centrale verwarming. Waar moet het 'temperatuurverschil' vandaan komen? Meegevoerd door de euforie van mijn nieuwste ontdekking zie ik alles door een waas. Of... is Jelai werkelijk nergens te bekennen? Ik zoek in de kamer, geen Jelai; in de gang, evenmin. Roepen kan ik beter laten. Ze is al Spaans benauwd dat de buren mij zullen zien. Als ik ook nog eens mijn stem verhef... Ik neem mij voor rustig te wachten. Misschien is ze haar handen gaan wassen, in het gemeenschappelijke toilet op de begane grond.

Tonggg! Ik kijk naar boven, goeie genade! Ze wrijft aan haar achterhoofd – een flinke bult zeker, naar het geluidsvolume te oordelen. 'Wat doe je daar op de linnenkast?'

Ze slaat met haar lieve vuistjes tegen het plafond: 'Ik ben erger dan een ezel. Telkens vergeet ik te bukken als ik hierboven zit.'

Ik wil haar nogmaals om een toelichting vragen, maar mijn prioriteiten liggen elders. Eerst moet ik haar veilig op de vloer zien te krijgen. Ze gebaart mij van: opzij! en strijkt haar jasje glad. Het lijkt het Chinese staatscircus wel: ze maakt een koprol, midden in de lucht, en staat daarna als aan de grond genageld. De hele operatie voltrok zich nagenoeg geluidloos. Voordat ik kan bijkomen van de verbazing is ze al onder het bed verdwenen. Ditmaal laat ik haar niet alleen. Ik kruip achter haar aan en zie haar een bestofte houten kist wegduwen. Op de plek waar de kist stond ligt een baksteen, waarvan de kleur roder is dan de rest van de vloer. Ze friemelt eraan, tilt hem op en vist uit de ontstane kuil een plastic zakje. Dit geschiedt allemaal op de tast, zonder een straaltje licht om de boel overzichtelijker te maken. Weer dat gebaar van haar: opzij! Ik maak gauw dat ik wegkom en ze volgt me op de voet.

'Hèhè.' Ze telt de bankbiljetten – de inhoud van twee zakjes, één blijkbaar uit een poederdoos van bovenop de linnenkast en één vanonder die baksteen. 'Geld genoeg om jou te trakteren, vooropgesteld dat je geen zeekomkommers bestelt.'

'Je hoeft mij geen antwoord te geven, als je niet wilt, maar waarom verstop je je geld op zulke onmogelijke plaatsen? Ben je bang dat je oom en tante het van je afpakken?'

'Mijn oom en tante niet.' Ze steekt de portemonnee in haar jaszak. 'Maar de Rode Gardisten wel.'

'We leven nu in 1995! De Culturele Revolutie is al bijna twintig jaar voorbij.'

Ze klopt op haar jaszak: 'Ze hebben holen in onze muren gegraven en de voering van ons bankstel binnenstebuiten gekeerd. Alleen om te zien of daar wat verborgen zat. Zelfs de kattenbak hebben ze leegge-haald. Hier hebben mijn ouders het vaak over.'

'Hoor je wat ik zei, Jelai? Het is allang niet meer zo.'

'Ik weet het.'

'En?'

'Niks "en", Chris. Het is gewoon veiliger om kostbaarheden te ver-stoppen. Stel je voor dat ze opnieuw…'

'Word wakker, Jelai!'

Ze slaat de deur achter zich dicht, pal voor mijn neus. Ik sta even stil. Hoe kan ik mij in haar wereld inleven? Die van gedateerde angst? Alhoewel, kent angst verleden tijd?

'Waar gaan we heen?' Jelai's laarsjes tikken parmantig op de stoep – ik moet zeggen dat ze haar verdriet ook weer snel vergeet, of lijkt het zo?

'Chris, jij mag zeggen waar we heen gaan. Vandaag is het jouw feest-je.'

'Dat zou ik niet al te hard roepen, Jelai. Als het aan mij lag, doken we regelrecht mijn stamkroeg in!' Ik knipoog tegen haar. Grap mislukt: ze verbleekt. 'Naar het strand dan maar?' haal ik snel bakzeil.

Er zitten weer veren onder haar hoge hakjes, maar ze blijft onder de indruk van het schrikbeeld dat ik zojuist heb geschetst: 'Waarom zijn jullie Nederlanders zo zot op zitten en zuipen? Ik werd een keertje uit-genodigd voor een feestje. E…, de naam doet er niet toe, een landge-noot van je, was jarig. De hele avond, van acht tot twaalf, deden ze niets anders dan vaste en vloeibare spullen in hun buik slikken en slokken. Geen wonder dat jullie zo forsgebouwd zijn, vooral daar waar jullie middenmoot zich bevindt.'

'Hoe vieren jullie dan verjaardagen, Jelai?'

Ze giechelt en drukt met haar duimpje op mijn neus: 'Je vraag is al verkeerd. Wij Chinezen vieren geen verjaardagen. Alleen als we zestig of tachtig worden. En als wij dat wel doen – je hebt altijd van die hypermoderne kontlikkers die de westerse levensstijl na-apen – gaan we dansen, zingen of wedstrijdjes houden. Alleen zitten, drinken en kletsen, dat houden we nog geen halfuur vol. Waar praten jullie zoal over, een hele avond?'

'Tja, over van alles en nog wat. Noem een onderwerp en wij discussiëren.'

'Gefopt! Dat was niet bedoeld als vraag, Chris. Ken je de Chinese spreuk: *Als je eet, houd je steeds minder rijst in je kom over; als je spreekt, moet je nog meer praten om je verhaal rond te breien?*'

'En jullie dan? De hele dag koken.'

Ze blijft staan en wijst ditmaal naar mijn buik: 'Je kunt zeggen wat je wilt, eten is ons heilig, net als zuipen en ouwehoeren voor jullie. Maar ben je hier een vette Chinees tegengekomen? Volgens westerse maatstaven ben je mager, maar hoe noem je deze? Wattenrollen zeker?'

Als ik niet op straat stond, zou ik haar optillen en van top tot teen zoenen. Uit haar mond klinkt de grofste belediging aan mijn adres als muziek in mijn oren. Arme Anouck, ze heeft nog geen kwart van dit krediet van mij gekregen... 'O, voordat ik het weer vergeet, waarom bitste je zo tegen mij toen ik voor je deur stond?'

Ze staat weer stil – zo komen we nergens – en rimpelt haar neusje: 'Ik heb vier dagen op je zitten wachten, maar meneer toont pas vandaag zijn gezicht. Is dat niet een zeldzaam natuurverschijnsel? Net als de zon, die eens in een miljoen jaar vanuit het westen opkomt?'

'Ik heb je dagen achter elkaar proberen te bellen.'

'San'er, dat rotjoch van de familie Wu, heeft het snoer van onze gemeenschappelijke telefoon losgetrokken. De reparateur was niet uit zijn nest te roken. Waarom kwam je niet gewoon naar me toe?'

'Mag dat?'

Ze lacht zich krom, midden op de stoep: 'Daar heb je Chris weer. Wanneer leer je wat soepeler te denken en te handelen?'

'Dan weet ik dat voor de volgende keer. Even tussen twee haakjes, als je mij zo miste, waarom heb je mij dan niet gebeld, vanuit een telefooncel of zo?'

'Wie zegt dat ik je miste?'

Ik struikel over mijn eigen benen.

'Chris, heb je wel eens een bloem achter een bij aan zien zitten?'

Ik stop ook met lopen: een doordenkertje. Wat bedoelt ze nou?

'Kijk maar naar de tuin. De pioenroos zit immers kuis te wachten tot er een bij langs vliegt of niet.'

'Meen je dat?'

'Hahaha! Je gelooft ook alles, Chris. Ik wilde je wel bellen, maar... kijk je niet op mij neer, als ík het initiatief neem?'

'Dat vind ik juist spannend!'
Ze versnelt haar pas.

Vanuit de verte hoor ik de nabijheid van de zee. Geen deinende golven, maar het beuken van ijsplaten tegen elkaar. Een dreunend geluid vanuit de diepte, dat iemand met een ongeoefend oor eerder doet denken aan een ontstoken mijnenveld. Jelai pakt mijn hand: 'Wie het eerst bij het strand is!' Ze kromt haar rug en drie, twee... Ze begint af te tellen! Mijn kuitspieren verkrampen. Behalve af en toe een potje squash doe ik al jaren niet meer aan sport. Wat als ze mij inhaalt of – ik moet er niet aan denken – vanaf het startsein al aan kop gaat? Jelai is inmiddels als een kogel afgeschoten, en niet zo'n klein stuk ook. 'Hó, wacht!' Ik hijg achter haar aan en vlak voor het einde van mijn Latijn dient zich een lumineus idee aan: 'Pas op je enkels! Op die hoge hakken van jou...' Nou ja, roepen heeft geen zin meer. Ze is een blauw stipje geworden op het witte strand. Als een ridder maak ik ferme, zwaarwichtige schreden in haar richting. Het duurt haar blijkbaar te lang. Ze sprint terug en reikt naar mijn hand: 'Wie in één ruk de meeste radslagen kan maken!'

'Rad... wát?! Op je hoge hakken?'

'Jij steeds met je "hoge hakken"!' Uit protest ploft ze op het zand neer, in een perfecte spagaat.

Als ik nu nog niet doorheb dat het een verloren zaak is een krachtmeting met haar aan te gaan... Tussen haar radslagen door, dat wil zeggen, wanneer ze op haar benen staat in plaats van op een van haar handen, probeer ik een gesprek met haar te voeren: 'Turnster geweest?'

Met een rood aangelopen gezicht, geen wonder, gezien de hoogst ongebruikelijke lichaamsposities die ze zich aanmeet: 'Wat dacht je van toneelspeelster?'

Ik wrijf in mijn handen: zal ik het vragen of niet? Wat heeft podiumkunst met koprollen, spagaten en radslagen te maken? 'Ging het toneelstuk over een beroemde turnster?'

'Giegiegie!' Ze gooit haar hoofd in haar nek en maakt van de gelegenheid gebruik een achterwaartse salto neer te zetten: 'Chris, Chris! Wat moet ik met je? Ben je ooit naar de Peking Opera geweest?'

Verhip, mijn verplichte nummers aan het Chinese theater! Als directeur Zhang mij niet van tevoren had gewaarschuwd, zou ik geheid hebben gedacht dat ik midden in een acrobatische voorstelling zat!

Na een poos heeft ze er genoeg van. Ze trekt haar laarsjes uit en kiepert ze om. Er waait een straal zand uit. 'Chris, onthoud dit: voor een strandwandeling kun je mij 's nachts wakker maken.'

'Noem je dit "wandelen"?'

'Ooo...' Ze is een en al medelijden en steekt haar arm door de mijne. 'Het spijt me verschrikkelijk! Ik ben ongezellig geweest en... heb je zeker de stuipen op het lijf gejaagd. Weet je, Chris, ik mis mijn oude opleiding...' Ze staat opeens stil en brengt een saluut: 'Nu doe ik normaal. Beloofd!'

Voor het eerst wandel ik arm in arm met Jelai. Zo nu en dan neemt een meeuw een duikje in zee om een of ander visje te vangen, maar voor de rest is het strand verstoken van levende wezens. De wind schuurt langs mijn huid, maar het doet geen pijn. Integendeel. Al leunt ze tegen mijn zij, ze voelt lichter dan een rozenblad... Ik sluit mijn ogen en prent dit moment in mijn geheugen. Om niet al te veel te laten opvallen waar ik mee bezig ben, doe ik een poging ons gesprek gaande te houden: 'Als je je toneelopleiding zo mist, waarom heb je je studie aan de academie dan niet afgemaakt?'

Ze blaast een plukje bezweet haar van haar wang: 'Dat gaat je niks aan!'

En een tel geleden was ze nog de tederheid zelve! Ik zoek haar ogen. Die spuwen vuur.

Ze fluistert: 'Heb je wel eens van 4 juni gehoord?'

'De juni van 1989? Het bloedbad op het Plein van de Hemelse Vrede? Heb... je daaraan deelgenomen? En ben je daarom van school gestuurd?'

Ze rent weg en walst een zandkasteel plat – het urenlange werk van een vlijtig kind is er in één klap geweest.

Mijn adem stokt: 'Vandaar dat je geen actrice bent geworden, maar zakenvrouw?'

'Chris, als je hierop blijft voortborduren, ga ik naar huis en wil ik je nooit meer zien!'

'Oké, oké, ik zeg er geen woord meer over! Vergeef je me?'

De rukwind veegt de tranen van haar gezicht. Ze probeert me toe te lachen, maar dat lukt niet. O, ik wilde dat ik haar kon meenemen naar Nederland! En haar ver kon houden van de herinneringen aan... wat het ook moge zijn dat haar verdriet heeft gedaan. Een naderende golf en ik sleep haar ervandaan. Ik kijk naar mijn eigen broekspijpen: nat. Haar blauwe laarsjes zien er donkerder uit daar waar de zee ze gekust heeft. Ze bukt en raapt een stukje zilt ijs op. Het schittert in haar handje, onder de stralende winterzon, die weliswaar geen warmte afgeeft.

Ze houdt het ijs tegen het licht en bewondert het alsof het een diamant is. Ik wilde dat ik dat verdomde klompje ijs was... Ze kantelt haar hoofd en vraagt me te luisteren naar de donderende geluiden van de elkaar ontmoetende ijsplaten.

'Ik doe niets anders,' antwoord ik.

'Als kind dacht ik dat de zee 's winters één bonk ijs was. Maar nu pas ontdek ik dat onder de dikke schil eeuwige eb en vloed heersen.'

'Als ik voor je dans, vraag je mij dan: "Danseres geweest?"'

Ik knik, verkeerd, ik hoor mijn hoofd te schúdden.

Mijn gezichtsuitdrukking moet komisch zijn, want ze schatert. Haar 'Hahaaa!' wordt door de straffe wind oneindig uitgerekt. 'Chris, jij zingt terwijl ik dans. Het liedje mag je zelf kiezen. Het gaat mij toch alleen om het ritme.'

Hoe lang is het geleden dat ik een sinterklaasliedje moest opdreunen? Ik zeg met klem: 'Het gaat niet.'

Ze klapt in haar handen: '"Poesje miauw, kom eens gauw." Dat ken je toch zeker wel?'

Mijn oren klapperen: Jelai, een oer-Hollands kinderliedje?

Voorzichtig stapt ze op een ijsplaat die haar naar een ander draagt. Zo bereikt ze een stuk ijs dat haars inziens genoeg ruimte biedt. Ze knielt, buigt haar hoofd en laat haar ravenzwarte haar over haar gezicht glijden. Haar gespreide armen trillen in hoog tempo, met minuscule bewegingen. Alleen aan haar mouwen kan ik de fijne vibraties waarnemen. Inch voor inch richt ze zich op. Haar donkerblauwe laarsjes hakken ritmisch op het vuilwitte ijs. Kristallen sterretjes worden los geschaafd en omgeven haar dansende voetjes. Ze roteert en zweeft. De punten van haar jasje zwiepen op en dalen neer, als de bladeren van een blauwe lotus bij de overgang van dag naar nacht. Met haar handjes brengt ze de ruige wind om haar heen strelend tot bedaren.

'Chris, Chris!'

Ik ontwaak.

'Hoor je mij, Chris?'

Ik knik alleen maar, want ik ben nog onder de indruk van mijn blauwe droom.

'Stel je voor dat je moeder op de ijsplaat hiernaast zou staan en wij dreigen allebei te verdrinken. Wie red je dan als eerste?'

Huhhh?

De dansende zeemeermin is omgetoverd in een feeks: 'Zeg op!'

'Wat... heeft mijn moeder hier... mee te maken?' stotter ik.

Ze stampvoet op het ijs, dat traag maar zichtbaar scheef gaat. 'Durf je niet eerlijk te zijn, Chris?'

Eén kant van de plaat verdwijnt verder en verder onder water. 'Pas op, Jelai! Kom gauw op het strand. Dan kun je me rustig uitleggen wat je wilde weten.'

Ze schreeuwt als een mager speenvarken: 'Je moeder dus?' Ze zit op het ijs en schopt met haar benen.

'Wát mijn moeder?' O god, het blok glijdt de diepte in!

'Je sleept je moeder uit het water en mij laat je vallen als een baksteen. Nou, spreek mij eens tegen!'

'Waar slaat dat nou op?!' Ik moet naar haar toe! En ren de zee in, op naar haar zinkende plaat.

Ze waadt mijn kant uit en sleurt me het strand op: 'Je hoeft niet op die manier te boeten voor het feit dat je je moeder voortrekt.'

'Wát?' Ik schud de broekspijpen van mijn benen los, maar de wind doet ze weer aan mijn huid plakken.

Ze zet haar schoudertje onder mijn oksel – alsof ze mij kan opkrikken – en tast in mijn jaszak: 'Waar is je mobiele telefoon? Ik bel een taxi. Gauw!' Vreselijk bezorgd droogt ze mijn kuiten met haar sjaal af, maar een tel later – geloof het of niet – ligt ze in een deuk.

Ik ben nog steeds ontzet door haar redeloze ondervraging, maar zij schijnt voor mij besloten te hebben dat ik met haar mee moet schateren: 'Ik hoef eigenlijk niet bang te zijn dat je kouvat, Chris. Want onder deze broek heb je er nóg een. Van pels! Die houdt de wind en het water wel tegen.' Ze knijpt haar ogen dicht, legt haar vingertjes op de haren van mijn scheenbeen – het kietelt – en ze griezelt.

Eenmaal in de taxi liegt ze tegen de chauffeur: 'Onze internationale vriend heeft koorts. Hij is net in zee gevallen. Als een speer naar het Luotai Park graag!'

Ondertussen ben ik vergeten dat ik boos moet blijven: 'Jelai, lijkt het je geen beter idee om naar mijn hotel te gaan? Als je echt medelijden met me hebt, gun je me een droge broek.'

'Die heeft mijn oom ook.'

Ik ben een soort padvinder – de broekspijpen van haar oom bengelen net onder mijn knieën. Jelai zet mij een dampende beker voor, waarin gele stukjes drijven. 'Opdrinken, Chris. Gember verdrijft de kou uit je botten. Nu weet je waarom ik je per se hier wil hebben. Laat de buren maar roddelen. Jouw gezondheid is belangrijker.'

'Ik weet een beter middeltje: jonge klare.'

Ze knippert met haar kolenzwarte ogen.

'Zeg maar maotai op zijn Nederlands.'

'O dat!' Ze installeert me in bed en legt een deken over me heen: 'Zolang ik in je buurt ben, wordt er geen sterke drank geconsumeerd.'

Deze opmerking komt mij bekend voor. Anouck heeft het ook geprobeerd. Eén keertje maar. Ik diende haar toen zodanig van repliek dat ze dat idee eens en voor altijd uit haar hoofd had gezet. Ze houden de beker voor mijn lippen. Die lieve handjes van Jelai. Ook deze ruiken naar appelbloesem. De gemberthee doet mijn maag borrelen. Jelai ziet mij worstelen en komt naast me zitten. Lepel voor lepel werkt ze de smerige drank door mijn strot…

'Zo!' Ze zet de lege beker neer en zwaait haar haren naar achteren, alsof ze met goed gevolg een veldslag heeft gestreden – daar komt het inderdaad op neer. 'Nu je ogen toe en laat de thee zijn heilzame werk doen.'

Slapen? Om halftien 's ochtends? Met haar aan mijn zij? Ik schud stellig mijn hoofd, maar ze dekt me zo onweerstaanbaar toe dat ik van idee verander. Ik begin te zweten als een otter. Van dat gemberspul? Zelfs twee tabletten van een paardenmiddel krijgen dat niet voor mekaar, tenminste niet zo snel. Ik ga er inderdaad rustig voor liggen en laat mij de warme handdoek welgevallen, waarmee Jelai mijn dampende voorhoofd dept. Wanneer voelde ik me voor het laatst gewichtloos? Ik zal haar maar niet vertellen over de houseparty's die ik heb afgelopen en wat daar allemaal aan te pas kwam. Anders haalt ze weer ik weet niet wat uit om mij op de kast te jagen.

Een halfuur later mag ik opstaan. Ze schotelt me een kom kippensoep voor, met knollen gember erin en knoflooktenen, ongesneden en half rauw. Goed voor mijn weerstand, verzekert zij me. De soep smaakt, ondanks de kilo's zorgwekkende kruiden, zalig. Ik stel voor dat wij weer de hort op gaan.

'Chris, je broek hangt nog boven de kachel te drogen op het luierrek van mijn buurvrouw.'

'Wanneer komen je oom en tante terug? Wat zouden ze wel niet van me denken, in deze outfit van mij, van hem eigenlijk?' Sinds wanneer maak ik me druk om de mening van anderen?

'Niets. Hoogstens wil mijn oom je masseren, om de kou uit je lijf te wrijven.'

Ik denk terug aan hoe Haihai mij dwong in zijn billen te knijpen: 'Eén ding, Jelai, je oom blijft met zijn poten van mij af!'

'Waarom? Hij kan in meditatieve toestand goed masseren. Zelfs een gemeenteraadslid van Qingdao vraagt hem te komen als zijn hernia hoogtij viert.'

'Jelai, ik hoef écht niet!'

Ik moet een rood hoofd hebben, want ze kijkt mij aan, giechelt en daar komt voorlopig geen einde aan.

'Nu leg je uit welke waanzin je ertoe bracht over mijn moeder te beginnen, daar op de ijsplaat.'

'Noem je dat waanzin?'

'Je vergelijkt appels met peren. Wat wil je van me horen?'

Ze zet haar kom kippensoep op tafel en loopt de kamer uit.

Ik pieker me suf: zal ik in deze padvindersbroek de gang op gaan of niet? Hoe krijg ik Jelai anders weer de kamer in? Voordat ik uitgepiekerd ben, is ze al terug, met een stoffen tas onder haar arm: 'Kijk eens wat ik voor je heb gemaakt!'

Een trui met een breed lachende Mickey Mouse en een... wat is dat? Het lijkt op een pyjamabroek, maar dan gebreid.

'Van zuiver wol. Lekker warm voor de winter.'

Ik wil dank je wel zeggen, maar... een superdikke pyjamabroek. Wat moet ik ermee?

'De trui heeft het nieuwste dessin van dit seizoen. Van mijn nicht – Baobao's moeder – geleerd. De binnenbroek past wel onder je gewone broek, daar heb ik al op gelet.'

Ditmaal ben ik aan de beurt om te schateren: 'Wij blanke mannen hebben dit niet nodig. Je weet wel waarom!'

Ze knippert weer met haar kooltjes en bloost: 'Je bent een boze wolf! Met vacht op je benen.'

'Dan ben jij Roodkapje!' Ik steek twee vingers op, achter mijn hoofd. Ze schrikt.

'Sorry, Jelai. Je kent dat sprookje zeker niet? Zal ik het je vertellen?'

Ze pakt de binnenbroek van me af en begint hem uit te halen: 'Ik brei wel een paar sokken voor je, Chris. Over sprookjes gesproken. Wil je er eentje van mij horen?'

'En die keuze tussen jou en mijn moeder?'

'Daarom juist, Chris.'

Ik ben een en al oor...

De pauw trekt zuidwaarts. Na elke twee kilometer kijkt ze achterom en maakt cirkeltjes in de lucht. O, wat kost het haar moeite verder te reizen!

Voordat ze haar hart heeft gelucht, wil ze eigenlijk niet weg.

Er was eens een jonge vrouw die Lanzhi heette. Toen ze dertien was, kon ze al zijde weven; op haar veertiende kleren maken; met vijftien konghou spelen; als zestienjarige gedichten lezen; en toen ze zeventien was, trouwde ze met de jongeman Zhongqing. Een ambtenaartje, dat altijd zijn beste beentje voorzette. Lanzhi stond bij het eerste hanengekraai op en verdween meteen achter het weefgetouw. Daar zwoegde ze, zonder pauze, van 's morgens vroeg tot 's avonds laat. Zo rolde er elke drie dagen veertien meter stof door haar handen. Toch was haar schoonmoeder niet tevree. Ze noemde Lanzhi een luilak en maakte van haar leven een hel. Zhongqing kon dit niet aanzien en smeekte zijn moeder om genade. Waarop hij als antwoord een snauw kreeg: 'Hoe komt het dat je vader en ik, twee mensen dus, een rund als nageslacht hebben uitgebroed? Je vrouw kent haar plaats niet en is een doorn in mijn oog. In de oostelijke hoek van ons dorp woont een gehoorzaam meisje. Haar geurige naam is Luofu. Als zij zich beweegt, barst ieders hart als een rijpe granaatappel uit elkaar van verlangen. Ik heb een koppelaarster op haar afgestuurd. Zet vanavond je echtgenote nog op straat. Morgen krijg je een nieuwe van mij.'

Zhongqing viel op zijn knieën: 'Als u haar van mij afneemt, ga ik liever dood dan dat ik mij met een ander inlaat.'

'Jij, bastaardjong van een haas en een schildpad! Je bent behekst. Als dat niet zo was en ik had je een gal vol moed geleend, dan nog zou je niet de kant van je vrouw durven kiezen. Én je oudbelegen moeder tegenspreken!'

Zhongqing treuzelde voor de deur van de kamer. Hoe moest hij dit slechte nieuws aan zijn lieve schat overbrengen?

Gehuld in een trouwjurk nam Lanzhi de volgende dag afscheid van haar schoonmoeder en schoonzusjes.

Dwars door zijn stromende tranen heen aanschouwde Zhongqing zijn levensgezellin. Haar turkooizen haarspeld ving de ochtendgloed op en verblindde zijn ogen; haar brede ceintuur van witte zijde rimpelde als een bergbeekje langs haar dijbeen; haar vingertjes waren knapperig als bamboescheuten en doorzichtig als jade. Hij snelde naar haar paard en wagen, keek of zijn moeder door het een of ander werd afgeleid en fluisterde: 'Lanzhi, de heldere hemel is mijn getuige. Zodra ik mijn werk bij de gemeente heb afgehandeld, kom ik je halen.'

Waarop ze antwoordde: 'Zhongqing, jij bent een rots op de bergtop. Geen wind kan je omver waaien; ik ben de klimop om je heen. Al ben ik zwak en weerloos, mijn hart verlaat jou nooit!'

Lanzhi's moeder riep ontredderd: 'En ik heb je alle kunstjes geleerd om een voorbeeldige schoondochter te zijn! Heb je je zelfrespect als diarree uitgepoept? Dat je zonder mijn toestemming thuis durft te komen?' Nadat Lanzhi haar verteld had wat er aan de hand was, zuchtte de moeder: 'Jou treft geen blaam, mijn kind. Maar, je vader is vroeg gestorven. Je broer speelt de baas in huis. Je weet hoe hij is...'

Tien dagen later meldde zich de eerste koppelaarster. De derde zoon van het districtshoofd had een oogje op Lanzhi. De jonge vrouw bedankte de bemoei-al: 'Mijn man zal mij mee naar huis nemen. Mijn hart heb ik eeuwig aan hem verpand.' Drie dagen later volgde de tweede koppelaarster: 'De vijfde zoon van een provinciehoofd heeft de huwbare leeftijd bereikt. Hij is pienter-der dan alle vossen bij elkaar en zo knap dat de pioenrozen uit schaamte hun kopjes laten hangen.' Lanzhi's antwoord bleef ongewijzigd. Dit kwam haar broer ter flapore. De drie haartjes op zijn hazenlip stonden pardoes rechtop; hij blies rookwolkjes uit zijn stopcontactneus: 'Lanzhi! Jij bent gedumpt door je schoonmoeder. Al ben je sappiger dan een perzik, stralender dan een parel, je bent minder waard dan een bord ouwe kak! Zorg dat je gauw hertrouwt. Anders stop ik je in een plunjezak, verzwaard met een grote kei, en laat jul-lie beidjes in de rivier daarginds zakken!' Met het uithuwelijken van zijn zus klopte hij drie miljoen uit de zak van het provinciehoofd. Plus een wagen vol sieraden, uit de verre streken Jiaozhou en Kanton.

De bruiloftsstoet telde vijfhonderd man en twintig paard en wagens. De koetsen waren van goud vervaardigd en de wielen van jade. Lanzhi hoorde een drafje. Ze hoefde het gordijntje van haar draagstoel niet op te lichten. Het paard van haar Zhongqing herkende ze uit duizenden. Ze hoorde haar man snikken: 'De rots staat nog op de bergtop, maar de klimop heeft zich gehecht aan een rijkere man.'

'Hoe kun je dat zeggen, manlief?' Door nachtenlang huilen waren haar ogen opgezwollen als walnoten. 'Heb ik een keuze? Dood ga ik toch. Of ver-stikt door mijn broer of...'

Zhongqing ging naar huis en knielde voor zijn moeder: 'De wind waait de berken om; de lavendel verdort; mijn weg loopt ten einde. Als ik mezelf van kant maak, vervloek de goden niet. Het is mijn besluit en het zij zo. Wanneer u dan alleen achterblijft, pas goed op uzelf. Ik wens u een lang en gelukkig le-ven.'

'Ben je nou helemaal besodemieterd? Als zoon van een familie van stand maak je je niet druk om een boerentrien. Een leuker wijf en nog maagd ook vind je zo!'

117

In de huwelijksnacht sprong Lanzhi zélf in een rivier. Onder de rook van het huis van haar nieuwe echtgenoot.

Toen dit bericht Zhongqing bereikte, ging hij in zijn achtertuin aan de wandel. Hij vond een hoge boom aan het zuidoostelijke einde van het bosje...

De families van Lanzhi en Zhongqing kwamen overeen de twee samen te begraven. Een jaar later groeiden er twee populieren uit. Hun takken verstrengelden met elkaar, waarop twee tortelduifjes zongen. Vanaf de eerste schemering totdat het oosten gloorde.

Ik wacht tot Jelai's blik uit het oneindige terugkeert. Hierna wik en weeg ik mijn woorden voordat ik ze uitspreek: 'Ben je bang dat ik Zhongqing ben en jij Lanzhi? Met mijn moeder als de boze heks?'

Geen sjoege.

Had ik het anders moeten formuleren? Om de stilte te doorbreken, sla ik een zijweg in: 'Wanneer speelde dit verhaal zich af?'

Kalm antwoordt ze: 'In de tijd van keizer Han Xiandi.'

'Tijdens de Han-dynastie?'

'Hij regeerde tussen 196 en 219.'

'Ná Christus?' Je weet maar nooit, met die ellenlange Chinese geschiedenis.

Ze knikt.

Ik laat er geen gras over groeien: 'Zeg maar een kleine tweeduizend jaar geleden?'

'Nou en?'

'Nogmaals, Jelai, dit is 1995.'

'Wat wil je daarmee zeggen?'

'Dat de tijden veranderd zijn.'

'De tijden wel, maar de schoonmoeders niet.'

Ik sta met een mond vol tanden.

'Neem nou mijn tante. Weet je wat ze mij vanochtend vroeg? Yun te bellen. Je weet wel, de vrouw van haar zoon Haihai. Om haar te verbieden...' Ze kijkt van mij weg en schenkt een tweede beker gemberthee in: 'Goed voor je spijsvertering.'

'Ik drink het alleen als je je zin afmaakt.'

Ze steekt haar vinger op: 'Beloof me dat je niet lacht.'

Ik word nieuwsgieriger.

'Én?'

Maar liefst drie keer heb ik geknikt.

'Om Yun te vragen haar man met rust te laten.'

'Hebben ze ruzie?'

'Was het maar waar! Ze zijn als honing en bij. Onafscheidelijk.'
Ik wacht op de rest van het verhaal.
'Snap je het nog niet?'
Ik kijk, denk ik, verdwaasd.
'Misschien heb je hier iets aan. Eergisteren stond Haihai op een kruk een schilderij op te hangen. In plaats van op de spijker sloeg hij op zijn duim. Hij verloor een paar druppels bloed. Gesnopen?'
Ben ik nou gek geworden?
'Bloedverlies is schadelijk voor de gezondheid, Chris!'
Waar wil ze heen?
'Mijn tante zit in zak en as. Stel je voor dat hij de verleiding van zijn vrouw niet kan weerstaan…'
'Wat heeft zijn duim met haar verleiding te maken?'
Ze drukt met haar vingertje op mijn neus: 'Als Haihai en Yun de liefde bedrijven zal hij ook… broedsap verliezen. Dat is nog kostbaarder dan die paar druppels bloed. Een twééde aanslag op zijn gezondheid dus.'
Ik weet niet of ik moet blozen of brullen van het lachen.
'Dát en bloed zijn de essenties van het leven, Chris. Als een man vrijt terwijl hij onwel is, wordt de vrouw op het matje geroepen.'
Ik kan niet meer: 'Onwel? Van een paar druppeltjes bloed? Maar dan nog! Haihai voelt toch zelf wel of hij in staat is om dát te bedrijven?'
'Mijn tante vindt dus van niet. Ze heeft een ingebouwde argwaan tegen haar schoondochter en informeert dagelijks naar de stand van zaken. Maar ze is wel zo modern gezind om het niet zelf aan Yun te vragen.'
Ik word er stil van.
'Geen man overboord, Chris. Ik heb Yun niet gebeld. Met haar wens ik voorlopig niet te spreken. Wil je weten waarom?' Ze schudt aan mijn schouder: 'Chris, ben je daar nog?'
Ik ontwaak, half maar: 'Ja, ja.'
'Omdat Yun je de mantel heeft uitgeveegd, ten onrechte.'
'Wanneer?'
'De eerste keer dat jullie elkaar ontmoetten.'
'Wat heeft ze dan gezegd?'
'Dat jouw land deel uitmaakte van de acht geallieerde troepen. En China plunderde en platbombardeerde. Dit deden jullie wel, maar niet in 1900 en niet samen met die geallieerden. Op de middelbare school moesten we ze uit ons hoofd leren: Engeland, Amerika, Duitsland, Frankrijk, Rusland, Japan, Italië en Oostenrijk.'

Ik ben nog steeds in de ban van haar tante.

Jelai roert in mijn beker gemberthee: 'Eerlijk is eerlijk. Als Yun je ex-kolonialistische land onder vuur wil nemen, moet ze eerst haar huiswerk doen. Met valse beschuldigingen komt ze niet ver.'

'Even terug naar je tante. Haar zoon kan toch tegen zijn moeder zeggen: bemoeit u zich met uw eigen zaken?'

'Chris, sinds duizenden jaren was de grootste zonde die een Chinees kon begaan niet het plegen van moord of landverraad, maar het niet gehoorzamen van de keizer of zijn ouders. De tweede zonde was geen zonen krijgen. Dit brengt mij naar het volgende onderwerp: mijn andere neef, Taotao, doodgezwegen door oom en tante. Vier jaar geleden werd zijn dochtertje geboren. Mijn tante kon Taotao's vrouw wel schieten. Door de één-kind-politiek mochten ze het niet nog eens proberen. Taotao vertikte het "advies" van zijn moeder aan te nemen: van zijn echtgenote scheiden of er een concubine op na houden, die hem wel een zoon kon schenken. Hij en zijn gezinnetje, inclusief hun dochtertje – tien graden intelligenter dan de pik- en stamhouder Baobao – zijn daarom door mijn tante in de doofpot gestopt.'

Ik pak haar hand: 'Jelai, bij ons is het anders.'

Ze fronst haar wenkbrauwen: 'Ook wanneer je moeder dreigt met zich aan de dwarsbalk van haar huis op te hangen, als je niet luistert?'

'Doet... je tante dat?'

'Je kunt beter vragen hoe vaak.'

'Mijn moeder houdt te veel van bridgen en tennissen om zichzelf om zeep te helpen, alleen omdat ze haar schoondochter niet onder de duim kan houden. Trouwens, het is toch haar keuze?'

'Hoe bedoel je, Chris?'

'Of ze wil leven of niet.'

'Ssst!' Ze legt haar vingertje op mijn lippen. 'Zeg zulke dingen nooit!'

Mijn argumenten hebben zo te zien bij haar gewerkt. Want haar gezicht klaart op: 'Jammer dat je Taotao niet hebt ontmoet. Hij is bijna net zo lang en goedgebouwd als jij. En dat voor een Chinees!'

'Ik ben dus... goedgebouwd?'

'En knap!' Ze lepelt de gemberthee op – dat ze ondanks de hectiek mij niet vergeet te voeren, zeg! – ziet mij het heilzame vocht doorslikken en raakt mijn wimpers aan: 'De officier in *De klokkenluider van de Notre-Dame*, Esmeralda noemt hem zonnegod, heeft niet eens zulke poezelige ogen.'

Ik verslik me: '… Alweer poezelig? Dat zeg je van een vrouw, van een meisje eerder.'

'Gekkie. Als een man er als een meisje uitziet, is hij pas echt om op te vreten.'

Nu ik dat langverwachte complimentje heb gekregen, kan ik er niet volop van genieten. Ik wil haar vasthouden, voelen dat ze niet meent dat ik op een vrouw lijk. Al ruik ik de warmte van haar huid, ik kan haar niet bereiken…

Ik wil haar oom net begroeten, of hij draait zich om: 'Jelai, bezoek voor jou!' Ik werp een snelle blik op mijn horloge. Halftien. Ben ik soms te vroeg? De ochtendmarkt is al ruim een uur afgelopen. Dus dat zal het niet zijn. Discreet laat ik mijn jovialiteit varen en volg hem, op mijn tenen, de kamer binnen.

'Daar blijven.' Jelai wijst naar het gat van de deur. Hierna 'ssst' ze tot we buiten zijn. Op de heuveltop, aan het begin van het paadje dat naar beneden leidt, loop ik expres wat langzamer. Misschien wil ze me vertellen wat er loos is – ik heb geleerd pas vragen te stellen als ze goedgemutst is. Ze duikt in haar tasje, fronst haar lieve wenkbrauwtjes en toont haar eerste glimlach van vandaag: 'Ik heb twee paar voor je gebreid.' Ze wrijft met haar schoenen over de stapstenen: spekglad door de vorst. 'Nee, hier kun je niet op zitten. Jammer, dan kun je de sokken niet passen.' Ze heeft er een figuurtje op geborduurd. Geen Mickey Mouse godzijdank, maar wat dan wel? Ik durf het niet te vragen. Het is vast afkomstig uit een of ander geschiedenisverhaal. Ik sla een figuur als ik toegeef dat ik niet weet welk.

'De snuit van Koning Aap is lastig, hoor. Ik ben niet zo goed in borduren… Nog zoiets, zijn jurk van tijgervel.'

Ahá, een symbool van rechtvaardigheid op mijn nieuwe sokken. Koning Aap is de hoofdpersoon in de gelijknamige roman, geschreven door een zekere meneer Wu, die vijfhonderd jaar geleden leefde. Tot zover reikt mijn kennis van de Chinees literatuur. Een afbeelding van die gozer heb ik nooit eerder gezien.

Jelai kijkt mij verontwaardigd aan.

O, help! Glad vergeten. Ik moet haar 'Ik ben niet zo goed in borduren' omzetten in: 'Hoe kom je erbij? De Aap zó levensecht neerzetten, zelfs met een penseel gaat moeilijk, laat staan met een naald!' (Ligt het aan de oosterse lucht of aan het Aziatische water? In de korte tijd dat ik hier ben heeft mijn taalgebruik het dessin van een Ming vaas/Perzisch tapijt aangenomen: bloemrijk en op tien verschillende manieren een en hetzelfde herhalen, tot vervelens toe.)

Nu ze giechelt, haal ik opgelucht adem.

'Chris, wie heeft je gezegd dat je zomaar bij ons op de stoep kunt staan?'

Ik stop met afdalen langs het pad: 'Dat zei je zelf. Weet je het niet meer?'

Er wordt weer gegiecheld, waarna: 'Maar ik heb niet gezegd vandáág.' Er hangt een guitige grijns op haar gezicht. Ik ben inmiddels niet meer van gisteren – ze is desondanks, nee, juist daarom blij dat ik er ben. Ze slaat een trede over en kijkt achterom: 'Je kunt niet weten dat mijn oom de laatste dagen met zijn verkeerde been uit bed is gestapt. Da's waar.'

'Ik heb je vanaf vorige week proberen te bellen, maar jullie telefoon geeft geen krimp.'

Ze dartelt van de ene stapsteen naar de andere: 'Ssst, niet doorvertellen: deze keer het werk van mijn oom. Hij heeft de draad uit de telefoon gerukt.'

'Wat bezielde hem?'

'Hij kan je niet luchten.'

'Wat vertel je me nou?' Instinctief wrijf ik aan mijn achterwerk: 'Hij masseerde mij nota bene tegen de verkoudheid.' Ik ben niet trots op mezelf. Hoewel ik riep dat hij van mijn lijf moest afblijven, stemde ik toe dat hij mij een meditatieve massage gaf. (Het was zalig, daar niet van. Ik voelde me als herboren.)

'Mijn oom heeft eigenlijk niets tegen jou, hoor, maar...' Ze loopt verder.

Altijd hetzelfde liedje. Haar zinnen niet afmaken. Daar word ik scheel van.

'Beloof me dat je niet kwaad wordt.'

'Dat hangt ervan af!' Ik begin ook nijdig te worden. Haar dit beloven, dat beloven. Ze is wel lief, maar ik mag niet pissig worden terwijl ik het verdomd ben, noch nieuwsgierig terwijl mijn kop barst van de vraagtekens. Ik wijk van het pad af, zoek een droge plek onder een dennenboom, en sta daar, in de houding van het vrijheidsbeeld. Mijn borst heb ik inmiddels natgemaakt en ik kijk haar aan van: kom maar op met je hysterische aanval!

Ze versmalt haar ogen, die roder en roder worden, om op het laatst te overstromen. Gauw rent ze de heuvel af, naar de uitgang van het Luotai Park. Waar het zwart ziet van de kraampjes die kokkels, meloenpitten en meidoorns verkopen.

Ook ben ik het zat dat ik achter haar aan moet zitten terwijl zij degene is die mij op stang jaagt. Vastbesloten mijn poot stijf te houden, loop ik rustig het pad af. Eenmaal beneden steek ik mijn vinger omhoog. Prompt stopt er een taxi. Hard roep ik de naam van mijn stamkroeg – nu weet de halve straat waar ik heen ga. Onderwijl kijk ik straal vooruit. Als zij mij sart, sar ik terug. Dat heeft Anouck me bijgebracht. Vrouwen zijn overal hetzelfde, wit of geel. Jelai haat dat café – mijn luidruchtige mededeling zal haar niet onberoerd laten, zo!

'Schiet op!' zeg ik tegen de chauffeur, op de toon van een plantage-eigenaar tegen zijn koelie, zo stel ik het mij in ieder geval voor. De rode Santana trekt rammelend op. Ik kan het niet laten zijwaarts en zelfs achterwaarts te gluren. Ze rent achter de taxi aan! Haar tasje slingert heen en weer in de lucht, terwijl ze met beide armen zwaait. Ik zet mijn tanden op elkaar: laat haar maar zweten. Het is op zijn tijd goed voor de mens, voor dat mens weet ik wel zeker. Om mijn wil kracht bij te zetten, tel ik de keren dat ik niet durfde te zeggen waar het op stond en te tonen hoe ziedend ik wel niet was. Nu moet zij voelen hoe ik mij toen voelde. In zijn achteruitkijkspiegel ziet de chauffeur haar hollen. Hij schakelt terug naar zijn twee en wacht op mijn commando, dat uitblijft. Die vent denkt mij te begrijpen: 'Die *kippen* van tegenwoordig! Hun zelfrespect hebben ze in hun reet gestopt!' En hij giert van het lachen – zo te horen is-ie tevreden over zijn spitsvondigheid. Dat steekt. Wacht maar tot je eigen zus werkloos wordt en toch brood op de plank moet zien te krijgen! Halt. *Kippen?* Denkt hij soms dat Jelai een prostituee is? Ik draai mij pontificaal om en, wat zie ik daar? De straat ziet rood van, zijn dat meidoorns? Er middenin knielt Jelai. Ze heeft toch niet de volgeladen kar omvergelopen? Ik schreeuw de chauffeur tot stilstand en kruip zowat op vier ledematen tegelijk de auto uit.

Door de mensenhaag om de plek des onheils heen hoor ik een schelle stem: 'Mijn zoons en ik hebben gisteren de hele dag in de bergen lopen plukken. Houd maar op met oprapen! Ze zijn toch al platgetrapt. Tweehonderd yuan, anders roep ik de plisie.'

Mijn lieve schat klinkt beverig: 'Waarde mevrouw, telt u zelf eens hoeveel meidoorns niet meer eetbaar zijn. Hoogstens twintig. Ik betaal u het dubbele. Nog niet genoeg?'

Ik stoot naar links en rechts en steven op Jelai af. Nu ze mijn schoenen ziet, trillen haar lippen. Maar in plaats van zich in mijn armen te storten, verhoogt ze haar tempo van oprapen.

En ik op mijn hurken: 'Jelai, kom, wij gaan naar huis, naar het strand, bedoel ik.'

Gejuich stijgt op uit de mensenhaag.

De ogen van de meidoornverkoopster gaan aan en uit als knipper-lichten. Ze heeft een grote, blanke neus gesignaleerd. Kassa! denkt ze, vermoed ik. Ze grijpt me vast: 'Wat hoor ik daar? Mee naar het strand? Plisiebureau, zult u bedoelen!'

Ik schud haar handen van me af: ze is daar in de bergen zeker in een drol gestapt. Van een wolf of een everzwijn, wat denk jij? Die stank liegt er niet om. 'Hoeveel is Jelai u schuldig, zei u?'

'Tweeduizend.'

De massa omstanders kijkt de ogen uit de kassen.

Jelai komt overeind: 'U hebt zich met een nul vergist, mevrouw. Hier is uw tweehonderd yuan. Stik maar in uw oplichtersbuit!'

De massa schatert.

'Tweeduizend!'

'Tweehonderd!'

'Tweeduizend!'

Ik wil wat zeggen, maar kom er niet tussen.

Jelai klopt het stof van haar knieën: 'U uw zin, mevrouw. Ik ga met u mee naar het bureau. Dan zullen we wel eens zien of u mij twee fen af-handig kunt maken. Chris, mag ik je mobieltje even? Ik bel mijn neef Haihai. Als hij in vergadering zit, zal ik zijn ondergeschikte, commis-saris Kong, waarschuwen dat we onderweg zijn. Ik ben benieuwd hoe hij zo'n vrouw aanpakt. Die een internationale vriend van onze staat en ons volk op klaarlichte dag afperst!'

'Vierhonderd dan maar…' De pinnige verkoopster is opeens zo mak als een lammetje.

Jelai legt twee biljetten van honderd op de grond en steekt haar arm door de mijne: 'See you later, alligator.'

Voor de benijdende ogen van de menigte lopen we weg. Als ik Jelai niet had vastgehouden, zou ze geheid een radslag of iets dergelijks ge-maakt hebben.

De volgende taxichauffeur kijkt keurig naar voren, terwijl Jelai achter op de bank in snikken uitbarst. Het is maar goed ook dat de auto aan alle kanten rammelt, anders zou ik me generen voor haar luidkeelse verdriet. 'Chris…' ze slaat met haar lieve vuistjes op mijn knie – het kietelt, in plaats van dat het pijn doet, 'als je mij nog eens in de steek laat, hang ik mij op aan de dwarsbalk van jouw hotelkamer.'

Waar heb ik soortgelijke chantage eerder gehoord? O ja, toen ze het over mijn moeder had. Mijn antwoord herinner ik me nog. Het is de zaak van mijn moeder of ze in leven wil blijven, ja of nee. Nu zie ik het minder luchtig… 'Jelai, ik beloof je dat ik altijd bij je zal blijven, als je dat wilt.'

Ze houdt op met huilen en klemt mijn gezicht tussen haar kietelende handjes: 'Als je je niet aan je woord houdt, hang ik mij…'

Ik leg mijn vinger op haar lippen en… Ze voelen glad en teer als bedauwde rozenblaadjes. Het verlangen ze te zoenen wordt mij te machtig.

Zodra mijn lippen de hare bereiken, wordt ze als was in mijn handen. Ze sluit haar ogen en kreunt als een kitten. Met haar armen om mijn hals golft haar lijfje mee met elk van mijn minuscule bewegingen. Uit dit kleine vrouwtje explodeert een intensiteit die een totale verstandsverbijstering bij mij teweegbrengt. Ik laat mij ontroeren en zink, zink, vrijwillig en remvrij in haar meer van tederheid. Haar gezicht glijdt alsmaar uit mijn greep – de zijdegladde huid biedt weinig houvast. Ik wil haar omhelzen, maar ze is zo frêle – op het fragiele af – dat ik haar wel harder tegen mij aan moet drukken. Toch ontsnapt ze steeds uit mijn armen, als een zuchtje lentebries tussen wilgentakken. Mijn aanpak wordt hardhandiger en mijn bewegingen wilder. Sorry, ik kan niet anders. Ze kronkelt en kreunt, beide op een ritme dat paradijselijk aansluit op mijn amoureuze aanval. En mijn hart opruit tot hoogten die tot vandaag hebben gewacht zich aan mij te openbaren. Nu begrijp ik pas de zin die ik in een roman tegenkwam: ze is gelijk een pianoforte. Afhankelijk van welke plek ik betast, zingt het goddelijke instrument een daarbijbehorend lied. Ik ben verdronken. De adem is me benomen. En dit onderga ik zonder verzet, spijt evenmin. Ze heeft de musicus in mij wakker gemaakt. Een pianist die tot het 'Ave Maria' wordt geïnspireerd *du moment* dat hij haar huid beroert.

Jasje recht en rok in de plooi: 'Beloof je mij niet kwaad te worden als ik je vertel waarom mijn oom je de rug toekeert?'

Ik knik. Door schade en schande ben ik tot de conclusie gekomen dat ik maar beter op alles ja kan knikken.

'Begrijp hem niet verkeerd, Chris. Mijn oom mag je graag. Heel graag zelfs. Alleen, hij wil het niet met zijn zus aan de stok krijgen.'

'Je moeder?'

'Ja, ik heb ook ouders.'

'Die wonen in Beijing, heb ik begrepen.'

'Ik ben haar jongste dochter, na drie zonen. Het liefst zou ze een

125

ideale echtgenoot op de computer voor mij samenstellen.'

'Je... bent bang dat ze mij niet goedkeurt?'

'Dat niet. Het probleem is alleen dat ze een hekel heeft aan alles wat ik onderneem wat zij niet voor mij heeft uitgedacht. Een kwestie van principe.'

'Dan doen we alsof wij elkaar in Beijing ontmoeten, vlak voor je ouderlijk huis. Met je moeder als eerste die het ziet en ons toestemming verleent.'

Ze duwt me van zich af: 'Waar zie je haar voor aan? Een kind van twee?'

'Hoe moet het anders?' Ik houd niet van spelletjes, vooral niet van dit soort ongein.

'Er is toch niets aan de hand? Wij zijn gewoon goede vrienden. Bij mijn oom mag je niet meer komen, maar ergens anders afspreken mag wel. Zolang hij het niet ziet, vindt hij alles best. Dan kan mijn moeder hem niets verwijten. Dat hij niet tijdig geklikt heeft over mijn onbehoorlijke gedrag, om maar iets te noemen.'

'Gewoon goede vrienden? En dit dan?'

Ze bloost, maar nonchalant: 'Weet je hoe lang mijn vader en moeder erover hadden gedaan voordat hij haar hand mocht vasthouden? Drie jaar.'

'En over vijf dagen moet ik terug naar Nederland!'

De auto neemt een korte bocht. Haar lichaam schokt. Ze maakt van zichzelf een bolletje, met haar handen om haar knieën, net een kind dat het koud heeft of verdrietig is.

Ik kan hier niet tegen en zet haar op mijn schoot: 'Jelai, daarom wilde ik je al vanaf afgelopen donderdag spreken. Die rottelefoon van jullie!' Ik kijk uit het autoraam: waar blijft in hemelsnaam het strand? Hier, opgevouwen in de auto, stijgt de hartstocht mij naar het hoofd. Maar, dit is niet bepaald de plek die ik in gedachten had om haar mijn liefde te bekennen.

Ze nestelt zich tegen mijn schouder en deze helft van mijn lichaam vat vlam. Het kan mij geen moer meer schelen. 'Jelai, ik denk... nee, overnieuw, ik voel... dat ik verliefd op je ben.' Pffff, dat lucht op!

Een gegiechel. Had ze dat niet op een minder cruciaal moment van mijn leven kunnen doen? Wat bedoelt ze? Ze legt haar mond op mijn oor: 'Ik ben verliefd op de manier waarop je dat zegt.'

Ook de andere helft van mijn lijf vat vlam. Alhoewel... Vindt ze míj leuk of alleen de manier waarop?

Met een knor en een paar stuiptrekkingen stopt onze taxi vlak voor

126

het strand. Jelai springt eruit en trekt mij mee. 'Kijk niet zo ernstig, Chris.' Ze danst om me heen en zingt als een zeemeermin.

Ik beschouw dit maar als een liefdesbetuiging – erop doorgaan heeft ten eerste geen zin en ten tweede loop ik weer de kans tegen de groeirichting van haar haren in te strijken. En dat wens ik mezelf, na wat ik te midden van de meidoorns heb meegemaakt, niet nog een keer toe.

Geen dreunende geluiden vandaag. De blokken ijs van vorige week zijn teruggekeerd in hun oorspronkelijke staat en de zee schuimt. Voor mijn geestesoog zie ik mijn blauwe lotus op de ijsplaten draaien, open- en dichtgaan, terwijl Jelai, nu in het rood, gewoon naast mij loopt.

'Chris, wat doen wij hier?'

Haar vraag is verdacht simpel. Ik ga er maar niet plompverloren op in.

'Over vijf dagen ga je naar huis. Heb je de nodige boodschappen al gedaan?'

'Zakdoekjes voor jouw afscheidstranen, bijvoorbeeld? Die heb ik niet nodig. Ik tover je om in een minipop en stop je in mijn jaszak.'

Een wolk zand stuift op. Ze stampt met haar voeten en houdt, wat ik ook zeg of doe, niet op. 'Ik heb het hier over iets heel serieus. En jij steekt er de draak mee!'

Ik wil haar vasthouden en haar zodoende tot bedaren brengen, maar ik kijk wel uit. 'Jelai, wat is het serieuze dat je met mij wilt bespreken? Vertel het me maar, rustig.'

Ze slaat met haar handen op haar dijen: 'Heb je al cadeautjes voor je familie ingeslagen?'

'Nou, een scheerapparaat voor mijn vader, bodylotion voor mijn moeder, een wasknijper voor mijn broer en een nachtjapon, van zijde, voor mijn zus.'

Mijn popje doet weer normaal: 'Dat begint erop te lijken. Een wasknijper? Of een doos wasknijpers?'

Ik beeld het uit met mijn wijsvinger: 'Nee, één. Het was een sinterklaasgrap. Die broer van mij zaagt namelijk elke nacht een bos om. Sint is...' Ik haal mijn leraarskwaliteiten van stal en leg haar deze typisch Nederlandse aangelegenheid uit.

Ze valt in: 'Maar dat was bijna een maand geleden. Je hebt het zeker per post verstuurd. Mijn punt is: wat breng je nu mee? Ik wil niet hebben dat jouw familie je met de nek aankijkt, als je straks met lege handen thuiskomt. Bovendien, je opa's en oma's, neven en nichten en aangetrouwden zijn er ook nog. Al is het maar een zakje meloenpitten met *Wuxiang*-smaak.'

Wat moet ik hierop zeggen? Een kist dynamiet is ze, die al ontploft als ik aan een lucifer dénk. Echt een man overboord is er eigenlijk niet. Een kilo meloenpitten met Wuxiang-smaak kost hier maar een paar Nederlandse centen. Ik geef ze desnoods aan oma Mia, die er in haar serre een dierentuin op na houdt. Van twee brilslangen (in de opruiming op de kop getikt – een tientje per strekkende meter) tot een hangbuikzwijn. Haar eekhoorntjes kunnen per minuut twintig zonnebloempitten pellen en opeten ook. Meloenpitten lusten ze vast wel. Ik doe mij enthousiast voor: 'Nu je het zegt! Een dezer dagen ga ik de stad in en…'

Ze maakt rechtsomkeert: 'Ik ken jouw "een dezer dagen". Kom, eerst winkelen. De zee loopt niet weg.'

'Zhongshan Straat,' zeg ik tegen de taxichauffeur.

Ze kijkt mij vernietigend aan en zet haar kietelmond tegen mijn oor: 'Ben je helemaal? De warenhuizen daar zijn om het ego van snobs te strelen en ze onderwijl geld uit de zak te kloppen. Zeg dat we ons bedacht hebben: het wordt de Jimuolu Xiaoshangpin Straat.'

'Jimuo-wat?'

Snel bedekt ze mijn mond met haar handjes. Fluisterend herhaalt ze de bewuste straatnaam.

Nadat ik haar instructies heb opgevolgd, fluister ik terug: 'Waarom zei je het zelf niet?'

Met haar amandelogen als twee ongerepte meren: 'De man is de hemel en de vrouw de aarde. Ik kon je toch moeilijk gezichtsverlies laten lijden door het woord te voeren terwijl jij, de man, erbij zit?' Ze legt haar linkerwang tegen mijn borst en verwijt me mijn ongevoeligheid – of eerder ondankbaarheid?

Mijn hart bonkt en ik druk haar oor ertegenaan.

Ze houdt mijn mouwen vast en luistert zowel verschrikt als verrukt naar wat er in mij omgaat.

De auto zigzagt tussen constant rinkelende fietsers en met tassen behangen huisvrouwen door. Onze chauffeur excuseert zich: hij kan ons niet helemaal tot de bewuste straat brengen. Daar is het geen doen voor een auto. Hij kan ons hier afzetten – het is maar een klein eindje. Of dat oké is.

Jelai knikt en ik breng haar goedkeuring over.

Eenmaal op de Jimuo-en-nog-wat Straat begrijp ik waar de chauffeur op doelde. Hier valt niet te lopen, laat staan te rijden. Overal onder mijn kin zie ik zwarte hoofden en bontgekleurde boodschappentassen. Zonder met onze ellebogen te werken komen we geen steek vooruit. Als ik niet oplet, stoot ik zo met mijn hoofd tegen damesslipjes of pekingeenden, die respectievelijk aan touwtjes wapperen en vetdruppels kliederen. Een soort marktstraat. Met dien verstande dat de goederen veelal niet op een kar of een plank worden uitgestald, maar op de grond. Onder de spullen een al dan niet groezelige doek, met op elke punt een baksteen. Jelai trekt mij voort en is zichtbaar in haar sas. Ze wijst naar links en rechts, maar als ik naar het kraampje toe wil waar ze lyrisch over doet, knijpt ze in mijn hand: 'Eerst kijken. Het kan ons tientallen fen, zelfs een yúan schelen!' Telkens als ze een koopje ontdekt, ontsnappen er vreugdekreetjes uit haar keel. Ik krijg het benauwd tussen de duwende en trekkende Chineesjes. Die het, zo te ruiken, niet al te nauw nemen met hun doucheschema. Maar ja, Jelai heeft de dag van haar leven en dat gun ik haar van harte. Over vijf daagjes... Mijn vertrekdatum benauwt mij meer dan de menigte onder mijn neus. Ik besluit te genieten van elke minuut die ons nog rest.

'Chris, kijk, dat is iets voor je moeder. Een Gucci-handtas. Of liever een Gucci-regenjas? Nep. Dat spreekt voor zich. Maar dat hoef je haar niet te vertellen. Waarom zou je? De Wenzhounezen zijn meesters in namaken. Daarvoor komen de Italianen hier speciaal naartoe. Ze slaan deze goederen in om ze in Europa voor het tienvoudige te verkopen. Geef ze eens ongelijk!'

Ik vertrouw op Jelai's smaak. Bovendien, voor zo'n pico bello afgewerkte tas, echt leer en volgens Jelai naar de laatste mode, met twee binnenzakken en een messing logo, vragen ze maar veertig yuan. Niet eens twaalf gulden. Ik tast in mijn binnenzak.

Ze vist mijn hand eruit, zonder beurs: 'Wacht maar!' Ze draait zich om en zegt tegen de venter: 'Tien.'

'Boeddha heeft heldere ogen!'

Ik krijg meteen kippenvel. Over verwijfde kerels gesproken.

Hij is nog niet klaar: 'Ik kan mezelf beter vanaf de pier in zee werpen. Tien yuan! De inkoopprijs is ik weet niet hoeveel malen hoger. Vijfendertig. Geen fen minder!'

'Vijftien.' Jelai meent het, zo te horen althans.

'Juffrouw, heb genade. Thuis heb ik nog een zieke moeder in bed leggen...'

'Vijftien.'

'Loop maar door, juffrouw! Met een beetje geluk kunt u verderop een pak damesluiers met uw vijftien yuan lospeuteren!' Onder de verweerde gezichtshuid wordt zijn kaaklijn scherper en scherper. Hij heeft, ondanks zijn eerder zielige vertoon, toch pit!

Jelai verheft haar stem: 'Chris, kom mee!'

'Juffrouw, juffrouw! Oké, mijn zelfmoordprijs: dertig!'

'U hebt mijn aanbod gehoord.'

Ze sleurt mij van de stand weg. Ik kijk achterom. Ze verlaagt haar stem: 'Chris, wees een man!'

Zo is Jelai twee keer weggelopen en twee keer teruggekomen.

De tas? Vijftien yuan. Geen fen meer hoefde ik neer te tellen.

Tegen de avond zie ik er net zo volgeladen uit als de huisvrouwen die ik vanmiddag heb gezien. Alle van Nuenens en Jansma's kunnen op mij rekenen. Zelfs voor het poedeltje van mijn zus heb ik wat leuks gevonden: een plastic spiraal die de trap kan aflopen. In een kleurencombinatie die de zatste carnavalsvierder niet zou aandurven: gifgeel, helpaars en zuurstokroze. En dit alles heeft mij nog geen honderdvijftig yuan armer gemaakt. Da's amper vijftig piek!

Jelai installeert mij voor een kraampje waar het wat rustiger is. Een grijsaard met een gebarsten bril verkoopt boven de toonbank wetenschappelijke tijdschriften en, op aanvraag, eronder een Chinese kruising tussen *Panorama*, *Nieuwe Revu* en *Penthouse*.

'Chris, hier blijven, wat er ook gebeurt. Beloofd? Ik ga naar die zijstraat daar. Zodra ik een taxi beet heb, komen we je halen.'

Ik vind haar voorstel niet echt geslaagd, maar de zakken en tassen die aan mij bengelen en om mij heen liggen stellen haar in het gelijk. Nauwelijks is ze uit het zicht verdwenen of er hangt iets in de lucht. Het begint met geroezemoes; daarna breekt er paniek uit. De straatventers roepen: 'Er komen mensen aan!' Wat een nieuws! denk ik bij mezelf. Totdat de hardhorende bladenboer naast mij het ook doorkrijgt. Als een haas duikt hij onder zijn kraampje en steekt de stapel Chinese broertjes van *Panorama* onder zijn brede overjas. Voor mij schopt een vrouw de vier bakstenen van haar doek. En oeps! al haar pikante blaadjes glijden naar het midden, in een keurige hoop. Vliegensvlug knoopt ze de doek dicht, slaat het geval over haar schouder en rent voor haar leven. En ik vond het nog zo erg dat de marktlui hun spullen op de grond moesten uitstallen! Nu ik de bliksemevacuatie om mij heen zie, moet ik eerlijk toegeven dat die doek een uitkomst is. Ook realiseer ik me waarom Jelai me liet beloven te blijven waar ze mij had achtergelaten. De straat is binnen een mum van tijd leeggestroomd.

Jelai springt uit de taxi: 'Boeddhazijdank! Ik was al bang dat je als een kip zonder kop achter de venters aan zou hollen. En dat ik je nergens terug kon vinden. De handelspolitie was op jacht naar venters zonder vergunning. Wij consumenten hebben niets te vrezen.'

De oude heer, die zich de hele tijd onder de kraam schuil heeft gehouden, kruipt eronder vandaan en schudt mij de hand: 'Dank u, meneer grote neus! Ik wist dat de politie met een bocht om u heen zou gaan. Ze willen geen gedonder met westerlingen. Het zijn een stelletje boeven, als u dat maar weet. Hoe vaak ik ze niet in boekjes vol blote meiden zie lezen? Die ze net in beslag hebben genomen?'

Jelai leunt voorover: 'Opa, handelt u ook in zoiets goors? Niet bang dat uw kleinkinderen u uitlachen?'

Hij duwt zijn bril omhoog: 'Juffie, onze leermeester Confucius zegt immers: *Eerst eten en kleren en dan fatsoen.* Met mijn pensioentje kunnen we niet eens het gas, water en licht betalen... Wilt u er niet eentje kopen met Nancy Liu op de cover, ná haar borstvergroting? Halve prijs. Speciaal voor u.'

'Wat valt er te lachen?' Jelai steekt haar gezicht boven de zakken en tassen uit, die haar ommuren, en zoekt naar het mijne, waar ze waarschijnlijk slechts een reepje van ziet.

Ik blaas het linkeroor van een koalabeer (voor Stefanie, de oudste van mijn broer) bij mijn mond weg en wijs naar de spullen die alle hoeken en gaten van de auto vullen: 'Tot mijn twaalfde jaar gingen we elke zomer naar Toscane. Daar kampeerden we in de vrije natuur. Aan de rand van een meer en midden op een berg. Het klinkt leuker dan het was. Als ik eraan denk, voel ik weer de muggenbeten op mijn kuiten, uhhhh! Enfin, op weg daarnaartoe zag onze auto er ongeveer uit als deze.'

'Hebben jullie familie in... hoe heet het ook alweer?'

'Toscane. Nee, Jelai. Was het maar waar.'

'Voor wie sjorden jullie dan zoveel cadeautjes mee?'

Ik proest het uit: 'Voor onszelf natuurlijk! Twee tenten, twintig blikken chili con carne, witte bonen in tomatensaus en minestronesoep, vijf kratten bier, liters limonade, zwemspullen voor vijf man, twee vouwfietsen...'

'Voorzover ik weet... pardon, ik dacht dat het daar waar jullie wonen 's zomers niet zo heet was.'

'Hoe kom je...?' Verdraaid! Hier in China wijken de rijkelui uit naar

131

koele plekken in het noorden of aan het strand. 'Jelai, wij Nederlanders zoeken juist de zon en de warmte op. Op Aruba, in Marokko en noem maar op. Daarbij komt nog dat het bij ons de gewoonte is om minstens eens per jaar weg te gaan – op vakantie, noemen we dat. Als we dat een paar keer overslaan, raken we van de kaart – overspannen zijn, heet dat officieel.'

Ze fronst haar wenkbrauwtjes en denkt na.

Ik heb niet de indruk dat ze me gelooft.

'Jullie auto was dus net zo volgepropt als deze?' Opeens schijnt ze het licht te zien: 'Maar natuurlijk! Mijn buurvrouw in…' Ze slikt de rest van de zin in – hier kijk ik niet meer van op – en begint met een nieuwe: 'Chris, als jullie een auto hadden, waarom dan nog twee vouwfietsen?'

'Om in het bos te crossen, Jelai.'

'Zomaar? Voor de lol?'

Ik zie ook het licht: 'Fietsen jullie alleen van en naar het werk?'

'Nee, Chris, ook voor de boodschappen of om de flessen met buta-gas te vervoeren.'

Ik knik uitgebreid met mijn hoofd en bereid me alvast voor. Mijn vrienden in Nederland zullen smullen. Wat ik ze allemaal te vertellen heb!

De brug komt mij bekend voor. 'Waar gaan we heen?'

'Naar je hotel, sufferd.'

'Het is pas zeven uur!'

'Het is al donker, Chris.'

'Nou en?'

'Tijd om naar bed te gaan.'

Ik geloof mijn oren niet. 'Naar… wat zei je?'

Ze laat de vijf tassen die ze op haar schoot houdt los – gelukkig kunnen ze niet op de grond vallen, want die is ook volgestouwd met onze boodschappen – en geeft mij een flinke duw: 'Niet in de schuine richting denken, stouterd! Eerst breng ik je terug en dan neem ik de bus naar huis.'

'Wat zeg je mij nou?'

'Ik had vanuit de Jimuolu Xiaoshangpin Straat direct naar huis ge-kund. Van daaruit is de busverbinding beter, maar ik zag het somber in: jij met zoveel bagage.'

'Ik kan het makkelijk aan.'

'Weet je hoeveel stuks je hebt?'

Ik begin te tellen. Onbegonnen werk, temeer omdat ik van hieruit geen zicht heb op de kofferbak.

'Zeventien, Chris, exclusief het pluchebeest in je hand. Als ik je niet help de boel in de gaten te houden, kan de taxichauffeur zijn vrouw morgen op een pakjesavond trakteren.'

Ik kan mijn binnenpret niet op. Als ze zich niet zo druk had gemaakt over mijn troep, was ze niet met me meegegaan naar het hotel. Mijn oma zegt altijd: je weet maar nooit waar het goed voor is! 'Jelai, even zonder flauwekul, dat meen je toch niet, hè? Dat jullie onder de wol kruipen zodra het donker is?'

'De eeuwenoude spreuk leert ons: *Met de zon opstaan en er wederom mee naar bed gaan.*'

'Jelai, hoor je jezelf zeggen: eeuwenoud? Toen bestond er nog geen elektriciteit... Het was er wel, maar de bedenker van die spreuk kon er nog geen gebruik van maken. Jelai, serieus, over vijf dagen ga ik terug naar hui... Nederland... Hier heb ik een goeie: we hebben nog géén avondeten gehad.'

'O nee? En de twee gebakken mussen dan? Plus de stok met een dozijn meidoorns, geglazuurd met kandijsuiker, de kom Tibetaanse thee met geitenmelk, geitenreuzel, tarwemeel, poedersuiker en stukjes walnoot, en het bakje gefrituurde hom en kuit dat je aan de Grote Markt van je geboortestad deed denken? Ik moet Boeddha op mijn blote knietjes danken dat je buikvel nog heel is.'

Nu ze het zegt. Ik heb inderdaad geen honger. 'We hebben weinig gedronken, Jelai. Die Tibetaanse thee lest niet bepaald de dorst. Het is eerder Brintapap. Ga je mee naar boven voor een kopje ko... pardon, thee?'

'Ik ken jullie "een kopje koffie drinken"!'

'Je kent de míjne niet! Jelai, als ik zeg dat wij een kopje koffie... en in jouw geval, thee, bij mij gaan drinken, is dat ook alles wat ik voor ogen heb. Er zijn mannen die er meer mee bedoelen en/of onder verstaan, maar mij kun je wat dit betreft volledig vertrouwen.'

Ze verlaagt haar stem: 'Vijf daagjes nog maar. Wie weet, misschien zien wij elkaar daarna nooit meer terug. Umm, laat mij uitspreken. Dacht je niet dat ik ook niets liever wil dan tot in de kleine uurtjes bij je blijven? Maar niet in je hotel, Chris. Bij de receptie werken een paar bekenden van Yun, de vrouw van Haihai. Ik heb geen leven meer als ze straks gaan rondbazuinen dat ik op je kamer ben geweest.'

Naar een ander hotel dan maar? Deze optie riekt naar een onzedelijk voorstel. Jelai kennende, zou ik haar hiermee best wel eens door het lint kunnen jagen. Wat er dan zal gebeuren, kan niemand overzien. Stel je voor dat ze een keel – en die van een toneelspeelster kan een zaal vol publiek onderhouden – opzet en mij uitscheldt voor alles wat rot en ontbonden is! Als de chauffeur daardoor de macht over het stuur verliest en tegen een lantaarnpaal botst...

Mijn lange stilte vat ze op als een teken van droefenis – een goede zaak. Een hele goede zelfs. Ze knijpt in mijn hand: 'Wat ik in mijn hoofd heb – als je belooft mij niet uit te lachen – is dat je eerst de spullen naar je kamer brengt. Ik wacht wel in de auto. Dan gaan wij naar een supermarkt voor een paar blikjes gekookt en afgekoeld water. Als je geen dorst meer hebt, gaan we wandelen op de boulevard. Ik zei je vanochtend toch al dat de zee niet wegloopt?'

'Weer wandelen? En we hebben de Jimuo-en-nog-wat Straat een keer of tien afgesjokt!'

'Wat moeten we dan doen?'

'Naar een café... een theehuis, voor mijn part. Rustig wat drinken en bijpraten.'

'Daar heb je Chris de Nederlander weer. Zitten, drinken en ouwehoeren.'

'Jullie Chinezen dan? Lopen, de hele dag, 's avonds ook.'

'Chris, mijn kleine domoor! Je vroeg je toch af, vanochtend op het strand, of ik verliefd ben?'

Ik spits mijn oren.

'Wat stelde ik je zonet voor, sufferd?'

Ik ben te gespannen om na te denken.

'Weet je wat "wandelen op de boulevard" betekent?'

'...'

'Spreek je Chinees of niet?'

Met mijn hoofd knikken kan ik nog net.

'Ooit gehoord van de uitdrukking: *de straat plat stappen*? Het betekent "verkering hebben"!'

Ondanks de ijzige wind die mijn gezicht schaaft of geselt, afhankelijk van de hoogte van de golven die hem landinwaarts sturen, is de pier druk bezocht. Jonge paartjes lopen arm in arm, verliefder kan niet – of... steunen ze elkaar om te voorkomen dat ze door een rukwind worden weggewaaid? Onder een lantaarnpaal, die met de vloed mee wiebelt, waardoor het lamplicht iets weg heeft van een dwarrelend spook, heeft een jongeman blijkbaar geen last van de kou. Hij knoopt zijn overjas los en spreidt hem als twee vleugels uit. Zijn vriendin schudt haar hoofd, draait met haar achterste en stoot in één adem wel vijftig stuks 'Nee!' uit. Roerloos staat hij daar, zonder een woord van verweer, in zijn dunne trui. De maan verlicht zijn gezicht, dat paarser wordt. Nog even en hij verandert in een ijspegel, daar kan ik gif op innemen. Zijn meisje rukt de sjaal van haar hals en slaat hem ermee. Hoe langer hoe harder. Hij geeft geen krimp. Haar 'nee' wordt 'gekkie' en vervolgens 'stomme ezel!' Einde van het verhaal: ze werpt zich in zijn armen. Vlug wikkelt hij haar in zijn overjas. De zee wordt er stil van.

Jelai volstaat met haar hand in mijn jaszak te stoppen. Daar speelt ze met mijn duim. Op zo'n manier dat mijn hart linea recta naar mijn vingertop afzakt. Ik krijg het warmer dan onder de Toscaanse zon...

Ze legt haar hoofdje tegen mijn arm en mijn hart schiet ditmaal naar mijn keel. 'Loop door,' fluistert ze en ze kijkt voorzichtig om zich heen. Het bloed gonst in mijn hoofd en het liefst, het liefst zou ik haar ter plekke willen zoenen en het hele traject... afleggen! Ze wijst naar de voorbijgangers en ik als tegenargument naar die twee in de overjas onder de lantaarnpaal. 'Maar Chris, ze zijn getrouwd!'

'Heb je hun paspoort soms gezien? Als ze man en vrouw waren, hoefden ze hier niet stiekem te flikflooien.'

Ze trekt haar hand uit mijn jaszak – ik voel me leeg. 'Chris, ik ken zat getrouwde stellen die van hun werkeenheid nog geen kamer toegewezen hebben gekregen. Thuis bij hun ouders zijn ze er te verlegen voor. Op hun slaapzaal kunnen ze het niet maken – dat wordt een gratis peepshow voor hun kamergenoten.'

Vandaar! De Chinezen leren elkaar dus kennen – in de ruimste zin des woords – terwijl ze in weer en geen weer en bij voorkeur in het pikkedonker langs de straten banjeren.

'Chris, het is dubbel. Enerzijds vind ik het vreselijk dat je weggaat, anderzijds ben ik blij voor je.'

'Blij waarvoor?'

'Omdat je je ouders terug zult zien, Chris.'

'O dat!' Ik leg mijn arm om haar middel: 'Het is maar voor even, Jelai. Ik kom daar op zaterdagavond aan. Een nachtje bij mijn ouders slapen en zondag, na de brunch, moet ik direct achter het stuur. Mijn appartement in Groningen moet eerst een beurt krijgen eer ik er een menswaardig bestaan in kan leiden. Maandag, klokslag negen uur word ik bij Kraan verwacht. Hij wil alles weten over de privatisering van het Chinese deel van zijn joint venture. Het is keurig verlopen, daar niet van.'

'Je ouders zullen het niet leuk vinden als je zo kort bij hen…'

'Zij? Mijn vader golft zondags van tien tot twee. En als er een bridgetoernooi is, blijft mijn moeder ook de hele dag weg. Daar zit ik dan, met twee goudvissen. Jelai, nogmaals, waarom woon je bij je oom en tante in? Je ouders in Beijing…'

'Dat gaat je niet aan!' Ze timmert mijn armen van haar middel en rent naar de pier.

Wanneer leer ik het af telkens op haar zere plekken te drukken? Maar hoe kan ik in godsnaam weten waar die allemaal liggen?

'Het spijt me.' Ze steekt haar hand opnieuw in mijn jaszak en haar zachte stemmetje kietelt als een veertje in mijn oren.

'Humhum, ik moet jou mijn verontschuldigingen aanbieden.'

Ze leidt mij bij de lantaarnpaal vandaan, de schaduw in, gaat op haar tenen staan en trekt mijn schouders naar beneden – ze zoent me op de lippen! 'Laten wij mijn ouders vergeten. Ik kan… je wel vertellen waarom ik in Qingdao ben: ik werk hier.'

Ik wil haar vragen wat voor werk, maar welke gevoelige snaar zal ik dan met mijn kolenschoppen beroeren? 'O?' kan nooit kwaad en dit zeg ik dus.

'Ik heb, of beter gezegd, had een zaak in de binnenstad. Giegiegie!' Typisch Jelai. Haar gemoedstoestanden wisselen elkaar sneller af dan fiches op een roulettetafel. 'Dat is ook de reden waarom mijn oom destijds via via contact met je heeft gezocht. Mijn business dreigde toen failliet te gaan en ik was naarstig op zoek… Maar goed, dat is passé.'

'En nu?'

'Nu ben ik bezig met een nieuwe zaak. Zodra je weg bent, ga ik volop aan de slag.'

'Een voor een, Jelai. Wat is passé? Is je oude bedrijf opgedoekt?'

'Dat niet. Maar ik heb het wel moeten verhuren aan een…'

'Draait het nog?'

'Wat heet!'

'Winstgevend?'

'Een goudmijntje, Chris.'

'Levert het genoeg op om van te leven?'

'Misschien.'

'Hoezo "misschien"?'

'Beibei, mijn contractante, heeft me beloofd binnen afzienbare tijd de huur te betalen.'

'Hoe lang zit ze daar al?'

'Twee maanden.'

'En je hebt nog geen fen gezien?' Ik durf mijn verontwaardiging niet te ventileren. Als ik weer op een of andere lange teen trap, kan ik van voren af aan beginnen.

'Beibei beweert doodleuk dat ze aan de grond zit. Maar ze rijdt in een spiksplinternieuwe rode BMW! Met een elektrische kontverwarmer! Geleend, weliswaar.'

'Wat nu?'

'Chris, je bent bezorgder dan ik. In het begin was ik dat ook. Daarom – niet lachen, alsjeblieft – wilde ik jou interesseren voor mijn bedrijf. Dan zou ik hem niet definitief af hoeven te staan aan die slang in een net mensenpak. Haihai heeft genoeg in mijn oude zaak geïnvesteerd. Ik kan moeilijk nog eens bij hem aankloppen.'

'Waarom heb je er met geen woord over gerept?'

Ze drukt mij tegen een lantaarnpaal: 'Chris, weet je echt niet waarom?'

Ik kijk, rolbevestigend, dommig uit mijn doppen.

'Wat heeft het voor zin iets aan je uit te leggen als je niets aanvoelt?' Ze wil weer de benen nemen, maar ik ben haar voor: 'Jelai, kunnen we niet één gesprek voeren zonder onderbrekingen?'

'Hoe... doen... we dat?!'

Snikt ze? Ik knoop mijn overjas los en wacht geduldig tot haar woede wegebt en tot ze zich bij me voegt – hoop doet leven.

Ze stampt met haar voeten: 'Mijn neef begrijpt niet waarom ik je niet bij mijn nieuwe salon wil betrekken. Mijn oom en tante proberen hem te sussen, maar diep in hun hart vinden ze mij maar een rare kwibus. En nu kom jij er ook nog eens bij.'

Haar warme adem kietelt in mijn nek en haar lijfje voelt zacht aan. 'Wat voor business heb, pardon, had je, Jelai? Kan ik iets voor je betekenen?'

'Al moet ik van honger creperen, jou om hulp vragen doe ik niet!'

'Jelai, ben ik dan... zó onhandig in je ogen?'

Boeng! Ze bonkt met haar hoofd tegen mijn borstkas: 'Werkelijk! Je hebt alleen maar water in je hoofd!'

Ik proef de ernst van de zaak en durf niets meer te zeggen.

'Chris, als ik niet verliefd op je was, had ik je allang lekker proberen te maken voor mijn nieuwe schoonheidssalon.'

Mijn knieën knikken en ik wankel, met Jelai in mijn overjas. Het lamplicht prikt in mijn betraande ogen. Dat maakt mij bewust van iets dat ik sinds de basisschool heb afgezworen. Voor Anouck heb ik ook iets gehad met Bianca, Nicole, Mariska, Anita en... hoe heet die barbiepop ook alweer, met die roze nagels? Ik kan me niet herinneren dat ik jankte toen zij me vertelden dat ze op me vielen...

'Chris, waarom ben je zo stil? Het wordt een gecertificeerde schoonheidssalon, hoor, in een nétte buurt...' Ze trekt aan mijn jas. 'Geloof je me niet?'

'Waarom niet, Jelai? Het is toch fantastisch dat je een eigen zaak hebt, had of gaat beginnen? Maar, nu je contractante toch verzuimt de huur te betalen, waarom neem je hem dan niet terug? Of zijn er financiële verplichtingen waaraan je niet kunt voldoen? Om hoeveel gaat het?'

Ze legt haar vingertje op mijn lippen: 'Het deed pijn, maar ik heb moeten inzien dat mijn oude salon niet te redden valt. Hij zit ingeklemd tussen... Laat maar, je snapt het toch niet.'

'Jelai, de afgelopen tijd heb ik het salaris van een expat genoten. Vooral in China is dat een enorm bedrag – wat geef ik hier nou uit? Alles is spotgoedkoop. Als je mij vertelt hoeveel je nodig hebt om je oude winkel...'

'Weet je wat? We zetten dit gesprek morgenochtend voort. In die zaak zelf. Ik ben ook benieuwd wat ervan geworden is. Ik ben er zeker een week of drie niet meer geweest. Dan kijken we verder. Om negen uur. Ben je dan al op?'

Nou, als ik eerlijk ben? Nee. Nu ik niet meer naar de joint venture hoef... Dit houd ik maar voor mezelf, anders begint ze weer over de ochtendmarkt die tegen die tijd al geslóten is.

De taxi zet mij af in het verlengde van Zhongshan Straat, hét winkelcentrum van Qingdao. Nummer 58, waar ik met Jelai heb afgesproken, springt er gelijk uit. Neonlichten, in de hoedanigheid van 'Hautec Oiflure', trekken mijn aandacht, rechttoe rechtaan naar de bijbehorende etalage, geheel in Parijse stijl – hun voorstelling ervan dan. Op een poster staan twee dames en een heer. De linker ziet er wulps uit, de rechter cool. De middelste, zowaar in filosofische overpeinzingen verzonken. Eén ding hebben ze gemeen: ze vertonen geen van allen Chinese trekken. Hun haar is of blond of bruin en hun neus is, nou ja, net als die van mij. De reclametekst op de ruit daarentegen, is afgezien van 'Hautec Oiflure' – verrek! zouden ze 'Haute Coiffure' bedoelen? – uitsluitend in Chinese karakters:

138

Twee in Parijs opgeleide kapsters!
Drie in Hongkong afgestudeerde schoonheidsspecialisten!
Alle producten rechtstreeks uit Frankrijk geïmporteerd en ongeopend bij
ons afgeleverd!
De nieuwste haartrends uit de Franse magazines!

Tien voor negen. Ik post voor de ingang van de kap- en schoonheidssalon. Had ik Jelai maar gevraagd waar we elkaar zouden treffen,
binnen of buiten? Maar een ramp is het ook weer niet. Ik vermaak me
wel. Door de ruit kijk ik naar binnen. Op zo'n vroeg tijdstip zit de zaak
goed vol. Iets nats en warms tegen mijn kuit...
'Honingpotje, foei!'
Ik draai me om: een witte maltezer met een roze strikje likt mijn
been.
Haar bazin keft, deze keer tegen mij: *'Een brave hond loopt niemand*
voor de voeten; een verstandig mens verspert de weg niet. Meneer, loopt u
door of bent u de nieuwe uitsmijter?'
'Sorry!' Ik doe de deur voor haar open en denk bij mezelf: als Jelai
mij hier niet aantreft, zoekt ze wel binnen. 'Na u, mevrouw,' gebaar ik
zo hoffelijk als ik maar kan.
Oeps! De felle tl-buizen verblinden mijn ogen. Eventjes dan. Zo
gauw ik weer wat zie, geef ik mijn ogen royaal de kost. Pluchebanken,
pluchehoezen om de kappersstoelen, een kroonluchter aan het veel te
lage plafond en een speksstenen vloer. De salontafel mag er ook zijn.
Een bronzen beeld. Van een luchtig geklede vrouw, die in een veelbe-
tekenende houding een twaalf millimeter dikke glasplaat omhoog-
duwt.
De maltezerbazin steekt haar hand op. Uit het niets schuifelt een
boers aandoend meisje naar voren. Ze neemt de hondenriem over:
'Wenst mevrouw dat ik met juffrouw Honingpotje buiten wandel of
dat wij u hier gezelschap houden?'
'Wat denk je zelf?'
Het boerinnetje laat haar hoofdje hangen en denkt inderdaad hard
na. Schichtig verdwijnt ze de straat op.
De bazin zonder hond wacht tot een winkelbediende haar uit
de jas helpt. Onderwijl zegt ze tegen een jongedame die al
rinkelend – vanwege de tierlantijn die ze links, rechts en overdwars
draagt – naar haar toe snelt: 'De dienstmeisjes van tegenwoordig!
Behalve vreten, schijten en, niet te vergeten, geld naar hun dorpse
familie sturen weten ze niks!'

De met glittergoedjes behangen jongedame – zeker de eigenares, nee, dat is Jelai, de uitbaatster van de salon dan – lacht poeslief: 'Vreten? Fijnproeven zult u bedoelen! Ik heb er thuis ook een. Op het platteland zijn ze al dolblij met een kom maïspap, maar hier? Als ze geen vlees of vis voorgeschoteld krijgen, staken ze! Mevrouw van Directeur van het Straatvegersbedrijf van District Westelijk Stadsdeel, uw aanwezigheid verlicht ons gammele winkeltje als de zon een muizenhol. Van harte welkom! Ying, Ting en Ping, cappuccino, een punt kwarktaart en Stuyvesant voor onze eregaste!'

De benige derrière van mevrouw Straatveger draait in de kappersstoel en mijn nieuwsgierigheid neemt met de minuut toe. Haar hoofdhaar ziet er pas getrimd uit en haar nagels vakkundig geslepen. Wat zoekt ze hier?

Nadat Ying, Ting en Ping een voor een met een dienblad bij Straatveegster langs zijn geweest, haalt de directrice – zou het Beibei zijn? – een staal te voorschijn. Ze laat de erecliënte de tientallen plukjes haar zien en voelen en knikt instemmend bij elke kleur die de maltezerbazin eerst aan- en dan weer afwijst. Na de derde cappuccino én een halve asbak sigarettenpeuken verder heeft ze haar keuze gemaakt: kastanjebruin. Blond past niet bij haar spleetogen, ze meent het! Rood vloekt met haar gele huid – die wijsheid had ik niet achter haar gezocht. En vuilwit is haar hond al – geen gezicht, aldus haar. Dat zij tweetjes dezelfde kleur vacht, nee, haar, delen.

Mijn mobiel gaat – met dergelijke snufjes is China ons ver voor. Wie zou dat zijn? Mijn werk bij de joint venture zit erop. Ik heb nu vrij, dat weten ze toch?

'Chris, ben je daar al?'

Jelai!

'Hoor je mij, Chris? Ik bel vanuit een telefooncel aan de Huangtai Straat. Een file van hier tot ginder. De partijvoorzitter van de provincie Shangdong is op werkbezoek. De hoofdwegen naar de binnenstad zijn afgesloten. Wacht je op mij?'

'Natuurlijk.' Ik kijk op mijn horloge: ze is een halfuur te laat. 'Hoe lang doe je er nog over, denk je?'

'Al sla je me dood. De vorige keer, toen de vice-partijvoorzitter op doorreis was, lag het verkeer een halve dag plat...'

'Doe rustig aan, Jelai. Ik neem wel een kop koffie en...'

'Geef mij Beibei even.'

'Ze is het haar van een klant aan het verven.'

'Druk of niet, zeg tegen dat mens dat haar oude moeder Jelai aan de lijn is!'

Au, mijn trommelvlies! Gauw bedek ik de hoorn en geef de mobiel als een hete baksteen door: 'Mevrouw Beibei? Telefoon voor u.'

Haar ogen schieten sterretjes omdat ze, naar ik vermoed, een buitenlander in haar salon signaleert. Ze staart mij aan, met open mond.

'Mevrouw Jelai Bai wil u spreken.'

Bij de bewuste naam springt Beibei subiet in de houding – als het een beeldtelefoon was geweest, had ze beslist ook gesalueerd: 'Mijn alleroudste zus, hoe gaat…'

Van een meter afstand hoor ik Jelai krijsen. Een speenvarken is daarmee vergeleken een nachtegaal. Beibei zegt alsmaar ja en amen en haar verfkwast druppelt kastanjebruin zweet op de spekstenen vloer. Na het gesprek roept ze in plaats van drie, vier namen in één moeite door: 'Ying, Ting, Ping en Ling!' Ze moeten mij vetmesten. Met taartpuntjes en cappuccino. Laatstgenoemde is van genoeg slagroom voorzien om Milaan te bedelven. Het is gedaan met mijn kijkgenot. Een meisje wil mijn haren knippen, on the house uiteraard, een ander mijn nagels doen. De overige twee kijken handenwringend toe en krijgen opeens een lumineus idee. Ze leggen een stomende handdoek op mijn kaken – scheren geblazen. En ik heb het vanochtend nog gedaan! Eerst zeg ik nog beleefd dank je wel/het hoeft niet, maar naarmate ze mij harder in de stoel drukken en mij letterlijk de mond snoeren, met zeepsop en al, schop ik in het wilde weg en vlucht terug naar de pluchebank. Ik wil verder kijken, naar het ongerepeteerde schouwspel in deze salon. De grootste dienst die ze me kunnen bewijzen, is mij met rust laten. Maak ze dat maar eens duidelijk!

Beibei zet de haren van Straatveegster in de verf en haast zich naar mij toe: 'Meneer belieft geen haarverzorging? Wat vindt u van…' Ze knipoogt tegen twee van de vier meisjes – Ping en Ling, als ik me niet vergis –, die zich meteen naast mij neer vlijen. Ze drukken hun kleine voorgevel – dat wil zeggen, waar de voorgevel behoort te zitten – tegen mijn armen aan. Had ik maar niet tegengestribbeld toen ze iets ongewensts met mijn kápsel wilden doen. Nu zit ik opgescheept met twee graatmagere grietjes. Synchroon stoppen ze een sigaret in hun mond en het is de bedoeling dat ik, een heer, die voor hen aansteek. Hun knokige lijfjes schokken terwijl ze hoesten van de rook, maar ze houden zich kranig.

'Wat spreekt u goed Chinees, meneer Knap!' Eveneens synchroon

141

stapelen ze hun spillebenen over elkaar. Hun roze kleren schemeren onder de witte kappersjas.

'Hemelopa! Ik zie het: uw nekspieren zitten in de knoop. Meneer, we komen van de beste massageschool in Hongkong…' Ze leiden mij half duwend naar… pardon! Een zijkamertje achter een kralengordijn blijkt bezet te zijn. Ze weten niet hoe snel ze de deur achter zich dicht moeten trekken, maar mijn blik is vlugger. Daar, op een massagetafel, blubbert een dikke pens, met een strook zwart haar vanaf het middenrif, als een heg tussen de linker en rechter lichaamshelften. De tweede zijkamer is wel vrij. Ping legt mij neer op de behandeltafel en Ling trekt een kar naar mij toe: 'Welke massageolie geniet uw voorkeur? Deze komt uit Frankrijk, voor u gratis, maar voor een gewone klant, vierhonderd yuan per fles; en dit is een product van een Frans-Chinese joint venture, tweehonderd yuan per flacon; dan de laatste, van Chinese makelij, een eeuwenoud recept, op basis van *Honghua*-extract, maar vijfentwintig yuan.'

Ik steun op mijn ellebogen: 'Is geen ook goed?'

Samen keren ze mij om en pakken mijn nek beet. Ik word op slag tam. Die dunne vingertjes bezitten de kracht van een koevoet. Ik zweef in hogere sferen en dommel in slaap…

Wanneer ik wakker word, voel ik me net een geroosterde pekingeend. Als je mij aan een touwtje hangt, net als de specialiteit van het Chinese restaurant Namkee, druppelt er ogenblikkelijk vet, en in mijn geval Franse massageolie, van mijn stuitje. Ling steekt het tweede wierookstokje aan: kalmerend, zegt ze. Ik moet op mijn rug gaan liggen en voordat ik er erg in heb, pakken ze me bij mijn klok-en-hamerspel – romantiek kennen ze hier niet. Loom van de massage ben ik niet in staat me ertegen te verzetten. Echter, hun flodderige witte kappersjassen en hoogsluitende roze massagetenues – noem ze gerust joggingpakken – stoten mij af. Dit is niet waar ik dag en nacht naar hunker. Jelai, waar blijft ze toch! Ik gooi de handdoek van mijn buik en rol mezelf van de massagetafel. Ze struikelen, steunen op elkaars armen en opeens beginnen ze te giechelen! Doet elke Chinese vrouw dit op alle gelegen en ongelegen momenten? Ze wijzen naar elkaar, naar mij en naar mijn… o god! Ik word er bloednerveus van. Gauw bedek ik mijn kruis – ik heb nota bene gewoon mijn broek aan! Alle zelfcontrole en hoffelijkheid gaan overboord: 'Houd toch op met dat gegiechel!'

Ik heb blijkbaar heel hard geroepen, want Beibei stormt de kamer binnen. Ze sleurt de twee 'Nietsnutten!' aan hun oor, de gang op. Mijn woede koelt pardoes af. Ik wil een goed woordje voor hen doen – te laat. Haar stem gaat mij door merg en been: 'Ying, maak een notitie! Hun maandloon wordt gehalveerd. Geen rooie cent als bonus!'

Zodra Beibei zich naar mij omdraait, is ze een en al zoete honing en melk: 'Meneer Klisse, ik zal aan al uw wensen voldoen, maar vertel dit niet aan Jelai. Als ze erachter komt dat mijn meisjes u in plaats van lust last bezorgden, heb ik geen leven meer. Niet dat ik het nu wel heb!' Ze kijkt omhoog om haar tranen te bedwingen. Nu ik minder vijandig lijk begint ze mijn nek te masseren. Wat hebben Chinezen toch met nekken? En massage? Ze zet mij een cappuccino voor en zichzelf zwarte koffie. Hierna doet ze haar kapperssjas uit. Ze heeft een mantelpakje aan – bijna hetzelfde als dat van Jelai, toen ze als een blauwe lotus op de ijsplaten danste. Daaronder ebt en vloedt haar vrouwelijkheid. Ik voel me opgelaten en verhuis naar een stoel ver uit haar buurt. Ze rommelt in haar tasje: een sigaret misschien? Ook zij hoest zich dubbel. Waarom doen ze zichzelf zoiets aan? 'Meneer, straks, als we de kamer verlaten, leg dan tweeduizend yuan op de toonbank. Vlak onder de neus van mijn voltallige personeel.'

Perplex is nog zacht uitgedrukt.

Ze legt een stapel bankbiljetten op het massagebed: 'Hier, het geld om mij zogenaamd te betalen. De meisjes zullen op me neerkijken als ik het voor minder doe.'

'Wát hebt u in gedachten?'

'Wat u wilt, meneer.'

'Ik wil niks van u, mevrouw, of mag ik je Beibei noemen? Ik ben Chris.'

'Maar mijn voormalige werkgeefster en huidige huisbazin zei…'

'Wat zei Jelai?!'

'Nie… niets, Klisse. Nu ben je weer boos.'

'Toe! Wat zei ze tegen je?'

Ze zuigt een halve sigaret naar binnen en wordt onzichtbaar door de rookpluimen die ze uitblaast. De oosterse schone wordt zienderogen kalmer: 'Per *kanonschot* bedraagt de schade voor onze klant tweehonderd yuan, maar als ik eraan te pas kom, het tienvoudige. Anders heb ik geen overwicht meer op die jonge grieten.'

'Wat voor schot zei je?'

'Doe toch niet alsof je E.T. bent: flink klaarkomen!' Ze sabbelt gretig aan haar sigaret.

Ik word zo rood als een kreeft, beslist, al kan ik mezelf niet zien. 'Even voor de duidelijkheid. Ik ben hier voor Jelai. We hebben een afspraak. Waar jij ook op zinspeelt, laat mij erbuiten.'

Ze dooft haar sigaret: 'Echt?' Ze vliegt mij om de hals – ook zij ruikt naar Franse massageolie. Met haar nog nabevende handen trekt ze haar kappersjas weer aan: 'Ik wist het. Mijn ex-werkgeefster zou mij zoiets niet aandoen...' De euforie is jammer genoeg van korte duur. Haar blik wordt somber nu haar jas dichtgeknoopt is: 'Klisse, wat je relatie tot Jelai ook moge zijn – uit de toon waarop ze over je spreekt proef ik dat je bij haar hoog aangeschreven staat. Je bent en blijft tenslotte een westerling én dus rechtvaardig. Zou je mij ook willen helpen?'

Ik denk aan de huur die ze Jelai verschuldigd is...

'Mijn ex-bazin noemt mij een slang in een mantelpak.'

Was het geen 'slang in een mensenpak'? Dit kan ik natuurlijk moeilijk met haar verifiëren.

'Maar Klisse, kijk hier eens. Hoe kan de salon het hoofd boven water houden zonder dergelijke diensten aan te bieden? Jelai is niet van deze tijd. De winkels links, rechts en schuin tegenover ons, ze hebben zich allemaal moeten verlagen tot dit shit-niveau. Alleen schoonheidsbehandelingen en dode puntjes afknippen leveren vandaag de dag niets op. De kosten daarentegen rijzen de pan uit. Neem nou de mevrouw met die maltezer. Drie keer per week vereert ze ons met een bezoek. Behalve haar schaamhaar verzorgen we alles dat uit haar groeit. Gratis en voor niks. Hoeveel kost dat ons niet? Durven wij te piepen? Dat heeft Jelai wel een keer gedaan. En ja hoor, de volgende ochtend stond een handlanger van haar man bij ons op de stoep. We konden ons boeltje pakken, want de stoep voor onze ingang was "niet schoongeveegd". Ze strooiden er zelf, in het holst van de nacht uiteraard, gedroogde paardenpoep op! Jelai was zo naïef om met hem in discussie te treden. Ik was toen een van haar hulpjes, maar ik voelde op mijn klompen aan waar de schoen wrong. Gauw liep ik met die hufter naar buiten en schoof een slof Marlboro in zijn mouw. Geen vuiltje meer aan de lucht. Sindsdien melkt dat takkenwijf ons om de haverklap uit en moeten we haar als keizerin-moeder bewieroken. Was ze de hoofdvrouw van de directeur van dat straatvegersbedrijf, alla. Ze is nummer drie, maar... ze verbeeldt zich heel wat. O wee als haar straatveger een sappiger boerinnetje opdist! Dit weet ze donders goed. Vandaar dat ze elke dag vijf uur voor de spiegel doorbrengt. Alsof dat zoden aan de dijk zet. Eerlijk is eerlijk, ik wil de huur wel betalen, maar hoe? De kerel in het kamertje hiernaast: ssst, het hoofd van de boevenbende die over de huizen met even nummers in deze straat gaat. Mijn meisjes moeten hem om de beurt verwennen, anders stuurt hij een knokploeg op ons dak. Personeel is duur, Klisse! Ervaren meisjes lopen over naar vijfsterrenhotels, waar buitenlanders met Amerikaanse dollars afrekenen. Wat ik mij kan veroorloven zijn maar *troebele eieren van schildpadden.* Je hebt het aan den lijve ondervonden, Klisse. Wat een achtereinden van varkens Ping en Ling zijn. Je opvrijen kunnen ze niet eens, laat staan *je kanon een schot laten afvuren!*'

Ik krab aan mijn hoofd. Een ander onderwerp graag. 'Beibei, als je het zo moeilijk hebt, waarom vertel je het niet aan Jelai?'

'Heb ik geprobeerd, maar ze zei doodleuk: "Had je hier maar niet aan moeten beginnen. Vind je het gek dat je chanteurs en maffiabazen aan je staart hebt hangen?" Hoor eens hoe je vriendin mij troostte!' Ze krult op en barst in tranen uit: 'Mijn dochter heb ik al acht maanden niet gezien. Vorige week schreef mijn moeder dat ze nog niet eens loopt. Ze is bijna twee!'

'En haar vader dan? Doet hij daar niets aan?'

'Hij? Als hij de hemeldood nog niet tegemoet is gegaan, dan is hij hard op weg. Een van de twee.' Ze drinkt haar zwarte koffie op: 'Hij was een bankwerker. Drie jaar geleden werd zijn fabriek geprivatiseerd. Een maand later kon hij oprotten. Er studeren jaarlijks jonge vaklui af, wat moeten ze met een vent van over de dertig? Hij mokte en vloekte als ik uitgeput van mijn werk kwam. Tot hij op een gegeven moment het licht zag. Hij dreef mij de prostitutie in. Dat was althans zijn opzet. Ik was toen amper een jaar met hem getrouwd en wilde zelfs voor hem sterven. Maar dit ging mij te ver. Hij liet mij alle hoeken van onze kamer zien. Ten einde raad stelde ik een verre nicht aan hem voor. Een katoenplukster uit de provincie Anhui. Ze was allang blij dat ze wat contant geld in de stad kon verdienen. Binnen de kortste keren was hij kogelrond van de opbrengsten. Elke dag keurde hij hoogstpersoonlijk een rij meisjes voor dit beroep. Ik nam zijn syfilis over en de dokter raadde mij een abortus aan. "Ik neuk je grootmoeder! Van mijn leven niet! Het is míjn kind!" Dit deed ik daarvoor nooit, schelden als een viswijf, tegen een arts nog wel. Waarom deze ontboezemingen, Klisse? Je ziet er sympathiek uit. En daarbij, als je mijn levensgeschiedenis doorbrieft aan Jelai – ik krijg dit niet over mijn lippen, niet tegen mijn vroegere werkgeefster – misschien geeft ze mij dan nog een paar maanden respijt om de huur te voldoen. Waar was ik gebleven? Juist, ik ging bij mijn man weg en wilde slechts één ding: succes boeken en hem laten zien dat niet alle vrouwen te koop zijn. Wat doe ik nu? Jonge boerinnetjes ervoor inzetten. Ik ben net als mijn ex geworden. Je hoeft mij niet te geloven, Klisse, maar ik ben toch anders dan die rotzak. Ik sla de meisjes nooit – oké, ik trek ze wel eens aan hun oren – én ik geef ze een hoger percentage. Twintig krijgen ze van mijn ex en veertig van mij. Wat ook zo is, ik leer hun een vak – niet dát vak. Waarmee ze later met fatsoen én behoud van kleren hun brood kunnen verdienen.'

Beibei rommelt weer in haar tasje: tissue dit keer? Ze heeft geen geluk. Tranen druppelen op haar slangenleren tasje en ik reik haar mijn zakdoek aan. 'Schoon,' zeg ik erbij.

Ze giechelt.

Óf ze was zojuist niet echt bedroefd, óf ze meent het niet nu ze lacht. Ik dacht dat er alleen op Jelai's gemoedstoestand geen peil te trekken viel.

Beibei maakt dankbaar gebruik van mijn zakdoek: 'Dat lucht op, Klisse. Mijn hart uitstorten. Bij Chinese mannen hoef ik dit niet te proberen. Ze willen best luisteren, maar aan het eind van mijn verhaal vinden ze toch wel dat ze een beurt hebben verdiend. Het liefst slaan ze het praatgedeelte over. Voor niets gaat alleen de zon op.'

Ik trommel met mijn vingers op de behandeltafel. Nederlandse mannen zijn wat dat betreft geen haar beter dan hun Chinese collega's. Zal ik het haar zeggen of niet? Ik hoef geen wederdienst, want ik heb Jelai…

Vier

JELAI EN CHRIS

Jelai Hoe meer mijn bus in de richting van het centrum slakt, hoe kolossaler het rotsblok op mijn borst wordt. Mijn hart vecht zich een weg uit mijn strot en vliegt dwars door de voorruit, op naar mijn schoonheidssalon, die niet meer aanvoelt als de mijne. Er sist rook uit mijn oren wanneer ik mijn... Beibei's etalage zie. Wat een kermis heeft ze ervan gemaakt! Twee blondines en een kerel met bruin haar. Op één poster! Waar zinspeelt ze op? Het is al erg genoeg dat ze mijn zaak in een vleeshandel verandert. Moet ze zo nodig triootjes aan haar menu toevoegen? Even zonder geintjes, onze klanten zijn uitsluitend geelhuidige, zwartharige Chinezen. Wat zien ze in die blonde buitenlandse duivels? Hun spiegelbeeld zeker? Mijn haren rijzen te berge: er is wél een blanke cliënt – mijn Chris!

Ik haast me de zaak binnen. Nou, nou, luie banken, plúchebanken nog wel. Is Beibei soms bang dat haar toko niet genoeg op een bordeel lijkt? Wat heeft ze met mijn kersenhouten salontafel gedaan? Moet ik dit glazen geval, met een blote meid als onderstel, mooi vinden? Dat kan ze wel vergeten. Waar is mijn personeel gebleven? De vakvrouwen die een oude taart in een mum, twee mummen dan, konden optutten tot een smakelijk toetje? De enige kapster die momenteel niets om handen heeft staat een kerel te woord. Als hij zijn hoofd draait, kronkelt de draak die op zijn stierennek getatoeëerd is mee. Hij inspecteert de rekken – zo te zien verhuurt Beibei ook videobanden: 'Hebben jullie *The Godfather*?'

De winkelbediende verbleekt – dat zou ik ook doen. Beibei heeft dus van een mug geen olifant gemaakt. De onderwereld aast inderdaad op elke zuurverdiende fen van dit bedrijf. 'Nee... meneer.' De stem van de juffrouw klinkt onvast.

'Andere speelfilms dan? Zolang ze maar gaan over de georganiseerde misdaad.'

Ik stap naar voren: 'Is *The Godmother* ook goed?'

De vent met die draak had geen hulp uit deze hoek verwacht. Hij kijkt mij aan, kucht van belang en ja hoor, hij vindt iets dat op een antwoord lijkt: 'Laat eens kijken? Nooit van gehoord.'

'Meisje, breng mij iets om op te staan. Ik zoek voor meneer.'

Het gezicht van de winkeljuffrouw klaart op. Ingespannen houdt ze de ladder vast.

Ik lees de rugetiketten van de cassettes: '*Liefde in april, Liefde in de mist, Liefde tijdens de Japanse bezetting, Liefde in de tijd van de cholera, Kungfu, Taiji boksen...* Zeg, meis, waar hebben we *The Godmother* gelaten? Toch niet weer uitgeleend?'

De jonge griet onder aan de ladder knipoogt naar mij en richt zich tot de stierennek: 'Het spijt me, meneer.'

De Chinese volgeling van *The Godfather* bestudeert mijn gezicht. Ongeloof druipt van het zijne af. Het verhaal dat ik in geuren en kleuren ophang, zeg maar de inhoud van de spannende film, brengt hem zo in de war dat hij hoofdschuddend opkrast. Over bluffen gesproken.

'Hahaaa!' De kapster en ik rollen op de pluchebank.

'Mevrouw, hoe kan ik u bedanken? Die kerel valt ons driemaal per dag lastig. Als we hem geen geld toestoppen, schreeuwt hij tegen de klanten. Die rennen natuurlijk gillend weg. Daar zitten we dan, met de gebakken peren. Zo gauw mijn bazin klaar is met die knappe kaaskop – mij vond hij te mager – zal ik haar vragen u hoogstpersoonlijk te knippen.'

Het bloed klotst tegen de wanden van mijn bovenkamer. 'Waar zitten ze?!'

Ze wijst automatisch naar een zijkamertje. En ik eropaf. Ze krijgt spijt en grijpt mij bij de mouw: 'Ze zijn uh... Niemand mag erin.'

'Afblijven met je tengels!' Mijn kransslagader dreigt open te spatten, nu ik voor de bewuste deur sta. Wat zich daarachter afspeelt... Ik kan mijzelf wel voor de kop slaan! Een volbloed oen ben ik! Om deze val voor Chris op te zetten! Een val? Eerder een vissenkop voor de kat! Ik wil de deur intrappen, maar de griet houdt mijn beide benen vast: 'Mijn bazin zal mij straatstenen laten vreten als u nu...'

'Hoor eens, meiske, *wil je een hond slaan, informeer dan eerst tot welke baas hij behoort.* Weet je wie ik ben? Maak mij vooral goed kwaad en jullie kunnen vóór het middagmaal het winkelpand ontruimen!'

De handen om mijn knieën worden slap...

Ik val de kamer binnen. Betrapt! Beibei op de behandeltafel en Chris op een stoel. Zij weliswaar verticaal en keurig verpakt; hij idem dito en ver van haar af, maar misschien heeft ze zijn kanon al doen afschieten... Zou Chris zijn blijdschap om mijn aankomst geveinsd hebben? Dat kan hij niet eens, al zou hij willen. Die doodeerlijke Hollander. Mijn ogen spuwen blijkbaar vuur – dit lees ik af aan de trillende lippen van Beibei.

'Eindelijk!' Chris staat op en komt mij tegemoet. 'Heb je zo lang in de file gestaan?'

Ik beschouw hem als lucht, spuug op de grond en richt mij tot Beibei: 'Jij, naar vos stinkend kutwijf! Nauwelijks heb je mijn bedrijf ingepikt of je graait naar mijn vriend!'

Beibei bibbert te hard om mij te kunnen ontwijken.

Ik grijp haar bij de haren en ram haar hoofd tegen de rand van een wasbak.

Ze speelt de vermoorde onschuld: 'Jelai... mijn bazin, mijn alleroudste zus... U hebt mij gisteravond én vanochtend, tweemaal, zelf gebeld... om mij te vragen...'

'Als ik je vraag om van tien hoog naar beneden te springen, doe je het dan ook?' *Pia!* Er verschijnen zienderogen vijf vingerstrepen op haar linkerwang.

'Jelai, mijn grootmoeder, ik heb niets met uw Klisse gedaan! Vraag het hem, als u mij niet gelooft!'

De verbouwereerde ogen van Chris stuiten mij tegen de borst. Eigenlijk was ik al van plan die sloerie te geloven. Chris kennende zou hij... Nee! Een man is een man. Een kat een kat. Waar het naar haring ruikt, daar is hij wel te vinden. De gedachte giet nog meer olie op mijn vuur. Ik schop tegen de knieën van Beibei en ze zakt in elkaar. Gauw ren ik naar het closet en kom terug met een bezemsteel. Hiermee timmer ik op haar nek, schouders en achterhoofd. Iemand pakt mij bij de lurven. Ik draai me om, ontmoet de verbijsterde ogen van Chris en weet hoe laat het is. Voordat ik me kan verzetten, heeft hij mij al bij Beibei vandaan gesleept. Eerlijk gezegd had ik zoiets van: na deze ronde zou ik er een punt achter zetten, maar Chris stelt mij teleur. Niet een beetje ook. Ik krijs, bijt in zijn pols, maar hij loopt gestaag, met mij onder zijn oksel, de kamer uit. Ik ben gedwongen zwaarder geschut toe te passen. Nadat ik me van hem heb los gewurmd, vlieg ik als een kungfumeesteres een meter van de grond en mik met mijn hoge hak op zijn kruis.

Hij staat dubbelgevouwen, met zijn handen op zijn zonen- en kleinzonenwortel. Zijn gezicht vertrekt – het wordt zwart voor zijn ogen, wedden? Hij wankelt op zijn sokkel. Het liefst zou hij op de vloer neerploffen, maar ik zie hem zijn laatste restje kracht aanspreken. Uit alle macht wil hij voorkomen om met zijn poten omhoog te liggen terwijl het complete team van de salon, plus de klandizie, naar hem staart. Nu hij onschadelijk is gemaakt, knijp ik hem in zijn linkeroor. Zo sleur ik hem, met zijn oor als mijn handvat, onder luid gejuich en zwijgende afschuw – het kan mij geen moer meer schelen – de winkel uit.

Beibei holt achter ons aan: 'Klisse, leg het haar uit. Ze zal je geloven als je…' Deze woorden doen mij iets. Mijn vingers verslappen. Te verbouwereerd om actie te ondernemen wacht hij tot ik zijn oor loslaat. Hierna steekt hij regelrecht de straat over en roept een taxi.

'Chris, wacht!' Ik wil een charme-offensief openen en hem overtuigen, met tranen en snot als bewijsstukken, dat ik wel degelijk geloof dat Beibei en hij niets met elkaar hadden, maar…

De taxi krijgt de instructie als de bliksem weg te rijden. Dondert niet waarnaartoe! hoor ik Chris schreeuwen. De chauffeur schijnt eerder voor zulke hete vuren te hebben gestaan en hun auto trekt gierend op.

'Chris, alsjeblieft!' Aan zijn gespannen houding kan ik zien hoeveel moeite het hem kost om niet achterom te kijken. Beter dan ooit snap ik de bijbeltekst, over dat veranderen in een zoutpilaar.

De volgende straat is eenrichtingsverkeer. Ik hoef alleen de bocht maar om en dan ben ik hen voor. Dit is zowat de enige bruikbare gedachte die door mij heen raast. De rest is hel. Mijn benen zijn loeizwaar terwijl mijn hoofd zweeft, in de zevende kelderverdieping van het vagevuur. Ik heb een kuil voor een ander gegraven en stink er zelf in. Was het maar waar dat het hierbij bleef. Waar ik het lef en de krankzinnigheid vandaan heb gehaald Chris betaald te zetten voor míjn valse streek, snap ik zelf niet eens. En Beibei ook nog voor zijn verschrikte ogen af te tuigen. Westerlingen zijn allergisch voor mensenrechten – over hun eigen schending ervan praten ze niet graag: de oorlog tegen Vietnam en het Midden-Oosten, de eeuwenlange uitbuiting van Nederlands-Indië, nee hoor, dat was in naam van de koningin/omwille van de democratie. Dit neemt niet weg dat ik het voorgoed verprutst heb, al het mooie tussen Chris en mij. En hij is zo'n zachtaardige, goudeerlijke blonde teddybeer! Mijn allerliefste knuffel! Moeder heeft gelijk: het lukt mij nooit het hart van een man warm te houden. Ik ren, zo rap als mijn benen het toelaten, de hoek om en precies zoals ik heb uitgerekend, daar komt de taxi van Chris. Voor de eerste keer in mijn bestaan vrees ik dat het leven mij zal verlaten, als hij mij verlaat. Hoe moet ik hem in Boeddha's naam duidelijk maken dat het mij spijt? Ik bots tegen een lantaarnpaal en dit brengt mij op een idee… Stemmen, meer stemmen om me heen. Minder stemmen, vager is een gepaster woord…

Chris De chauffeur vraagt aan mij: 'Hier wachten of dezelfde weg terug? Dan kunnen wij namelijk via een andere straat.'

Ik kijk naar voren. Opstopping. Zeker weer een partijvoorzitter van een of andere provincie! Op werkbezoek of doorreis? Het gekke is dat er geen rijen auto's voor ons staan, maar drommen mensen. Dit is de chauffeur ook opgevallen en hij toetert. Helpt voor geen meter. Hij probeert verder te rijden, tot vlak voor de menigte. Er is iets geinigs aan de gang, hoop ik voor ze. We zitten muurvast. Ik verzoek hem toch een andere route te nemen. Niet dat ik weet waar ik heen wil.

'Begin alvast maar te bidden, meneer, u tot uw God en ik tot de mijne. Vanaf dit moment zijn we spookrijders. Wacht...' Hij stapt de auto uit en zegt door het opengedraaide raam: 'Misschien gaan die lui uit elkaar voordat wij er erg in hebben. Ik zal eens kijken.'

Hij blijft maar kort weg. Grijnzend: 'Al zit haar gezicht onder het bloed, ik herken haar zo. Dezelfde idioot van daarnet. Die probeert met haar hoofd een lantaarnpaal omver te krijgen. De show zal, naar ik schat, nog een tijdje duren. Spookrijden is zo'n slecht idee ook weer niet.'

De bijbel zegt alleen dat achteromkijken uit den boze is. Maar, nu ik naar voren kijk... Zoutpilaar word ik sowieso. Ik werp de chauffeur een prop bankbiljetten toe en strompel de wagen uit.

Jelai Droom ik of is het echt? Ik hoor mijn naam. Niet een paar keer ook. Chris? Zou mijn gebed toch verhoord zijn? Door mijn met bloed besmeurde ogen zie ik een roodharige teddybeer. Die roept: 'Jelai! Wij gaan naar huis! Uhhhh... naar het ziekenhuis.'

Mijn hart krimpt. Huis! Wat hoop ik er een met hem te bouwen! Ik zak door mijn knieën, onder hoongelach van het straatpubliek. Zijn armen stutten mij overeind en ik ruik zijn vertrouwde geur... Een mengeling van Nivea zeep en Marlboro. De pijn aan mijn schedel smelt als sneeuw voor de zon, evenals de warboel in mijn gedachten. Nu hij achter mij staat, met zijn handen om mijn middel, herinner ik me opeens wat mij tot deze stap heeft gedreven. Toen ik zonet met Beibei in de clinch lag, koos hij háár kant!

Chris Jelai probeert me weer te schoppen! Deze keer heeft ze er de kracht niet meer voor. Maar schelden kan ze, ondanks de grote gaten in haar schedel, nog prima: 'Handen thuis! Klootzak! Is één kanonschot per dag niet genoeg?'

De omstanders fluiten.

Ze voelt zich aangemoedigd.

Versteend hoor ik haar aan: 'Dacht je dat je, alleen omdat je buitenlander bent, mij dit kunt flikken?'

Met beide handen bedek ik haar mond en probeer haar de taxi in te slepen.

'Nog één keer met je poten aan mijn lijf en ik roep de politie!'

Stilte. Een van de pottenkijkers bevrijdt Jelai uit mijn 'vieze klauwen': 'Volg je haar? Als zij niet roept, doen wij het wel!' En *wham!* De hele troep valt mij aan. Ik zie zwart voor mijn ogen. Effen zwart...

Jelai Ik mep de drommen bemoeials opzij: 'Laat hem met rust. Hij is mijn... man!'

Chris Wanneer ik wakker word, zie ik overal wit. Waar ben ik? Waar is Jelai? Ik wil opstaan. Hè? Een infuus in mijn arm. Wat doet dat daar? Ik woel in het ijzeren bed waarin ik blijkbaar lig. Een zoetsappig stemmetje boven mijn hoofd: *'Xiansheng, beidong! Shuyeguan songle.'* Een vreemde taal. Daar moet ik even inkomen. Een koude douche voor iemand die net terug is van weggeweest.

'Meneer, als deze fles leeg is, mag u naar huis. Volgens de dokter mankeert u niets, behalve een schok van voorbijgaande aard.'

'En mijn vriendin dan?'

Ze fronst haar wenkbrauwen: 'Waar hebt u het over?'

Ik wil weg. Nu!

De verpleegster haast zich naar de aangrenzende kamer en haalt er een oudere collega bij, die in een notitieboek bladert: 'Mevrouw Jelai Bai misschien?'

'Wat is er met haar?'

'Daarvoor moet u bij de afdeling neurochirurgie zijn.'

Deze avond is de langste in mijn leven tot nu toe. Ik heb alle mogelijkheden de revue laten passeren. Wat als... Nog tweeënzeventig uur en dan moet ik terug naar Nederland. Ik geloof niet in toeval, maar... De laatste paar dagen van mijn vorige China-bezoek heb ik ook op de intensive care doorgebracht. Ditmaal is er geen buschauffeuse overleden, maar het voelt erger aan. Mijn lief, mijn leven en het doel ervan ligt in coma. De operatie is volgens zeggen geslaagd, maar garanderen doet de dokter niets. Hij heeft makkelijk praten! Als ze geneest, is het zijn verdienste. Als ze er blijvend letsel aan overhoudt, is het werking natuur. Zo'n dokter kan ik ook zijn. Hij verzekert mij wel dat de ingreep voorspoedig is verlopen. Trepantie heette dat, of was het trepanatie? De bloedproppen in haar hersenen hebben ze verwijderd. Een al dan niet zware hersenschudding is denkbaar. Op duidelijkheid moeten we wachten tot ze wakker wordt. Wanneer? Dat kan hij niet vertellen. Al moet ik mijn baan op de tocht zetten, Jelai in deze toestand alleen laten doe ik dus niet. Of Kraan hier begrip voor op kan brengen, is zijn probleem, zo! Alhoewel, als ik ontslag krijg, hoe moet ik dan mijn droomprinses onderhouden? Eric. Deze Nederlandse vertolking van Koning Aap. Zelfs een dode mus kan hij tot leven lullen. Laat staan Kraan overtuigen. Voor een paar daagjes uitstel van mijn werkhervatting...

Wind. Het waait. Wat heet. Golven. De zee woelt op. IJsplaten. Ze beuken tegen elkaar aan. Aardbeving... Het wordt te gek voor woorden. Zelfs voor een nachtmerrie. Mijn oogleden weigeren omhoog te gaan, maar het kabaal oftewel de bedrijvigheid – midden in de nacht? – werkt mijn argwaan in de hand. Ik schud mijn hoofd op scherp en tuur de duisternis in. Behalve de rode lichtjes van monitoren, beademingsmachines en andere medische apparatuur, en het spinnen en snurken daarvan, merk ik niets verdachts. Wat heb ik dan zojuist gehoord? Lag ik te dromen? Maar zowaar, de vloer dreunde alsof er een horde bizons voorbij draafde. Althans zo kwam het op mij over, dankzij de beelden en geluiden van Animal World, BBC. Nou ja, ik probeer opnieuw de slaap te vatten...

Zelfs dwars door mijn oogleden heen word ik verblind door een straal uit een... zaklamp! Met ingehouden adem zie ik een mannelijke verpleegster, pardon, verpleger – ik ben nog niet honderd procent, met dank aan de knokpartij – een gewatteerde muts over het hoofd van een oud vrouwtje trekken, dat in het bed naast Jelai ligt. Hierna een sjaal, gevoerde katoenen schoenen, jas, overjas en eromheen de witte donsdeken met het blauwe logo van het ziekenhuis. Als een zak uien wordt ze over zijn rug geslingerd en daar gaat-ie, met zijn vracht. Een merkwaardige manier om een patiënte te vervoeren, dunkt me. Wat mij ook opvalt is dat de ziekenbroeder, anders dan zijn vrouwelijke collega's, geen witte jas draagt. Ik denk diep na. Au! Mijn hersenen werken niet mee. Een van de omstanders heeft mij blijkbaar een te hartige dreun op mijn harses verkocht...

De tweede keer dat ik gewekt word gaat het niet zo subtiel meer. Ze houden totaal geen rekening met de nachtrust van de zaal en zetten de felle tl-buizen aan. Alle laden van het nachtkastje van de afgevoerde patiënte worden eruit getrokken. 'Leeg! Alles weg!' roept een verpleegster, in het wit. 'Zelfs de donsdeken is foetsie!'

Een oudere man kantelt zijn hoofd en hup! de verpleegsters stormen op iedereen af die niet op een beademingsmachine is aangesloten. Ze schudden hen wakker: 'Hebt u vannacht iets raars gezien of gehoord? Bij bed nummer elf bijvoorbeeld?' Mijn Jelai wordt evenmin ontzien, maar daar steek ik een stokje voor: 'Ze is onder narcose.'

'Was, meneer.'

Mijn bloed stolt: 'Ze is toch niet…' Voor een moment vrees ik dat ik dood zou gaan als ze…

'Niks aan de hand, meneer. Is ze uw…? Enfin, die is allang uit narcose.'

Ik controleer Jelai's oogbollen. Bewegen ze nog?

'Doorslapen kan geen kwaad, meneer. Laat haar maar. De ingreep is geen kattenpis geweest.'

Na een zucht van verlichting herinner ik me weer waar ik mee bezig was: 'Dit wilde ik u vertellen, mevrouw: Jelai heeft er niets van gemerkt. Ik bedoel van wat er vannacht is gebeurd. Niemand in de zaal, vermoedelijk, behalve ik.'

'Joh!' Ze kijkt, voor de verandering, snugger uit haar doppen. 'U hebt nummer elf zien weggaan?'

Ik knik.

Ze holt naar de oudere man die zonet met zijn hoofd wiebelde. Hij zwaait met zijn arm en de hele kolonie witte jassen, hij voorop, omsingelt mij. Voor de tweede keer binnen één dag ben ik het middelpunt van de publieke belangstelling. Ik maak wat mee, zeg, in dit minimensjesland! Als ik op het Haagse Spui loop, kijkt niemand naar mij, maar hier? Het leuke ervan is dat ik er niets voor hoef te doen. Een hanenkam op mijn hoofd plakken, hoog van de toren blazen of iets in die trant. Veelal is mijn grote neus aanleiding genoeg.

Terwijl ze mij uithoren, wordt mij duidelijk wat ik heb gezien. Het was geen verpleger die vannacht de zieke naar de operatiekamer of de röntgenafdeling vervoerde, maar de zoon van een terminale boerin. Hij had het ziekenhuis nog met zijn hand op het hart beloofd de rekening te betalen. Zo zou hij geld lenen van zijn oom die miljonair is geworden. Door het stropen van herten (alleen de mannelijke) en van hun Jantje *zhuangyang yao* – een soort Spaanse vlieg – bereiden. Ook verzekerde hij de artsen dat hij niet onder de betaling uit kon en wilde. Zijn moeder bevond zich in de terminale fase door een hersentumor.

156

Waar elders kon ze terecht voor een behandeling van topkwaliteit? Na een inzamelingsactie van twee weken was hij blijkbaar gisternacht teruggeslopen. In het holst ervan. Zijn moeder was niet meer te redden en hij had besloten haar thuis te laten sterven. Het kon ook zijn dat het háár wens was. Wie zal het zeggen? Gelijk hadden ze, als je het mij vraagt. Temeer omdat hij de middelen niet had om haar ziekenhuisverblijf te bekostigen. Maar… hij had eerst aan zijn financiële verplichtingen moeten voldoen, en dan overdag. Dat was wel netjes geweest, lijkt me. Nu de ware toedracht van het voorval boven water is, kwebbelen de verpleegsters door elkaar heen. Algauw wordt mij ook iets anders duidelijk. Het blijkt dat de armste bevolkingsgroep die het hardst moet werken – boeren dus – de enige is die geen stuiver van de staat krijgt als ziektekostenvergoeding. Arbeiders ontvangen ook weinig, maar toch wel een paar honderd yuan per kalenderjaar. En wie geniet er gratis en voor niks de beste gezondheidszorg? Partijfunctionarissen, ambtenaren en werknemers van joint ventures en buitenlandse concerns. De rijksten der Chinese aarde. Ik zou de boel ook oplichten, als ik het jong van die boerin was, alhoewel…

Ik ben nog niet uitgefilosofeerd of mijn kraag voelt strak aan: iemand pakt mij bij de lurven. Daar gaat mijn vooroordeel jegens Chinezen. Toen ik in Nederland was dacht ik: ach, die spleetoogjes lachen altijd zo vriendelijk! Maar nu ik in hun land zit, kom ik erachter dat ze knap handtastelijk zijn!

'Wat is, laat mij even spieken, mevrouw J. Bai van u?'

'Een vriendin. Mijn vriendin. Hoezo?'

'U gaat met mij mee!' De bejaarde man in het wit – om bij de kleur van zijn tenue te passen is zijn haar ook maar grijs geworden, osmose, noemen ze dat, toch? – nodigt mij uit voor een wandeling. Eigenlijk wil ik hem vragen of hij vandaag of morgen niet met pensioen moet, maar het moment leent zich er niet voor. Hij klemt mijn arm onder de zijne en loopt pijlsnel – die verplaatst zich best wel rap voor een oude knar! – naar de begane grond.

In de hal naast de hoofdingang stinkt het naar slechte mondhygiëne. Drie rijen wachtenden strekken zich uit tot aan de liften, maken daar een u-bocht en het gelazer begint weer van voren af aan. Tot viermaal toe. De grijpgrage dokter – geen verpleger, neem ik aan, daar is-ie te oud voor – plant mij aan het einde van een van de rijen. Zijn klauwen laten mijn arm los. Eventjes maar. Zodra hij er voldoende mee geschud heeft, waardoor zijn spieren aan de nodige ontspanning zijn toegekomen, pakt hij mij opnieuw beet. Hierna kijkt hij straal voor zich uit. Naar een piepklein raampje, tientallen meters van ons af, waar druk wordt gehandeld. Voor het eerst in mijn leven voel ik me een crimineel. Alleen moet ik nog achterhalen welke wet ik in godsnaam heb overtreden. Bij de grijsaard informeren zit er niet in. Hij schijnt vastbesloten te zijn mij als vijand te bejegenen. Doemscenario's doorkruisen mijn hoofd, dat ineens helder als kristal wordt. Ben ik soms opgepakt wegens verstoring van de openbare orde? Ruzie met mijn vriendin, weliswaar midden op straat, is toch geen strafbaar feit? Wildplassen, om maar iets te noemen? Daar heb ik mij niet schuldig aan gemaakt. Niet dat ik weet. Of… was het een poging tot doodslag… of moord? Je zou zeggen dat ik het in mijn broek ga doen, maar vreemd genoeg word ik kalm. Als Jelai inderdaad blijvend letsel heeft opgelopen, ben ik bereid in de bajes graffiti te schilderen. Levenslang, als het moet. Drie gaten in haar hoofd en evenveel proppen bloed. Zelfs een boom van een vent komt er niet zonder kleerscheuren van af, laat staan mijn frêle popje. Waarom reed ik toch met die verdomde taxi weg, terwijl ik op mijn klompen kon aanvoelen dat ze de wanhoop nabij was? Hoe fout ze ook was, ze deed het voor een goed doel. Om mijn trouw op de proef te stellen. Voor die test was ik nota bene met vlag en wimpel geslaagd. In plaats van blij te zijn, presteerde ik het om… in woede uit te barsten. Geen wonder dat ze in paniek raakte. Als vrouw en zonder centen voor de taxi – een luxe voor Chinezen – kon ze mij moeilijk inhalen. Haar hoofd tegen de lantaarnpaal bonken was voor haar de enige manier om spijt te betuigen. En ik durf me nog zorgen te maken over mijn goede naam. Terwijl Jelai ligt te sterven, zeker… waarschijnlijk… misschien dan. Ik probeer in de verte te turen, anders…

Wanneer heb ik voor het laatst gehuild? Bijna twee decennia geleden. Toen vond ik Bobbie, uitgerekend op eerste kerstdag, koud en stijf in zijn mandje. Het hoekje om gegaan, zonder mij – zijn dikste maatje – te waarschuwen. Met het botje, gekocht van mijn spaarcentjes maar door Sint aan Bobbie cadeau gedaan, naast zijn kopje. Moeder schrok zich een hoedje en struikelde, in haar bloemetjesnachthemd, naar beneden. Ik sloeg haar van mij af. Want in plaats van samen met mij te brullen, deed ze er nog een schepje bovenop. Dat hij toch al blind was. En last had van zijn achterpoten. En dat hij alleen vloeibaar voedsel kon verteren. Anders spuugde hij alles eruit. Vandaar dat hij zijn botje niet opat! Waar hij zo dol op was. Ik krijste tot ik sterretjes aan de kerstboom zag – de lichtjes waren niet eens aangestoken. Sindsdien mogen mijn ouders geen hond meer nemen. Van mij niet. Goudvissen kunnen nog net. Hechten is niet mijn hobby. Helse pijnen als ik me moet onthechten. Jelai, word alsjeblieft wakker! Ik rijd nooit meer van je weg. Het interesseert mij geen bal meer. Mijn kraag wordt nat. Van de tranen.

De klauwen glijden van mijn arm: 'Zo'n vaart zal het niet lopen, meneer.'
Ik kijk ervan op. De lul klinkt bijna menselijk.
'We kunnen een regeling treffen. In termijnen betalen valt te…'
'Krijg ík een boete voor het feit dat zij mij afgetuigd hebben?'
Ditmaal is de dokter aan de beurt om verschrikt te kijken: 'Wie… wie hebben u en uw vriendin zo toegetakeld? We kunnen ze voor Bai's ziektekosten laten opdraaien.'
'Het is dus geen boete?' Mijn verdriet maakt plaats voor opluchting.
De dokter krabt aan zijn grijze haren: 'Ik weet het. Het is niet netjes u als het ware hiernaartoe te slepen. Boven, op twee hoog, ligt uw vriendin nog in coma. Maar… wat zich vannacht heeft voorgedaan is voor ons reden te meer om keihard op te treden. Anders bloedt het ziekenhuis leeg. Eersteklas specialisten verruilen massaal hun baan. Bij een dubieuze privé-kliniek verdienen ze tenminste genoeg om hun gezin te onderhouden.'
'Wacht eens even. Is het mijn schuld dat uw collega's weglopen?'
'Dat niet. Maar wel van de boerin die ontsnapt is. De financiële administratie kort de bonus van onze afdeling, als patiënten de rekening aan de wind meegeven. Alleen van ons salaris kunnen we amper rondkomen…'
Het kwartje valt: 'U bent dus bang dat Jelai verzuimt…'
Hij schudt zijn brosse haren naar alle kanten: 'Dat zeg ik niet.'
'Dat denkt u wel!' We proesten van het lachen. Nu het ijs gebroken is, hoor ik opgetogen te zijn. Maar het tegendeel is waar: 'Is ze niet verzekerd?'
'Dat wilde ik ú vragen. Het eerste dat we deden toen ze de EHBO werd binnengereden,' hij kijkt van mij weg en corrigeert zichzelf: 'uh… het tweede dan, was checken of ze een verzekering had. Wij sloten eerst de zuurstoffles aan en… Mijn assistenten hebben haar tasje en jaszakken doorzocht. Geen Blauwe Kaart. Het was ook te verwachten. Zo'n jong ding van begin twintig, schat ik. Hoe zou ze aan dat privilege kunnen komen? Tenzij ze secretaresse is van een buitenlandse firma… Adressen of telefoonnummers van haar familie hebben we ook niet gevonden. Gelukkig claimt u haar als uw vriendin.'

Ik tast in mijn borstzak: 'Zou u... mij een indicatie kunnen geven van de hoogte van het bedrag?' Mijn mobiel heb ik al gereed. Rampscenario één heb ik in een flits bedacht: Eric bellen. Hij zal wat spaarcenten hebben, bij The Bank of China. Scenario twee: mijn ouders vragen geld te sturen. Giraal of telefonisch. De snelste overboeking wint de race. Drie: mijn Golfje verpatsen als ik terug ben in Nederland. De schulden los ik spoedig af. À la Van Nuenens. Maar eerst, links en rechts centen ronselen.

De dokter bloeit op: 'Precies durf ik het u niet te zeggen, grosso modo wel. Zuurstof, infuus, medicamenten en materialen om de bloeding tijdelijk te stoppen, een röntgenfoto, een scan – en dat is nogal wat! –, een operatie, met alles d'r op en d'r aan. Mij hebben ze uit bed gebeld. Het nachttarief – vooral dat van mij – is niet wat je noemt voordelig. Een paar gaten, bloedstolsels, een bed op de IC, per nacht...'

Failliet ga ik toch. Maar als de waslijst nog langer wordt, begeeft mijn hart het.

'Vat het niet persoonlijk op, meneer: voor minder dan zeshonderd yuan bent u niet van ons af.'

Mijn zenuwen zijn te strak gespannen. Aan rekenen kom ik niet toe. Maar, zo op het eerste gehoor riekt het naar een misverstand. Zeshonderd yuan? Nog geen honderdtachtig gulden? Droom ik of heb ik gewoon mazzel? Na wat ik de afgelopen vierentwintig uur heb meegemaakt, vertrouw ik mezelf voor geen meter meer. Twee jaar geleden fietste ik door Broek op Langedijk. Op een rotbruggetje kneusde ik mijn linkerknie. Ik viel van mijn fiets, die van de gelegenheid gebruikmaakte een duik in de sloot te nemen. Naar de EHBO! schreeuwde Anouck en huilde tranen met tuiten. Ik had meer last van haar aanstellerij dan van mijn lamme poot. Het zag er onschuldiger uit dan dat het was, aldus de dienstdoende arts. Hij haalde er een orthopeed bij, die, op mijn woord, één blik op mijn been wierp. Weet je hoeveel hij achteraf met zijn vork schreef? Dat wil je niet weten. Ik adem diep. Zo opgelucht ben ik nog nooit geweest.

Die ouwe kan niet tegen mijn stilte: 'Ik zei u al, afbetaling is bespreekbaar. Anders vertelt u mij door wie u en uw vriendin mishandeld zijn. We doen aangifte bij de politie. Misschien – pin mij er niet op vast – smeert de financiële administratie het ditmaal niet op ons brood en brengt onze bonus het er heelhuids van af. U bent tenslotte een buitenlander. Ze staan niet bepaald te trappelen om een internationaal schandaal.'

Ik klop op mijn borst: 'U hebt een nacht niet geslapen. Om mijn vriendin te redden. Nu moet u mij nog overmeesteren en naar het loket afvoeren. Die bonus hebt u verdiend. Ik betaal de rekening, in één keer en direct.'

Zijn bleke hoofd straalt als een kerncentrale: 'Ga weg!'

Ik wil hem vertellen dat zijn Nederlandse collega met één blik op mijn knie meer beurt dan hij met zich over de kop opereren in een maand, maar… wat schiet hij daarmee op? Mijn hekel aan hem is foetsie. Een oude knar zal ik hem niet meer noemen. Ouwe lul al helemaal niet. Hij huppelt voort – onze rij slinkt – en humt iets dat als liedje is bedoeld.

Door een luikje zie ik een vrouwengezicht. Chagrijniger kan niet. Maar zodra ze de man achter mij ontwaart, is ze op slag poeslief: 'Directeur Lin van Afdeling B, vanwaar uw hoogstpersoonlijke afdaling naar ons loket? U hoeft maar een kik te geven en ik kom eraan.'

De dokter dicteert een reeks medische handelingen die mij bekend in de oren klinken, waarna: 'Maak voor deze meneer een zacht prijsje, hij is – waar komt u ook alweer vandaan…? Enfin, je ziet het toch? Dat hij een internationale vriend van onze staat is. De patiënte is niet eens zijn echtgenote, maar hij toont zich bereid alles voor haar in één keer af te rekenen.'

Het gewezen stuk chagrijn, dat nu de vriendelijkheid zelve is, giechelt terwijl ze mijn neus uitentreuren bewondert. Hierna wendt ze zich tot de dokter: 'Directeur van Afdeling B, spreekt-ie Chinees? Moet u eens kijken. Hij lijkt wel een panda, met die grote kringen… Wie heeft zijn ogen zo blauw getimmerd?'

Ik ben in dit land al heel wat gewend, maar één ding gaat er bij mij niet in. Men praat over mij, terwijl ik erbij sta, alsof ik een cavia, panda dan, ben. Kon ze mij niet vragen of ik Chinees versta? En wie mijn gezicht verbouwd heeft?

De dokter ramt op zijn kippenborst: 'Da's waar ook! Het infuus en de medicamenten die u toegediend zijn!' Hij geeft haar een andere serie namen op – te vlug voor mij om er wijs uit te worden – en de schade? Omgerekend vier gulden twintig. De macht van het geld, vreemde valuta, wordt nu voelbaarder dan ooit. Nonchalant trek ik mijn beurs uit de zak, maar ik word onderschept: 'Dáár moeten we wezen.'

Ik volg zijn vinger en de moed zakt mij in de schoenen: weer een rij tot aan de liften, een U-bocht en ga zo maar door.

De dokter baant zich een weg door de dichte massa: 'Dit loket stelt de prijs vast en dat neemt uw geld in ontvangst. Ziet u het derde aan de overkant? Daar haalt u de medicijnen die u afgerekend hebt.'

De broek uitdoen om een wind te laten. Deze spreuk kunnen alleen Chinezen verzinnen.

Eenmaal in de tweede rij belandt de dokter op zijn praatstoel: hoe zit het met het Nederlands? Is dat niet een zuidelijk dialect van het Duits? Hier kan hij een aardig mondje van spreken, dat wil zeggen, als zijn geheugen hem niet voor de juiste naamval in de steek laat. (Het blijft mij verbazen hoe Chinezen als een blad aan een boom omslaan. Het ene moment vijandig en het andere familiair.) In de jaren veertig heeft hij geneeskunde gestudeerd am Freien Universität Berlin. Amper een jaar later werden zijn ouders door hun pachters, onder leiding van het Rode Werkteam, onteigend. Zijn opleiding kon hij wel vergeten. Gelukkig had hij als jonge jongen van zijn tweede moeder – concubine nummer twee van zijn pa – leren naaien. Na de colleges borduurde hij tafellakens die zijn hospita – Frau Konrad, hij ziet haar nog staan, met krulspelden in – voor hem organiseerde. Zo bekostigde hij zelf zijn studie. In 1948 werd hij hoofd van de afdeling chirurgie hier, destijds Krankenhaus Heilige Katarina…

Ik tik met mijn voet op de grond. De dokter vertelt interessante dingen, dat wel, maar mijn hoofd staat er niet naar. Een dik uur ben ik weg geweest. Om die paar guldens in te leveren, die ik nergens kwijt kan. Zou Jelai inmiddels wakker zijn? De man onderbreken in zijn nostalgie is onbeleefd, maar…

Mijn afwezigheid valt hem op: 'Met uw vriendin komt het heus goed. Ze is net iets te hard tegen een stenen muur of zoiets aangelopen. De NMR vertoonde een paar schaduwtjes. Stolsels wegzuigen was de efficiëntste manier om genezing af te dwingen. Als ze een boerin was, kon ze net zo goed plat liggen. Met haar leeftijd zou ze het zonder operatie ook kunnen halen. Mits er niets raars gebeurt.'

Mijn keel! 'Wat… wat zou dat rare kunnen zijn, dokter?'

Hij lacht mij toe: 'Nu niets meer. We hebben de proppen toch verwijderd? Ach!' Hij graait opnieuw naar mijn arm: 'Dit was ik vergeten! Ik was te veel in beslag genomen door het veiligstellen van onze bonus: uw handtekening moet ik nog hebben.'

'Waarvoor?'

'Verklaring van toestemming tot operatie.'

'Mosterd na de maaltijd.'

Hij pakt zijn mobiel uit de jaszak: 'Ja, ik ben het. Beneden in de hal. Die met die grote neus. Juist. Dat heb ik al voor mekaar. Gepiept, ja.

162

Hoor eens, het document van nummer twaalf. Breng het hierheen. Nú, als je het niet erg vindt! Trammelant hebben we vannacht voor een maand genoeg gehad. Dit keer moeten we de zaak waterdicht afsluiten.' Hij richt zich tot mij: 'Aangezien we geen familie van juffrouw Bai konden bereiken en als de bliksem moesten ingrijpen, hebben we ons moeten beroepen op het noodprotocol. De handtekening die ontbreekt...'

'Jelai heeft familie in Qingdao. Haar oom en tante...'

De stem van de dokter slaat over: 'Als die dadelijk opduiken en ons beschuldigen van...'

'Jelai's operatie is toch goed verlopen?'

Als donderslag bij heldere hemel verandert de amicale heer terug in een lul: 'Doe wat ik zeg: teken!'

Ik houd mijn poot stijf en toets het nummer van Eric. Vader heeft het mij geleerd. Nooit zomaar krabbenpoten zetten. Ik kan net zo goed mijn doodvonnis bekrachtigen.

Jelai Wolken. Ik blader ze opzij. Traag maar razendsnel maken ze een hemelsbreed paadje voor me vrij. Het luchtruim. Helderblauw. Zo helder dat ik me ook blauw voel. Mijn lijf. Vederlicht. Geen wonder. De enige vaste substantie eraan is een membraan. Ertussen is lucht. Ik voel me niet alleen blauw, ik ben het ook. Zweef ik? Het blijkt. Met mijn armen als vleugels. Die mij dragen naar waar ik maar wil. Als ik opzij kijk, word ik duizelig. Van de luchtmoleculen die aan mij voorbijflitsen. Terwijl ik me allesbehalve vlug voortbeweeg. Dat gevoel heb ik tenminste. Een stoute wens wordt geboren en groeit als kool, gevoed door de gewichtloosheid die mij in de schoot is geworpen. Drievoudige salto's. Daar heb ik altijd al moeite mee. Ik ga ze maken. De wolkenkussens vangen mij wel op. Ik laat me vallen. Geen pijn. Keurig netjes blijf ik hangen waar ik begon. Jammer dat de Olympische Spelen niet híér worden gehouden. Anders zou ik turnen. Dan werd ik als een farao begraven onder een piramide van goudplakken. Ik zet een keel op. Er komt engelengezang uit. Ik dans. Pirouetten van hier tot ginder zijn opeens een fluitje van een cent. Ik heb het koud en de zon schiet naar me toe. Ik lach en de wolken trillen in het ritme van mijn hilarische bui. Vrijheid. Hier laaf ik mij aan. Rust, een alomvattende soort ervan, impregneert mij. Toen ik een sterveling was, gebruikte ik te pas en te onpas het woord 'zalig'. Ik moet eerst doodgaan om te ontdekken wat dit hemelse begrip zoal inhoudt. Grenzeloosheid. Dat is een definitie ervan. Tijd, ruimte en gewicht

163

hebben geen betekenis meer. Evenals ras, samenstelling van de dagelijkse spijzen, watermerk op het paspoort, nullen op de bankrekening, mening van een ander en welk lichaamsdeel tot algemeen genoegen bedekt dan wel ontbloot moet worden. Niets, hoe schijnbaar dreigend ook – afgunst, wantrouwen en intriges – is belangrijk genoeg om de vrede te verstoren. Alles waar ik naar verlangde ligt op de wolken om opgeraapt te worden. Warmte en licht. Ze smoren oorlogen tot een krabbetje over de rug; ze schijnen de verschillen van alle soorten en maten weg tot in het niemandsland... Ik hoor extatisch te zijn. Dat ben ik ook. Deels, helaas. Gewetenswroeging verpest mijn pret als een rattenkeutel een pan rijstepap. Hoe gelukkiger ik word, hoe schuldiger ik me voel. Zonde! Ik zwem. Schoolslag. Nog nooit heb ik me zo professioneel kunnen opstellen. Met uitmuntend gevolg. Ik probeer de vlinderslag uit. Dit gaat primmmma! Heer, Boeddha, Confucius, Laozi, Shiva, Allah en wat dies meer zij. Laat mij in Uw namen hier blijven. Alstublieft!

Mijn benen, die net nog kiplekker waren, doen pijn: ik heb alleen maar een énkelvoudige salto gemaakt! Het paradijs spuugt mij uit. Omdat... omdat ik de zaligheid niet heb verdiend. Mijn entree tot de eeuwigheid is niet door Hem geboden, maar door mijzelf afgedwongen. Op die manier laat ik mijn dierbaren wreed in de steek. Herstel. Dierbare. Alle anderen, bloedband of niet, hebben geen rekening bij mij openstaan – of wil ik er niet aan herinnerd worden? Alleen één iemand verdient het niet dat ik hem zonder afscheid achterlaat. Hoe heet-ie nou? Eigenlijk hoort hij hier thuis. Met zijn goudblonde haar, donzige blauwe ogen, gespierde schouders en kaarsrechte onderstel. David. Het klinkt niet. Michael? Ook niet helemaal. Een engel is hij wel. Chris, ja, Chris. Míjn Chris! Hij zal op dit moment geroosterd worden boven het vagevuur van zorgen en onzekerheid. Of is het de rouw die hem parten speelt? Ben ik er in zijn ogen al geweest? Of balanceer ik nog op de rand van de afgrond? Dat is 't! Hij verkeert beslist in de veronderstelling dat sterven iets verschrikkelijks is. De overtocht hierheen is inderdaad bij de wilde spinnen af. Maar hierna is het hemels. Hoe kan ik dit aan hem overbrengen? Zelfs als ik erin slaag, zou hij het geloven? Neem mij als voorbeeld. Toen ik leefde – op aarde, bedoel ik – vond ik dat paradijsgedoe maar lariekoek. Opium voor het volk. Klaar, over en uit. Hoe kan Chris mijn woorden voor waar aannemen als hij hier nooit geweest is? Pech gehad, zou ik zeggen. Maar meen ik het? Da's weer wat anders. Ik wilde dat hij niet lief was. Dat hij niet alles voor mij over had. Dat hij niet zijn aarde tot ons paradijs had ingericht. Mijn rust wordt door zijn verdriet aan diggelen geslagen. Ik voel het. Meer dan mij lief is. Hij roept mij. Jelai! En huilt. Mannelijk is anders. Ik moet naar hem toe. Hij weet niet wat ik weet. Anders zou hij niet in snot en tranen baden. Tobbes tegelijk. Pijn. Ik voel het weer. Salto's maken is er niet meer bij. Schoolslag degradeert tot hondengespartel. Ik tuimel. En daal. Engelengezang klinkt als het leggen van injectienaalden in een kil metalen bakje.

'Rol terug naar je tulpenland! Ik heb je nog zóóó gezegd van mijn nichtje af te blijven! Honden en apen paren niet met elkaar. Zie je nou wat ervan gekomen is? Als haar ouders hier lucht van krijgen, maken ze van je huid een boodschappentas!'

'Oom...'

'Ik ben niet je oom!'

'Meneer Bai dan, wilt u één tel naar mij luisteren? Ik heb haar niet toegetakeld...'

'Ze was met jou mee!'

'...'

Ik heb het mezelf aangedaan! Dit wil ik uitschreeuwen, maar mijn stem is zoek. Zielsgraag wil ik opstaan en de grote waffel van mijn oom dichttimmeren, maar mijn rug staakt.

'De dokter zegt dat de kans groot is dat ze een plantenmens wordt...'

'Dat heeft-ie niet gezegd...!'

Mijn Chris! Hij snikt.

'Als je zaad in je ballen hebt, dan zorg je ervoor dat mijn nicht haar ogen opent. Dan wordt ze geen plantenmens.'

'...'

Mijn stemband. O, Boeddha! Sinds wanneer ben ik zo stom?

Chris Ben ik soms een masochist? Waarom ben ik juist blij dat Jelai's oom mij verrot scheldt...? Ik word er tijdelijk door verdoofd. Dan voel ik de wanhoop tenminste niet.

Het slappe handje van Jelai laat ik niet los. Nooit meer. Al is het koud, het laat mij in de waan dat we langs het strand wandelen, hand in hand. Ik zoek haar gezicht. Bleek als het verbandgaas waarin haar hoofd gewikkeld is. Haar oogbollen, nee toch, ze bewegen! Haar lippen? Ook! Ik roep de verpleegster, die een spuit aan bed negen geeft. 'Mijn vriendin is wakker!'

Jelai Wind. Beduidend anders dan waar ik vandaan kom. Een onaangename tocht. Ontstaan door... een witte jas die zich plots omdraait.

165

Chris 'Ze zei iets. Echt, mevrouw!'

De zuster wil direct de arts halen, maar ik druk haar hoofd boven de mond van mijn lieve schat: 'Misschien is het iets dringends.'

Jelai's oom en tante zijn in alle staten. Verrukt of nog steeds pissig op mij? De Chinezen begrijpen doe ik niet. Niet dat ik het vertik, maar er is verdomd geen doorkomen aan. Draaikonten zijn het, allemaal.

Na een zenuwslopende poos staat de verpleegkundige rechtop: 'De patiënte fluistert zoiets als... wie is haar familie hier?'

De oom stuitert. Zat hier geen plafond aan vast, dan was hij de zevende hemel ingesprongen: 'Ikke. Woehoe, hier! Wij, mijn vrouw en ik!'

'De patiënte verzoekt u beiden de kamer te verlaten. Kom pas terug als ze erom vraagt.'

Als blikken konden doden, dan die van Jelai's oom wel. Nadat hij mij met zijn spleetjes heeft neergemaaid, wendt hij zich tot de zuster: 'Mevrouw verpleegster, zou het kunnen zijn dat u mijn nicht verkeerd begrepen hebt? Sssorry, zo bedoel ik het niet. Maar, Jelai is niet goed bij haar hoofd. Wie weet zei ze zoiets als... dat déze vent moet opsodemieteren? Wat vindt u dáárvan?'

Ik had niets anders van die ouwe verwacht. Dat scheelt me een hoop ergernis. Maar wat gebeurt er nou?

De zuster tuurt op het e.c.g., geeft het een flinke tik en vliegt de kamer uit.

Snap jij dat? Midden in een gesprek?

Een tel later stormt een compleet team binnen, met rubberen – het spijt me voor deze omschrijving, maar ik heb er geen ander woord voor – wc-ontstoppers. Jelai's oom en tante, en ik worden de kamer uitgejouwd.

Door de gesloten deur hoor ik daarbinnen een, twee, drie! roepen. Gevolgd door een *boemmmm!* Opeens besef ik...

'Klisse! Wat doe je nu!' Het is de eerste keer dat Jelai's tante praat, tegen mij nota bene.

Ik snauw haar af: 'Waar lijkt dit op? De gouden koets van Hare Majesteit toejuichen, soms?'

Ze steekt een hand naar mij uit en helpt mij op de been: 'Bidden! Boeddha in de hemel...'

Ik wil niet meer. Dood ga ik toch. Dus wat maakt het uit wanneer? Maar, Jelai! Reageer op de elektrische schok! Oom Henk uit Wormerveer stierf toen ik in de brugklas zat. Ik dompelde een duikbril van mijn vader in Oost-Indische inkt. Zodat ik mijn oom niet opgebaard hoefde te zien in een beukenhouten kist bezaaid met lelies. De dood stond dermate ver van me af dat ik het bar vervelend vond dat er zoiets als een mortuarium bestond. Maar vandaag...

De deur zwaait open. Het team druppelt naar buiten. Opgelucht. Ik wil naar binnen, maar de bewuste zuster stelt de vraag opnieuw: 'Wie zijn de oom en tante van juffrouw Bai? Die mogen er niet in. Anders zijn de gevolgen voor u.'

Jelai's tante knijpt in mijn hand. Ik weet wat ze wil zeggen en knik tegen haar. Vele malen en met klem.

Jelai Het moment dat ik degene zie die mij naar deze miserabele maar prachtige aarde terugfluit, ben ik het paradijs daarginds in één klap vergeten. Hij stikt bijna in zijn tranenvocht. Ik had gedacht dat ik een wijfjesman verachtte, maar nu... Mijn hand. Ik voel het. Ook de zijne. Warm als waar ik geweest ben, maar tederder. De wolken in de Hof van Eden zijn wel lief, maar niet mannelijk. Ik wil Chris troosten, maar mijn lippen, anders dan mijn oogleden, gehoorzamen mij niet.

'Ja, Jelai! Ik ben het, Chris! Wat wil je drinken?'

Over romantisch gesproken! Nu weet ik het weer. Nederlanders hebben iets met drinken.

'Godzijdank! Je hebt meer dan een dag en een nacht in... nee, geslapen. Ben je nog moe?'

Ik wil mijn hoofd schudden, maar je begrijpt hoe dat gaat. In één woord samengevat: waardeloos.

'Je hoeft niets te zeggen, lieverd. Ik begrijp je zo ook wel.'

Wees maar blij dat je mij niet snapt. Anders was ik niet teruggekomen. Voor jou.

'Knipper alleen met je oogleden. Zorg dat je niet oververmoeid raakt. Ik heb met Eric overlegd. Je kent hem niet, hij werkt ook voor de joint venture.'

Mijn hersenen! Scheermesjes zijn dat, die steekjes. Eric, niet nu. Ik heb genoeg aan mijn hoofd.

'Hij heeft mijn baas in Groningen een lange fax gestuurd. Gisterochtend vroeg. Hij heeft iets verdachts geconstateerd. In de financiële overdracht van het voormalige staatsbedrijf aan de huidige privéonderneming. Zijn advies: per direct een boekhoudkundig onderzoek. En wel door mij. Als alles meezit, ben ik hier net zo lang totdat je weer op de been bent. Hoe dan ook, ik blijf bij jou. Zelfs als je beter bent. We verzinnen er wel wat op...'

Ik ben genezen!
Hij knijpt in mijn hand. En… ik knijp terug – slapjes, maar toch!

Ik kan Chris wel vermoorden, als ik er de kracht voor had! Wie heeft hem gezegd dat hij mijn moeder hierbinnen mocht laten? Zo is mijn anderhalf jaar durende schuilactie voor Zhang lul geweest.

Mijn moeder werpt Chris een vinnige blik toe, maar zo vijandig als mijn oom en tante is ze bij lange na niet. In plaats van naar mijn toestand te informeren, bestudeert ze hem van top tot teen: 'U bent dus… maar goed, ik heb mij laten vertellen dat u niet de schuldige bent. Ik ken mijn dochter. Door en door. Ze kan…'

Ik zit rechtop en druk op de alarmknop. Een verpleegster haast zich naar mij toe. Ik wijs dat vrouwmens in een veredeld Mao-pakje het gat van de deur.

Chris Als ik Jelai begrijp, ben ik Einstein. Wat mij nog meer verbaast is dat Jelai's moeder fris en monter op het vernederende verzoek van haar dochter ingaat. Zonder zich gepikeerd te voelen. Of laat ze het niet merken? Daar valt ook wat voor te zeggen. Ruim zevenhonderd kilometer heeft ze afgelegd. Om haar zwaargewonde Jelai op te zoeken. En nu gaat ze zomaar weg. Voordat ze een woord met dochterlief heeft gewisseld. Wat ze wel probeert, is mij met zich mee te nemen. Naar de gang. Ik wil niet, maar Jelai knikt mij toe. Heel eventjes dan, verzeker ik mijn popje.

'Ik ben stiekem gekomen. Haar vader weet er niets van. Klisse, mag ik je zo noemen? Zo is onze dochter. Ik heb haar anderhalf jaar niet gezien. Dat is niet het ergste van alles. Als ze niet ernstig gewond zou zijn, hadden mijn broer en schoonzus niet verklapt dat ze hier zat. Het ministerie van Staatsveiligheid in Beijing zit, zat dan, achter haar aan…'

Mijn hart kan niet tegen nog een klap. Desondanks verman ik mezelf. Pech heb ik toch al. Eentje meer of minder moet – theoretisch gezien – geen indruk meer maken.

'Klisse… je ziet er grauw uit. Heeft ze het je niet verteld? Opa in de Hemel!'

Ik heb niet eens de fut het te ontkennen.

'Eén ding: wat Jelai ook deed of doet, mijn dochter is het allerliefste en dapperste meisje van de hele wereld. Ik ben pas een worm zonder ruggengraat. Dat geef ik ruiterlijk toe… Klisse, welkom in haar hart. Je zult geen spijt krijgen. Wat mij betreft, ik ga per omgaande terug naar de hoofdstad. Met de trein van halftien, om precies te zijn. De zwager van Haihai's aangetrouwde neef werkt bij het spoor. Hopelijk lukt het hem een treinkaartje voor mij te regelen. Het is kort dag, maar wat wil je?'

Ik ben dankbaar dat ze mij niet heeft ingewijd in wat de Chinese FBI met Jelai van doen heeft, of had. Al is mijn Jelai een voortvluchtige drugsbarones, met haar trouw ik.

Jelai Wanneer ik mijn eerste stappen zet, herinner ik me mijn droom in het luchtruim. Al kan ik de wolken niet opzij bladeren, ik sta er wel bovenop. Of zijn het tredmolens? Ik waggel, als een peuter.

Chris 'Loop door, Jelai. Niet bang zijn.' Ik bied haar mijn arm. Echter, ze vertrouwt eerder de spijlen van de bedden, de randen ervan of een zuurstoffles die tegen de muur staat. Waar ze naar grijpt zodra ze onderuit dreigt te gaan. Dit wil niet zeggen dat ze mijn aanbod afslaat. Terwijl ze zich met haar ene hand aan mij vastklampt, sleept ze met haar andere hand onderweg naar de deur, in chronologische volgorde mee: twee beddenlakens, een stoel en de onderkant van de jas van een voorbij sjezende dokter. Wonder boven wonder, ze is geen enkele keer door haar knieën gegaan. Soms worden haar benen vervaarlijk krom, maar overeind blijft ze.

Jelai In mijn woordenboek komt 'falen' niet voor. 'Opgeven' idem dito. Dit zeg ik hem lekker niet, anders zou hij niet meer zo attent zijn. Een lol dat we hebben! Als een zatlap – ja, dat is 't! – strompel ik met één been hoog en één been laag over de vloer en hij maar in mekaar schrompelen zodra ik mijn kracht ontleen aan 'Moedertje!' Tussen de lachbuien door bekruipt mij – dit is minder geinig – een angst. Wat heeft hij aan mij? Ik kan niet eens normaal lopen…

Het ging zo goed. Chris kwam elke namiddag stipt om halfvier naar mij toe. Wat voor koehandel hij met de joint venture had gedreven, wist ik niet, maar hij mocht in ieder geval twee uur eerder het kantoor de rug toekeren. Dan gingen we wandelen in de rozentuin. Achter het ziekenhuis. Het plantsoen was dor en geel en de rozenstruiken bruin en kaal, maar het gezicht van Chris stond volop in bloei. Het scheelde niet veel of het mijne deed dat ook – maar dat moet je natuurlijk aan hem vragen. Om en om vertelden we elkaar de nieuwtjes van de afgelopen driekwart dag. Ik over mijn buurvrouwen. De linker bijvoorbeeld. Die klaagde steen en been dat ze niet kon slapen. Ze had het over mij, alleen wist ze het niet. Door het gefluit van haar ketel, die ze de hele nacht op het vuur liet staan, telde ik eerst alle schaapjes in Nieuw-Zeeland en dan die in Australië. Als ik dan nog last had van haar gesnurk, ging ik over op de mieren in Afrika. Meestal waren die voldoende om doodvermoeid in slaap te vallen. En hij over Fangfang. Die vorige week dinsdag door haar vader van de Beijingse luchthaven was afgehaald. Gisteren werd Eric een jaartje ouder. Fangfang wachtte tot de voltallige directie zich in de spiegelzaal verzameld had en riep toen uit volle borst: 'Hartstikke vieze saté!' (Het was een heel gedoe voor Chris om mij uit te leggen wat de grap was.) Directeur Zhang kon zijn geluk niet op: dochterlief kon tegenwoordig in het Nederlands zijn jarige collega 'hartelijk feliciteren'. En Eric? Die slikte de punt slagroomtaart door. Het kauwen had hij maar overgeslagen. Tot de dokter vandaag roet in ons eten kwam gooien: de scan vertoont geen schaduwen of barstjes meer. Ook mijn bloeddruk en de rest van de tests vallen binnen de marge 'gezond'. Zijn besluit? Morgen wordt er met vijf van de zes medicamenten gestopt. Het verbandgaas om mijn hoofd gaat eraf. Als hij binnen twee of drie dagen geen noemenswaardige ontwenningsverschijnselen constateert, word ik uit het ziekenhuis ontslagen.

Moet je die smoel van Chris zien! Hem profielloos meppen kan mijn woede nog niet genoeg blussen: 'Jelai, dit gaan we vieren! In het thee-huis waar we voor het eerst samen hebben geluncht.'

'Ga zelf de straat maar op. Daar vind je warme paardenvlaaien. Goed voor tien lunches, als je er zuinig op bent.'

Gauw kijkt hij of de dokter buiten gehoorafstand is, anders vreest hij, vermoed ik, dat ze mij hier nog eens een week of twee zullen vast-houden. Hij legt zijn hand op mijn voorhoofd. Zeker om erachter te komen of ik ijl of gewoon… pissig ben. 'Jelai, waarom nou weer? Het ging zo gesmeerd tussen ons.'

Ik trek de deken over mijn hoofd en krijs eronder vandaan: 'Rot op, jij!'

'Tuurlijk, Jelai. Alleen, deze keer ga je met mij mee.'

'Het is niet grappig!'

Ik hoor hem met zijn voet op de grond tikken. De domme buiten-lander. Hij heeft de ernst van de zaak nog niet door. Woede legt mijn verstand in de as: 'Rol terug naar je eigen land! Naar je Anouck!'

Zijn voet houdt op met tikken.

'Chris, als je deze keer niet luistert, zul je nog meer spijt hebben!'

Hij stottert: 'Aaanóúck?'

'Ja, die. Die heeft tenminste haar op d'r hoofd.'

Hij verzacht zijn stem: 'Ben je... soms bang dat ik de kale plekken op je hoofd zie? Dat doen ze altijd – een deel van je schedel scheren. Daar moesten ze je toch opereren? Lieverd, voor je het weet, heb je je weelderige haardos weer terug.'

Ik gooi mijn deken opzij en pak het ijzeren hoofdeinde van het bed vast...

Hij drukt op de alarmknop en houdt mij, met trillende handen, uit de buurt van de spijlen, waartegen ik met mijn hoofd bonk.

Chris Met lede ogen zie ik twee, naar Chinese maatstaven, forsgebouwde verplegers de polsen en enkels van Jelai tegen het bed aandrukken. Onderwijl dient hun vrouwelijke collega mijn meisje valium toe. De dokter kijkt me vuil aan – ik heb het weer gedaan. Godzijdank, anders zou ik me nog beroerder voelen.

Jelai Denken langs één lijn gaat niet meer. Langs meerdere nog net. Wat had ik me nou voorgenomen? Toen ik mijn ogen opendeed, na een oeverloze slaap? Dat ik mijn Chris nooit meer de stuipen op het lijf zou jagen. Welke zonde heeft die lieve teddybeer van mij in zijn vorige leven begaan dat hij het in dit met mij moet stellen? Een kale kop is nog tot daar aan toe. Maar een yin en yang hoofd – aan één kant kaal en aan één kant behaard? Vader. Processie op straat. Stenen naar zijn kop, ook voor de helft kaalgeschoren. Door de Rode Gardisten. Plassen bloed op zijn witte hemd. 'Lang leve de Culturele Revolutie!' Geschreeuw. Het galmde. Moeders arm. Daar zat Hong, mijn oudste broer op. Ze bedekte zijn oren... Beelden en geluiden die via Hongs verhalen mij achtervolgen. Ik wil niets meer horen. Niets meer voelen. Die spuit deugt ook van geen kant.

Chris Nu ze Jelai plat hebben gespoten, is het stil in de kamer. Het liefst zou ik bij haar willen blijven, maar zorgen spelen mij parten. Ik ga de straat op en zoek een telefooncel – mijn mobiel heb ik vergeten op te laden. 'Goedenavond, nacht eigenlijk. Sorry dat ik zo laat stoor. Kan ik je baas, of is het je vriend... nou ja, mag ik Eric even? Het is dringend.'

'Ailikke, voor jou!'

Geritsel van... zeg maar textiel. Na een geeuw: 'Met wie spreek ik?'

Ik kijk om mij heen: 'Met Chris. "Aillikke." Je Chinese naam? Zit als gegoten. "Ai" van liefhebben, "li" van mooi, "ke" van klant. "De klant die zot op mooie vrouwen is."'

Een tweede geeuw: 'Hoor eens, Chris, zorg ervoor dat wat je mij gaat vertellen levensbedreigend is, anders berg je! Weet je hoe laat, oftewel, hoe vroeg het is?'

'Ze hebben haar platgespoten.'

'Chris, één seconde. Su, ik heb hier een telefoontje uit Nederland, Europa. Over een grote order. Wachten heeft geen zin, nee... Chris, toen je mij zei dat je er een Chinese vriendin op na hield, hoorde je mij piepen? Maar houd het gezellig! Ze zijn, op enkele uitzonderingen na, niet de moeite waard om...'

'Jelai heeft weer geprobeerd haar hoofd tegen...'

De stem aan het andere eind van de lijn versplintert: 'Wwwwwie zei je?'

'Zo heet mijn vriendin: Jelai.'

'...'

'Eric. Ailikke. Verboon. Rooie! Ben je daar nog?'

'...'

Hij? Verlegen om woorden?

Eric schraapt zijn keel, waarna: 'Chris, even voor de duidelijkheid. Jelai? "Kamperfoelie"? Jelai Bai? "Witte kamperfoelie"?'

'Zoiets, ja. Ze zou binnenkort uit het ziekenhuis worden ontslagen, maar door dat stomme verbandgaas...'

'Chris!!'

Draait Eric ook door?

'Als je één woord liegt, wurg ik je. Heb je Jelai zo ver gedreven dat ze zich van kant wilde maken? Tot twee keer toe?'

Ik kijk nogmaals om me heen. Kan ik mij hier permitteren te brullen? 'Eric, gedraag je niet vromer dan de paus! Chinese vrouwen zijn in jouw ogen niets anders dan...'

'Kop dicht! Ik kom naar jullie toe. Direct!'

Met een hoofd vol vraagtekens sta ik bij de draaideur. Eric sprint uit zijn paradepaard. Hij parkeert zijn Da Benchi (Grote Mercedes) dubbel, pal voor de ingang van het ziekenhuis en stevent op mij af. Zonder een woord met mij te wisselen volgt hij mij naar de tweede verdieping. Onderweg rookt hij de ene sigaret na de andere. Allemaal tot de helft en afgeknepen. Vlak voor Jelai's kamer staat hij stil: 'Ik ga maar niet naar binnen.'

'Joh! Bang dat de Qingdaose politie een Mercedes, jouw Mercedes, rijker wordt?'

Hij zuigt gretig aan zijn sigaret: 'Waar hadden jullie vandaag weer mot over? De vorige keer is mij bekend – alleen wist ik niet dat het om Jelai ging. Had je mij dit niet eerder kunnen vertellen? Chinese vrouwen, vooral Jelai, pardon, vooral jonge, mooie dames als zij, zijn als de dood voor overspelige echtgenoten. Bij haar vorige actie kan ik me nog iets voorstellen.'

Dat Eric vannacht raar doet staat vast, maar dit is van later zorg: 'Volgens mij over níéts, maar volgens haar… Om een lang gelazer kort te maken: ze is bang dat ik haar kale hoofd zie als het verband verwijderd wordt. Vat jíj het?'

Hij sluist mij het gebouw uit en vraagt of ik zin heb in een ritje.

'Nu? Terwijl ze in coma…'

Hij kijkt mij strak aan.

'… verdoofd ligt?'

Onder de vale straatverlichting ontdek ik iets droevigs in zijn blik en ik zeg meteen: 'Vooruit dan maar, Eric, een korte.'

We maken een stop bij ons stamcafé.

'Chris, hoe heb je haar leren kennen?'

'Onze love story?'

Hij heft zijn glas: 'Laat maar. Waar was je gebleven? O ja, dat kale hoofd.'

'Haar groeit weer aan, of niet soms?'

Voor de zoveelste keer spuwt zijn aansteker vuur: 'Welkom in de club, Chris.'

'Jouw club, niet de mijne. Ik heb mijn handen al vol aan één vriendin.'

'Wil je weten hoe de club heet voordat je de eerste steen werpt?'

'…'

'De club van blanke boeren. Wil je een serieuze relatie met een Chinese, dan krijg je te maken met dit soort shit. Hoe dieper je erin stinkt, hoe meer je inziet wat voor eikels we zijn. Je vrijt niet met een Chinese, maar met een gesloten boek. Je kunt een poging, of meerdere, wagen het open te slaan, en in dat geval: sterkte ermee. Niet dat ik je feestje wil bederven, maar zelfs als het je lukt, wat je leest zijn raadsels. De eeuwige, onoplosbare soorten.'

Ik probeer me mijn blauwe lotus voor de geest te halen, maar het enige dat ik zie is een vampier…

Hij speelt met het adresboek van zijn mobiel. 'Aan Su heb je niets, maar… ik heb wel degelijk een paar vriendinnetjes gehad die *hun buik met inkt hebben gevuld*. Het zijn dus niet alleen de gele versies van dom

173

blond van wie ik *de lotusknopjes begiet*. Hier, deze, Lei, telefoon 5370312, gsm 1390037452. Gepromoveerd op Wu Zetian, de enige vrouwelijke keizer die China gekend heeft. Lei is een echte geleerde. Als je haar bril wegdenkt, mag haar koppie er best wezen. Nu kan het niet meer. Morgenochtend om zeven uur mag ik haar weer bellen. Ze zal je aan de hand van geschiedenisverhalen uitleggen waarom Jelai je naar je ex stuurt, alleen omdat ze voorlopig met een paar onbedekte plekjes op haar bovenkamer zit.'

'Mijn Jelai is ook een intellectueel. Als ze wakker wordt, vertelt ze me zelf wel wie die Wu-en-nog-wat is.'

'Weet je het zeker? Lei is een lekker ding…'

'Eric!'

'Hóhó, 't is maar een idee. Chris, ken je die uitdrukking: "Zeg het met bloemen"? Nou, hier doen ze het met parabels. Als ze je wel kunnen schieten of juist leuk vinden, citeren ze er eentje uit geschiedenisboeken.'

'Daar zeg je me wat.' Met een glimlach denk ik terug aan het sprookje dat Jelai mij heeft verteld. Over twee tortelduifjes en een boze schoonmoeder. Die achttienhonderd jaar geleden hebben geleefd, áls ze hebben geleefd. Bestaat de tegenwoordige tijd wel voor Chinezen? Waarom laten ze zich terroriseren door wat anderen in het verleden weer anderen hebben geflikt? Bovendien, wie garandeert hun dat die praatjes op waarheid berusten?

Bij het laatste rondje Qingdao bier wil ik Eric om opheldering vragen. Hij schijnt Jelai te kennen. Maar waarom doet hij daar zo geheimzinnig over? Bij nader inzien ben ik er niet eens in geïnteresseerd. Ze is nu van mij en ik van haar. Tussen ons kan niets of niemand meer staan, behalve… de dood. Zelfdoding.

We gaan naar buiten. Eric richt de afstandsbediening op zijn auto en gaat scheef achter het stuur zitten: 'Ik breng je terug naaaaaaaar het ziekenhuis of wordt het je hohohotelkamer?'

'Hoeveel hebben we op? Kun je nog rijden?'

'Geeeeeeen probleem!'

'Als jij levensmoe bent, ga je gang. Maar Jelai heeft mij nog nodig.'

Nadat hij voor de derde keer zijn sleutel in het cassettedeck heeft gestoken en zijn wagen – 'tering!' – vertikt te starten, geeft hij het op. 'Chris, ken je het nummer van de taxicentrale uit je hoofd?'

Ik richt mijn duim op. Vanaf het kruispunt, over een afstand van een tiental passen, roep ik naar de zatlap: 'Heb je enig idee waar wij zitten?

Qingdao! Waar anders? Welke Chinees bestelt een taxi via een centrale, áls hier zoiets bestaat?' Een rode Santana stopt voor mijn neus.
'Gauw naar je meisje, Chris. Je weeeet niets van haar. Ik doe hier wel een hazenslaapje. Maaaaak je niet dik over mijn roes. Die is zo weg. Mijn Da Benchi onbeheerd in deze contreien achterlaten is vragen om moeilijkheden. Zo zie je maar, ik ben allesbehalve be-be-, ik bedoel bezopen! Voor het secretariaat zorg ik wel. Zal ik je ziek melden of heb je liever dat ik zeg dat je een bebebespreking buiten de deur houdt, met een accountant of iets in die geest?'
'Die multiple choice laat ik aan jou over, Eric. Als het zo doorgaat, raak ik sowieso mijn baan kwijt.' Door het smerige autoraam zie ik zijn hoofd op het stuurwiel vallen. Welterusten.

Jelai Ik strek mijn hand uit en voel naast mij. Het opklapbed is weg! Chris nu al uit de veren? Ik probeer mijn oogleden – net loden gordijnen – te openen. Met moeite en beleid. Buiten is het zilvergrijs. De kleur van de buik van een makreel. Amper zes uur, later bestaat niet. Of… heeft hij de hele nacht niet geslapen? Mijn hersenen worden verzwaard met zandzakken. Maar gedachten komen traag op gang. Wat is er gebeurd? Een kou kruipt vanaf mijn stuitje omhoog. Zou mijn blonde prins op het witte paard inderdaad opgerot zijn? Zoals ik hem verzocht had? Dit is de eerste nacht dat Chris niet bij mij is gebleven. Zwerft hij over straat of is hij naar zijn hotel gegaan? De kille kamer, waar hij in geen weken gebruik van heeft gemaakt? Alleen al bij de gedachte barst mijn hoofd zowat open. Mijn kop. Dat is 't! Kaal, niet over de hele linie, maar in eilandjes. Hoe moet ik mijn geliefde onder ogen komen?

Pas nadat het ontbijt is rondgebracht verschijnt Chris in de deuropening. Ik richt mezelf op, met een kloppende hoofdpijn als gevolg: 'Waar ben je geweest?! Je ziet zo bleek als een kalkmuur. En ruikt naar…' Ik glimlach terwijl ik mijn droomprins verhoor. Al had hij de kelder van de Qingdao Bierbrouwerij drooggelegd, dan nog zou ik hem verwennen. Ik open een stopfles en bied hem mijn lievelingssnoep aan. Hij kijkt naar het hoopje bikkelharde, wit uitgeslagen pruimen: 'Een glas water is misschien een beter idee.'
'Weet je nog? Toen mijn neef Haihai je vol had laten lopen, gaf ik je een kommetje azijn. Je werd op slag nuchter. Het recept van mijn oma. Als ik nu thuis zat, zou ik het tovermiddel meteen voor je inschenken, maar hier? Vandaar de zure pruimen. Het zijn prima vervangers…'

175

Hij trekt eerst een vies gezicht maar hapt toch toe: 'Als ik dit spul doorslik, ga je mij dan eh… vertellen waarom je gisteravond zo kwaad op mij was?'

Ik zit rechtop: 'Kom hier. Ik week de gedroogde vruchten in een glas gekookt water. Zo zijn ze minder akelig dan azijn, maar even effectief. Wie zegt dat ik kwaad op je was?'

'Je zei dat ik moest oprotten.'

'Omdat ik… van je houd!'

'…'

'Sufferd!'

Hij zwijgt, maar zijn ogen schreeuwen verwarring uit.

'Chris,' ik reik naar zijn hand, 'als ik je vertel waarom je weg moet, doe je het dan ook? Alsjeblieft?'

Hij duwt een handvol pruimen in zijn mond en zijn ogen rollen weg. Van de vieze smaak. Misschien. Onmiddellijk begint hij te kuchen, te hoesten en te tranen. 'Jelai, noem je dit snóép?' Hij trekt aan zijn keel, maar zijn ogen houden zonder te knipperen de mijne vast.

'Beloof het me, Chris.'

Zijn blauwe ogen worden troebel. O, wat doe ik hem aan! Discreet kijk ik om me heen. Mijn linkerbuurvrouw heeft zojuist een liter rijstepap, twee gestoomde broodjes en drie duizendjarige eieren naar binnen gewerkt. Nu neemt haar maag de zaak over. Overdag klinkt haar snurken bijna schattig. Mijn rechterbuurvrouw is vorige week ontslagen. De kust is veilig. 'Heb je zin in een geschiedenisverhaal? Over Madam Li?'

Chris Wat heeft Eric gezegd? Dat Chinezen bezeten zijn van fabels, of waren het parabels? Het is puur irritant. Zijn we net bezig met een verhelderend gesprek, moet ik opeens luisteren naar het reilen en zeilen van een oude taart van wie het kaarsje is opgebrand én die ik niet eens ken. Ik wil nee schudden, maar wat heeft het voor zin? Jelai wil me weg hebben. En als ze iets in haar hoofd heeft, heeft ze het ook nergens anders. Aan het einde van mijn Latijn ben ik toch. Het enige dat geen zoden aan de dijk zet maar mij tijdelijk kan verlossen van het gevoel van onmacht, is weten waarom. Het is maar te hopen dat die Madam Li ook niet een zijsprong of tien maakt voordat ze zegt waar het op staat.

Jelai *Toen kroonprins Wu (140-87 v.Chr.) een jaartje of vier, vijf was, nam zijn tante, prinses Piao, hem op schoot. Ze wees naar een honderdtal* *dienstmaagden om hen heen: 'Wie zou je tot je vrouw willen nemen, als je later groot bent?'*

Hij schudde zijn hoofd terwijl zij de meisjes een voor een naar voren riep. Hoe stelliger hij weigerde, hoe leuker zijn tante het vond hem te plagen: 'Kind, keur je ze allemaal af? Mijn personeel is gekozen uit duizenden. Sommigen zijn zelfs cadeautjes van je vader en mijn broer – Zijne Majesteit keizer Jing.'

'Tante, er is er maar één die mijn vurigste wens kan vervullen. En ze ligt in de armen van die vetzak daar.'

'Jiao – "de Hartensteelster"? Melkmoeder, kom hier met mijn dochtertje!'

'Als ik mijn nichtje zou kunnen trouwen, bouw ik een gouden paleis voor haar.'

Zo gezegd, zo geschied. Tien jaar later besteeg Jiao de feniksstoel naast de drakentroon van haar neef – Zijne Majesteit Wu.

Duizenden jaren zijn verstreken en honderden keizers hebben de aarde eigenlijvig bemest, maar Wu's uitspraak leeft voort. 'Een gouden paleis voor mijn hartensteelster bouwen.' Standaard gebezigd door mannen die zich met kop en staart én wat ertussen zit aan hun liefje (willen) overgeven.

'Een mooi verhaal, Jelai!'
'Ssst, ik ben nog niet klaar.'

Wu had nauwelijks vier jaar het huwelijksbootje met Jiao geroeid of hij liet zijn hart door een ander stelen. Op een dag zat hij bij zijn zus, prinses Pingyang, aan tafel. Waarop de zeldzaamste lekkernijen prijkten, maar Wu kon geen hap door zijn keel douwen. Omdat die dichtkneep bij het signaleren van een nog lekkerder brok. Wei heette ze. Het ding was dermate sappig dat het levenselixer zowat van haar huid droop. Exit Jiao. Helemaal exit ook weer niet. De vierentwintigjarige keizerin buiten dienst werd opgesloten in het bouwvallige Changmen Paleis. Tussen de spinnenwebben en vleermuizen sleet ze haar leven tot de dood haar kwam bevrijden.

Wei werd een jaartje ouder. Wu's dagelijkse bezoek aan haar paviljoen werd wekelijks en, zoetjesaan, maandelijks. Toen ze aan de verkeerde kant van de dertig was aangemeerd, kon ze haar gemaal alleen nog maar aanschouwen tijdens het jaarlijkse offerfeest, uit de verte. Er woei een machtsstrijd tussen Wei's omhooggevallen familie en de oude politieke garde. Haar positie kwam op losse schroeven te staan. Wijs als ze was, wachtte ze niet tot manlief haar hét cadeau gaf. Te weten, wurging met een zijden sjaal. Tijdig maakte ze zichzelf van kant. Kort daarna kwamen haar zoon – de kroonprins Ju – en diens twee kinderen tot hetzelfde inzicht. Opgeruimd stond netjes. Nu kon keizer Wu zich met een gerust hart op frisser ogende

177

concubines storten, waar zijn hof van wemelde. Drieduizend stuks, als het er niet meer waren. De tel had hij nooit bijgehouden, laat staan dat hij hem was kwijtgeraakt.

Naast het vrouwelijk schoon lustte Zijne Majesteit ook pap van het manne-lijke. Yannian behoorde tot de legio knaapjes die Wu's vlees deden jeuken. Hij was slank en sierlijk, zong prachtig, en danste erbij. Op een dag beging hij een fout, die hem zijn zonen- en kleinzonenwortel kostte. Du moment dat Yannian het eunuchdom betrad, lachte het geluk hem toe. Zijn huid werd een watt of tien lichter én fijner van structuur. Het haar op zijn kin verdween en zijn stem klonk bekoorlijker dan ooit. Als een halfje van zijn gezicht vanach-ter de waaier te voorschijn kwam, was het hek van de dam. Wu's hart stuw-de liters bronstig bloed door zijn lage regionen. Het werd dus hard werken, 's avonds én overdag.

Tussen de bedrijven door evalueerde Yannian de zaak. Dit had men niet achter zo'n ventielloze speelbal gezocht. Maar toch was het zo. Yannians angst groeide naarmate Wu's gehijg hoger en strakker werd. Als geen ander besef-te hij dat de keizerlijke hartstocht kort van duur en, waar nodig, wreed van aard was. Zonder voorzorgsmaatregelen zou hij niet eens eindigen in een bouwvallig paviljoentje. Dat was het exclusieve voorrecht van keizerinnen. 'Een slimme haas graaft drie holen voor zichzelf.' Yannian besloot zijn zus in de strijd te gooien.

Wu nam zijn snorvrije liefje mee voor een 'wandeling', per gouden koets. Het herfstlandschap deed Yannian denken aan de lappendeken die zijn moeder voor hun gezin had genaaid. Gegrepen door inspiratie stond hij op en zong een liedje voor Zijne Majesteit:

> In het groene dal des noorden
> geurt een stille schoonheid.
> Enkelvoudig en onnavolgbaar.
> Als ze zich eenmaal omdraait
> en u nonchalant een blik toewerpt,
> wordt de stad waarin u woont
> pardoes gelijkvloers gemaakt.
> Als ze zich nogmaals omkeert
> en u vluchtig in de ogen kijkt,
> dondert uw land van zijn sokkel.
> Als ze overgaat tot glimlachen,
> beeft de aarde van opwinding.

Onder de indruk van Yannians geniale improvisatie, en nog meer van de inhoud, zuchtte Wu: 'Tja, mijn trouwe dienaar, zo is het leven. Een droomprinses kom je alleen in sprookjes tegen.'

Yannian met zijn nachtegaalstem: 'Onder uw wijze leiderschap overtreft onze natie alle menselijke voorstellingen. Het uwe is een sprookjesland. Daarom is zo'n wondermooie engel op onze aarde neergedaald.'

'O?' Wu's oogbollen puilden uit: 'Wat is haar geurige naam? En haar woonadres? Kun je haar voor mij opsporen?'

'Niet nodig, Uwe Majesteit. Ze is mijn zus. Die wacht al maanden in een pensionnetje, toevallig een paar passen hiervandaan, op uw hoogwaardige oproep. De voorouders van onze familie hebben generaties lang tot de goden gebeden. Opdat hun nazaten u van dienst mogen zijn. Hun wens is verhoord.'

Madam Li durfde niet dicht bij keizer Wu te komen. Zodra ze het deed, bedekte hij zijn ogen. Een zon was ze, en een maan tegelijk. Schitterend als de eerste en koel als de laatste. Hij legde haar op zijn hemelbed en liet de zijden gordijnen eromheen vallen. Zelf bleef hij buiten. Ze scheen er dwars doorheen! Als een fluorescerende parel, maar dan in de vorm van een vrouw. Wu beefde. Niet van de kou. En whoem! vloog hij eropaf. Werk aan de winkel. Voor de zoveelste keer, en met de zoveelste tegenspeler/tegenspeelster.

Vanaf het moment dat Madam Li de oogappel van Wu werd, loerde het ongeluk op haar. Ze werd belaagd door ziekten, de ene nog niet uitgekiemd of de andere stond al te trappelen. Binnen de kortste keren veranderde ze in een bundeltje botten overtrokken met een schraal velletje. Maar 's keizers voorkeur voor haar nam in stelligheid noch volharding af. Noodgedwongen verzon ze de klunzigste smoezen om hem ver van haar bedstee te houden. Tot op een kwade dag Wu's emmer volliep. De laatste druppel die hem deed overlopen kwam van de jasmijnthee. Aangeboden door Madams vier dienstmaagden, in haar antichambre. Om hem subtiel de toegang tot haar slaapvertrek te weigeren. Hij schonk hun de straf van veertig stokslagen, per persoon.

Wu knielde voor Li's bed, waarop ze meteen de deken over haar hoofd trok: 'Uwe Majesteit, ga gauw terug naar uw gezonde wederhelften. Ik, uw onwaardige dienares, ben afgekloven door de tand der kwalen. Mijn aangezicht kan u beter bespaard blijven. Als u echt om mij geeft, zorg dan goed voor ons zoontje en mijn twee broers.'

'Maar, mijn pioenroosje, mijn poesje miauw en mijn bloemetje in de knop, laat mij je lieve snuitje nog één keertje zien. Dan kun je mij, met jouw ogen in de mijne, vragen wat ik voor ons zoontje en je broers kan doen.'

Het hoofd onder de deken wilde maar niet opduiken.

'Kaarsje in mijn sombere bestaan, als je mij één blik gunt, zal ik je royaal

179

belonen. *Ons jongetje wordt tot kroonprins benoemd, je broers doodgegooid met goudstukken en je zusters? Ingelijfd als mijn concubines, geregistreerd en dus recht op een uitkering.'*

'Uw bereidheid mijn familie onder uw hoede te nemen verlost mij van mijn laatste kopzorgen. Nu kan ik in vrede… heengaan.'

Wu had zijn voet amper uit Li's kamer getild, of haar zusters stormden naar binnen om haar stijf te vloeken: 'Had je soms de moed van een leeuw in bruikleen? Hoe durfde je het dringende verzoek van Zijne Majesteit in de wind te slaan? Per vandaag kunnen we zijn gunsten en bescherming wel op onze buik schrijven!'

Li liet zich overeind helpen: 'Jullie kennen de keizer niet zoals mijn broer en ik. Wu's liefde is een soort lucifer. Die onze armoede en wanhoop maar voor een fractie van een seconde verlicht. Wil ik zijn hartstocht en de eruit ontsproten gehechtheid zo lang mogelijk rekken, moet ik zorgen dat zijn herinneringen stilstaan. Bij toen ik nog gezond en beeldig was. O, wat was hij lyrisch! Was ik dat echt waard?'

Haar zusters snikten. De een nog schaamtelozer dan de ander. Eén ding liep synchroon: ze knikten even hard met hun hoofd. Zodanig dat hun snot als slierten mie in het rond vloog.

'Da's passé, mijn lieve zusters. Maar met dat beeld van mij in zijn hoofd geprent zal Zijne Majesteit, na mijn overlijden, jullie gul bejegenen. Als een van de familieleden bij de keizer in de smaak valt, stijgt de rest ervan, incluis hun pluimvee en waakhonden, mee in aanzien.'

Madam Li werd als een keizerin begraven. Wu bevorderde haar oudste broer tot generaal en haar jongste tot de harmoniestemmer van het hof – zeg maar de staatssecretaris van muziek. Laatstgenoemde werd buikig en zijn spieren hingen er slap bij. Al kon hij even aanlokkelijk zingen als voorheen, de keizer keek niet meer naar zijn voorstelling. Yannians lijf paste niet meer bij het charmante geluid dat eruit vloeide. Wu vertrok geen spier toen hij zijn doodvonnis moest ondertekenen. Voor een foutje dat de jongeman op zijn geweten had.

Op vijfenzestigjarige leeftijd reed Wu door hetzelfde herfstlandschap als toen Yannian zijn zusje loofde. Langs de weg liep een meisje. Gehuld in lompen. Haar snoetje was daarentegen zoeter dan karamel en haar oogopslag kon een versterkte legereenheid onklaar maken. Wu's seniele benen werden van loeizwaar tot gewoon zwaar en hij strompelde bijna luchtig uit zijn koets: 'Hoe heet je?'

Ze bloosde. Arme drommels, vooral die van het waardeloze geslacht, waren te min om een naam van hun ouders te krijgen.

Wu's medelijden zwol op, samen met zijn verroeste apparaatje. Waarvan hij sinds jaar en dag meende dat-ie braak lag. Een stoot hengstenbloed bezorgde zijn libido een welkome stuiptrekking. Hij moest en zou haar hand vastpakken. Ze bleek gehandicapt te zijn. De boerin die naast haar knielde, blijkbaar de moeder, vertelde Zijne Majesteit dat dit stuk goedkoop spul vanaf de geboorte haar linkerhand tot een vuist balde. Geen verwensingen tot in het hiernamaals toe of schoppen op de kont kregen het voor mekaar dat ze haar hand opende. De keizer wreef haar hand teder en zacht. Zijn lijfwachten zochten een plek uit de wind. Verderop in de bosjes. Ze moesten plassen van schrik. Dat hun keizer zulk engelengeduld voor een boerentrien kon opbrengen! Als dit geen openbaring was, wat dan wel? Alleen een eunuch hoefde niet hoognodig. Hij dacht bij zichzelf: wat mannen er al niet voor over hebben een kippetje in de wacht te slepen! Om niet goed van te worden. En ja hoor, haar vingers ontvouwden zich. En wat lag er in haar hand? Een zilveren gordijnhaakje. Sindsdien heette 's keizers nieuwe aanwinst Madam Haak.

Hun zoontje werd zeven. Het joch was pienter en deugdzaam. Met een en driekwart been in het graf prees Wu zichzelf gelukkig. Want een ideale opvolger had hij voorhanden. Echter... het struikelblok moest eerst weg. Madam Haak. Les één van machtsoverdracht: geen jonge weduwe achterlaten. Die haar zoontje op de troon zou zien klauteren. Ze zou zich met staatszaken bemoeien, geheid. Net als Wu's over-, overgrootmoeder keizerin Lü. Op een zonnige ochtend groette Madam Haak, gehuld in haar rinkelende en weerspiegelende gewaad, haar gemaal, waarop hij haar streng toesprak. 'Pardon?' – ze had niet duidelijk verstaan wat de aard en grond van zijn beschuldiging was. Dat wist hij zelf ook niet. Alleen had ze het niet door. Ze keek naar het stalen gezicht van Zijne Majesteit en maakte klinkende kowtow's op de stenen vloer. 'Heb genade!' Ze kon de hemel naar beneden smeken en de aarde ondersteboven, maar zijn lippen bleven twee dunne, vastbesloten strepen. Haastje-repje rukte ze alle ringen, halskettingen en haarpinnen van haar romp en hoofd. Dit mocht evenmin baten. De wachters kregen van Wu de opdracht haar pal voor de deur te executeren. Madam Haak, amper drieëntwintig, draaide zich keer op keer naar haar echtgenoot om, terwijl de beulen haar uit de audiëntiezaal sleurden. Ze wilde niet geloven dat die vent, voor wie ze een zoon, nota bene een kroonprins!, had gebaard en opgevoed, haar hoofd de trap af wilde zien rollen.

Een paar maanden later werd hun zoontje gekroond, onder luid gejuich van de voltallige kabinetsleden. Dankzij zijn moeder, die te dood was om de macht met zijn ooms en neven – de ministers – te delen.

Chris neemt gauw het woord over: 'Je hebt mij nog niet verteld waarom ik weg moet.'

'Heb ik de hele tijd tegen een muur zitten praten?'

'Maar lieve schat, je vergelijkt mij toch niet met keizer Wu en jezelf met Madam Li?'

'Je hebt mijn boodschap dus wél begrepen.'

'Die Wu is een klootzak!'

'Ook dit kwartje is gevallen.'

'Jelai, ben ik in jouw ogen een... zak?'

'Een man, ja.'

'En?'

'Als mannen de kans hebben, worden ze net als keizer Wu.'

'Waarom ga je dan nog met mij om? Is het niet handiger om mijn hoofd, geheel in jouw stijl, "de trap af te zien rollen?"'

'Waarom zijn we op de wereld gezet? Puur verstandelijk is het beter om direct na onze geboorte verstikt te worden, al dan niet in een pispot. Het leven is toch maar een lijdensweg.'

'Geen geintjes, Jelai. Dat Madam Li haar ziekelijke gezicht onder de dekens hield, daar kan ik inkomen. Haar man, die keizer, viel per slot van rekening op mooie vrouwen.'

'Val jij soms op lelijke?'

'Ik hoop van niet. Dat zou geen reclame voor jou zijn. Echt, Jelai, jouw situatie is totaal anders. Ik heb je lief, ook als je voorgoed kaal blijft. Je bent niet, ik zie het, gecharmeerd door mijn argument.' Hij krabt achter zijn oren, op zoek naar een krachtiger. 'Weet je wat ik ga doen? Een hoed voor je kopen. De mooiste die er ooit is gemaakt. Een die bij je kooltjes vuur past. Als je haar aangegroeid is...'

'Niks geen "aangroeien"! Je laat mij nu met rust of je vertrekt met de noorderzon. En kom nooit meer terug, zelfs niet als mijn haar weer normaal is.'

'...'

'Doe niet zo geschokt, Chris. Én zielig. Een muts op mijn kop! Dacht je werkelijk dat je niet door zou hebben dat ik kaal was en daar niet heimelijk van zou walgen? Dan zou de vrouwelijke hoofdpersoon van *De geschilderde mensenhuid* een tragisch einde bespaard zijn gebleven.'

'Jelai, toen ik in de tweede klas – of was het de derde? – van het vwo, zeg maar de middelbare school, zat, liep ik elke woensdagmiddag, met mijn hanenkam, op het Bínnenhof. Een professionele, geen amateursgeklungel. Oranje in het midden en paars van opzij. De rest was glad als een knikker. Met een patroontje – haaientanden. Om de boel op te leuken…'

Hij kletst maar raak en laat geen speld tussen zijn woorden vallen. Zeker bang dat ik ons gesprek weer met een of ander 'waar gebeurd verhaal' zou afbreken. Voorts maakt hij mij belachelijk: 'Geschilderde mensenhuid. Waarom niet gewoon: tatoeage!'

'Chris, ben je niet benieuwd hoe de vork in die tragische steel zit?'

'Alleen het einde dan. Sla die eindeloze inleiding maar over. Zou het lukken, denk je?'

Ik klop mijn kussen op en leun er lekker tegenaan. Het moge duidelijk zijn dat hij het volle pond zou krijgen, in plaats van alleen het sluitstuk.

Er was eens een geleerde die Dong heette. Na een stevige borrelpartij kwam hij – vraag maar niet hoe! – thuis. Met puntmuts, rieten regenjas en al plofte hij neer op zijn bed. Hé, een zachte landing. Zijn stenen kang voelde donzig, nee, mals aan. Zijn alcoholgehalte zakte pardoes onder de zeespiegel en zijn ogen werden groot als flessenbodems. Er lag een vrouwtje in zijn nest. Zonder een vezeltje textiel, maar met alles op de juiste plaats. 'Wie ben jij?' vroeg hij, voor de vorm. Het kon hem eerlijk gezegd geen snars schelen wat voor antwoord hij kreeg.

'Ik ben gevlucht voor mijn heer en meester. Zijn vrouw nummer één – ik ben zijn vijfde – hoeft geen spuugbak en laat mij haar snot ter plekke opeten. Zich vervelen is er ook niet bij. Ze krijgt een kick als mijn okselhaar sist en steekt daarna haar gloeiende pook tussen mijn dijen. Allemaal de schuld van mijn pa. Die mij voor tien balen zijde aan die ouwe snoeperd toevertrouwde!' Haar ranke rompje rilde. Tranen doopten haar toetje om in een perzik onder de dauwdruppels.

Dong ging naast haar zitten: 'Wees niet verdrietig. Als je nergens heen kunt, mag je voorlopig wel hier blijven.'

'Waar ben ik?'

'In mijn studeerkamer. Mijn vader en moeder slapen hiernaast. Ik ben… zie je… pas thuis en wil hen niet meer storen.'

Een glimlach dreef over haar roze wangen en Dong was op slag verkocht.

Zijn ouders raadden hem aan 'die lel' gauw van de hand te doen. Ze leek hun een slavin. En weggelopen dienstmeisjes onderdak bieden was strafbaar. Drie keer raden hoe Dong hierop reageerde.

Op een dag vergat hij zijn waterpijp en ging terug om hem te halen. Vlak voor de deur werd hij slap als een koeienvlaai. Wat zag hij door het raam?

Een skelet! Bezig met het beschilderen van een complete lap mensenhuid! Zijn hart floepte zowat uit zijn borstkas maar hij hield zich groot. Én muisstil. Na een poos was het geraamte tevreden over zijn schepping en hup, het sloeg de huid om zich heen. Net een jas die werd aangetrokken. Er ontstond een bloedmooi meisje.

Mijn... hemel nog aan toe. Da's mijn stoeipoesje! Holderdebolder snelde Dong – op alle vier zijn ledematen: dat ging vlugger, kijk maar naar de honden! – de bergen in. Waar een monnik met een hoofd vol deuken, vanwege zwerende wonden, woonde. 'Red mij alstublieft, ik ben behekst!'

Er werd hem een plumeau in de hand gedrukt. 'Hang dit aan je deur,' klonk het recept van de wijsgeer en helderziende in één.

De schoonheid zag het spookwerende voorwerp en liep er met een grote boog omheen. Na een paar dagen miste ze Dong zo erg dat ze haar leven op het spel zette. Zachtjes kroop ze onder zijn deken. Welke kat draait zijn kop om als er vis voor zijn neus spartelt? *Dong liet zich vervoeren, gratis en voor niks. Zijn lichaam smolt weliswaar tot een plas hier, een plas daar en een plas overal, maar zijn hoofd bleef bikkelhard.* Direct na hun *daad van de regen en de wolken* meldde hij zich bij de monnik. Ditmaal werd hem een wierookstokje *aangereikt.*

Dongs vurige minnares rimpelde haar neusje: 'Probeer je mij weg te drijven?'

Hij stotterde: 'Ddddde wierook bedoel je? Dat heb ik niet gedaan. Van mijn ouders moest het...'

De armen waarmee ze hem innig omsloot vielen zwakjes neer. Ook haar ogen kon ze niet meer openhouden. Ze zuchtte: 'Ik weet het. Je wilt van mij af. Maar heus, in jou zag ik een kans weer mens te worden. Mijn vader was een woekeraar die het merg uit zijn dorpsgenoten zoog. Ik was pas twee toen de duivels mij kwamen halen. Honderden jaren heb ik moeten boeten voor pa's zonden. Hemelopa heeft mij een normaal mensenbestaan beloofd. Dat wil zeggen, als ik een man kan vinden die mij bemint. Maar Dong, mijn teerste hartenpuntje, hoe zou je mij kunnen begeren als je wist dat ik slechts een skelet was? Een ronddolende zombie? Een lichaamloze geest?'

'Wat heb ik misdaan dat je mij uitkiest voor jouw egoïstische doel?'

'Goeie vraag. Ik ben inderdaad blind geweest. Ik had gedacht dat je een warm hart had...' Een flauwte overviel haar, maar ze vervrouwde zich: 'Voordat ik wegzak, wil ik dit aan je kwijt: het spijt me verschrikkelijk. Ik had je niet moeten opzadelen met mijn probleem. Maar Dong, mijn liefde en toeverlaat, wat wilde ik... dat ik bij je kon... blijven... Dan zou ik je alle tuinen van het paradijs laten zien.'

Hij zag haar in ijl tempo veranderen in een vel, prachtig getekend, maar ontnomen van inhoud. Een mierenzacht stemmetje echode in de ether: 'Man-lief, ik vlieg naar Hemelopa. Driehonderdvijfenzestig en geen dag minder zal ik vasten. Hiermee zal ik Hem tot genade ontroeren. Dan zal Hij mij toe-staan terug te keren naar de aarde. Waar jij woont. Maar voordat het zover is, vraag ik je mijn huid in de kast te bewaren. Vernietig mijn omhulsel niet, anders…' Ze draalde en treuzelde. Snikte en steunde. Een helse moeite kost-te het haar afscheid van hem te nemen. Totdat het laatste rafeltje levensadem haar verliet.

Dong was wat blij dat ze niet meer bewoog. Hij riep zijn familie bijeen. Sa-men verbrandden ze haar huid tot een pluimpje rook. Zelfs toen waren ze niet content. Met drie goudstukken lokten ze de monnik uit de bergen. Die op hun aandringen de rook in een flesje opnam en in de diepste zee gooide.

Een jaar later droomde Dong van zijn gewezen bedgenote. Ze lachte zoeter dan alle honing gegoten in één reuzenvat: 'Hemelopa heeft mij gratie ver-leend. Ik mag met je trouwen! Haal je mijn huid uit de kast? Die heb ik no-dig om tot leven te komen.' Ze straalde van hier tot ginder, danste om hem heen en neuriede hemelse liedjes.

Dong raakte aan de diarree: 'Mijn familie heeft je vel in de fik gestoken, niet ik.'

Haar geschrei ging hem door merg en been: 'Hoe kún je?!' Sindsdien 'plaagde' ze hem nooit meer.

Chris kijkt niet blij: 'Keizer Wu ben ik niet. Noch geleerde Dong. Pro-jecteer hun rotstreken niet op mij.'

'Pardon?' Ik voel mijn gezicht eerst heet worden en dan koud.

Blijkbaar ziet hij het bloed uit mijn wangen wegtrekken – zijn stem trilt: 'De dokter heeft ons, mij eerder, zo gewezen op de gevaren van een hysterische aanval. Funest voor je herstel. Wat ik eigenlijk bedoel…'

'Ik projecteer? Dus het is de schuld van de vrouw dat de man haar na gebruik letterlijk en figuurlijk in de fik steekt?'

'We hebben het hier niet over dé man of dé vrouw, Jelai, maar over jou en mij. Dat Wu en Dong hun liefjes…'

'Wie niet op de sporen van de voorgaande karren let, moet niet raar opkij-ken als hij ook in het ravijn eindigt. Ken je deze spreuk? Dacht ik al. Dan weet je het nu. Mannen blijven hetzelfde. Vrouwen ook. Tijgers van tweeduizend jaar geleden lustten wel een stukje reerug en nu zijn ze er ook niet vies van.'

'Wij zijn mensen, Jelai. De intelligentste diersoort op aarde. We verbeteren ons steeds...'

'Dat doen we zeker! Vroeger controleerde de man of zijn aanstaande maagd was door haar, naakt, boven een hoopje as te laten hurken en haar met een strohalm in de neus te kietelen. Als ze nieste en de as onder haar je-weet-wel werd weggeblazen, gaf hij haar terug aan haar ouders, maar de bruidsschat niet. Zogenaamd als vergoeding voor de immateriële – emotionele – schade die hij had opgelopen. Nu passen sommige gemeenten in Zuid-China de modernste technieken toe om na te gaan of *de schoen door een ander is gedragen*. Ongehuwde vrouwen die tegen de lamp lopen, wordt een boete van vijftig yuan opgelegd. Als ze niet betalen, krijgen ze geen toestemming van de plaatselijke overheid om te trouwen. Als Dong nu had geleefd, zou hij zijn vriendin door de scan kunnen halen vóórdat hij besloot al dan niet met haar het hoofdkussen te delen.'

'Laat die Chinese kerels met hun smetvrees toch het heen en weer krijgen! Ik ben niet als zij en voel me dus ook niet aangesproken.'

'Dacht je dat zij het wél doen? Ze moeten het juist hebben van hun kieskeurigheid. Vrouwelijke kandidaten genoeg. Vooral voor de zonen van partijbonzen of rijkaards – meestal zijn ze twee in één. Zij moeten de dames – maagden uiteraard – vaker dan hun lief is teleurstellen en, indien nodig, van zich afslaan, anders staan ze binnen de kortste keren op non-actief.'

'Toe, Jelai, kunnen we de Chinese mannen niet laten voor wat ze zijn en ons eigen leven leiden? Jij en ik? Met zijn tweeën?'

'Wie heeft je gezegd dat mijn verhalen alleen gelden voor Chinezen? *Madam Butterfly* was een Japanse en de vent die haar na gebruik heeft gedumpt, luitenant Pinkerton, was een Amerikaan.'

Chris Het lijkt wel een cocon waar ze zichzelf in praat. Eruit kruipen komt niet eens bij haar op.

Jelai Ik zie dubbel. Naast het frisse koppie van mijn Chris schemert het smoelwerk van de directeur van... Hoe dieper ik met de eerste meeleef, hoe meer ik huiver van de laatste. Ik wil me in de armen van Chris werpen, maar zijn verongelijkte mimiek stoot me af. Hij zou toch beter moeten weten? Dat ik niets tegen hem heb? Hij is de man! Die bestand moet zijn tegen alle beproevingen die de vrouw hem doet doorstaan. Als hij dat niet in de gaten heeft, hoe kan ik de rest van mijn leven dan aan hem toevertrouwen? 'Chris, beschouw dit als een gunst:

verlaat mijn ziekenkamer, vanavond nog. Mijn hoofd...'

'Doet het zeer? Zal ik een dokter halen?'

Bijna bezwijk ik voor zijn bezorgdheid. Waar haal ik een tweede lieve, lieve schat als Chris vandaan? Maar ik moet verstandig zijn en het voorbeeld van Madam Li volgen. 'Mijn hoofdhuid jeukt. Hoe moet ik het beschrijven? Alsof duizendpoten capriolen maken. Ik word er dol van, vooral 's nachts. De dokter zegt dat als het verbandgaas eraf...'

'Oké, ik ga vanavond weg.'

Ik sterf een kleine dood. Terugkrabbelen kan ik niet. Bovendien, dit is toch wat ik wilde?

'Jelai, de komende weken zal ik mij wijden aan een boekhoudcontrole – Eric heeft iets verdachts ontdekt in de overdracht van de staatsonderneming naar privé. Niet ernstig, maar net genoeg om mij te matsen. Zo kan ik langer bij je blijven. Om dit onderzoek te verrichten, moet ik mezelf wegwijs maken in de jungle van *guanxi's*. Wens mij maar sterkte met het napluizen van het connectienetwerk. Het is dus zo'n slecht idee ook weer niet als ik je een paar weken niet zie.'

'Je denkt toch niet dat je in China blijft, hè? Hoe durf ik mij dan te vertonen, in de stad of op het strand? Met het idee in mijn kale achterhoofd dat we elkaar op elk moment tegen het lijf kunnen lopen?'

Chris Ik lijk wel gek als ik hier ook aan toegeef! Woorden, gespierd en gepeperd, liggen op mijn lippen. Maar de paniek in Jelai's ogen – haar angst is, hoe irreëel ook, allesbehalve geveinsd – doet mijn woede bekoelen. Ik probeer diep adem te halen en...

Jelai Ik voel zijn hart. Ik hoor zijn borst. Ik laaf me aan zijn warmte. 'Chris, in het Chinees zeggen we: *Het slijpen van de bijl vergt tijd, maar als je er dan hout mee hakt, liegt het resultaat er niet om.* Al zien we elkaar voorlopig niet, de vreugde van onze hereniging, in al mijn... schoonheid – dit doe ik voor jou! – en met jouw beproefde geduld, zal meermalen intenser zijn dan als we roef roef...'

Chris Ik zie de lantaarnpaal, op de boulevard. Waaronder ik haar voor het eerst in mijn overjas voelde. Haar botten, breekbaar als wijnglazen, en haar vlees, strak en veerkrachtig... 'Ik vertrek, met de eerste de beste vlucht van KLM of SAS.'

Jelai 'Nee, Chris! Ik word nooit beter als je wegblijft.'

Chris Als ik hier wijs uit word, ben ik of knettergek of gewoon... Jelai de Tweede. Haar armpjes om mijn nek vertellen mij het tegenovergestelde van haar oprotcommando. Ik kijk niet om me heen – hier kom ik toch niet meer terug – en druk haar tegen mij aan, van top tot teen. Voorzover haar lengte strekt. Ze siddert, gloeit en mompelt Chinese karakters in mijn oren. Het interesseert me niet wat ze beweert. Ik weet wat ze zeggen wil. En zij wat ik denk. De bijl moet geslepen worden. Dat neemt maanden in beslag. Daar kan ik nu eindelijk inkomen. Wat in het vat zit, verzuurt niet. Ik zal het hier maar bij laten.

Jelai Ik mag Chris eventjes vasthouden, net als de planeet Herder zijn ster Weefster. Die één nacht per jaar de melkweg mogen oversteken om elkaar te omhelzen. Op dit ene ogenblik van samenzijn willen ze best elk jaar driehonderdvierenzestig dagen wachten. Chris, je borst is mijn aarde, je benen zijn de pilaren van mijn hemel, en je adem? De wind die mijn boot naar gene zijde van ons geluk voert. 'Houd mij vaster, Chris! Ik wil dit moment in mijn hoofd prenten opdat ik je niet zo hoef te missen.'

Chris Ik wil haar een tip geven. Er is een makkelijkere manier om mij niet te hoeven missen. Echter, het lijkt mij niet opportuun onze oude discussie opnieuw te voeren. 'Stuur mij een telegram of een fax. Nee, nog beter, geef mij een collect call, als je hoofdhaar, volgens jou, lang genoeg is geworden, oké?'

Jelai 'Kun je volgende keer langer in Qingdao blijven? Ik wil niet de Weefster worden. Ken je het sprookje? Zal ik het je vertellen?'
Gauw drukt hij zijn lippen op de mijne: 'Ssst, laat het verhaal maar zitten. Je bent geen Weefster. Wie dat ook moge zijn. Ik zal er alles aan doen volgend jaar langer bij je te blijven.'
Ik moet giechelen: 'Ook als ik je vraag nooit meer een koperen manchetknoop te dragen? Die snijdt in mijn hals, weet je dat?'
Hij maakt, zo waar als ik hier zit, alvast een begin: 'Zal ik al mijn knopen maar losmaken?'

Chris Ze slaat met haar vuistjes: 'Stouterd!' Het doet geen pijn. Kietelt alleen. Net het huidje van een perzik, dat langs mijn wangen strijkt...

CHRIS

Het is een Chinese luchtvaartmaatschappij geworden. KLM wilde mij best op de wachtlijst zetten. Dan zou ik tot de laatste uurtjes in het ongewisse zitten. Als ik Jelai toch niet mag zien, wil ik geen minuut langer dan nodig in Qingdao blijven. De boekhoudcontrole is bijna afgerond en de resterende zaken hieromtrent neemt Eric van mij over. SAS vliegt niet rechtstreeks naar Schiphol maar maakt een tussenlanding in Stockholm. Eric heeft voor mij in de kranten gekeken. Er wordt in die noordelijke contreien een sneeuwstorm verwacht. Slecht zicht en gladde landingsbanen. Daar lusten de honden geen brood van en ik nog minder.

Naar de wolken kijken is leuk, maar elf uur achter elkaar is ook niet wat je noemt... topentertainment. Verveling steekt de kop op. Heel anders dan bij de, naar Chinese begrippen, lange (en slungelige) jongeman die naast mij zit. Of is het een jonge jongen? Er valt nog geen stoppel op zijn kin te bekennen. Na veel geweld krijgt hij de kanalenradio aan de praat en schakelt van de ene zender naar de andere. Zelfs de flauwste reclames gaan er bij hem in als zoete koek. Ik probeer niet mee te luisteren. Zo jong als hij is, zet hij het volume op zijn hoogst. Hardhorend geboren misschien?

Het is maanden geleden dat ik een zalmsalade kreeg voorgeschoteld. Ook het warme bolletje, met een laagje échte boter, smaakt... nostalgisch. De jongen naast mij tilt het blad op en snuffelt uitvoerig aan zijn lunch. Afschuw staat op zijn gezicht te lezen. Hij maakt zijn veiligheidsgordel los en pakt zijn tas uit het bagagevak. Er komt iets driehoekigs te voorschijn. Vergenoegd neemt hij opnieuw plaats in zijn stoel. Terwijl hij een liedje in een zuidelijk dialect zingt, begint hij het ding te pellen. Tussen de bamboebladeren ligt, bah, een klomp kleefrijst, doorzichtig geworden van het vet dat erin verwerkt is. Ik draai mijn hoofd om, maar hoor hem smakken en iets op de grond spugen. Instinctief trek ik mijn voeten terug, maar mijn nieuwsgierigheid wordt me te machtig. Ik kijk naar beneden: het blijkt een pit te zijn. Zat er in de rijst... Wacht eens even, een dadel? Opeens herinner ik me dat Jelai me wel eens heeft getrakteerd op een *zongzi*-maaltijd. Dat is 't.

Kleefrijst gekookt in water en reuzel, gegarneerd met gedroogde rode dadels. Ik had nauwelijks de helft op, of mijn maag voelde aan alsof er een zeshoekige steen in terecht was gekomen. Natuurlijk liet ik mij niet kennen, maar sindsdien had ik allerhande smoesjes klaar om dat spul niet te hoeven eten.

Verzadigd leun ik achterover. Eindelijk een Europees maal na zoveel maanden roergebakken groenten, ei, vlees, vis, tofoe en noem maar op te hebben genuttigd. Smaakt best, daar niet van, maar kunnen ze niets anders verzinnen dan alleen roerbakken?

'*Meat or fish?*' Een liftallige stewardess (pleonasme: al haar collega's, zij incluis, zijn een lust voor het oog) wijst beurtelings naar de bovenste en de middelste lade van haar metalen kar. Was het een voorgerecht dat ik net op had? Ach ja, ik heb hier te maken met een Chinese vliegtuigmaatschappij.

'*May I ask what kind of meat it is?*'

'*Beef.*' Haar glimlach doet mij denken aan Jelai, als ze kippenbouillon voor mij heeft getrokken.

'*Please!*' luidt mijn antwoord.

Hierna werpt ze een zijdelingse blik op mijn buurman, die met zijn hoofd schudt: '*Buyao rou, qing geiwo yu.*' ('Geen vlees alstublieft. Vis graag.')

Haar bekoorlijke snoetje wordt strak als een plank: '*Yaoyu deren henduo, ni jiu che rouba!*' ('Er zijn veel passagiers die hetzelfde willen als jij. Eet maar vlees, anders hebben we niet genoeg vis over!')

De jongen laat zijn hoofd hangen en stemt toe.

'*Deng yixia, xiaojie!*' ('Wacht eens even, mevrouw!') Ik geniet van haar geschrokken smoel: 'Ja, ik spreek een beetje Chinees.'

'Een beetje veel!' bitst ze terug, maar ze heeft direct spijt. Uit de middelste lade haalt ze een vismaaltijd. Deze smijt ze op het tafeltje van mijn buurman.

'*Xiansheng, xiexie ni!*' ('Dank u wel, meneer!') De jongen praat extra hard tegen mij en staart haar demonstratief na. Hierna veert hij op, haalt een tweede zongzi uit zijn bagage en duwt hem in mijn hand: 'Voor u! Door mijn moeder klaargemaakt.'

Ik bedank hem voor de eer, maar hij vat mijn weigering op als beleefdheid. Vlug haalt hij de bamboebladeren van de steen op mijn maag en prakt hem zowat in mijn mond. Het opdringerige is dus niet het alleenrecht van Jelai. Zo beleefd mogelijk houd ik de boot af: 'Ik eet eerst de runderhaas op en daarna zien we wel…' Maar hij buigt zich pontificaal voor mijn neus: 'U moet deze proeven, de specialiteit van onze streek.'

Dan is zijn streek heel China, want Jelai verklaart zongzi tot het unicum van de provincie Shangdong. Ik verhef mijn stem: 'Als ik zeg dat ik het niet lust, dan meen ik het ook. Weg met die troep!' Ik sla in het wilde weg en hèhè! de jongen zit niet meer zo goed als op mijn schoot. Terneergeslagen steekt hij de vette hap in zijn jaszak. Ik krijg spijt: 'Zongzi ken ik maar al te goed, jongeman. Jullie eten het toch op de vijfde van de vijfde maand volgens de Chinese maankalender? Om de bekende dichter Quyuan te herdenken. Een paar honderd jaar vóór Christus sprong hij in de Miluo Rivier uit protest tegen het corrupte regime.'

'Hoe weet u dat?' De jongen fleurt op.

Ik kan moeilijk toegeven dat dit de verdienste is van mijn vriendin. 'O, zomaar. Ik heb Chinees gestudeerd in Leiden, als keuzevak.'

'Aan het Sinologisch Instituut? Daar zit de dochter van mijn oudste zus, nee, zeg maar van mijn moeder, ook op.'

'Húh?'

Hij kijkt om zich heen en verlaagt zijn stem: 'U bent aardig. Dit heb ik zonet gemerkt toen u het voor mij opnam. Trutten zoals zij, die de kont van buitenlanders likken en op het hoofd van hun landgenoten schijten, verdienen een veeg uit hun getailleerde mantel! Enfin, degene die de zongzi's heeft bereid is mijn biologische moeder, maar buitenshuis moet ik mijn biologische zús moeder noemen, want...'

'Want wat?'

'Gaat u mij niet verklikken?'

'Ik ken je niet eens. Waarom zou ik? Ik ben Chris. Als je "u" zegt, heb ik het gevoel dat je tegen mijn vader praat.'

Hij doet alsof hij plotseling trek heeft en stopt zijn mond vol met gestoofde zeetong.

Zodra ik de grijze lucht van Schiphol zie, voel ik me thuis. Adieu, zonnig Qingdao. Daar hoef je 's ochtends de gordijnen niet open te doen om te zien wat voor weer de dag in petto heeft. Het is nagenoeg altijd stralend. Hoewel mijn jonge buurman de rest van de vliegreis geen woord met mij heeft gewisseld, volgt hij mij op de voet. In de aankomsthal blijft hij een paar meter achter mij staan en wekt – bij anderen, niet bij mij – de indruk dat hij snapt wat op de monitor staat. Voorts vaart hij in mijn kielzog naar de bagageband, waar hij twee enorme koffers af sleurt – voor een dun ventje is hij oersterk. Schichtig kijkt hij naar de mannen en vrouwen in het blauw, met een walkietalkie en nog een rits machtsvertoon bengelend aan hun riem. Ik gebaar hem kalmpjes aan te doen. 'Niets aan de hand,' zeg ik. 'Je bent toch door de paspoortcontrole gekomen?' Hij wil wel lachen, maar zijn nekspieren zijn te strak gespannen om mee te werken.

'Komt u met mij mee?'

Ik kijk achterom. Mij hebben ze doorgelaten, maar de jongen is de klos. Ze leggen zijn bagage op een aanrechtachtig meubelstuk en hij moet de inhoud van zijn hele hebben en houden ondersteboven halen. Zo onopgemerkt mogelijk probeer ik terug te lopen, maar een marechaussee waarschuwt mij dat ik de douane gepasseerd ben: doorlopen geblazen! Dan maar op een sukkelgangetje naar de 'Exit'. Vanuit mijn rechterooghoek zie ik een van de bagagecontroleurs – goeie genade! – een gezinsverpakking wit poeder tegen het licht houden. De jongen lijkt mij geen koerier, anders zou hij niet zo... loslippig zijn geweest. Leg dat maar eens uit aan die beambten! De arme jongen kijkt schaapachtig, terwijl een van de blauw bepakte kerels hem stevig in de greep neemt: 'Wat is dit?'

Het duurt niet lang voordat hij het licht ziet: *'Zheshi shenmo? Gei wojie, bububu, gei woma de liwu! Ta zhuzai Oetelie.'* ('Wat dit is? Een cadeau voor mijn zus, pardon, voor mijn moeder in Oetelie.')

De douaniers fronsen eerst hun wenkbrauwen en staan meteen op scherp.

Vanuit de verte lees ik de rode karakters op de plastic zak: 'Gemalen kleefrijst. Ideaal voor gestoomde koeken; nog smakelijker door toevoeging van gedroogde rode dadels.'

'Het is kleefrijst!' roep ik naar de twee. 'Geen drugs!' O, o!

'Kent u hem?' Een van de controleurs komt op een drafje naar mij toe en verzoekt ook mij mijn bagage te openen. Wat heb ik nou, letterlijk en figuurlijk, over mij afgeroepen? Mijn koffer barst van de illegaal gekopieerde videobanden. Gekocht op de Jimuo-en-nog-wat Straat, weet je wel? *Jumbo 3*, *Die Hard 2*, *Jurassic Park* enzovoort. De hele reutemeteut die hier in Nederland niet te betalen is. Maar daar? Drie yuan – zeg maar negentig Nederlandse cent – per stuk. Er staat een boete op het smokkelen ervan. Een drama is het ook weer niet. Hoogstens nemen ze de spullen in beslag, plus een boete. Bovendien, hoe langer ik hier vastzit, hoe meer ik erop kan toezien dat ze geen rare dingen uithalen met die jongen. Zou het helpen als ik hun vertel dat die lui uit de provincie Zhejiang, onder wie deze jongen, tuk op kleefrijst zijn? Wacht, ik heb iets sterkers: 'Proef maar! Als verdovende middelen naar meelspijzen smaken...'

Als blikken konden doden, dan wel die van de patsers in het blauw. Geheel nutteloos is mijn opmerking ook weer niet, want een van hen verdwijnt in een hokje niet ver van ons vandaan. Om de vondst onder de loep te nemen. Of waren ze dat sowieso van plan, met of zonder mijn tip?

Ik houd verder mijn mond. Met lede ogen zie ik mijn lievelingsfilms op een hoopje verdwijnen. Desondanks tik ik vrolijk met mijn voet op het steriele zeil en zing het enige Chinese liedje dat ik ken. Van een kwajongen geleerd, in het Luotai Park, tegen betaling van één yuan:

Een boerenkinkel steekt de drukke straat over.
Van de sjezende auto's wordt hij incontinent.
Ook zijn kringspieren ontsluiten zich spontaan.
Bij gebrek aan toiletpapier of boomschors
raapt hij een cellulosepapiertje van een toffee op.
Daar veegt hij zijn villa achterwerk mee.
Hoe meer hij zichzelf verschoont,
hoe gelijkmatiger hij de poep over
zijn vel-over-benige derrière smeert.
Voorbijgangers lachen hem uit.
Een politieagent komt toegesneld
en jaagt de omstanders uit elkaar.
Hierna slaat hij de boer op zijn kont.
Hoe hardhandiger de agent hem aanpakt,
hoe meer de landbouwer zijn kluts kwijtraakt.
'Moet ik tegenwoordig mijn behoeften inhouden?
Bij ons in het dorp mag ik overal hurken en...'

Mijn ex-buurman klappertandt en lacht tegelijk. Mijn poging hem een hart onder de riem te steken is, deels, gelukt. Terwijl ik met pijn in mijn portemonnee wacht totdat de douanier een proces-verbaal voor mij heeft opgesteld, inclusief de hoogte van de boete, wordt iets verderop de kleefrijst onderzocht.

Het paspoort van de jongen wordt door de ene controleur die hier achterblijft nogmaals bekeken. Ik zit ook niet stil en praat, over de schouders van de douanier, op de jongen in: '*Als je een rein geweten hebt, ben je niet bang dat de duivel 's nachts op je deur klopt.*'

Zijn bleke kaken krijgen een kleurtje: 'Straks geef ik jóú – mijn z..., pardon, mijn moeder heeft genoeg – die zak kleefrijstmeel cadeau. Vooral met Chinees Nieuwjaar moet je het eten. Brengt geluk! *Niangao*, weet je wel?'

Mijn boete en zijn meelspijs komen gelijktijdig aan. De jongen stopt de lekkernij in mijn koffer. 'Bedank mij niet voor de eer. Voedsel weigeren is je eigen geluk in de wielen rijden en dat wil je natuurlijk niet. Toch, meneer Hollander?'

Ik knipoog tegen de douaniers: 'Niet alles dat blinkt is goud, mijne heren. En wit poeder hoeft geen heroïne te zijn, of vat ik het verkeerd samen?'

Ze krabben aan hun achterhoofd.

Ik ben nog niet klaar: 'Moet u eens kijken, de jongen deed het in zijn broek! Nog erger: wedden dat hij niet eens weet waar die hele heisa om ging? Daar in zijn dorp heeft hij nooit van drugs gehoord, laat staan het snode plan gesmeed die naar Europa te smokkelen.'

Dit is hun net iets te veel. Ze jagen mij, met hun stok – zonder elektriciteit, zo te voelen – naar de uitgang: 'Juist onschuldige kinderen worden soms voor dit doeleinde gebruikt.' Een van hen stapt naar mij toe en fluistert: 'Wat je daarnet zong. Is dat Chinees?'

'Vraag maar aan die jongen.'

'Chris!' De stem van mijn vader. Goed verontrust klinkt-ie. Luid ook. 'Waar blééf je? Iedereen is allang weg…'

Ik schud pa's hand en vraag hem op mijn koffer te letten.

De jongen wordt godzijdank opgewacht door een gezette vrouw – de Hollandse welvaart heeft haar niet overgeslagen. Hij laat zijn hebben en houden bij haar achter en stormt op mij af: 'Meneer Hollander! Kom je eten in het restaurant van mijn zus – ik neuk je grootmoeder! Wanneer leer ik het toch af haar "zus" te noemen? – ik bedoel, in het restaurant van mijn moeder? Gratis. Vlak bij het station in Oetelie.'

'Oe-wat?'

'Oetelie, ken je die stad niet? Een hele grote, nota bene. Maar een halfuur met de trein vanaf Asdamoe.'

'O, Utrecht? Een halfuur vanaf Amsterdam?'

Hij straalt en vraagt mij te bukken, waarna hij mij in vertrouwen neemt: 'Die vrouw daar is maar vijf jaartjes ouder dan ik. Zogenaamd mijn moeder, anders kom ik hier niet binnen onder het mom van gezinshereniging.'

'Gezin?'

196

'Zij is vierendertig en ik "zeventien". Kan toch?'
'…'
'In feite ben ik al een oude lul: negenentwintig. Mijn zoon is nu bijna net zo lang als mijn versleten wijf. Over een jaartje kan ze hem niet meer met een deegroller door het dorp jagen.'

Ik heb spijt dat ik hem geholpen heb. Hij belazert de Nederlandse staat terwijl ik er, in alleszins des woords, bij sta!

'Adjong! Je zwager – neuk! – je vader wacht op ons in de auto. Schiet op!'

De motor van moeders Alfa Romeo begint te draaien. De asfaltweg komt op ons af. De ruitenwissers blijven ook niet achter – ze slaan op tilt. Ik zak onderuit en ineens voel ik me weer onderdeel van de bewegingen om mij heen. Zo vertrouwd dat ik precies weet hoe dik de straal regen zal zijn die door elke zwaai van de wisser opzij wordt geschoven. Is dit, zonder ironie deze keer, wat men noemt het thuisgevoel?

'Je krijgt de groeten van je moeder.' Pa kijkt naar links en ergert zich aan een bestelbusje dat ons afsnijdt.

'Is haar hortensia weer door de cavia van de buren bewerkt? Waardoor ze migraine heeft, o nee, hyperventileert?'

'Dat is niet grappig, jongen.' Pa heeft de knoppen op en naast het dashboard een voor een ingedrukt, maar het new age-achtige bandje blijft aan onze kop zeuren. 'Hè, vervelend! Dat ik met haar volle automaat moeilijk kan inhalen, alla, maar de hele tijd haar confirmaties… eh, áffirmaties te moeten aanhoren is… ik heb er geen woorden voor.'

Ik buk en zie een klepje waaronder 'play', 'stop' enzovoort verborgen zitten.

Na een zucht van verlichting gaat vader verder: 'Met je moeder en haar tuin gaat het goed, maar je opa Sjef ligt in coma.'

'Een beroerte gehad?' Ik zit meteen rechtop.

'Drie.'

'Wanneer?' Ik krijg het doodsbenauwd. Dit gebeurt mij praktisch nooit. Al helemaal typisch omdat opa ver van mij afstaat, geografisch én tot voor kort, emotioneel. Met andere woorden, familieziek is mijn vader bepaald niet. Toen ik een jong broekie was, stuurde hij mij liever naar een zomerkamp op Texel dan naar mijn grootouders in Limburg.

'Eergisteren. We werden uit bed gebeld, om zes uur 's ochtends! Je moeder sprong gelijk in de wagen, míjn Saab. Veiliger op de snelweg. Vannacht hield ze mij tot in de kleine uurtjes aan de lijn. Het botert niet tussen je moeder en mijn familie. Nog zacht uitgedrukt. Ze zijn in twee kampen verdeeld. Het ene hangt aan de lippen van de doktoren en het andere maakt hen uit voor moordenaars.'

'Denken ze nu al aan euthanasie?'

'Je opa is over de tachtig.'

'Tijd om plaats te maken?' De stoom komt uit mijn oren.

'Chris, wat heeft China met jou gedaan? Ik kan venijn geen vooruitgang noemen. De neuroloog zegt dat zelfs als je opa bijkomt, wat nog de vraag is, hij nooit meer normaal zal kunnen lopen en praten. Daarvoor hebben delen van zijn hersenen te lang zonder zuurstof gezeten.'

Ik kijk naar mijn eigen vader. Met hem in discussie treden is – hoe zeggen de Chinezen dat? – oké, vechten tegen de bierkaai dan maar. Daarvoor heeft hij te lang een leidinggevende functie binnen zijn bedrijf vervuld. 'Mijn Golf moet nog APK gekeurd worden – ik ben langer in Qingdao gebleven dan de bedoeling was. Mag ik uw, nee, ma's Alfa lenen? Morgenvroeg vertrek ik naar Maastricht. Ik neem aan dat opa in het AZM ligt? Daarna rijd ik terug naar Den Haag en neem de trein richting Groningen. Maandag om negen uur word ik namelijk op Kraans kantoor verwacht.'

Pa laat het stuur los. Ik sta ervan te kijken. Waarom zo'n hoge rug? 'Chris, sinds wanneer ben jij zo begaan met je opa? Lijkt het je niet verstandiger om eerst over je jetlag heen te komen?'

'Opa is familie, voor ons een deel van het gezin. En het gezin is de hoeksteen van de samenleving.' Ik sta weer te kijken. Ditmaal van mezelf. Wat ik er net heb uitgeflapt past eerder bij een vrouw, of bij een man die… een gezin wil stichten.

Hierna heb ik de tel van de wegrestaurants tussen Schiphol en Den Haag bijgehouden. En pa heeft, om het vacuüm te vullen, de cassette opgezet die hij zo hekelde, iets dat hij nog steeds doet. Gelukkig hoeven we niet helemaal naar Vaals of Terschelling, anders zouden de praatjes van de kwakzalver inderdaad op mij inwerken. Dat geleuter over je ouders vergeven – een voorwaarde om in blakende gezondheid te baden. Dan heeft opa Sjef een complete volksstam te vergeven.

Ik trek mij terug op mijn kamer. Nou ja, het wás mijn stekkie. Nu staan er pa's oscilloscoop, spectrograaf, computer en printer. Als een kat om de hete brij loop ik om de telefoon heen. Zal ik Jelai bellen of niet? Als ik het doe, rijst straks de telefoonrekening de pan uit en wie krijgt het op zijn brood? Vader. Ma is erger dan haar cassettebandje. Sinds mensenheugenis heeft ze iets tegen pa's ouwe-jongens-krentenbroodvrienden en dit bezwaar herhaalt ze als een van haar mantra's. Hij ouwehoert te veel met ze, aldus haar. Terwijl zij degene is die zijn netwerk gebruikt voor haar goede doelen. Een concert voor gehandicapten, een lezing voor haar bridgeclub, bij voorkeur verzorgd door de – op dat ogenblik – bekendste Nederlander, én voor niks. Als ik niet bel... Hoe kom ik de lange nacht door, zonder een greintje slaap? En Jelai dan? Ik heb haar niets beloofd, maar haar kennende zal ze aldoor op een kruk zitten, in die tochtige gang. Wakend over de gemeenschappelijke telefoon, in het gebouw van haar oom en tante. Een vluggertje misschien? Alleen om haar stem te horen en zij die van mij? Anders zal ze ik weet niet hoeveel doembeelden bij elkaar fantaseren. Over een vliegtuig dat neergestort is, in een bos of oceaan, tegen een rots of lantaarnpaal, toevallig van het hoogspanningsnet. En ik dan? Begin ik niet op haar te lijken? Qua voorstellingsvermogen?

'Chris, slaap je al?'

Ik doe de deur open: 'Om één uur 's middags? Nee, pa.' Automatisch tel ik er zeven uur bij op = Qingdaose tijd. Ik heb nog zo met mezelf af-gesproken normaal te doen. Hoe moet dit verder? Elke reflex van mij is gerelateerd aan Jelai.

'Wacht met rusten tot we een boterham hebben gehad. Biertje?' Hij knipoogt. Een vijftigplusser die danst nu de kat – in dit geval de poes – van honk is.

'Dat gaat er altijd in.'

Vader wijst naar de zak witte bollen op tafel: 'Ik heb ze vanochtend uit de diepvries gevist. Eigenlijk bedoeld voor speciale gelegenheden, maar je moeder ziet het lekker toch niet. Van haar moet alles gezond. Het brood dat ze in huis haalt smaakt als samengeperst zaagsel. Ros-bief of verse brie?'

Ik schud 'nee' en leg mezelf het zwijgen op. Ik heb liever, ssst, een kom bamisoep, met gesnipperde lente-uitjes en een gepocheerd ei. Of de kippenbouillon van Jelai, desnoods met levensgrote gemberstuk-ken. Als vader gedachten kon lezen, zou hij mij voor gek verklaren.

'Kaas dan?'

'Doe maar hagelslag.'

'Voor de lunch? Chris, je zult de Hollandse kost gemist hebben.'

Ik heb met hem te doen. Zijn avontuurlijkste vakantiebestemming is de Costa Brava...

Elf plus zeven = zes uur 's ochtends. Heel Qingdao is op de been. Aangekomen in mijn Groningse appartementje graaf ik een kuil op mijn bank, die onder het stof ligt, met erbovenop de hele rataplan uit mijn koffer – ik snap niet hoe deze berg erin heeft gepast. Jelai's nummer kan ik wel dromen. Daar in mijn Chinese hotel kon ik goedkoper naar huis bellen, maar hier? Elke ademhaling kost twee piek. Amerikaanse ITT en andere voordelige diensten kunnen op hun kop gaan staan, maar een voet tussen de deuren van de PTT krijgen ze niet. Over monopolie gesproken. Het opgestoken vingertje van Nederland – tegen protectionisme, om maar een voorbeeld te noemen – is alleen voor het buitenland bedoeld. Japan, Duitsland en niet te vergeten, Engeland. Naar onszelf kijken hoort niet bij wat we onder een kritische geest verstaan. Túúút. Hij gaat over. Ik blijf tegen mezelf zeggen dat het een kort gesprekje wordt – anders wrijft de PTT zich in de handen terwijl ik failliet ga.

'Chris, ben jij dat?'

'…' Mijn kaken gloeien – gelukkig zit ik in mijn eigen flat, pottenkijkervrij.

'Als je nog langer had gewacht met je te melden, zou mijn schedel spontaan opengesprongen zijn!'

'…' Bij nader inzien, de PTT moet ook wat verdienen. Dus, bellen en laten bellen.

'Chris, ben je daar nog?'

'Je… Jelai, hoe gaat het met je hoofdpijn?'

'Slecht.'

'Waarom zo'n haast het ziekenhuis te verlaten? Moet je niet naar een dokter?'

'Giegiegie! Met mijn hóófdpijn gaat het slecht. Domoor.'

Ik slaak een zucht.

'Met mij gaat het prima. Hoe kan het ook anders? Mijn lieve, lieve teddybeer belt vanuit Europa. O, voordat ik het vergeet, heb jíj voor mij afgerekend? Gisteren wilde ik mijn ziektekosten betalen…'

'Jelai, 't was maar een kleinigheid.' De eer gaat geheel naar Eric. Die maakte mij erop attent dat ik het vóór mijn vertrek moest regelen, anders zou Jelai zich de komende jaren uit de naad moeten werken om haar schuld af te lossen. Voor een rokkenjager is hij best attent.

'Hoe moet ik je bedanken, Chris?'

'Ander onderwerp, graag. Hoe bevalt het bij je oom en tante? Zorgen ze je goed voor je?'

'Dat vroegen ze mij toentertijd ook, maar dan over jou. Jullie zijn alle drie topverplegers! Nu iets belangrijks: Beibei heeft de huur van mijn schoonheidssalon voldaan! Voor het eerst in maanden. Niemand durft haar meer af te persen, want ze… tja, hoe moet ik het netjes uitdrukken? Ze legt op oneven dagen een rechercheur in de watten, die overdag voor het witte kanaal werkt en 's avonds voor het zwarte.'

Ik heb niets tegen Beibei, maar als ze mij geen lichtekooien had proberen aan te smeren, zou ik geen slaande ruzie met Jelai hebben gekregen. 'Je bent snel aan het herstellen, begrijp ik?'

'Behalve mijn kapsel mankeert mij niets meer. Genoeg over mij. Hoe verliep je reis, Chris? Voorspoedig?'

'Eerder spannend.'

'Je zat naast… een blonde met grote tieten zeker!'

Zo ken ik haar weer. Een schijnbeweging kan geen kwaad – plaag ik ook al? 'Ik kan het alleen voor de helft goed rekenen, Jelai.'

'Een blonde, zónder voorgevel waarop je een compleet servies kunt uitstallen?'

'Mis.'

'Een brunette mét?'

'Jelai, als jij niet gek wordt van je paranoia, word ik het wel. Het spannende van mijn vliegreis kwam weliswaar door degene die naast mij zat, maar het betrof een man, een jongen uit de provincie Zhejiang.'

'Zogenaamd op familiebezoek in Nederland?'

'Hoe weet jíj dat, Jelai?'

'Doe niet zo naïef!'

'Ik voel me inderdaad flink bij de neus genomen.'

'Geld van je geleend?'

'Dat niet, maar hij heeft mij wel gebruikt om door de douane te komen. Ummm, niet helemaal, ik bood mijn hulp zelf aan. Kortom: ik trok mijn mond open tegen de douanebeambten omdat ze de jongen verdachten van drugssmokkel. Toen hij eindelijk doorgelaten was, vertrouwde hij mij toe dat hij zijn leeftijd zo'n beetje tot de helft had teruggebracht. Bijna dertig maar in zijn paspoort staat hij te boek als minderjarige. Zijn zus in Utrecht geeft zich voor zijn moeder uit: gezinshereniging.'

'En?'

'Dat lijkt wel mensensmokkel, Jelai! Even crimineel als drugshandel.'

'Wees maar blij dat ze het stiekem doen.'

'Vind je?'

'Chris, toen je landgenoten ons Taiwan – Formosa – binnenvielen, deden ze dat frank en vrij, voorafgegaan door kanonschoten, gericht op alles dat bewoog: inboorlingen. Om in jullie termen te blijven: autochtonen. Inderdaad niet stiekem, maar beter?'

Als fan van *Max Havelaar* ben ik niet trots op 's vaderlands koloniale verleden. Maar het steekt wanneer een buitenlandse mij eraan herinnert. Het is onze wond, ons pakkie-an. Anderen moeten zich er niet mee bemoeien. Zoiets.

Ik duw een stapel truien opzij: 'Dit wilde ik je nog vertellen: er is iets… vreemds gebeurd. Mijn opa Sjef, weet je nog? Hij wilde per se op vakantie naar China, op zijn tweeëntachtigste. Ja, die. Drie dagen geleden kreeg hij een beroerte. Vanmiddag, Nederlandse tijd, ben ik op ziekenbezoek geweest. Volgens mijn moeder was mijn aanwezigheid voldoende – hij hoorde en zag toch niets. Nou, mooi wel. Ik vroeg haar of ik eventjes alleen met hem mocht zijn. Toen fluisterde ik in zijn oren. Dat ik… verliefd ben op een Chinees meisje. Jelai heet ze. Iets langer dan hetgeen hij in zijn verhalen beschreef, maar even lief, zo niet liever. Geloof het of niet, maar er rolden tranen uit zijn ogen! Ik verzocht hem het vooralsnog geheim te houden. Omdat mijn ouders, vooral mijn moeder, niet zitten te springen om een… Jelai, trek het je niet aan! gekleurde schoondochter. En opa knipperde met zijn oogleden. Als ik één woord lieg, mag je mij aan de hoogste boom hangen.'

'…'

'Jelai, hoorde je wat ik zei?'

'Zodra ik niet meer duizelig word van het traplopen, ga ik naar de tempel op de Berg Lao. Wierookstokjes branden voor je opa.'

'Da's lief van je, maar dat hoeft niet meer. Morgen is de laatste vergadering van de artsen en overleg met de betrokkenen. Dan is het gedaan met mijn opa, vrees ik. Wat ben ik blij dat ik hem nog gezien heb.'

'Hoe… hoe kan je opa sterven door een vergadering?'

'Jelai, wel eens van euthanasie gehoord?'

'Niks daarvan! Au, mijn hoofd…'

'Wind je niet op, lieverd. Hier had ik ook moeite mee, maar tijdens de lange rit naar het AZM – voor ons Hagenezen is Limburg aan de andere kant van de wereld – heb ik diep nagedacht. Over dit dilemma. Nu ben ik eruit.'

'Hoe heb je gedacht, als ik vragen mag?'

'De moderne technologie biedt ons meer mogelijkheden dan we kunnen vatten. Degene die vroeger op natuurlijke wijze zou overlijden kan tegenwoordig kunstmatig in leven worden gehouden. Tot in eeuwigheid toe. Waar moeten we de streep trekken? Als we ons dit niet afvragen, zit ons land straks vol met comapatiënten.'

'Chris, zo te horen zijn jullie bang slachtoffer te worden van de vergaande technologie?'

'Bang niet, maar we moeten wel de discussie op gang brengen…'

'Brengen jullie ook discussies op gang over waarom jullie nog snellere wagens en computers moeten bouwen? En naar de maan of Mars moeten om te zien of het gras daar ook groen is?'

'Het spijt me, Jelai. Ik zie geen verband tussen euthanasie, auto's en expedities in de ruimte.'

'Als het aankomt op de zorg voor de medemens, willen jullie opeens de technische ontwikkelingen aan banden leggen. Praat de dubbele moraal maar goed!'

Ik heb zin in een ijskoud pilsje.

'Hoe zit het met de ziel van je opa? De laatste paar minuten van zijn leven wegen zwaarder dan de tweeëntachtig jaar die hij hier op aarde heeft doorgebracht. Als zijn zuurstoffles wordt dichtgedraaid, zonder zijn medeweten of toestemming, heeft hij geen tijd de cirkel van het goede en kwade te overstijgen. Dan begint de ellende die hij in deze reincarnatie heeft moeten verduren weer van voren af aan!'

Zit ze me te stangen of gelooft ze werkelijk in die quatsch?

'Chris, als je niets doet om je opa te redden… Laat ik het zo zeggen, ik ga niet graag met egoïsten om. Trouwens, je hebt drieënveertig minuten gebeld. Op deze manier word je blut. Haihai heeft een achternicht die op een postkantoor werkt. Ze zal mij eens per week, na sluitingstijd, haar kamer binnenloodsen – gratis bellen. Wanneer precies, hoor je nog van mij.'

Een tweede kuil is ontstaan. Ditmaal gegraven in mijn bed, tussen verfomfaaide kledingstukken en reisbescheiden. Ik ben moe, gezond moe. Al ben ik door Jelai uitgescholden voor hypocriet en egoïst, ik ben gelukkiger dan ooit. Onder haar vlijmscherpe tong schuilt een gevoel van saamhorigheid. Met zo'n vrouw wil ik oud worden. Zij zal mij niet opgeven, ook al blijf ik jaren buiten westen. Een geruststelling, moet ik toegeven.

Het is een vaste gewoonte geworden. Om Jelai elke zondag te bellen. Leuk is anders, haar maanden te moeten missen, maar haar stem wekelijks te kunnen horen is een pleister op de wonde.

Kraan staat van zijn bureaustoel op: 'Ha, Chris, hoe gaat-ie? Ik zal meteen maar met de deur in huis vallen. Morgen komt er een delegatie. Uit de provincie Sichuan. Een belangrijke klant. Nou ja, klant, klant. Eerder een potentiële verkoper. Ik dacht dat ik je dat verteld had. Jaren ben ik bezig geweest met onderhandelingen. Over een joint venture die ik in Sichuan zou opzetten.'

Mijn hersenen draaien op volle toeren: zal ik hem erop wijzen of niet? Mijn baas corrigeren is een mes dat aan twee kanten snijdt. 'Meneer Kraan... voorzover ik mij herinner, was u bezig met een bedrijf in de provincie Anhui.'

'Klopt, maar ook met Sichuan. Dat laatste had ik je misschien niet verteld. Ach natuurlijk, jij zat toen in Qingdao en Anhui zag er veelbelovender uit. Vandaar dat ik je die details bespaard had. Je rapport over de joint venture als ondernemingsvorm heb ik gelezen. Ik wist niet dat de gunstige voorwaarden die China destijds had toegekend aan joint ventures, onder de huidige omstandigheden niet meer aantrekkelijk zijn. Ook interessant: het is nu toegestaan én wordt aangemoedigd om firma's op te richten met honderd procent buitenlands kapitaal. Geen gelazer meer met Chinese zakenpartners. Winsten via de bank naar het buitenland overmaken is gelegaliseerd. Wat staat ons nog in de weg om optimaal gebruik te maken van de goedkope arbeidsmarkt aldaar? Dit sluit prima aan op waar ik mee bezig ben. Sinds een paar maanden ben ik in dialoog met dat staatsbedrijf uit Sichuan. Ze willen de boel cashen. De prijs is, tja, volgens Chinese maatstaven aan de forse kant, maar naar de onze een schijntje. Dat wil niet zeggen dat we niet zullen afdingen. Elke cent is mooi meegenomen. Die confectiefabriek is ideaal gelegen. In een gehucht aan de voet van de Qingcheng Berg. Behalve panda's en brilslangen zijn er bij de dorpelingen geen andere bezienswaardigheden bekend. Het werkloon ligt dertig procent lager dan in Qingdao. Je zou denken dat in zo'n gehucht het goederenvervoer een probleem is. Niets is minder waar: ze hebben een rivier voor de deur. Per schip is voordeliger dan per trein én betrouwbaarder. Hierover weet je vast meer dan ik, Chris.'

'Ik ben het met u eens, meneer Kraan. De infrastructuur kan de snelle economische groei niet bijbenen. Een treinconducteur bijvoorbeeld kan vandaag de dag grof geld verdienen. Kaartjes zijn schaars en hij hoeft ze alleen maar op de zwarte markt te gooien... Meneer Kraan, neem mij niet kwalijk, dat vervoer via waterwegen, hebt u zich laten informeren over eventuele onvoorziene kosten?'

'Havenbelasting?'

Ik slik: 'Die is nog te overzien. Ik bedoel eerder de geleden schaden door piraterij.'

'We varen niet op de Zuid-Chinese Zee, Chris. Hoezo? Spoken ze ook op de binnenwateren?'

'Twee soorten. De eerste is puur gespuis. Waaghalzen die schepen plunderen en er dan vandoor gaan. De tweede zijn... tja, mollen binnen het overheidsapparaat. Sommige agenten van de waterpolitie bijvoorbeeld gaan zogenaamd op patrouille en schrijven boetes uit. Als je niet ter plekke contant betaalt, of je haalt het in je hoofd een reçu te vragen, slepen ze je boot weg en nemen ze de goederen in beslag, voor "nader onderzoek".'

'Als de bliksem aangeven!'

'Bij wie, meneer Kraan? Als die lui hun bazen niet hadden ingelicht én omgekocht, zouden ze zoiets niet aandurven.'

Kraan staat op van zijn bureaustoel.

Ik voeg meteen toe: 'Dit hoeft geen struikelblok te zijn, mits wij er rekening mee houden. Ik stel voor dit tijdens de onderhandelingen te polsen. Hebben ze guanxi's met de betreffende overheidsinstellingen? Zijn ze bereid ons daarmee in contact te brengen? Het kan haast niet anders: zonder die connecties zouden ze geen т-shirt over het water kunnen krijgen. Opereren als een honderd procent buitenlandse onderneming lijkt lucratief en vrij van geharrewar met de lokale aandeelhouders, maar of dat zo is, kunt u pas zien nadat u álle kosten op een rijtje hebt gezet. Men denke aan buitensporige bedragen – naar Chinees begrip weliswaar – voor relatiegeschenken en representatiekosten enerzijds en boetes en geleden schaden anderzijds. Plat gezegd: als u de betrokken ambtenaren steekpenningen toeschuift, bent u een vermogen kwijt, maar als u dat nalaat, krijgt u niets gedaan.'

Kraan loopt heen en weer achter zijn bureau: 'Heb je dit in die paar maanden Qingdao geleerd?'

Ik kijk hem aan.

'Maar, Chris, hoe verklaar je dit? Bijna alle grote en middelgrote westerse ondernemingen hebben zich in China gevestigd of zijn hard op weg, over het algemeen met jaarcijfers om jaloers op te zijn.'

'Zij hebben de Chinese spelregels begrepen. Of er zitten China-kenners aan de top. Die samen met hun westerse collega's de koers bepalen. Als ze het smeergeld in één keer bij de sleutelfiguren hebben bezorgd, besparen ze zich de tijd, complicaties en, bovenal, onnodige uitgaven.'

Kraan kijkt mij aan en ik kijk van hem weg.

'Zo te horen moet ik sowieso een paar Chinezen in mijn toekomstige onderneming aanstellen. Of ben jij geïnteresseerd in een leidinggevende functie, Chris? Toegegeven, Sichuan ligt niet om de hoek.'

Mijn vingertoppen worden warm en koud tegelijk. Dé droom van Jelai en mij is dichterbij dan ooit! Samen in China wonen en werken. Alhoewel, de locatie van de fabriek is niet wat je zegt 'Dat is het!' Wil ze wel mee? Ik schakel over op de 'rationele' toer: 'Dank u voor uw vertrouwen. Mag ik er een paar nachtjes over slapen? Trouwens... ik hoop dat het echt iets wordt. De overname van de fabriek, bedoel ik.'

'Dat spreekt voor zich, Chris.'

'Meneer Kraan, een Chinese spreuk luidt: *Vóór het trouwen moet je kieskeurig zijn en uitkijken met wie je in zee gaat, maar daarna beter doof en blind voor de onhebbelijkheden van je partner.* Bij een acquisitie van deze omvang, is het niet verkeerd om het naadje van de kous te willen weten, vind ik. Vandaar mijn brutale vraag: bent u nagegaan waarom ze de zaak willen opdoeken? Volgens mijn informatie kunnen de directieleden van dergelijke staatsondernemingen met gemak eigenaar worden en de productie voortzetten. Met hun netwerk op de afzetmarkt, oude opdrachtgevers en toeleveranciers, kan de fabriek een goudmijn worden.'

'Ik ben toen – vóór jouw tijd – in Sichuan geweest. En heb meermalen met de bestuursleden, zoals het daar hoort, gedineerd. Ze zijn stuk voor stuk over de vijfenvijftig. Geen zin meer in de rompslomp van een eigen zaak. Als ze een goede prijs voor hun firma kunnen bedingen, scoren ze een punt bij de plaatselijke overheid. Misschien komen ze in aanmerking voor promotie. Chris, dit wilde ik je nog vragen: waarom zijn Chinezen zo gebrand op een baan in de ambtenarij, hoe onbeduidend ook? Hiervoor laten ze gerust de kans lopen een tycoon te worden in de zakenwereld.'

'Als zo'n fabrieksdirecteur hoofd wordt van een kleine afdeling bij de gemeente, kan hij andere ondernemers uitmelken door zich zogenaamd aan de regels te houden. Willen die fabrikanten overleven, moeten ze dokken en wel ten overstaan van het betrokken afdelingshoofd. Zijn winstmarge is op die manier aanzienlijk groter dan via handel en nijverheid.'

'Het lijkt Latijns-Amerika wel. Tja. Nu iets van huishoudelijke aard. Toen ik met hen onderhandelde in Sichuan, opperden ze het idee hierheen te vliegen, om deze kwestie verder te bespreken. Ik had er aanvankelijk moeite mee – nu niet meer natuurlijk. In plaats van met drie man, wilden ze me met zijn tienen bestormen. Wat de andere zeven hier kwamen doen, was voor mij een vraag en voor hen een weet. O nee, stelden ze mij gerust, geld speelde geen rol. Ze zouden zelf hun reis financieren, uit een of ander potje.'

Ik sla direct aan het rekenen. Tien personen naar Europa. Zeven dagen, zo niet langer. Reiskosten, hotelverblijf, excursies, eten en drinken. Dat is een flinke som voor een bedrijf van hun formaat. De zaak stinkt. Maar hier woorden aan vuilmaken is voorbarig – wat ik momenteel kan aanvoeren is slechts een vermoeden. Daarbij, ik ben in dienst van Kraan. Hoe zijn zakenrelaties met hun reserves omspringen valt in de verste verte niet binnen mijn verantwoordelijkheden.

'Chris, jouw taak is hen begeleiden. Ze willen wat van Nederland zien, is mij verteld. De paleizen van Hare Majesteit – vanbuiten uiteraard, de walletjes in Amsterdam, de molens op de Zaanse Schans én de casino's in Valkenburg. De besprekingen neem ik voor mijn rekening – hun tolk spreekt een aardig mondje Brits Engels. Maar voor de zekerheid verzoek ik je aanwezig te zijn bij alle vergaderingen. Weet je wat het geval is? Tijdens onze onderhandelingen in Sichuan praatten ze vaker onder elkaar dan tegen mij, in het Chinees, welteverstaan. Hun opvatting van beleefdheid verschilt een beetje veel van die van mij. Als jij erbij bent, kun je horen wat ze aan het bekokstoven zijn.'

'Bedoelt u dat ik moet doen alsof ik geen Chinees versta?'

'Het zal je makkelijk afgaan – blond met blauwe ogen. Wie zou zoiets achter jou zoeken?'

Ik knijp hem: maak ik me niet schuldig aan bedrijfsspionage? Aan de ene kant wil ik niet betweterig overkomen, maar aan de andere kant strijkt het vals spelen tegen de groeirichting van mijn rechtschapen haren in. Jelai, hoe moet dat? Ik heb 't. 'Meneer Kraan, als ze weten dat ik Chinees spreek, zijn ze meer geneigd een vertrouwensrelatie met mij en dus met u op te bouwen. Chinezen knopen graag vriendschap aan, alvorens ze tot zaken overgaan. Ze noemen al hun tegenpartijen "vriend" – handig om hen moreel te verplichten de prijs tot de bodem te laten zakken of de hemel in te laten schieten, afhankelijk van aan welke kant van de tafel ze zitten. Daar trappen we natuurlijk niet in, maar een hechtere band met hen kan nooit kwaad.'

Kraan trommelt met zijn vingers op het bureaublad, waarna: 'Jij je zin, Chris.'

Kraan vraagt mij naast hem plaats te nemen. Aan de andere kant van de tafel zit de tienkoppige delegatie uit Sichuan. Mijn baas opent zijn aktetas en klapt hem weer dicht. Na dit een keer of vier, vijf gedaan te hebben, roert hij nóg een zakje suiker door zijn koffie. De kop drinkt hij in één teug leeg: 'Goedemorgen, mijne heren. Welkom in Groningen.'

Huang, een kogelrond mannetje wiens haar glimt van het vet, gestoken in een poenig driedelig pak – het zou mij niet verbazen als het een Armani of Boss is – kucht uitvoerig voordat hij Kraan teruggroet: 'Varend op de koers van de Drie Principes van de CCP en deelnemend aan de wederopbouw van ons vaderland volgens het socialistische marktmodel, vormen wij Chinezen een massa van solidariteit om partijvoorzitter Jiang Zemin heen. Materie is de onderbouw en ideologie de bovenbouw. Zonder materiële welvaart is geestelijke beschaving een luchtkasteel. Met dit gedachtegoed van marxisme, leninisme en maoïsme als uitgangspunt, willen we, CSCU (Confectiefabriek *Stijl hoeft niet in geld uitgedrukt te worden*), een steentje bijdragen aan de groei en bloei van 's vaderlands economie. De diplomatieke betrekkingen tussen Nederland en China dateren uit de zeventiende eeuw. Vooral de afgelopen twee decennia…'

Een iel ventje leunt voorover: 'Meneer Kraan, directeur Huang en zijn medewerkers danken u voor uw uitnodiging.'

Mijn baas kijkt de tolk ongelovig aan.

Huang gaat verder: 'De maan verschuift voortdurend. De sterren ruilen constant met elkaar van standplaats. Wij leven in een gloednieuw tijdperk. Eerlijkheid in de omgang en gelijkheid van positie vormen heden ten dage de basis van internationale handelsbetrekkingen. Een fabriek is net een boom. Hij schiet wortel, krijgt jonge takjes, draagt bloesem en werpt vruchten af. Hoe gezond hij ook is, er breekt ooit een moment aan dat hij verandert in een dwarsbalk van een huis.'

Het ventje duwt zijn bril omhoog: 'Wat betreft de verkoopvoorwaarden van onze onderneming…'

Wendy loopt op haar tenen de kamer binnen. Zo discreet mogelijk kijk ik op mijn horloge: halfelf! Twee uur voorbij en Huang is nog niet klaar met zijn openingszin. Kraan wordt herinnerd aan zijn volgende afspraak, maar blijft zitten waar hij zit en valt Huang eindelijk in de rede: 'Hebt u mijn fax van afgelopen donderdag in goede orde ontvangen? De eerste drie punten zou ik graag met u willen doornemen. Nú.'

De tolk fluistert in het oor van Huang, die meteen met zijn hoofd knikt: 'Daar komen we voor!'

Nou, denk ik bij mezelf, uw optreden van de afgelopen driekwart voormiddag doet mij iets anders vermoeden.

Wanneer Wendy voor de tweede keer geruisloos naast Kraan gaat staan, ruimt hij zijn aktetas in en excuseert zich. Op fluistertoon draagt hij mij op het draaiboek voor de rest van de dag, ditmaal zo punctueel mogelijk, af te werken.

'Chris, kom erin!' Kraan is zichtbaar in zijn sas. 'Hoe bevalt je reisleiderschap? Lollig is anders, lijkt mij. De reden waarom ik je tijdens je drukke programma stoor is het volgende: gisteravond belde Huang mij thuis op. Hij moest en zou mij vanochtend onder vier ogen spreken. Ik dacht dat ik droomde. Na twee dagen geen centimeter afgeweken te hebben van de oorspronkelijke verkoopprijs stelde hij zich opeens tevreden met de helft. Mijn vraag aan jou is: kun je vanavond een paar uurtjes overwerken? Om mij uit de brand te helpen, alsjeblieft? Onze notaris heeft de concept-koopakte, op mijn aandringen, inmiddels opgesteld. Niet dat de verkopende partij deze moet gebruiken, maar hierin staan wel onze voorwaarden. Zou je hem grofweg voor Huang willen vertalen? Tuurlijk, ik kan ook een vertaalbureau inschakelen. Dat heeft Wendy bij een stuk of zes geprobeerd. Ze kunnen de vertaling op zijn vroegst volgende week woensdag aanleveren. Dan is Huang allang terug in Sichuan. Of, hij heeft zich ondertussen bedacht.'

'Een paar uurtjes overwerken is voor mij geen punt, meneer Kraan. Alleen, Chinees verstaan en spreken is iets heel anders dan het vertalen van juridische stukken. Stel je voor dat ik een vakterm verkeerd overbreng…'

'Als Huang zo ongeveer weet wat er in het concept staat, kunnen we tenminste verder praten over de sleutelbegrippen.'

'Afgesproken, meneer Kraan.'

'Chris, je bent geweldig!' Hij drukt op een knop van zijn telefoontoestel: 'Wendy, een kopie van Verstegens koopcontract op het bureau van Chris graag. Nee, het kan niet wachten.'

'Meneer Kraan, hebt u nog een minuut voor mij?'

'Altijd.'

'Ik houd het kort – de groep Chinezen heb ik in een souvenirwinkel achtergelaten. Als ik te lang wegblijf, worden ze ongedurig. Tegen u durven ze niet te mopperen, maar tegen mij? Welnu, meneer Kraan, lijkt het u niet een beetje vreemd, zo niet verdacht, dat ze hun prijs plotseling lieten zakken? En nog drastisch ook?'

Kraan speelt met zijn vulpen: 'Dit had ik me ook afgevraagd, maar toen Huang mij om een kleine gunst vroeg, begon het te dagen.'

Ik krom mijn tenen.

'Chris, ik neem je in vertrouwen, anders zie je overal spoken – een goede eigenschap, daar niet van, mits binnen de perken gehouden. Huang vroeg mij tien procent van de koopsom op een Nederlandse bankrekening te zetten... Overigens, heb je morgen een gaatje in je agenda? Zou je met Huang naar de bank kunnen gaan? Hij moet die rekening nog openen. Zodra de transactie een feit is...'

Mijn handen worden vuisten.

'Als ik dit keurig aan de fiscus opgeef – een aardige aftrekpost – valt er op mijn handelwijze niets aan te merken.' Zijn blik wordt bikkelhard.

Mijn bloed kolkt. Wat moet ik erop zeggen? Hè, Jelai?

'Het gaat erom dat de deal zo vlug mogelijk wordt gesloten, tegen een zo laag mogelijk tarief.'

Ik verman mezelf. 'Meneer Kraan, ik voel me uiterst ongemakkelijk telkens als ik u een bak koud water over het hoofd giet. Maar de bedoeling is goed.'

'Dat waardeer ik, Chris. Anders zou ik je de details niet hebben toegelicht. Er is een wijziging in je programma. Neem Huang vanmiddag mee naar het Holland Casino in Scheveningen, daar praten de Chinezen vol lof over. Hij zei zo tussen neus en lippen door dat hij zijn bezoek aan de goktent in Valkenburg als zeer aangenaam had ervaren. Wat mij betreft mag hij nogmaals gefêteerd worden, na een dergelijk bod, vind je niet?'

'Ik zal er zorg voor dragen, meneer Kraan.'

Iets over drieën zit ik al op de rijksweg. In de file staan is niet mijn hobby, zelfs niet met mijn lievelingsmuziek – Bob Dylan – op. Wat Huang gisternacht uitgevreten heeft is mij niet bekend – dat wil ik zo houden ook – maar uitgeput is hij zeer zeker wel. Nauwelijks is hij in de auto gestapt of hij begint te snurken. Ik heb de radio maar harder gezet, anders hoor ik alleen de bas vanuit zijn borstkas. Ineens moet ik denken aan de slapende rijen voor de loketten van Beijing Centraal. Een ware kunst van die lui om in alles een bed te zien. Tegen zessen rijden we Den Haag binnen. Eerst dineren. Waar? Bij de Chinees natuurlijk. Wat een vraag! Waarom komen ze eigenlijk naar Nederland? Als ze overal de China Town induiken? Huang bestelt twee Qingdao bier. Ik probeer hem duidelijk te maken dat men hier niet van dat merk heeft gehoord, maar wat zie ik daar? De ober zet twee van die ijskoude Qingdao goedjes op tafel. Geen normale fles van drieëndertig cc, maar van één liter. Huang geniet alleen maar met zijn ogen van de vier gerechten en een teil wantansoep, waar hij uitdrukkelijk om heeft gevraagd, en tankt in een rap tempo de drank naar binnen. Hierna wordt het lallen. Niet meer in het Mandarijns, maar in zijn Sichuan-dialect. Ik snap er geen hout van, maar naar zijn gebarentaal te oordelen, is hij bezig mij iets boeiends te vertellen. Ik spits mijn oren en ontdek een paar overeenkomsten tussen de klanken die hij uitstoot en die van het Algemeen Beschaafd Chinees. Met de nadruk op paar, want het leeuwendeel van zijn verhaal ontgaat mij. Terwijl ik zit te prakkezeren of het verantwoord is hem in deze staat bij het casino af te leveren, bereikt zijn story, als ik op zijn gezichtsuitdrukking mag afgaan, de ontknoping. Bij toverslag raak ik gefascineerd door wat hij kwijt wil. Het schijnt dat hij een schokervaring te verwerken had. Wat precies? Al sla je me dood. Maar hij bootst met zijn handen steeds een voorwerp na. 'Zo groot! Zijn... Ik... maar...'

'Wát is groot, meneer Huang?'

'Zijn oma!' Voorts beeldt hij een joekel van een cirkel uit. 'Klisse, die van een koe is daarmee vergeleken peanuts! Hoe doen jullie dat, met zo'n mens!'

Het kwartje valt. Hij bedoelde niet 'zijn oma' maar 'haar tieten'. De Chinese taal kent geen meervoud en er bestaat, qua klank althans, geen verschil tussen 'hij' en 'zij'. 'Oma' is tevens een vulgair woord voor 'borst(en)'. Hoe kon ik hier niet aan gedacht hebben? Blijkbaar is Huang eergisteren na de rondleiding op de Amsterdamse walletjes daar blijven steken...

'Honderdvijftig gulden naar de kloten!' Hij zakt zowat onder tafel, maar daar steek ik een stokje voor. Groene thee heb ik laten komen – die werkt ontnuchterend, volgens de Chinese mythe. Van mij moet hij de hele pot leegdrinken. In sneltreinvaart puzzel ik de stukjes bij elkaar. Mijn binnenpret is met geen pen te beschrijven. Zo te horen had hij een publieke vrouw vooraf moeten betalen – arme toerist! Maar toen ze zich van haar verpakking ontdeed, schrok hij zich lam van de omvang van haar memmen én van de lengte en breedte van haar daaronder... Hoe ze hem ook aanmoedigde, zijn 'trots' was niet meer aan de praat te krijgen. In China kon hij geen gele hoertjes meer zien en hier wilde hij een blanke Amsterdamse aan den lijve ondervinden. Wat een afknapper! Of zijn apparaatje deze traumatische ervaring te boven zal komen, is nog de vraag. Ik kan geen medelijden met hem hebben. Hij met zijn Armani-pak en poen voor een nummertje.

Zonder te graaien in de staatskist zou hij zich hier niet eens een kop Longjing-thee kunnen permitteren, laat staan een Europese lichtekooi.

'Achter het raam zag ze er, Boeddha is mijn getuige, hartstikke leuk uit!'

Ik bestel nog een liter Qingdao bier, voor Huang. Ik heb geen gewetenswroeging meer. En pleeg met alle soorten van genoegen bedrijfsspionage. Hij verdient niets beters.

Om halfnegen 's ochtends houd ik de wacht voor Kraans deur. Een kleine tien minuten later heb ik beet: 'Ik heb nieuws voor u.'

Hij laat mij gauw binnen, doet de deur achter zich dicht en blijft voor zijn bureau staan.

'Tien procent op zijn Nederlandse bankrekening storten was niet Huangs enige reden om de vraagprijs te verlagen.'

Kraans gezicht wordt grauw, maar ik ben onstuitbaar: 'Hij heeft gisteravond het casino niet gehaald. Ik kon hem opvegen. Ladderzat was-ie. De waarheid en niets dan de waarheid rolde zomaar uit zijn mond. Het bedrag dat hij in het begin noemde was buiten proporties opgeblazen – ik had het kunnen weten. In China kun je gerust een kwart neertellen van wat de marktlui vragen en dan nog loop je de kans te veel te betalen. De halve prijs die hij u gisterochtend bood is ongeveer gelijk aan wat zijn fabriek waard is. Dat wil zeggen, als het huidige personeel mag blijven.'

'Wat is er dan met zijn personeel?'

'Huang beweerde dat hij binnenkort zou zwemmen in het geld. Dankzij de verkoop van de firma aan u.'

'Hoe?'

'Voordat de overname een feit wordt, neemt hij nieuwe arbeiders in dienst – boeren op contractbasis. De bestaande medewerkers, die misschien al wel tien of twintig jaar bij de fabriek werken, worden door Huang op straat gezet, "wegens tegenvallende cijfers". Voor hem een reden om de reserves van zijn bedrijf aan te spreken. Oprotpremies en subsidies voor overplaatsing en herscholing van degenen die zonder baan komen te zitten. Terwijl hij vijfduizend yuan per werkloze afschrijft – en daar zijn er tweehonderdzeventig van – betaalt hij in werkelijkheid maar vijftienhonderd yuan uit. Het verschil verdwijnt in zijn zak, legaal oftewel niet na te trekken. Zijn handlangers van de financiële administratie mogen een graantje meepikken. Dan houden ze hun mond wel.'

'De nieuwe arbeiders. Zijn ze ervaren? Kunnen ze het werk aan?'

'Meneer Kraan, hoeveel training hebben ze nodig om langs een rechte lijn te kunnen naaien? Daarbij, áls iemand het na twee dagen nog niet kan, vliegt-ie eruit. Zonder CAO en enige andere vorm van wettelijke bescherming zijn ze aantrekkelijk voor ondernemers die snel rijk willen worden.' Meegesleept door mijn pissigheid heb ik er niet op gelet hoe Kraans gezicht veranderde.

Stilte. De drukkende soort ervan.

Mijn bloed stolt. Ik had gehoopt dat Kraan vlam zou vatten en zou roepen: Wat?! Die Huang is een schoft! Een bloedzuiger! Een hoeren- loper! En wat dies meer zij. Maar nee. Zijn zwijgen zegt genoeg. Ik maak aanstalten de kamer te verlaten.

'Tja, 's lands wijs, 's lands eer.'

Ik snel de deur uit.

'Chris, kom terug!' Kraans stem slaat over.

Wat ben ik kinderachtig! Gedwee volg ik hem de kamer weer in en hoop stiekem op een wonder. Dat Kraan anders met die arbeiders zou omgaan dan Huang het doet...

'Medewerkers op contractbasis aanstellen bestaat in ons land ook. Jij bijvoorbeeld. Moet ik niet elk jaar jouw contract verlengen, Chris?'

Ik bal mijn vuisten. Jelai, ik wil hier weg! Na diep ademhalen: 'Maar u kunt mij niet zomaar dumpen als ik door een bedrijfsongeval invali- de word. Huang wel, als zijn plan doorgaat. Trouwens,' ik zoek oog- contact, 'als *Vrij Nederland* of *De Groene Amsterdammer* hier lucht van krijgt... "Een handvol Nederlandse bedrijven verrijkt zich over de rug van arbeiders uit derdewereldlanden..."'

Kraan schraapt zijn keel. Heel hard. Zijn gezicht is niet meer grauw maar witheet. Na een stilte waarin ik me geestelijk voorbereid op ontslag op staande voet, komt Kraan mijn kant op: 'Zodra Huang en ik een principeakkoord hebben bereikt, zoek je voor mij uit – je moet weer op pad, dit keer naar Sichuan – hoe de CAO daar in elkaar steekt. Maak een financieel plaatje. Ik zal zien wat ik kan doen...'

Ik draai me om – dat hij mij geroerd heeft gaat niemand wat aan – en sprint de kamer uit. 'Eerst de Euromast en dan een wijnproeverij. Drukke dag voor de boeg, met die Chinezen.'

Wat ik allemaal moet doen om mijn functie te vervullen. Ik bestuur een bús, met elf man erin. Via een microfoon leg ik het begrip 'Randstad' uit. De inzittenden brullen van het lachen wanneer ik het 'grote' aan- tal inwoners noem, maar dat ben ik intussen gewend. Het is dat ze gasten van mijn baas zijn, anders zou ik ze maar wat graag een grap willen verkopen. Waarom zijn er zoveel Chinezen? Ze kunnen goed kezen. Ha! Na een paar dagen samen op stap, zijn we inderdaad een beetje vrienden geworden. Vooral het feit dat ik een Chinese vriendin in Qingdao heb, werkt als bindmiddel. Hoe ze dit te weten zijn gekomen, is me een raadsel. Wedden dat zelfs Kraan er niet eens van op de hoogte is? En mijn familie, behalve opa Sjef dan?

'Chris, ben je gek!' Ze zijn zelden zo eensgezind als nu. 'Singapore Airlines wil alleen maar stewardessen uit Sichuan. Meiden uit onze provincie spannen de kroon als het gaat om schoonheid en vlijt. Net als de lychees die in onze streek groeien. Een en al zoet- en sappigheid. Kom maar bij ons op bezoek, Chris. We hebben dochters en nichten zat. Kies er maar eentje uit. Niet goed, geld terug.'

Midden in het geroezemoes wordt er op mijn schouder getikt: 'Klisse, mijn mobiel werkt hier niet. Mag ik de jouwe even gebruiken?'

Ik kijk opzij: Huang. 'In de linkerzak van mijn regenjas. Ja, daar op de stoel. Ga uw gang, meneer Huang.'

'Dddank je!' Zijn stem klinkt onvast. Is hij om halftien 's ochtends al aangeschoten? 'Ik kan niet on board bellen, Klisse. Dan hoort iedereen wat ik zeg.'

'Is het dringend, meneer Huang?'

'Best wel. Nog iets, Klisse, kun jij het telefoontje voor mij plegen? In het Nederlands?'

Ik pak de microfoon: 'Over een paar honderd meter is er een tankstation. Zin in een plas- en theepauze?'

Gejuich.

Ik wou dat ik geen Chinees verstond. Het zou mij een hoop gedonder besparen.

Kraan kijkt op van zijn bureau en ik hoor hem denken: wat nou weer? 'Goedemorgen, Chris. Gaat het? Nog even volhouden. Morgen is de laatste dag. Vanmiddag teken ik het principeakkoord met Huang en...'

'Niet doen!'

Kraan trekt zijn wenkbrauwen op.

'Sorry dat ik uitviel. Maar zet alstublieft voorlopig nergens een handtekening onder.'

'Chris, de fabriek in Sichuan is onze toekomst! De concurrentie in de confectiebranche, met name uit de hoek van Duitsland en Italië, is geen kattenpis. Dat weet je. Maar vertel, wat is er nou weer aan de hand, volgens jou?'

'Niets, meneer Kraan.'

Hij schrijft iets op een notitieblokje: 'Chris, zodra de delegatie weg is, krijg je van mij een paar dagen vrij. Neem maar een vliegvakantie naar Tunesië, Turkije, of van mijn part Curaçao, op kosten van de zaak. Mijn beloning voor het feit dat je de afgelopen twee weken dag en nacht hebt gewerkt.'

Ik heb een beklemmend gevoel op de borst. 'Dank u, het hoeft niet. Harde bewijzen heb ik niet, slechts een raar voorgevoel. Maar meneer Kraan, wacht met tekenen tot ik terug ben uit Sichuan.'

Hij fronst: 'Ik luister.'

'Gisterochtend moest ik bellen voor Huang.'

'En?'

'Naar de eigenaar van een zevental Chinese restaurants. Ene meneer Ng. Multimiljonair. Een Chinees uit Maleisië, maar woont en werkt hier sinds de jaren vijftig. Verstaat wat Chinees, maar niet voldoende om een serieus gesprek te voeren. Vandaar dat ik voor Huang moest tolken.'

'Recht voor zijn raap, Chris. Van spanning houd ik niet.'

'Het komt erop neer dat Huang geld van die Ng moest lenen. Maar liefst driehonderdduizend Nederlandse guldens.'

'Drie watte?!'

'Zo reageerde ik ook, net als Ng. Het was niet voor niks dat Huang gisterochtend op was van de zenuwen. Het bleek dat hij een paar keer naar een casino hier in de buurt was geweest en schulden had gemaakt. Drie Chinese restauranthouders had hij gestrikt om voor hem garant te staan, maar twee dagen geleden trokken ze hun handen van hem af. Huang wilde gisteravond zijn verlies terugverdienen door nog meer in te zetten.'

'Hoe cru het ook klinkt, ik heb er niets mee te maken.'

'Toch wel, meneer Kraan. Weet u wat voor argument Huang gebruikte om Ng over te halen? Zodra hij terug is in Sichuan, overmorgen dus, maakt hij die drie ton per omgaande over. Hoe hij aan dat, zeker voor daar, astronomische bedrag komt? Zijn schoonzoon is hoofd van het district Pu. Dat ontruimd moet worden voor het bouwen van de Stuwdam aan de Drie Kloven. Iedereen die zijn huis en haard onder water ziet verdwijnen krijgt van de overheid een vergoeding om ergens anders een woning te (laten) bouwen. De hoogte van het bedrag maakt zijn schoonzoon mooi niet bekend. Zo kan hij een flink deel achteroverdrukken. Een inkomen van een paar ton is zo binnen.'

'Chris, ik weet niet waar je mij voor aanziet. Ik ben het Leger des Heils niet.'

'Hebt u het nog niet door? Zou het... kunnen dat het district Lei, waar Huangs fabriek staat, ook onder de te ontruimen regio's valt? Ik heb op de landkaart gekeken. Het grenst aan Pu, beide in Zuid-Sichuan. De kans bestaat dat u een fabriek koopt op de bodem van het stuwmeer.'

Kraan houdt zijn hoofd met beide handen vast: 'Goddegoddegod!' Hij haast zich naar de deur, controleert of hij dicht is en wendt zich tot mij: 'Als de bliksem naar Sichuan! Of moet ik mee? Godzijdank staat mijn krabbel nergens onder. Overbodig te zeggen dit in alle talen tegen Huang en de zijnen te verzwijgen. Doe alsof wij serieuze belangstelling hebben voor de overname en kom gauw terug. Met een verslag dat hout snijdt. Ik wil concrete gegevens zien. Op jou kan ik bouwen, jongeman.'

Met gemengde gevoelens zet ik voor de derde maal voet op Chinese bodem. Kraan kon geen vliegvakantie naar Tunesië of Curaçao aan me kwijt en biedt me daarom een lange tussenstop in Beijing aan. Zes dagen, vijf nachten, The Great Wall Hilton Hotel of Hotel Kabinsky – ik mag kiezen. Eten, drinken en excursies op kosten van de zaak. Niet aan mij besteed. Dat zeg ik niet, anders verklaart hij mij voor streber. Ik kan toch moeilijk zeggen dat ik Jelai mis, terwijl ik me op een steenworp afstand van haar bevind? Ik geef als reden dat het onderzoek in Sichuan niet kan wachten. Spreek mij daarin maar eens tegen!

'De passagiers van BA 205...'

De stem op de luchthaven kan net zo goed van Jelai zijn. Ik tuur naar de luidsprekers, discreet weggewerkt achter pilaren van roestvrij staal. Anderhalf uur met Air China, binnenlandse vlucht, en dan kan ik de appelbloesemgeur van Jelai's huid ruiken. Zijdezacht exemplaar, met een ivoorgladde gloed. Ik sjok langs de stippellijn naar de transferbalie en heb maar één wens: gauw de klus klaren en terug naar huis.

Op de dag dat mijn baas mij groen licht gaf om naar Sichuan af te reizen, belde ik Jelai op. Na een gil van blijdschap: Chríssss! begon ze op mij te vitten. Dacht ik dat het geld mij op de rug groeide, dat ik zomaar op een doordeweekse dag belde? Zelfs als dat zo was, hoefde ik het nog niet over de balk te gooien. Ja, haar achternicht – eigenlijk die van Haihai – op het postkantoor had het haar verteld. Eén gulden negentig per minuut. Dat was zeven yuan! Daarmee deed haar tante de boodschappen voor drie man, genoeg om ze twee dagen zoet te houden. Omdat ik haar miste? En zij mij dan? Idem dito. Minstens. We hebben de maan nog. Hij ziet ons beiden. Als wij onze genegenheid aan hem toevertrouwen, stuurt hij die wel door. Jelai, mag ik even? Nee dus. Ze ratelde door en werd hoe langer hoe kwader over het feit dat ik mijn centen aan de... hoe drukte ze het ook alweer uit? Aan zeg maar de Hollebolle Gijs van de PTT voerde. Tot ik uit mijn slof schoot: luister nou eens!

Ze werd een tel stil – wat een verademing! – en begon te snikken: ze deed dat omdat ze om mij gaf. Snapte ik het niet, haar domme teddybeer? Wat kon het haar anders schelen hoe ik mijn maandloon erdoorheen joeg? Ik vergat in één klap mijn irritatie: natuurlijk begrijp ik je intentie, lieve Jelai. Meer dan je denkt. Hier heb ik een leuk nieuwtje voor je... Ze hield op met huilen. Radiostilte aan beide kanten van de lijn. Opeens herinnerde ik me haar belofte. Ze zou zichzelf wat aandoen als ik haar opzocht voordat haar lange haar weer terug was. Toch kon ik het niet laten: Jelai, via de maan met je communiceren is me te omslachtig. Wat vind je ervan als ik mijn liefde zelf kom betuigen? Chris! – ditmaal krijste ze nóg scheller dan daarnet, op het toppunt van haar verontwaardiging over mijn 'geldverspillerij'. Ik had gehoopt dat ze haar voornemen inmiddels vergeten was. Of tenminste, dat haar gemis van mij het zou winnen van haar angst voor de korte haartjes op haar kruin. Niets was minder waar. Ik bedekte mijn oor terwijl ze mij de rampscenario's beschreef indien ik zomaar voor haar neus verscheen. Dat gold ook als ik elders in China zakendeed, luidde haar landverbod. Ze kende mij, hapte ze naar lucht tussen twee snikken door. Als ik daar eenmaal was, zou ik de verleiding niet kunnen weerstaan Qingdao binnen te wippen. Dan zou ze weer een lantaarnpaal indeuken, met haar schedel die nog niet zo lang geleden dichtgestopt was...

Dat mijn vliegtuig geland is, heelhuids en daar waar het wezen moest, is een navigatisch wonder. Chongqing heet niet voor niks 'de stad van de mist'. Het is over twaalven, lokale tijd, maar het enige dat ik zie is een wit laken om mij heen. In Den Haag mist het ook wel eens, 's winters en in de ochtendspits. Hij trekt op zodra het lichter wordt of bij de eerste de beste zonnestraal. Al krijg ik hem niet te zien, de zon schijnt hier, en niet een beetje ook. Anders valt niet te verklaren waarom de mussen van het dak vallen. Vanaf de slurf tot aan de bagageband moest ik drie keer stoppen om het hemd van mijn rug los te trekken. Dit is geen luchthaven meer, maar een heteluchtoven. Zweet druppelt langs mijn kuiten en verzamelt zich in mijn schoenen. Als ik niet oplet, glijd ik nog uit, met dank aan het vocht waarin mijn voeten zwemmen. Het liefst zou ik de stropdas, waaronder zich stoom opbouwt en die mijn nek gaarkookt, willen afdoen en in de prullenbak smijten – volgens Eric lopen Chinezen overal in een T-shirt rond. Maar, dit is een officieel bezoek aan onze belangrijke klant...

Huang is mij hoogstpersoonlijk komen ophalen, in gezelschap van zijn adjunct Yu en het hoofd van het secretariaat Luo. Alle drie ken ik van de delegatie naar Groningen, amper een week geleden. We klimmen in een jeep en de chauffeur scheurt weg. Eerst over de rijksweg met aan weerskanten vlaggen en reclameborden, en dan over kronkelpaden. Hoe dieper we de bergen in gaan, hoe wijzer de keuze voor vierwielaandrijving blijkt. Gewend aan de stadstaferelen van Qingdao, bontgekleurde etalages, stoffige straten en een kakofonie van getoeter, voel ik me gereinigd door het landschapsschilderij waarvan ik een onderdeel ben. Groene berghellingen, witte watervallen en blauwe klokjes in de bermen. Ik tuur uit het raam, in de dichte bamboebossen. Nu is het wachten op het moment dat er een panda of een pauw opduikt. Dan zou het idyllische beeld compleet zijn. Het is maar goed ook dat het buiten spannend blijft, want in de auto is er geen moer aan.

Anders dan in het Haagse Chinese restaurant of op weg naar de goktent in Valkenburg, brengt Huang nu de theorie 'zwijgen is goud' in praktijk. Zijn ondergeschikten volgen zijn voorbeeld en durven evenmin met me te praten. Zonde. Ik had het leuk gevonden iets over deze omgeving te weten te komen. Ik noem maar een dwarsstraat, hoe heet die bevolkingsgroep? Ik zie hen in klederdracht rondlopen. Mannen in een zwarte kiel zonder mouwen, met een rode riem die de handel op zijn plaats houdt. Ze dragen een tulband van een onbestemde kleur. Een gok: hij was wit en is bruin geworden. Vrouwen hebben een strapless topje en een korte rok aan – best bloot voor de preutse Chinezen. In plaats van een tulband dragen ze een brede haarband, van een bestémde kleur: blauw, geel, oranje of paars, nee, lila, om in de termen van de dames te blijven.

Het bergpad gaat over in een modderpoel. Huang kijkt achterom en zegt zijn eerste zin na 'Welkom in Sichuan!': 'Het is aan u. Met de jeep via het slingerpaadje naar mijn fabriek, of hier uitstappen en met de veerpont verder.' Hé, hij vousvoyeert!

Ik wil vragen wat hij met de jeep en de chauffeur van plan is, maar wie ben ik? Een ongenode gast. Huangs doen en laten spreekt duidelijke taal: mijn bezoek is overbodig. Zowel voor de op handen zijnde transactie als voor het wederzijds vertrouwen. Met andere woorden: wat moet ik hier? Al geniet ik van de aanblik van de ongerepte natuur, mijn botten denken er anders over. Ik sluit niet uit dat ze aan het einde van de rit uit elkaar vallen en weer bijeengeraapt moeten worden. 'Met de veerpont dan maar.'

Huang knikt tegen zijn adjunct en gaat mij voor, de boot op. De stank van de diesel mag de pret niet drukken. Vanaf de rivier bieden de bergen een totaal andere aanblik. Bamboe en blauwe klokjes vervagen en de hoop een panda of een pauw te signaleren kan ik gerust laten varen. In ruil daarvoor sta ik pal voor een panorama van het geheel. Nu heb ik pas in de gaten hoe hoog de bergen zijn, met een witte streep in het midden. Wat staat daar? 'Honderdvijfenzeventig meter.' Mijn god! Dit is dus het beroemde waterpeil van het stuwmeer! De plaats waar ik nu langs vaar vormt binnenkort de bodem van het reservoir – nu is de vraag of de locatie van de fabriek hier ook onder valt. Dat elektriciteit en andere voorzieningen aan tweehonderd miljoen omwonenden zal verschaffen. Er hangt van alles en nog wat aan de rotswanden. Wat het precies is? Geen idee. Aan Huang vragen is uit den boze. Hij lijkt eerder mijn cipier dan mijn gastheer. Niet dat ik het hem kwalijk neem. Ik zou ook nors doen, met een pottenkijker op mijn dak.

Huangs derde zin hoor ik bij het verlaten van de veerpont: 'In ons dorp vindt u geen Tulip Inn of Crown Plaza. Daarvoor moet u in Chongqing of Chengdu wezen. Het netste gasthuis in deze buurt behoort tot een militaire eenheid, dat vorig jaar een nieuwe uitbater kreeg. Een nouveau riche met een gouden hoektand en een rode BMW voor elk van zijn drie vaste bijslaapjes. Jakkes! 's Ochtends tussen zes en acht komt er warm water uit de kraan – dan kunt u dus douchen – én 's avonds tussen negen en elf. Knoop dit in uw oren, anders moet u het doen met koude stralen. Het ontbijt vindt u in de kantine op de begane grond.'

'Het geeft niets!' Hè, stom! Ik had moeten zeggen: dank u wel! Ik trek voor de zoveelste keer het hemd los van mijn rug en benijd Huang. Hij heeft een T-shirt aan, een Lacoste – geen namaak. Dat als een spons zijn overtollige lichaamsvocht opzuigt. Morgen draag ik ook geen stropdas meer. Dom van mij dat ik wéér geen T-shirts heb ingepakt – Eric heeft mij vorig jaar september voor niets gewaarschuwd – tenminste niet de soort waarin ik me kan vertonen: singlets tellen niet mee, neem ik aan.

Nu ik in het hotel heb ingecheckt, denk ik verlekkerd aan een, des-noods koude, douche. Het is nu niet tussen zes en acht 's ochtends noch tussen negen en elf in de avond, so what? Ik wil zelfs de vijver induiken, daarginds, vol met waterlelies en… parasieten. Ingeënt ben ik toch. Met een zogenoemde cocktail. Er kan mij dus niets gebeuren. Huang zet zich neer op een houten bankje. Het ziet er niet naar uit dat hij de hal verlaat, waar een gevaarte van een Panasonic lelijk schreeuwt, dankzij een viertal versterkers met een dolby surround-effect. 'Meneer Klisse, schiet op. De voltallige directie van mijn fabriek zit op u te wachten in het restaurant *Twee draken spelen met één parel.*'

Mijn knieën knikken. Nee verkopen gaat niet, maar voedsel door-slikken met Huangs zure smoel tegenover me is een regelrechte nacht-merrie op klaarlichte dag. 'Is het mogelijk om het diner tot… morgen uit te stellen?'

Huang kijkt mij dusdanig aan dat ik vanzelf terugkrabbel: 'Ik ga mij even opfrissen. Ben zo terug!' Onder de douche – rillen geblazen! – spreek ik met mezelf af om deze zaak als de bliksem af te ronden. Ik wil hier geen minuut langer blijven.

De directeur wordt spraakzamer naarmate er meer flessen op tafel komen. Ik zie mijn kans schoon om te informeren naar de stuwdam, maar dat bewuste woord werkt als een luchtalarm. De zeskoppige kleine staf en hun (veel te) jonge echtgenotes richten zich unaniem tot hun baas en wachten met het bepalen van hun gezichtsuitdrukking tot Huang klaar is met de zijne. Na een drukkende stilte klapt hij in zijn handen, waarna de serveerster die achter hem paraat staat iets noteert. Een poos later bezorgt een ober ons een porseleinen voorwerp – het lijkt verdacht veel op een po, die dampt van belang. Het gezelschap laat er meteen lepels in zakken en vist gretig naar… weet ik veel wat. Ik rek mijn hals uit: er drijft een potige schildpad in de melkwitte soep. De dames giechelen en moedigen hun mannen aan het vlees van het arme dier op te slokken. Wat is hier nou komisch aan? Mijn vraag doet de vrouwelijke tafelgenoten dubbel liggen van het lachen. Huang knipoogt tegen mij: 'Klisse, u hebt dit nog niet nodig. Wacht maar tot u onze leeftijd nadert.' Een gegier van jewelste. Het is dat de schildpad dood is, anders zou hij zich van schrik omkeren. Ik bloos. Mijn kennis houdt op bij de werking van de penis (door Chinezen discreet 'zweep' genoemd) van een reebok, die naar verluidt de mannelijke prestatie verbetert…

De volgende ochtend word ik door Luo opgehaald. Hij houdt het por-tier van de, verrek, van die jeep voor mij open.

De vergadering is om acht uur. In een zaaltje, waarvan de muren net zo ijverig zweten als mijn rug, staat een lange tafel. Roodbruin gelakt, met tien vernislagen, zo niet meer. Waardoor hij schittert als een parabool onder het felle zonlicht. Huang is net een cassettebandje met een bloemlezing van Chinese poëzie, uit verschillende historische perioden: 'Dames en heren, en in het bijzonder, onze eregast meneer Klisse uit Holland. Een goedemorgen.

Er daalt een feniks neer
bij ons op de populier.
Verrukt zijn wij!
Zo blij dat wij even niet meer
weten waar het noorden ligt!
(Het boek van odes, 500 v.Chr.)

Binnen de vier zeeën en acht meren
onder de blauwe hemel
hebben wij overal vrienden zitten.
Al zijn wij hemelsbreed
van elkaar verwijderd,
het voelt alsof wij naast elkaar wonen.
(Wang Bo, Tang-dynastie, ca. 700)

Wij concentreren ons op de dingen
waar wij het over eens zijn
en kijken oogluikend naar de punten
waar onze meningen over uiteenlopen.
(Mao Zedong, 1893-1976)

Het bezoek van de heer Klisse verlicht onze firma als de maan de duistere nacht. Wij zullen u alle medewerking verlenen die u nodig hebt om kennis te maken met ons nederige bedrijfje. Luo staat dag en nacht voor u klaar. Ik ben idem dito bereikbaar, voor elke vraag die bij u rijst. Mijn collega Yu organiseert uw ontmoetingen met de afdelingschefs en de leiders van de vakbond. Hij begeleidt u ook naar de gemeente, waar de loco-burgemeester u te woord zal staan – ik ga ervan uit dat u daar graag heen wilt.'

Mijn geheime agenda is dus voor hem een open boek. Hij is me een stapje voor. Het wordt lastig om met de juiste mensen in contact te komen.

De rondleiding in de fabriek, met de hete adem van Luo in mijn nek, zal ik niet licht vergeten. Het kantoorgebouw waar zojuist de vergadering heeft plaatsgevonden schijnt het enige te zijn dat uit bakstenen is opgetrokken. De werkplaats is een houten geval met opkrikbare planken als ramen. De muren vertonen duimbrede spleten. Nu is dat lekker, want de hitte kan daardoor uit de ruimte ontsnappen. Maar in de winter wordt het een ander chapiter, vrees ik. Des te groter is mijn verbazing wanneer ik een reeks spiksplinternieuwe computers ontdek in een krakkemikkig kamertje ernaast. Pentiums 2! Laserprinters van Canon! Zelfs Kraan steigert als we er zo eentje bestellen.

Ik wend me tot Luo: 'Is dit de financiële administratie? Of de automatisering?' De rest van mijn vraag heb ik maar ingeslikt: waar zijn de medewerkers, archiefkasten en dergelijke?

Hij meteen: 'Daar zit wat in!'

Huh?

Luo voegt eraan toe: 'Wij kunnen de computers inderdaad inzetten voor onze boekhouding.'

'Ze zijn dus nog niet in gebruik?'

'Eh… dat kunt u wel stellen.'

'…'

Hij erachteraan: 'We kennen via via iemand die ermee uit de voeten kan. De brieven die wij naar uw baas Kelan schrijven, getikt en al, zijn hiervan afkomstig.'

'Oké. Uw computerdeskundige. Wat voor programma's heeft hij geïnstalleerd? Excel of Lotus 123 misschien – voor de spreadsheets?'

'Yu… nee, Muoli, een zij trouwens, is de enige in deze omstreken die hier iets zinnigs over kan zeggen. Wacht, ik bel mijn directeur. Hij zal haar hierheen sturen.'

'Om voor dergelijke kleinigheden de heer Huang te storen…'

Hij grinnikt: 'Integendeel. Pardon, het is voor hem geen enkele moeite.'

Een halfuur later wijst Luo naar buiten: 'Daar is ze!'

Het zonlicht schijnt in mijn ogen en ik knipper ermee totdat ik überhaupt iets kan zien. Gauw verlaat ik de rijen arbeiders die schorten borduren. Aan de sneeuwpop en de grote hoeveelheid sterren te oordelen gaat het om een bestelling uit het Westen voor de kerstmarkt. Met mijn linkerhand als afdak tegen de verblinding moet ik opeens aan mijn opa denken. Ik heb déjà vu altijd flauwekul gevonden, maar hoe verklaar ik dit? Zelfs de manier waarop ze zich beweegt past bij de verhalen van opa Sjef. De informatica is een kop kleiner dan mijn Jelai en twee maten smaller. Mijn moeder verzamelt antiek. Vorig jaar vond ze op het Waterlooplein een vergeelde kalender uit de jaren dertig, gedrukt in Shanghai, China. Kitsch, als je het mij vraagt, zij het verjaard. De meisjes die ervoor poseerden verschillen weinig van deze computerdeskundige. Alleen haar voeten zijn naturel. Maar haar dribbelpasjes, afgemeten en voorzichtig, geven mij, onterecht uiteraard, de indruk dat ze nog steeds op lotusvoetjes loopt en elk ogenblik kan omwaaien.

Luo zegt: 'Muoli, dit is meneer Klisse uit Holland. Hij heeft een paar vragen.'

'Vragen, vragen. Valt mee, hoor.' Ik reik haar mijn hand: 'Aangenaam kennis met u te maken.'

Ze wikkelt het bandje van haar tasje om haar vingers en durft niet op of om te kijken.

Bij de deur staat een kruk. Luo neemt plaats. Het lijkt hem koud te laten wat Muoli en ik zoal bespreken. Met de nadruk op 'lijkt'. Onderwijl reikt hij haar eerbiedig aan wat ze nodig heeft: een handleiding, een muismat en als laatste, een nieuwe inktcartridge. Merkwaardig, aangezien hij tijdens de rondleiding van zojuist de medewerkers behandelde als hondenpoep onder zijn gymschoenen.

Mijn hart bonkt dermate hard dat ik vrees dat ze het kan horen. Van haar rechterpols ontknoopt ze een wit zakdoekje en ze veegt er de tafel mee af. Een stofwolk is het gevolg. Snel bedekt ze de computer met een plastic hoes, die ze uit een hoek heeft gevist. Het ding blijkt ook een stofnest te zijn. Haar lichtblauwe bloemetjesjurk wordt bruinig, waarna ze hem afklopt. Ik wil haar helpen, maar realiseer me tijdig dat ik dat niet kan maken. Dus niet doen. Ze rangschikt de rand van haar kleed zodat haar knokige knieën uit het zicht worden gewerkt. Ze zet de pc aan en wipt haar kinnetje omhoog – haar spleetogen, net twee wassende manen – worden toevallig op de onderste knoop van mijn hemd gericht. Ik spits mijn oren: zei ze iets? Hiernaast donderbliksemen de stoompersen waar broeken, plat als dubbeltjes, uitrollen. Maar elk woord zal ik feilloos verstaan, áls ze haar mond zou openen. Wat niet het geval is. Haar lippen blijven gesloten, terwijl haar ogen glimlachen. Ze maakt een cirkel met haar hand.

'O, moet ik me omdraaien?'

Ze knikt.

Met mijn rug naar haar toe: 'Een gok: u bent het wachtwoord aan het intypen?'

Stilte.

'Klaar?'

'Hmm.' De eerste keer dat ze zich laat horen. Een piepstemmetje. 'Meneer Chris, Huang vertelde mij dat u naar twee rekenprogramma's vroeg.'

'...'

Ze kijkt naar de middelste knoop van mijn hemd.

Stomverbaasd dat ze mijn naam in één keer correct heeft uitgesproken, vergeet ik op haar opmerking in te gaan. 'Ex... Excel of Lotus 123. Gewoon uit nieuwsgierigheid. Geen punt als u ze niet hebt. De fabriek doet er toch niets mee, begrijp ik.'

'Meneer,' ze schuift met de muis, 'Windows 95 en Word zijn meer dan voldoende voor mijn studie én voor de buitenlandse correspondentie die ik verzorg.'

Ik zou graag willen weten wat ze studeert, maar waar ben ik mee bezig? 'U... bent dus niet betrokken bij de automatisering van de financiële administratie?'

Ze zet de pictogrammen op een rijtje en schudt haar hoofd.

Luo staat op van de kruk. Einde gesprek, vindt hij althans.

Gauw kijk ik supergeïnteresseerd, maar zo één twee drie een ander geschikt onderwerp bedenken lukt niet.

De computer blijft hangen. Muoli zucht.

Ik denk slim te zijn en druk op de knop 'reset'.

Ze zakt op de stoel.

'Wwwat is er?' Heb ik iets gemist?

Zij: 'Meneer Luo, wanneer is de stofhoes eraf gehaald?'

Hij bloost: 'Vanochtend pas. Voor de rondleiding, weet je wel, anders...'

Ze doet de hoes eromheen: 'Hij moet weer gestofzuigd worden.'

Ahá. De spleten in de houten muren laten de rotzooi van buiten door. Ik had het kunnen weten. Ik stap op Luo af: 'Het makkelijkste is plastic schrootjes tegen de planken zetten. Goedkoop en het houdt die troep tegen.'

Luo zegt ja en amen maar wordt verraden door zijn eigen gezicht. Hij heeft geen flauw benul van waar ik het over heb. Muoli evenmin. Alleen geeft ze het toe. Door haar hoofd iets op te tillen. Nu tuurt ze, in plaats van naar de middelste, naar de bovenste knoop van mijn hemd.

'Het zijn, zeg maar, latten, mevrouw Muoli – wat een geurige naam hebt u trouwens: jasmijn, of zit ik ernaast? – met aan de ene kant een uitstulping en aan de andere kant een gleuf. Makkelijk te monteren.'

Ik zie haar wimpers wapperen. Waar denkt ze aan? Of, wat wil ze van mij weten? Toch niet weer die schrootjes, hè?

De lunch wordt genuttigd in een afgebakende hoek van de gaarkeuken. Huang, Luo en andere stafleden heffen het glas tot het achter hun oren knalrood wordt. Muoli houdt het bij gekookt water. Het zal wel aan mij liggen, maar wat doet een studente met een bijbaantje hier tussen de kopstukken? Verregaande democratie of een vorm van communistische gelijkheid?

Luo vertelt en plein public hoe verbaasd ik was over Muoli's beheersing van de computertaal – ze was niet eens verder gekomen dan het invoeren van het wachtwoord! Het gezelschap knikt instemmend. Huang drukt de zoveelste beker vuurwater achterover. Muoli schuilt achter de berg garnalen en bamboescheuten die ze op haar bord heeft gekregen en steekt de stokjes in haar mond. Zo hoeft ze niet te reageren op loftuitingen die ze niet verdient. Is mijn vermoeden. Nu Huang joliger is, voelt Luo zich aangemoedigd: 'Meneer Klisse heeft een oplossing voor het stof in de computerkamer: schrootjes. Muoli is benieuwd of dit bouwmateriaal in onze regio verkrijgbaar is.'

Haar mondhoeken gaan een tikkeltje omhoog. Het eerste teken van haar enthousiasme sinds de aanvang van de maaltijd.

Huang: 'Niet dat ik iets tegen de it heb, maar deze vijf krengen, met printers, kunnen beter niet op mijn zegen rekenen.'

De tafelgenoten, Muoli uitgezonderd, knikken opnieuw instemmend. Maar ditmaal schijnen ze het te menen.

Huang schraapt zijn keel: 'Meneer Klisse, toen ik uw land bezocht, merkte ik een afkeer bij sommige ouderen jegens Duitsers. Nou, dat maal tien is wat wij tegen Japanners hebben. Tijdens de Tweede Wereldoorlog hebben ze in de stad Nanjing driehonderdduizend onschuldige burgers levend begraven. Nu kampen ze met een schuldgevoel. En dat kopen ze af met dure cadeaus. Niks geen muren dichttimmeren met schrootjes. Laat hun computers maar onder het stof liggen. Hoe dieper hoe beter!'

Muoli schenkt Huang een kop groene thee in. Het is doodstil aan tafel.

Na de lunch zwaait Huangs zatte lijf van links naar rechts. Gelukkig is de gang niet breed, anders zou hij over zijn eigen benen struikelen.

Maar hij staat – eerder wankelt – erop dat hij mij hoogstpersoonlijk terugbrengt naar het hotel. Zijn aanbod afwijzen zou een belediging aan zijn adres betekenen. Er zit niets anders op dan mij erin schikken. Muoli mag – of is het moet? – ook mee. In de auto noemt Huang, met dubbele tong, een reeks namen van actrices, alsof het knikkers in zijn broekzak zijn. Sommigen klinken mij bekend in de oren. Ze behoren tot het zang- en dansensemble van Sichuan. Bij elke bocht botsen zijn schouders óf tegen het raam óf tegen het dashboard. Muoli zit opgekruld in een hoek op de achterbank. Ze zegt weer geen boe of bah.

Voor de poort van het hotel gebiedt Huang de chauffeur de wagen te parkeren in de schaduw van het manshoge riet. Hij wil een paar woordjes met mij wisselen, onder vier ogen. Ik wil hem uitnodigen in de hal een kopje thee te drinken, maar de tv fabriceert meer herrie dan de stoompersen in de werkplaats. Het dichtstbijzijnde theehuis ligt kilometers ver weg. Jammer dat Huang hier niet over begonnen is voordat we het restaurant verlieten. Dan hadden we daar ergens apart kunnen gaan zitten. Nu moet ik hem wel meenemen naar mijn kamer. Muoli blijft bij de auto en haar blik spreekt boekdelen. Houd het kort, Huang. Het is snikheet hier. Dat ik zo vlug heb leren ooglezen, zeg!

De directeur speelt open kaart: 'Gaat de deal door of niet? Dat u hier rondhangt en ongevraagd advies geeft, is nog tot daar aan toe, maar die onzekerheid zit mij niet lekker.'

Ik open de minibar en bied hem een blikje cola aan: 'Dat is niet aan mij. Mijn taak is uw bedrijf bezoeken en…'

'Kraan baseert zijn besluit op uw rapport! Hij zal het u niet licht vergeven dat u hem misleidt met uw verzinsels.'

Adrenaline raast door mij heen: 'Wat verzin ik, volgens u?' Desondanks dwing ik mijzelf kalm te blijven en sla mijn benen over elkaar: 'Als u niets te verbergen hebt…'

'Dat moet ú zeggen!'

'Hoe bedoelt u?'

'Klisse, dacht u dat ik het niet doorhad waarom u de transactie saboteert?'

'O?' Het wordt nog spannend. Ik ga ervoor zitten.

Behalve het rode netwerk in zijn ogen is er niets meer dat duidt op dronkenschap. Hij pakt het blikje frisdrank op, draait ermee en kijkt erin: 'Uw ideologie staat haaks op die van ons communistische paradijs.'

'Pardon?' Ik onderwerp hem aan een nauwkeurig onderzoek. Kletst hij uit zijn aangeschoten nek of is hij serieus?

'Ik heb meer zout gegeten dan u rijst, nee, in uw geval, aardappelen. Door ons bedrijf in diskrediet te brengen, probeert u wraak te nemen op de CCP.'

Mijn rug wordt wervel voor wervel koud: 'Waarom zou ik?'

'Omdat u een verhouding hebt met een voortvluchtige staatsvijand.'

'Wie?'

Hij kijkt mij in de ogen: 'Moet ik uw geheugen opfrissen?'

'Wie?!'

'Jelai Bai.'

De poten van mijn fauteuil breken als het ware doormidden. Sprákeloos ben ik. Was of ís ze vogelvrij? Hoe dan ook... mijn god, ze moet op haar tellen passen! En ik idem dito. Om het voor haar niet nog erger te maken.

Hij slaat zich voor het hoofd: 'Nee, hè! Heeft ze het u niet verteld? Des te meer een bewijs van haar criminele aard.'

Ik wil zijn tronie nog platter meppen dan dat die al is, maar mijn handen zijn verlamd.

'Om een lang onderzoek kort samen te vatten: juffrouw J. Bai is in juni 1989 vogelvrij verklaard. Haar misdaden zijn te veel om een voor een op te noemen. Maar als u erop staat: het drukken en verspreiden van contrarevolutionaire pamfletten, het regisseren van en optreden in opruiende toneelstukken, het vervoeren van doodgeschoten studenten en het verplegen en verbergen van gewonde...'

Mijn vingertoppen tintelen weer: 'Bedoelt u dat ze heeft meegedaan aan de studentenopstand op het Plein van de Hemelse Vrede?'

Hij knikt gewichtig: 'Studentenréllen!'

Ik wil in lachen uitbarsten, maar zijn gezicht stuurt de rillingen over mijn rug. Ik heb hem danig onderschat. Naast fraudeur, zuiper, gokker en hoerenloper, blijkt hij ook chanteur te zijn. Een intrigant van de bovenste plank. Bang voor hem ben ik niet, waarom zou ik? Maar ik acht hem in staat mijn meisje bij de politie aan te geven. Wat als Jelai werkelijk in de bajes belandt? Door mijn toedoen? Omdat ik weiger Huang zijn zin te geven? Wat win ik ermee om tot op het bot na te gaan of de fabriek onder water zal verdwijnen? Is de uitbreiding van Kraans business het waard het leven van mijn geliefde op het spel te zetten? Was hij een heilig boontje, dan was het anders. Wat hij zijn Qingdaose zakenpartners geflikt heeft...

Huang schuift zijn stoel naar mij toe: 'Kent u deze spreuk: *Gun de ander zijn plezier en het jouwe wordt je gegund*? Mijn hart is nog niet vanuit de pit verrot. Ik zal uw verloofde niet zomaar de waterput in trappen, tenzij u mij geen andere keuze laat. In ruil daarvoor schrijft u een gunstig verslag over mijn bedrijf…'

Ik heb spijt van hier tot Timboektoe! Had ik hem toentertijd, ladderzat en al, conform zijn smeekbede, bij het Holland Casino in Scheveningen afgeleverd, dan zou hij nog een paar ton schuld hebben gescoord. Dan zouden de uitsmijters geen vierkante centimeter van zijn huid heel hebben gelaten. Maar met tandenknarsen schiet ik niets op. Werkt alleen averechts. In recordtempo maak ik de balans op. Het liefst zou ik op z'n Chinees zijn voorouders uit hun graven schelden, Kraan bellen en het hele project laten afblazen. Maar ik moet Jelai beschermen en mijn trotse en ook nog eens verontwaardigde rug buigen. Ik heb genoeg griezelverhalen over de Culturele Revolutie gelezen om de ernst van de zaak onder ogen te zien. Ik schuif mijn fauteuil dichter bij Huang: 'Als ik uw verhaal moet geloven – waarom zou u mij voorliegen? – zit ik tot over mijn oren in de puree. Mag ik hier een nachtje over slapen? Morgen… op zijn laatst overmorgen laat ik u weten of en zo ja, hoe ik uw wens kan inwilligen.' Mijn handen jeuken. Ik moet Jelai te pakken zien te krijgen. Nu. Direct. Het kan mij geen bal meer schelen of ze opnieuw gaat zeuren over haar kale kop. Als ze achter de tralies belandt, wordt ze nog kaler geschoren, of zoiets.

Hij klapt op mijn schouders – jakkes! – en triomf druipt van zijn bek. Van deze afstand raak ik bedwelmd door de alcohol die hij uitademt, vermengd met de ontbindingsgeur van zijn tandvlees. 'Met jou kan ik praten! Twee nachten, niet langer. Anders wordt je oom, ik dus, boos.'

Ik wacht tot Huangs voetstappen in de gang verstommen en grijp naar de telefoon: 'Chris hier! Mag ik Jelai even?'

''t Is niet waar! U belt vanuit Hólland.' Een plaatsvervangende opwinding maakt degene die opneemt kortademig. 'Ik hol voor u. Naar boven. Niet ophangen!'

Ik ken die stem. Hij behoort aan de vrouw die tegenover het gemeenschappelijke toestel woont. Jelai noemt haar 'mijn op een na jongste tante'. Het zegt niets over een bloedband. Chinezen bombarderen iedereen tot familie. Gênant is dat. Het is maar goed ook dat ze mij verboden heeft de hoorn op de haak te leggen. Waar blijft ze? In slaap gevallen misschien, halverwege haar drafje – ze zou toch hollen? – naar de derde verdieping? Maar ik heb geen keus. Ik moet Huang een stap voor zijn. En spoedoverleg plegen met Jelai.

'Meneer Hollander, bent u daar nog? Gelukkig! Ik was al bang dat u… Enfin, ik houd het kort. Peperduur om internationaal te bellen. Ik heb een kwartier, nou ja, vijf minuten dan, op hun deur staan kloppen. Geen gehoor. Het ging blijkbaar, sorry hoor, gepaard met zoveel kabaal dat ik de linker- en rechterburen wél uit hun huis heb geklopt. Jelai's vader is ernstig ziek. Vraag mij niet wat hem scheelt, want dat hebben ze me er niet bij verteld. Het arme kind is eergisteren halsoverkop naar Beijing vertrokken. Gistermiddag bereikte haar oom en tante het bericht dat het nog een kwestie van een paar dagen was. Diezelfde avond stapten zij ook op de trein.'

Ik ijsbeer. Waarom hing ik zo vlug op? Had ik die aardige 'tante' niet kunnen vragen naar het telefoonnummer van Jelai's ouderlijk huis? Als ze het niet heeft, ben ik ook tevreden met dat van Haihai – hij kan mij vast verder helpen. Ik stoot mij tegen de – verdomme! – salontafel, maar achteraf gezien ben ik dankbaar. Ik ga zitten en wrijf langs mijn zere scheenbeen. Nu ik niet meer als een kip zonder kop ronddol, realiseer ik me dat het een zegen was dat ik Jelai niet aan de lijn kreeg. Op dit moment heeft ze genoeg aan haar hoofd en elke spanning is er een te veel. Halt, Beijing. Ze beweegt zich dus onder de ogen van The Big Brother. Als gezochte 'misdadigster'. Ik spring overeind en loop op en neer. Wat als ze gesignaleerd wordt? En gelijk opgepakt? Vandaar dat ze in Qingdao schuilt en haar ouders zelden opzoekt!

'Meneer Klisse.'

Weer die Huang? Doodliggen als de poedel van mijn zus, ik bedoel, doen alsof ik niet thuis ben, gaat niet in dit land. Bovendien (ik ga lekker op de Chinese toer) *ademt het hotelpersoneel door hetzelfde stel neusgaten als hij.* Ze zullen hem, desgevraagd – ongevraagd doen ze het ook, hoor – in het oor fluisteren dat ik gewoon in mijn kamer zit. Met mijn deur op een kier: 'Bent u iets vergeten, directeur?'

Hij wacht tot ik hem binnenlaat.

Dan moet hij eerst sint-juttemis hebben gezien.

Nadat het tot hem doorgedrongen is dat ik geen zin heb in een verrassingsbezoek, lacht hij mierzoet – voorzover hij daartoe in staat is – en klapt enthousiast in zijn handen: 'Ik heb me bedacht.'

Dat werd tijd, denk ik bij mezelf.

'Weet u wat, meneer Klisse? De vergadering van vanmiddag kan ook wel zonder mij. Wij gaan de stad onveilig maken!'

Ik dacht dat ik het in Keulen hoorde donderen. Tien minuten geleden wilde hij mijn vriendin nog richting bajes helpen en beledigde hij mij – à la Chinees – door zich als mijn oom op te stellen. En nu wil hij met mij op stap!

'Chongqing is niet zomaar een stad. Het was het politieke centrum tijdens de Japanse bezetting. Onderweg neem ik u mee naar een restaurant. Daar vissen ze de kreeften, sputterendlevend, uit de rivier onder hun *tiaolou* – een houten hut op palen. Wat is er? Lust u geen zeevruchten? Dan maar naar de tent die bekendstaat om zijn wild. De fazanten worden gemarineerd en gestoofd in een wok sambal. Ze zien er vuurrood uit. Zo voelen ze ook op de tong…'

Ik gooi de deur dicht, achter mij, en volg Huang naar buiten. De onmogelijkheid Jelai te spreken, plus mijn zorgen om haar veiligheid, met op de koop toe mijn besluiteloosheid – zal ik buigen of liever barsten onder Huangs chantage? – maken mij gek. Elke afleiding is beter dan in mijn kamertje zitten piekeren.

Hij steekt zijn kop in de wagen: 'Muoli, d'r uit! Meneer Klisse en ik gaan de andere kant op.'

Ik neem de omgeving op. Behalve de potdichte bamboebossen langs het bergpad en het luie getsjirp van cicaden is er geen teken van leven. Moet ze naar huis lópen? In deze wildernis, onder de blakerende zon? Met de auto was het al drie kwartier.

Muoli tilt haar hoofdje op en zoekt, bedeesd maar daarom niet minder smekend, oogcontact met haar baas. Huang tikt ongedurig met zijn linkerpoot op de zachtgekookte asfaltweg. Ze stapt schoorvoetend uit.

Ik bal mijn vuisten. Maar wat kan ik doen? Ik zit al tot over mijn oren in de shit vanwege mijn vogelvrije vriendin. Als ik in de bres spring voor dit wildvreemde meisje, leg ik zelf een nieuw chantagemiddel in Huangs hand… 'Directeur, door de drukte heb ik nog niet de gelegenheid gehad de prachtige bamboebossen van dichtbij te bekijken. Zouden we…'

Hij kijkt mij verbaasd aan en werpt Muoli een vernietigende blik toe: 'Door je studie Engels op die derderangs universiteit is je geheugen achteruitgegaan. Ben je soms vergeten uit welke molshoop je bent gekropen? Je mag blij zijn dat je niet met honderd kilo bamboestokken op je rug, blootsvoets, de weg naar huis hoeft af te leggen. Iets dat je moeder en twee zusjes nog dagelijks doen!'

Ik krijg een waas voor mijn ogen, maar dit keer houd ik mijn mond. Mijn zin heb ik al. Laat die zak maar lullen!

Muoli wacht tot Huang uitgekafferd is en neemt schichtig plaats op de achterbank.

Van Huang mag ik voorin zitten. Wat een traktatie! 'Zo kunt u ge-

230

nieten van het mooie uitzicht.' Luidt zijn verklaring. Niet dat ik overal spoken zie, maar door wat zich de afgelopen dagen, weken heeft afgespeeld neem ik niets meer aan voor zoete koek. Of Huang wil me in de watten leggen, opdat ik meewerk aan de verkoop van zijn bedrijf, of hij verdenkt me ervan een zwak te hebben voor Muoli en steekt daar alvast een stokje voor. Door mij uit haar buurt te houden. Een van de twee.

Nauwelijks is de motor warmgelopen – reken maar dat dit rap gebeurt, gezien de hitte – of Huang trekt aan de bel: 'Hó! Muoli moet er hier uit.'

Onze wagen maakt een u-bocht. Ik staar naar de breekbare gestalte op het kronkelpad, met huizen noch vee in de wijde omtrek, en voel me een nul. Een schijterd. Geen wonder dat Huang in mij een gemakkelijke prooi ziet.

Er kan van alles over Huang beweerd worden, maar toen er mensenkennis werd uitgedeeld, stond hij vooraan in de rij. Hij schuift naar voren en zit, als ik me niet vergis, op de rand van de achterbank: 'Geen reden tot bezorgdheid, meneer Klisse. Het is maar een kippeneindje.'

Ik slaak een zucht van verlichting.

'Niet eens tien kilometer.'

Mijn nek! Van de schok schiet-ie op slot.

'Ach, meneer Klisse, da's een peulenschil voor Muoli d'r soort. Boerenmeisjes van deze streek zijn net berggeiten. Ze kunnen uren en zelfs dagen achter elkaar klimmen en sjokken, zonder een druppel water of een stuk gestoomd brood.'

Ik moet maar op zijn woorden vertrouwen. Wat moet ik anders?

'*Shudao zhinan nanyu shang qingtian!* Li Bai. De grootste dichter die ons land ooit heeft gekend.' Rode konen. Sterretjes in zijn spleetogen. Overgeslagen stem. Huang in vervoering. Cool is anders, als je het mij vraagt. Hij wijst naar de nauwe gang waardoor wij zigzaggen: '*Het pad naar Sichuan is onbegaanbaar. Net zo onbegaanbaar als dat naar het blauwe paradijs.*' Sinds de geboorte van deze dichtregel, ruim twaalfhonderd jaar geleden, hebben andere dichters zich niet meer gewaagd aan een betere omschrijving van dit landschap.'

Ik kijk omhoog. Naar de spitse rotswanden die loodrecht de lucht in schieten. Als verroeste dolken die de witte wolken doorklieven. Ook ík raak in de ban van de macht der natuur.

'Hier nóg een: *Changjiang zhishui tianshang lai.*'

Ik kijk naar rechts en krijg kippenvel. Nu we bergopwaarts rijden, springt er een beeld, hét beeld, in mijn ogen waar Li Bai ruim duizend

231

jaar geleden ook getuige van moet zijn geweest. *Het water van de Yangtse Rivier stroomt vanuit de hemel naar beneden.*

'Onthoud deze kleur, meneer Klisse. Dadelijk passeren we het punt waar de Yangtse en de Jialing in elkaar overgaan. De een is donker, de ander licht. Toen ik het voor het eerst zag, droomde ik er nog dagenlang van. Twee eenheden besluiten of zijn gedwongen zich met elkaar te mengen. Eeuwenlang zijn ze ermee bezig, maar tot op de dag van vandaag behoudt ieder zijn eigen kleur. En dan ontmoeten ze elkaar. Geen minuut eerder. Hierna zijn ze één, alsof het nooit anders is geweest. Geven ze ooit op elkaar af? Dat de ene te bleek – helder – is en de andere te vies – troebel?'

Ik voel zijn hand op mijn schouder. Dat doet mij denken aan de handtastelijke chirurg in Qingdao. Of wil hij een wit voetje halen?

'Alleen de Yangtse-brug over en we zijn er. Weet u hoe ze Chongqing ook wel noemen? "Hongkong wanneer de elektriciteit uit-valt." Beide steden zijn gebouwd op berghellingen, met dien verstande dat ons nachtleven verre van bruisend is. Maar… we zijn de dichtstbevolkte stad in heel China – je moet érgens bekend om staan, nietwaar? Vierendertig miljoen inwoners. Allemaal op één kluitje. In het centrum, naast het Vrijheidsbeeld, kunnen we smullen van… Nee, ik weet nog iets beters. Geen fazant, maar hotpot.'

Bij het horen van dat bewuste woord gutst het zweet uit mijn poriën. 'Met dit weer?'

'Dé specialiteit van Chongqing, meneer Klisse!'

Ik wil er 'Nou en?' uitgooien, maar zie daar wijselijk van af. Het ijs tussen ons is net gebroken. Ik wil hem niet tegen de haren instrijken, omwille van Jelai.

Onze auto gromt terwijl hij bijna verticaal omhoogklimt. Ik houd mijn hart vast.

Huang bewijst voor de zoveelste keer dat hij gedachten kan lezen. 'Stop! Parkeer de wagen achter de Qingnian Straat, ouwe Deng.' De chauffeur hoeft zijn bovenlip nog niet te scheren! Leuk hoor, om alvast op die manier betiteld te worden.

Ik zet mijn voeten op vaste grond. Een pak van mijn hart. Weg is de angst om vandaag of morgen in het ravijn hieronder gevonden te wor-den, als een hoopje verkoolde stukken. Te vroeg gejuicht. Huang knipt met zijn vingers en uit het niets duikt een bende mannen op, ieder met een bamboezitje op zijn rug. De een roept nog harder dan de ander. 'Dertig yuan!' 'Twintig!' 'Tien!' 'Ikke, negen! Helemaal tot aan de Minzu Straat!'

'Hebben jullie een bord voor je kop?' Huang trapt zijn sigarettenpeuk onder de schoenzool uit.

Muisstil opeens.

Huang gaat verder: 'Wij hebben hier te maken met een internationale vriend van onze staat. Hebben jullie zijn polsen gezien? Dikker dan jullie kuiten.'

Een van hen steekt een duim en wijsvinger in zijn mond. Gefluit echoot tussen de rotsen.

Huang verlaagt zijn stem: 'Het wachten is op een stoel die door twee personen wordt gedragen. Véél comfortabeler.'

Wat moet ik zeggen? Dat ik vrees met grote vreze dat ze hun vracht – mij dus – niet aan kunnen, op hun bek gaan en mij laten vallen? Waardoor ik voer word voor de wolven aan de voet van de berg? En daarom liever loop? Als Huang merkt dat ik het in mijn broek doe, ben ik een nog makkelijker prooi van zijn chantage.

Twee ventjes, teakbruin, stokmager en met alleen een lendendoekachtig broekje aan, melden zich op een holletje. Op hun schouders veert inderdaad een ruimere stoel, vastgebonden aan twee lange bamboestokken. Ze bukken. Ik houd me groot en neem plaats. Met een 'woejoe!' schieten ze overeind. Het meubelstuk onder mijn achterwerk wiebelt, nee, eerder schokt. Als een boot in woeste wateren. Het wordt groen en geel voor mijn ogen. Nu begrijp ik waarom Kraan mij dubbel salaris betaalt. De beruchte 'tropenjaren tellen voor twee'. Nou, liever minder poen en zekerder van mijn leven. Ik heb mijzelf in de handen van twee stellen spillebenen gelegd en daar moet ik maar in berusten. Starend op de rug van de 'riksja'-jongen die vooraan dribbelt, lichtvoetig en zonder een spat zweet – terwijl ik erin baad, hoewel ik niets doe: ademhalen kan ik moeilijk meetellen – moet ik sterk denken aan een... hoe heet dat ras ook alweer? Mager als een lat, op het ziekelijke af. Maar een en al spier. Langvezelig en aërodynamisch. Een racehond. Snel als... ik heb 'm: een hazewind!

De hotpot is te vergelijken met fondue, maar dan op waterbasis. Huang gooit er van alles in. Inktvis, kokkels (gepeld, dat wel), blokjes tofoe en ik moet ze er met een netje uitvissen. Ik mag kiezen tussen vijf verschillende dipsauzen. Sambal met knoflook, sambal zonder knoflook, sambal met een kruid dat mij doet vermoeden familie van basilicum te zijn, sambal zonder en ga zo maar door. Waarom wordt het spul in vijven verdeeld als het om één hete bliksem gaat?

Na het diner knipoogt Huang tegen mij: 'Naar het...?' Hij laat de naam van een westerse hotelketen vallen.

'Overnachten we hier?'

'Dat niet, maar de disco daar...'

U? Disco? Deze woorden liggen op het puntje van mijn tong, maar ik houd ze, op het nippertje, binnenboord.

De tent blijkt heel anders te zijn dan zijn Nederlandse soortgenoot. Chiquer. De dansvloer is van licht doorlatende tegels, met eronder neonlampen. Eromheen, op een verhoging, staan mahoniehouten tafeltjes en leren fauteuils. Veertigplussers, uitsluitend van het mannelijk geslacht, kalend, buikig en driedelig verpakt, kortom, variaties van Huang, schudden aritmisch met hun iets te slappe kont. Hun bewegingen zijn stroef, of dekt 'roestig' beter de lading? Uitgeblust en traag werken ze zichzelf van de ene kant van de zaal naar de andere. Om de sombere boel op te leuken, worden video's vertoond over hoe het wel moet, vanuit apparaten bevestigd op vier marmeren pilaren. Daaraan hangen ook, midden in de lucht, ijzeren kooien. In elke huppelt een sportief gekleed meisje. De hipste MTV-pasjes worden feilloos nagebootst. Met het verschil dat ze meer halsbrekende toeren uithalen – een kunst, gezien hun miniatuur-postuurtjes. En dit speelt zich allemaal af binnen een straal van anderhalf bij twee meter.

Huang mikt op een tafel in een donkere hoek. Voor mij bestelt hij watermeloensap met ijsblokjes – 'Die moet u proeven. Zalig!' – en voor hemzelf een cola. 'Uit blik!' drukt hij de serveerster op het hart. Er schijnt een niet te verwaarlozen verschil te bestaan tussen cola uit de één-liter-fles en uit het drieëndertig cc blik. Wat dat precies inhoudt volgt, áls ik erachter kom. Discreet gluur ik naar haar aantekening. Tachtig yuan per glas! Die twee mannetjes kregen twintig. En daarvoor moesten ze een halve berg beklimmen, onder de brandende zon en met mij op hun rug.

'Opgesodemieterd!' Huang snauwt twee jongedames af die vragen of de stoelen tegenover ons bezet zijn.

Ik voel me bezwaard en wijs naar twee lege plaatsen niet ver van ons vandaan.

Ze kijken mij vreemd aan.

'Laat ze!' Huang is zichtbaar geïrriteerd.

De tweede ronde is whisky. De derde ook. Zoetjesaan wordt de maalmachine in mijn kop tot stilstand gebracht. Als piekeren over Jelai's hachelijke situatie nou zin had...

Huang steekt zijn vinger op: 'Daar hebt u meer keuze.'

Ik volg zijn hand en kijk naar boven. Goeie genade! Nu pas zie ik hoe hoog de zaal is. Met in het midden een kroonluchter, die niet brandt.

Wel de drie rijen discolampen. Eromheen is een galerij, of moet ik zeggen balkon? Waar het wemelt van vrouwelijke feestneuzen.

'U hoeft maar te kikken...'

Dat meent hij niet! Ik knijp mijn ogen samen en bestudeer ze een voor een, zo nauwkeurig als het gedimde zwaailicht het toelaat. 'Die zijn minderjarig.'

Met een knal! zet hij zijn glas op tafel en hij verslikt zich bijna in de slok kattenpis bij de ingang van zijn keel. Na een hoestbui: 'Zij? Die daar bijvoorbeeld. En haar collega ernaast. Ouwe rotten in dit vak! Vierendertig lentes "jong".'

In Nederland vinden ze dat Chinezen moeilijk uit elkaar te halen zijn én dat ze jong ogen. De bedenker van deze mythe is hier zeker nooit geweest. Anders zou hij of zij hebben toegevoegd dat ook Chinese hoeren onschuldig en bijna... maagdelijk lijken.

Huang knipt weer met zijn vingers. En prompt snelt een in Shanghai-dress gehulde slanke den op ons af: 'Yang Zong, mijn hartendief! Welke gunstige wind heeft u naar mijn krot gewaaid? Ik raad het al: uw business gaat van een leien dakje en uw portemonnee zwelt vlugger op dan de buik van een hoogzwangere vrouw. Vandaar dat u mij te min vindt om op te zoeken.' Ze trekt een kanten zakdoekje uit het derde knoopsgat van haar kleed en slaat er giechelend mee tegen de wangen van mijn zakenpartner.

'Haal uzelf toch niet zo naar beneden, liefje. Daar gaat mijn hart van bloeden. Ik balanceer op de rand van de afgrond en heb geen stapels bankbiljetten meer om u naar behoren te verwennen.'

'Yang Zong! Ik heb u maanden niet gezien. Uw taille heeft er een nieuw zwembandje bij gekregen en uw hoofd is een rand kaler geworden – nóg sexier dan de laatste keer. Maar uw lippen zijn nog steeds dezelfde: gesmeerd met de zuiverste sesamolie. U bent en blijft een meester in gladde praatjes. Balanceerde u werkelijk op de rand van de afgrond, dan zou u geen harige buitenlandse duivel hebben kunnen strikken!'

Huang kucht en krabt aan zijn hoofd. Met luide stem: 'Meneer Klisse, mevrouw Paviljoen van Pioenrozen heet u van harte welkom.'

Ik dub. Moet ik haar hand kussen of schudden? Wat is de gewoonte bij dit soort... gelegenheden? De tijd dringt. Ik doe een stap terug en roep: 'Prettig kennis met u te maken, mevrouw Paviljoen van...'

Haar ivoorblanke huidje wordt helrood: 'U spreekt Chi... Chinees? Orchidee, champagne voor tafel negen! Van het huis.' Ze verontschuldigt zich en verdwijnt ijlings, met haar gezicht eerbiedig naar ons toe, achter de bar. 'Yang Zong en meneer Lisse, mijn bazin wil u hoogstpersoonlijk ontvangen.'

Huang is in z'n nopjes. De champagne gaat erin als limonade. Zijn alcoholspiegel bereikt het niveau van destijds in het Chinese restaurant te Den Haag. Toen hij mij voor pastoor aanzag. En opbiechtte dat hij honderdvijftig piek over de Amsterdamse walletjes had gesmeten.

Een zwaargewicht, al helemaal naar Chinees begrip, waggelt onze kant op. Na exact dezelfde openingszin als mevrouw Paviljoen huppeldepup – standaard opgenomen in hun protocol? – sluist ze ons naar buiten. In de gang passeren we ruimten die genoemd zijn naar hoofdsteden en bezienswaardigheden over de hele wereld. Zaal Champs-Élysées, Kamer de Toren van Pisa, Suite Florence, Lokaal Golf van Biskaje. De, laten we er geen doekjes om winden, hoerenmadam fleemt met hese stem: 'Yang Zong, zelfde kamer, zelfde meisje?'

Hij knikt maar verbetert zichzelf direct: 'Mijn vriend komt uit Holland. Voor hem het neusje van de zalm graag. Geld speelt geen rol.'

Ik ben geen heilige, maar gezien mijn leeftijd, uiterlijk en charme is betaalde liefde niet aan mij besteed. Bovendien, aan Jelai heb ik mijn handen al vol. Mijn kuiten draaien terwijl ik denk aan de noodsituatie waarin ze zich bevindt, dankzij Huang. Ik maak rechtsomkeert.

'Meneer Klisse, waar gaat u heen?' De ondertoon van Huangs vraag stuurt rillingen over mijn rug. Gedwee vaar ik weer in zijn kielzog. Een man, de smerige soort althans, kan een vrouw aanranden, maar ik ben benieuwd of een prostituee mij kan dwingen tot iets waar ik niet van gediend ben. De whisky doet de rest. Met geleende moed zet ik er flink de pas in.

Voor de deur waarop, krijg nou wat!, in koeienletters 'Keukenhof' staat hoor ik: 'Alstublieft.' We betreden een ruimte voorzien van een zithoek, een bar, een karaoke-installatie en een kanjer van een tv. De moddervette madam claimt de enige rieten stoel die de kamer rijk is. Als ze nu op zou staan, om een fles te openen of zo, moet ze het zitmeubel wel met zich meetorsen – zonder geweld is haar derrière niet los te krijgen. Een mierzoete glimlach drijft over haar gezicht, nog gemaakter dan haar getekende wenkbrauwen, tieten in een push-up beha en geverfde kapsel: 'Yang Zong, ik zou u graag alle hoeken van het paradijs laten zien, maar ik ben ongesteld, dus…'

Huang: 'O nee! Mevrouw Lentegeur en Zomerpracht, overlaad mij niet met zoveel eer dat ik verpletterd achterblijf. U bent de vleesge-worden Quanyin Boeddha. Hoe zou ik durven dromen naast u wakker te worden? Geef mij maar een boerentrien die vorig jaar nog brand-hout in de heuvels liep te sprokkelen...'

Als ik snap wat voor geheimtaal die twee bezigen, ben ik 008. Wer-kelijk. Ten eerste, hoe bestaat het dat Huang opeens naar de naam 'Yang Zong' luistert? 'Zong' betekent 'de CEO van een multinational', die hij niet is. Yang is een totaal andere familienaam. Ten tweede, de madam draagt weliswaar een pikante galajurk, maar een antiek dressoir met een trendy kleed blijft antiek. Wedden dat haar kleinkinderen al aan het puberen zijn? Zij, ongesteld? Dan kan een gecastreerde kater vader worden! Er wordt op de deur geklopt. Acht meisjes – ik zweer het – die frisser ogen dan sommige bakvissen op een Haagse havo, gewurmd in een westers pakje, kindermaat, vormen een rij en laten hun hoofd quasi-verlegen hangen. Huang giert, maar gaat niet op het verzoek van de madam in. Hij speelt mij de bal toe: 'Klisse, na u.'

De hotpot die ik heb verorberd kolkt in mijn maag. Temeer daar een van de meiden hetzelfde figuur heeft als mijn Jelai. Lang voor een Chi-nese en gespierde kuiten. Zou ze ook zo sierlijk kunnen dansen als mijn verloofde? Ik krijg het Spaans benauwd. Jelai op de vlucht. Vanaf 1989 tot nu. Non-stop. Wat zal ze geleden hebben! En wat moet ze bang zijn geweest! Hoe heeft ze de eenzaamheid en de wanhoop kunnen trotseren waarmee iedere gezochte 'crimineel' kampt? Waarom deel-de ze haar verdriet niet met mij? Was dat vertrouwen hebben, in onze relatie? Opeens besef ik waarom ze af en toe zo door het lint gaat, zo-als toen ze met haar hoofd tegen de lantaarnpaal bonkte.

Huang stuurt zeven meisjes weg en laat degene op wie mijn blik valt blijven. Het arme kind speelt met haar vlechtjes en kan haar geluk niet op. Misschien haar eerste blanke klant. Ik sta op en sla de deur achter mij dicht.

Huang loopt zwijgend naast mij. De zon is maar voor de helft te zien boven de lijn tussen de Yangtse Rivier en de blauwe hemel. Het moet na zevenen zijn. Straatlantaarns springen aan en het centrum wordt ru-moeriger en gezelliger. 'Meneer Klisse, *een watermeloen is alleen zoet als hij gerijpt is en zich van de tak scheidt; dames zijn alleen leuk als u er trek in hebt.* Ik begrijp u volkomen. Zand erover, ik trakteer u op een sauna.'

Als er één ding is waar ik van gruwel, dan is het Huang in zijn 'volle glorie' bewonderen. In dat geval laat ik mij liever verkrachten door een everzwijn.

237

'Of een voetmassage? Anders zijn we voor niets naar Chongqing af-gereisd.'

'Wat is er mis met mijn voeten, meneer Huang?'

'Genot op een medisch verantwoorde manier. soa-vrij ook nog.'

Ik onthoud mij van commentaar.

'Eerst weken ze uw voeten in een kruidenaftreksel, daarna kneden schattige vrouwtjes uw zolen en kuiten totdat u van geluk uw familie-naam vergeet.'

'Ik wil naar huis. Nú!'

Of Huang is te bezopen om te beseffen waar hij aan begint, of hij is gewend geraakt aan de linke weg die hij bewandelt. In ieder geval, onze wagen scheurt letterlijk en figuurlijk op de rand van de afgrond. Ik moet er niet aan denken... Verlamd door wat er zou kunnen gebeuren, in het ravijn vlak naast onze linkerwielen en vóór ons in de hoedanigheid van een tegenligger – het pad is al blij één auto door te kunnen laten – dwing ik mezelf straal voor mij uit te kijken. De duisternis in. Daar, op de achterbank, overtreft Huang de meest geplaagde tuimelaar. Hij valt zijdelings om – ook wanneer er geen scherpe bocht wordt gemaakt, en veert vrolijk weer terug. Zijn tong volgt niet bepaald zijn bevelen op en blijft tussen zijn voortanden steken. 'Klitse, je vriendin boft maar! Wetsterlingen pleuren hun je-weet-wel in allets dat tzijn tegenpool moet voortstellen, gelijkpool its tegenwoordig ook geen betzwaar, maar jij laat het vleets, gratits en voor nikts op je bord gelegd, tstaan!' In een vlaag van dronkemansoprechtheid veegt hij met zichzelf de vloer aan en toont berouw voor zijn echtelijke ontrouw. Maar dit verhindert hem niet om zijn vrouw, die hem op zijn wenken bedient, aan te duiden met 'die verschrompelde sharonvrucht van mij'. Volgens hem 'heeft ze geen riem nodig – ze snoert haar broek wel vast met d'r uitgerekte tieten'. Medelijden met haar toont hij niet, wel met zichzelf. Ja, zegt-ie, ze was hem aangesmeerd door haar vader, hoofd van het dorp waar Huang als 'jonge intellectueel' uit de stad Chongqing 'de aardbol moest leren borduren'. Hun huwelijk dateerde uit de 'tienjarige ramp', ook wel eufemistisch uitgedrukt als de Grote Proletarische Culturele Revolutie. Toen ze een verse sharonvrucht was, had ze hoektanden. Ze staken als twee vlaggenstokken uit haar muil. Als baby's haar onverhoopt in het vizier kregen, werden ze ontroostbaar. Geen grap, Huang is stellig, ze kon ongeschminkt de vogelverschrikker uithangen. Het werd lastig haar aan de straatstenen kwijt te raken, zou je denken. Niets was minder waar. Alle knappe boeren in de omstreken, incluis de hoogopgeleide stedelingen die daar verzeild waren, dongen naar haar hand. Ze was dé brug naar de stad. Naar het geld dat ambitieuze boeren in staatsfabrieken wilden verdienen.

Huangs grootste liefde was de dochter van een civiel-ingenieur en een tekenlerares. Net als hij moest ze door plattelanders heropgevoed worden, aldus Mao. Huang klom op de hoogste bamboetak en plukte het teerste blaadje. Hiermee floot hij de mooiste serenades voor zijn prinses. Het mocht niet baten. Het dorpshoofd lokte haar uit de tent, met de belofte haar als eerste naar Chongqing te laten repatriëren. Wat stond ertegenover? Drie keer raden. Twee vliegen in één klap. Op deze manier dreef hij Huang tot wanhoop – een gouden kans om zijn dochter aan de veelbelovende intellectueel te koppelen. Als Huang niet akkoord ging, dan kon hij het verder schudden. Nooit, in dit leven althans, zou hij Chongqing terugzien. Al was zijn kersverse bruid lelijker dan de nacht, ze droeg hem op handen. Huang zag zijn ex-geliefde zwanger worden, abortussen plegen om uiteindelijk de zoon van zijn schoonvader op te voeden. Zijn machteloosheid uitte hij door de dochter van zijn rivaal links te laten liggen, ook letterlijk.

Zijn carrière verliep, zoals het dorpshoofd hem in het vooruitzicht had gesteld, inderdaad vlot. Een schrale troost voor de koehandel die hem was opgedrongen. Twintig jaar later werd hij directeur van deze confectiefabriek. Op zakenreis naar de stad Chengdu, kreeg hij, zomaar, een barmeisje in de schoot geworpen, dat als twee druppels water op zijn grootste liefde leek. Hij leerde haar praten en lachen zoals zijn ex-prinses placht te doen. De eerste stap naar het helen van zijn oude wonden was gezet. Zo heeft hij tientallen jongedames gedresseerd ter verwezenlijking van zijn jongensdroom. Totdat het hem op een gegeven moment de keel uithing. Blondines met grote memmen prikkelden zijn fantasie, met één nadeel: hij had een hernia. Ze lagen verankerd in bed. Om hen te verplaatsen moest er een hijskraan aan te pas komen. Vind er maar één in een hoerenkast! Alles heeft hij onder de leden gehad, druiper, platjes, syfilis, chlamydia, in één woord samengevat: soa. Zijn vrouw is drie keer weggelopen, naar haar ouders in het dorp. Zijn schoonvader leed aan afasie maar was helder genoeg om door te hebben waar Huang mee bezig was: hem treiteren voordat hij goed dement werd. Huang: 'Mijn leven is één grote puinhoop. Dat van mijn vrouw ook. Met dat vertschil dat ik geniet terwijl ik ten onder ga en tzij het nakijken heeft. Net alts haar pa.'

Ik vraag me af of ik nieuwsgierig mag zijn.

'Klitse, moraal its een dure grap. Tstervelingen als ik reiken niet tzo ver. Wij modderen maar aan in de poel van tschuld en tstraf. Quitte tspelen its het hoogtste doel waar wij naar tstreven.'

'Meneer Huang, hebt u ooit aan echtscheiding gedacht? Er zullen zeker mannen bestaan die een vrouw, zo attent als de uwe, aardig vinden. En dan kunt u eindelijk uw eigen partner kiezen.'

'Da's pas écht immoreel!' Hij verheft zijn stem. Zijn dubbele tong slinkt opeens naar normaal formaat. *Een man van dertig is een pioenroos; een vrouw van dertig kun je als vaatwater door de goot spoelen.* Ik kan makkelijk aan een jong ding komen, maar waar moet mijn vrouw heen? Ze is vijfenveertig, maar twee jaartjes jonger dan ik. Met een fles insecticide is ze beter af dan wanneer ze door mij wordt verstoten.'

'Dat vindt ú, meneer Huang. Uiterlijk is ook niet alles.'

'Klisse, dit is Nederland niet. Ik heb het met mijn eigen ogen gezien. In Groningen liepen oude taarten op straat, met een laag plamuur op hun gezicht én decolleté. Hun buik snoerden ze in met, weet ik veel, iets straks of zo. Ze bewogen zich alsof ze vandaag of morgen zwanger zouden raken. Doen ze hier hetzelfde, dan zouden ze in de dierentuin te kijk worden gezet. *Al besmeer je een paardenvijg met honing, het is en blijft een oneetbaar ding.* Nee, mijn schoonvader kan ik wel tot gatenkaas schieten, maar mijn vrouw gun ik een onbezorgde oude dag. Dat weet zij ook. Vandaar dat ze mij keurig antibioticaspuitjes geeft, tegen een of andere ziekte die ik ergens heb opgelopen…'

Huang steekt zijn hoofd uit het autoraam: 'Klisse, weet u zeker dat u alleen naar boven kunt?'

'Het is over elven, directeur. U doet er nog drie kwartier over om thuis te komen. Ik red mij wel.'

Hij wordt als het ware herinnerd aan zijn slaap. En geeuwt: 'Haahhhhh, morgenvroeg heb ik een vergadering waar ik niet onderuit kan. *Gehoorzaamheid gaat voor beleefdheid.* Ik laat u met rust. Zeg, Klisse, wat mij betreft hoeft u morgen niet naar de zaak. U zou toch nadenken over…'

Opeens besef ik waar wij staan. Alcohol noch vermoeidheid verhindert Huang mij in zijn val te lokken.

Middernacht of niet, ik bel. Hoe dan ook.

'Hé, Chris! Dat je nog aan mijn vader denkt. Wat lief! Ik ben net terug van het ziekenhuis. *Wel schrikken maar geen gevaar.* Zijn hersenscan valt mee, ik bedoel, zijn TIA. Hoe kom je eigenlijk aan dit nummer? Via Haihai zeker?'

Wat moet ik verder zeggen? Alles wat ik wilde én vergat te vragen heeft ze bij voorbaat beantwoord. Zelfs de manier waarop ik haar heb getraceerd heeft ze uit de doeken gedaan.

'Ik was van plan je te bellen zodra ik terug zou zijn in Qingdao, maar je bent mij voor.' Ze gaat over tot giechelen.

Een opluchting, na die zenuwslopende dagen met Huang.

'Chris, heb je vandaag vrij of ben je gewoon stout? Giegiegie!'

Over een besmettelijke stem gesproken. Een behaaglijk gevoel valt mij ten deel.

'Volgens mij het tweede: je belt in de tijd van je baas én op zijn kosten.'

Ik veer overeind. Opeens realiseer ik me dat ze ervan uitgaat dat ik in Groningen zit – vier uur 's middags, Nederlandse tijd. Shit. Wat nu? Haar vertellen dat ik maar elfhonderd kilometer van Beijing verwijderd ben? Twee uurtjes vliegen en ik sluit haar zo in mijn armen? Ze zal me afschieten – ik heb me niet aan onze afspraak (lees: haar mandaat) gehouden. Of, erger nog, ze doet zichzelf wat aan. Sinds wanneer ben ik aan alle kanten chantabel?

'Nou over iets anders. Ik vroeg me al af waarom ik de achternicht van Haihai, die van het postkantoor, weet je wel, de hele tijd niet had kunnen bereiken. Ze was met zwangerschapsverlof! Haar belofte mij via de achterdeur gratis naar Nederland te laten bellen? Dat blijkt een ei te zijn waar een wezel aan heeft gevreten: gaaf vanbuiten maar leeg vanbinnen. Ik heb er iets beters op gevonden. Een vriend van Haihai is ingenieur in de haven. Daar wordt getelefoneerd met Londen, Rotterdam, New York en zo alsof die steden om de hoek liggen. Volgende week vrijdag ben ik weer in Qingdao en dan bel ik jou wel...'

'Je vader is toch al beter? Waarom blijf je dan nog zo lang in de hoofdstad?'

'Chris, ik ben hier twee jaar niet geweest. Mijn oud-studiegenoten en de meiden van onze toneelgroep destijds, die ik al die tijd heb moeten missen...'

Ik vat moed: 'Als ik jou was, zou ik zo vlug mogelijk Beijing verlaten.'

'...'

Stilte. De soort die te lezen is in memoires over de Titanic. Vlak voordat hij tegen de ijsberg botste...

'Jelai, wat ik bedoel te zeggen...'

'… is dat ik niet goed genoeg ben om in de hoofdstad rond te hangen. Men denke aan horizonvervuiling, een term waar alleen jullie westerlingen op kunnen komen.'

'Laat mij alsjeblieft uitspreken…'

'Bespaar je de moeite, Chris. Een kale vrouw als ik…'

'Wat heeft dát ermee te maken?' Mijn slapen kloppen. De bloedvaten eronder zetten uit. Als ze nu niet openspringen, doen ze het straks wel. Het moet eruit: 'Denk aan je veiligheid, Jelai!'

'…'

Stilte. Ditmaal de soort nadat de Titanic gezonken is.

'Hoe weet je dat? Zeg op!' Ze begint te snikken.

'Lieverd, rustig…'

'Wie heeft mij verraden? Die komt in zijn volgende leven als schildpad terug!' Haar stem slaat over.

'Wat geeft het nou of het Jantje, Pietje of Klaasje was die het mij heeft verteld? Nu draait het enkel en alleen om jouw…'

'Je vertrouwt mij niet. Niemand vertrouwt mij!' Hysterie doet haar piepen. Als een astmapatiënte.

Ik druk op mijn slapen. Dat ik haar af en toe niet kan volgen, daar wil ik best mee leren leven, maar ik kan er slecht tegen dat, uitgerekend bij een (heftige) woordenwisseling als deze, geen touw vast te knopen is aan haar reactie. Wat is in hemelsnaam het verband tussen mijn vertrouwen en haar bewegingsvrijheid?

'Ik heb je al eerder verteld dat ik gezocht wás en dat ik daarom nog steeds op mijn hoede ben. Ga er maar van uit dat ik in de gaten word gehouden. Trouwens, het kan mij niets meer schelen of ik vandaag of morgen opgepakt word. Vijf van onze groep zitten al zes jaar vast, áls ze nog in leven zijn.'

Mijn keel. Lucht. Ik hap ernaar.

'Ik ben het zat. Reken mij nu maar in. Dan ben ik verlost. Echt en eerlijk waar, er gaat geen dag voorbij zonder dat ik aan mijn studiegenoten denk. Boeddha is mijn getuige. Hoe vaak heb ik ze niet proberen te bezoeken, maar waar vind ik ze? Politieke gevangenen krijgen een speciale behandeling. Bezoek van vrienden is niet toegestaan. Al het fruit en de koekjes die ik hun had willen geven heb ik onder de treurwilgen in het Sun Yatsen Park begraven. Amper achthonderd meter bij de plek van hun noodlot vandaan. Het was niet hun karma, maar mijn schuld. Op de zesde dag van mijn hongerstaking werd ik suf en kippig. Ik had niet in de gaten dat de Militaire Politie achter het podium langs

242

onze kant op was geslopen. Pas toen ze mijn klasgenoten, die een to-
neelopvoering gaven, als kuikens van het nest lichtten, drong tot mij
door wat er aan de gang was... geweest. Als ik tijdig ons waarschuwingssignaal had gegeven of, voor mijn part, als een speenvarken had
geschreeuwd...'

Ik kijk op mijn horloge: 'Blijf binnen tot ik bij je ben. Ik kom naar je
toe. Nu meteen. Desnoods neem ik je linea recta mee naar de Nederlandse ambassade in Beijing. Wij gaan trouwen, dat wil zeggen, als je
geen bezwaar hebt. Dan loop je geen kans meer in hun handen te vallen.'

'Chris, ben je helemaal? Wat zou je baas denken of doen? Je kunt net
zo goed je ontslagbrief indienen.'

Ik maak mijn borst nat. Herrie heb ik toch al. 'Hij zal niets merken.
Ik knijp er twee dagen tussenuit. Geen haan die ernaar kraait. Op mijn
woord. Daarbij, houd je vast: ik bel vanuit een dorp buiten Chongqing.
Een gat waarvan niemand erbuiten ooit de naam gehoord heeft. Dus ik
doe ook geen moeite die te noemen. Binnen vier uurtjes ben ik in Beijing. Tenminste, als ik een vlucht kan krijgen. Vannacht zal niet meer
gaan. Morgenvroeg...'

'Je wát? Hoe lang zit je daar al? Voor zaken? Stiekemerd! Fraai is
dat! O, ik val flauw van geluk!'

'Je bent dus... niet boos op mij?'

'*Sha laowai!* "Domme buitenlanders" is jullie op het lijf geschreven.
Voel eens met je hart, Chris. Zou jij niet dolblij zijn als je... geliefde na
een halfjaar opeens voor je neus staat?'

'Wat doen we dan met je dreigement?'

'De spreuk is: *Als je naar drums luistert, moet je letten op de naklanken.
Als je een uitlating hoort, moet je de ondertoon zien te begrijpen.* Wat zijn
woorden? Niks. Zo hol als de noordwestenwind. Het enige dat telt is
wat niet wordt gezegd. Ik zweef in de zevende hemel omdat ik je morgen misschien weer zal zien. Daarna mogen ze me achter de tralies
smijten. Neem sinaasappels en meidoornjam mee, als je me in het ge-
vang komt opzoeken. Hahaha!'

Wat zou de ondertoon híérvan zijn? Voor de zoveelste keer heb ik
het vermoeden dat er een dwarsbalk in haar bovenkamer loszit. Of
plaagt, pardon, stangt ze mij? 'Doe niet zo mal, Jelai. Je gaat nergens
heen, behalve naar Nederland.'

'Over mijn lijk! Ik blijf hier tot mijn vrienden vrijgelaten zijn. Als ik
op de geruchtenmolen kan bouwen, hebben dergelijke contrarevolu-
tionairen tien jaar gekregen. Bij goed gedrag misschien verminderd tot

243

acht, zeven jaar. Over een of twee jaar is het dan zover. Met het weinige geld dat ik heb ben ik voor een toko aan het sparen. Ooit moet ik toch boeten voor mijn nalatigheid die tot hun arrestatie leidde… Als het Boeddha's wil is, mag ik het goedmaken en hen helpen hun leven weer op de rails te zetten. Bedrijven, ambtenarijen nog minder, staan niet bepaald te springen om ex-gedetineerden een vaste aanstelling te geven. Dan is het fijn een eigen zaakje te beginnen. Maar dat is toekomstmuziek. Chris… ik droom dag en nacht van… van mijn leven met jou te delen, maar trouwen? Onder deze omstandigheden? Je ouders zullen mij in hun sapcentrifuge stoppen. Wie snakt er nou naar een ex-voortvluchtige als schoondochter? En jij? Doe je dit uit medelijden of uit… je weet wel… liefde?'

Ook ik sta met een mond vol tanden.

'Je vaderland, Chris. Dacht je dat ik daar niet was geweest? Waar zou het vandaan komen, denk je, dat ik weet hoe Sinterklaas eruitziet en wat voor cadeautjes hij op zíjn verjaardag uitdeelt? Typisch, zelfs een sprookje kunnen jullie niet waterdicht verzinnen. Als de Sint jarig is, moet hij toch geschenken ontvangen, of mis ik de clou? Onze Keukengod krijgt karamel op zijn heugelijke dag. En koekjes gevuld met gerookte ham en noten…'

Mijn oren klapperen. Dat Jelai vol verrassingen zit is mij inmiddels bekend, maar… 'Jij, in Nederland?' Temeer daar ik weet dat het oversteken van de grens voor Chinezen zowat gelijkstaat aan landen op de maan, zonder raket… Verdomd! Ik vond het al raar dat ze 'Poesje miauw, kom eens gauw' kende. En dat ze wist wat montignaccen inhield. 'Ik heb er geen woorden voor, Jelai. Je blijkt een volslagen vreemde voor mij.'

'Onzin. Als ik het je eerder had gezegd, zou je mij direct vragen: naar aanleiding waarvan? Dan had ik moeten opbiechten dat ik op de vlucht was en naar Leiden was uitgeweken. Via een ondergrondse organisatie die gezochte demonstranten op het Plein van de Hemelse Vrede naar het buitenland hielp ontsnappen. Een gedoe dat ik had willen bewaren totdat wij er beiden aan toe zouden zijn.'

'In Leiden? Wanneer?'

'Tussen november 1989 en februari 1991.'

'Ik zat daar ook! Faculteit Economie.'

'Chris, ik ken daar alleen… Laat maar. Te ingewikkeld om via de internationale lijn, o nee, je zit in Sichuan, maar toch, om het je over de telefoon uit te leggen. Het antwoord is dus nee.'

'Nee waarop, Jelai?'

'Trouwen, sufferd. Ik wil liever in de lik aan een muurschildering werken dan jou met mijn problemen lastigvallen.'

'Je valt mij níét lastig.'

Stilte aan de andere kant van de lijn.

Wat is er loos? Heb ik weer iets doms gezegd? 'Jelai, ben je daar nog?'

Sniffen.

'Mijn lieve schat, de eerste keer dat ik je in dat visrestaurant zag, weet je nog, met die enge zeekomkommers, had ik al besloten jou tot mijn vrouw te maken…' Lieg ik? – ik grijp naar een glas bier, water is ook goed. Nee. Da's een waarheid als een koe. Alleen ben ik er niet trots op dat ik mijn gevoelens aan de grote klok hang. Voor Jelai wil ik best een uitzondering maken. Of beter gezegd, bij haar schaam ik me niet voor wat ik zeg en hoe ik me voel.

'Geduld, Chris. Er komt een dag dat ik vrij ben als een zwaluw. En succesvol. Een goede partij voor jou. Dan zullen je ouders mij accepteren, ondanks mijn huidskleur.'

'Waar héb je het toch over?'

'Chris, maak mij niets meer wijs. Ik houd me ook niet meer van de domme. Afgesproken? Ik ben geweest waar je opgegroeid bent. Chinezen zijn wat dat betreft een stuk makkelijker. Als ze een neger in de bus aantreffen, schuiven ze gauw op. Afkeer van andersgekleurden/ -denkenden/-gelovigen? Van hun hart maken ze geen moordkuil. Maar waar jij vandaan komt? Als je niet tolerant bent, hoor je er niet bij, net als een tiener zonder navelpiercing of een vrouw zonder (ver)grote borsten. Geen wonder dat sommigen hun ideeën over buitenlanders, correctie, allochtonen, onder in de la stoppen. *Wailai ren* – allochtoon, wat een term! Als Bill Clinton in jullie land komt wonen, is hij er dan ook één? En Madonna? Ik dacht van niet. Tina Turner wél.'

'Ach, Jelai. Laat maar waaien. Ik heb je lief en dat is het. Luister, morgen, voor dag en dauw, ga ik achter een vliegticket aan.'

'Dan vertel ik je waarom ik Leiden heb verlaten. En via Hongkong teruggekeerd ben naar waar ik werd gezocht. Geen geheimen meer tussen ons. Je komt er toch wel achter.'

Hoe graag ik ook wil opstaan, een taxi bellen en mij richting luchthaven bewegen, mijn ogen houd ik gesloten. Keer op keer speel ik in mijn hoofd het telefoongesprek van gisternacht af. Elke lach, of, voor mijn part, elke snik van mijn droomprinses is een onuitputtelijke rijkdom.

Temeer omdat ik ergens in mijn achterhoofd iets besef: ik kan niet zomaar twee dagen wegblijven. Wie weet wat voor rare ideeën Huang in zijn hoofd haalt als hij mij nergens vindt? Dit wist ik vannacht ook al, maar in een roes van euforie kon ik dat mooi wegdrukken. Nu de dageraad er is, verliest de magie haar glans. Ik moet het weer hebben van mijn verstand. Daarom is het fijn dat ik moed kan putten uit herhalingen van ons gesprek. Als ik vandaag Beijing niet haal, lukt het mij over een paar dagen dan wel? Me dunkt. Ik moet toch via die luchthaven een vlucht naar Nederland nemen. Maar, wat als er ondertussen iets met Jelai gebeurt? Deze gedachte voert mij terug naar waar ik gisternacht, vóór het telefoontje, was. Ik kan er kort over zijn: paniek. Mijn bed kom ik rollend uit. Kleren aan, hè! het verkeerde knoopsgat. Met een ruk trek ik de minibar open. Bier op. Da's waar ook, ik heb niet ontbeten. Is de kantine nog bemand? De zon schijnt tot aan mijn bureau: het moet ver in de ochtend zijn. Ik grabbel in de la van het nachtkastje: waar heb ik dat horloge gelaten?

Iemand klopt op de deur. Ik pak de kaart van de deurknop, draai hem om, naar de kant 'Don't disturb, please' en hang hem... buiten. In plaats van een kamermeisje met haar beloemde 'Loom selvice' tref ik Muoli aan. 'Goeie... morgen!' Dat 'Wat doe jij hier?' heb ik maar voor mezelf gehouden. Onbeleefd. Vooral in dit land, waar men op elk (door de bezoeker) gewenst moment het huis van iemand anders mag binnenwandelen. Smoes niet nodig.

Ze vlecht haar vingertjes tussen het stoffen bandje van het tasje – zijn haar nagels gelakt? Helrood. Ze steken af tegen de ivoorblanke huid van haar handjes. Niet mijn smaak. Ook haar lippen zitten onder zes lagen verf. Hierdoor lijkt haar gezichtje nog smaller én bleker. De bos steil haar – het enige dat als uitbundig beschreven kan worden – houdt ze bijeen met een zuurstokroze, plastic kam. Waar is het reine meisje gebleven dat ik gisteren voor het eerst zag? Ze heeft haar pink blijkbaar te vast gesnoerd. Nu probeert ze hem met alle geweld van het bandje los te wurmen. Een kreetje ontsnapt uit haar keel en haar oogkassen worden vochtig van de pijn.

Mijn irritatie slaat om in medelijden: 'Laat mij je helpen.' Ik blaas op haar opgezwollen pink – alsof dat helpt – en denk sterk aan een schaar. Afknippen de boel, zou ik zeggen. Ik koop wel een nieuw tasje voor haar, als het moet.

Ze stapt ver van mij weg, laat haar vingertje blijven waar het verstrengeld zit en kijkt naar haar eigen voetjes (naaldhakken, gelakt nog wel).

Wachten totdat zij met een verklaring komt over de aanleiding tot haar bezoek heeft geen zin. Toch voel ik er niets voor haar binnen te laten – ik heb belangrijker dingen aan mijn hoofd dan gebarentaal te oefenen. 'Ben je toevallig in de buurt of kom je speciaal voor mij?'

Ze tilt haar hoofdje op, kijkt mij opgelucht aan en knikt.

'Toevallig in de buurt dus?'

Het wordt hoofdschudden.

'Je wilt mij spreken?'

Ze trek haar jurkje glad en beaamt noch ontkent.

Wat ben ik blij dat mijn Jelai anders is. Zo schieten wij – Muoli en ik – voor geen meter op.

Nu haar jurk zo plat gestreken is dat haar twee erwtjes op een plank te voorschijn komen, heeft ze niets anders meer om aan te frutselen. Ze wrijft de puntjes van haar lange haren tussen duim en wijsvinger en kijkt langs mijn schouders: 'U krijgt de groeten van directeur Huang.'

Alsof ik daarop zit te wachten! Desondanks lach ik à la Chinees: 'Dank je. Groeten terug.' Hó, ik zet mij schrap: 'Zit híj hierachter?'

Ze perst haar lippen op elkaar en werpt mij een vuile blik toe.

Opeens ben ik net zo alert – noem het maar gerust gevechtsklaar – als gistermiddag, in het memorabele gezelschap van Huang de intrigant.

Ze rekt haar hals en kijkt onder mijn oksel door, de kamer in.

Ik krab op mijn hoofd. Als er nog wat van de euforie van gisternacht – dankzij het telefoongesprek met Jelai – over zou zijn, dan is die nu volledig foetsie. Niet door Muoli, maar door wat ze vertegenwoordigt. Haar het gat van de hotelpoort wijzen kan ik me niet permitteren, want geheid dat ik dan Huang op mijn dak krijg. Als Chinezen ergens goed in zijn, dan is het wel in het 'bijhouden van het aantal oude koeien uit de sloot'. Daarmee vergeleken is dat van olifanten een beginnerspakket. Ze onthouden alles wat je niet naar (hun opvatting van) behoren hebt gedaan. Vroeg of laat wordt het je ingewreven. Geen wonder de spreuk: *Een mandarijn neemt zijn wraak desnoods tien jaar na dato.* 'Van harte welkom, Muoli. Kom erin.'

Ze maakt een grote bocht om mijn hemd, dat gespreid op de vloer ligt, met de ene mouw aan de linkerkant van een stoel en de andere aan de rechter.

Ik gris de troep van de fauteuil en nodig haar uit plaats te nemen. Zelf graaf ik een kuil op het bagagerek, zit er prinsheerlijk op en wiebel met mijn benen. Me ontspannen voordoen heb ik mezelf eigen gemaakt toen ik verkering had met Anouck. Het beste wapen tegen haar aanstellerijen. Gewoon er niet op ingaan. En dan waait het negen van de tien keer over. Nu ik toch nergens heen kan, wil ik best de doventaal met Muoli instuderen. Dus voor haar verwoorden wat ze kwijt wil, doe ik niet meer. Bij gebrek aan beter, pak ik een fles, jasses!, tomatensap uit de minibar. En voor haar een blikje cola.

Ze legt het ding eerst in haar ene hand en dan in haar andere en heeft de grootste lol. ''t Is kóúd!' Ze giechelt. Wanneer Jelai hetzelfde doet, vind ik dat de normaalste zaak van de wereld. Als mijn vriendin niet lacht, is ze aan het huilen. Een tussenstation bestaat bij haar niet. Maar dat Muoli dit ook kan, giechelen, bedoel ik. Reden genoeg om te vieren. Ik neem een slok tomatennat: 'Proost!'

Haar ogen vragen mij om iets.

'Wat?' Ach ja! Ik sta op en wil haar demonstreren hoe je een blikje opent: 'Hier trekken.'

'Nee!'

Ik schrik. Zo zo, als het in haar straatje past, kan ze ook een keel opzetten.

'Mag… mag ik het mee naar huis nemen, voor mijn oma van moederskant? Ze heeft zoiets in televisiereclames gezien, maar nooit in het echt.' De eerste paar volzinnen die ze in mijn aanwezigheid uitspreekt.

Ik ga naar de minibar: 'Lust ze ook bitter lemon, appelsap… wat heb ik hier nog meer? Johnny Walker, Schots vuurwater, is dat ook iets voor je oma?'

Ze drukt haar tasje, met het Amerikaanse merkproduct erin, tegen de borst: 'Een cola is meer dan voldoende. Meneer Chris…'

Chinezen kennende… Ja is nee en vice versa. Ik zet de blikjes en flesjes op de salontafel, pal voor haar neus: 'Stop ze maar in je tas. Hier staan ze te niksen.'

'Meneer Chris, zeg dit alstublieft niet tegen directeur Huang!'

'Wat niet zeggen?'

Ze wijst met haar kin naar het inmiddels uitpuilende tasje in haar armen.

'O dat! Waarom zou ik? Trouwens, wat heeft hij ermee te maken?'

Ze bloost en schijnt zich te herinneren waar ze voor gekomen is. Ze legt het tasje achter de fauteuil en rangschikt haar weelderige haardos over haar halfblote schoudertjes. Hierna zoekt ze oogcontact.

Een naar voorgevoel overvalt mij. Ik rommel in mijn koffer: 'Door de drukte heb ik nog geen tijd gehad mijn laptop uit te pakken. Daar zijn Excel en Lotus 123 op geïnstalleerd. Wil je zien hoe die werken?'

Enthousiasme doet haar bleke koontjes blaken, maar ze bijt op haar onderlip en schudt resoluut van nee.

Het onheilspellende gevoel neemt een monsterlijke omvang aan. Achter mijn bureau zit ik het veiligst. Daarom zet ik, ondanks haar gebrek aan belangstelling, toch de computer aan: 'Kijk, het heeft niets om het lijf. Als je met een rekenmachine overweg kunt, lukt dit je... ook.' Mijn benen verstenen. Ik durf geen vin te verroeren, want... ze zit op mijn schoot! Vanachter haar oren geuren jasmijnbloemen, nee, jasmijnstruiken, -velden, -bossen... Mijn hoofd duizelt. Ik zweef. Met het parfum des zomers mee. Mijn gezicht kietelt. O, Vader in de Hemel, ze legt haar hoofdje tegen mijn borst aan! Op een manier... Kippenvel ontwikkelt zich over mijn lichaam. Haar houding, gedrag en dit kleffe gedoe komen mij bekend voor. Wanneer ook alweer? Verrek, gisteren! In die 'zang- en danszaal', in het centrum van Chongqing. Daar nestelden de betaalde liefjes zich op dezelfde wijze in Huangs armen. Mijn maag draait, in de tegenovergestelde richting als mijn hoofd. In een wip kieper ik Muoli om. Ze schijnt dit te hebben verwacht en belandt behendig, met beide benen, op de grond, zonder te struikelen.

Met een stoelleuning tussen ons in, als barricade – dat ik bang ben voor een grietje van achttien, veertig kilo, niet meer, inclusief alle franje en niet te vergeten, haar tasje met zes blikjes en flesjes – ondervraag ik haar. Voorzover ik uit politieseries begrepen heb hoe dat in zijn werk gaat: 'Heeft Huang je híérvoor op mij afgestuurd?'

In plaats van een kuil te graven en zich erin dood te schamen, zet ze een grote smoel op – haar porseleinfijne gelaatstrekken worden hierdoor lelijk samengeperst: 'Dat had ik ú willen vragen!'

Ik glijd bijna van mijn stoel.

Ze slaat met haar tasje in het rond. De blikjes kletteren op de grond en hun inhoud klotst tegen hun tinnen binnenwand. 'Had u zich er niet mee bemoeid toen Huang mij uit de auto zette, dan had hij mij gisternacht niet hoeven te...'

Mijn haarwortels worden strak: 'Een voor een. Wanneer heb ik me waarmee bemoeid?'

'U sprong toch voor mij in de bres toen hij mij te voet naar huis liet gaan?'

'O, dát?' Ik haal me het voorval voor de geest. Brandende zon, waaronder Muoli kilometers moest sjokken, van Huang althans. Ik zie nu nog zijn groene en gele gezicht toen ik voorstelde een omweg te nemen, zodat Muoli een eindje kon meerijden. Hij was niet alleen pissig maar ook... jaloers. 'Heb ik iets gemist, Muoli? Als Huang het maar niks vond dat ik voor je opkwam, waarom laat hij je hier nog komen?'

Ze rukt aan het riempje van haar jurk: 'Jullie westerlingen maken met je medelijden meer kapot dan dat jullie iets goeds verrichten! Ik wist het. Je, pardon, u had geen oogje op mij. U kon het simpelweg niet aanzien dat Huang mij als voetveeg behandelde. Hij met zijn aardkluitenverstand – de directeur is pas echt een boer, die alleen menselijk is ten opzichte van zijn bloedverwanten, de rest kan wat hem betreft doodvallen – vatte uw hulpvaardigheid verkeerd op. Gisternacht waggelde hij als een krab, met zijn stappen eerder zijwaarts dan naar voren, ons huis binnen. Mijn ouders lagen al in bed, maar ze onthaalden hem alsof keizer Qinshi Huangdi op visite kwam. Van hen moest ik meteen met hem mee. Mijn oma dook in een hoek en huilde zonder kreten los te laten. Alleen zij keurde de koehandel af. Maar hoe moet mijn schoolgeld worden betaald, zonder Huangs gulle giften? Ik was de enige van onze streek die vorig jaar slaagde voor het toelatingsexamen van de Universiteit van Chengdu.'

Poe! Nu het hek van de dam is, praat ze als Brugman. 'Waar was je oma precies tegen?'

Ze werpt mij een verwijtende blik toe en barst in snikken uit: 'Dát natuurlijk!'

Toegegeven, ik vroeg naar de bekende weg, maar juist daarom ben ik nog meer in de war: 'Je bent dus niet… het spijt me voor mijn taalgebruik, de maîtresse van Huang?'

'Sinds gisternacht wel. Mijn lichaam dan. Maar mijn hart krijgt hij in geen duizend jaar!'

Ik kan mijzelf wel voor de kop slaan! Wat ik meende correct te hebben gedaan, blijkt catastrofale gevolgen te hebben gehad. Had ik maar, desnoods voor de schijn, geflikflooid met een van die snollen op wie Huang mij had getrakteerd! Dan had hij niet naar een krachtiger middel gegrepen. Zijn eigen oogappel aan mij afstaan, in de veronderstelling dat ik haar ook lustte, maar pas nadat hij erin had gebeten.

Ze gaat door met het scheuren van haar jurk: 'Hij had mij beloofd van zijn mummie – zo noemt hij zijn vrouw – te scheiden en dan met mij te trouwen. Ik wilde het niet, maar mijn vader droomde ervan mijn oma in Beijing te laten sterven. Daar komen ze vandaan. In 1957 werd mijn opa, hoogleraar in de archeologie, als contrarevolutionair bestempeld en naar dit gehucht verbannen. Twee jaar later liep een van de karbouwen waar hij op paste per ongeluk het drijfzand in. Opa wilde hem eruit sleuren... Mijn vader was toen amper negen, maar hij zwoer dat hij mijn oma terug zou laten keren naar de universiteitscampus waar ze met wijlen mijn opa, vijftien jaar lang, gelukkig had gewoond en gewerkt. Het lot is hem niet gunstig gezind geweest. Daarom vestigt hij zijn hoop op mij. Huang liet doorschemeren dat hij wegen kent om, na mijn studie, een baan in de hoofdstad voor mij te regelen. Vader zag meteen in geuren en kleuren voor zich hoe mijn oma en de rest van ons gezin dankzij kettingmigratie naar Beijing kunnen verhuizen. Sindsdien knijpt hij een oogje dicht als Huang aan mij frunnikt.'

'En je moeder? Neemt zij je niet in bescherming?'

'Ze kan niet eens haar eigen naam schrijven. Bloedmooi was ze wel, als tiener. Mijn vader viel als een blok voor haar, een boerin uit het dorp waar mijn oma en hij dwangarbeiders waren. Mijn moeder kent haar plaats. Het woord van haar man is wet. Bovendien, ze wil hem niet kwijt. In 1981 kregen mijn vader en oma toestemming van de gemeente om naar Beijing te repatriëren – zijn vader, mijn opa dus, was in ere hersteld. Mijn andere opa, van moederskant, kwam met een spade aanzetten. Hij dreigde mijn vader in acht moten te hakken als hij het dorp en mijn moeder zou verlaten. Pa is weliswaar gebleven, maar ma heeft geen leven meer. Ze moet steeds aanhoren dat hij zijn toekomst én die van hun drie kinderen verprutst heeft omwille van haar.'

Ik blus mijn kwaadheid met tomatensap, zonder succes. De room service bellen. Zonder bier kom ik niet door deze zware kost heen.

'Wat doet u daar?!' Muoli pakt de hoorn van mij af. 'Wilt u aan de hele wereld verkondigen dat u een hoertje op uw kamer hebt?'

Mijn hart staat stil: 'Dat ben je niet! Neem dat woord nooit meer in je mond. Je bent het slachtoffer van een geile klootzak.'

'Da's nog erger.' Ze zucht. 'Een meisje uit ons dorp werd vorig jaar een van de twintig "pr-managers" van een "kapsalon"... Maar zij mag zelf bepalen met welke klant ze de kajuit in gaat. Wie ben ik? Een stuk vlees dat van mond tot mond gaat. Huang heb ik nooit gemogen. Maar voor de onvervulde droom van mijn oma en vader, én voor de lieve vrede tussen mijn ouders, was ik bereid mijn leven te verkwanselen aan die nietsnut – zonder zhuangyang yao kan hij hoog en laag springen... Maar geen haar op mijn hoofd had kunnen bevroeden dat hij niets voor mij voelde. Zelfs lust betekent bij die vent minder dan een scheet. Welke man, met ook maar een greintje geweten en zelfrespect, speelt zijn liefje aan zijn zakenpartner door? Alleen om een deal te sluiten?'

Zout in een open wond strooien doe ik niet graag, anders zou ik haar willen vertellen dat Huang niet vies is van lichtekooien, blank, geel of andersgetint, allemaal even welkom. Ik zoek naar woorden. Woorden van troost. Na een mislukte poging: 'Muoli, ik bel een taxi en breng je hoogstpersoonlijk naar huis. Die Huang zet ik het nog betaald!'

Ze zakt op haar knieën en barst opnieuw in snikken uit: 'Niet doen, meneer Chris! Ik smeek u. Als hij ontdekt dat ik de overname verknald heb, moet mijn vader op de thee komen. Dan verhangt pa zichzelf aan de dwarsbalk van onze graanschuur!'

Ik kniel voor haar neer en houd haar hoofdje vast – jasmijngeur, zoet, op het bedwelmende af – en zeg: 'Oké, ik zal Huang niets laten merken.'

'Juist wel, meneer Chris. Vertel hem dat ik u gedienstig ben geweest. En dat er een moedervlekje op mijn rechterbil zit. In de vorm van een esdoornblad. Hij moet het naadje van de kous weten, anders heeft hij geen bewijs dat ik het echt met u gedaan heb.'

'Wat je wilt, Muoli.' Ik slik een teug koude lucht in. Kraan moet mij een driedubbel maandsalaris betalen, onder andere als vergoeding voor de schade aan mijn goede naam. Als het richting Nederland uitlekt dat ik in China hoeren heb bezocht, of beter gezegd, bezocht werd door… Wat doet mijn baas mij toch aan, met zijn expansiedrang!

Het is geen pretje Muoli te zien huilen, in elkaar gedoken, nog kleiner dan ze al is. Ik stel nogmaals voor haar naar huis te brengen. Dan kan ze uitrusten.

'Meneer Chris.' Ze kruipt naar me toe: 'Ik weet dat u verloofd bent. En zie ook dat u haar trouw bent. Maar red mij, alstublieft. Westerlingen hebben het toch altijd over mensenrechten en naastenliefde?'

'Hoe dan, Muoli? Van jou mag ik die zak niet bij z'n ballen grijpen en er keihard in knijpen!' Ik knars mijn tanden. Geen taal te sterk voor die Huang.

'Laat mij in uw kamer blijven, minstens vier uur. Ik sluit mezelf op in de badkamer, als ik u voor de voeten loop.'

'Ben je niet moe, van al die emoties? Wil je niet liever bij je ouders, nee, bij je oma zijn?'

Ze laat haar hoofdje hangen: 'Wordt u niet kwaad als ik u de waarheid vertel? Als ik over vier uur, nu over drie uur, naar buiten ga, brieft de hotelmanager dat aan Huang door. Dan weet-ie zeker dat zijn missie geslaagd is.'

'Wat voor missie? O!' Ik krijg de slappe lach. Ooit van een vluggertje gehoord? Tien minuten is voldoende, als het alleen dáárom gaat.

Deze tweede zin heb ik ingeslikt. Te ranzig voor een meisje van achttien. 'Ík ga wel in de badkamer zitten. Een boek lezen of zo. Nee, met de laptop in de weer is een beter idee. Je kunt in mijn bed liggen, als je wilt. Je zult wel uitgeput zijn.'

Ze glundert. En ruimt de kamer voor me op.

'Laat het, Muoli. Anders verveelt het kamermeisje zich.' Voor het eerst sinds haar komst lachen we elkaar hartelijk toe.

Ik zoek inderdaad het kleinste kamertje op. Gegrepen door het plafond: 'Muoli! Je was toch benieuwd naar schrootjes? En of ze in Sichuan verkrijgbaar zijn? Hier!'

Ze draait om haar as, kijkt verlangend mijn kant op, maar durft geen gehoor te geven aan mijn oproep.

'Ben je het vergeten? Je zou Huang toch nog eens vragen om de computerkamer met dit materiaal stofvrij te maken?' Ze knikt gretig.

'Kom dan!'

Schoorvoetend werpt ze vanaf een hemelsbrede afstand een blik op het bewuste plafond.

'Gezien?'

Ze knikt.

Dan moet ze beschikken over een telescoop met een hoek van negentig graden. Ik word ongedurig, strek mijn arm en trek haar de badkamer in: 'Ze zijn makkelijk te monteren en goedkoper dan houten latjes...' Elektriciteit raast door mijn aderen. Het begint vanuit mijn hand. Die de hare vasthoudt. Gauw laat ik haar los, maar de stroom zet zich in mij door. Ik weet niet waar ik moet kijken, maar het toeval wil dat mijn ogen de hare ontmoeten. Als ik me niet vergis, kampt ze met dezelfde gewaarwording – zelfs haar oren staan als het ware in de fik. Hoe zal ik het onder woorden brengen? Ontredderd? Te negatief. Ontroerd? Hoe kom ik erbij? Maar toch. Het moment waarop ik haar hand aanraakte blijft in mijn hoofd spoken. Een klein dingetje, benig maar niet hard. Verre van dat. Eerder zacht. Alsof haar botjes van rubber zijn. Ik wíl er niet aan denken, maar het gebeurt, ondanks mijn zelfcensuur. De gedachte leidt zijn eigen leven: zouden de botten van haar lichaam ook zo aanvoelen? Dusdanig soepel dat je, ik tenminste, de neiging krijgt ze te buigen en weer recht te trekken? Net een kind dat zijn nieuwe speelgoedtrein uit elkaar haalt om te zien wat erin zit? Ik ril. Van mijn ongeoorloofde fantasie. Ik knijp in mijn dijen en roep mezelf tot de orde. Ditmaal bel ik de room service niet maar ga zelf naar de toko op de begane grond. Trappenlopen brengt me tot rust. Ik mag niet klagen over een saai bestaan, vooral niet hier. Met een sigaret in mijn hand verwerk ik de verwarrende indrukken van zonet. Wat mij het meest opvalt is de complexiteit van het verschijnsel Muoli. Binnen twee dagen heb ik vier verschillende gedaanten van haar mogen aanschouwen. Eerst was ze stil, verlegen en meisjesachtig. Daarna ontpopte ze zich tot vampier, met bloedrode nagels, naaldhakken en een blote jurk. Vervolgens veranderde ze in een watervalletje, qua spraakstroom. En een minuut geleden werd ze weer zo preuts dat ze schuwde in de badkamer te kijken. Hoe dacht ze met mij… of, in haar woorden, mij ter wille te zijn, als ze al vuurrood werd omdat ik haar hánd aanraakte?

Wanneer ik voor mijn hotelkamer sta, leg ik mijn vijf blikjes bier op de grond, anders heb ik geen hand vrij om de deur te openen. Hoor ik iets? Zit ze weer te huilen? Een graadje erger dan daarstraks? Ik dacht dat dit hoofdstuk afgesloten was, maar…

JELAI

Het eerste dat Chris mij vraagt nadat we elkaar in de lobby van Hotel Kabinsky hebben getroffen is of ik kwaad zal worden als hij me iets vertelt. Hangt ervan af wat, zeg ik. Hij duikt ineen en zoekt in zijn broekzakken, jaszakken en zelfs in de houder van zijn mobiele telefoon naar Marlboro. Ik pak zijn hand. Hij beeft, niet vanwege de daling van zijn nicotinespiegel. Wijzend naar mijn bovenkamer: zolang je niet over mijn jongenskop begint, word ik niet kwaad. Al noem je mijn oma een hoer en mijn opa een pitloze meloen. Het werkt. Hij barst in lachen uit: pitloze meloen? Scheldwoord? Het ergste dat er bestaat, antwoord ik. Dat wil zeggen dat de man in kwestie uitgestorven is: hij heeft geen zonen verwekt. Mijn vader heeft drie pitten op de wereld gezet. Hem kun je niet bestempelen als mislukkeling, ondanks zijn twaalf ambachten en dertien ongelukken. Enfin, wat is het, borduur ik voort, wat heb je op te biechten? Nu ik in een coulante bui ben, moet je er gauw misbruik van maken, anders…

Het blijkt dat hij bijna in de val is gelokt. Huang, de directeur van een confectiefabriek in de provincie Sichuan, waar hij zojuist vandaan kwam, wilde Kraan zijn zaak aansmeren. Voor een prijs die zelfs voor Chinezen boterzacht is. Chris vertrouwde de boel niet. Huang was als de dood dat Chris de transactie zou afblazen en bedacht een tweestappenplan. Eerst insinueerde hij dat hij Chris zijn vriendin, mij dus, bij de politie zou aangeven. Daarna stuurde hij Muoli – zijn eigen liefje – als lokaas. Zo zat Chris vier uur lang met haar opgescheept, in zijn piepkleine hotelkamer. Hij heeft haar met geen vinger aangeraakt, dat niet, maar wel veel met haar gepraat. Hoe moesten ze anders de tijd doden? Uit dankbaarheid voor zijn integriteit wijdde ze hem in in een geheim dat ze, liggend op Huangs hoofdkussen, had verkregen. De fabriek zou weliswaar niet onder water verdwijnen maar moest plaatsmaken voor een tempel. Dit historisch monument zou van een aangrenzend district hierheen worden verhuisd – alle bakstenen waren al genummerd voor de reconstructie. De locatie van de fabriek was ideaal bevonden voor het gebedshuis vanwege de rivier die erlangs liep. Chris was in alle staten. Zijn vermoeden werd bevestigd. Huang

probeerde hem inderdaad een kat in de zak te verkopen! Maar…
raadde hij Kraan de overname af, dan zou Huang Muoli verdenken van
verklikken. Hoe kwam Chris anders aan die informatie? Huang
kennende zou hij confiture van haar maken. Muoli had een oplossing.
Ze zou *fahanyao* voor hem kopen en er thee van trekken. Wie dit
geneeskrachtige kruidenmengsel inneemt, gaat zweten als een otter en
valt binnen tien minuten in een diepe slaap. Geen stokslagen of
donderbliksems kunnen hem nog wakker krijgen. Als je de
voorgeschiedenis niet kent, denk je geheid dat-ie in coma ligt. Dan zou
Muoli Huang vanuit het hotel melden dat Chris niet goed was
geworden en snel naar Nederland moest worden afgevoerd. Stel je
voor dat de buitenlandse duivel in Sichuan zou komen te overlijden!
Tegen de tijd dat Chris in Beijing zou arriveren, zouden de kruiden
uitgewerkt zijn. Geen vuiltje aan de lucht. Dan kon hij telefonisch
verslag uitbrengen aan zijn Groningse baas. Over wat hij had ontdekt.
 Chris vond haar methode de broek uitdoen om een wind te laten.
Hij kon net zo goed beweren dat zijn baas hem voor een haastklus
terugriep. Veel eenvoudiger. Muoli was op dreef. Dacht Chris
werkelijk dat die sluwe vos hem alléén naar Beijing zou laten gaan?
Huang wist immers dat ik daar zat. Dat zou gelijkstaan aan een vis
in zee gooien en een adelaar in de lucht. Maar, als hij zich
halfdood zou voordoen – Muoli vroeg hem om het pasje van zijn
ziektekostenverzekering – kon ze de vertegenwoordiging van zijn
maatschappij in Chengdu waarschuwen. (Dit had ze afgekeken van
de directie van haar faculteit toen haar Britse gastdocent naar zijn
eigen land werd overgevlogen om gedotterd te worden.) Zij zouden
Chris van een lokale verpleger voorzien om hem naar Beijing te
begeleiden. Eenmaal daar moest hij zeggen dat hij zich beter voelde
en alleen naar het vliegveld kon. De Chengdunees zou allang blij zijn
dat hij in alle rust de Verboden Stad en de Lange Muur mocht
bezoeken en zou hem graag willen geloven.
 Zo is het ook gegaan.

Poe! Wat een avontuur! Eén ding begrijp ik niet, Chris. Hoe kan een
strateeg als Muoli zo naïef zijn om te geloven dat dit plannetje deugt?
Huang is niet voor één gat te vangen. Vroeg of laat zal hij zich afvragen
wie de geheime bedrijfsinformatie heeft doorgespeeld! Chris zoekt
opnieuw naar een sigaret. Die heb je niet, weet je nog? zeg ik droogjes.
Over zijn hemelheldere ogen trekken weer wolken van zorgen. Muoli
heeft hem nog zo op het hart gedrukt dat ze geen gevaar zou lopen. Ik

hoor hem aan en zwijg. Hij woelt in zijn stoel, krabt op zijn hoofd en roept dat Huang tot alles in staat is. Weet je wat, Chris? Vraag je baas Huang een bedankbrief te schrijven. Voor de gastvrije ontvangst van zijn gezant – jij dus. Met het verzoek om nadere gegevens. Ik zeg maar wat: het productievermogen van de fabriek, de aangiften bij de belastingdienst van de afgelopen drie jaar, en, voor mijn part, de milieunormen waaraan hij moet voldoen. Chris straalt. Ik ga verder. Huangs post belandt in jullie prullenpak terwijl hij in de waan verkeert dat Kraan nog steeds geïnteresseerd is. Uitstel is afstel… De euforie van Chris is de staart van een konijn – kort. Bezorgder dan ooit herhaalt hij zijn allereerste vraag. Of ik kwaad op hem ben. Waarom, Chris? Hij kijkt betrapt en doelt op die halve dag met… Muoli, in dat kleine kamertje van tweeënhalf bij drie. En voegt er snel aan toe dat het een rotstreek van Huang was, om zijn naam door het slijk te halen. Ach man, klap ik op zijn knie, seksschandalen zijn zo oud als het oudste beroep. Dé manier om iemand slechter te doen lijken dan de rest van ons. Ik trap er niet meer in. Trouwens, wat hoor ik nu? Dat Huang niet vies is van een stuk hoerenvlees? Chanteer hem ook! Als ik toen bij jou was, zou ik Huang de poep uit zijn drukker laten schrikken! Hij durfde ons nota bene tegen elkaar op te stoken! Wat is zijn volledige naam en die van de fabriek? Ik doe het Bureau voor Discipline Bewaking een anonieme brief toekomen – het voorportaal van de rechtbank. Chris verheft zijn stem. Of ik alsjeblieft de zaak wil laten rusten. Hij heeft geen bewijzen. Had hij maar foto's van die zak genomen, daar in de 'zang-en danszaal' van Chongqing, met op elke knie een lichtekooi. Ik proest het uit. Bewijzen? Ben je gek! Behalve een boze tong hebben we niets nodig om iemand te ruïneren. *Waar rook is, is vuur.* Huangs politieke tegenstanders zijn er als de kippen bij als ze een kans ruiken om hem uit zijn zadel te helpen. Chris steekt zijn kop in het zand. Hij is allang blij dat hij van die intrigant af is – we kunnen de hele kwestie beter vergeten.

Ik strijk mijn jurk glad en vraag hem zo tussen neus en lippen door of Muoli… mooi is. Net zo geurig als haar naam – jasmijn… Die vent wordt lyrisch! En durft mij nader toe te lichten. Frêle, sierlijk, en ogen die boekdelen spreken – het zal wel moeten, in het begin dacht hij dat Muoli doofstom was. Als opa Sjef haar zou tegenkomen, zou hij acuut een trouwe aanhanger van déjà vu's worden – ze past als gegoten bij zijn beschrijving van het meisje in het Qingdaose schooltje. Ik kijk hem in de ogen. Of hij het écht niet met haar heeft gedaan. Chris raakt geïrriteerd. Hij heeft zichzelf driekwart de dood ingejaagd door die kruidenthee te drinken. Erger dan cyaankali – niet dat hij weet hoe dat smaakt, geeft hij toe. Om zo spoedig mogelijk bij mij te zijn. Hoe kan ik hem verdenken van... hij gebruikt een akelig woord: overspel? Ik bedek zijn mond en fluister in zijn oor een minder erge Chinese variant: *terwijl hij de rijst uit zijn kommetje eet, gluurt hij naar meer voer in de wok*. Hij lacht weer.

Bereid je maar vast voor, zeg ik tegen Chris. Het is een lang verhaal. Hij zit rechtop. Vergeten? lach ik hem toe, je wilde toch weten hoe ik na de studentenopstand voor mijn leven rende? En over mijn klein anderhalf jaar in Leiden? Onder het middageten maar, stelt hij voor. Hij klopt op zijn buik – inderdaad geslonken. Door de Chinese cyaankali heeft hij de afgelopen vierentwintig uur behalve infuus niets anders genuttigd. Niks niet uit eten! protesteer ik. Hij kijkt mij verbaasd aan. Daar heb je hem weer. Alles moet er normaal aan toe gaan, kabbelend als een beekje aan de voet van een berg, die zijn land overigens niet heeft. Vooral geen vertoon van sterke menselijke emoties, waaronder onredelijkheid. Het komt door hun voedsel. Groente, vlees en aardappelen, gekookt in water of gebakken in boter, hoogstens met een snufje peper en zout en – jasses! – jus. Als ze sambal of rauwe knoflook ontwaren, vrezen ze à la minuut dat hun aambeien worden aangestoken, en wanneer ze daar geen last van hebben, zijn ze bang dat hun mónd in de fik vliegt. Geen wonder dat vuur en verve ontbreekt in hun temperament. Mijn theorie. Chris, zeg ik – het moge duidelijk zijn dat ik niet meer schreeuw – terwijl jij vier uur met een wíldvreemde vrouw op je Sichuanse hotelkamertje hebt ge... zeten, maar mij bied je niet eens een rondleiding aan in je kast van een suite in dit vijfsterren Kabinsky! Plotseling heeft hij geen honger meer. Hij glundert en stoot maar natúúrlijk uit – zijn dag kan niet meer stuk. Hij was bang dat ik het ongepast zou vinden als hij mij dat voorstel zou doen. Ik druk mijn vinger tegen zijn voorhoofd. Fantaseer er maar niets bij, Chris. Je zei dat je vlucht voor morgen geboekt was – anders zou Huang stront aan de knikker ruiken. Daarom wil ik geen minuut verliezen met de stad afstruinen op zoek naar een geschikt restaurant. In dit hotel dineren is ons hoofd op hun hakbord leggen en hier hebben we zelfs een speciaal woord voor: *zairen*! Een blikje cola kost veertig zakjes miesoep, waarvan ik er acht uit mijn ouderlijk huis heb meegenomen. Als we ergens gekookt water kunnen versieren, eten we die in je kamer op. Voor je energie heb ik voorradig: vijf stuks duizendjarige eieren en tien Kantonese worstjes. Plus drie liter gesteriliseerd drinkwater. Vanachter mijn stoel sleep ik een tas te voorschijn, die venters van t-shirts en illegaal gekopieerde videocassettes gebruiken om hun koopwaar naar de markt te vervoeren. Armoediger kan niet, maar er kan wel veel in én hij is slijtvast. Stop hem vol met zeshoekige keien en hij houdt waardig stand. Had je die piccolo van zonet moeten zien, toen ik met deze op mijn rug de hotelpoort indraaide. Die snob! Thuis poept hij gewoon in een van de twintig gaten van het openbaar toilet. Wedden?

Eenmaal in zijn kamer vraag ik: zat je met Muoli ook zo? Met haar op je schoot? Nu is hij boos. Ik voer hem het derde duizendjarige ei en grinnik, ik heb je! Grapje. Van hem moet ik vlug met mijn verhaal van start gaan. Anders blijf ik hakken op dat zielige prooitje van Huang de klootzak.

Waar zal ik beginnen? Ik volg de methode *van aap tot mens* maar, zoals onze vertellers gewend zijn. Mijn vader groeide op in de provincie Jiangsu. Je wilt niet weten waar dat ligt, in een van de armste delen van Zuid-China. Op zijn zeventiende hoorde hij op een nacht zijn vader gillen dat er wolven aan de voordeur waren en dat hij uit het achterraam moest springen. Toen wist hij hoe laat het was. Het Nationalistische Leger was vers kanonnenvlees aan het ronselen. Mijn opa wilde zijn enige zoon niet kwijt. Vader vluchtte de bergen in en kwam aardige lui tegen. Ze waren gekleed in vodden maar ze praatten als intellectuelen. Netjes vroegen ze hem of hij het Communístische Leger in wilde. En of hij zijn leven wilde wijden aan het verwezenlijken van Mao's idealen. In 1949 werd hem – inmiddels een oorlogsveteraan – de beloning toegekend. Hij werd benoemd tot hoofd van een afdeling van de Kamer van Koophandel in Beijing. Mijn moeder, een versgebakken muzieklerares, dweepte met (ex-)militairen. Het was in om met een van die revolutionaire proletariërs te trouwen. In de vijf jaar die erop volgden werden mijn drie broers geboren. Ik ben een nakomertje én een meisje. De aura die ma rondom pa zag doofde al in de huwelijksnacht uit. Hij had nog nooit van tandenpoetsen gehoord en wilde daar niets van weten ook. Zijn mond moest naar putjes hebben gestonken, want mijn moeder bedekte haar neus met een hoofdkussen terwijl hij pitten in haar vruchtbare grond plantte. Tegen haar bruidegom zei ze dat ze het anders zou uitgillen van de pijn van de eerste keer – denk aan de buren. Mijn drie broers en onze vader zijn vier identieke druppels water, onbehouwen en met een aangeboren afkeer van alles wat naar cultuur riekt. Ik ben moeders redding. Ze leerde mij zingen en dansen – haar vak – maar toneelspelen sprak mij meer aan. Vond ze ook goed.

Voor elk nieuw theaterseizoen naaide moeder tot in de kleine uurtjes kostuums voor mij. Moeilijk was het niet. Overalls en militaire uniformen. Alle hoofdrollen van drama's en melodrama's waren arbeiders of soldaten – mandaat van Madam Mao. Aan het einde van de maand, als er een paar fens overbleven, kocht ze strikjes voor mijn vlechtjes. Naast podia en decors hield ik ook zielsveel van Hua, onze lapjespoes. Elke ochtend tilde ik haar uit het mandje naast de kachel en dan likte ze met haar roze tongetje mijn oren – líéf! Op een ochtend wilde ik haar weer uit het nestje tillen, maar alleen haar rompje ging mee. Ik jankte tot ik schuim spuugde: mijn broers hadden mijn boezemvriendin onthoofd en haar stukken zodanig gerangschikt dat ik niet doorhad dat ze al dood was. Ze zeiden in koor dat het mijn verdiende loon was, omdat onze moeder mij voortrok. Aan hun haatdragende blikken kwam een einde toen ik naar de middelbare school ging. Wanneer ik onder de douche stond, trokken ze de gordijnen open en gierden als een roedel hyena's. Ik durfde het niet aan moeder te vertellen – ze zou dezelfde dag nog met mij naar de andere kant van Beijing zijn verhuisd. Zoveel had ze voor mij over. Dat zou sneu zijn voor vader, die goede sul zag niets of wilde niets zien. Mijn broers waren niet de enigen die mij de stuipen op het lijf joegen. Moeder merkte er niets van en naaide nog meer jurken voor mij. Van haar moest ik er elke dag anders uitzien. Ik was bang om op school in zeven sloten tegelijk te lopen – zelfs de gymleraar hield mijn middel vast terwijl ik allang over de bok heen was gesprongen – en verstopte een lange broek en een lelijke blouse in mijn tas. Onderweg naar school kleedde ik me om in een openbaar toilet en voordat ik naar huis ging, deed ik de mooie jurk weer aan.

Op mijn zeventiende trad ik op in het Cultuurpaleis van het district Chongwenqu. Na de voorstelling werd ik in de kleedkamer opgewacht door een vrouw. Ze verkeerde niet meer in het bloeiseizoen, maar had een prachtig figuur en twee getekende wenkbrauwen. Ze vroeg of ik verder wilde in dit vak. Ik was zo opgewonden dat ik Lang leve Voorzitter Mao! riep. Op mijn achttiende werd ik toegelaten tot de Toneelacademie van Beijing. En raad eens wie de directeur was van de Faculteit Toneelkunst? Juist, dezelfde vrouw. Tie heette ze.

Door de openstellingspolitiek van Deng Xiaoping waaiden er ook Japanse soapseries ons land binnen. Omroepen roken het grote geld en wilden ook soaps fabriceren. Zo kwamen ze bij onze academie voor acteurs en actrices. Ik behoorde tot de uitverkorenen. Tie raadde mij af mee te doen aan die commerciële poppenkast, maar moeder was extatisch. Voordat ze met vader, in haar woorden, de boer, trouwde, had ze ook filmster willen worden. Nu zou haar droom via mij bewaarheid worden! Ik werd landelijk bekend en overal herkend. Sindsdien liep ik niet in zeven sloten tegelijk, maar in zeventig...

Chris met zijn joh, hoezo zeventig. Natuurlijk krijgt hij te horen dat het hem niets aangaat. Weer die verbaasde blik. Hij snapt ook niets. Alles moet tot op het naadje van de kous worden uitgelegd, anders krijg ik meteen zijn zielige mimiek voor mijn kiezen, verongelijkter kan niet. Hoe lang houd ik het nog vol als ik voor elk wissewasje de hele geschiedenis, mythologie, geografie, filosofie, godsdienst, esthetiek en duizenden andere aspecten van mijn land uiteen moet zetten voordat ik een troostende arm om mij heen voel, waar ik naar snak? Ik haal diep adem en bedenk me. Het pleit voor hem dat hij geen flauw benul heeft in wat voor een benarde situatie ik toen terechtkwam.

Chris, het is je inmiddels bekend dat ik in Nederland ben geweest. Ik ken jullie taal nauwelijks, maar één zin kan ik vloeiend uitspreken: je bent er zelf bij. Geleerd van... laat maar. In ieder geval, mannen daar kijken ook graag naar mooie vrouwen, maar hier blijft het ook bij als je ze te kennen geeft dat ze verder niets bij je te zoeken hebben. Maar hun Chinese collega's? Nadat ik soapster was geworden, durfde ik de bus niet meer in. Vroeger botsten sommige mannelijke passagiers toevallig tegen mij aan, maar nu liepen ze van voor naar achteren om mij tegen een stang of een stoelleuning aan te drukken. Gillen was geen optie, want er zaten altijd verlepte dames of minder fraai gevormde jonge vrouwen bij die maar al te graag van de situatie gebruik wilden maken. Om mij en plein public uit te schelden voor een vos die vanonder nat is – ik had geen lokgeur moeten uitzenden. Ja hoor! Hoge partijfunctionarissen, rijke zakenlui en andere vips stonden in de rij om mij op een etentje te trakteren. Ik dacht dat het een eer was, maar na de eerste keer...

Chris reikt mij zijn hand. Ik knijp erin. Hij sluit mij in zijn armen. Desondanks heb ik het koud, van binnenuit. Van hem hoef ik niet in details te treden als het te moeilijk is. Juist wel! Het spijt me, ik heb weer een keel opgezet. Met vrouw en macht probeer ik me te beheersen. Chris, de vrienden die ik in jouw land heb gemaakt zijn op één hand te tellen, maar in de vijftien maanden Leiden heb ik van mannen meer complimentjes gekregen dan hier in mijn hele leven tot nu toe. Behalve mijn moeder had niemand mij verteld dat ik dik haar had, een guitige oogopslag en een huidje als van een baby... Wil je weten hoe Chinese mannen vrouwen versieren? Chris is een en al oor. Hij hoopt er iets van op te steken. Ik duw hem weg: als je dát durft! Terwijl hij mij sprakeloos aanstaart, sluit ik mijn ogen. En zie een kat. Niet mijn lieve lapjespoes, maar een ordinair beest met zijsnorren. Roerloos wacht hij voor een holletje. Daarbinnen begint het te ritselen. Hij spitst zijn oren en laat zijn nagels zakken. Zodra een muis zijn kopje uit het holletje steekt, pats! mept de kater zijn prooi halflam. Hij schept zijn halfdode vangst van links naar rechts. Het genot druipt van zijn snor af terwijl het muisje met zijn pootjes in de lucht spartelt. De kat zet zijn tanden er pas in als hij het spelen beu is. Ik open een van de drie flessen drinkwater, zet Chris een glas voor en hervat mijn verhaal.

Toen ik in Leiden woonde verdiende ik, zwart, af en toe een paar centjes bij met tolken. Engels-Chinees en andersom. Er werden internationale kampioenschappen judo gehouden in Maastricht. Een reuzin van een judoka won een gouden medaille – de eerste in die klasse die China kende. Direct na ontvangst van de beker vond er een reeks interviews plaats. Ik stond haar bij als tolk. Een Franse journalist stelde haar een vraag. Of ze het een kunst vond haar tegenstander omver te werpen terwijl ze maar een poot hoefde op te tillen die voldoende zou zijn om de brunette te verpletteren? Ik slikte een slok plaatsvervangende schrik in voordat ik de moed vatte deze zin in het Chinees om te zetten. Gelukkig verkeerde de judoka in de roes van haar overwinning. Of kwam het door mijn tactische verdraaiing van de boodschap van de journalist? In ieder geval, ze bleef kalm en gaf een zeer professioneel antwoord. Op weg naar haar kleedkamer werd ze omringd door camera's, microfoons en bloemen. Desondanks vond ze een gaatje en lichtte mij toe dat die brunette een Française was. Vandaar de zure opmerking van de interviewer! Nationale trots gekrenkt. Eventjes geen vive la France dus. Wacht maar tot de judoka door haar eigen ploeg werd onthaald! Ik verheugde me al op dit tafereel. Haar twee coaches en het hoofd van de Chinese delegatie stonden bij de deur van de kleedkamer. Ik mocht er niet in, maar dat was ook niet nodig. Dwars door de deur heen hoorde ik hoe de drie kopstukken hun kersverse kampioene het vel over de oren scholden. Ze verzochten haar toe te lichten wie ze dacht dat ze was. Volgens hen was en bleef ze, winnares of niet, een boerentrien die ze uit het maïsveld hadden geplukt. Voorts vroegen ze haar naar de spiegel te gaan en eens goed naar zichzelf te kijken. Of ze besefte dat alles wat ze had door hen was geschonken, door de staat gefinancierd en door hun training tot stand gebracht. Een poos later kroop de judoka als het ware de kamer uit, met haar hoofd tussen de schouders. Ze gedroeg zich precies hetzelfde als de rest van haar ploeg, gedwee en volgzaam. Misschien kwam het doordat ik in het buitenland zat dat ik me superbewust werd van mijn eigen cultuur en de verschillen tussen Oost en West. Opeens besefte ik dat veel Chinese mannen de vrouwen die ze begeerden net zo behandelden als de coaches de judoka. Of als de kat zijn prooi. Brokjes, hoe lekker ook, zouden nooit hun gelijken worden. Waarom moesten ze hun complimentjes geven? Wel wilden ze hen bezitten en plezier uit hen destilleren. Om dit doel te bereiken, mepten ze hen eerst – vernederingen werkten het efficiëntst – half lam. Dan werden de vrouwen mak en ontbeend van eigen wil. Ze lieten zich alles welgevallen, wat hun jagers ook deden.

De armen om mij heen snoeren mij vast. Er wordt mij meegedeeld dat hij een Nederlander is. Daar kun je gif, nee, cyaankali op innemen – ik lach hem hartelijk toe. Wat bedoel je eigenlijk, Chris? Hij kijkt voor de zoveelste keer verdwaasd en herinnert mij aan mijn eigen uitspraak. Dat Nederlandse mannen respect voor vrouwen hebben. Ik antwoord: een beetje té! Zo raken ze hun oerinstinct kwijt. Watjes worden ze dan. Helemaal niet ruw, agressief en dus... mannelijk. Als de vrouw zelf moet aangeven of ze dát wil, is de lol eraf! De armen om mij heen verslappen. Ik draai me om en kijk in de Noordzee, geminimaliseerd en opgeslagen in zijn blauwe ogen. Weet je waarom ik verliefd op je ben? Hij is te perplex om op mijn vraag in te gaan. Omdat de hersenkronkels van ons Chinezen je totaal vreemd zijn.

Enfin, waar was ik gebleven? De eerste keer dat ik voor een diner was uitgenodigd belde ik moeder opgetogen op. Gek genoeg was ze niet zo extatisch als gewoonlijk. Van haar moest ik subtiel vragen of de hoge piet die mij mee uit wilde nemen getrouwd was en zo ja, of hij voornemens was van zijn oude tang te scheiden, anders oppassen... Daar heb je mijn moeder weer, dacht ik bij mezelf. De ene keer zag ze sterren aan de hemel en de andere keer spoken op klaarlichte dag.

Het hangbuikzwijn dat tegenover mij aan tafel zat verzocht mij wijn voor hem in te schenken. Daar hebt u uw eigen handen of de kelner voor, wilde ik hem van repliek dienen, maar ik hield me in. Per slot van rekening was hij de directeur van... Ik pakte de fles en het glas op en hij zag zijn kans schoon om zowel mijn hand als zijn drinkgerei te grijpen. Voorts wreef hij mijn pols tussen zijn vingers. Gauw de benen nemen zou mijn angst blootgeven. Daarom bleef ik rustig zitten. De kreeft schuurde tegen mijn keelwand en ik moest drie keer mijn handen wassen. Na het eten knikte hij tegen zijn chauffeur en de wagen reed naar het Tianqiao Theater. Hij wees mij op het feit dat ik toneelspeelster was en verzocht mij hem te vertellen waar het Zwanenmeer in Boeddha's naam over ging. Het leek verdacht veel op een bevel. Terwijl ik hem probeerde duidelijk te maken wat de boze tovenaar bij de beeldschone prinses had geflikt, bleef hij vitten op de tutu van de ballerina. Die, zijns inziens, geen nut had. Met zo'n opstaande rand. Waardoor haar hele hebben en houden onder de gordel beschikbaar was voor het publieke oog. Niet dat hij het veel soeps vond. Al pratende kneep hij in mijn billen en bedwelmde mij met zijn adem, die stijf stond van de fles maotai die hij in zijn eentje op had.

Na de voorstelling knikte hij opnieuw tegen zijn chauffeur en voordat ik het wist zag ik de draaideur van... dit hotel. Ik wilde niet naar binnen, maar de chauffeur sleepte me uit de wagen. Op fluistertoon waarschuwde hij mij dat ik zijn baas maar op twee manieren had vergezeld. De derde moest nog gebeuren. Zag dat hangbuikzwijn mij aan voor een *sanpeinü* – een vrouw die haar cliënt vergezelt bij het eten/drinken, dansen/zingen/karaoken én bij het... slapen?! Ik zakte door mijn enkels. Groene, gele en paarse sterretjes flitsten voor mijn ogen. De hoge piet streelde mijn rug, maar ik sloeg zijn moddervette vingers weg. Hij grijnsde als een boer die kiespijn had en gebaarde zijn chauffeur de taak over te nemen. De jonge kerel sleurde mij naar een inpandige shop waar diamanten werden verkocht – geen kip te bekennen. Te duur zeker. Hier voelde hij zich vrij om uit volle borst te vloeken. Wederom verzocht hij mij hem toe te lichten wie ik dacht dat ik was. Een *xizi*! Al verscheen mijn kop, voor zijn part, elke drie minuten op de tv! Chris, je wilt niet weten wat dat archaïsche woord betekent. Een lijfeigene die voor entertainment zorgt, een synoniem voor gigolo/ prostituee. Ik moest overgeven, al de kreeften die ik van het hangbuikzwijn had moeten opeten lagen als een hoop hete brij midden op de Lufthansa Plaza, recht voor dit hotel.

Daarginds, Chris. Je kunt het van hieruit zien, ik bedoel het plein. Met het kleine beetje energie dat ik nog in huis had vluchtte ik weg. Deze ontsnappingstocht heb ik, achteraf gezien, nooit meer kunnen stoppen. Tenminste tot nu toe niet.

Andere hoge heren en rijkaards kregen niet eens de kans mij op die manier te beledigen, al dan niet via hun handlangers – chauffeurs, bijvoorbeeld. Ik sloot me aan bij een popgroep en werd een huppeltrut – zo werd ik door Tie, de directeur van mijn faculteit, gebrandmerkt. Madonna werd mijn idool. Mijn moeder ging van haar stokje zodra ze die goudharige 'tuthola' op de tv zag. Het leek alsof de megaster slaapwandelde – ze liep in haar ondergoed op het podium. Maar ik begreep haar. Ze lapte de normen en waarden van de mannenheerschappij aan haar laarzen, die ze wel aanhad. Met haar vrouwenlijf, eerder schreeuwend dan zingend en provocerend dan dansend, zette ze de bestaande orde – versta er gerust hypocrisie onder – op zijn kop. In zekere zin was ze invloedrijker dan de Amerikaanse president met zijn CIA en atoombommen. Ook zij zou als xizi uitgekafferd worden, als ze hier zou zitten. Nou en!

Tie wilde mij net afschrijven als een van haar veelbelovende studenten toen ze ontdekte dat ik in de puree zat. De vips die mij niet konden strikken verspreidden roddels en fluisterden de schooldirectie toe dat ik losbandig zou zijn. Tie belde mijn producer op en verruilde mij voor een medestudente die eruitzag als de Chinese vertaling van Barbie. Dat was ze ook vanbinnen. Behalve schuimplastic zat er in haar buik niets noemenswaardigs. Wel kon ze op commando lachen, huilen en met haar achterwerk zwaaien. Ze was onze academie opgedrongen omdat haar vader de oom was van een klerk, afdeling cultuur, gemeente Hangzhou. Kortom, ik was gered. Binnen een jaar volgde ik acht vakken van mijn eigen richting en vier van de Faculteit Regie, met uitmuntende resultaten.

Er kwamen discussies op gang. Over democratie oftewel over onze opvatting van het tegenovergestelde ervan – corruptie. Doordat de greep van de CCP op alle fronten verslapte, vergat je ook wat echt goed was en wat kwaad. Sommige overheidsdienaren haalden openlijk de schatkist leeg. De overgang van de planeconomie naar de markteconomie schiep helaas ook kansen voor een aantal partijfunctionarissen. Die zich in recordtempo verrijkten, over de rug van het weerloze volk. Onze academie deed qua warmbloedigheid niet onder voor de studenten van de Universiteit van Peking. Ik werd benaderd om een toneelstuk te regisseren over de nieuwe generatie intellectuelen. Die heil zagen in uitheemse politieke stelsels. Chris, hoe mijn maten en later ook ik gearresteerd werden, heb ik je eerder verteld. Met uitzondering van één detail.

Chris roert zijn mond. Als zijn geheugen hem niet in de steek laat, waren alleen mijn maten opgepakt. Nu weet je dat ik ook van de partij was! Mijn harde toon is niet in goede aarde gevallen. Hij zegt dat ik het hem ook rustiger kon vertellen. Het was maar een vraag. Iets zit mij dwars, maar ik kan het met niemand delen. Doorpraten biedt mij enige verlichting van mijn… zelfverwijt.

Mijn moeder zag in het bewuste hangbuikzwijn haar laatste strohalm. Ze was zo romantisch om te veronderstellen dat hij medelijden zou hebben omdat hij ooit trek in mij had gehad. Urenlang stond ze voor zijn geparkeerde limousine. Tot hij zijn kantoor uitstapte. Hij hoorde moeders snikkende verhaal aan en zwoer op het graf van zijn moeder dat hij mij zou helpen. Naar de verdoemenis, bedoelde hij. Hij haastte zich naar het politiebureau waar ik vastzat en praatte onder vier ogen met de hoofdcommissaris. Dezelfde nacht nog werd ik overgebracht naar een echte gevangenis.

Mijn vader was uit zijn loomheid geschrokken. Hij ging door zijn knieën voor een paar van zijn cliënten – makelaars van winkelpanden – die bereid waren op hun kosten de sleutelfiguren van de betrokken instanties om te kopen. Net zo lang totdat ik op vrije voeten kwam, mét strafblad. Een detentie van zevenentwintig dagen wegens verstoring van de openbare orde en verdenking van contrarevolutionaire activiteiten. Moeder wilde mij uit laten wijken naar mijn oma op het platteland, maar vader vond het te riskant. Overal werd men gewaarschuwd voor criminelen zoals ik. Het zwijn werd razend toen hem ter ore kwam dat ik, zonder zijn medeweten, was vrijgelaten. Hij ging naar directeur Tie van mijn school en dwong haar mij op de zwarte lijst te zetten, die trapsgewijs werd doorgegeven tot aan het hoofdkwartier van de veiligheidsdienst. Via lotgenoten aan de Universiteit van Peking vernam ik dat Hongkong een geheime actie op touw had gezet, met codenaam 'De gele lijster'. Die gezochte demonstranten hielp naar het buitenland te ontsnappen. In oktober 1989 bereikte ik per boot Hongkong en in november Parijs. Per vliegtuig natuurlijk. Ik ben moe.

Chris legt een kussen onder mijn hoofd. Of ik even wil rusten. Buiten zijn de nachtgordijnen gevallen. Ik schud van nee, maar maak wel de bovenste knoop van mijn jurk los. Zijn adamsappel trilt. De tweede, derde knoop... De blauwe zee in zijn ogen stormt; zijn goudkleurige wimpers golven. De kamer wordt kleiner en hij groter. Zo groot als het heelal. Mijn heelal. De bandjes van mijn beha worden met tussenpozen zichtbaar in de opening die is ontstaan door het losmaken van mijn kleed. De elektriciteit die uit zijn boezem gonst wekt bij mij nog meer spanning op. Ik heb het warm. Heet. Benauwd. Ik val flauw... of zweef ik weer in het luchtruim? Witte, roze en vuurrode wolken die trappen vormen tot in de Hof van Eden... Adem, zijn adem brandt in mijn nek. Ik word bang, maar leg desondanks mijn armen om hem heen. Het is nu of nooit – deze gedachte houdt mij op de been. Zijn handen verzengen daar waar ze mij aanraken en ik laat mij verteren door zijn vuur. Echter, pas wanneer hij mijn ontblote schouders zoent, breekt de angst los. Ik grijp het hoofdkussen, verberg mijn boezem ermee en vraag of hij weet wat hij doet. Want ik weet wel waar ik aan begin. Hij gaat op een stoel zitten, zonder mij op zijn schoot, maar de vlammen in zijn ogen willen maar niet doven. Zijn mond beweegt. Ssst, ik leg mijn vinger op zijn lippen en fluister zachtjes een dichtregel: *één lentenacht is een leven lang*. Zijn borst stijgt en daalt en hij kust mijn schouders totdat ze pijn doen. Morgen ga je weg, Chris, misschien voorgoed. Maar deze avond is van óns. Geen geografie of landgrens staan ons in de weg. Hij wil weer iets zeggen. Ik verbied het hem opnieuw. Ik vind het niet erg dat je nooit meer terugkomt – ik vind het afschúwelijk, maar daar gaat het voorlopig niet om. Als je mij echter op dezelfde manier neemt zoals Huang Muoli of de geleerde Dong zijn liefje met haar geschilderde mensenhuid, spring ik nú uit het raam!

Die lieverd bedekt mijn mond. Nooit meer wil hij iets horen over de dood. Niet van mij. Hij wilde net zijn plannen voorleggen. Om een carrière in China op te bouwen – dan kan hij mij elke dag zien. Ik sla op zijn wangen. Beloften! Daar zijn jullie mannen meesterlijk in. Ik open de deur en ren de gang op, de lift in, de draaideur uit en voorbij de Lufthansa Plaza... Merkwaardig genoeg hoor ik geen voetstappen in mijn kielzog. Ik kijk achterom. Geen Chris. Opeens voel ik me leeg. Zonder hem achter mij aan weet ik niet of ik wil blijven weglopen. Een taxi haalt mij in. Chris steekt zijn hoofd uit het raampje en vraagt hoe lang ik mijn vlucht nog wil voortzetten. Mijn hart slaat een slag over. Niet zozeer vanwege zijn 'diepzinnige' vraag – wat is dat nou voor onzin? – maar meer omdat ik me niet in hem heb vergist. Hij zal altijd bij mij blijven. Wat ik hem ook aandoe. De auto stopt naast mij en Chris stevent op me af. Wederom zweert hij, op het graf van zijn opa Sjef, dat dit de laatste keer is dat hij zoiets van mij pikt. Hij walgt van zichzelf dat hij verliefd is op een gek, terwijl hij sjans te over heeft. Onder andere van Muoli, ik reik hem dit voorbeeld aan. Hij maakt direct rechtsomkeert en wacht ziedend op een volgende taxi. Ik stamp met mijn voeten. Chris, wil je werkelijk onze laatste avond verpesten? Hij brult of het mij is opgevallen dat ik het verkeerde persoonlijk voornaamwoord heb gebruikt. Als hij kwaad is slaan zijn ogen groen uit, gifgroen. Hij hijgt onder een lantaarnpaal, niet van het hardlopen, want dat heeft hij niet gedaan. Ik pak zijn hand. Hij schudt zich van mij los. Chris, ik barst in tranen uit – ik wil niet huilen, echt en eerlijk waar niet! – en zak op de grond. Hij tilt me op en zegt dat de voorbijgangers niet hoeven te weten dat we ruzie maken. Moet jij zeggen! Wie begon ermee? schreeuw ik tussen twee snikken door. Hij fluistert woord voor woord dat dit-níét-onze-laatste-avond-is! Als ik wil, dient hij overmorgen, zodra hij in Groningen arriveert, zijn ontslag in. Hij wil niets meer te maken hebben met al die intriges en oplichterijen over en weer. Zhang, Huang of Kraan. Eén pot nat.

Mijn tranen drogen ogenblikkelijk op. Ik voel de zon, in de avondschemer nota bene, binnen in mij schijnen. Al giechelend zeg ik: dan hoef ik vanavond niet met je naar bed! Hij kijkt om zich heen en informeert of hij soms een radiozender voor mij moet regelen om daar landelijke bekendheid aan te geven. Ik timmer op zijn borst: sufferd! Zojuist deed ik mijn best je voor de eerste én de laatste keer te… verwennen, maar stank voor dank. Hij bloost. Dat zie ik zelfs in het duister. Zijn nieuwsgierigheid wordt hem te machtig. En hij verifieert of ik zojuist écht de daad van regen en wolken in mijn hoofd had. Ik bloos. Hij baalt als een stier. Chris, ik huppel verder, laten wij de *lentenacht* bewaren tot we… Hij haalt mij in, klopt op mijn schouders en grijnst. Voorts wil hij weten of hij dit moet interpreteren op zijn Chinees of op zijn Nederlands. Naar aanleiding van mijn 'memorabele' uitspraak. Als een vrouw zelf moet aangeven wanneer en hoe ze dát wil, is de lol eraf. Ik krijg kippenvel. Chris! Je gaat je toch niet gedragen als een Chinees, hè? Ik gebaar een van de taxi's, die in de buurt van het Kabinsky rondrijden, te stoppen: kom, we gaan naar het Plein van de Hemelse Vrede. Ik laat je zien waar ons toneelstuk werd opgevoerd en… waar ik werd gearresteerd. Hij kijkt bezorgd. En vraagt of ik het zeker weet. Doe geen moeite je ware bedoeling in een nobel jasje te steken, Chris. Je wilt niet zozeer voorkomen dat mijn pijnlijke herinneringen naar boven worden gehaald. Eerder probeer je mij met een smoes terug te leiden naar je hotelkamer. Als het niet waar is, mag je mijn achternaam in *lü* – domme ezel – wijzigen. In het schijnsel van de lampen van onze taxi, waar wij instappen, zie ik hem fronsen, achter zijn oor krabben en naar een woord van verweer zoeken. Ik weet niet hoe het bij andere vrouwen zit. Dát bedrijven kan mij gestolen worden, maar Chris plagen en hem zien stuntelen geven mij een kick die niet onderdoet voor wat men… lentenirwana noemt.

Hoe groot de gouden berg die ik de taxichauffeur heb beloofd ook is, hij durft niet verder te gaan dan Nanchizi. Als hij Chris was geweest, had ik hem allang uitgelachen: wat een schijterd! Tevergeefs probeer ik hem uit te leggen dat de verkeerspolitie op dit uur van de dag, nacht eigenlijk, betere dingen te doen heeft – wat denkt hij van slapen? – dan hier te staan controleren of de auto's onvolledig verbrand gas uitstoten. Het teakbruine mannetje in de metalen kooi rondom de bestuurdersstoel klopt op zijn dashboard en roept dat ze zijn wagen niet eens hoeven te controleren. Aan het type zien ze al dat-ie stinkt. Hier voegt hij aan toe dat de geruchten het er niet vrolijker op maken. Vanaf volgend jaar mogen taxi's van het merk Santana de stad niet meer in. Terwijl de taxibranche het juist moet hebben van de eerste tot en met de derde ringweg. Vervolgens voorspelt hij dat ik ook niet buiten schot zal blijven, al val ik niet onder de categorie autobezitters. Straks mogen wij, inwoners van de stad Beijing, alleen maar boeren. Winden laten is er niet meer bij – onze gemeente heeft er álles voor over om de Olympische Spelen hierheen te halen. Hij wil niet lullig doen, maar binnen een paar jaar de lucht schoon krijgen werkt op zijn lachspieren. Stiekem hoop ik dat hij door zijn gefilosofeer afgeleid wordt en gewoon verder rijdt, tot aan het Plein van de Hemelse Vrede. Vergeet het maar. Hij stopt pal voor de poort van Nanchizi en wacht keurig tot we opkrassen. Chris telt twee briefjes van tien yuan voor hem neer: het wisselgeld mag hij houden.

Eenmaal uitgestapt trek ik Chris opzij. Hoe vaak moet ik het hem nog zeggen? Fooi is verboden! Hij haalt zijn schouders op en zegt dat hij die drie yuan wel kan missen. Wij niet! Hoe moet een oud vrouwtje, dat niet goed is geworden, naar het ziekenhuis? Als alle taxichauffeurs hun neus ophalen voor hun landgenoten, die hun geen dikke fooi kunnen geven? Bovendien, als je denkt dat je die man een dienst bewijst,

271

zit je er mijlenver naast. In feite doe je hem de das om. Verlekkerd door deze ene keer, neemt hij dadelijk alleen nog rijke buitenlanders mee. Hoe sneller zijn buidel gevuld wordt, hoe harder hij naar 'kapsalons' langs de autosnelweg rent. Zie je de advertenties op de brievenbussen? En op de muren van openbare toiletten? Zogenaamde geneesmiddelen tegen syfilis. De extra yuans die je hem toestopt worden hem afgetroggeld door kwakzalvers die soa-patiënten aan nog meer ziekten helpen. Chris kijkt sip naar het trottoir. Ik steek mijn hand onder zijn arm: zo erg is het ook weer niet, dat wij eerder uitgestapt zijn. Ik probeerde de taxichauffeur over te halen tot aan het Plein van de Hemelse Vrede te rijden omdat ik wist dat jij dat leuker zou vinden. Als het aan mij lag, legde ik dit kippeneindje liever te voet af. Chris, moet je die brede lanen zien. Met ginkgo's aan weerszijden. Het is nu niet minder druk dan overdag. Ik sta op mijn tenen en fluister: negenennegentig procent zijn tortelduifjes. Weet je nog? De weg platwalsen is een ander woord voor 'verkering hebben'?

Hij klemt mijn hand tussen zijn arm en zij. Hierna wijst hij naar het oneindige en vraagt hoe het mogelijk is dat ik dit een kippeneindje noem. Van hieruit kan hij het Plein niet eens zien, laat staan binnen afzienbare tijd bereiken. Ik huppel. In *Reader's Digest* las ik dat jullie Europese mannen tuk zijn op auto's omdat jullie ze als het verlengstuk van je… pietje beschouwen. Als ik deze theorie zou doortrekken, heb ik een verklaring voor onze ontiegelijk lange straten: een compensatie voor het feit dat wij kort zijn. Toen ik net in Leiden ging wonen, was ik op een dag verdwaald. Een vriendelijke oude heer die zijn mormel uitliet wees mij de weg. Eerst naar links en dan rechtdoor. Drie straten moest ik aflopen. Een flink stuk, waarschuwde hij mij, met een gezicht even somber als het weer. Ik heb geteld, Chris. Vijfhonderd stappen, niet meer, hoefde ik maar voort te zetten om thuis te komen. In Beijing zouden die drie straten, in de lengte aan elkaar geplakt, hoogstens voor één steegje doorgaan.

Chris knikt. Tot mijn teleurstelling voelt hij zich niet beledigd. Sterker nog, hij pakt mijn opmerking met beide handen aan als een reden voor zelfbeklag. Nu snapt hij waarom Eric en andere Nederlanders die hij heeft gesproken zich in Shanghai meer op hun gemak voelen. Ik val hem in de rede: de stad waar mensen als bijen in een korf op elkaar gestapeld en samengedrongen wonen? Typisch, je moet altijd een muur binnen handbereik hebben of een uitstekend dak boven je hoofd. Anders heb je het idee dat je je in een oeverloze woestijn beweegt. Hij voelt zich op zijn tenen getrapt en vraagt wat daar mis mee is. Niets, ik vind het alleen zielig. Hij staat stil, tikt met zijn voet op de asfaltweg en gebruikt deze Changan Straat als voorbeeld. Vijftig kilometer. Volgens hem is-ie niet lang meer, maar mónsterlijk. Hij kijkt me uitdagend aan. Ik heb geen zin om in discussie te treden, anders zou hij verliezen. Zonder meer. Was China niet wanstaltig groot en had het geen gigantische bevolking, dan zouden zijn ondernemende landgenoten zich niet hierheen hoeven haasten. Om ieder van ons één tube tandpasta aan te smeren en op die manier multimiljardairs te worden. Ik houd zijn hand vast en zwaai met zijn arm. Mijn haren worden opgewoeld door de bries die de rokken van meisjes en de harten van jongens doen fladderen. De sierlampjes in de ginkgo's worden met mysterieuze tussenpozen zichtbaar. De zwoele nacht met zijn glinsterende magie voert mij terug naar het verleden.

Weet je wat mijn eerste cultuurschok in Leiden was, Chris? Hij glimlacht en luistert met een half oor naar mijn relaas. Met de andere helft neemt hij het gezang waar, van een blinde vrouw, gewurmd in een tent van een jurk – nu weet je hoe corpulent ze wel niet is – met twee vlechten tot over haar piramidale billen. Ik gun het hem, dit gezellige straatbeeld. Na morgen weet alleen Boeddha of en zo ja, wanneer we hier nog eens hand in hand kunnen wandelen. Ik spring op en schreeuw in zijn oor. Mijn eerste cultuurschok bestond uit vermoeidheid! En prompt heb ik zijn volle aandacht. Hij knikt en zegt dat dit zeker kwam door mijn lange vliegreis. Nee, Chris, door het stelen van auto's. In mijn droom! Ik geniet van zijn gezichtsuitdrukking. Hoe verbaasder hij wordt, hoe Chineser ik me voel.

Ik woonde toen in de buurt van het Arsenaal, waar het Sinologisch Instituut gehuisvest is. Voor de deur van elk huis stond een auto geparkeerd. Zomaar in de openlucht. De eerste week droomde ik elke nacht dat ik een dief was. Die in het paradijs werd opgesloten. Ik haalde mijn hart op door in alle wagens in te breken en ermee weg te rijden (ik wist niet eens waar de versnellingspook zat!). Naar een schip dat via Rotterdam Hongkong bereikte. De ochtend daarna stond ik met zó'n hoofd op. Uitgeput was ik! Nog meer dan toen ik naar bed ging. Ik had, in mijn slaap uiteraard, non-stop gewerkt, maar tot het krieken van de dag had ik niet eens de halve straat leeggehaald. De auto's leken zich te vermenigvuldigen, terwijl ik ze met helse moeite verplaatste. Chris schrikt met zijn bulderlach, verergerd door zijn blonde, harige verschijning, een kindje in de armen van een jonge moeder af, dat blèrt met overgave. Ik verontschuldig me namens mijn vriend, maar het jongetje vindt dat ik hem in de weg sta. Hoe meer hij griezelt van Chris' haren, die onder de neonlampen licht afgeven, hoe gretiger hij hem aanstaart, met zijn duimpje in de mond. Ik trek mijn schat gauw uit de buurt. Maar hij is nog niet klaar met lachen én vragen. Wil je weten waar wij Chinezen onze auto's parkeren? In een garage of binnen een bewaakt wooncomplex, sufferd. Ze open en bloot op straat laten staan is vragen om… mensen zoals ik. Schaamrood bekruipt mijn kaken. Eerlijk, Chris, pas na die afmattende dromen realiseerde ik me wat een criminele geest ik eigenlijk heb. Autodiefstal, hoe haalde ik het in mijn hoofd?! Hij verklaart pseudo-psychologisch dat het eerder hersengymnastiek is. En laat aan mij doorschemeren wat door zíjn hoofd ging toen hij voor het eerst bij mijn oom en tante op bezoek kwam. Twee bedden, nagenoeg tegen elkaar aan. Ik, met mijn oom, tante, neef en opa, op één piepkamertje… Hij krabt op zijn achterhoofd en snijdt een minder gevoelig onderwerp aan. Hij begint met het gegeven dat Nederland groot is. Ik kijk hem aan en hij vervangt 'groot' door 'klein'. Wat hij bedoelde te zeggen is dat er boeiender steden zijn dan Leiden. En vraagt zich af waarom ik uitgerekend daarnaartoe was gegaan. Parijs is nog bruisender, Chris, toch ben ik daar weggegaan…

Toen ik op luchthaven Charles de Gaulle aankwam, had ik maar tweehonderd franc op zak. 'De gele lijster' had mijn vliegticket betaald. Wat kon ik nog meer van hen verwachten? Ik werd opgehaald door Adam, een schilder uit Tianjin, die zich voordeed als Parijzenaar en ook grote en kleine spetters op zijn doeken kliederde bij wijze van kunst. Hij nam mij mee naar zijn studio, waar ik me bezwaard voelde. In zijn kamer van vijf bij zes sliepen acht politieke vluchtelingen als sardientjes in een blikje naast elkaar. Overdag werkten ze in Chinese restaurants of koekjesfabrieken. Ik bleef alleen thuis. Adam veegde de vloer en droogde de vaat. Als hij eindelijk achter zijn ezel plaatsnam, begon hij te knikkebollen. Met een zucht zei hij dat hij nauwelijks aan werken toekwam. Hij voelde zich eerder een hotelier dan kunstenaar. Ik besloot hem te ontlasten en verliet zijn huis. Bij elk restaurant in de China Town vroeg ik of ze een bordenwasser nodig hadden. Ze zagen mijn dunne armen en schudden van nee. Behalve één Hongkonger. Hij vroeg mij of ik Kantonees sprak. Un petit peu, loog ik. Ik was vlug met talen en hoopte dat dialect ongemerkt op te pikken. Hij leidde mij naar achteren, de keuken in. De chef-kok deelde daar de lakens uit. Ik mocht blijven. Mijn taak bestond uit borden wassen, groenten en vlees hakken, uien pellen, de vloer dweilen en de schorten van het keukenpersoneel wassen en strijken. Tegen etenstijd was de werkvloer net een slagveld. Een geschreeuw en een gekletter met potten en pannen. Van jewelste. Maar daarvoor en daarna was het best gezellig. Niet dat ik er iets aan had, hoor. Als iedereen klaar was, moest ik nog poetsen en opruimen. Wel verdiende ik er een slaapplaats mee, tussen twee andere vrouwen in, die op de kinderen van de baas en die van de chef-kok pasten. Én duizend franc per maand. Al was ik onhandig en traag – volgens hen – ik stond als vlijtig te boek. Desnoods kroop ik op mijn blote knietjes onder het aanrecht om het vet van de vloer te schrobben. Ze grapten dat ze een stofzuigerhaai in dienst hadden genomen.

Dinsdags, als ik vrij had, waste ik mijn eigen kleren en trakteerde Adam op dim sums. Per slot van rekening had hij mij in mijn diepste nood onderdak verleend. Helaas duurde het niet lang voordat mijn geluk als een zeepbel uiteenspatte. Eerst was daar de baas, die mijn salaris met dertig procent wilde verhogen. Op voorwaarde dat ik eens per week met hem naar bed ging. Op zondagochtend, wanneer zijn vrouw hun kinderen naar tennisles reed. Ik durfde geen nee te zeggen, maar ja zou mijn dood worden. Ten einde raad belde ik Adam op. Hij stotterde: ook hij miste mij telkens als het donker werd... Ik legde de hoorn op de haak en schuilde onder het aanrecht – zogenaamd om de vloer te boenen. De chef-kok sleepte mij eruit en sloot ons beiden op in het toilet naast de keuken. Honderd franc per kanonschot bood hij mij. Ik beet in zijn schouder, maar... hij was eerder een slager, pardon, een beul dan een kok. Zelfs de bamibakker meende dat hij een graantje mee kon pikken. Zestig franc per beurt was ik waard volgens hem. Op een dag zat hij zo achter mij aan dat ik via de voordeur – wij illegalen mochten ons als regel nooit aan de voorkant van het restaurant vertonen – moest vluchten, met de bamiboer aan mijn paardenstaart. Ik was nog banger voor hem dan voor de veiligheidsdienst van mijn vaderland. Het kon mij niets meer schelen. Desnoods liet ik mij door de Parijse politie arresteren en overdragen aan de Chinese staat. *De raven zijn overal even zwart.*

Ik hoorde een dof geluid en keek achterom. Mijn aanrander viel op zijn bek, met op zijn rug de hoge hak van... Boeddha nog aan toe! Van een jonge vrouw met blauwe ogen en bruine krullen. Ik viel op mijn knieën. Hoe gemeen hij ook was, ik zou het mezelf niet vergeven als de Franse immigratiedienst hem terug zou sturen naar zijn dorp in Sanqiu. Zijn familie daar had zich diep in de schulden gestoken om hem hierheen te krijgen… De blanke vrouw gaf mij niet eens de kans het aan haar uit te leggen en pakte hem bij de lurven. Ze krijste in het Engels – was ze geen Française? – dat hij zijn poten thuis moest houden. Ik smeekte haar om genade. Ze wees naar de bloederige sporen van zijn nagels vanaf mijn slapen tot aan mijn nek: moest ik hem nog in bescherming nemen? Door de herrie vloog onze baas naar buiten. Zijn vloeibare wangen trilden toen hij doorhad wat er loos was. Hij verzocht, in tonen vlug afwisselend van hoog naar laag en andersom, zijn klandizie, die hem gevolgd was, terug te keren naar hun tafels. De brunette mocht gratis rivierkreeften smullen van hem, iets dat ze afsloeg. Ze vroeg hem of hij wist wat zijn mannelijke personeelslid in zijn schild voerde. Hij knikte van ja maar zei van nee en deed alsof hij mij niet kende. De vent die mij elke zondag met zijn liefdesregen begoot, dumpte mij terwijl ik hem het meest nodig had! Om mij te beschermen tegen de bamibakker. Mijn hemel stortte in. De brunette verzocht mij naar de dokter te gaan, voor de schaafwonden. Bemoei je met je eigen zaken! riep ik en het werd zwart voor mijn ogen. Een restauranthouder in verlegenheid brengen voor de ogen van zijn klanten betekende zijn collega's/concurrenten in deze hechte gemeenschap de rug toekeren. Bij Adam kon ik niet meer terecht. Waar moest ik heen? Ik verlangde naar de muffe ruimten van de gevangenis in Beijing en hoorde niets meer. Hoe de brunette ook aan mijn mouw trok.

Ik werd wakker en vond mezelf in het heerlijke eenpersoonsbed van… mijn redster met bruine krullen. Ik wilde opstaan, maar ze zwaaide met haar vinger. Nog een paar uurtjes met de ogen dicht en dan zouden wij verder praten, begreep ik. Haar Engels klonk als… ik kon er geen vinger op leggen. De p's en t's vergat ze te aspireren (of deed ze het uit principe niet?), waardoor het halfbakken b's en d's werden. De volgende ochtend had ze het over een blijf-van-mijn-lijfhuis. Of ze mij daarheen zou brengen? Ik antwoordde dat ik mezelf liever uit het raam zou gooien dan dat ik mezelf ergens aan zou melden. Toen ze erachter kwam waardoor ik in Parijs verzeild was geraakt, adviseerde ze mij politiek asiel aan te vragen. O nee, stribbelde ik tegen. Je weet maar nooit waar je terechtkomt – overheidsinstanties vertrouwde ik voor geen meter. Ze verzekerde mij dat ik mijn bewegingsvrijheid zou behouden én dat ik een bescheiden uitkering zou krijgen. Dan hoefde ik me niet meer bloot te stellen aan misbruik door mannen als… Ik viel haar in de rede. Mensen die te boek stonden als politieke vluchtelingen konden moeilijk terugkeren naar hun vaderland. Bovendien, ik had toch handen? En kon mijn eigen brood wel verdienen. Hoe kwam ze erbij om mij mijn hand te laten ophouden? Bij de regering van een vreemd land nota bene. Ze haalde een extra kaartje voor de metro en wij reisden af naar haar vriendin in het Quartier Latin. Zij was een echte Française – alles sprak ze uit via haar neus. Ze had zwart, steil haar. Geverfd – dat kon ik zien aan de rozige wortels. Samen probeerden ze op mij in te praten dat ik deze gewelddadige praktijken op mijn (ex-)werkplek niet hoefde te pikken. Maagvulling was in mijn geval belangrijker dan zeggenschap over mijn eigen lijf, wilde ik hun vertellen, maar ik vreesde dat ze op mij neer zouden kijken. Die nacht brachten we door bij de Française. Midden in de nacht hoorde ik die twee in het Engels, met hier en daar een paar woordjes Frans, de lelijkste bijvoeglijke naamwoorden naar elkaars hoofd slingeren.

De volgende ochtend sloeg de brunette de deur achter zich dicht en ik moest mee. Onderweg naar het Gare du Nord zei ze dat ik haar Karen moest noemen. Karen van Hier tot Daar. De twee plaatsen in haar achternaam ben ik kwijt, als je het niet erg vindt, Chris. Haar opa was een graaf. Niet dat haar ouders in een kasteel woonden of zo. Ze zwaaide met haar weekendtas in het rond en had zichtbaar lol. Behalve een kristallen kroonluchter en wat aandelen Koninklijke Olie hadden ze thuis niets overgehouden van de vergane glorie. Voorts beweerde ze dat ze een paar woordjes Chinees kende. Een paar duizend, ontdekte ik later. Vijf uur later arriveerden wij in Leiden, waar ze een appartementje had. Het bleek dat ze sinologie studeerde.

Ze… heeft zich nooit aan mij opgedrongen en vroeg me elke avond keurig netjes of ik van voorkeur veranderd was. Ik jankte mezelf in slaap. Nog nooit had ik me zo schuldig gevoeld als toen. Temeer daar ze hemel en aarde bewoog om mij aan klusjes en connecties te helpen. Dat tolken bij de internationale judokampioenschappen in Maastricht had ik aan haar te danken. Uit verdriet liet ze mij alleen in haar flatje zitten en vertrok met haar rugzak naar New York. Amper een maand later werd ik uit haar woning gezet. Een makelaar deelde mij mee dat het huis te koop was aangeboden. Karens ouders hadden hem er opdracht toe gegeven. Hun dochter was in Manhattan, op een zondagmiddag, door een tasjesdief doodgeschoten. Weer stond ik op straat, met alleen Karens ingelijste portret en mijn schone ondergoed in de hand.

Kijk, Chris, wij zijn er bijna. Het Plein van de Hemelse Vrede. Hij reageert niet. Toe, ik huppel en lach hem toe, ben je niet blij dat wij onze laatste avond op zo'n historische plek vieren? Hij doet zijn best, maar verder dan een geveinsde vrolijkheid komt hij niet. Hij kijkt omhoog, ziet Hotel Beijing en laat eindelijk van zich horen. Als zijn geheugen hem niet in de steek laat, is zes jaar geleden hier, vanaf de tiende of elfde verdieping, een wereldschokkend tafereel gefilmd. Een jongeman stond voor een tank. Met in zijn hand een (of waren het twee?) witte plastic zak(ken). Chris draait zich om, neemt flink wat stappen terug en bestudeert me alsof het een wildvreemde betreft. Onder het kunstmatige licht dat van de nacht een dag maakt, in het politieke hart van mijn land, lijken zijn ogen op die van een verdwaald jongetje.

Hij zinkt diep in gedachten en mompelt. Toen dat beeld op de voorpagina's van alle kranten en bladen verscheen, zat hij in het tweede jaar van zijn studie economie. Hij herinnert zich dat hij er een poos naar had zitten staren. En zich probeerde voor te stellen wat er door het hoofd van de jonge demonstrant ging. Of-ie bang was. Om letterlijk platgewalst te worden door de tank. En wat hem bewoog om, à la Chinees, *zijn hoofd op het hakbord* van de militairen te leggen. Zijn geloof in democratie? Idealisme? Of gewoon, verstandsverbijstering? Op pagina twaalf van de krant die hij las stond een verslag van een thuiswedstrijd van het Nederlands elftal. En dit – hij krabt achter zijn oren – kon een oranjefan als hij (het beperkte zich tot voetbal en schaatsen) niet ongelezen laten. Hij wond zich kwaadaardig op over de missers van zijn (ex-, hierna niet meer) favoriete middenvelder. De overpeinzingen naar aanleiding van die foto waren dus wat hem betreft afgesloten. Geen haar op zijn hoofd die eraan dacht dat hij zeven jaar later mij zou leren kennen en geconfronteerd zou worden met hetzelfde vraagstuk.

Ik druk zijn schouders omlaag en streel zijn fronsrimpels glad. Kom, wij gaan ook op het Plein zitten. Tussen de tortelduifjes. Een tip: sla niet al te enthousiast je armen om me heen. Anders loop je het risico de helft van een ander verliefd paar te omhelzen. Je wilt niet weten hoe overbevolkt het daar is. Hij maakt zich los van mijn hand en wil niet nog een keer zijn overpeinzingen afbreken. Hoe groot de verleiding ook is om met mij in het meer van tederheid af te dalen. Wat hij niet begrijpt, is dat wij allemaal mensen zijn. Met onze verlangens en angsten. Waarom hebben de jongeman met de plastic zak en ik het ervoor over ons leven op het spel te zetten voor een ideaal? Ik vertraag mijn looptempo – zo te horen is een stevig gesprek niet meer te vermijden. Dat zul je ook nooit snappen, Chris. Net zoals ik de levensstijl van jullie Nederlanders nimmer zal kunnen waarderen. Je vindt het niet leuk dat ik afbuig naar een verhaal, midden in ons gesprek, maar ik heb geen andere manier geleerd om mij te uiten.

Dat ik niet op vrouwen viel, vormde niet de spil van de onverenigbaarheid van Karen en mij, die leidde tot de breuk. Onze denkbeelden stonden haaks op elkaar. Ik had nog geboft. Vergeleken met haar leeftijdsgenoten was ze een uitzondering. Ze deed in de schoolvakanties vrijwilligerswerk voor Greenpeace, hielp 's weekends in blijf-van-mijn-lijfhuizen, vaak in Leiden maar ook in Amersfoort, waar haar ouders woonden, en bezocht jeugdcriminelen in de gevangenis, met stripverhalen en t-shirts waarop het hoofd van hun oranjeheld gedrukt stond. Toen Indiase boeren een schadeclaim van miljoenen dollars van een westerse 'octrooihouder' kregen, voor het verbouwen van een rijstsoort, iets dat ze al drieduizend jaar deden, ging Karen zich opeens verdiepen in de wetgeving betreffende het intellectueel eigendom. Onvermoeibaar was ze, en energiek. Als het ging om opkomen voor de sociaal zwakkeren. Dat was ook wat ons tweeën verbond. Tot ze op een gegeven moment normaal ging doen. Van de ene dag op de andere besloot ze mij een goed leven te bezorgen. Wat hield dat in? Huisje, boompje, beestje. Een oude boerderij op de kop tikken en zelf opknappen. Ik zag er het nut niet van in. Een huis is een huis. Waarom zoveel heisa om niks? Een nieuwbouwflat was veel praktischer. Het plezier dat ze schiep in het ontwerpen van onze Franse keuken, Italiaanse badkamer en Turkse sauna kon ik met de beste wil van de wereld niet delen. Had ze vergeten hoe schel ze had geschreeuwd tijdens demonstraties tegen fabrikanten die de Noordzee in een vuilnisbak veranderden? Karen vatte dit op als mijn smoesje om haar te verlaten, voor een vent.

Ben je belazerd?! zei ik. *Pikkels* – een van de eerste Nederlandse woorden die ik mezelf had aangeleerd – kon ik missen als tyfus. Mannen waren er om op de lijken van vrouwen te pissen. De directeur van… die mij bij de veiligheidsdienst had aangegeven, de restauranthouder die mij na gebruik als een baksteen liet vallen en de bamibakker die de scheet van de chef-kok als eau de parfum opsnoof en die op mij, een keukenhulpje, spuugde en spoot. Dank je feestelijk. Zolang Karen en ik geen ruzie hadden, bleef ik liever bij een vrouw die mij met rust liet. Ook zij begreep niet waarom ik bezeten was van het zoeken naar rechtvaardigheid, als zoiets bestond.

Genieten was volgens haar het doel van het leven, indien ik per se een doel moet hebben om voor te leven. Hetzij door middel van het werk dat ze graag deed, sigaretten, borrels, orgasmen, films, feestjes en verre reizen, hetzij door verplichtingen aan te gaan in de vorm van ouderschap. Ze dacht er serieus aan bom-moeder te worden. Mijn hoofd zat vol met gedachten over mijn studiegenoten in de gevangenis, over het invoeren van het tweepartijenstelsel in 's vaderlands politiek en met plannen om een paar andere studiegenoten, inclusief de barbiepop die geflipt was – ditmaal niet gespeeld – omdat zij de hoofdrol in mijn toneelstuk niet had gekregen, hun verraad betaald te zetten. De politie kon onze toneelgroep als een nest kuikens inrekenen omdat de barbiepop en de hare de leden en activiteiten van ons gezelschap keurig op papier hadden gezet en…

Chris kucht. Het kost hem zichtbare moeite om… pikkel in zijn mond te nemen. Ik kan het niet aanzien. Zal ik het woord voor je uitspreken? Hij slaakt een diepe zucht en kijkt mij verwachtingsvol aan. Karen reageerde net als jij, toen ze mijn maaksel hoorde. Een aardige samenvoeging van 'pik' en 'piemel', volgens haar. En minder grof. Op het koddige af. Hij schiet in de lach en wil meer voorbeelden horen van mijn aardige verkrachting van zijn taal. Het gaat een beetje moeilijk, antwoord ik. Met de drieënhalve woordjes die ik in je land heb opgedaan. Hij laat er geen gras over groeien en vraagt of ik het echt meen dat 'mannen mij koud laten'. Hij is er één en ik ben gek op hem, nietwaar? Chris, voor mij ben je geen man. Hij bedankt mij voor de eer. Maar een buitenlandse duivel, ga ik verder. Buitenaards zelfs. Het zou mij niets verbazen als je mij vertelt dat je van een andere planeet komt. Mars, bijvoorbeeld. Waarop een lieve, oprechte, knappe en harige prins woont die van geen kwaad weet en die naar de naam Chris luistert. Je hebt daar ook gemene tovenaars en boze geesten, maar daar heb ik het nu niet over. Ik blijf staan en pak zijn beide armen vast. Als je ooit de trekken vertoont van de directeur, de restauranthouder en de bamibakker, ga ik ook naar New York om mij daar op klaarlichte dag door een drugsverslaafde dood te laten schieten. Hij schudt mij door elkaar. En herinnert mij eraan dat ik van hem nooit meer over de dood mag praten. Die komt vanzelf wel, als onze tijd gekomen is. Maar voordat het zover is, zullen wij van het leven genieten. Samen. Chris, als je belooft mij nooit ofte nimmer als een van je opblaaspoppen – trouw blijven dus – te behandelen, zal ik geen non worden. Hij wordt als het ware door de bliksem getroffen. Ik wát? Hij wordt bleek. Ik giechel. Hebben jullie prinsen op Mars geen humor? Zijn opgetrokken schouders ontspannen zich en hij zegt dat je bij mij nooit zeker weet. Mijn humor en ernst lopen door elkaar heen. Hij verkeert nog steeds in een schoktoestand. Mijn hart krimpt ineen, maar ik blijf giechelen. Net zo lang totdat hij weer de ouwe is. Hij aarzelt een beetje voordat hij zijn nieuwsgierigheid de vrije loop laat. Een relatie met een lesbienne. Dat had hij niet achter mij gezocht. Zo luchtig mogelijk informeert hij hoe het in zijn werk ging. Chris, je beschuldigt mij van het afwijken van het hoofdthema. Zelf doe je er gretig aan mee. Ik was bezig met idealisme en dit maak ik af, met of zonder je toestemming.

Na Karen ben ik nog een paar keer tegen een muur aan gelopen voordat ik me eindelijk realiseerde dat als een doel niet direct omgezet kon worden in een goed leventje, het voor Nederlanders algauw te hoog gegrepen was. Irreëel heette dat. Ik kon niets anders dan toegeven dat Mao Zedong, van wie ik als voorvechter van de democratie niet bepaald gediend was, toch gelijk had. Hij zei immers dat wij, idealisten uit het Oosten, de materialisten uit het Westen moeten verslaan. Dat verslaan sloeg nergens op. Maar ik werd me steeds meer bewust van het feit dat ik een draagster was van de Chinese traditie. Het had weinig te maken met communisme of kapitalisme, maar veel met onze denkbeelden. Chris, kun je je dit voorstellen? Op de ochtend dat onze ministers en staatssecretarissen naar het hof zouden gaan om kritiek op het beleid van hun keizer te leveren, namen ze eerst afscheid van hun vrouwen en kinderen. Dan betraden ze de altaarkamer. Ze baden om de zegeningen van hun voorouders én voerden een kwaliteitscontrole uit. Of er spleten en gaten zaten in hun eigen doodkist. Zo ja, dan lieten ze hem als een haas repareren. Daar hoefde geen woord over vuilgemaakt te worden: hij en zijn familie wisten donders goed dat het de laatste keer kon zijn dat hij verticaal het huis uit ging. Het zat er dik in dat hij na de geleverde kritiek horizontaal naar huis gedragen zou worden. In dat geval hadden zijn nabestaanden een kant-en-klare kist om hem ter aarde te bestellen. Vanaf Qi Taishi (540 jaar v.Chr.) tot Hairui (1585 n.Chr.) – deze traditie werd voortgezet door talloze politici, intellectuelen, boeren en militairen, m/v. Die hun idealen met hun leven kracht bijzetten. Zelfs een politieagent (600 n.Chr.) die opdracht kreeg een juwelendief op te sporen, bood zijn hoofd aan als hij zich binnen twee weken niet van zijn taak kon kwijten. De bron van onze inspiratie is echter Bigan

(1066 v.Chr.). Deze raadsheer sneed zijn eigen borst open en liep met zijn kloppende hart in de hand langs de verbijsterde ogen van koning Zhou. Totdat hij na een paar stappen dood neerviel. Op deze manier diende hij zijn petitie in om de corruptie binnen het regeringsapparaat subiet aan te pakken. Anders zou zijn land zwakker en zwakker worden. De omringende staten konden het dan in een handomdraai in de as leggen.

Hij is wat blij dat ik klaar ben met mijn verhaal. Gauw sluit hij dit hoofdstuk af door te zeggen dat hij mij nu begrijpt. Nee, Chris, je hebt er het geduld niet voor. Het ergert je dat ik verval in de gruwelijkheden van onze geschiedenis. Bij jullie moet alles leuk blijven. Zelfs de natuurlijkste overgang van leven naar dood moet pijnloos verlopen en zo niet, de stekker eruit. Je opa Sjef. De arme man mocht niet eens meemaken hoe zijn ziel zich van zijn lichaam scheidde. Wat is er mis met lijden? Bovendien, het leven draait niet om geluk. Chris wil weten waarom dan wel. Hij daagt mij uit! Ik zeg om ideeën en principes. En om trots. Wie zijn zelfrespect kwijtraakt, kan zich net zo goed aan de dwarsbalk van zijn huis ophangen. De jongen voor de tank was bereid zijn waardigheid als een vrije burger met zijn leven te bekopen. De dictatuur belemmerde hem met een opgeheven hoofd door het leven te gaan. Dan maar strijdend sterven. Kamikazepiloten komen uit Japan. Studenten die zich levend verbrandden uit protest tegen buitenlandse bezetting? Uit China. Guerrillastrijders die zichzelf in een bus opbliezen? Uit Vietnam. Tegen de gekrenkte nationale trots van ons oosterlingen zijn geen kruisraketten gewassen…

Hij valt mij in de rede en stelt voor dat wij eindelijk tussen de verliefde paartjes in gaan zitten. Daar op het Plein. Chris, je hebt zeker genoeg van mijn praatjes over een hoger doel? Hij brengt mij tot bedaren, althans dat hoopt hij. Van hem mag ik best idealen hebben. Als het maar binnen de perken blijft. Ik sta voor zijn neus: houden jullie je zucht naar genot ook binnen de perken? Karen had een prima appartementje. Maar ze wilde een boerenhoeve. Met de luxe uit een woonblad, de naam ben ik vergeten. En een kind zonder vader. En seks die elke keer met een drievoudig – enkelvoudig kon ook, hoor – orgasme bezegeld werd. Ik heb het je niet verteld. Hoe vaak had ze niet achter mijn rug om naar andere vrouwen gekeken? Bleef het maar bij kijken!

Hij vraagt mij wat ik vind van een leuker onderwerp. Daar heb je hem weer. Leuk, leuk. Hij raakt geïrriteerd en zegt dat hij geen Karen is. En in geen enkel opzicht op haar lijkt. Dat is je geraden ook! Ik giechel terwijl ik hem naar het Plein trek. Hij gaat niet mee en mokt op zijn stoere manier, met zijn armen voor de borst gekruist. Weet je wat vanaf nu mijn hoogste doel is? Hij verliest geen seconde en zegt niet voor de tank staan maar eronder liggen zeker. Als hij bitst, doet hij niet onder voor mij, dat moet ik hem nageven. De liefde. Voortaan leef ik voor onze liefde.

Een meisje van zeven, acht jaar haalt een rode roos uit haar volle mand. Chris tast in zijn broekzak. Ik wil zeggen dat hij het niet moet doen, anders zouden haar ouders zich aangemoedigd voelen. En haar dwingen om tot nog dieper in de nacht bloemen te verkopen – als de mand niet leeg is, krijgt ze een pak slaag. Het is elf uur geweest. Maar ik houd me in. Voor hem wil ik best water bij mijn principes doen. Hij biedt mij de roos aan en mijn hart springt open, net een rozenknop in een zonnebad…

Chris fluistert. Hij voelt zich een exhibitionist. Nog nooit heeft hij een meisje in het bijzijn van duizenden pottenkijkers geknuffeld. Niemand let op ons, lach ik hem toe. Ze zijn te druk bezig met hun eigen partner. Hij komt met een gepaster woord. Groepsseks. Jij met je namen! Hindoestanen hebben de kama sutra uitgevonden en jullie Europeanen hebben het woordenboek van de liefdesdaad samengesteld. Homo, hetero, bi, transseksueel, travestiet… Chris roept dat ik meer dan drieënhalf woord Nederlands ken. Vind je het gek? Wie met Karen omgaat, wordt erdoor besmet. Chris moppert Karen, Karen en nog eens Karen. Hij wil naar huis, naar zijn hotelkamer. Het Plein van de Hemelse Vrede lijkt hem doordrenkt met mijn herinneringen aan die telg van de laaglandse adel. Wat hem betreft is het over en uit. Mijn adem stokt. Chris, ik ben bang. Hij zegt dat hij, terug in zijn kamer, mij met geen vinger zal aanraken, op zijn woord niet. Stellig kan hij ook zijn, als het erom spant. Niet daarom bang, ik vervrouw me. Hij wordt ongedurig en vraagt naar de reden. Hierbij wijst hij naar de sterren in de inktzwarte hemel. Het is al middernacht. Ik krijg geen lucht. Ik stik.

Hij zoekt opnieuw naar een plek voor mij om te zitten. Bezorgdheid vloeit uit zijn ogen. Terwijl hij informeert wat mij scheelt, kijkt hij uit naar een telefooncel. Typisch. Karen ook. Bij het minste of geringste bellen ze de dokter. Hoeveel kost dat wel niet? Ik sluit mijn ogen en voel de nachtlucht sliert voor sliert naar binnen sijpelen. Zijn verontrustheid drukt mij zwaarder op de borst dan mijn eigen benauwdheid.

Ik wil opstaan, maar een duizeling houdt mij laag op de grond. Hij raakt mijn hoofd aan en is bang dat mijn oude wonden weer opspelen. Nee, Chris. Nu hij het zegt, ik was bijna vergeten dat ik daar gaten heb gehad. Als je echt met me meeleeft, laat mij dan tot morgenochtend praten, hier op het Plein, want... Zijn vragende blik doet mij pijn. Ik wil hem vertellen dat ik... Maar o, wat houd ik van je, Chris! Mijn hart stuwt tranen in plaats van bloed door mijn aderen. *Ik heb je te laat leren kennen. Had ik je eerder ontmoet, destijds in Leiden, dan zou ik je kinderen willen dragen, voeden en grootbrengen. Maar nu...* Hij haalt zijn vingers door zijn haren. Paniekeriger kan niet. Hij geeft het op en stemt in dat wij hier blijven. Zoals ik het wil. Totdat hij morgenochtend, nee, vanochtend naar het vliegveld moet. En stelt mij gerust door toe te voegen dat zijn koffer zo gepakt is. Wil je verder naar mijn verhalen luisteren? Hij knikt. Zolang ik me er goed bij voel, vindt hij alles prima. Hoe meer rekening hij met mij houdt, des te schuldiger ik me voel. Wat doe ik hem aan? Maar wat deden zij mij aan?

Een rijkaard uit Beijing, Fei geheten, nam mij in huis. Hij studeerde rechten aan de Universiteit Leiden. Zijn studio bijhouden en eenmaal per dag koken was niet veel werk. De tijd die ik overhield besteedde ik aan cursussen. Business management en communicatie. Niet dat ze mij een mallemoer interesseerden, maar het waren de enige die in het Engels werden gegeven. Als mijn vriend zijn blanke liefjes mee naar huis nam, moest ik op de stoep wachten tot ze klaar waren. Op een van die lange nachten zat ik met mijn rug tegen de muur op het trottoir voor ons huisje. Eric, ja, Chris, jouw Eric, Eric Verboon, struikelde over mijn voeten en viel bijna op zijn handen en knieën. Hij vroeg mij of ik ziek was en naar de dokter moest. Ik schudde met mijn hoofd en tranen gutsten uit mijn kassen. Hierna bood hij mij een kopje koffie aan in het café om de hoek. Ik schudde nogmaals van nee. Hij ging op zijn hurken naast me zitten. Zo vertelde hij mij dat hij zakendeed met China, in kantoorartikelen. Die hij in Shenzhen liet maken en in Europa afzette. Ik rilde toen hij de naam van mijn vaderland liet vallen. Hij scheen bekend te zijn met de gevolgen van het bloedbad op het Plein van de Hemelse Vrede voor veel demonstranten. Chris, heb je het litteken boven zijn linkerwenkbrauw gezien? Dat heeft Fei hem bezorgd, toen hij met een brede grijns zijn scharreltje uitzwaaide en mij zag praten met een man. Hierna sleepte hij mij terug naar ons flatje.

Eric was mijn laatste strohalm. Ik stribbelde niet eens pro forma tegen toen hij mij aanbood bij hem in te trekken. Terwijl ik in zijn huis woonde en mijn studie voortzette, reisde Eric op en neer tussen Roelofarendsveen en Shenzhen. Wanneer hij thuiskwam, hoe diep in de nacht ook, probeerde ik alle nummers uit die op zijn pieper stonden. Zodra de telefoon werd opgenomen en het was geen vrouw, hing ik ogenblikkelijk op. Toen zijn zakenrelaties erachter kwamen wie steeds hun nachtrust verstoorde werden ze woest. Ze gaven Eric de volle laag. Het punt was alleen: ik kon niet slapen voordat ik iedereen had gecheckt. Hen uit bed bellen hoorde er, hoe vervelend ook, bij. Eric bood hun excuses aan, maar hun vertellen hoe de vork in de steel zat deed hij natuurlijk niet. De maat was vol voor hem en hij vroeg mij wat mij bezielde. Hoe kon hij mij zoiets vragen?!

We gingen uit elkaar, maar ik mocht in zijn huis blijven wonen, waar hij sindsdien zelden terugkwam. Hij vestigde zich in Shenzhen en spendeerde al zijn tijd, geld en, uiteraard, energie aan barmeisjes. Zijn business verwaterde en hij liet zich inhuren door precies, jouw baas, meneer Kraan. In februari 1991 kocht ik met mijn laatste spaarcentjes een vliegticket naar Hongkong. En later naar Guangzhou. Volgens betrouwbare bronnen liep ik geen gevaar meer als ik mijn voet op Chinese bodem zou zetten. Als voorzorgsmaatregel meed ik Beijing, waar die directeur springlevend was en is. Ik ga wel terug naar mijn geboortestad als hij de hemeldood tegemoet gaat. Het duurt niet lang meer, gezien de dosis zhuangyang yao die hem dagelijks overeind moet zien te houden, maar tot die tijd moet ik uitkijken – veiliger. De rest van het verhaal is je bekend.

Chris slaat op zijn voorhoofd. Nu snapt hij waarom Eric uit zijn gewone doen was. Nadat hij te horen kreeg dat ik zwaargewond in het ziekenhuis lag. Ik pak zijn hand. Heeft Eric over mij geroddeld? Hij zegt verder niets, behalve dat Eric het hem betaald zou zetten als hij mij nog eens de wanhoop nabij zou drijven. Ik geloof er niets van en zit als het ware op een matras van naalden. Echter, met doorvragen zou ik alleen in mijn eigen vingers snijden. Misschien vind ik het niet leuk, fijn bedoelt hij, maar toch moet hij dit even kwijt. Heb ik geen enkele aardige Chinese man ontmoet? Ze bestaan wel. Chris, je meent het! Ik word op slag helder. Strijdlust borrelt in mijn boezem. Chris, dat de directeur, restauranthouder en de rechtenstudent mij hebben teleurgesteld wil niet zeggen dat ze in en in slecht zijn. Ik ben fout geweest. Door verwachtingen te koesteren die zij niet konden waarmaken en die zij wederom nimmer bij mij hadden gewekt. De directeur moest mij wel verraden, omdat hij bang was dat ik hem hetzelfde zou aandoen, maar dan wegens zijn bourgeois levensstijl. Het klinkt in jouw oren als een peulenschil, maar voor iemand met zijn positie zou dat een dolk in de rug kunnen zijn. Zijn ondergeschikten aasden elke dag op een misstapje in zijn privé-leven. Als ze zouden weten dat hun baas een soapster uit haar kleren probeerde te lullen, zou hij niet alleen zijn baan kwijtraken, maar ook zijn vrouw en kinderen én een mooie regel op zijn grafsteen mislopen. De restauranthouder zou zijn eigen dochter in het openbaar niet durven herkennen, als ze, net als ik, geen verblijfsvergunning zou hebben en werd aangehouden in de buurt van zijn zaak. Deed hij dat wel, dan zou hij een torenhoge boete moeten ophoesten voor het in dienst nemen van een illegaal. Hier zou de politie het niet bij laten. Ze zouden zijn keuken doorzoeken en de visa en werkvergunningen van al zijn andere personeelsleden controleren. Mijn baas kon zijn tent dan net zo goed sluiten. De bamibakker, een vrijgezel in de bloei van zijn leven, wilde wel naar de hoeren. Dat had hij ook een keertje gedaan, maar hij kwam van een koude kermis thuis. De bewuste dame sprak alleen Frans en hij Chinees. Behalve het tarief van hun transactie begrepen ze verder *rien* van elkaar. Hij hield van het uitslaan van schuttingtaal tijdens het je-weet-wellen, maar de vrouw dacht dat hij haar cruciale delen aanprees! Hij kon dus fluiten naar de extra kick die hij voor dezelfde prijs hoopte te krijgen. Van het zeggen wat Boeddha hem verbood. Wat de rechtenstudent betreft. Hoe dacht je dat ik mijn dure cursussen in Leiden en Den Haag had kunnen afmaken? En mij de forse huur van Erics huis kon permitteren? Fei was een confucianist en hechtte waarde aan de Chinese wijsheid: *één lentenacht schept een verbondenheid van honderd dagen.* Vanaf maart 1990 tot februari 1991 stuurde hij mij maandelijks vijftienhonderd gulden. Zodat ik even comfortabel kon leven als toen ik met hem samen was.

Hij kucht. O, wat vind ik het heerlijk Chris van zijn apropos te brengen! Ik ga nog een stapje verder. Waarom vraag je me niet of ik geen enkele aardige Europeaan ben tegengekomen? Chris zit niet verlegen om een voorbeeld. Eric liet mij immers zijn woning gebruiken nadat er niets meer tussen ons was. Even voor de goede orde, Chris. Je dacht toch niet dat hij mij kosteloos in zijn huis liet wonen? Voor hem kosteloos, dat wel. Nee, lucratief zelfs. Ik knapte Erics huis op, verzorgde zijn tuin, hield de inbrekers op een afstand en betaalde op tijd allerlei belastingen en rekeningen. Geen aanmaningen meer om zijn thuiskomst te vergallen. Zijn buren stonden ook niet meer op de stoep om te klagen dat de zaadjes van het onkruid uit zijn tuin andere overwoekerden. Eric vernederde mij weliswaar niet. Door andere vrouwen voor mijn ogen in de armen te sluiten en tot kreunen te stimuleren. Maar zodra onze relatie beëindigd was, klopte hij op zijn achterwerk en weg was-ie. Alsof ik mij voor niets door hem heb laten je-weet-wel-len. Hij was diep gekwetst toen ik hem daarop wees. Wij genoten er toch beiden van? Fei begreep mij beter. Hij wist dat ik met hem vree om hem in de watten te leggen. Hier was hij mij dankbaar voor. Elf maanden lang onderhield hij mij terwijl hij niets meer met mij deed. Als zijn vader, een projectontwikkelaar in Beijing, niet was opgepakt wegens omkoping, zou Fei mij nog langer hebben gesteund.

Nee, Chris, ik heb niets tegen Chinese mannen – er zijn genoeg integere die mijn wil respecteren en mij tot niets dwingen. Bovendien, als het erop aankomt, heb ik meer aan bijvoorbeeld Fei dan aan de oprechte Eric. Oprecht klinkt mooi, maar hij heeft mij oprecht belazerd. Vlak voor mijn terugkeer naar China klopte mijn linkerbuurvrouw op de deur, met twee puntjes appeltaart op een zilveren schaal. Van haar begreep ik dat Erics woning jaren leeg had gestaan – de huur die hij ervoor vroeg was voor dit dorp veel te hoog. Mij liet hij niet alleen het volle pond betalen maar ook gratis voor zijn tuin en post zorgen, omdat hij wist dat ik me, als illegaal, niet gauw in een onbekende omgeving durfde te wagen. Ik was er zelf bij – Chris, nu weet je wie mij deze Nederlandse uitdrukking heeft geleerd. Had hij mij gedwongen zijn huis te huren? Als ik niet voor zijn verbouwing, planten en rekeningen wilde opdraaien, dan had ik hem dat van tevoren moeten zeggen. Wie zwijgt stemt toe. Ook zo'n uitdrukking. Voor elke handeling die wij Chinezen willen verrichten hebben we een bijpassende, al dan niet confucianistische spreuk te verduren. *Ruil van hart met dat van een ander. Wat hem raakt zal jou niet bespaard blijven.* Met gewetenswroeging als gevolg. Niet dat dit ons verhindert de verboden vrucht te eten, hoor, maar het zorgt wel voor een vette worm in de appel. Geef mij maar de overspelige Fei, die niet om de volkswijsheden heen kon en eronder leed als hij de lessen van onze voorouders aan zijn laars lapte. Dit compenseerde hij door mij financieel te steunen, terwijl Eric nergens last van had. Chris, en snap je ook waarom ik geen voet wil zetten in dat stamcafé van jou te Qingdao? Daar zit je grote vriend altijd. Tussen studenten, die overdag colleges volgen en 's avonds hun Engels met buitenlanders oefenen. Engelse en Amerikaanse manieren van hijgen, zullen ze bedoelen!

Zowel Karen als Eric deden hun best mij te betrekken bij de Nederlandse samenleving. Ze namen mij mee naar musea, theaters, ballet, popconcerten, recepties en feestjes. Zodra mensen wisten dat ik uit China was gevlucht, keken ze mij medelijdend aan. Het idee dat één miljard van mijn landgenoten nog steeds onder het juk van de dictatuur gebukt gingen... Ze moesten er niet aan denken. De hel was volgens hen beter te harden. In het begin vond ik troost in hun afschuw jegens mijn regime, maar...

De hogeschool waar mijn buurvrouw business management doceerde organiseerde een seminar voor politici en zakenlui, met het thema: China, de ontwakende draak. Ze vroeg mij op de valreep om hulp. Een van de gastsprekers, de econoom professor Kong, sprak het soort Engels dat zonder de tussenkomst van een tolk Chinees voor Nederlanders was. Door een samenloop van ongelukkige omstandigheden kreeg ik zijn tekst pas een uurtje voor de aanvang van de lezing te zien. Hiermee moest ik, zijn tolk, het doen. Het applaus dat hij na afloop kreeg was gedeeltelijk voor mij bestemd. Dit was mij verteld door mijn buurvrouw, een van de initiatiefnemers van het seminar. Ik kon Kongs theorie op een heldere manier in het Engels weergeven. Hadden ze het nagetrokken? Ze begrepen geen woord Chinees!

Chris citeert wat ik tegen de baas van het theehuisje in Qingdao zei, toen wij voor het eerst uitgingen. You goes on. Dat getuigt van een uitstekende beheersing van de Engelse taal! Hij neemt wraak. Zeker omdat ik een isgelijkteken heb gezet tussen Eric/Karen en alle Nederlanders. Chris, snap je het niet? Dat was een test. Als de eigenaar van het theehuisje mij zou uitlachen om die fout, had ik hem niet zo'n blaaskaak gevonden als destijds. Maar nee, hij keek alsof ik de vogeltaal sprak. En zo'n vent durfde mij als vuil onder zijn schoenzolen te behandelen en jou, een buitenlander, te bewieroken alsof je zijn overgrootvader was! Trouwens, als je rekeningen met mij te vereffenen hebt, wacht dan totdat ik mijn verhaal heb afgerond. Bij voorbaat dank, Chris.

Tijdens de koffiepauze stond ik achter de bar. Ik wilde overal helpen. Het deed mij deugd om te zien dat zoveel mensen belangstelling voor China toonden. Speciaal voor deze gelegenheid had ik een Shanghai-dress aan, die ik van Lan, een *erhu*-speelster in Amsterdam, had geleend. Of het door mijn kleding kwam of door mijn tolken voor de toespraak was mij niet bekend, in ieder geval voelde ik de ogen van menig heer op mijn lijf. Een van hen vroeg aan mijn buurvrouw of ik ook gedichten vertaalde. Ze zei namens mij jazeker. Ik stootte tegen haar elleboog en gebaarde haar de woorden terug te nemen. Hoe haalde ze het in haar hoofd? Ik kon niet eens rijmen in mijn moedertaal, laat staan in het Engels! Ze praatte aan één stuk door tegen die meneer totdat hij tevreden wegging. Hierna nam ze mij apart. Op fluistertoon las ze mij de les. Wilde ik wel of niet de stem van Chinese hervormers in de Nederlandse politiek laten doorklinken? En de steun van de Nederlandse overheid krijgen? Het Democratisch Front waarin ik actief was zocht al jaren tevergeefs naar medestanders in de Nederlandse politieke partijen, regerend of in de oppositie.

Ik liet mij overhalen en prompt ontving ik twee dagen later een foto van een kalligrafierol. Daarop stond een gedicht in klassieke stijl, geschreven door een staatssecretaris van de Volksrepubliek China, opgedragen aan zijn Nederlandse collega, die op dat moment in Beijing op werkbezoek was. Een week later schonk hij mij als dank voor de vertaling een gedicht van Keats, over *dandelions* – als ik het in het Nederlands om zou zetten, een woord dat ik toevallig ken, vanwege het onkruid in Erics tuin, zou het poëtische ervan af zijn: paardebloemen. Ingesloten was ook een foto van een hond. Genomen tegen de achtergrond van de grijze zee, het witte strand en de blauwe hemel. Ik begreep er niets van en ging ermee naar mijn buurvrouw. Ze grinnikte. Of ik wel eens aan een relatie had gedacht met een rijpere man. Ik snapte er nog minder van. De hond op de foto, legde ze uit, wilde zeggen dat de hoge heer óf gescheiden was óf nooit getrouwd – dit kon ze natrekken in krantenknipsels over hem en zijn partij. Ik had sjans, volgens haar. Een week later belde hij mij op. Hij zou in de buurt van Leiden zijn, voor een fractieoverleg of iets dergelijks. Of ik zin had in een kopje thee in een café tegenover het station. Mijn hart sprong mij naar de keel. Ik voelde me ongemakkelijk, niet voor mij, maar voor hem. Zo te zien waren alle mannen uit hetzelfde hout gesneden, Oost of West maakte geen klap uit. Als ik een hoge piet was, zou ik mezelf niet in de nesten werken door mij in te laten met een jonge vrouw van lage komaf, niet zomaar een lage komaf, een lage allochtone komaf. Maar ik had genoeg geleden onder het weigeren in te gaan op de avances van hoge heren – de directeur in Beijing! – en noteerde braaf de naam en het adres van het café.

Op de bewuste dag ging mijn telefoon weer. Hij belde onze afspraak af. Ik slaakte een zucht van opluchting, wederom niet voor mij, maar voor hem. Petje af voor zijn verstandige besluit. Wat moest hij met een Chinese vrouw die even oud was als zijn dochter, als hij er een had. Hoe moest hij voortaan naar recepties en diners? In Shanghai-dress zag ik er weliswaar – zo zei mijn buurvrouw – snoezig uit, maar een mooie allochtone was minder waard dan een lelijke autochtone. Karen en Eric hadden hier maling aan, omdat ze veel hadden gereisd en verder keken dan hun Nederlandse neus lang was, maar voor hun gemiddelde landgenoten, ook nog van een hoge positie? Ik wist veel dingen niet, maar ik kende mijn plaats.

Chris interrumpeert mij. Hij wijst erop dat wij niet meer leven in het tijdperk van Max Havelaar, de titel en tevens hoofdpersoon van... Hóhó, ik ken de vertaler van die roman. Hij heeft subsidie van een Nederlandse instantie gekregen om hem in het Chinees te vertalen. De tijden zijn veranderd, maar de mensen zijn ongeveer hetzelfde gebleven. Hier kom ik later nog op terug. Enfin, illusies over gelijkheid tussen rassen had ik niet en daarom bewonderde ik de politicus die tijdig de knoop had doorgehakt. Niet voor lang. Amper een week later belde hij voor de derde keer. Het werd geen cafébezoek, maar een strandwandeling, met Linda, zijn zwarte labrador. En wat ik daarvan vond. Had ik een keus?

In de straffe wind van Vogelenzang, onder de rook van Haarlem, gooide 'noem mij maar Jan' een tennisbal in de woelige zee, waar, *whoem!* Linda zich op stortte. Tussen nu en de tweede worp opende hij het gesprek. Ook hij moest vaker dan hem lief was boeten voor zijn politieke visies – all in the game. Goed voor de mens. Ik antwoordde dat ik het bloedbad op het Plein van de Hemelse Vrede niet als een politiek spel beschouwde en dat studenten erbij sneuvelden niet goed was voor wie dan ook. Hierop reageerde hij even elegant als een tennisser die een stevige opslag van de tegenpartij opving. Ik moest zijn woorden niet letterlijk opvatten. Bovendien, hij lachte Linda toe, die onder de staart van een schoothondje snuffelde, en keek mij in de ogen, het nastreven van elk ideaal kende zijn prijs. Het voornaamste was onverstoorbaar doorgaan. Ik diende hem van repliek dat sommige prijzen niet fair waren. Zijn partij veroordeelde immers het optreden van de Chinese overheid? En noemde het een misdaad tegen de mensheid? Er waaide een donkere wolk over zijn gezicht, maar hij bleef hoffelijk. Met zijn rechterhand trok hij mij naar zich toe en met zijn linker streelde hij mijn haren, die door de zeewind in de war waren geraakt. Terwijl hij mijn gezicht tegen zijn borst drukte, fluisterde hij in mijn oor dat ik te mooi was om mijn hoofd over revoluties en bloedbaden te breken. Hij noemde mij zijn Chinese prinsesje... Mijn haren rezen te berge. Ik was een republikein, al helemaal als ik aan de rotzooi dacht waar mijn land tot dan toe mee kampte. Achtergelaten door onze keizers en koningen na duizenden jaren gemorrel, waar ze regeren onder verstonden. Maar, ik hield me in. De raven zijn overal even zwart. Jan hoefde maar een telefoontje naar de juiste instantie te plegen en ik zou de volgende ochtend worden teruggestuurd naar waar ik vogelvrij was verklaard, althans dat dacht ik toen. Hij mompelde onder het zoenen van mijn nek – deze keer doopte hij mij om in zijn zijden popje. Zelfs het koosnaampje dat hij mij schonk klonk dichterlijk. Linda werd teruggefloten en hij vroeg of ik Chinees kon koken. Stel je voor dat mijn buren mij met een oude knar thuis zagen komen! Een leugentje om bestwil was zo bedacht. Dat ik mijn kamer met vijf andere politieke vluchtelingen deelde. Echter, hoe diep ik ook ademhaalde en mijn wil staalde, zonder blikken of blozen onwaarheden spreken lukte me niet. Tranen maakten cirkeltjes in mijn ogen. Hij dronk mijn verdriet op en zei snel dat hij een rustig etablissement kende. In een gehucht waarvan ik de naam nooit had gehoord. Dat wilde niets zeggen, want mijn kennis van de Nederlandse geografie beperkte zich tot een straal van veertig kilometer rondom Roelofarendsveen.

De eigenaar van Chalet Royale boog diep toen hij Jan zag binnenkomen. Wij kregen een tafel in de serre, met een bloeiend uitzicht op de achtertuin. Er was niemand binnen gehoorafstand. Jan draaide met zijn glas om te zien of er viezigheid aan de wand kleefde voordat hij een slok nam. Linda lag keurig onder de tafel. Zo nu en dan vroeg ik me af of het de poten van de hond waren of de benen van Jan die mijn knieën beroerden. Jan of zijn labrador vertellen dat ik daar niet van gediend was, durfde ik niet. Ik keek wel uit. Na de directeur in Beijing besefte ik waar een afgewezen man toe in staat kon zijn. Het enige dat ik me kon veroorloven was Jan belagen met constante verwijzingen naar de democratische bewegingen van modern ingestelde Chinezen, waar hij niet blij mee was. Maar mijn blote sleutelbeenderen waren te onweerstaanbaar voor hem – een andere reden kon ik niet bedenken – om mij de mond te snoeren. Hij hoorde mijn monoloog over democratie versus alleenheerschappij aan en kneedde mijn handen. Boterzacht, zo beschreef hij ze. En glad als een zijden kussentje. Hij met zijn zijde! Ik stond op en bevrijdde mijn handen van zijn gekneed – waar was het toilet? Of hij mij wilde excuseren.

Na het diner had hij weer zin in wandelen. Of moest Linda hoognodig? Op de verlaten laan buiten Chalet Royale schemerde het lantaarnlicht door het bladerdek van zilverberken. Ik werd met de stap banger. Zou hij aan mij komen, net als Linda aan het schoothondje? Zo gedacht, zo geschied. Ik voelde een mond met prikkelbaard achter mijn oren, die mij bedwelmde met het bouquet van Sancerre – na het eerste glas maakte hij zich geen zorgen meer of er onreinheid in zat. U met uw gehamer op het respecteren van mensenrechten! Ik gilde het uit en nam de benen, maar hij was mij voor. Hij drukte mij tegen een boomstam en zijn middenmoot tegen mijn borst. Zo lang was hij, oftewel zo kort was ik. Zijn tong was stijf geworden, maar ik kon hem prima verstaan. Ik moest ophouden met mijn mensenrechten. Zakendoen met de Chinese overheid, daar ging het hen om. Zijn woorden maakten mij in één klap nuchter, al had ik geen druppel op. Mijn knieën werden twee rollen deeg en ik liet hem zijn gang gaan…

Sindsdien bekeek ik alles en iedereen door een kritische bril. Ik nam mijn twijfels mee naar het Democratisch Front, maar ze hadden het te druk om serieuze gesprekken met mij te voeren. Op alle mogelijke manieren, inclus laag-bij-de-grondse, dongen ze om subsidies van de Taiwanese diplomatieke vertegenwoordiging in Den Haag. Die financiële middelen aan vastland-Chinezen verstrekte als ze zich bereid verklaarden tegen hun communistische vaderland te vechten. Zodra ze het geld in handen kregen, investeerden ze het in im- en export en verrijkten zich onder het mom van democratie. Idealisten waren onder ons Chinezen ook een uitstervende diersoort. Mijn theorie dat alleen westerlingen materialisten waren kwam op losse schroeven te staan. Een ware gesprekspartner vond ik in de kantine van de Faculteit Antropologie aan de RUL. Hij was een gastdocent uit Harvard. Politicoloog en Azië-deskundige. Met een academische afstandelijkheid beschreef hij een hedendaagse strategie. Het Westen, met name Amerika, gebruikte de kwestie mensenrechten en democratie om regeringen in het Oosten klein te krijgen, met als doel oppositieleiders die naar hun pijpen dansten in het zadel te helpen. Een smoes om 'the change of regime' te bewerkstelligen, die de westerse leiders goed konden verkopen aan hun kiezers, die graag wilden geloven dat democratie het streven van hun politici was.

Chris haalt zijn schouders op. Hij ziet het probleem er niet van in. Als het Westen een regering, met of zonder verborgen agenda, in het zadel helpt, die meer vrijheid en welvaart biedt… Daar heeft hij een punt, geef ik toe. Wat mij tegen de borst stuitte was de hypocrisie waarmee westerse leiders het probleem van de dictatuur aan de kaak stelden, alsof het hun alleen maar daarom ging. *In de etalage de kop van een geit ophangen, maar in de winkel wordt alleen hondenvlees verkocht.* Fraai is dat. Voel je niet aangevallen, Chris. Ik ben niet tegen het Westen, evenmin tegen China. Als het gaat om het verkrijgen van macht, wordt men, overal ter wereld, of vals of wreed of een beetje van beide. Afhankelijk van wat de minste weerstand biedt. Na bijna anderhalf jaar Leiden zijn mijn ogen geopend. Dat is waarschijnlijk ook het doel van ballingschap. Duizenden jaren geleden, toen onze keizers deze straf instelden, wisten ze al dat door afstand te nemen van waar wij heethoofdig mee bezig waren, wij tot andere, minder radicale inzichten zouden komen.

Na de ontmoeting met de Amerikaanse gastdocent liet ik de gebeurtenissen sinds het bloedbad de revue passeren. Toen begreep ik waarom de Republikeinen in de Verenigde Staten een geheime gezant naar Beijing hadden gestuurd, direct na het neerslaan van de studentenopstand. Om ondanks de turbulentie in de Chinese binnenlandse politiek de continuïteit van de bilaterale handel te waarborgen. Zonder de hoge druk van de Democraten had de Amerikaanse overheid geen handelsembargo tegen China uitgeroepen en visa verleend aan gezochte demonstranten. Ik herinnerde me dat sommige studiegenoten van mij inderdaad hulp van de Amerikaanse ambassade te Beijing hadden gekregen om halsoverkop naar Amerika uit te wijken. Europese landen waren helemaal niet zo happig op het aanbieden van schuilplaatsen voor ons. Behalve Frankrijk. Maar, volgens Adam, de Parijse schilder uit Tianjin, deed president Mitterrand dat niet puur uit politieke motieven, maar ook omdat hij niet tegen het gezeur van zijn vrouw kon. Sinds de jaren tachtig had madame Mitterrand een diepe belangstelling voor de nieuwe generatie Chinese kunstenaars ontwikkeld. Die zich lieten inspireren door postmodernistische stromingen. Onder hen vielen tijdens de opstand veel slachtoffers en de overlevenden vroegen dringend om hulp. Mevrouw Mitterrand kreeg haar echtgenoot zover dat hij middels een verkorte route een resolutie liet aannemen. Waardoor de Franse ambassade te Beijing visa aan Chinese demonstranten verstrekte, die via Frankrijk naar de omringende landen druppelden. Of Adam dit verhaal uit zijn duim zoog – om erbij te horen, bijvoorbeeld – deed er niet toe, maar het Democratisch Front en ik ondervonden aan den lijve dat West-Europa aan de ene kant uit volle borst schreeuwde over mensenrechten maar aan de andere kant geen concrete maatregelen nam tegen de dictatoriale figuren in ons systeem. Later hoorde ik van een paar andere Chinezen uit Parijs dat mevrouw Mitterrand destijds voorzitter van een mensenrechtenorganisatie was. Dat maakt haar inzet voor Chinese demonstranten aannemelijker. Wat heb ik gezegd? Over het nemen van Adams woorden met een lepel zout? Waren maar meer echtgenoten van staatshoofden voorzitters van dat soort organisaties! Of is dit verhaal ook uit de lucht gegrepen?

Jan was over de zestig, maar hij was onverzadigbaarder dan de bamibakker, die tweeëntwintig lentes jong was. Als hij in dé stemming kwam, beefde de hele kamer, of voelde het alleen zo? Ik wilde hem niet voor het hoofd stoten, maar als het op deze manier doorging, kon ik beter een bordeel openen. Ik waste me vijf keer per dag en nog vond ik mezelf smerig. *Een vrouw leeft en sterft met één man.* Indien deze confucianistische spreuk op mij werd toegepast, hoorde ik acht keer gestorven te zijn geweest. Mijn zoete wraak bestond uit Jan op zijn leeftijd te wijzen. In het Chinees zeggen wij, lachte ik hem quasi-serieus toe, dat als een man twintig is, hij het twee keer per week kan doen; met dertig eens per dertig dagen; met veertig eens per kwartaal; met vijftig eens per halfjaar en op zijn zestigste mag hij niet meer buiten zijn lichaam klaarkomen – het sap heeft hij hard nodig om in leven te blijven. Jan kreeg een rolberoerte van het lachen. Tussen het bulderen door riep hij dat hij een symmetrie in die getallen had ontdekt. Twintig jaar: twee keer per week; dertig jaar: één keer per dertig dagen; veertig jaar: een vierde van het jaar; en vijftig jaar: vijftig procent van het jaar.

Ik stond, lag, om precies te zijn, versteld. Hij was niet alleen een politicus, maar ook een mathematicus. Zo had ik de Chinese wijsheid nooit bekeken. Nog trotser werd ik op mijn cultuur. Maar hij keerde mij om, klapte op mijn rug en ging tegen de Chinese theorie in. Hier in Nederland gaven ze niet om dergelijke prietpraat. De prestatie van een man hing voornamelijk af van de vormen van een vrouw. Ik wilde hem vertellen dat de qi van een oudere man, volgens de Chinese gezondheidsleer, gauw op zou raken als hij zich door een jonge vrouw liet verleiden. Echter, als ik dat zou zeggen, zou ik de poten onder mijn eigen stoel vandaan zagen. Ik wist me geen raad en kon met niemand overleggen. Mijn Chinese vrienden van het Democratisch Front verzonnen verhalen waar zelfs het achtereinde van een varken niet in zou trappen, maar wonder boven wonder, ze konden er de vluchtelingenstatus mee in de wacht slepen. De echte deelnemers aan de studentenopstand konden het niet over hun hart verkrijgen hun levensgevaar tot het griezelige toe te overdrijven en wasten dag en nacht borden om aan voedsel te komen. Op een gegeven moment wipte Jan zonder van tevoren te bellen bij mij binnen. Hij nam ook de voederbakjes en brokjes voor Linda mee. Het zag ernaar uit dat hij bij mij wilde intrekken! Ik zette mijn tanden op elkaar en besloot 'm te smeren. Op een zondagmiddag, februari 1991, vroeg hij mij plechtig ten huwelijk. De volgende ochtend kocht ik een vliegticket, enkele reis, bestemming: Hongkong. Op de keukentafel liet ik een briefje achter: Lieve Jan, ik mis mijn familie. Het spijt me.

Chris vraagt mij Jan wie? Nieuwsgierig aapje, ik druk op zijn neus. Je bent toch niet van plan dit verhaal met naam en toenaam aan een krant te verkopen, hè? Behalve de frequentie van zijn hartstocht is er niets mis met Jan. Hij leerde mij van Nederland te houden. Van het strand, de duinen, de hei en het polderlandschap. Op een dag gaf hij mij een Engelstalige kinderbijbel cadeau. Als hij mij voorlas, dansten zijn grijze wenkbrauwen mee. Net een groot kind.

De dag nadat ik in Hongkong arriveerde, hield de hele binnenstad uitverkoop. Ik griste een chic mantelpakje van een volgeladen rek en telde er het geld voor neer dat normaliter niet eens genoeg zou zijn voor een paar nylonkousen. Terug in mijn hotelkamertje kleedde ik me aan als een heuse carrièrevrouw. Het eerste baantje dat ik na tientallen sollicitatiegesprekken kreeg was, Chris, je raadt het al, tolken. Ik had mij voorgedaan als een Nederland-kenner – wat was eraan gelogen? Vergeleken met de Hongkongers op dat eiland wist ik werkelijk meer van jouw land. Het vertaalbureau waar ik voor werkte was betrokken bij de onderhandelingen tussen een Nederlandse speelgoedfabrikant en zijn eventuele zakenpartner uit Datong, vastland China. Mijn oogkleppen vielen open door een van de besprekingen. Ze zaten samen strategieën te bedenken om het minimumloon, ingesteld door de Chinese overheid, te omzeilen. De Datongnees vroeg mij zijn informatie in het Engels om te zetten en wel snel. Hij kende de directeur van de Kamer van Koophandel van zijn stad en laatstgenoemde was bevriend met de directeur van de Kamer van Koophandel van zijn provincie. Als deze instanties bij het centraal gezag te Beijing geen melding zouden maken van de overtreding van de wet inzake het minimumloon, zou er geen haan naar kraaien. De Nederlandse delegatie vroeg wat er zou gebeuren als de arbeiders staakten. Het antwoord luidde de politie erop loslaten. Met steekpenningen en bezoekjes aan maagden van lichte zeden was de hoofdcommissaris voor elke denkbare kar te spannen. Een vrouw aan de Nederlandse kant fronste haar wenkbrauwen. Waarop de Datongnees er meteen aan toevoegde dat hij een nog betere oplossing voorhanden had. Boeren uit het binnenland halen, die al content waren met een kom rijst per maaltijd en een houten plank in een slaapzaal. Toen snapte ik wat Jan bedoelde. Het Westen was niet alleen ongeïnteresseerd in de mensenrechten en het democratiseringsproces van arme landen als China, het had zelfs belang bij de dictatuur aldaar. Zonder een regime dat het volk met een ijzeren hand in toom hield, zouden westerse ondernemers te kampen hebben met arbeiders die voor hun rechten opkwamen. Vakbonden in China. Daar moesten ze niets van hebben. Ze verhuisden hun kapitaal en (natuurlijk niet de meest recente) kennis juist hierheen om de FNV in hun eigen leuzen gaar te laten koken. Sinds die onderhandelingen ben ik geen fanatieke aanhanger meer van welke ideologie dan ook. Houd mij vast, Chris. Ik heb het koud. Al mijn idealen zijn een voor een als ballonnen doorgeprikt. Waar moet ik voortaan in geloven?

Chris herinnert mij eraan dat ik voor de liefde zou leven. Onze liefde, dat zei ik zonet zelf. Chris, heb je nog niet door waarom ik je al die verhalen heb verteld? Over de mannen die ongevraagd in mijn leven zijn gekomen? Ik ben een paar versleten schoenen, en op zijn Nederlands, een afgelikte boterham. Ssst, van hem moet ik mezelf niet zo naar beneden halen. Dat doe ik niet, Chris. Ik bén laag bij de grond, een slet. Hij drukt zijn lippen op de mijne en verstikt mij bijna met zijn minzame geweld. Het is voorbij, troost hij, wij kunnen opnieuw beginnen. Een slachtoffer heeft geen schuld, althans volgens hem. Ik ben te verdrietig om me verdrietig te voelen. Hoe kan ik hem inwijden in wat mij echt dwarszit? Chris, mijn lieve schat, wat ik je heb opgebiecht is het enige dat ik over mijn lippen kan krijgen…

Zeven

CHRIS

Achter het Historisch Museum ten oosten van het Plein van de Hemelse Vrede verschijnt de zon. De helft van de hemel wordt rood. Zonder mijn pols op te tillen kijk ik met een schuine blik op mijn horloge – ik wil Jelai niet wakker maken. Tegen vieren is ze uitgeput in slaap gevallen, maar vlak daarvoor, met haar ogen nauwelijks nog open, liet ze mij zweren hier op het Plein te blijven. Dus niet stiekem een taxi roepen en haar naar mijn hotel brengen/dragen. Het waarom zei ze er niet bij. Daar ben ik inmiddels aan gewend. De nacht van Beijing is niet mals. Het landklimaat ten top. *In de middag draagt men een zijden hemd en 's avonds een bontjas* – deze volkswijsheid overdrijft niet. Als ik geweten had dat ze onder de blote hemel wilde overnachten, had ik een dikke jas of een wollen deken uit mijn hotel meegenomen. Het werd afzien. Mijn dunne zomerjas heb ik over haar schouders gelegd. Zo nu en dan nestelt ze zich nog inniger in mijn armen. Net een poesje. Hua. Het arme beest, dat door haar broers was onthoofd. Het is zes uur geweest. Lang zal het niet meer duren voordat ons verzocht wordt het Plein te verlaten. Vier rijen straatveegsters, uitgerust met blik en bezem, beginnen vanuit oost, west, noord en zuid naar het Herdenkingsmonument midden op het Plein te vegen; soldaten hijsen de nationale vlag; uit luidsprekers galmt het volkslied. Over drie uurtjes stijgt mijn vliegtuig op. Haasten geblazen. Met de grootste tegenzin kus ik Jelai wakker. Ze trekt mij naar zich toe en verbergt haar gezicht onder mijn oksel, waar mijn hemd nat wordt. Huilt ze? Wat is er nou weer aan de hand? Ze vraagt of ik echt moet vertrekken. Ik zeg dat ze weet hoe het zit. Haar snikken wordt hartverscheurend. Ik beloof haar binnen een week, hoogstens twee weken terug te komen. Nu is het te hopen dat mijn contract met Kraan zonder problemen kan worden ontbonden, anders ben ik niet meer geloofwaardig.

Opeens gilt Jelai van nee. Een straatveegster een paar meter verderop kijkt mij vuil aan, alsof ik mijn vriendin een oneerbaar voorstel heb gedaan of haar heb… aangerand. Van Jelai mag ik nergens heen en ik moet haar nog steviger vasthouden. Om een of andere idiote – het moet wel – reden is ze ervan overtuigd dat als ik nu wegga, we elkaar nooit meer terug zullen zien. Ik droog de tranen op haar wangen. Heb je dan zo weinig vertrouwen in mij?

Bij de ingang van de luchthaven stopt ze een geborduurd tasje in mijn hand. Dat mag ik pas openen als ik in het vliegtuig zit. Ze klinkt bijna als Eric, toen hij mij het krantenknipsel over de buschauffeuse gaf. Wat staat mij nu weer te wachten? Ze stampt met haar voeten. Ik moet maar doen wat ze zegt. Het lijkt wel een bevel. In zekere zin ís haar woord ook wet. Hoe en wanneer ik het zover heb laten komen, is op zich een onderzoek waard, maar het is voor mijn bestwil het voorlopig zo te houden. Door schade en schande heb ik ingezien dat wat op mij als aanstellerij overkomt, veelal diepere gronden heeft. Als ik ze aan de weet kom, wordt haar gedrag opeens redelijk, of op zijn minst begrijpelijk. Dus, het zekere voor het onzekere nemen en haar verzoek inwilligen. Gelukkig is ze een confucianist. Ze voelt met haar hart wat er in mij omgaat en heeft tot nu toe, afkloppen, nimmer misbruik gemaakt van mijn welwillendheid, zelden, niet vaak, vooruit dan maar, alleen wanneer het haar uitkomt.

Zodra ik in mijn stoel zit ben ik weg. Naar dromenland. Tot ik het gekletter van een metalen kar hoor. De laatste maaltijd van mijn vliegreis wordt opgediend: ik heb de twee eerdere gemist! Nu ik uitgeslapen ben, voel ik des te meer mijn maag. Leeg is-ie!

Niemand is mij van Schiphol komen ophalen. Hoe kan het ook anders? Ik heb mijn ouders niet gewaarschuwd. Voor mijn ogen zweeft het betraande gezicht van mijn popje, dat hysterisch – althans die indruk kreeg ik – met haar armen zwaaide. Daar voor het poortje van de Chinese douane. Wat was ze verdrietig – op het dramatische af – omdat ze mij één week moet missen, tjonge, tjonge! Ik betrap mezelf voor de zoveelste keer op het bagatelliseren van haar gevoelens. Wie weet wat er door haar heen ging dat haar zo wanhopig maakte? Ik zeg wel dat ik het overdreven van haar vind, maar diep in mijn hart – als ik het zo mag uitdrukken – word ik er telkens door ontroerd. Niet dat ik dáárop gefixeerd ben, maar vanaf het moment dat ik haar leerde kennen tot op heden zijn er tien maanden verstreken en ik ben nog niet… hoe zal ik het zeggen? met haar de koffer in gedoken. Mijn persoonlijke record. Bianca, die met lang, bruin haar en een beugel in de mond. Zes weken deed ik erover om mijn hand in haar beha te (mogen) steken. Het had eerder te maken met mijn groen-zijn – ik zat in het laatste jaar van het vwo – dan met haar verzet tegen mijn onzedelijke voorstel. Misschien heb je hier iets aan: Bianca was degene die mijn hand erheen leidde. Ik had nooit geweten dat een vrouwenlichaam zo zacht en warm kon zijn. Net een pan aardappelpuree vers uit de oven. Daarentegen, afgezien van haar handen en gezicht – en o ja, één keertje maar, haar blote schoudertjes –, heb ik Jelai niet durven aanraken. Ze lijkt mij een wajangpop die zal verscheuren als ik er met mijn vingers aan zou komen. Maar elke minuut die ik met haar doorbreng doet zowel mijn ziel als mijn vlees sidderen. Hoe zoiets bestaat, weet ik bij God niet. Het is... het is een niet-aflatende verrukking die mij het ene conflict met haar na het andere doet overleven. Hoe heviger de aanvaring, hoe verliefder ik word. In mijn mindere tijden vraag ik me wel eens af of ik, in plaats van verliefd, verslaafd ben. Of bedwelmd? Door de appelbloesemgeur in haar adem. Of door het parfum van kamperfoelie, dat ze niet alleen van naam maar ook in werkelijkheid is? De intensiteit van haar lachen, huilen, ruzie maken, mij aankijken, wegrennen en haar hoofd tegen de lantaarnpaal bonken. Alles komt vanuit haar tenen. Misschien is dit wat mijn gevoeligste snaar beroert. En mij doet leven als een volledige mens, man en minnaar. Een Amerikaanse auteur schrijft in zijn roman dat alles in Vietnam een graadje erger is. De hitte, de stortregen, de bloemen die blijven bloeien, de malariabacillen die zich steeds vernieuwen, het sterk gepeperde voedsel, de verbondenheid tussen mensen én de wreedheid. Heeft hij Jelai soms meegemaakt? Zijn beschrijving past perfect bij haar. Ik besluit rechtstreeks naar Groningen te treinen. Hoe eerder ik mijn ontslag geregeld heb, hoe sneller ik bij Jelai kan zijn. Mijn ouders bel ik wel zodra ik me in mijn appartement heb geïnstalleerd.

Kraan is niet blij met mijn ontslagbrief, maar verrast is hij niet. Moeilijk over mijn opzegtermijn doet hij in ieder geval niet – zijn wederdienst voor mijn inspanningen voor zijn bedrijven sinds mijn aanstelling. Hij sluit zijn kantoor en vraagt mij er eentje met hem te drinken. Nu onze relatie als werkgever en werknemer zo goed als – alleen de formaliteiten moeten nog – beëindigd is, voelt hij zich als het ware opgelucht. Hij kiest een lawaaierig café uit, waar bouwvakkers om een doelpunt van F.C. Groningen of F.C. Heereveen gerust met elkaar op de vuist willen en daadwerkelijk ook gaan. Ik ben nog niet honderd procent – jetlag – maar koffie bestellen in plaats van een pilsje kan ik niet maken. Als een gieter afgaan, vooral in de aanwezigheid mijn baas, ex-baas dan, geniet niet mijn voorkeur. Hij neemt een slok van zijn gerstenat en bedankt mij voor de informatie over Huangs fabrieksterrein. Die was van onschatbare waarde. Maar, na zijn tweede slok, deelt hij mij mee dat hij toch heeft besloten het bedrijf over te nemen. Op voorwaarde dat Huang zijn personeel met de helft inkrimpt. De koopakte wordt binnenkort getekend. Ik spuug bijna mijn bier uit. Wat?! Hij klopt op mijn schouder en knipoogt veelbetekenend naar mij: inside information. Ik dacht dat ík die had! Via Muoli verkregen, weet u wel? Kraan kijkt verbaasd. Van die naam heeft-ie nooit gehoord. Ik probeer mezelf te beheersen maar roep desondanks hardop: het kleine vrouwtje dat Huangs Engelstalige correspondentie met ons verzorgt. Nu gaat er bij Kraan een belletje rinkelen. Hij herinnert zich inderdaad een meisje dat werd ingeschakeld voor de besprekingen die hij in Sichuan met Huang onder vier ogen voerde. De tolk – heet-ie Liu? – hoefde sommige details van de onderhandelingen niet te weten. Voor dat leuke vrouwtje had Huang geen geheimen. Want ze was zijn dochter. Nu weet Kraan het weer. Yufan Huang heet ze. Ik word op slag incontinent, maar houd me in. Ik kan mijn, zij het ex, baas toch moeilijk vertellen hoe ik het bewuste bedrijfsgeheim te weten ben gekomen. Als Kraan daar op de een of andere manier achter komt zal ik pas echt afgaan als een gieter. In detectiveseries hebben ze er zelfs een naam voor: seksspionage. Ongepland én onbewust heb ik me verlaagd tot het niveau van onder de lakens kruipen en op die manier bedrijfsinformatie lospeuteren. Grrr!

Mijn baas is aan zijn derde bier toe. Hij kijkt meewarig naar mijn glas – mijn eerste – dat maar voor de helft leeg is en vertelt mij zijn succesverhaal. Of de fabriek plaats moet maken voor een tempel zal hem een worst wezen, want de grond waarop hij staat is goud waard. Mevrouw Yufan Huang heeft hem vanuit Sichuan gebeld, op dezelfde dag dat ik hem de overname had afgeraden. Ze wijdde hem in in een tweede bedrijfsgeheim. Over de hoogte van de erfpacht had de gemeente nog geen besluit genomen. Als Kraan de zaak binnen een week zou overnemen, zou de plaatselijke overheid een buitenlander aan de andere kant van de onderhandelingstafel aantreffen. Dan zou het marktmechanisme in werking treden. Koopt de staat de erfpacht van een Chinéés bedrijf af, dan zou de overheid hem onder druk zetten en de prijs tot het uiterste verlagen. Maar Kraan kan makkelijk op zijn strepen gaan staan en de prijs relateren aan die van de vrije markt. Met het geld dat hij hiermee verdient zal hij in het centrum van de stad Chongqing de erfpacht van een stuk grond afkopen. Als er winkels op worden gebouwd, iets dat vaststaat, kan Kraan de grond voor veel meer van de hand doen. Directeur Huang heeft hem dat via zijn dochter beloofd. Hij zal hem een handje helpen bij de aankoop van de grond. Waar hij juist de marktprijs níét voor moet laten gelden. Als hij de zakken van de betrokken ambtenaren flink vult, krijgt hij de grond pakweg vijftien procent goedkoper.

Kraan grijnst. Joint ventures zijn hem niet goed afgegaan, maar hij heeft er wel veel van geleerd. Nu doet hij in vastgoed, geen achteruitgang, gezien de winstmarges. Ik heb bij hoog en bij laag gezworen me niet meer te bemoeien met de intriges van Huang en Kraan over en weer, maar nu puntje bij paaltje komt, word ik gegrepen door verontwaardiging én nieuwsgierigheid. Wat moet er gebeuren met de arbeiders die overblijven? Worden die niet blij gemaakt met een dode mus? Terwijl ze door de overname overtuigd zijn van het voortbestaan van hun bedrijf, zullen ze samen met de verouderde machines eruit worden gemieterd zodra Kraan een mooie prijs voor de erfpacht heeft bedongen. Hó, vijftien procent goedkoper? Meneer Kraan, pardon, van hem moet ik hem voortaan Henk noemen. In een café aan het strand van Qingdao sprak ik een paar weken geleden een projectontwikkelaar. Een Keulenaar. Hij vertelde mij dat hij samen met een Chinese partner een lap grond in Dalian had gekocht. De marktprijs is zeshonderdvijftigduizend yuan per *mu* – zeg maar zeshonderdzesenzestig vierkante meter – maar hij kreeg de grond, na het betalen van steekpenningen uiteraard, voor driehonderdveertigduizend yuan. Reken maar uit, Henk, wat zíjn winstmarges waren. Een kleine zevenenveertig procent! Na aftrek van de onkosten zou de winst alsnog uitkomen tussen de zevenendertig en tweeëndertig procent.

Kraan duwt zijn glas opzij. O, o, ik heb weer roet in zijn eten gegooid! Hij breekt het bierviltje in tweeën en bromt. Het verschil – hij schat tussen de zeventien en tweeëntwintig procent – beschouwt hij dan als commissie voor die gladjanus Huang. Ik wil hem vertellen dat het mij onwaarschijnlijk lijkt dat de plaatselijke overheid concessies zal doen over de prijs van de erfpacht alleen omdat hij buitenlander is. Ze bevinden zich niet meer in de beginfase van Dengs openstellingspolitiek. Toen werden buitenlandse bedrijven inderdaad doodgegooid met voorkeursbehandelingen. Nu stromen er bij bosjes investeerders binnen. Daarom zijn ze allang niet meer zo happig. Maar ik heb zijn eetlust genoeg vergald...

Ondanks mijn dankzegging bestelt Kraan er nog eentje voor mij. Hij vindt het jammer, ditmaal schijnt hij het te menen, dat ik wegga. Hij heeft veel aan mij gehad. We wisselen een blik van verstandhouding en lachen hartelijk. Zowel hij als ik weet dat ik hem vaker lastig heb gevallen dan dat ik hem van dienst ben geweest. Hem te pas en te onpas attent maken op de situatie van Chinese arbeiders. Daar had hij mij niet voor aangenomen. Ik drink mijn tweede glas in één teug leeg en voel me meteen ontspannen. Hij ook. Na een grinnik gaat hij verder. China lijkt hem een lijmpot. Wie daar geweest is, blijft aan Aziatisch schoon plakken. Hij niet. Geef hem maar een stevige blondine. Dan heeft hij iets om vast te houden. Ik zet mij schrap. Hij neemt Eric als voorbeeld. Niet alleen verslaafd geraakt aan Chinese meisjes, maar ook aan de Chinese manier van productie. Hij gaat de landbouw in. Kraan snapt er geen hout van. Wie waagt zich daar tegenwoordig nog aan? De Nederlandse boeren kunnen geen scheet meer laten zonder subsidies. Vroeger uitgekeerd door onze overheid, maar nu hoe langer hoe meer door de EU. Dat is toch geen doen? Afhankelijk zijn? Voorzichtig informeer ik wat Kraan bedoelt met Eric en zijn nieuwe duik in de duisternis. Dit had hij niet achter Eric gezocht. Mij niets zeggen. Mijn baas knipoogt weer. Hij dacht dat wij, Eric en ik, hadden samengespannen om hem voor het blok te zetten door tegelijkertijd ontslag te nemen. En dat we dikke vrienden waren, afgaand op de manier waarop Eric over mij praat. Nu hij vertrekt, staat er in de joint venture van Qingdao een vacature open. Of ik geïnteresseerd ben. Een fractie van een seconde lijkt dit een geschenk uit de hemel – ik kan Jelai een goed leven bieden. Maar ik kijk naar het gezicht van Kraan. Nee. Ik laat mij niet meer voor zijn karretje spannen. Ik verander van onderwerp. Wanneer heeft Eric zijn ontslag ingediend? Twee dagen geleden, zegt Kraan. Hij kwam er speciaal voor naar zijn kantoor... Is Eric in Nederland? Kraan dacht van wel. Tot gisteren zeker.

Terug in mijn appartement toets ik het... verrek, ik heb geen nummer van Eric. Naar zijn huis in Qingdao bellen? Zou zijn liefje van deze week, of van drie dagen geleden, daar op hem zitten wachten? Geen gehoor. Ik geef het op en duik in bed. Ondanks de jetlag ben ik klaarwakker. Jelai heeft gelijk. De Chinese overheid, oftewel sommige dienaren ervan, spelen inderdaad onder één hoedje met binnen- én buitenlandse zakenlui om de eigen bevolking uit te melken. Ik ben in Chongqing geweest. De mensen in de oude stadskern hebben daar misschien generaties lang gewoond. Nu moeten ze huis en haard verlaten. Wat voor compensatie krijgen ze daarvoor? Als de ambtenaren de grond zo goedkoop mogelijk houden om steekpenningen van mensen als Kraan los te krijgen, die daar wederom graag aan meewerken, gezien het profijt dat ze eruit kunnen halen? De nieuwbouwwoningen kosten vandaag de dag, afhankelijk van de locatie, drie- à vijftienduizend yuan per vierkante meter. De vergoeding die de mensen voor hun ontruimde huis krijgen bedraagt niet meer dan veertienhonderd à eenentwintighonderd yuan per vierkante meter. Zogenaamd om er een ander huis voor te kopen, maar bij lange na niet genoeg. Vanaf het moment dat ze hun oude woning uit moeten, zijn ze in feite dakloos. Mensenrechten. Eerder het recht van rijke westerlingen en machtige Chinese ambtenaren om over lijken te gaan. Ik ben nog niet uitgeraasd of ik word nog kwader door de gedachte aan Muoli (alias) Yufan Huang. Dat zielige meisje. Ze huilde zo hartverscheurend om Huang, die haar de dag daarvoor had ontmaagd; om haar vader die verbannen was naar het platteland van Sichuan; om haar moeder, een mooie boerin, die door Muoli's vader werd verwaarloosd; om haar opa die gestikt was in het drijfzand en om haar oma die ervan droomde in Beijing haar laatste snik uit te blazen. Directeur Huang dan? Hij liet zijn eigen vlees en bloed onder de brandende zon in de wildernis sjokken. Nam het risico dat ik geen eergevoel zou hebben en werkelijk op het aanbod van Muoli in zou gaan en met haar zou je-weet-wellen. Dat was een toneelstuk, met mij als enige die niet wist dat ik een van de spelers was. Potver…! Ik denk aan de Chinese kruiden waarvan ik het aftreksel moest drinken. Ik ging er bijna dood aan. Ook dat was all in their game! Dat lieftallige gezichtje, die fijne handjes en enkeltjes van Muoli, pardon, Yufan Huang. Hoe bestaat het dat zo'n meisje een hart van steen, nee harder, van diamant, heeft! En ik, de stomme lul, had geen seconde getwijfeld aan de juistheid van haar leugen. Ik rol het bed uit. Nu lust ik wel een pilsje. Twee, drie of zes, afhankelijk van hoe lang ik tegen een praatpaal mijn gal kan spuien.

De telefoon gaat. Ik pak hem op: ja, mam, ik heb u overdag willen bellen, serieus. Maar ik heb het onwijs druk ge… Eric! Hoe kom je aan mijn nummer?

In de lobby van een viersterrenhotel – de rustiger soort cafés waar ik met Eric een appeltje zou kunnen schillen zijn op dit uur van de nacht gesloten – drinken Eric en ik eerst een paar glazen leeg voordat we elkaar in de ogen kunnen kijken. Jij bent een mooie, zeg ik tegen hem. Van zo'n belangrijk besluit als ontslag stelde je mij niet eens van tevoren op de hoogte! Hij komt met een tegenvraag, over wat ik deed. En lacht, net een Chinees, niet uit vriendelijk- of vrolijkheid, maar misschien uit het tegenovergestelde ervan. Een paar keer heeft hij naar de oom en tante van Jelai gebeld, op zoek naar mij. Maar ze gaven hem het telefoonnummer van Jelai's ouders niet. Daar zat hij dan. Steen en been klagend, alsof het echt was. Hij vreesde dat Kraan iemand anders op het oog zou hebben voor de vacature in de Qingdaose joint venture – volgens Eric is deze baan ideaal voor mij, nu ik een relatie heb met een Chinese. Ik zeg dat Kraan zijn gang maar moet gaan. Ik werk niet meer mee aan zijn onfrisse zaakjes. Heb je het gehoord, Eric? Huang gebruikte zijn eigen dochter om mij erin te luizen! Wacht eens even. Ik zie een gat in die intrige. Waarom speelde Muoli mij dat bedrijfsgeheim toe, als ze toch rechtstreeks contact met Kraan ging opnemen?

Eric is even in de war. Ik doe hem de hoogtepunten van deze geschiedenis uit de doeken, boos en opgewonden. Hij steekt een sigaret op en blaast kringen uit. Een makkie, volgens hem. Muoli, oftewel Yufan Huang, was door haar vader op mij afgestuurd om te zien wat voor vlees ze in de kuip hadden. Toen ze merkte dat ik niet op haar aanbod inging en dus onomkoopbaar was, paste ze plan B toe: mij buitenspel zetten – door mij, letterlijk en figuurlijk, buiten westen te drogeren – en direct met Kraan samen te zweren. Mij voor zich winnen was dus plan A? Eric klopt de as van zijn sigaret en knikt. Volgens hem liepen Huang en zijn dochter een risico door mij te omzeilen. De kans bestond dat Kraan alleen mijn woorden vertrouwde en argwaan kreeg door hun rechtstreekse benadering. Ze hadden mazzel dat Kraan blijkbaar de winst rook en… Maar waarom heeft Huang míj niet eerder over de tempel verteld? Gezien het voordeel vanwege de erfpacht… Dat zou Huangs onderhandelingspositie op losse schroeven zetten, luidt Erics antwoord. Hij wijst mij op een van de voorwaarden die Kraan heeft kunnen stellen naar aanleiding van de op handen zijnde ontruiming. Inkrimpen van personeel, bijvoorbeeld. Of Huang dat nog wil of niet, hij kan nu geen kant meer op. Ik kijk naar Eric. Ook hij ziet er gladjes uit. Maar petje af voor zijn analyse. Correct of niet, logisch klinkt-ie wel. Bovendien, hier te veel aandacht aan besteden is zonde van mijn tijd. Ik wil voor mezelf beginnen, met een schone lei. Makkelijker gezegd dan gedaan. Waar zou ik zaken in kunnen doen? Eric, hoe kom je in godsnaam bij landbouw?

Bij het horen van dit onderwerp bloeit hij zienderogen op. Weer zijn geijkte antwoord: een tegenvraag. Of ik weet hoeveel tomaten een Nederlandse boer per plant oogst. Vijftien kilo. En een Chinese? Vijf, hoogstens zes miezerige stuks. Of ik de groeimarges zie. Met betere zaadjes, modernere teelttechnieken, de juiste bemesting, gestroomlijnde naoogstzorg, het inzetten van koelwagens voor het vervoer naar de veiling én het opzetten van een vraag-en-aanbodketen, kan de productie, bij voldoende investering, binnen een paar jaar in het algemeen met drieduizend procent worden verhoogd en in de tomatenbranche in het bijzonder, met vijfduizend procent. En dan heeft hij het nog niet eens over de mogelijkheid tomaten uit te voeren. Da's pas megabusiness. Als het Westen niet oplet en zijn subsidies voor landbouw intrekt, gaat China de agrarische wereldmarkt domineren. Dat is een somber vooruitzicht voor Nederland. Ik kijk om me heen. De hotelgasten hier zullen het Eric niet in dank afnemen. Hij drukt zijn sigaret uit en zucht. Deze tendens kan niemand meer tegenhouden. Landbouw is in Nederland peperduur geworden. De investering per hectare tomatenteelt bedraagt bij ons zowat twee miljoen gulden. In China? Een fractie ervan. Geen man overboord, stelt hij mij gerust. Nederland kan beter het primitieve werk dat arbeidsintensief is aan China of aan andere arme landen uitbesteden en zelf nog meer geavanceerde technieken gaan ontwikkelen. Op die manier zal Nederland de lakens blijven uitdelen. Dit geldt voor alle geïndustrialiseerde landen. De ontwikkelingslanden zijn, vanwege hun lage lonen, alleen maar bezig met het hoofd boven water houden. Het ontbreekt ze aan tijd en middelen om wetenschappelijk onderzoek te verrichten. Daarom zullen ze ons qua techniek nooit inhalen en het zwaardere en vuilere werk blijven opknappen. Vergelijkbaar met het plantage-idee in Zuid-Amerika, achttiende eeuw. Ik draai ongemakkelijk in mijn stoel. Nu ik verliefd ben op een Chinese, weet ik niet hoe ik moet denken. Als een Nederlander? Trots zijn op de superieure positie van mijn vaderland? Of Nederland juist verfoeien om zijn uitbuiting van arme werelddelen? Eric blaast een reeks nieuwe rookkringen uit en denkt vergenoegd hardop. Wat dat betreft is hij zijn landgenoten lekker voor. Ze zweren bij handel en industrie, verder durven of willen ze niet gaan. Daar zijn de marges kleiner geworden, gezien de concurrentie van andere westerse landen. Maar flink in de Chinese landbouw investeren? Dat doen ze zichzelf niet aan. Amerikanen zijn pas langetermijndenkers en raswinstmakers. Zodra de Chinese landbouw door de Verenigde Staten, Frankrijk en Duitsland verdeeld is, moeten Nederlanders straks niet raar opkijken dat ze achter het net vissen. Hij klinkt zo enthousiast dat ik er warm van word, maar een gewaarschuwd mens telt voor twee. Dat hij Jelai voor zijn huur in Roelofarendsveen liet opdraaien, zegt genoeg over zijn inborst. Met hem samenwerken is vragen om uitgekleed te worden.

Eric grijnst. Heeft hij niet achter mij gezocht. Stapelgek worden op een Chinees meisje en er mijn baan en toekomst in Nederland voor opgeven. Ik bal mijn vuisten. Ja Eric, ik behandel mijn geliefde zoals het hoort. Hij knikt instemmend. De gladjanus. Diep in zijn hart maakt hij mij uit voor droplul, wedden? Hij vraagt wat ik in China ga doen. Een kapsalon openen of die van Jelai overnemen? Stoom komt uit mijn oren. Houd je bek! Ik sta op en wil meteen de deur voor zijn gezicht dichtsmijten. Eric schrikt. En vraagt mij wat hij in hemelsnaam verkeerd heeft gezegd. Ik haal diep adem om niet midden in de lobby een scène te maken. Met grote moeite dwing ik mezelf niet te schreeuwen: hij weet immers dat 'kapsalon' in het Chinees een nare bijklank heeft? Een synoniem voor hoerenkast. *Eerst wordt je grote hoofd verzorgd en dan je kleine kopje.* Eric drukt mij terug in de stoel. Dat heeft hij niet denigrerend bedoeld, zegt-ie. Mijn vriendin dwingt juist respect bij hem af. Die ondanks alle tegenslagen toch iets voor elkaar heeft gekregen. Als ik een keten schoonheidssalons zou openen, in de duurste winkelcentra van Qingdao, Shanghai, Guangzhou en Beijing, zou het een goudmijntje worden. De nouveaux riches van China zijn een graadje fanatieker dan de snobs aan de Franse Rivièra. Hij kent een eigenares van een Chinees kledingmerk. Ze vliegt elke zaterdag van Beijing naar Hongkong, zowat de afstand Amsterdam-Avignon, om haar nagels te laten knippen. Jelai is een kei in pr. Met mij als haar adviseur en business manager, kan ze bergen verzetten. Mijn woede bekoelt een beetje. Ik wil zeggen dat het me spijt, maar dergelijke woorden krijg ik niet uit mijn strot. Hoe dan ook, kapsalons, daar waag ik me niet aan – Latijn voor een boerenlul, zeg ik. Eric komt voor de zoveelste keer met een tegenvraag. Wat ik van hem dacht. Het enige dat hij van tomaten af weet is dat spaghettisaus niet zonder kan, verder nul komma niks. Ik heb tenminste een vriendin die kapster is. Ik word weer pissig. Hij had haar ook kunnen hebben, als hij haar niet had laten zien wat een krent hij wel niet was en is.

Eric springt van zijn stoel en verzoekt mij te herhalen wat ik er net heb uitgegooid. Deze keer druk ik hem naar beneden en zeg, zand erover. Als hij haar niet had verlaten, zou ik haar niet hebben leren kennen. Leren kennen misschien nog wel, maar haar als mijn vriendin gehad? Dat zou moeilijk gaan. De stoel onder zijn kont wordt hem te heet. Hij veert nogmaals op en vraagt waar ik het in godsnaam over heb. Dat weet hij beter dan ik, antwoord ik droogjes. Hij grijpt mij bij de kraag. Krijg nou wat! Ik moet degene zijn die hem een lesje leert. Over hoe hij een vrouw moet koesteren in plaats van uitbuiten. Eric waarschuwt mij geen spelletjes met hem te spelen, anders gaan we naar buiten. In de lobby op de vuist gaan lijkt hem geen geslaagd idee. Nu ben ik gedwongen oude koeien uit de sloot te halen. Zijn tong valt uit zijn mond terwijl ik Jelai's verhaal navertel. Wanneer hij aan het woord is, valt míjn tong uit míjn mond. Wat is het vandaag eigenlijk? De dag van de openbaring?

Hij rookt geen sigaretten meer – hij eet ze op. Tien stuks per hap. Overdrijven is vannacht op zijn plaats, me dunkt. Hij dacht dat ik het inmiddels wist. Wat haar overkomen is. Zowel in Europa als in China. Dat dacht ik ook! verhef ik mijn stem. Mijn hart. Hoeveel schokken kan een mens in één leven hebben? Nou, ik heb ze binnen tien maanden gehad. Het blijkt dat Eric Jelai nooit ofte nimmer in Nederland heeft gezien. De eerste keer dat hij haar zag lag ze in een aquarium. Doet hij er ook aan mee? Mij op de kast jagen? Eric zweert dat als hij één woord liegt, ik zijn Mercedes mag hebben. Dan geloof ik hem wel. Dat ding is hem meer waard dan zijn vader en moeder bij elkaar. Dat was, laat hem even nadenken, in de kerstvakantie van 1991.

Eric had een opdracht aangenomen. Hij zou een Nederlandse fabrikant van speeltoestellen gaan assisteren tijdens zijn onderhandelingen met een Chinees recreatiepark iets buiten Guangzhou. Hij schudt zijn hoofd. Zo zijn Chinezen. Het leeuwendeel van hun kostbare tijd werd verspild aan tafelen. China zat toen in een economische aardbeving. De groei bedroeg zowat tien, twaalf procent per jaar. De zakenlui wisten zich geen raad met de bakken geld die er dagelijks bij hen binnenstroomden. De zeldzaamste dieren en planten ter land en ter zee werden in restaurants geserveerd en nog waren ze voor de nouveaux riches niet exclusief genoeg. Tot een kok op een gegeven moment een lumineus idee kreeg. Hij strooide goudschilfers in de pap! En hup! zijn voorbeeld werd landelijk gevolgd. De prijs van diners schoot de lucht in. Er waren ook cliënten bij die dat maar niks vonden: stukjes metaal in hun maag. Ze moesten er niets van hebben. Een nog beter idee werd geboren. Visrestaurants installeerden megagrote aquaria in hun eetzalen en lieten er mooie vrouwen in zwemmen, in bikini. Als een klant een karper of een zeetong bestelde, daalde een van de perfect gevormde engeltjes in het aquarium. Hoe meer hij ervoor neertelde, hoe langer ze erover deed om de vis voor hem te vangen. Onderwijl draaide ze zich om en om, voerde danspasjes uit en nam kama sutra-standjes aan, zeg maar een onderwaterstriptease.

Naar zo'n eetgelegenheid waren de Nederlandse fabrikant – Jaap heette hij – en Eric door hun zakenpartners meegenomen. De speeltoestellenboer, een brave huisvader van de Veluwe, tuurde naar de Bermudadriehoek van de bloedmooie meid en zijn gezicht werd het ene moment lijkbleek en het andere knalrood. Zijn Chinese gesprekspartner kreeg het in de gaten en riep een bedrag tegen de kelner, waar Eric bijna van onder tafel gleed. Hiertegenover stond een wederdienst. Het meisje in het aquarium moest dansen op de maat van de *Lorelei*, onderwijl haar benen spreiden – spagaatpositie – en op het hoogtepunt van het lied bukken en… Jaap ademde oppervlakkig én luidruchtig. Eric kon er niet uit opmaken of hij op het bewuste vooruitzicht kickte of het juist in zijn broek deed. Het meisje kreeg de taakomschrijving via een microfoon te horen en sprong subiet het water uit. Hoe de kelner en later de hoogste baas van de chique tent haar ook met een bonus probeerden over te halen, ze bleef als aan de grond genageld staan. Het water druppelde langs haar hemelse benen. En haar borstjes, net halfrijpe perziken… Eric stoot oooo's uit.

Ik geef hem een duw, blijf bij je leest, jongen. Eric merkt mijn ongemak en hervat meteen zijn verhaal. De restauranthouder leed, voor de ogen van zijn gedistingeerde buitenlandse gasten, gezichtsverlies en dwong haar op haar knieën te gaan zitten. En vijftienmaal haar spijtbetuiging hardop te zeggen. Ze verroerde geen vin. De kelner kreeg de stille hint om tegen haar buik te schoppen – ze viel. Voordat ze kon opkrabbelen, greep hij een teil gloeiend hete haaienvinnensoep van de dichtstbijzijnde tafel en goot die over haar tere schouders, die meteen vuurrood werden. Jaap graaide naar Erics hand. En dat voor een gereformeerde kerel! Eric sloeg met zijn vuist op tafel en gebood de baas haar te laten gaan. De eigenaar keek Eric aan. Zijn gele wangen trilden asymmetrisch. Anders zou hij de politie bellen. Op het horen van Erics dreigement schoot de restauranthouder in een bulderlach. In het aparte kamertje ernaast zat toevallig de directeur van het plaatselijke politiebureau. Ook te genieten van de show van een (privé-)zeemeermin. Of hij hem zou gaan halen. Eric liet zich niet van de wijs brengen en noemde de naam van een journalist van *China Daily* en ja hoor, het meisje mocht direct een doek pakken en zich bedekken. Eric lachte in zijn vuistje. Die journalist schreef wekelijks een column voor de sportpagina. Eric las hem graag. Naar zijn reactie te oordelen, dacht de restauranthouder dat-ie een of andere verslaggever van het binnenlandse nieuws was...

De avond daarop kreeg Eric een telefoontje van de receptie. Er lag een pakje voor hem. Of de room service het moest brengen. Hij zei dat hij geen post of pakket verwachtte. Of ze wist wie het had achtergelaten. Een gegiechel aan de andere kant van de lijn. Een beroemde soapster, zei de receptioniste, een ex-soapster dan. Hierop volgde een opsomming van de soaps waarin de ster had gespeeld.

Hij opende het pakje: een paar wollen handschoenen, handgebreid. Op het bijgesloten briefje stond: 'Bij elke steek heb ik één keer "Dank u wel!" gezegd. Jelai.'

Opeens realiseerde hij zich dat het de zeemeermin moest zijn. Sindsdien hebben ze elkaar in totaal twee keer in Guangzhou gezien en talloze malen in Qingdao, nadat ze bij haar oom en tante was gaan wonen.

Hoe bedoel je, Eric? Talloos? En zien? Ik ben geen jaloers type. Zelfs toen ik van Anouck te horen kreeg dat ze achter mijn rug om met René rotzooide, was ik alleen kwaad omdat ze míj van overspel betichtte. Meer niet. Maar nu?

Eric bedoelt er niets mee. Gek genoeg geloof ik hem ook nog. Hij gaat verder. Ze wandelden en praatten, dronken in haar geval thee en in het zijne koffie of iets sterkers in de beachclub van Qingdao en aten op straat roergebakken slakken met een kommetje witte rijst – Jelai was dol op dat kruipende ongedierte. Bijna elke dag totdat ik de boel voor Eric kwam verzieken – hij vond het al raar dat Jelai hem ongeveer een jaar geleden van de ene op de andere dag niet meer belde. Als Jelai niet met haar hoofd tegen een lantaarnpaal had gebonkt, waardoor ik Eric om hulp vroeg, zou hij nog niet hebben geweten dat ze haar blonde prins op het witte paard had gevonden. Fraai vond hij dat. Van ons beiden niet netjes. Dat kan ik me voorstellen, beaam ik. Hij lacht als een boer die kiespijn heeft en gaat verder met zijn ontboezeming. Hier is het tussen hem en Jelai ook bij gebleven, alleen praten en zo. Al zag ze er supersexy uit, ze wilde niets met je-weet-wel van doen hebben. Om dicht bij haar te zijn en zich te laven aan haar geur – geen gein, haar huid, vooral als ze een beetje zweette, ik moet het weten, knipoogt

Eric tegen mij, gaf een parfum af, kamperfoelie, vermoedt hij – luisterde hij naar haar verhalenmarathon. Als haar lippen bewogen, zag hij haar tong. Rozig en vochtig. Uit haar mond kwam appelbloesemgeur en alleen al daarom wilde hij haar levensgeschiedenis keer op keer, uit verschillende invalshoeken belicht, aanhoren. Ook had hij haar tientallen malen zijn liefde bekend, maar ze vertrouwde hem voor geen cent – volgens haar keek hij kwijlend naar eenieder *die haar boodschappen hurkend deed.* Hoewel het nergens op sloeg, verkeerde ze in de constante angst dat andere meisjes hem van haar zouden afpakken. Zijn mobieltje, nee, toen had hij nog maar een pieper, was haar onuitputtelijke bron van kopzorgen. Zodra ze Eric zag, moest hij eerst dat ding inleveren. Op een drafje ging ze dan naar de dichtstbijzijnde telefooncel en belde elk nummer dat erop stond. Ik roep: het is dus waar dat ze zijn nummers controleerde! Zowat het enige dat klopt van wat ze mij heeft verteld. We lachen elkaar toe, ditmaal als twee boeren die beiden kiespijn hebben.

Nu weet ik nog minder van Jelai dan voordat ik haar leerde kennen. Wie was dan de man die haar voor zijn huis liet opdraaien? Er schijnt iets bij Eric te binnen te schieten. Hij zegt o die, dat was, hoe heette-ie ook alweer? Jean? Roger? In ieder geval een Franse naam. Hij was arts geweest in het AMC. Later werkte hij bij VROM, waar hij om onbekende redenen de laan werd uitgestuurd. Hierna werd hij vertegenwoordiger van een farmaceutisch bedrijf dat grote belangen in Shenzhen en Shanghai had. Wat hij nu doet, weet Eric niet. Die man had haar op straat gevonden. Ze zat op het trottoir, omdat haar vriend zo nodig met een ander moest rollebollen. Ze mocht dus niet thuisblijven – dat sprak voor zich. Eric klopt op zijn voorhoofd. Nu valt het kwartje. René was zijn naam. Mijn hart slaat een slag over. Toch niet de René… Ik zie spoken. Vertel verder, Eric. Volgens hem kende die kerel ook een beetje Chinees. 'Alleen op het gebied van voorspel, hoofdmoot en naspel' – deze woorden van Jelai kan Eric niet licht vergeten. Zoals 'laat míj het doen'. Voor niet-ingewijden: laat míj je beha losmaken, of, als hij haast had: 'doe je kleren uit!' Geleerd van de vrouwen die René tijdens zijn werkbezoeken in China had ge-je-weet-weld. Jelai was op dat moment wanhopig. De helft van de koude Hollandse nachten bracht ze door op straat, ergens anders kon ze niet terecht. Eric informeert of ik op de hoogte ben dat ze uit China gevlucht is. Hij is van niets meer zeker. Tel mij er maar bij op, sneer ik. Hij gaat verder. De status van politieke vluchteling ambieerde ze niet; bordenwassen in

Chinese restaurants joeg haar de stuipen op het lijf; haar kameraden in een Chinese democratische beweging – Jelai had hem de naam verteld, maar die is hij kwijt – waren in twee groepen verdeeld en elk probeerde haar naar zijn kant te trekken. Ze meed ze beide. René bood haar een tijdelijk verblijf aan in zijn huis iets buiten Leiden. Roelofarendsveen, om precies te zijn. Huis, huis, eerder een bouwval. Hier moest ze wel op ingaan. Waar kon ze anders terecht – als voortvluchtige zag ze overal gevaar. Bovendien, in dat dorp hoefde ze haar revolutionaire kameraden niet te zien en dat vond ze wel zo rustig. Zodanig dat ze het ervoor over had om per maand een huur van vijftienhonderd gulden voor dat lekkende, half ingestorte geval neer te tellen. Die René, Eric knarst met zijn tanden. Als hij die schurk te pakken krijgt, maakt hij stamppot van hem.

Ook René bracht zijn scharreltjes mee naar huis en hun kabaal op de bovenste verdieping overtrof dat van bouwvakkers die de muur van een kamer en suite aan het openbreken waren. Het waren Chinese meisjes die in Delft, Wageningen en Leiden studeerden. Ieder van hen beloofde hij zijn huis. Maar Jelai mocht het poetsen, de tuin doen en voor René koken. Het enige dat ze ervoor kreeg was dagelijks brood en water. Ze wilde zo graag studeren, maar had er geen geld voor. Ten einde raad aanvaardde ze de hulp van een politicus. Een zekere Jan. Die zorgde ervoor dat ze maandelijks de huur van Renés bouwput kon ophoesten – haar relatie met René kwam tot een einde toen ze voor de derde keer de lakens moest wassen die hij samen met zijn eendagsliefjes had bevuild. Ook omdat René soms drie, vier maanden wegbleef, zonder iets van zich te laten horen of een cent aan haar over te maken voor de verbouwing van zíjn huis, laat staan voor háár levensonderhoud. Soms zat hij inderdaad in China voor een werkbezoek, maar vaak ook bij een van zijn vriendinnetjes.

Door haar korte cursussen had ze meer inzicht in de verschillende marketingstrategieën en communicatietechnieken dan een net afgestudeerde hbo'er. Een vlijtige leerlinge was ze. Ook op het gebied van taal. Maar ze vertikte het om Nederlands te leren – ze voelde zich verplicht paraat te staan als haar... vrienden uit de Chinese gevangenis werden vrijgelaten. Hoe Jan ook probeerde haar in Nederland te houden, ze moest en zou terug naar haar vaderland. Ze scheen teleurgesteld te zijn in de westerse democratie.

Maar Eric, wáárom loog ze tegen mij? Ze had mij makkelijk kunnen vertellen dat René haar had beduveld? En dat niet jij het geflikt had?

Hij paft en zwijgt. Wat heeft ze toch tegen jou, Eric? Je hebt haar nota bene gered! Hij vraagt mij mijn kop te houden. Zodat hij even kan nadenken. Hierbij kijkt hij naar het plafond, alsof het antwoord daarop staat geprojecteerd. Na een poos klinkt Eric opgelucht. Hij is eruit. Ze heeft niets tegen hem. Integendeel. Ze is er heilig van overtuigd dat ze op zijn steun kan rekenen. Hoe bedoel je? Ik zit op het puntje van mijn stoel. Hij trommelt met zijn vingers op de stoelleuning. Nogal logisch, vindt hij. Ze wist dat hij en ik bevriend waren en dat zij vroeg of laat onderwerp van ons gesprek zou worden. Maar ze kreeg het niet over haar lippen mij te onthullen dat ze ooit als zeemeermin haar kost moest verdienen. Hier zit nog een verhaal aan vast. Eric slaat zijn benen over elkaar en haalt diep adem.

Na Roelofarendsveen kwam ze eerst in Hongkong aan. Daar vond ze een fatsoenlijke baan als tolk. Voor het eerst in haar leven werd ze verliefd, althans haars inziens. Eric heeft zijn bedenkingen, maar dat doet er niet toe. Op een diplomaat bij de Nederlandse vertegenwoordiging in Hongkong. Een Nederlander met een Surinaams-Chinese achternaam. Al sla ik Eric dood, de naam kan hij zich niet meer herinneren. Iets van Sjiensjansjoen. Het klinkt niet. Dit weet Eric ook en dat scheelt weer een stuk. S. – de naam voluit zeggen is hem te veel werk – stond bij sommigen te boek als een vlijtige, onkreukbare ambtenaar en bij anderen als een overijverige, weerbarstige sta-in-de-weg. Door onenigheid met zijn baas over een of andere zaak werd hij beschuldigd van fraude en op staande voet ontslagen. Hij was bon vivant geweest en had weinig gespaard. Jelai nam twee extra baantjes aan om hem te onderhouden. Echter, dat mocht niet baten. Hij raakte overspannen en zijn moeder, een Surinaams-Chinese die in Nederland een paar restaurants had, vloog naar Hongkong en haalde hem terug naar huis. Deze klap werd Jelai bijna fataal. Ze zei tegen Eric dat ze lange tijd daarna dagelijks zelfmoord overwoog of in het klooster wilde. Om deze periode rigoureus af te sluiten verliet ze Hongkong voor Guangzhou. Hier kon ze geen baan vinden. Zelfs doctoren in de Engelse taal en literatuur zaten werkloos thuis. Noodgedwongen pakte ze het werk aan in dat visrestaurant. Voor de buitenwereld was ze gewoon een publieke vrouw – wie liep in dat preutse land de godganse dag in een bikini rond? En beeldde allerlei standjes uit in een watertank? Daarom zweeg ze in alle talen over deze werkervaring. Erics theorie. Wijs als ze was, wist ze dat dit mij vroeg of laat ter ore zou komen. Een ex-soapster tussen de vissen in een aquarium. Dergelijke nieuwtjes sloegen aan, bij mannen én vrouwen. Jelai schilderde Eric af als een rotzak, waardoor ik hem automatisch zou aanspreken. Dan zou ik van hem horen hoe ze haar laatste stukje waardigheid probeerde te behouden, ondanks haar lage status als 'driekwart hoer' – ook haar eigen woorden.

Goeie genade! Je kunt zo een detectivebureau beginnen, zeg ik tegen Eric. Alhoewel, hoe weet ik dat ook jij de boel niet bij elkaar liegt? O ja, met je Mercedes mag ik wegrijden, als je door de mand valt. Nu ik bijna alle trouwe klanten van ons stamcafé in Qingdao ken, hoef ik maar een paar rondjes bier te geven en dan weet ik of je uit je nek hebt geluld. Voor mekaar, Eric! Hij stelt mijn humor niet op prijs en zet nog een leeg bierflesje aan de kant. Ik trek mij er niets van aan en denk hardop. Waar breek ik mijn hoofd nog meer over? O ja, die financiële steun – vijftienhonderd gulden per maand. Jelai zei dat dat geld afkomstig was van haar Beijingse vriend die in Leiden rechten studeerde. Ondanks het feit dat hij, à la Jelai, met Janneke en allevrouw vree, bleef hij zijn confucianistische geloof trouw. *Een lentenacht is* – hoeveel dagen precies weet ik niet meer, maar in ieder geval een factor of tien à honderd – *meer waard*. Waarom verkocht ze mij deze onwaarheid?

Eric praat binnensmonds: hoe heette hij nou? Een makkelijke naam. Hij komt er straks wel op. De jongen had haar, nadat ze uit elkaar waren gegaan, inderdaad drie maanden lang een paar honderd gulden gegeven. Als zijn vader – een Chinese makelaar – niet de bak was ingedraaid wegens omkoping of belastingontduiking, had hij haar nog meer toegestopt. Hierover raakte ze niet uitgepraat. De student scheen de enige man in haar leven te zijn die haar geld voor eten had gegeven zonder daar iets voor terug te verlangen. Jan, bijvoorbeeld. Hij betaalde weliswaar haar huur, maar ze moest dag en nacht, in haar pikante lingerie, beschikbaar zijn. Als Jan onaangekondigd kwam aanwaaien, met zijn hond, kat of cavia – weet Eric veel – en hij trof haar niet aan, was het huis te klein. Misschien is dat de reden waarom ze die jongen zoveel krediet gaf in plaats van Jan, de daadwerkelijke geldschieter. Volgens Eric leeft Jelai in haar eigen wereldje. Eentje dat zuiver uit gevoelens bestaat. Hierin worden alle feiten en harde gegevens op haar manier opnieuw gerangschikt en wordt er een nieuwe betekenis aan gegeven. Liegen is niet het woord waar ik haar uitspraak mee hoor te definiëren.

De rollen zijn omgekeerd, Eric. Ík dien voor mijn vriendin op te komen en niet jij. Hij kijkt mij in de ogen en lanceert voor het eerst sinds dit onderwerp een aanval. Met het gegeven dat hij haar langer kent, veel langer. Ik bal mijn vuisten. Hij roept zes kilometer in de wind van hóhó, niet gillen voordat ik geslagen word. Ik ben de winnaar, aldus hem. Hij heeft de strijd om Jelai, ruim vóór mijn tijd, verloren. Gun hem de herinneringen aan zijn vriendschap met Jelai.

Het zit me niet lekker. Die René. Weet je toevallig zijn achternaam? Eric schudt zijn hoofd. Mijn god! Arts, AMC, VROM. Het was geen spook dat ik zag, maar dé René! Het geneeskundegenie van onze studenten- flat destijds in Leiden. Die weken achter elkaar spaghetti vrat. Wiens T-shirt zijn menu van de afgelopen tien dagen waarheidsgetrouw weergaf. En die met mijn ex rollebolde terwijl ik in Qingdao werkte. Was René zo diep gezonken? Of had ik hem toen gewoon niet door? Anouck! Heeft ze zo'n klootzak als levenspartner? Om een of andere onverklaarbare reden ben ik vandaag in voor nostalgie en melancholie. Niets voor mij. Zo onverklaarbaar is het ook weer niet. Ik heb ontslag genomen; binnen een week zal ik afscheid van mijn vaderland nemen. Hier ben ik geboren; hier heb ik zesentwintig gelukkige jaren doorgebracht; hier heb ik gestudeerd, liefgehad en gewerkt. Hoe kan ik niet overvallen worden door gevoelens die mij vreemd zijn? Mijn Anouck. Al maak ik er geen show van, ik heb veel van haar gehouden. Niet zo intens, bijna op het krankzinnige af, zoals ik Jelai bemin, maar we hadden samen een rustige, vruchtbare relatie. Eén aspect hebben de twee – Anouck en Jelai – wel gemeen: zich aanstellen. Dat bruggetje in Broek op Langedijk bijvoorbeeld. Ze krijste alsof ik voor haar ogen werd vermoord. Achteraf gezien stel ik haar bezorgdheid op prijs. Maar... liefde gaat niet zozeer om goed verzorgd worden. Behalve truien met Mickey Mouse of sokken met Koning Aap erop geborduurd, en dikke binnenbroeken voor mij breien, die ik nooit draag, toont Jelai weinig van haar moederlijke kant. Toch ben ik gek op haar. Enfin, waar was ik? Anouck met René. Ik gaap en geef Eric te kennen dat ik aan slaap toe ben. Hij schudt mijn hand. Tot ziens in Qingdao. Nu zitten we allebei zonder baan, maar aan ideeën ontbreekt het ons niet. Of ik de landbouw in wil is niet belangrijk, maar we spreken af elkaar een handje te helpen, daar waar nodig is. Morgen vertrekt Eric naar Qingdao.

Ik woel in bed. Wat een dag! Als ik had geweten dat Jelai zoveel te ver- duren had gehad, zou ik nooit kwaad op haar zijn geweest. Dat ze nog leeft! Na al die narigheid! Door het gesprek met Eric zijn niet alleen heel wat raadsels opgelost, maar vallen er ook veel stukjes onzin op hun plaats. Het sprookje dat Jelai mij heeft verteld, bijvoorbeeld. Over de boze schoonmoeder. En de ophef die ze maakte om niets. Daar op een ijsplaat in de Qingdaose zee. Midden in haar prachtige dansvoorstelling vroeg ze mij of ik mijn moeder eerst uit het water zou halen of haar, als ze beiden dreigden te verdrinken. Waar sloeg dat nou op? Hierop dus. Die S., haar eerste liefde, koos de kant van zijn moeder en liet Jelai, die er drie banen op na hield om hem uit zijn financiële crisis te helpen, alleen achter in Hongkong. En Eric. Nu dringt het pas tot mij door waarom hij zei dat ik niets van Jelai wist. De nacht dat hij met zijn Mercedes naar Jelai's ziekenhuis sjeesde nadat ik hem uit bed had gebeld. En hem vertelde over haar hersenoperatie.

Morgenvroeg ga ik naar Kraan en vraag hem of ik per fax, vanuit Qingdao, de formaliteiten rondom mijn ontslag mag afhandelen. Hierna bel ik mijn huisbaas op. Het appartement moet nog worden opgezegd. Of zal ik het even aanhouden? Negenhonderd piek per maand. Hiermee kan Jelai haar kapsalon een halfjaar bemannen en bevoorraden. Nee, ik hoef hier geen huis meer. Mijn Volkswagen? Ik vraag Tineke of ze hem voor een zacht prijsje wil overnemen. Die zus van mij. Ze vindt alles wat ik heb beter dan wat zij heeft. Van kinds af aan is het al zo. Zelfs mijn havermout, uit dezelfde verpakking, smaakte zoeter dan de hare. Wacht, is het niet verstandiger dat ik hem naar een garage breng en er meer voor vraag? Als ik in China voor mezelf begin, heb ik kapitaal nodig. Mijn arme zus. Afgelopen maart ben ik vergeten haar een verjaardagscadeau te sturen – mijn liefde in Qingdao slokte al mijn aandacht op. Vooruit dan maar. Tineke mag mijn Volkswagen voor een appel en een ei hebben. Vader en moeder zal ik vertellen dat ik een netwerk in China heb opgebouwd. En dat ik daar makkelijk een eigen zaak kan beginnen. Mijn broer vindt alles goed wat ik doe. Hij lijkt op mijn vader en onze Eckelraadse familie. Ook honkvast, maar hij dweept met mij vanwege de verre reizen en avonturen die ik onderneem.

Overmorgen rijd ik naar Limburg. Met een bos rozen voor op het graf van opa Sjef. Ik zal hem het verheugende nieuws brengen dat ik zijn droom heb verwezenlijkt. Ik heb het liefste, mooiste en dapperste meisje van heel China gevonden, dat ondanks alles levenslustig en daadkrachtig is gebleven. In mijn portemonnee zit een foto van haar. Deze zal ik hem tonen – opa ziet alles, daar in de hemel. Jelai kan weliswaar geen kaasstolpen schilderen, maar ze kan wel breien. Als geen ander. Vanaf het moment dat ik haar ontmoette, heb ik geen last meer van het koude weer. Mijn hart wordt verwarmd door de gedachte aan mijn lieve schat. Geen armoede, verdriet of andere tegenslagen kunnen mij nog deren, omdat ze dat bij Jelai ook niet hebben klaargespeeld. Ik ben een man. En moet nog sterker zijn dan zij. And last but not least, op de terugreis van Eckelrade zal ik afbuigen naar het TNO, waaraan Anouck is verbonden. Deze keer heb ik de juiste lingerie voor haar uitgezocht. In de Vriendschapswinkel te Beijing, waar buitenlanders hun inkopen doen. Ik zal haar mijn oprechte excuses aanbieden. Voor mijn geestelijke afwezigheid sinds mijn eerste werkbezoek aan Qingdao. Ik had toen geen verhouding met een Chinese, maar ik was wel onder de indruk van de buschauffeuse. Liegen doe ik niet meer. Ik heb gezien en gevoeld hoe erg het is om voorgelogen te worden. Niet dat ik het Jelai kwalijk neem, maar toch... Wacht, de hoofdzaak van mijn bezoek ben ik bijna vergeten. Ik zal haar vragen of René het wel eens heeft gehad over een bouwval in Roelofarendsveen. Zo ja, dan zal ik namens Eric, Jelai, Anouck en mezelf stamppot van die schoft maken. Ik kan me niet voorstellen dat hij haar opeens trouw kan zijn en niet zal uitbuiten.

Anouck is vandaag niet aanwezig. Haar collega, net een arts, in een witte jas en met bril, hoort mijn verhaal aan. Hij is het roerend met mij eens. Erg, beaamt hij, dat ik geen afscheid van haar kan nemen voordat ik morgen naar China emigreer – tja, ik moet toch wat zeggen om zijn medewerking te krijgen? Maar hij kan mij haar privé-nummer niet geven, noch haar woonadres. Ik ben haar ex-vriend! brul ik – de laatste tijd zie ik mijn temperament veranderen, hopelijk word ik niet zo vurig oftewel ontvlambaar als Jelai. Ook mijn brutaliteit levert niet het gewenste resultaat op. Wel laat hij zich ontvallen dat Anouck inderdaad in Roelofarendsveen woont. Waar precies weet hij niet, oftewel, hij wil het niet aan mij kwijt. Hoe moeilijker ik haar kan lokaliseren, hoe meer ik het zaak vind haar te waarschuwen voor René. Ik moet er niet aan denken dat hij mijn Anouck, mijn ex-vriendin dan, bedriegt en haar hart breekt! Ten einde raad toets ik het nummer van haar ouders in. Niet mijn favoriete bezigheid, want ze zijn nog steeds pissig op mij dat ik 'haar heb verlaten' – Anoucks versie van onze breuk. Haar moeder gooit bijna de hoorn op de haak omdat ik zeg dat ik me zorgen maak over haar huidige vriend. Krijsend verzoekt ze mij haar eens en voor altijd duidelijk te maken waar ik de lef vandaan haal nog jaloers te zijn. Terwijl ik degene was die met een Aziatische schone aan de haal ging. Tineke. Zij heeft nog contact met mijn ex, vanwege de salsales die ze beiden in Den Haag volgen. Mijn zus is niet blij als ik de naam van hàár vriendin noem, maar ze kent mij. Ik ben te trouw, volgens haar, ook aan vrouwen die mijn liefde niet waard zijn. Na morren en mokken geeft ze Anoucks adres vrij. Maar ze laat mij zweren dat ik niet mag zeggen dat ik het van haar heb. Op weg naar Roelofsarendsveen pieker ik me suf wie het mij dan in godsnaam wel heeft gegeven. Een van de scharrels van René! Twee vliegen in één klap. Anouck kan beter eerder dan later die klootzak doorhebben.

Het is allesbehalve een bouwval. De eikenhouten voorpui, de Japanse rotstuin en het terras onder een prieel, bekropen door goudenregen. Hoeveel zal het René en Anouck niet hebben gekost om dit te (laten) maken?

De spaghettivreter, met tomatensaus op zijn т-shirt, is geen steek veranderd. Dat hij niet dik wordt, van het vette voer. Hij nodigt mij uit op het terras te zitten, biedt mij een cola uit blik aan en verkondigt een waarheid als een koe: Chinezen zijn hier tuk op. Hierbij kijkt hij mij samenzweerderig aan, maar ik ga er niet op in. Blijkbaar weet hij al dat ik een Chinese vriendin heb. Hopelijk niet dat het zijn ex-vriendin Jelai is. Hij tikt tegen zijn glas en moet mij teleurstellen. Anouck komt pas laat thuis. Ze is naar de Universiteit van Groningen. Voor een paar monsters uit het biochemielab. Hij schudt zijn hoofd en snapt niet hoe het mogelijk is dat ze zich kan verbeelden een ware wetenschapper te zijn. Ik hoor hem aan en bijt op mijn onderlip: niet kwaad worden. Niet op dit stel teelballen. Mijn kostbare gemoedsrust niet waard.

Ik zeg dat ik maar ga. Echter, bij nader inzien lijkt dit mij een unieke kans om met hém een appeltje te schillen. Ik neem de tijd. Anders jaagt hij mij weg zodra hij mijn bedoeling doorheeft. Een mooie tuin, zeg ik. Hij wiebelt met zijn spillebeen. Zelf aangelegd, René? Hij kantelt met zijn spaghettihoofd – volgens hem heb ik ze niet allemaal op een rijtje. Daar had hij personeel voor, onbetaald welteverstaan. Ik spits mijn oren. Hij vertrouwt mij toe dat hij vroeger, net als ik, een Chinese vriendin had. Hàár werk dus. Zelfs de rotsblokken had ze eigenhandig gesjouwd en gemetseld. Potver…! Mijn woede bouwt zich op, maar ik beheers me. René, had jij een Chinese vriendin? Ik vraag maar naar de bekende weg. Hoe anders kan ik dat stuk ongedierte uit zijn mesthoop lokken? Hij leunt voorover, balkt als een ezel die een ezelin heeft gesignaleerd en roept een stuk of twintig! Maar degene die de tuin heeft aangelegd, was de charmantste en vlijtigste. Ze heeft het huis voor hem opgeknapt. Het dak gerepareerd, samen met haar Chinese maten, het keukentje verbouwd en de voorpui vernieuwd. Maar wat voor hem het allervoornaamste was... René verandert van onderwerp. Hij hoefde alleen het materiaal te betalen. Ze lijkt wel je gratis bouwvakker, tuinarchitect en poetsvrouw, snauw ik. René gniffelt. Dat hij haar overige kwaliteiten maar beter voor zichzelf kan houden... Hij zucht. Als een ezel die afgewerkt is. Jammer dat ze wegliep. Met een politicus. Behalve zijn mond roeren kon die Jan niks, schuimbekt René. Opnieuw leunt hij voorover en pleit zichzelf vrij. Hij was niet degene die het initiatief nam. Anouck liep hem, anderhalf jaar geleden, tegen het lijf in het Haagse 't Goude Hooft et voilà! zijn aantrekkings-kracht deed de rest.

Wacht eens even, René, ze zei tegen mij dat jij haar al vanaf onze stu-dententijd avances maakte, terwijl zij en ik een vaste relatie hadden – niet dat het een probleem voor je was... René klinkt plechtig. Toen had hij geen vergelijkingsmateriaal. Sinds Jelai, zijn eerste Chinese vriendin, ging er een nieuwe wereld voor hem open... Waarom heeft hij dan nu voor een oer-Hollandse vrouw als mijn Anouck gekozen? Hij graait naar zijn cola, staat op en bromt dat het mij geen mallemoer aangaat! Mijn missie is nog niet geslaagd. Hebben ze het leuk samen? Hij giert van het lachen. En adviseert mij voor referenties aan te kloppen bij Anouck. Elke dag le grand amour bedrijven. Welke vrouw wordt op deze manier verwend? Ik walg van zijn gelul. Maar, of ik wil of niet, hem geloven lijkt mij onvermijdelijk. Zo te horen is hij niet alleen een genie in het onthouden van feiten uit medische leerboeken, maar ook een kei in je-weet-wel. Ik ben nog steeds niet tevreden. Echt geen scharreltjes meer, René? Chinese popjes waar je zo zot op was? Hij kijkt smachtend omhoog en sluit als het ware zijn 'Chinese kamperfoelie' in de armen. Ik krom mijn tenen. Wat een kunstenares Jelai tussen de lakens was, gaat, volgens hem, mijn voorstellingsvermogen te boven. Hij kwijlt en licht een tipje van de sluier op. Met een wilgentakje, zegt-ie, hier in Nederland moest hij het helaas doen met een takje van een eik, ging hij... Ik sta op. Als René nog één woord zegt, zal ik hem daadwerkelijk morsdood meppen!

Dezelfde avond bel ik Eric in Qingdao. Of hij voor mij alvast een goed-koop hotel kan zoeken. Want ik vertrek naar China zodra ik een vlieg-ticket heb bemachtigd. Hij vraagt waarom ik niet bij hem kom logeren. Ik lach hardop: zit ik je niet in de weg als je van elke dag een lentenacht maakt? Het liefst elke keer met een ander snoepje? Stilte aan de ande-re kant van de lijn. Ik wil hem mijn verontschuldigingen aanbieden, maar je weet hoe het gaat. Na een onheilspellende pauze feliciteert hij mij. Ik ben een geluksvogel. Wie Jelai heeft blijft haar trouw, zonder moeite. Ik ga ervoor zitten. Voor een verhelderend gesprek met mijn vriend wil ik best een paar tientjes bij de PTT inleveren. Zijn, ditmaal discrete, tegenvraag luidt of ik heb gemerkt dat Jelai nog maagd was, althans tot de dag dat zij en ik elkaar vonden. Voor een sappig ding dat vanaf haar jeugd door Jan en alleman achterna werd gezeten was dat een prestatie, zegt hij er nog even snel achteraan.

Mijn god! De PTT gun ik een paar honderdjes om de waarheid en niets dan waarheid te horen…

Ik ga het hele rijtje af. Heeft de directeur van een overheidsinstantie in Beijing haar niet… overweldigd? Hij kon toch rekenen op de assistentie van zijn chauffeur? Eric schijnt niet normaal te kunnen antwoorden. Alles moet via een tegenvraag. Zijn huidige luidt: waarom ik dacht dat die hoge piet zo wraakzuchtig was. Jelai vertelde Eric dat de directeur zijn chauffeur de huid vol schold toen hij haar bij de haren greep, op naar de juwelier van The Great Wall Hilton Hotel of het Kabinsky – eentje met vijf sterren, dat herinnert Eric zich nog wel. Hierbij gebruikte de hoge ome een spreuk die zijn chauffeur – de brute boer – meteen snapte. *Een meloen die van zijn tak is afgeknipt kan niet zoet zijn.* Het was een gedoe geweest voor Jelai om de moraal ervan aan Eric uit te leggen. Hiervoor was kennis van de fruitoogst vereist. Een appel daalt in waarde als hij van de boom valt. Want dan zal hij de geur van de aarde in zich opnemen en zijn eigen smaak verliezen. Hij moet dus geplukt worden. Het takje tussen een watermeloen en de hoofdstam echter, verschrompelt en sterft af – net een navelstreng – zodra de vrucht door de zon is gerijpt. Maar voordat het zover is, verschilt hij weinig van smaak met rettich. Hiermee wilde de directeur zijn chauffeur duidelijk maken dat als hij Jelai dáártoe zou dwingen, hij er geen lol meer aan zou beleven. Voor een schurk was hij best verstandig. Erics lach galmt door de telefoon.

De restauranthouder in Parijs? Eric doet alsof de lijn dood is. Zeg je nog wat?! Ik schreeuw. Als een gewonde leeuw. Waarom vertelt Jelai mij verdomme geen woord waarheid?! Waar ligt mijn grens? Ben ik in haar ogen een klein kind aan wie ze knollen voor citroenen kan verkopen? Eric verlaagt zijn stem en geeft mij eindelijk zomaar een antwoord, zonder tegenvraag vooraf. Hij deelt mij mee dat ze toneelspeelster én danseres was… Dat weet iedereen! roep ik. Eric weer. Of ik ook begrijp wat dat inhoudt. Mijn hart verstilt. Nee, hè! Moest ze dánsen voor de restauranthouder? Ik durf niet verder te denken. Toch moet dit eruit, anders word ik gek: in haar nakie? Eric kucht. Ik kan dit niet meer aan. Verdriet vergiftigt mijn bloed en ik heb de neiging in het wilde weg te slaan. En dat zou nog niet genoeg zijn om me te verlossen van de machteloosheid die me verteert. Om mijn ellende compleet te maken wordt mijn voorstellingsvermogen levendiger dan ooit. Ik zie het gebeuren. Mijn blauwe lotus op het witte ijs van de Qingdaose zee. Ze kleedt zich uit voor de geile ogen van de restauranthouder, spreidt haar armen, trilt ermee, als twee wilgentakjes in de lentebries, maakt op zijn verzoek pirouetten, neemt vernederende standjes aan en bukt… Ze deed alles wat hij van haar verlangde, op één voorwaarde: hij mocht niet aan haar komen.

De bamibakker dan? In dat krappe toilet? Eric vraagt of ik weet hoeveel oren hij eraan over heeft gehouden. Goeie genade! Heeft ze er één afgebeten? Eric corrigeert mij. Alleen de lel van zijn rechteroor. Dat was de reden waarom de bamibakker achter haar aan was gerend, dwars door de eetzaal heen, waar het keukenpersoneel normaliter nooit mocht komen, tot aan de drukke winkelstraat aan de voorkant.

Karen? Eric klinkt verontwaardigd. Ik had haar volgens hem nergens van mogen verdenken: ze deed geen vlieg kwaad. Ze zou Jelai van haar leven nooit aanzetten tot iets dat ze zelf niet wilde. Ik vertrouw de zaak niet. Valt dansen onder dat 'iets' of beledig ik daar de wijlen Karen mee? Eric zwijgt. Ik sta paf. Hoe lukt het de begeerte toch? Om het slechtste van de mens – hoe aardig ook – naar boven te halen?

De Beijingse jongen die in Leiden studeerde? Eric met zijn tegenvraag. Of ik het nooit merkwaardig heb gevonden dat die student met andere vrouwen keesde, terwijl hij een supersexy vriendin binnen handbereik had. Jelai bracht weliswaar veel nachten door op het koude trottoir, maar ze nam het hem onder geen beding kwalijk. Want ze wist waarom hij die meisjes mee naar huis nam en dat was… Ik houd mijn adem in. Eric met zijn drie keer raden. Ik flip: schiet op, jij! Als ik het wist, zou ik je interessante gedoe hier niet hoeven te pikken! Dat ik zo snibbig kon zijn. Nota bene tegen iemand die mij helpt. Hij blijft kalm. Zo vertelt hij mij dat de Chinese student haar wilde laten zien hoeveel behoefte hij had aan tederheid en je-weet-wel. En hoe wanhopig hij was omdat ze hét niet met hem wilde doen. Er waren ook dagen bij dat ze geneigd was het op een minder vriendelijke manier te interpreteren. De jongen wilde haar straffen. Haar laten zien en horen hoeveel plezier hij wél met andere meisjes beleefde. En hoe bitter weinig het hem kon schelen dat ze zich niet aan hem wilde overgeven. Jelai zei meermalen tegen Eric dat de student water in plaats van hersenen in zijn hoofd had. Als hij het iets langer had volgehouden en meer geduld voor haar had opgebracht, dan was er een dag gekomen dat ze wel... Ik snel: maar Eric, denk je dat ze jaloers was op zijn scharreltjes? Het moment dat deze woorden mijn mond verlaten, heb ik het antwoord al. Beibei. Ik heb Jelai nooit eerder zo door het lint zien gaan als in haar eigen kapsalon. Toen ze mij verdacht van iets met haar ex-werkneemster te hebben. Met als gevolg dat ze haar hoofd tegen de lantaarnpaal bonkte. En, de pieper van Eric. De nummers natrekken...

En Jan, de politicus? Eric proest het uit. Ik vind het niet leuk dat hij mij in het ongewisse laat terwijl hij zijn binnenpret niet op kan. Dit laat ik hem weten ook. Eric, even serieus, volgens Jelai was Jan sterker dan de bamibakker. Hij buldert en hikt dat ze er impotenter mee bedoelde. Wacht, deze keer probeer ikzelf na te denken. Wat Eric kan, kan ik beter. Maar na een tiental dure telefoontikken geef ik het op. Eric is eindelijk uitgeproest. Hij maakt mij attent op het feit dat ze haar Beijingse vriend eindeloos dankbaar was. Voor de paar honderd gulden die hij haar had toegestopt, nadat ze bij René was ingetrokken en zijn huis gratis en voor niks moest verbouwen. Ja, ja, reageer ik. Eric zegt dat ik dan toch weet hoe de vork in de steel zit. Hiermee geeft hij mij het gevoel dat ik een imbeciel ben – niet de eerste keer en dus zit ik er niet meer mee. Als hij mij maar vertelt hoe de boel in elkaar steekt, dan vind ik alles best. Volgens Eric hemelde Jelai Jans bedprestaties op omdat hij niets kon. Zijn ex ging bij hem weg – ze wilde, voordat haar menopauze begon, een kind. Hij had sociaal aanzien, geld en macht. Was welbespraakt en belezen. Maar kon niets met zijn je-weet-wel uitvoeren. Hier leed hij verschrikkelijk onder. Totdat hij Jelai ontmoette tijdens een seminar. In haar Shanghai-dress, die haar lichaam hermetisch afsloot. Maar ze oogde verrukkelijk. Chinees raffinement ten top. Vooral toen ze met een dienblad langs Jan liep. Hij zag haar heupen...

Hó, Eric, details hoef ik niet te horen. Blijf bij de hoofdzaak. Ik voel me met de minuut ongemakkelijker. Niet mijn stijl. Voor één seconde (dit vertelde de hoge heer haar pas maanden later) kreeg Jan de eerste erectie sinds jaren, aldus Eric. Midden in de koffiepauze tussen twee lezingen in, in de kantine van de hogeschool waar het seminar werd gehouden. Dat was, achteraf gezien, het hoogtepunt van zijn mannelijkheid. Hoe meer hij naar haar verlangde en hoe dichter hij bij haar kwam te staan – hij vroeg haar of ze kon dichten –, hoe kleiner en machtelozer hij zich voelde. Een van zijn politieke tegenstanders, die ook bij het seminar aanwezig was, zag hem Jelai benaderen, knipoogde tegen hem en fluisterde dat hij ook wel pap lustte van zo'n prachtige lolmachine. Toen besloot Jan op haar te jagen. Niet om met haar te vrijen – dat zou hij wel willen – maar om zijn vrienden en vijanden te laten zien dat hij hét nog kon. Hij nam haar mee, gekleed in de blote jurken die hij voor haar in exclusieve boetieks aanschafte, naar openingen, party's en diners. Jelai moest een keer naar het toilet en vergat haar handtas mee te nemen. Ze ging terug naar de tafel en hoorde toevallig dat Jans collega's hem vroegen of ze werkelijk zo lekker was als ze eruitzag. In plaats van kwaad te worden kreeg ze medelijden met hem. En dat samen met haar dankbaarheid voor de vijftienhonderd gulden die hij haar maandelijks uitkeerde gaf de doorslag voor haar sympathie. Om zijn status in de ruimste zin des woords kracht bij te zetten, wiebelde ze met haar kontje als ze met Jan ergens haar opwachting moest maken.

Maar Eric, volgens Jelai nam Jan haar nooit mee naar officiële gelegenheden – hij schaamde zich voor haar allochtoon-zijn. Eric klinkt streng. Of ik die quatsch werkelijk geloof. We leven niet meer in de tijd van de voc. Het is zelfs trendy om met een exotische aan je zijde gezien te worden. In Nederland zeker. Dat weet ík wel, roep ik, maar zíj niet, dacht ik tenminste. Eric herhaalt wat hij mij net heeft verteld. Dat ze per ongeluk het gesprek van Jans vrienden hoorde. Over haar… En ze vatte het op als minachting voor haar als persoon en geilen op haar als een stuk vlees. Sindsdien voelde ze zich minderwaardig en praatte nooit meer met iemand tijdens recepties of diners. In haar eigen woorden: haar geest was afwezig. Of zoiets.

De diplomaat bij de Nederlandse vertegenwoordiging in Hongkong? Dat was een nicht, roept Eric. Maar in Jelai's ogen was hij pas een echte kerel. Zo klein als hij was – niet voor een Chinees, voor ons wel – stelde hij gerust vragen waar de gevestigde orde niet op zat te wachten. Een paar keer werd hij subtiel gewezen op de eventuele gevolgen van zijn kritische houding. Hij ging onverschrokken door. Jelai zei een keertje giechelend tegen Eric dat ze echt met hem naar bed zou zijn gegaan als hij hetero was geweest én als zijn moeder hen niet uit elkaar had gehaald. Eric pestte haar terug. Ze hield juist van hem omdat hij hét niet met haar wilde doen. Waarop ze laaiend werd. Niet normaal. Eric slaat de beschrijving van haar woedeaanval over. Want hij weet dat ik inmiddels aan den lijve heb ondervonden hoe ziedend ze kan zijn.

René dan? Deze keer gaat Eric uit zijn dak. Hij giert twee volle minuten. Daar gaan mijn centen. Naar de PTT. René mocht Jelai mee naar huis nemen, onder één voorwaarde. Of ik het nu wel kan raden. Ik ben niet achterlijk, antwoord ik. De Beijingse jongen is een *xia*. Of ik het woord ken. Als ik dat niet weet, heb ik voor niets Chinees als bijvak gehad. Eric kan de term niet in het Nederlands vertalen. Ik doe een gooi. Iemand die thuis is in kungfu. Die een sterk gevoel van rechtvaardigheid heeft. En niet terugdeinst om de wet te overtreden als het gaat om opkomen voor de zwakkeren. Robin Hood in Engeland, Don Quichot in Spanje, Max Havelaar in Nederland, kamikazepiloot in Japan en o ja, de jongeman voor de tank op het Plein van de Hemelse Vrede in China.

Hoezo Eric, is die Beijingse jongen een xia? Erics antwoord is bevestigend. Die rechtenstudent had een diep respect voor Jelai. Ze was niet als de andere meisjes die hij kende. Die hem naar de mond praatten alleen omdat hij een rijke vader had. En die voor een klein voordeeltje hun rok optilden en voor een grote hem helemaal uittrokken. Toen die jongen Jelai voor het eerst zag, op Leiden Centraal, woog ze amper veertig kilo. Nog een paar dagen hongeren en ze zou er geweest zijn. Hij bood haar eten en een bed aan. Uit dankbaarheid poetste, kookte en danste ze zelfs voor hem. In evakostuum. Maar ze smeekte hem haar niet aan te raken. Ze wilde haar lichaam bewaren voor haar ware. Dezelfde jongen zag René en wist meteen wat voor vlees hij in de kuip had. Naast hem een vraagteken boven zijn linkerwenkbrauw te hebben bezorgd, beloofde hij René ook dat hij hem kinderloos zou verklaren als hij Jelai ook maar met één vinger durfde aan te raken. De eerste nacht dat René Jelai's kamer binnensloop – hij had een reservesleutel van elke ruimte in zijn huis – belde Jelai die student op. Die kwam, om drie uur in de ochtend, op zijn Yamaha, met een colt .37, geladen en voorzien van een geluiddemper. En richtte hem op het kruis van René en fluisterde iets dat Jelai achter het raam niet kon verstaan.

Sindsdien riep René al dat hij het nooit meer zou doen zodra Jelai in de buurt van de telefoon kwam. Om bijvoorbeeld de buurvrouw te melden dat haar kat tussen de boomtakken vastzat of zoiets. Betasten mocht niet meer, maar ze moest wel voor hem dansen terwijl hij zichzelf hielp. Telkens als Jelai het hier met Eric over had, huilde ze tot ze schuim spuugde. Ze voelde zich verkracht. Door al de mannen die haar zagen dansen, met of zonder lingerie aan, dát voor haar ogen deden en... Ook René werd knettergek van de gedachte dat hij niets met Jelai mocht. Hij vroeg de Chinese meisjes met wie hij in zijn woning wipte uit volle borst te gillen, om Jelai te jennen.

Eric, schrik niet, René is mijn huisgenoot geweest. Om een haast kinderachtige reden kick ik op het idee dat ik ook wat choquerends te melden heb. Hindert niet of het nieuws dat ik wereldkundig maak in mijn nadeel werkt. We studeerden beiden aan de RUL. Hij geneeskunde, ik economie. Ik dacht dat hij alleen zijn kleren niet waste. Nu heb ik in de gaten dat ook zijn geest smerig is. Nog iets bizars. Ik ben er niet trots op – laat dat duidelijk zijn. Een dik jaar geleden is Anouck, mijn toenmalige vriendin, ervandoor gegaan met René. Vandaag wilde ik Anouck spreken, maar ik trof René alleen thuis. Die kwal. Nee, eerder een seksmaniak. Eric eist duidelijkheid.

Tja, zal ik het verklappen of niet? Vooruit dan maar, denk ik bij mezelf. 'Schaamte' is in Renés woordenboek niet te vinden. Hij durfde mij te vertellen dat hij elke nacht een nummertje met mijn ex maakt. Eric kan zijn oren niet geloven. Ja, zucht ik, die René is een raspaardje op vele gebieden – multi-inzetbaar. Eric kan zijn verbazing – of is het pret? – niet op. En is benieuwd hoe René dat met één bal klaarspeelt. Elke nacht? Wat zou die Jan hem benijden, met zijn twee, die het allebei laten afweten! Na zoveel aanslagen op mijn hart ben ik een beetje duf geworden, maar dit slaat alles. Eric giert en giert van het lachen. Als ik per direct naar Qingdao kon vliegen, met een raket of zo, zou ik hem met een hamer tot zwijgen brengen. Nieuwsgierigheid kwelt mij meer dan mijn haat jegens de vent die Jelai uitbuitte en Anouck van mij afpakte.

Eric heeft zichtbaar – 'hoorbaar' is hier beter op zijn plaats – lol in wat hij mij vertelt. Jelai knapte het huis voor René op, in de hoop dat ze hiermee haar schuldgevoel kon afkopen. Ze kon immers niet in zijn huis wonen, zijn brood eten en niet met hem vrijen (toen was Jan nog niet ten tonele verschenen). Haar redenering. René ging naar China, zonder te betalen voor de bouwmaterialen die hij had besteld en die al in zijn dak waren verwerkt. De winkel die ze had aangeleverd kwam voor het geld en dreigde met het inschakelen van een incassobureau. Jelai kon dit bedrag niet ophoesten – dit hoefde ze niet te doen, maar wat wil je? Als illegaal schrok ze al als de gordijnen bewogen. Zelfs de centen om René in China te bellen had ze niet. Ze ging naar de Beijingse jongen en vroeg of ze zijn telefoon héél eventjes mocht gebruiken. Toen ze dit aan Eric vertelde, gebaarde ze met haar lieve vingertjes, die het begrip 'een korte tijd' uitbeelden. Eric moet lachen nu hij eraan terugdenkt. Mijn hart trekt samen. Elke beweging van Jelai zie ik voor mijn ogen, inclusief die die ik niet zelf heb meegemaakt maar alleen heb van horen zeggen. Ze smeekte René het bedrag over te maken. Als het incassobureau op de stoep zou staan en haar om haar – je weet maar nooit – identiteitsbewijs zou vragen, zou ze opgepakt worden. Vast en zeker. Ze barstte in tranen uit. René zei doodleuk dat ze moest wachten tot hij over drie maanden thuiskwam. Hierbij raadde hij haar aan wat zuiniger te zijn met de boodschappen. Dan kon ze wat centen opzij leggen voor de materialen. Ze poetste al voor de hele straat, tien uur per dag. Om de eindjes aan elkaar te knopen. Wat ze at en gebruikte had ze eigenhandig verdiend. De rechtenstudent hoorde haar René om hulp smeken, maar zei niets. De dag dat René van zijn werkbezoek thuiskwam, drukte de jongen op de deurbel. René dacht dat het een collectant van de Hartstichting of iets dergelijks was en wilde hem net uitjouwen toen de knal klonk. Ditmaal had de jongen de trekker daadwerkelijk overgehaald. Eén teelbal van René ging naar de maan. Een voorbijgangster zag hem kreunend op de grond liggen, met zijn hand op zijn je-weet-wel en belde de politie. René ontkende dat hij was beschoten – zijn jachtgeweer ging af – en deed geen aangifte. Sindsdien rotzooide hij nooit meer met Chinezen. Eric vermoedt dat behalve Renés huidige vriendin niemand weet dat René maar één bal rijk is. En de jongen uit Beijing natuurlijk.

Ik móét Anouck bellen. Ze slaapt naast een monster! Letterlijk en figuurlijk. Ik bedank Eric voor het gesprek, hang op en toets meteen het nummer van Anoucks ouders. Haar moeder kan mij wel villen. Of ze mij de vorige keer niet genoeg de waarheid heeft gezegd. Maar ik blijf beleefd. Mevrouw, houd ik voet bij stuk, ik móét uw dochter spreken. Het is een kwestie van leven of dood.

Ik heb de volgende dag naar Anoucks werk gebeld. Thuis zal ze niet vrijuit kunnen spreken, vrees ik, met René in de buurt. Ze snikt zodra ze mijn stem hoort en weet precies waar ik me zorgen om maak, maar ze kan geen kant op. Hij heeft haar aan een forse lening geholpen, voor een sportwagen, op haar naam. Ze is er ingeluisd. Ik graaf in mijn geheugen. Hoe heet die Chinese jongen ook alweer? Als ik zijn naam weet, kan ik hem om hulp vragen. Houd je van René? Ze bedekt de hoorn – zeker om haar collega in de kamer niet aan het schrikken te maken – en zegt zo beheerst mogelijk dat ze liever met een machinegeweer doorzeefd wil worden dan door René bemind. Die sekswolf. Ze zegt snikkend dat hij haar dwingt om... Ik val haar in de rede. Mooi weer hè? Echt, ik wil niet weten wat René haar aandoet, anders sta ik niet voor mezelf in. Haar stem slaat over terwijl ze mij om hulp vraagt. Snel voegt ze toe dat ze beseft zichzelf in de nesten te hebben gewerkt en mij bedrogen, maar... Dat is wat mij betreft vergeten en vergeven, Anouck. Ik beloof haar dat René binnen twee dagen de lening van haar overgenomen zal hebben en dat ze zonder kleerscheuren bij hem weg kan gaan. Weer die schelle stem van haar. Of ik het meen. Zo ken ik haar weer. Ze lacht, zoals vroeger. Direct nadat ik Anouck heb gesproken, probeer ik Jelai te bereiken. Om te vragen hoe die jongen uit Beijing nou heet en waar hij woont. Nog steeds in Nederland hopelijk? Een telefoonnummer is ook goed. Jelai's ouders zeggen dat ze naar haar oom en tante is vertrokken, maar haar oom en tante menen dat ze nog bij haar ouders zit. Ik snap er geen snars van. Ze heeft in Beijing veel vrienden. Bij hen op bezoek misschien? Voordat ze naar Qingdao gaat? Wie weet hoe lang ze daar deze keer zal blijven, als haar vader niet opnieuw ziek wordt. Opeens zie ik het licht. Ik bel René met de mededeling: als hij Anouck niet morgen voor twaalf uur ontlast heeft van die fucklening, wacht er morgenavond klokslag zes uur iemand die hij kent bij hem op de stoep. Ook zijn andere bal zal sneuvelen.

Anouck is naar Schiphol gekomen om mij uit te zwaaien. Mijn ouders wisten niet wat ze zagen. Tineke klopt op haar borst. Dit heeft zij bewerkstelligd. Anouck en ik kijken elkaar veelbetekenend aan. Het is weer goed gekomen tussen ons. Weliswaar niet meer als geliefden, maar ze weet mij te vinden als ze hulp nodig heeft.

Ik neem een taxi en rijd naar Jelai's ouderlijk huis. Het is te hopen dat ze nog niet naar Qingdao is vertrokken. Dan kunnen we voor het eerst samen reizen, naar haar oom en tante. Haar moeder opent de deur, ziet mij en duwt me gelijk naar achter. Zelf sluit ze de deur achter zich en komt met mij in het trappenhuis te staan. Ze kijkt naar links en rechts en vraagt op fluistertoon waar haar dochter is gebleven. Ik wil net mijn koffer neerzetten, maar door deze woorden kan ik geen vin meer verroeren. Hoe zou ik het moeten weten? Ik kom net van het vliegveld.

Jelai's moeder bedekt eerst haar ogen en gooit daarna haar handen in de lucht. Het theatrale heeft Jelai zo te zien niet van een vreemde, constateer ik. Zo vertelt ze mij dat ze drie dagen geleden haar broer en schoonzus in Qingdao heeft gebeld. Hun kleinzoon Baobao was jarig. Ze zaten aan de kreeft, met Haihai, zijn vrouw en het feestvarkentje. Haar broer was natuurlijk trots dat zijn zus uit de hoofdstad nog aan dat hummeltje dacht. Haar schoonzus kwam ook aan de lijn en verzekerde haar dat ze twee vette kreeften voor Jelai in de diepvries zou bewaren. Die moest ze proeven, zalig. Ze informeerde wanneer haar nicht nou zou komen. Jelai's moeder raakte de kluts kwijt. Al die tijd dacht ze dat Jelai bij hen was. De koffer in mijn hand wordt zwaarder, maar ik heb geen tijd er aandacht aan te besteden. Zelfs niet om hem neer te zetten.

Mevrouw, logeert ze soms bij een van haar vriendinnen? Opeens ziet ze het licht. Jelai was weggegaan op de dag dat ik naar Nederland vertrok. Dat herinnert ze zich nog heel goed. Jelai ruimde haar bed af en ging met haar handtasje naar buiten. Sindsdien is ze spoorloos verdwenen. Haar moeder grijpt mijn arm en krijst. Of ik soms ruzie met haar heb gemaakt. Voordat ik het kan ontkennen komt ze met de tweede vraag. Waar onze ruzie over ging. Ik schud mijn hoofd – de prop in mijn keel groeit. Zij raast door. Dat Jelai bij haar vriendinnen slaapt, is uitgesloten. Ze heeft iedereen die ze maar kon bedenken of gebeld of opgezocht – inclusief haar meest favoriete klasgenoten van de lagere school, in haar eentje. Haar man is herstellende van een hersenbloeding en kan geen schrik gebruiken. Jelai's vrienden wisten niet eens dat Jelai terug was in Beijing en namen haar kwalijk dat ze geen belletje had gegeven.

De koffer valt uit mijn hand en maakt een zachte landing, op mijn tenen. Jelai's moeder ziet mij verbleken, barst in tranen uit en spreekt haar verdenking als feit, of nog beter, als aanklacht uit. Ze wil nú weten wat ik haar dochter heb aangedaan waardoor ze moest onderduiken. Ze kent haar kind. Als ze iets in haar hoofd heeft, heeft ze het ook nergens anders. Vervolgens stoot ze een reeks o's uit en schreeuwt dat zij haar dochter nooit meer terug zal vinden. In plaats van een plannetje met mij te bedenken om dit probleem het hoofd te bieden, gaat ze tegen mij tekeer. Ik maak dat ik wegkom, maar ze haalt me in en kiest een minder beschuldigende toon. Of ik haar alsnog wil helpen Jelai op te sporen. Ik knik. Ze slaakt een zucht van verlichting, bedankt mij en barst weer in snikken uit. Haar man heeft een paar beroertes voor zijn kiezen gehad; haar drie zonen kunnen niets voor haar betekenen; haar oogappel is zoek. Ze is er vast van overtuigd dat ze in haar vorige leven veel zonden heeft begaan waardoor ze in dit leven op deze manier wordt gestraft.

Ik troost haar door aandachtig naar haar te kijken. Ik pakte Jelai's tante een keer vast toen ze in tranen baadde omdat Jelai haar een week lang als lucht had beschouwd, vanwege iets onbenulligs. En toen kreeg ik toch een mep in mijn gezicht! Sindsdien toon ik mijn medeleven op een veilige afstand. Ik kijk wel uit. Wat betreft Jelai's broers, vindt ze het gek dat haar zonen niets voor hun moeder over hebben, en nog minder voor hun zusje? Ze heeft hen onbehouwen op de wereld gebracht en hen zo gehouden ook. De douchegordijnen opentrekken terwijl Jelai zich waste. Haar borstjes betasten als haar ouders niet in de buurt waren. Bij de beesten af. Ik besluit in Beijing te blijven en eerst hier naar haar te zoeken. Pas als er tekenen zijn die naar Qingdao wijzen, ga ik daarheen.

Jelai's moeder krabt aan haar haarwortels en zegt dat het haar verschrikkelijk spijt. Als ik bij haar zou overnachten – van haar mag het – zou ze het met haar man aan de stok krijgen: ik ben niet eens met Jelai verloofd. Hoe zou ze het aan de buren moeten verkopen? Een harige buitenlander in huis halen, die geen familie is? O nee, mevrouw, haast ik me te zeggen, er zijn in Beijing genoeg goedkope hotelletjes, neem ik aan. Ze zwaait met haar wijsvinger. Maar niet voor mij, volgens haar. Buitenlanders mogen alleen in dure hotels slapen – goed voor de Chinese kas. Hierna snelt ze haar huis in en komt terug met een telefoonnummer. Van het gasthuis van de Nationale Academie van Sociale Wetenschappen. Slechts honderd yuan per nacht, nog steeds niet te betalen voor Chinezen, maar vier à zes keer goedkoper dan bijvoorbeeld het Holiday Inn Beijing. Ze lacht mij toe en deelt mij mee dat er ook minder bemiddelde buitenlanders bestaan. Wetenschappers hebben overal ter wereld een platte beurs. Vandaar dit voordelige logement. En of ik haar op de hoogte wil houden van mijn vorderingen. Dat spreekt voor zich, beloof ik haar en ik snel de trappen af. De moeder roept mij na. Ze zal zelf ook op pad gaan.

Rustig blijven, zeg ik tegen mezelf. Ik pak mijn koffer uit. Er is niets mis met de goedkope hotelkamer. Behalve dat als ik langer dan twee nachten op dit matras zou slapen, ik spontaan een hernia zou krijgen – het is zacht! De vloer van de badkamer staat blank, twee centimeter, als het niet meer is. Geen wonder dat het hotel rubberen slippers aan de gasten verstrekt. Niet dat ik me hieraan stoor, want ik denk maar aan één ding: Jelai opsporen. Al zeg ik 'Rustig!' tegen mezelf, mijn hoofd barst zowat open. Geen gedachte kan verdergaan dan hét angstvisioen. Ik zie haar op allerlei locaties. Onder een brug, op een berghelling, tussen de struiken, in een sloot... Hoe heb ik zo dom kunnen zijn haar alleen in Beijing achter te laten? Zo'n mooi meisje loopt overal gevaar! Ergens in mijn achterhoofd luidt het tegenargument. Onzin. Jelai heeft zich nota bene, zonder een cent op zak en verstoken van vrienden en kennissen, in Europa gered. Nu bevindt ze zich in haar geboortestad, omringd door familie en vrienden. Hoe kan het fout gaan? Maar wanneer ik aan de paniek op haar moeders gezicht denk, is de mijne compleet. Eric. Verrek! Hem bellen. Hij kent haar toch zo goed? Dit is de vuurdoop. Als hij haar gedachten werkelijk kan lezen, weet hij waar ze uithangt.

Du moment dat Eric ze wááát roept, weet ik voldoende. We zitten in hetzelfde schuitje. Even radeloos als verbijsterd. Ik hoor hem, floep! een sigaret aansteken en tast automatisch in mijn eigen broekzak. Verdorie. Het pakje is leeg. De room service bellen gaat niet, want ik heb Eric aan de lijn. Nicotine verkort weliswaar het mensenleven – dokterspraatjes – maar maakt het korte leven dat we overhouden wel minder gestrest. Voor wat hoort wat. Mijn mening. Na een paar trekken klinkt Eric weer als de evenwichtigheid zelve. Of ik haar oom en tante heb gebeld. Misschien weten zij meer te vertellen. Dat heeft Jelai's moeder allang gedaan! antwoord ik. Hèhè, zoiets simpels had ik ook kunnen bedenken. Hieraan merk ik dat hij aan het einde van zijn Latijn is. Ik overweeg de hoorn neer te leggen en zelf na te denken. Eric gaat verder. Of ze laatst, bij het afscheid op de Beijingse luchthaven, iets tegen mij heeft gezegd. Een betere vraag. Een heleboel dingen, maar niet iets waarvan je zegt... Wacht, Eric, ze heeft mij wel iets meegegeven. Eric vraagt wat het is. Weet ik veel! Het zit in een tasje. Ik mocht het niet openen totdat ik in het vliegtuig zat. Typisch. Het geheimzinnige gedoe. Hij blijft maar gillen en wil weten wat er in dat pakje zit. Ik krijg er nog meer de zenuwen van. Kan niet belangrijk zijn! snauw ik. Het is maar een klein tasje. Daar past hoogstens een ring in, of een hangertje voor een halsketting. Eric is onverbiddelijk en eist dat ik dat ding onmiddellijk open. Ik reik naar mijn koffer. Het snoer van de telefoon is te kort. Blijf je aan de lijn, Eric? Ik pak hem even. Eric is plotseling zo zorgzaam als mijn ex, Anouck, en stelt voor dat ik hem terugbel. Hij maakt mij attent op het tarief voor interlokale telefonie. Dat is pittig, vooral vanuit een hotel.

Ik tast in een zijvakje van mijn koffer. Dat ik mijn bagage, inclusief het cadeautje van Jelai, niet uitgepakt weer mee terug naar Beijing heb genomen. Dit is mij nooit eerder overkomen. En zegt genoeg over mijn haast de afgelopen dagen in Groningen en Den Haag. Een week lang heb ik niet naar dit tasje omgekeken, maar nu ik het ga openen, dijen mijn ongeduld en nieuwsgierigheid razendsnel uit. Ik kneed het tasje vanbuiten. Zelfs een ring of een hangertje voor een ketting kan het niet zijn, want ook vanbinnen voelt het zacht aan. In dit tasje zit nog een tasje, een kleiner natuurlijk. Ik maak het knoopje los en kijk erin. Niets. Behalve een, gatver! vuile zakdoek. Van witte zijde, met bruine spetters erop. Een grapje van Jelai? Maar wanneer ik hem tegen de lamp houd en nauwkeuriger bestudeer, slaat mijn hart twee slagen – zo niet meer – over! Het blijken… mijn god, opgedroogde bloeddruppels te zijn. Zou dit doekje mij zijn toegestuurd door haar ontvoerders, voor losgeld? Ik loop heen en weer in mijn kamer en sla op mijn hoofd. Wat een onzin, realiseer ik me ineens en ik voel me een stuk minder benauwd. Jelai heeft dit tasje zelf aan mij gegeven. Hoe kon ze mij komen uitzwaaien als ze ontvoerd was?

Gerustgesteld houd ik het doekje nogmaals tegen de lamp. Zijn het Chinese karakters die de druppels moeten voorstellen? Een bloedbrief! Goeie genade! In de enige twee, in klassiek Chinees geschreven, romans – vertaald in het Nederlands uiteraard, zo'n held ben ik ook weer niet – die ik heb gelezen staan op meerdere plaatsen beschrijvingen van bloedbrieven. Geschreven door vrouwen die hun wijsvinger openbeten. Om voor de laatste keer in hun leven iets aan hun dierbaren duidelijk te maken. Nu staar ik naar zo'n exemplaar. Wat kan het leven toch rare wendingen nemen! Het betreft een *siyanshi* – een vierkaraktergedicht:

Qing	*si*	*nan*	*lü*
Qing	*yuan*	*nan*	*duan*
Kong	*men*	*mu*	*yü*
Wan	*nian*	*jü*	*mie*

De draden van gevoelens zijn moeilijk te kammen
De verbondenheid tussen twee geliefden is moeilijk door te snijden
Lege deur… houten vis
Tienduizenden concepten… geheel uitgeblazen.

Een woordenboek moet ik hebben, anders kom ik hier niet uit. Wat wil Jelai mij hiermee vertellen? Kan ze het niet in gewone mensentaal doen? Op zo'n cruciaal moment in haar leven én in het mijne? Ik ga de receptie bellen. Misschien hebben zij er een voor mij. Ik pak de telefoon maar leg hem weer neer. Wat moet ik in dat boek opzoeken? De karakters ken ik allemaal. Alleen in deze combinaties niet. Eric dan maar? Nee, die kent nog minder Chinees dan ik. Ik open de deur en ga met de zakdoek naar de receptie. Het meisje met amandelogen achter de balie staat mij vriendelijk te woord. Of en hoe ze mij van dienst kan zijn. De hotelmanager moet ik hebben (die zal beter opgeleid zijn en kan waarschijnlijk dit gedicht ontcijferen), antwoord ik. Gauw informeert ze of er iets mis is met mijn kamer. Of mijn bed niet is verschoond. Ik wil je baas spreken! Ze knippert met haar ogen, gelijk een kind dat een vaas heeft gebroken. Of net als Jelai, die vindt dat ik haar vals heb beschuldigd. De receptioniste liegt zonder blikken of blozen dat haar baas niet aanwezig is. Chinees eigen, sorry dat ik zo cru ben. De bloedbrief brandt in mijn hand en maag. Ik haal bakzeil. Of zij mij kan helpen. Een kuiltje verschijnt in haar linkerwang. Ook haar lach is even zonnig als die van mijn prinses. Ik wil de brief net aan haar laten zien of ik begin te twijfelen. Zou ze het niet vreemd vinden dat ik een bloedbrief heb ontvangen? En mij bombarderen met vragen als door wie geschreven, waarom aan mij gericht en dergelijke flauwekul? Ik heb te veel zorgen aan mijn kop om nog eens verhoord te worden door een jonge griet. Ik ben zo terug, zeg ik. In mijn kamer schrijf ik de brief over op een velletje papier.

De receptioniste lacht. Zoals ik al vreesde wil ze weten waar ik dit – een samenraapsel van clichés – heb gevonden. Ik herinner me dat Jelai toegaf dat ze niet kon dichten. Op de Lange Muur, zuig ik uit mijn duim. Niet zonder reden. Chinezen worden lyrisch zodra ze een historisch monument bezoeken, de muren daarvan staan bol van de rijmelarijen van geïnspireerde toeristen. Nu ik meen dat ik van haar gevraag af ben, verzoek ik haar er vaart achter te zetten. Vertel mij wat hier staat! Ze kijkt mij aan en mompelt dat het niet klopt. Op de muur van een van de paleizen in de Verboden Stad dan, doe ik een tweede gok. Vermoeiend is het. Om hier iets gedaan te krijgen. Ze moeten eerst je privé-leven nageplozen hebben voordat ze terzake komen. Ze schudt haar hoofd en zegt dat dat ook niet kan. Hoogstens op de muur van een klooster, haars inziens. O nee, hè! Leg... leg eens uit, ik zing meteen een toontje lager. Ze voldoet eindelijk aan mijn verzoek. *De draden van gevoelens...* Sla de eerste twee regels maar over, ik word korzelig. Want die snap ik wel. Ze kijkt mij bewonderend aan. Een harige buitenlandse duivel die een Chinees gedicht kan lezen? denkt ze vast. *Lege deur* blijkt een ander woord voor 'klooster' te zijn. *Houten vis* is een kleine drum op de tafel van een monnik. Hij slaat erop zodra hij iets van de boeddhistische bijbel heeft opgestoken. *Tienduizenden concepten... geheel uitgeblazen* wil zeggen dat als je eenmaal een monnik bent, de menselijke verlangens je niet meer kwellen, iets dat ze bij anderen wel doen.

Mijn knieën begeven het. Ik steun op de balie: kan 'monnik' ook 'non' betekenen? De Chinese taal kent doorgaans geen verschil tussen mannelijk en vrouwelijk. 'Hij' of 'zij', 'vriend' of 'vriendin' klinken precies hetzelfde. Makkelijk voor overspelige echtgenoten, lijkt mij. Als de man zegt dat hij gisteren met een vriend(in) tot diep in de nacht heeft gefeest, dat ze beiden te bezopen waren om langs een rechte lijn te rijden en dat hij maar bij hem/haar is blijven slapen, weet zijn vrouw nog niet of hij het over een van zijn bevriende collega's of over een van zijn scharreltjes heeft. Waarom dwaal ik in hemelsnaam af, nu elke minuut telt? Alhoewel, als ik de situatie zelf niet luchtig maak, knapt mijn kop straks open van de spanning. Ze antwoordt van ja. Toeristen die een tempel bezoeken worden vaak door de monniken of nonnen die daar wonen aan het denken gezet. Daarom schrijven ze dergelijke gedichten op de muren van het klooster en daarna kunnen ze opgelucht terug naar hun vrouw en kinderen. Haar uitleg, hoe helder ook, wordt niet door mij in dank afgenomen. Ik haast me terug in mijn kamer en...

Eric! Ik schreeuw door de telefoon, Jelai is het klooster ingegaan! Onze laatste nacht op het Plein van de Hemelse Vrede flitst door mijn hoofd. Toen had ze het ook over non worden. Ik schrok, waarop ze zei dat ik geen gevoel voor humor had. Achteraf gezien was mijn eerste reactie juist. Eric praat binnensmonds. Versta ik je goed? Zei je dus toch? Ik word pissig. Je wist het! Smeerlap! Had je het mij niet eerder kunnen vertellen? Ik ben een halfuur kwijt aan puzzelen... Hij wordt hees en informeert naar de naam van het klooster. Eric, als ik dat zou weten, had ik je niet gebeld! Ik snap het niet. Tegen anderen ben ik best aardig, maar tegen hem ben ik vaker grof dan anders. Hij zet zijn vragenlijst door. Of ze ooit een specifieke kloostergemeenschap heeft genoemd. Was het maar waar, Eric! Wacht, misschien weet haar moeder er iets meer over te vertellen. Kan ik je zo dadelijk terugbellen? Hij zal bij de telefoon blijven. Of zal hij direct naar

Beijing treinen? Kost maar negen uurtjes. De kopzorgen hebben mij niet gebroken, maar zijn aanbod doet mijn tranen vloeien. Ik probeer zo normaal mogelijk te praten. Hij hoeft niet te weten dat ik een watje ben. Dank je, Eric. Echt! Maar het is nu nog niet nodig. Haar moeder kan ik beter niet bellen. Ze is een graadje erger dan haar dochter. Bij het minste of geringste flipt ze. Zodra ik daarvandaan kom, overleggen we verder. Eric lacht – zeker met tranen in zijn keel, want hij klinkt eerder bedroefd dan blij – en grapt dat wij van geluk mogen spreken dat we zonder baan zitten. Anders zou hij niet zoveel tijd hebben voor dergelijke ondernemingen. Zo kun je het ook bekijken! Ik schiet ook in de lach. Dat hij hetzelfde heeft als ik, zeg. Lucht blazen in de ellende waar we nu in zitten. Wij zullen handhaven. Onze afspraak.

Haar moeder kijkt schichtig van mij weg. Wat is er? Mijn zachte geduld raakt op. Weet ze ook al dat haar dochter waarschijnlijk non is geworden? Ik bal mijn vuisten. Ik was blijkbaar de enige die in het duister tastte. Maar het is op dit ogenblik niet handig om kwaad op haar te worden vanwege het achterhouden van belangrijke informatie. Wat weet u nog meer, mevrouw? Ze bekent dat ze de afgelopen drie dagen alle kloosters die ze in en rondom Beijing kon vinden heeft gebeld of opgezocht. De ex-chauffeur van haar man bleef zijn vroegere baas na diens pensioen trouw en bracht haar met de auto overal heen. Haar beenderen waren bijna uit hun voegen gerammeld – de wegen naar de afgelegen gebieden waar zich kloosters bevonden waren hobbelig als een wasbord. Jelai was nergens te vinden. De moed zakt me in de schoenen. Mijn stem trilt. Ik kan niets uitbrengen. Ze is zichtbaar ontroerd door mijn bezorgdheid en verbiedt mij te wanhopen. Volgens haar blijft er één persoon over die haar dochter goed kent en misschien weet waar ze zich verschuilt. Wie? Ik krijg er ademnood van. Ze kijkt om zich heen – niemand in het trappenhuis. En gebaart mij te bukken. Ze trekt mijn rechteroor zowat naar haar lippen en fluistert de naam van Jelai's middelste broer, Rong.

Ik frons mijn wenkbrauwen. Met die vent wil ik eigenlijk niets te maken hebben. Hij heeft samen met zijn twee broers Jelai's kat een kopje kleiner gemaakt. God weet wat hij nog meer bij haar heeft uitgevreten. Of ik naar hem toe wil en kan gaan. Zijzelf is er te oud voor. Huhhh? Ze licht mij toe. Om het ouderlijke dorp van haar man – Rongs huidige verblijfplaats – te bereiken moet men eerst treinen, twee keer overstappen, een stukje met de boot varen, wiebelen in een draagstoel op een eng paadje en op het laatst een touwbrug oversteken. In de buurt van Huaiyin. Hé, die naam ken ik. Het eerste misverstand tussen Jelai en mij. Want het woord lijkt verdacht veel op huaiyun – zwanger raken. Ik vraag Jelai's moeder of ze hem wil bellen. Wie weet heeft hij een tip voor ons. Ze bitst terug. Dat als ze dat had gekund, ze het drie dagen geleden al zou hebben gedaan. Weer huilen. Wat heb ik toch met tranen! Eerst van Jelai, dan van haar moeder en zonet zelfs van Eric en mijzelf. Heeft hij geen telefoon? Ze antwoordt tussen twee snikken door dat er eentje staat in het kantoor van de productiebrigade van Rongs dorp. Ze kunnen hem voor haar halen, aldus de moeder. Vier kilometer fietsen langs rijstvelden, niet ver dus. Voorts maakt ze de zaak ingewikkeld door mij te vertellen dat Rong niet meer tegen verdriet kan, vooral niet tegen dat van zijn zus... Als hij over de telefoon zou horen dat Jelai weer verdwenen is, na haar ballingschap in Europa, overleeft hij het niet. Dat Jelai graag overdrijft, heeft ze, wederom, niet van een vreemde. Ik beloof haar met de eerste de beste trein naar Huaiyin af te reizen. Ze kijkt mij aan. Of ik haar wil bellen zodra ik Rong heb gesproken. Ik knik. Plechtig. Opnieuw kijkt ze moeilijk en laat mij haar beloven dat ik Rong vooral niet laat schrikken. Ik krijg er bijna de slappe lach van. Ik, een ruige vent als Jelai's broer bang maken? Hoe verzint ze zoiets?

Op de tafel in mijn hotelkamer ligt een stapel briefjes van de receptie. Notities van binnengekomen telefoontjes. Allemaal van Eric. Met teksten als: Waar blijf je?/ Ik heb al een idee./ Bel je mij nog?/ Ik stap in de nachttrein en meld me morgenochtend tegen achten in je hotel. Verdorie! Had hij niet iets langer kunnen wachten? Dan hadden we kunnen afspreken op een tussenstation onderweg naar Huaiyin. Nu kan ik me niet meer aan mijn belofte aan Jelai's moeder houden. Maar goed, het is niet anders. Bovendien, heb ik wat te klagen? Met zo'n vriend? Hij gaat voor mij door het vuur. Een paar dagen geleden heb ik hem nog uitgemaakt voor uitbuiter, krent en rokkenjager. Dat laatste geldt nog steeds, ofwel, alleen dat laatste blijft overeind – het is maar hoe je het bekijkt. Nu Rong mij een beetje hoop geeft, voel ik me ietsje meer ontspannen. Mijn verstand komt terug. Ik ga de straat op en neem een taxi naar Beijing Centraal. Bij het loket voor 'internationale vrienden' koop ik twee kaartjes naar Huaiyin. Hierbij vergeet ik niet om de lokettist een stapeltje biljetten toe te schuiven die niet bij de prijs zijn inbegrepen. Alsof ik het elke dag doe. Zo vlot gaat het mij af. Het omkopen.

Nu voel ik mijn maag. Heb ik vandaag gegeten? Niet dat ik weet.

Slakken. Opeens heb ik trek in die vieze beesten. Waar vind ik ze? In Qingdao weet ik mijn weg te vinden. Voor de school waar Jelai's oom als conciërge heeft gewerkt. Maar hier? In de *hutong* – steeg – waar ik vrees dat ik verdwaald ben zie ik niemand behalve een jongeman op een bakfiets. Op de kale planken ligt een grijsaard onder een deken. Zeker op weg naar het ziekenhuis. Ik houd hem aan en vraag waar ik gebraden slakken, zijderupsen, kakkerlakken en babymussen – ik noem maar een flink aantal kruipende en vliegende dieren om mijn kennis van de Chinese eetcultuur niet onder stoelen of banken te steken – kan smullen. In de Spokenstraat. Hij wijst mij de weg en de grijsaard onder de deken kreunt. Ik bied mijn excuses aan voor het oponthoud. Geeeeeeft niet, blonde jongen! De zieke oude – verrek, het is een zij! – vrouw kan nog prima praten! Ze zegt dat als ze beter wordt, ze ook een bakkie zijderupsen gaat bestellen. Haar zoon draait zich om en schreeuwt tegen zijn ma – ze is zeker ook hardhorend – dat twee bakkies ook mogen. Zoveel als ze op kan. Ik draai mijn hoofd om. De armoede, wanorde, stank, smerigheid en corruptie die ik in China aantref wegen niet op tegen de menselijke warmte die alle hoeken van de samenleving vult. Zelfs Eric, oer-Hollands, wordt hierdoor beïnvloed. Reken maar dat hij lang niet zo hulpvaardig, op het altruïstische af, zou zijn als hij in Nederland zou zitten!

In de Spokenstraat zitten verliefde paartjes aan geïmproviseerde tafels en genieten eerder van het kijken in elkaars ogen dan van de gefrituurde insecten die met de poten omhoog op hun bord liggen. Ik neem Jelai hier mee naartoe zodra ik haar heb gevonden. Geen minuut zal ik haar meer uit het oog verliezen. De wegloopster. Vroeger rende ze van mij weg, de straat op, al dan niet een kar vol meidoorns omverlopend. Nu is ze echt weg. Waarnaartoe? Mijn eetlust is bedorven en ik rijd terug naar mijn hotel. Zo'n slecht idee is het ook weer niet om pas morgen naar Huaiyin te vertrekken. Ik val doodop in bed en…

Een getimmer op mijn deur. Eric! Ik sta in één wip op. Mijn broek omhoog. Nee, dat hoeft niet – zo te zien heb ik me gisternacht niet uitgekleed. Hij ziet eruit als een panda. Met donkere kringen om zijn ogen, maar hij is allesbehalve moe. Tenminste dat beweert hij. Ik mieter mijn spullen in de koffer en laat hem niet eens mijn kamer binnen. Kom, we gaan naar Huaiyin. Hij vraagt wat hij nou aan zijn fiets heeft hangen. Maar zodra ik de naam van Jelai's middelste broer laat vallen, komt hij op een drafje achter mij aan. De receptioniste van gisteren lacht me mierzoet toe, maar Eric is mij voor. Hij aait de beertjes die op een rek boven de balie hangen en kiest een zalvende toon. Hoeveel ze per stuk kosten. Ze straalt en antwoordt met zangerige stem. Voor hém slechts twee yuan. We zitten in een crisis, Eric! Geen tijd om te flikflooien. Trouwens, ze lacht tegen míj. Eric fluistert in mijn oren dat het de aard van het beestje is, van dit beestje. Hij wijst naar zijn eigen neus. En voegt grinnikend toe dat hij, vrij van een vaste relatie, op zijn Chinees, *iedere bloem die hij op zijn pad tegenkomt kan plukken*. Een plaatsvervangende schaamte overvalt mij. Vind je het gek dat Jelai je niet wilde hebben? De donkere kringen om zijn ogen worden zwart. Hij brult dat het andersom is. Ook als een gewonde leeuw. Ik maak dat ik hem voorga. Op herrie zit ik momenteel niet te wachten.

Deze keer haal ik ook een jampotje, gestoken in een gebreid jasje van plastic draden, uit mijn tas. Terwijl een conductrice er kokend water in giet, schudt Eric zijn hoofd en voorspelt dat ik hem binnen de kortste keren nog zal overtreffen in mijn Chinese gewoonten. Hierna pikt hij het oude onderwerp op. Hij had niet gedacht dat Rong in Huaiyin woonde. Tot vandaag verkeerde hij in de veronderstelling dat haar broer ook naar het Westen was gevlucht, pardon, geëmigreerd. Ik zit rechtop – gelukkig zijn we alleen in de eersteklascoupé. En kunnen we vrijuit praten. Heeft Rong ook deelgenomen aan de demonstraties op het Plein van de Hemelse Vrede? Eric zegt dat het niet het geval was. Vervolgens zakt hij terug op zijn bed en zwijgt. Vervelend is het om informatie van hem los te peuteren. Zijde uit een rups trekken gaat mij makkelijker af, dunkt me. Hij drinkt zijn thee, gloeiend heet nog, op en vraagt of ik me herinner dat Jelai het steeds had over haar studiegenoten in de Chinese gevangenis. Ik knik. Hierin vergis ik me, volgens Eric, want ze bedoelde eerder haar twee broers, Hong, de oudste en Long, de jongste. Respectievelijk eenendertig en zevenentwintig jaar. Rong, de middelste, negenentwintig, werd zestien maanden na zijn arrestatie vrijgelaten, maar nu zit hij op een andere manier vast. Ik leun voorover: joh, mag hij het dorp in de buurt van Huaiyin niet uit? Hij pakt míjn beker thee en drinkt hem leeg – ook een Chinese gewoonte – en antwoordt dat dit evenmin het geval is, maar wat wél zegt hij er niet bij. Jij met je interessantdoenerij! Vertel me wat er aan de hand is! Hij kijkt naar zijn voeten en deelt mij mee dat Rongs benen tot aan de knieën zijn geamputeerd. En dat hij dus gekluisterd is aan een rolstoel. Te lang en te hard geslagen door gevangenisbewaarders. Maar Eric, als haar broers niet hebben meegedaan aan de studentenopstand, waarom zijn ze dan in de bajes beland? Jelai denkt dat het haar schuld is, aldus Eric.

Jelai's toneelgroep trad tijdens de demonstraties vier keer per dag op. De stemmen van de acteurs en actrices werden hees, maar hun enthousiasme voor de democratische beweging hield hen op de been. Door de duwende en trekkende massa toeschouwers om het schouwspel heen kwamen de decors vaak scheef te staan en vielen soms zelfs om – ook omdat ze in de gauwigheid in elkaar waren getimmerd, door Jelai en andere amateurs. Ze moesten gerepareerd worden. Het vervoer vormde een probleem. Ze vroeg haar broers om hulp. Geen van hen had er zin in. Hong was vertaler op een onderzoeksinstituut van de werken van Marx, Engels, Lenin en Stalin. En tevens theoreticus. Fysiek deelnemen aan een opstand was niet zijn streven. Hij vertaalde liever een boek van Weber, Huntington of andere westerse filosofen om zijn landgenoten aan het denken te zetten. Rong had een winkel in sportschoenen. Net geopend. Weinig personeel. Letterlijk en figuurlijk veel werk aan de winkel. Long zat op een sportacademie en vooral in de zomer had hij het druk met het trainen van jonge wielrenners. Hij wilde later een beroemde wielercoach worden. Maar toen Jelai op een bakfiets klom en ze haar met kar, decors en al zagen omvallen – ze had geen evenwichtsgevoel, niet bij het besturen van een vervoermiddel – besloten ze haar te helpen. Om tijd te besparen leende Hong er twee bakfietsen bij, van het instituut waar hij werkte. Zo konden ze in één keer de decors en andere materialen op het Plein krijgen.

De ochtend na het bloedbad maakte Jelai's moeder haar drie broers wakker. Het was over zessen en Jelai was nog niet thuisgekomen. Ze gingen meteen naar het Plein, dat toen al ontruimd en afgesloten was. Hong zag daar nog wat (dode) mensen liggen en werd op slag wild. Rong en Long konden hem niet tegenhouden en ten einde raad gingen ze met hem mee, het zwaarbewaakte gebied in. Gelukkig had Long een goed reactievermogen. Hij zag soldaten hun geweer op hen richten en riep dat ze de benen moesten nemen. Als een haas verdwenen ze in een van de straten aan de oostkant van het Plein. Nu pas drong het tot hen door dat het hun zusje kon zijn die daar tussen de andere slachtoffers lag, roerloos en koud. Ze spraken af niet naar huis te gaan – hun moeder zou zichzelf wat aandoen als ze haar oogappel verloor. Hong ging naar de mortuaria van de ziekenhuizen in het oosten van de stad, Rong nam die in het zuiden en Long die in het westen en noorden – hij was rapper en kon dit aan. Dezelfde avond kwamen ze bijeen in een eethuisje niet ver van hun ouderlijk huis – Jelai bevond zich niet tussen de lijken. Ze hadden geen fut meer om te huilen of te juichen. Was geen nieuws werkelijk goed nieuws? Wat als Jelai doodgeschoten was en niemand wist waar ze lag? Hong stelde voor de politiebureaus af te gaan. Weer dezelfde taakverdeling, Hong het oosten, Rong het zuiden en Long het westen en noorden. Rong was er mordicus tegen – hij had vaker met de politie te maken gehad. Vanwege zijn winkel. Men wist nooit uit welke hoek de wind zou komen. De kans bestond dat ze vanwege onruststokerij werden opgepakt.

Hun moeder sliep niet meer. Hun vader at niet meer en zuchtte alleen maar. Van hen mochten hun drie zonen nergens meer heen – één kind kwijtraken was al verschrikkelijk genoeg. Moeder schreide tot de drie jongens er dol van werden. Ze gingen naar hun vrienden en hoopten via hen hoge functionarissen te benaderen. Misschien kenden zij wel wegen om Jelai te traceren. De derde dag. Hong fietste zoals gewoonlijk naar zijn kantoor, maar toen hij bijna de poort van zijn instituut bereikte, schopte iemand tegen zijn achterwiel en hij viel – gelijk een bloedveeg op zijn linkerwang. Hij wilde net zijn ruige, minder theoretische kant laten zien, of de persoon sleurde hem de dichtstbijzijnde steeg in. Het bleek zijn collega-vertaalster te zijn. Ze duwde hem een Hongkongse krant in de hand en fluisterde dat hij zich maar ziek moest melden en een week thuis moest blijven. Desnoods moest hij een paar bedorven meloenen oplepelen om diarree op te wekken. Hong durfde de krant niet te openen en fietste direct naar huis. Daar legde hij de krant op de keukentafel neer en ging naar het kleinste kamertje. Van de spanning moest hij piesen.

Ma gaf een gil. Al haar kinderen zouden *door de boodschappers van de hel worden opgehaald*. Hong pakte moeders hand. Hij was hier. Niets aan de hand. Ze wees naar de voorpagina, met de kop *De keuken van het Chinese communisme in brand*. Met als illustratie de foto van een man op een bakfiets, op de stang ervan stond de naam van het marxistische instituut waaraan hij verbonden was, ernaast waren twee mannen druk bezig de decors met touwen aan de kar vast te binden. Het waren Hong, Rong en Long. Moeder ging op de grond liggen en tierde. Op dat moment ging de telefoon. Een van de jonge wielrenners die Long coachte, was aan de lijn. Hij had zijn vader gesmeekt om Jelai op te sporen. Ze was terecht. Op het politiebureau van het Chaoyang District. Moeder kroop naar de drempel. Haar drie jongens mochten de deur niet uit. Zij zou zelf naar het bureau gaan om Jelai op te zoeken. Vader hapte naar lucht. Zijn hart speelde op. Moeder zag al haar vijf dierbaren in gevaar verkeren en viel flauw. Vader zwaaide met zijn hand. Hij zou voor hun moeder zorgen. Voordat hun zus veilig en wel thuis was, zou hij niet doodgaan. Erewoord van een oorlogsveteraan. En als zijn jongens opgepakt werden, moesten ze maar denken dat hun vader het er bij tientallen veldslagen levend af had gebracht en dat hij zijn overlevingsgenen aan hen had overgedragen. Hij bedankte hen namens Jelai en moeder, waarna hij een tablet inslikte.

De drie broers gingen samen naar het politiebureau. Long wilde naar binnen, maar Hong zei dat hij meer marxistische termen kende dan zijn broers om een tonggevecht met de agenten aan te gaan. Zoals ze gevreesd hadden, werd Hong meteen herkend. Hongkongse kranten werden tijdens de studentenrellen goed bijgehouden door dit soort instanties. Long en Rong wachtten en wachtten en voelden aan hun water dat het fout was gegaan. Long stormde het bureau binnen, terwijl Rong met bloed in zijn keel riep dat het gelijkstond aan zelfmoord.

Rong kwam thuis, met het afschuwelijke nieuws. Moeder trok hem naar zich toe en zette hem op haar schoot, alsof hij nog een baby was. Ze wilde hem naar Huaiyin sturen, maar de treinstations werden door de veiligheidsdienst streng gecontroleerd. Rong voelde zich een verrader. Het liefst zou hij ook de bak in willen draaien – een lafaard als hij moest boeten voor zijn geaardheid. Sansher, een vel-over-benige buurvrouw, voorzitter van het buurtcomité, hielp hem een handje. Ze gaf hem aan als zijnde een van de mannen in de krant en Rong belandde ook in de bak. Jelai's moeder kon niet meer denken. Ze viel op de knieën voor iedereen van wie ze dacht dat die haar kinderen kon redden. Dat de directeur van de overheidsinstantie een slang was, had ze allang door, maar ze was te radeloos om in te zien dat haar wanhoopspoging meer kwaad dan goed zou doen. Een kleine maand later kwam Jelai door vaders omkoping vrij, maar ze wilde regelrecht de gevangenis weer in. Want ze kwam erachter dat haar drie broers, door haar toedoen, opgepakt waren. Dat was de tweede keer dat ze haar keel met een mes opensneed.

Wat zeg je daar, Eric? Hij antwoordt dat ik hem heb gehoord. Jelai lag in bed en wachtte totdat ze de volgende ochtend dood door haar ouders zou worden gevonden. Net als Hua, die ze stijf en koud aantrof, in dat rieten mandje, de ochtend na de kattenmoord. Haar vader kreeg het midden in de nacht benauwd. Moeder deed het licht aan om warm water in te schenken, zodat hij zijn medicijnen kon innemen. Ze zag het licht in Jelai's kamer branden – erg laat leek het haar – en ging naar binnen. Daar zag ze haar dochter met een mes in de weer. Moeder liet de thermoskan vallen. Vader was in één klap genezen en belde, in het holst van de nacht, zijn oude klanten op. Die hij destijds via zijn werk bij de Kamer van Koophandel had leren kennen. Zo kwam hij op het spoor van de 'gele-lijsteractie'. Jelai werd, met een hakmes in haar rug, naar de Internationale Luchthaven van Beijing gebracht – van haar ouders moest ze via Hongkong naar Europa vluchten. Daar bonkte ze haar hoofd tegen een cementen muur. Ze barstte in tranen uit en vertelde Hong, Rong en Long, waar ze ook zaten, dat het haar speet. Ze zou het goedmaken. Desnoods met haar leven. Op haar woord.

Eric, wanneer was de eerste keer dat ze haar keel opensneed? Ik huiver bij het idee dat ze een dwangmatige zelfkweller is. Maar, zou ik het ook niet worden, als ik in haar schoenen stond? De trein komt tot stilstand bij station… Ik neem niet eens de moeite om naar de borden op het perron te kijken. Ik wil meer van Jelai weten, vooral omdat ze nu nog- al ver van mij afstaat… Mijn oren suizen. Dankzij het geschreeuw van- af het perron. *Kip. Twee yuan. Geroosterd varkensvlees, anderhalf yuan.* Stomende voedselbakjes worden via het raam in onze coupé geduwd, met een gele handpalm omhoog, voor het geld. Eric knikt naar mij. Volgens hem kunnen we er beter ieder één van nemen, dan zijn we van het gedonder af. Het is per slot van rekening lunchtijd. Waarachtig, na onze aankoop snellen andere venters naar het volgende raam en krijsen daar dezelfde tekst.

De trein vertrekt weer. Het pakket smaakt prima, voor die anderhalf yuan – amper veertig Nederlandse centen. Drie soorten gerechtjes liggen keurig in drie vakjes platgedrukt: rood geroosterd varkensvlees, roergebakken spinazie en een soort atjar, zoetzure rauwkost, én witte rijst uiteraard. Ik zie het al voor me. Van mijn spaarcenten kan ik met Jelai een klein bedrijfje opzetten. Als we zuinig leven zingen we het, zelfs zonder inkomsten, met gemak een jaar uit. Eric schuift het raam open en wil zijn leeggegeten plastic bakje en gebruikte houten eetstokjes naar buiten gooien. Wat doet hij daar! Ik schud de plastic zak open waarin we de voedselpakketten hebben gekregen, en stop onze troep erin. Als de conducteurs ons gekookt water brengen, zit het er dik in dat er ook een vuilniskarretje langs de coupés gaat om het afval op te halen. Eric schudt zijn hoofd. Deze Chinese kant van hem kan ik minder waarderen. Dat anderen de viezigheid uit het raam slingeren is nog tot daar aan toe, maar wij weten toch beter? Moet je eens zien hier, langs het spoor. Bont door alles wat de passagiers gedumpt hebben. Net een vuilnisbelt.

Eric hervat zijn verhaal. Of ik me wel eens heb afgevraagd hoe het mogelijk was dat het de restauranthouder, de bamibakker, de Beijingse jongen, Jan en René, veelal mannen in de kracht van hun leven, niet gelukt was Jelai te overweldigen. Ik fris Erics geheugen op: hij zei zelf dat ze voor hen danste onder één voorwaarde... Eric kijkt me aan en verzoekt me bij mezelf te rade te gaan. Wat er bij een man gebeurt als een vrouw zich bekoorlijk voor zijn ogen beweegt. Ik bloos. Dat is wat-ie bedoelt. In plaats van dat ze bevredigd worden, willen de mannen nog meer – werking natuur. Hoe hield Jelai hen dan van zich af? Ik wil er niet aan denken. Hij sluit zijn ogen en zegt dat ze haar hals opensneed. Hij verontschuldigt zich. Het is niet zo dat hij in onze privé-zaken neust, maar dit is noodzakelijk. Of ik ooit met Jelai...

Niet iedereen is zoals jij, Eric! Ik laat het aan haar over of en wanneer ze dát wil. Hij knikt. Nu weet hij waarom Jelai zo innig van mij houdt. Petje af, aldus hem. Ik weet niet welke kant ik op moet kijken. Ben ik abnormaal omdat ik zo weinig opdringerig ben of zijn zij gewoon ongeciviliseerde beesten, macho's rechtstreeks uit de rimboe? Hij is nog niet klaar met zijn vragenlijst. Of ik ook nooit met haar in de zee heb gezwommen. Het weer leende zich er niet voor, leg ik hem gauw uit. Ik zat 's zomers in Nederland en zij hier. Anders krijgt hij medelijden met mij. Dat ik al tien maanden verkering met haar heb gehad en haar nog nooit in bijna-evakostuum heb gezien. Als ik dat wel heb gedaan, verzekert Eric mij, zou ik merken dat ze altijd een mesje in een schede om haar middel draagt, zelfs als ze onder de douche staat. Ik wil Eric wurgen. Hij heeft mijn vriendin dus in evakostuum gezien!

Hij kijkt weer naar zijn voeten en gaat verder. De eerste keer dat Jelai haar nek opensneed was ze pas vijftien. Niet met een mes, maar met een shampooflies, die ze kapot had geslagen om met een scherf ervan voor de ogen van haar gluurders – Hong, Rong en Long – haar hals open te snijden. Ze waren zich kapot geschrokken en lieten haar sindsdien met rust. Dat hun zusje zo verschrikkelijk leed onder hun 'even een kijkje nemen' was een klap in hun smoel vol jeugdpuisten. Hier – hun berouw en verbetering – was ze hun dankbaar voor. Over de hele kwestie had ze met geen woord tegen hun moeder gerept. Tegen haar vader al helemaal niet. Hij had de jongens verwekt en die kon hij ook eigenhandig afmaken. Dit verkondigde hij zodra zijn zonen doelbewust voor foute dingen kozen. Als veteraan van boerenafkomst had hij een hekel aan hersenkronkels, vooral op het gebied van man-en-vrouw-relaties. Hij zag een paar van zijn wapenbroeders hun plattelandse vrouwen afschrijven en studentes uit de stad met grote tieten en smalle taille strikken. Geen enkel van hen was er gelukkiger op geworden – straf voor hun losbandigheid. Conclusie van Jelai's vader.

Een conductrice komt zonder te kloppen onze coupé binnen. Ik vraag haar meteen of er een vuilnisbak in de buurt is. Ze kijkt mij aan alsof ik een of ander uitgestorven diersoort ben en informeert waarom. Ik wijs naar mijn plastic zak met de troep. Ze neemt hem van mij over, loopt naar het raam en sodemietert hem eruit. Eric ziet mij ogen als schoteltjes opzetten, houdt zich in tot ze de deur uit is en ligt in een deuk. En ik maar roepen: al die moeite voor niks! Om de fruitschillen, plastic bakjes, lege pakjes sigaretten en kauwgom te verzamelen.

Eric tekent de fraaie vormen van de conductrice in de lucht en roept: wat een onderstel! Aardig om te zien. Slank maar gespierd. Dat moet ze wel wezen, voegt hij eraan toe, om met zo'n zware ketel rond te kunnen sjouwen. Ik zie mijn kans schoon hem terug te pakken. Als hij één dag niet over een vrouwtje ouwehoert, *mag*, om het maar op zijn Chinees uit te drukken, *de zon van hem niet naar beneden gaan!* Eric zwaait met zijn wijsvinger en zegt dat ik ernaast zit. Hij ziet geen andere vrouwen staan behalve… – geen reden tot afgunst, stelt hij mij gerust, want hij is ook een xia, en houdt zich aan de erecode – Jelai. Desondanks voel ik jaloezie in mij opzetten. Ik verifieer of het hem inmiddels duidelijk is dat ze bezet is. Dit ontkent hij niet. Maar hij vertelt mij dat hij onder de lakens kruipt met andere Chinese meisjes in de hoop er op een dag eentje tegen te komen die net zo zuiver van gevoelens is als Jelai. Hij verlegt hun grenzen voor hen, totdat ze met hem dát moeten doen, maar geen van hen trekt een mes en snijdt haar keel open als hij haar dwingt tot iets dat ze niet wil. Behalve Jelai.

Mijn grote vriend had van alles geprobeerd. Met geld, verre reizen, de belofte Jelai mee te nemen naar het Westen en het vooruitzicht op een Nederlands paspoort zodat ze overal heen kon. Zelfs zijn Mercedes wilde hij aan haar afstaan. Ze had een zwak voor dat merk. Omdat S., de mannenaanbidder en diplomaat, ook in zo'n auto reed, tenminste de ene keer dat hij haar de dorpjes rondom Hongkong liet zien. Maar niets kon haar zover krijgen met Eric te je-weet-wellen. Ze had namelijk gezien hoe hij naar andere vrouwen loerde. Ze wilde zich geven aan een man voor wie ze alles was. Dan zou hij alles voor haar zijn. Tot de dood hen zou scheiden. Anders ging ze liever eerder dood. Eric bekent dat hij een keertje een slaaptablet in haar cola had opgelost, toen ze haar handen ging wassen. Hierna kon ze geen stap meer verzetten. Hij droeg haar naar zijn Mercedes en…

Eric zag dat Jelai met uiterste inspanning haar ogen probeerde te openen en iets tegen hem wilde zeggen, maar de tijger in hem was al losgebroken. Ik sta op. Hij volgt mij de gang op en vertelt verder. Ben je helemaal?! grauw ik. Wil je dat iedereen weet wat je met mijn bijna-verloofde hebt gedaan? Hij trekt mij terug in de coupé. Daar maakt hij zich geen zorgen om. Hij grijnst. Behalve Marco van Basten en Ruud Gullit weten ze hier niets van ons land af, laat staan van onze kikkertaal. Hij verzoekt mij hem alsjeblieft te laten uitpraten. Want, zijn ogen worden rood, dit is het laatste stukje van Jelai dat hij aan mij kwijt moet, dat tevens van hemzelf is, van zijn diepste verdriet en hardnekkigste obsessie. Of ik hem ervan wil verlossen. Hoe?! blaf ik, inderdaad aangemoedigd door het besef dat hier in de trein toch niemand is die ons verstaat. Handig, alsof we in een woestijn lopen. Privacy verzekerd. Zijn stem trilt. Hij smeekt bijna. Ik zet mij neer, maar heb mijn vuisten alvast gebald in geval hij iets oneerbaars over mijn prinses zegt.

Mijn grote rivaal maakte haar jurk los en... beha. Echter, de tranen langs haar ooghoeken vergalden zijn pret. Hij nam haar mee naar zijn appartement – haar in deze toestand naar haar oom en tante terugbrengen was vragen om een knokpartij – en sliep naast haar. Hij zweert op het graf van zijn oma zaliger: alleen naast haar. De volgende ochtend voelde hij iets kleverigs op zijn hoofdkussen. Hij zat rechtop. Het kussen was op één plek kletsnat en donkerrood. Hij zag het lijkbleke gezicht van Jelai en een mes naast haar hand. Een fractie van een seconde wilde hij ook zijn eigen strot doorsnijden, maar hij voelde onder haar neus. Ze ademde nog. De snee in haar hals was onvakkundig uitgevoerd. Achteraf grapte hij tegen Jelai dat ze eerst de anatomie onder de knie moest hebben voordat ze zich de volgende keer van kant ging maken. Het bleek dat zijn slaappil haar had gered. Midden in de nacht, vertelde ze later, werd ze eventjes wakker. Ze rook Erics haar, voelde zijn hand op haar buik en trok het mes uit de schede. Ze maakte een snee in haar hals, maar de pijn en het slaapmiddel namen de overhand. Ze viel in slaap of raakte bewusteloos, een van de twee, tot Eric haar bij de schouders vastpakte en als een bezetene schudde. In het ziekenhuis hoefde er niet veel aan gedaan te worden, want de wond was maar oppervlakkig. Hij vraagt of het mij is opgevallen dat haar hals een litteken heeft. Nee, antwoord ik, haar huid is overal gaaf als porselein! Ik bloos weer. Dan heb ik niet goed gekeken. Erics commentaar. Ik neem me voor ditmaal goed op te letten als ik haar gevonden heb.

Sindsdien was Eric als het ware aan haar verslaafd. Hij deed alles voor haar. Had alle tijd voor haar. En hij raakte haar met geen vinger meer aan. Ze werden goede vrienden, alleen om met elkaar te praten, benadrukt hij voor de zoveelste keer. Eric grijnst opnieuw. Zo adviseerde hij haar niet meer aan haar halsaders te knoeien. Te gevaarlijk om alleen maar domme mannen af te schrikken. Ze kon beter, aldus Eric, met haar hoofd tegen een lantaarnpaal of muur slaan. Volgens een populair wetenschappelijk tijdschrift dat hij had gelezen kon er zelfs een dikke betonnen plaat (voorzichtig) op een schedel worden gelegd zonder hem te verbrijzelen. Jelai herinnerde zich dat ze kungfu-demonstraties had bijgewoond. Waarbij meesters met hun hoofd bakstenen in tweeën braken. Alleen moest ze dit flink oefenen en qi naar haar schedel sturen, anders zou het net zo link kunnen zijn als in haar strot snijden. Eric moest vaak toekijken hoe ze met haar hoofd keiharde geluiden maakte als ze eerst tegen een zandzak en daarna tegen een muur bonkte, zonder dat ze er last van had of pijn leed.

Daar geloof ik dus niets van. Ik heb met mijn eigen ogen gezien hoe Jelai hevig bloedde toen ze met haar hoofd tegen een Qingdaose lantaarnpaal beukte. Eric knikt en vertrouwt mij toe dat dat ook de reden was waarom hij opeens besefte dat ze werkelijk voor mij had gekozen. Getraind als ze was, had ze makkelijk de paal een paar minuten kunnen indeuken zonder een schrammetje op te lopen, maar ze had geen qi naar haar schedel wíllen sturen. Ik doe mijn ogen dicht. Eric heeft hier niets mee te maken. Ik sluit mezelf op in het toilet – een ware noodoplossing. Want de hurk-wc is prachtig ingelijst door drollen. Kunnen de Chinezen niet mikken of hebben ze gewoon geen zin? Tranen lopen langs mijn wangen. Hoe wanhopig moest Jelai geweest zijn om haar kungfu-techniek achterwege te laten toen ze zichzelf kastijdde! Ik denk terug aan haar hysterie. Aan het verhaal dat ze vertelde over de keizer die een stuk of drieduizend concubines had versleten. Over Jiao, Madam Li en andere wonderschone vrouwen die elke nacht lagen te piekeren wanneer hun gezamenlijke echtgenoot en keizer hen eindelijk zou verruilen voor een verser stuk maagdenvlees. Dan zouden ze uit de gratie geraken, iets dat vaak betekende dat ze hun jonge leven moesten verlaten. Madam Haak! Jelai's strijd voor haar zelfbeschikking, beschikking over haar eigen lichaam, had niets meer te maken met kuisheid of de traditionele fixatie op maagdelijkheid. Het was eerder een uiting van haar overlevingsdrang. Van haar waardigheid als vrouw, individu en als vrije geest. Hiermee verklaarde ze de oorlog aan mannen die meisjes als sappige prooien begeerden en hen bij het grofvuil zetten zodra ze verandering van spijs wensten. Hiervoor was Jelai bereid te sterven. Op deze manier wilde ze mannen laten weten dat niet alle vrouwen hun leven verkiezen boven hun principes en trots. Anders kan ik niet uitleggen waarom ze zo fel was.

Ik ga terug naar onze coupé. Eric wil mij dit niet onthouden. Telkens als Jelai zichzelf wat aan wilde doen, zei ze tegen de man die haar probeerde aan te randen dat al zou haar lichaam verrotten, haar geest hem zou achtervolgen. Tot de onderste verdieping van de hel. Want René presteerde het haar eens te vertellen dat ze vooral haar gang moest gaan, als ze haar strot zo nodig wilde doorsnijden. De politie zou ontdekken dat hij er niets mee te maken had, met haar dood, bedoelde René. Hij kon zelfs vertellen hoe dat onderzoek heette, autopsie, oftewel lijkschouwing. Jelai bedacht deze zin ter plekke en riep zo ferm dat René acuut op zijn knieën viel. Eric, maak ik hem erop attent, zei je niet dat René haar niet durfde aan te raken omdat de Beijingse jongen hem 'kinderloos zou verklaren'? Eric antwoordt dat Jelai René door en door kende. Hij was niet alleen een bruut maar ook een waaghals. De rechtenstudent was vaak niet thuis. Hoe kon ze op hem bouwen, gezien het feit dat René zich elke minuut aan haar kon vergrijpen, iets dat een keertje bijna zover was?

Eric staat voor mijn neus. Ik word er nerveus van en vraag hem alsjeblieft te gaan zitten. Hij zegt resoluut nee! En bedankt mij dat ik naar zijn verhaal heb geluisterd. Wat een onzin! Ik moet jou bedanken. Hij schudt zijn hoofd. Door erover te praten begrijpt hij Jelai nog beter en daardoor ook zichzelf. Tot op heden heeft hij gedacht dat hij haar beter kon begrijpen dan welke man ook ter wereld. Het spijt hem dat hij al die tijd stiekem heeft gehoopt dat Jelai van gedachten zou veranderen en op hem zou vallen. Nu realiseert hij zich dat dit nooit ofte nimmer zal gebeuren. Hij heeft niet wat ik heb: geduld en domheid. Ik zeg dank je feestelijk. Eric is onstuitbaar. Jelai was volgens hem niet op zoek naar iemand die haar begreep, maar naar iemand die haar niét begreep. Waardoor ze het idee zou krijgen dat haar ervaring ongewoon was en dat er mensen in de wereld bestonden voor wie de dingen die ze had ondergaan totaal vreemd waren. Iemand die schrok van wreedheid, bedrog, misbruik en ongebreideld machtsvertoon. Die er niets van wilde weten ook. En het evenmin wilde begrijpen. Dit samen met onvoorwaardelijke echtelijke trouw – niet dat ze haar echtgenoot zijn extraatjes niet gunde, maar omdat ze niet Madam Haak II of Lanzhi II (met haar boze schoonmoeder) wilde worden – vormden de kwaliteiten van haar prins op het witte paard. Eric zal een lief meisje voor zichzelf uitzoeken, eentje dat – al is het maar een klein beetje – op Jelai zou lijken, in haar felheid en trots, en met dat meisje trouwen. Dit is zijn hartelijkste gelukswens voor het huwelijk tussen Jelai en mij.

Stilte in de coupé. Ik bedek mijn ogen en lig roerloos in bed. Trots verkiezen boven het leven. Hoe kan ze haar principes behouden als ze onder de zoden ligt? Ineens klinkt haar kreet bij mij op: zelfs als haar lichaam zou verrotten, zou haar geest schoften als René blijven achtervolgen, tot in de onderste verdieping van de hel. Geest. Hoe moeilijk het voor mij ook is haar logica te volgen, ik moet onderkennen dat zij werkelijk gelooft dat lichaam en geest los van elkaar kunnen bestaan. Net als de geest van Bigan. De minister die tweeduizend jaar geleden met zijn hart in de hand liep, voor de verbijsterde ogen van koning Zhou. Om zijn petitie tegen corruptie kracht bij te zetten. Dat hij nog in Jelai's hart leeft en Chinezen inspireert in hun streven naar oprechtheid, wil toch wat zeggen. Bigans geest ís springlevend. Zo springlevend dat hij een volgelinge van Jelai heeft gemaakt. Maagdelijkheid zegt mij weinig. Niets eigenlijk. De eerste keer dat ik het met Bianca deed, waren we beiden groentjes. Het was een ramp. Zij huilde omdat ik haar pijn deed. Wat dacht ze van mij? Lollig was anders! Echter, Jelai's maagdelijkheid is een symbool. Het symbool van, inderdaad zoals Eric zei, de zuiverheid van haar gevoelens én van haar verlangen naar alles of niets van een man.

Eric heeft een paar stations voor Huaiyin al bij een conductrice geïnformeerd naar de busverbinding richting de veerpont die we voor ogen hebben. Hoe we van daaruit verder moeten reizen, weet ze niet – van het dorp waar Rong woont heeft ze nooit gehoord. Gelukkig heeft hij geen bagage bij zich. Hij gebaart mij achter hem aan te lopen en baant zich een weg vrij. Bij wijze van onder de gordel slaan – de zuiderlingen zijn nóg een kop kleiner dan de mensen uit Beijing en Qingdao. We zijn nauwelijks uitgestapt of de passagiers die willen instappen stoten met hun hoofd tegen onze buik. Als we niet links en rechts en vooral naar beneden meppen komen we hier nooit uit.

Ik heb destijds in Beijing de vergelijking met een sauna te vroeg gebruikt. Want hier zou die pas echt op haar plaats zijn. Geen zuchtje wind, wel een drukkende hitte. Net een gloeiende plaat op mijn borst. Eric kijkt naar de zon en bepaalt welke kant het westen is. Toen hij de conductrice vroeg of ze de routebeschrijving alsjeblieft in termen van links, rechts, naar voren en naar achteren wilde geven, draaide ze zich om en om. Ze had er evenveel moeite mee als wij met haar oost, west, noord en zuid. De koffer in mijn hand voelt loeizwaar aan nu ik naast sjouwen, duwen en ellebogen ook adem moet zien te halen. Opeens realiseer ik me wat een zegen het is dat je dat laatste normaliter automatisch doet. Eric pakt mijn linkerarm en sleurt me naar de loketten. Laat los! Ik weet ook wel dat ik me wat sneller mag bewegen, áls de omstandigheden het toelaten. Hij legt me het zwijgen op. Zo hé! Ik mag niet eens voor mezelf opkomen. Hij wijst naar boven. Regent het? Was dat maar waar! De zon kookt alles wat groeit en zich verroert slap. Hier ben ik Chinees in geworden. Mooi weer houdt voor mij in: gieten en afkoelen. Eric wijst weer naar iets hoog in de lucht. Verdraaid! Luidsprekers. 'Passagiers Klisse en Ailikke uit Holland, de werkeenheid die u is komen ophalen wacht op u bij de loketten. Passagiers Klisse en Ailikke…' Het is lang geleden dat ik Klisse werd genoemd en al helemaal de eerste keer dat mijn naam bij een officiële aankondiging verkeerd wordt uitgesproken. Ik mijd oogcontact met Eric, anders moet ik weer mijn verontschuldigingen aanbieden – het heeft inderdaad een poos geduurd voordat ik de oproep in de gaten kreeg. Gedwee volg ik hem naar de loketten.

Een klein ding komt mij tegemoet en vraagt of ik de aanstaande ben van haar schoonzus. Voordat ik doorheb waar ze het over heeft, rent ze weg en keert terug met een jonge man in een rolstoel. Hij roept mij. Da's beter werk, de manier waarop hij Chris uitspreekt, bedoel ik. Hij schudt mijn hand. Rong is zijn naam, Jelai's middelste broer. Hij heeft hier drie uur gezeten. Mijn trein – hoe kan het ook anders? – had vertraging. Hier moet ik even mijn gal over spuwen. Te laat vertrekken of aankomen is nog te verkroppen – de NS van mijn eigen land neemt het tegenwoordig met de dienstregeling ook niet meer zo nauw, eerder een indicatie, een nobel streven dan wat anders. Waar ik de pest aan heb, is dat niemand van het treinpersoneel noch van de stations informatie loslaat over hoe lang de vertraging zal duren en waardoor deze komt. Is er iemand voor de trein gesprongen of zijn het gewoon vallende bladeren op het spoor? Verzin voor mijn part iets. Anders voel ik me net een rat in de val. Eric duwt in mijn rug. O ja, ik stel mijn vriend aan Rong voor, en hij wederom zijn vriendin aan Eric en mij. Het kleine meisje knikt ons vrolijk toe – handen schudden is er niet bij – waarop de rokkenjager zegt dat Rong geboft heeft. Ze perst haar lippen op elkaar, maar Eric weet met zijn geslijm van geen ophouden, tot ze zich niet meer kan inhouden en lacht. Wat jammer! Als ze haar mond niet opent, is ze echt leuk om te zien. Fonkelende amandelogen, rode konen en een porseleinen huidje, maar nu haar gebit zichtbaar wordt, verandert ze in een nachtmerrie. Haar tanden staan schots en scheef en zijn ook nog eens grotendeels zwart. Bianca kreeg alleen al een beugel omdat haar rechtersnijtand een ietsepietsje uitstak. Wat zou dit kind werkgelegenheid verschaffen aan een Nederlandse orthodontist en zijn collega-tandarts, zeg! Rong excuseert zich voor de werkeenheid die mij zogenaamd is komen ophalen. Als hij zich niet gewichtig had voorgedaan, zou het station niet hebben willen omroepen.

Ik stel voor naar een theehuisje hier in de buurt te gaan, maar Eric knipoogt tegen mij. Het wordt een eethuisje – door de verbazing over Rongs komst ben ik vergeten dat Chinezen geen gesprek kunnen voeren zonder een tafel vol gerechten voor hun neus. Bovendien, naar hun kleren – sjofel – te oordelen, is de kans groot dat Rong en zijn vriendin nog niet hebben gegeten sinds ze hun huis verlieten, zeker niet warm – voor Chinezen is dit de eerste levensbehoefte.

Het meisje, Xiangtao heet ze, huppelt terwijl ze Rongs rolstoel voortduwt. Ik luister naar Rongs verhaal en hoor Eric zo nu en dan met haar kletsen. Hij vindt haar naam mooi – dat hij slijmen kan, weet ik wel, maar zij nog niet. En zij maar giechelen. Zo mooi dat Europeanen hem ook kennen: Nederlanders spreken hem uit als 'Chantal'. Ze klapt op de hand van haar verloofde. Of hij gehoord heeft wat meneer Ailikke zei. Daar over de grote oceaan houden ze ook van Xiangtao. Ze stopt met duwen en steekt een vinger in haar mond. En vraagt aan Ailikke of haar naam in het Europeaans ook 'geurige perzik' betekent. Eric knikt instemmend. Ik werp hem een stichtende blik toe, maar hij beantwoordt mij met een knipoog. Nu heb ik belangrijkere dingen met Rong te bespreken, maar als ik daarmee klaar ben, zal ik Eric flink onder handen nemen.

Achter de hoge, modern ogende gebouwen begint de achterbuurt. Goedkoper eten, aldus Rong. 'Chantal' geeft haar ogen de kost en gilt blij bij elk kraampje dat plastic riempjes of nylon haarbandjes ver-koopt. Eric fleurt op. Voor een smal huisje waarin en waaromheen de lucht stijf staat van de walmen uit de keuken gebaart Rong zijn meisje te stoppen. Hier komt hij vaak als hij naar de stad moet voor controle van zijn knieën. De specialiteit is *jiuzaoyü:* alcohol-bedorven-vis. Wat dat moet voorstellen, boeit mij niet. Wat ik wil, is ergens gaan zitten en praten over Jelai. Onderweg hiernaartoe is mij iets opgevallen. Rong houdt op met praten zodra Eric een stap te dicht bij ons in de buurt komt. Geen wonder dat Eric mij veelbetekenend aankeek toen ik hem gebood zijn 'Chantal' met rust te laten. Hij wilde Rong niet het idee geven dat hij ons afluisterde en voerde daarom een geanimeerd gesprek met haar.

Het is geen etenstijd. De tent is zo goed als leeg. We nemen plaats in een hoek. Eric excuseert zich. Hij wil de stad bekijken en is over een uurtje terug. Of dat genoeg is voor ons om de zaak door te nemen. Twee uur mag ook. Wij zeggen het maar. Hij vermaakt zich wel. Rong ziet er meteen opgelucht uit, maar hij schudt 'verontwaardigd' zijn hoofd, zoals het een Chinees betaamt. Hij snapt niet hoe Eric – hij spreekt ook zíjn naam perfect uit – erbij komt. Wij eten samen. De vriend van zijn aanstaande zwager is ook zíjn vriend! Stelliger kan niet. Maar ondertussen gebaart hij Xiangtao plaats te maken zodat Eric kan opkrassen. Rong heeft een nog beter idee. En roept zijn vriendin. Zij kent Huaiyin toch al een beetje? Geef deze Nederlandse meneer een rondleiding. Ze springt een gat in de lucht. Haarbandjes bekijken. Alleen… kijken, niet kopen. Ze laat haar hoofdje hangen en voelt zich betrapt. Rong tast in zijn broekzak. Eric is niet voor niets een China-kenner en zegt meteen dat het niet hoeft. Chantal moet de haarbandjes die hij voor haar betaalt als beloning voor haar rondleiding beschouwen. Ze glundert en huppelt samen met Eric de deur uit.

Hèhè, eindelijk rust in de tent. Zeg, Rong, hoe wist je dat ik zou komen? Hij neemt een slok jasmijnthee. Zijn moeder heeft hem gewaarschuwd. En ze vertelde mij dat ze je niet durfde te bellen! Je zou niet tegen verdriet kunnen. Ik haal me voor de geest hoe ze tranen en snot produceerde en jammerde, zogenaamd uit paniek. Liegen is één ding, maar er ook passende gezichtsuitdrukkingen bij trekken is een tweede. Haar dochter moest nog opgeleid worden tot toneelspeler, maar zij hoeft het niet eens – een natuurtalent. Of, is dit ook Chinees eigen? Rong glimlacht alleen en reageert niet. Ik ken die gasten langer dan vandaag en oefen geduld, dat ik trouwens niet heb. Het blijkt dat hij drie dagen geleden al op de hoogte is gebracht van Jelai's verdwijning. Na overleg met zijn moeder besloten ze af te wachten tot ik verscheen. De communicatie tussen Jelai en haar moeder of Jelai en haar broer is niet van dien aard dat een soortgelijk onderwerp aan bod kan komen. Hebben ze ruzie met elkaar? En, wélk onderwerp? Rong kijkt mij vuil aan. Hij en Jelai? Ruzie? Ze zoekt hem elk kwartaal op, helemaal vanuit Qingdao of Beijing. Hoeveel dat wel niet kost? Waarom dan wel,

Rong? Ik word nog ongeduriger. Daar praten ze niet over, zegt-ie. Waarom niet? Ik klink als een kind dat vragen stelt als een cirkelzaag. Rong raakt geïrriteerd. Ik houd mij in en adem diep. De verruiming van mijn longen brengt als het ware die van mijn besef teweeg. Zo herinner ik me dat Jelai hetzelfde tegen mij zei. Over zoiets konden ze toch niet praten? Waarover dan wel als dat iets hun verstandhouding verstoort? Ik moet een barbaar zijn om de logica ervan te missen.

Ik ben een gezant van Jelai's moeder, aldus Rong. Nou, ik voel me vereerd, serieus, door haar vertrouwen. Welke taak heb ik van haar meegekregen, als ik vragen mag? Het blijkt de bedoeling te zijn dat ik de woorden van Jelai's moeder en Rong doorgeef. Met alle liefde, áls ik Jelai kan vinden. Rong glimlacht. Dat lukt mij wel, garandeert hij mij. Godzijdank! De spanningen vanaf gisteren tot en met een tel geleden zijn in één klap verdwenen. Ik schenk Rongs beker vol en wacht op het moment dat ik denk me te kunnen permitteren hem te vragen wanneer en hoe ik alsjeblieft naar haar toe kan gaan. Of Jelai met mij mee naar huis wil is een andere zaak, gooit hij roet in het eten. Nu weet ik hoe Kraan zich gevoeld moet hebben toen ik telkens gaten in zijn ambitieuze plannen schoot, om een onderneming hier, een onderneming daar en een onderneming overal in China neer te zetten. Zonder dat hij zich realiseerde dat de Chinese spelregels anders in elkaar steken dan de Nederlandse. Het hangt er volgens hem van af of ik de woorden van haar moeder en broer met succes kan overbrengen. Een makkie, hang ik de held uit. Mijn mond roeren kan ik nog wel, dunkt me. Hij pakt met zijn eetstokjes een plakje visfilet vast, gestoofd in een rode saus van gefermenteerde kleefrijst – vandaar de naam jiuzaoyü: alcohol-bedorven-vis! – en zegt dat ik niet zo hard moet roepen. Mijn reactie: daag mij uit. Rong is bezorgd. Of ik wel kan onthouden wat hij gaat zeggen. Waar ziet hij mijn geheugen voor aan? Een gatenkaas, nee, in dit geval een zeef? Rong lacht mij toe. Dat bedoelt hij niet. Hierbij fonkelen zijn amandelogen, precies Jelai. Alleen, ik heb haar liever tegenover mij dan hem, niet dat ik iets tegen hem heb, hoor.

Rong schuift de kop thee opzij en maakt ruimte voor de soep. Daar drijven groenteblaadjes in, die er dikkig uitzien. Van hem moet ik ze proeven – een specialiteit van deze streek. Chinezen met hun specialiteiten! Geef mijn portie maar aan Fikkie! Ze zijn zacht en glibberig. Als… snot. En smaken naar slootwater. Daar groeien ze ook in, geeft Rong mij een pluimpje voor mijn scherpe waarneming. Hij vult zijn kommetje en slurpt. In een mum van tijd is hij aan een tweede portie toe. Daarna veegt hij zijn mond af en kijkt me in de ogen. Ik moet Jelai vertellen dat hij ook in de jujubestruiken zou zijn gebleven als hij in dezelfde situatie én paniek zou hebben verkeerd. Wat voor struiken? Rong legt zijn eetstokjes neer. Hij dacht dat Eric mij alles had verteld – Jelai beschouwt hem als haar boezemvriend, niet Rongs voorkeur. Heeft hij ook gedaan, antwoord ik. Dan begrijpt Rong niet hoe het komt dat ik niet weet wat de aanleiding was van de arrestatie van Rong en zijn twee broers.

Jawel, verbeter ik hem, de Hongkongse krant. Die een foto van hen drieën heeft gepubliceerd. Ze waren bezig Jelai's decors naar het Plein van de Hemelse Vrede te vervoeren. Rong vraagt zich af over welke decors ik het heb. Moet ik je vertellen wat je hebt gedaan? Decors van het toneelstuk natuurlijk, dat haar groep op het Plein opvoerde, vier keer daags. Rong wordt door elke nieuwe onthulling verbaasder en wil weten wanneer ze het zouden hebben gedaan. Tijdens de studentenopstand, wanneer anders? Hij is benieuwd waar hij en zijn twee broers, volgens mij, opgepakt waren. Nou, twee op het politiebureau van het Chaoyang District en één, jij dus, thuis. Hij kan zijn lach niet meer binnenboord houden. Hoe zijn zus de dans ontsprongen is. Mijn beurt om geïrriteerd te raken. Spot hij met haar ellende? Zij? De dans ontsprongen? Zij was de eerste van hen vieren die in de bajes belandde. Doordat haar vader zijn oude cliënten aanzette om de politie om te kopen, kwam ze een twintigtal dagen later vrij.

Rong zit op zijn praatstoel. Zijn zus? In de gevangenis? Daar is ze nooit geweest. Of ik ooit documentatie heb geraadpleegd over het bloedbad. Hij klinkt als een strenge schoolmeester. Ik wil bitsen – zoiets leert men hier snel – waarom zou ik? Maar dan zou ik nog meer voor aap staan. Zwijgen is goud. Als ik dat had gedaan, Rong gaat een stapje verder, dan zou ikzelf hiaten hebben ontdekt in Erics verhaal, dat hij zogenaamd van Jelai heeft gehoord. Vier feiten. Eén: er werden geen toneelstukken op het Plein opgevoerd. De enige twee noemenswaardige activiteiten, cultureel van aard, waren dat C.J., een popster uit Hongkong, daar één keer had opgetreden en dat de Kunstacademie van Beijing met schuimplastic en gips het Vrijheidsbeeld van New York had nagemaakt en naar het Plein had gedragen. De toneelacademie waar Jelai toentertijd op zat, stond bekend om een aantal hongerstakers. Ze lagen op het Plein, met een witte doek over hun lichaam. Daarop waren vier Chinese karakters gekalligrafeerd: *jue shi jue shui* (weigering van water en voedsel). Toneelstukken opvoeren?

Hoe ik op dat idee kom. Als ik ergens een spleet in de cementen vloer kan vinden, wil ik daarin verdwijnen, reken maar. Gelukkig zoekt Eric haarbandjes en plastic riemen uit met Xiangtao, anders zou ik hem bij de lurven willen pakken! Twee: de politie speelde geen rol in het arresteren noch opsluiten van 'opstandige studenten'. Hier waren speciale legereenheden voor ingezet. Drie: hun vader de politie omkopen? Zelfs de zonen en dochters van ministers, staatssecretarissen en andere machtigen der Chinese aarde waren veroordeeld tot gevangenisstraffen. Hoe kon hun vader via een paar makelaartjes voor Jelai's vrijlating zorgen? Twintig dagen later. Twintig jaar zou ik volgens hem bedoelen! Als deze feiten niet gedocumenteerd waren, zou ik mijn protest durven aantekenen. Was ik maar in de archieven gedoken voordat ik alles klakkeloos aannam! Aan de andere kant, als ik elk detail dubbel moet checken, verschilt het leven weinig van een mijnenveld. Bij elke stap die ik zet kan een bom tot ontploffing worden gebracht. En achter elk woord dat ik hoor kan een leugen schuilen. Enfin, ik laat Rong uitpraten. Vier: Jelai's broers konden haar niet op een politiebureau opzoeken, vooropgesteld dat ze was opgepakt, iets dat niet waar was. De gevangenen werden overgebracht naar geheime plaatsen waar zelfs vele topfunctionarissen binnen de regering geen weet van hadden. De bewakers werden elke veertien dagen vervangen. Zo werd het uitlekken van militaire geheimen tot een minimum beperkt.

Ik heb niet veel gegeten, maar trek heb ik niet meer. De afgelopen dagen heb ik te veel leugens ontmaskerd en te veel waarheden aangehoord. Wie moet ik geloven en wie niet? Maar als Jelai mij een onjuiste voorstelling van zaken kon geven over haar vriendjes en andere facetten van haar verleden, waarom zou ze niet hetzelfde doen tegen Eric? Waar het mij om gaat, is erachter zien te komen waarom ze dergelijke dingen beweerde. Als Rong mij hiervan kan overtuigen, wil ik hem best het voordeel van de twijfel geven. Bovendien, hij heeft mij beloofd dat ik haar zal vinden. Dan kan ik dit met haar verifiëren. Voortaan geen onzin, dat pik ik niet meer.

Rong smeert zijn keel met nog een kom soep en doet zíjn verhaal.

In plaats van toneelspelen had ze voor de hongerstakers van haar academie gezorgd. Het zweet van hun voorhoofd geveegd en later hun uitgedroogde lippen bevochtigd. Mocht niet met water, maar met een natte doek. In de nacht dat de tanks het Plein op reden, tenten platwalsten en demonstranten neermaaiden, brak er paniek uit onder de studenten. Ze renden naar alle kanten. Niet wetend dat er maar één uitweg was die niet onder vuur werd genomen: de gang tussen het Historisch Museum en Qianmen (het voorportaal van het Plein van de Hemelse Vrede). Jelai voelde dat iemand haar bij de hand nam en haar uit alle macht naar voren sleepte. Zij wilde met hem mee, maar haar benen niet – de wekenlange vermoeidheid eiste zijn tol. Ze struikelde en verstuikte haar enkel. Hij had het niet door en liep nog harder naar de zuidelijke uitgang van het Plein. *Pang!* Ze was nog niet van de grond opgestaan of ze zag hem neervallen als een plank. Ze schudde aan zijn schouders en riep – ze wist niet eens zijn naam – keer op keer of hij zijn ogen alsjeblieft wilde openen. Zonder resultaat. Instinctief boog ze af naar het noorden. Via de gang van Qianmen/Historisch Museum ontsnapte ze aan de plek des onheils. Nu de kogels niet meer langs haar oren suisden, stond ze even stil en wilde meteen naar huis gaan. Onderweg passeerde ze het plantsoen voor het ministerie van Staatsveiligheid. Daar, onder het vage straatlicht, lagen donkere hopen. Ze ging iets dichterbij staan: het waren lijken! Sommige waren al opgestapeld en andere lagen nog kriskras op het gras. Opeens besefte ze dat de overheid er niet meer voor terugdeinsde om alle contrarevolutionaire elementen uit de weg te ruimen. Ze besloot niet meer naar huis te gaan, anders zou ze haar ouders en broers in gevaar brengen. Het was donker, amper drie uur in de ochtend. Ideaal om ergens een schuilplaats te zoeken en daar voorlopig te blijven.

Haar moeder maakte haar broers tegen zessen wakker – dit had Jelai dus niet tegen Eric gelogen. Hong, Rong en Long kamden de mortuaria van ziekenhuizen uit – ook waar gebeurd. Ze konden haar (lijk) nergens vinden. De dag na het bloedbad. Terreur werd met het uur zicht- en voelbaarder. Jelai bleef spoorloos. Haar moeder verloor haar verstand en ging inderdaad naar de directeur die haar dochter bijna had verkracht. Jelai's broers waren woedend én gealarmeerd. Zelfs als Jelai levend zou terugkeren, zou ze alsnog opgepakt kunnen worden – de directeur zou haar hoogstpersoonlijk bij de veiligheidsdienst afleveren. Ze spraken met elkaar af niets van hun zoekacties aan hun moeder te laten weten. Ter bescherming tegen haar eigen radeloosheid en de daaruit voortvloeiende impulsiviteit. Twee dagen later. De gebroeders hadden alle hoeken van de stad doorzocht. En alle vrienden en vriendinnen van Jelai benaderd. Geen zus. Long schreeuwde en had het over het kattenhol. Hong bedekte Longs mond. Of hij nog harder kon gillen. Zodat de speciale eenheid hem zou horen en haar ging halen. Ze wisselden een samenzweerderige blik.

Long bleef op twintig meter afstand van Hong en Rong en liep als een mobiele uitkijkpost achter hen aan, terwijl zijn twee broers naar een fabrieksterrein ten zuiden van hun huis slopen. Hier had een naai-atelier gestaan waar militaire uniformen werden gemaakt, dat sinds eind jaren zeventig braak lag. Het hele gebied was overwoekerd door kniehoog onkruid en manshoge jujubestruiken. Toen Jelai klein was, liep ze hier in haar korte rokje tussen en jankte als de doornige takken haar prikten. In de jaren zestig, tijdens de Culturele Revolutie, moest elke werkeenheid ondergrondse tunnels graven. Tegen de vermeende dreiging van de toenmalige Sovjet-Unie. Die volgens zeggen lucht-aanvallen op Beijing zou komen uitvoeren. Het atelier, dat destijds nog open was, deed ook mee. De arbeiders daar waren huisvrouwen die buitenshuis een paar centen wilden verdienen. Zonder verstand van zaken groeven ze holen die bij een hevige regenval gedeeltelijk instortten. Een jongetje uit de buurt ging erin spelen en werd eronder bedolven. Sindsdien waren de ingangen van de tunnels afgezet met prikkeldraad. Verboden vruchten smaken het best. Op een dag ging Long krekels zoeken in de jujubestruiken en hoorde een katten-gemiauw. Hij volgde het geluid en zag Jelai gehurkt in een van de nog niet ingestorte delen van de tunnels zitten. Te midden van een twintig-tal katten, groot, klein en pasgeboren. Nu snapte hij waarom ze altijd een stuk brood of bot in haar schooltas verstopte. Voor die vervelende nietsnutten. Ze smeekte hem niet nog eens haar vriendjes en vriendin-netjes te onthoofden, iets waar hij mee instemde.

Waarachtig. Hong en Rong troffen Jelai in de bewuste tunnel aan, met katten die haar omringden en verwarmden. Een aanblik die ze niet licht zouden vergeten. Jelai lag op de vochtige grond en was mager als een lat. Door de uitdroging werden haar oogkassen alleen rood wan-neer ze blijkbaar huilde. Van blijdschap. Long, die buiten de wacht hield, riep naar beneden dat hij zijn zus ook wilde zien. Hong klom naar buiten en verzekerde hem dat hij, zodra ze van huis terugkwamen, met wat eten en drinken (onder hun kleren verstopt!), als eerste zijn zus mocht voeren. Zo hadden ze het acht dagen volgehouden. Totdat hun overbuurvrouw, een vel-over-benige verschijning, moeder van een zoon die, net als veel jongens uit de buurt, van Jelai dagdroomde, de drie broers elke dag naar het fabrieksterrein zag sluipen, meestal 's ochtends vroeg, als het nog donker was, maar ook 's avonds laat. Ze achtervolgde hen, waggelend op haar lotusvoetjes, en…

Twee dagen later was Rong aan de beurt om op de uitkijk te staan. Hij camoufleerde de ingang van de tunnel met takken, klom in een dadelboom en spitste zijn oren. Hong en Long daalden af naar beneden en spreidden dikke dekens uit op de vochtige grond, terwijl Jelai, inmiddels aangesterkt door hun goede zorg, soep en gestoomde broodjes zat te smikkelen. Naast haar vochten haar gesnorde vriendjes en vriendinnetjes om de paar klonten bedorven rijst die Jelai's broers, op haar dringende verzoek, voor ze hadden meegenomen. Ineens zag Rong een troep soldaten het terrein opmarcheren. Hij hield zijn adem in. Toen ze naar de kant van de tunnel liepen, floot hij drie keer hoog en strak en sprong uit de boom. Te laat. Drie soldaten waren al in de tunnel verdwenen. Long vloog op hen af en vocht als een bezetene. Hong keek om zich heen – niets om mee te gooien – trok zijn schoenen uit en smeet ze naar hun hoofd. Jelai klapte in haar handen – net een dresseur. *Wham!* Haar leger katten viel de soldaten aan. Ze krabden, beten en pisten hen onder. Rong floot weer. Nog meer soldaten stormden naar binnen. Een van hen probeerde Hong te overmeesteren en toen hem dat niet lukte, timmerde hij met zijn elleboog keihard op Hongs hoofd. Long zag dit, nam een aanloop en deelde een kungfu-trap uit aan de bewuste soldaat. *Krak!* Een (paar) rib(ben) van de soldaat brak(en). Zijn maat pakte Long bij de keel en kneep erin, met zijn tanden op elkaar. Tot Long niet meer bewoog. Hij sloeg hem in de boeien en sleurde hem naar buiten. Hong rende achter hen aan. Bij de ingang van de tunnel vond hij een stevige boomtak en kraakte daarmee het hoofd open van de soldaat die Long buiten westen had gekeeld.

Jelai gooide metalen bewaardozen voor rijst en gestoomde broodjes naar de soldaten die haar broers aanvielen en kroop ook uit de tunnel. Rong duwde haar terug en riep dat ze via de geheime uitgang moest vluchten. Ze wilde niet, sloeg met haar handen op de borst en krijste, samen met haar katten, die plat werden getrapt door de overspannen soldaten. Rong schreeuwde dat hun ouders niet wisten dat ze nog leefde. Opeens kreeg ze een enorme drang om ook hier levend uit te komen en holde naar beneden. Via haar nooduitgang kwam ze aan de andere kant van de jujubestruiken terecht. *Pang!* Ze hoorde een schot achter zich, maar een krankzinnige kracht dreef haar verder te vluchten. Een stem brulde door een megafoon. Ze moest zich nú overgeven, anders zouden haar broers eraan gaan. Rong gilde dat ze er vooral niet naar moest luisteren. En zich geen zorgen om hen hoefde te maken. Of ze alsjeblieft wilde rennen. Voor haar leven. Ze keek, voor de laatste keer, achterom en zag Hong, Rong en de bijgekomen

Long, geboeid en geketend, boven op een verhoging staan – dit moest van de militairen. Zodat Jelai kon zien wat ze haar broers aandeed. Haar hart brak in duizend stukjes, maar op dat moment hoorde ze de jujubestruiken achter zich ritselen. Waarop ze direct sprong in een ingestort hol, zeg maar een kuil, begroeid met struiken en lavendel. De stem galmde in de verstilde lucht. Ze moest zich onmiddellijk overgeven, anders zouden haar broers…

Rong heeft zijn twee broers sindsdien niet meer gezien. Zijn ouders wel. Na zijn vrijlating, zestien maanden na dato, kreeg hij te horen dat Hong wegens a) 'het verbergen van een vermeende contrarevolutionaire activist', b) 'verzet tijdens arrestaties,' en c) 'het molesteren van een soldaat' zeven jaar gevangenisstraf had gekregen. Long idem dito. Echter, pas zeven maanden na hun arrestatie wisten Jelai's ouders waar die twee opgesloten zaten en wanneer en hoe ze hen mochten bezoeken. Vaders haar werd binnen drie dagen spierwit: zijn middelste zoon was in de bloei van zijn leven invalide geworden. Hij verbood hem Hong en Long op te zoeken. Zij zouden deze klap niet aankunnen. Moeder had hen beiden gezien. Hoewel ze grijs werden en hun gezicht onder de rimpels zat – en dat voor jongens van rond de dertig! – hun benen en armen waren nog heel. Nadat Jelai Roelofarendsveen had verlaten en via Hongkong en Guangzhou was thuisgekomen, raadden haar ouders haar af zich in de gevangenis te wagen om haar twee broers te zien. De laatste tijd kwam de politie weliswaar niet meer zoals eerst om de paar weken bij haar ouders over de vloer om te informeren waar Jelai bleef – officieel was ze niet meer voortvluchtig – maar de kat op het spek binden was nergens voor nodig.

Jelai mocht haar middelste broer wel opzoeken, iets dat ze ook regelmatig deed, ongeacht waar ze op dat moment woonde of logeerde. Rong had medische hulp nodig – de wonden aan zijn geamputeerde benen raakten om de haverklap ontstoken en de fantoompijn deed hem soms gillen als een vrouw die aan het bevallen was. Ze bracht hem geld en medicamenten. En voor Xiangtao en haar familie, die prima voor Rong zorgden, nam ze kleren en levensmiddelen mee. Zoals nooit tevoren kon ze met Rong lachen en kletsen, over voetbal, hockey en het beklimmen van de Himalaya, waar ze geen snars van snapte, maar die klandizie hadden betekend voor Rongs vroegere winkel in sportschoenen. Maar ze meden hét onderwerp – de dag dat Rong en haar twee andere broers werden opgepakt.

Rong verzoekt mij aan Jelai door te geven dat hij haar zijn gevangenisstraf allesbehalve kwalijk neemt. Hierbij versmalt hij zijn ogen en kijkt omhoog. Echt, hij is haar er zelfs dankbaar voor. Op school wilde hij niet goed leren. Later, toen hij een zaak had, zag hij alleen geld staan/liggen en verder niets. Door de studentenopstand is hij opeens leergieriger en, misschien, een beetje wijzer geworden. In het begin vond hij het flauwekul, de democratische beweging. Zoiets zou toch nooit in China kunnen gedijen? Toen hij zijn zus zag strijden, eerst samen met haar studiegenoten en daarna alleen, in de ondergrondse tunnel hongerend en angst en beven trotserend, besefte hij dat China hoop had. Dankzij deze idealisten zou zijn vaderland ooit politiek doorzichtiger worden. In de gevangenis leerde hij echter een man kennen die daar voor de tweede keer vastzat. Hij had zogenaamd ook meegedaan aan de opstand, maar in feite had hij alleen zijn wrok tegen de Chinese rechtbank botgevierd. Hij bekogelde soldaten die hem niets hadden gedaan met stenen en bierflessen, stak luxewagens in brand, plunderde warenhuizen en wroette, tijdens de chaos, met zijn middelvinger in de reet van studentes. Verdiende loon, zei die vent. Dan had de Chinese staat hem de vorige keer maar niet in de bak moeten gooien.

Langzaam maar zeker kreeg Rong via verschillende kanalen binnen en later ook buiten de gevangenis te horen dat Jelai en andere studenten onbewust betrokken waren geraakt bij een machtsstrijd in de partijtop. De conservatieven binnen de regering beschouwden de rellen, grotendeels veroorzaakt door wraakzuchtige ex-gedetineerden en ander gespuis van de maatschappij, als aanleiding om de demonstranten op het Plein hard aan te pakken, desnoods met geweld. Op deze manier stelden ze de hervormers aansprakelijk voor de rellen, die bij wijze van spreken zonder bloedvergieten niet onderdrukt zouden kunnen worden. Het gevolg was dat de hervormers van hun functie werden ontheven om de chaos onder controle te houden.

De mislukking van de democratische beweging was een teken aan de wand. Daarom wilde Rong niet meer in Beijing blijven, maar verhuisde hij naar een dorp buiten Huaiyin. Hier roepen sommige boeren nog steeds 'Lang leve Mao Zedong!' als ze iets te vieren hebben. Veel van hen zijn analfabeet, lezen geen boeken of kranten. Geen wonder dat ze menen dat de Grote Roerganger, die twintig jaar geleden overleden is, nog de scepter zwaait. De arme plattelanders hebben geen democratie nodig, maar rijst. Niet omdat ze geen politieke openheid wensen, maar omdat ze geen notie hebben van hoe die eruitziet en waar die voor dient. Rijst wel. Democratie is alleen mogelijk als zij een breed draagvlak onder de bevolking heeft. Rong is nu onderwijzer in een dorpsschooltje. Als het buiten giet, motregent het binnen het leslokaal. Toch is hij gelukkiger dan ooit. De ouders, hoe onwetend en haveloos ook, sturen hun kinderen netjes aangekleed naar hem toe. Hij geeft les aan de eerste tot en met de zesde klas. Is zowel de meester als het schoolhoofd. Het democratiseringsproces dat hij nu ondersteunt begint bij deze kinderen. Dankzij zijn zus is hij een completer mens geworden, met een zinvol leven, een fantastische baan, een liefdevolle (aanstaande) schoonfamilie en vrede in zijn hart. En dit allemaal met benen die vanaf de knieën ontbreken en de paar duizend yuan die hij en zijn schoonfamilie over een heel jaar moeten zien uit te smeren. Geen greintje spijt heeft hij dat hij Jelai gered heeft. Integendeel. Hij kent Hong en Long. Zij zijn zes handen op één buik. Ze denken beslist hetzelfde als hij. Of ik haar dat op het hart wil drukken.

Waarom zegt hij het niet zelf tegen haar? Ik bloos. Telkens betrap ik mezelf op mijn Hollandse botheid. In dit land met vijfduizend jaar beschaving wordt niet over essentiële dingen gepraat. Die worden gevoeld. Al duurt het een jaar of tien, twintig of een mensenleven langer dan als je gewoon even je mond opendoet en communiceert. Vandaar dat deze cultuur zo oud is – ze heeft meer tijd nodig voor elk wissewasje. Geen geintje, wie ben ik om hierover te oordelen?

Toen ik in Leiden studeerde, wilde ik een stereo-installatie kopen. Sony, dolbysysteem, vier boxen – joekels – die zonder een zwaar ophangsysteem met een rotgang naar beneden zouden donderen, het was te hopen dat niemand er toevallig onder zou staan of lopen, en nog meer van de nieuwste snufjes die op dat moment beschikbaar waren. Om aan de nodige centen te komen reed ik 's avonds taxi. Op een dag kreeg ik een allochtoon met een ringbaard in mijn wagen. Ik wachtte tot hij naast mij had plaatsgenomen en vroeg beleefd waar hij heen wilde. Hij maakte met zijn rechterhand een voorwaartse beweging en zei verder niets. Tja, wat moest ik doen? Ik reed maar. Rechtdoor. Onderweg kwam ik stoplichten, t-splitsingen en kruispunten tegen. Welke kant moest ik nou op? Ik vroeg hem nogmaals waar hij wezen moest. Hij leek of doof of stom of beide. En zwaaide opnieuw met zijn hand naar voren. Ik passeerde straten, rotonden en nog eens straten en werd het gissen zat. Opeens kreeg ik een ingeving. Ik ging voorsorteren en sloeg linksaf. Hè! bromde hij – dus niet doofstom – en hij verzocht mij terug te keren naar de vorige straat. Ik gaf er geen gehoor aan en toen pas zei hij de naam van de straat waar hij wilde zijn. Keurig leverde ik hem daar af. Hij telde de biljetten voor mij neer, stapte uit de auto en liep weg, zonder een woord, een knik met zijn hoofd of achterom te kijken.

Hoe had ik toen kunnen weten dat ik zeven jaar later omringd zou worden door een miljard van zulke zwijgzame lui? Waarom maken ze het zich zo moeilijk? Als het makkelijk kan? Door op tijd te zeggen waar het op staat en daarmee is de kous af? Alhoewel, ik kan hun stilte ook anders bekijken. De allochtoon met die ringbaard bijvoorbeeld. Dat hij geen kik gaf, een hele tijd niet, heeft hem niet verhinderd zijn bestemming te bereiken. Hij begon pas te brommen toen het absoluut noodzakelijk was. Dus waarom eerder? Het is dus zaak om hen in het nauw te drijven totdat ze eindelijk wat loslaten. Jeetje, ik klink als een foute politieman die een verdachte martelt om een valse bekentenis af te dwingen!

Rong geeft mij een briefje met routebeschrijving. *Qingkong An* – Nonnenklooster Heldere Hemel, één uur met de bus en de rest te voet, met een taxi kan deels ook. *Qing, Kong.* Ik heb deze karakters wel eens eerder gezien, ik bedoel: niet lang geleden, mijn god, gisteren nog! Hier beginnen zowat de eerste en derde regel van Jelai's bloedbrief mee! Rong vertelt mij dat ze daar vaker heen gaat wanneer ze hem in Huaiyin komt opzoeken. Ze brandt daar wierookstokjes en bidt voor Rongs gezondheid. Soms grapt ze dat ze in het klooster zal blijven als haar twee andere broers ook zonder een arm of been vrij zouden komen. Ook bidt ze tot Boeddha dat ze met zijn allen, al is het maar voor één weekje, bij hun ouders zullen logeren, zoals het vroeger was, zodra Hong en Long hun straf hebben uitgezeten. Het duurt niet lang meer. Vijftien maanden en twaalf dagen. Ze houdt het bij. Dat is het minste wat ze voor haar ouders kan doen. Vader en moeder hebben de afgelopen jaren genoeg te verduren gehad. Moeder heeft Hong en Long niet willen opzoeken, in de eerste maanden nadat de politie haar het adres van hun detentie had meegedeeld. Ze nam hun kwalijk dat ze achter haar rug om hun zus eten en drinken brachten. Ze was hun moeder, in Boeddha's naam! Rong had haar wel honderd keer uitgelegd dat het voor haar bestwil was, anders zou zij ook opgepakt worden. Dan zouden haar drie zonen gespaard zijn gebleven, snauwde ze. Tegen moeders kromme redenatie was geen kruid gewassen. Rong had vader moeder nooit eerder zien slaan maar toen wel. Hij beschuldigde haar van hysterie en emotioneel handelen. Waardoor hun eigen zonen haar niet meer vertrouwden en zij om die reden ook hun vader buitenspel hadden gezet. Sinds die klap was moeder genezen. Niet van de hysterie, maar van haar wrok jegens Hong, Rong en Long.

Heeft Rong een tip voor mij? Hoe ik het uit haar hoofd kan praten non te worden? Hij lacht mij vierkant uit. Dat is ze nooit van plan geweest! Ik hoor blij te zijn, maar in plaats daarvan raak ik in de war: waarom sluit ze zichzelf daar dan op? Hij kijkt mij opnieuw streng aan en verzoekt mij zelf na te denken. Maar natuurlijk: Rong klinkt niet alleen als een schoolmeester, hij is er ook een. Ik schud mijn hoofd. Anders duurt het te lang voordat ik antwoord krijg. Zet op een rijtje wat ik de afgelopen dagen heb gedaan, luidt zijn instructie. Ik gehoorzaam hem ook nog. Zo erg is het gesteld met mijn (gebrek aan) zelfrespect. Wat wil je, als je in een vreemde cultuur bent beland en je je een imbeciel voelt?

Hier is mijn waslijst: eerst lang, heel lang met Eric gepraat, dan kort met de moeder van Jelai – die van hem ook, uiteraard – en nu met Rong. Hij vraagt door. Waar ik het met hen over heb gehad. Over Jelai, waar anders over, Rong? Haar geschiedenis, gevoelens en – mag ik zo vrij zijn? – haar hysterie, een erfelijke aangelegenheid, heb ik begrepen. Wat ik ervan geleerd heb. Die Rong heeft de smaak te pakken, zeg! Hij kickt er zeker op mij als een kleine jongen te beleren. Wacht maar tot hij een keertje naar Nederland gaat. Dan kan ik hém een lesje leren. Zo zal ik hem de nodige tips geven om mijn moeder te kunnen begrijpen, met haar hortensia, cavia, plantenverzekering, hyperventilatie en liposuctie en haar wereld die reikt in het noorden tot Kopenhagen, in het zuiden Tenerife, in het westen Buckingham Palace en in het oosten Caprun. Pas als hij, op zijn Limburgs, de koeien heeft horen loeien en weet waar de tepel hangt, heeft hij het recht mij uit te lachen om mijn 'onnozelheid'! Maar goed, wat ik ervan geleerd heb? Nu hij het zegt, te veel om op te noemen. Drie versies. Van Jelai hoorde ik dat ze zich de westerse democratie mooier had voorgesteld dan die in werkelijkheid was; dat ze door mannen achterna was gezeten die haar dwongen tot dingen die ze niet wilde. Van Eric heb ik vernomen dat het met dat laatste reuze meeviel. Sterker nog, ze hield zich onaantastbaar door te dreigen met zelfmoord en met achtervolging van haar geest of zoiets. Ook vertelde Eric mij dat ze Jan – haar toenmalige vriend – en zijn Nederland de rug toekeerde om in China de vrijlating van haar broers af te wachten. En dat ze zich schuldig voelde over... Maar Rong, waarom verzon ze, volgens jou tenminste, het verhaal van het toneelstuk, de Hongkongse krant en gedeeltelijk het verraad door jullie bejaarde buurvrouw? Want in de versie van Jelai had die, sorry voor mijn woordkeus, ouwe heks alleen jou in de bajes gekregen.

Of ik gehoord heb dat zijn zus een soapster was? Nou en of, antwoord ik. Ze werd zelfs twee jaar na dato in een Guangzhou's hotel herkend. Rong gaat verder. Dat ze hierdoor bij haar academie een slechte naam had gekregen. Toneelspelers waren kunstenaars. Ze voelden zich verheven boven soapsterren. Dat waren eendagsvliegen die door de tv werden gemaakt en door de roddelpers in stukken gereten. Jelai holde van de ene filmopname naar de andere. En kwam op de raarste locaties terecht. Variërend van extravagante hotels tot de moerassen van Sichuan. Ze verwaarloosde haar studie, terwijl ze er altijd van had gedroomd regisseur te worden. Als het zo doorging, zou ze zelfs van school worden gestuurd. Alleen het hoofd van haar faculteit zag haar nog zitten en verzocht haar leraren, in vijf verschillende vakken, coulant te zijn en haar nog één kans te geven. Toen dit Jelai ter ore kwam, ging ze naar het bestuur van de faculteit en vroeg of ze haar konden helpen van de contracten af te komen. Door een ruilhandel, geregeld door het faculteitshoofd, werd Jelai uit de soaps gehaald en werd een klasgenote van haar, die toch geen kans maakte het eindexamen te halen, erin gezet, tot wederzijds genoegen. Jelai kon zich op haar studie concentreren en had het sindsdien steeds over het toneelstuk dat ze zou schrijven en regisseren. Ze wilde haar leraren laten zien dat ze er goed aan hadden gedaan haar te laten blijven.

Ik wil Rong vragen hoe het kwam dat Huang, directeurtje van een confectiefabriekje in Sichuan, het ook over Jelai's regisseursschap had, maar zie er wijs van af. Die ouwe vos. Zelfs zijn eigen dochter gebruikte hij als lokaas, wat voor andere listen kon hij niet bedenken? En wat voor onzin kon hij niet uitkramen? Trouwens, Huangs leugen klonk allesbehalve onlogisch. Hij kon moeilijk zeggen dat een studente aan de toneelschool deelnam aan de demonstraties door het Vrijheidsbeeld te boetseren of wel? Rong, de Hongkongse krant dan? Hij kijkt mij alleen maar aan. Ach ja, sla ik tegen mijn voorhoofd. Als het toneelstuk nooit heeft bestaan, waar zouden de decors dan voor dienen? Als de decors er niet waren, hoefden haar broers ze ook niet met een bakfiets naar het Plein te vervoeren. Als ze dat niet hadden gedaan, kon de krant ook geen foto hebben gemaakt. Rong denkt hardop. Frappant vindt hij het dat ze dit uit haar duim zoog. Hij zinkt in gedachten, waarna hij ook tegen zijn voorhoofd slaat. Mag ik weten wat hij zich heeft gerealiseerd?

Al die jaren, antwoordt Rong, heeft Jelai gezwegen over de arrestatie, alsof die nooit heeft plaatsgevonden. Alsof haar broers vrijwillig de gevangenis zijn ingestapt voor een ongewoon stuk levenservaring. Toch bezoekt ze haar middelste broer trouw en telt de dagen af tot ze haar twee andere broers weer zal zien. Het lijkt alsof ze niet onder ogen wil zien dat hun gevangenschap door haar is veroorzaakt. Dat het de schuld van iemand anders is. De Hongkongse krant, bijvoorbeeld. Die de veiligheidsdienst onweerlegbaar bewijsmateriaal zou hebben aangereikt. Hoe zit het dan met het verraad door de overbuurvrouw? Rong oppert dat het misschien een verlichting was van haar schuldgevoel. Dat alleen één van haar broers door haar toedoen de bak was ingedraaid.

Ik ga verder met wat ik heb geleerd. Rong heeft mij laten inzien dat Jelai gekweld wordt door zelfverwijt. Goed zo, zegt hij, dan heb ik toch de redenen gevonden waarom Jelai het klooster is ingegaan? Niet om non te worden, maar... Ik heb het: om mij in etappen, eerst via Eric en dan via Rong te laten ontdekken waarom ze zich schaamt om het zelf aan mij te vertellen. Ze heeft een ontdekkingsreis voor mij georganiseerd en schuilt op een veilige plaats, in afwachting van mijn komst. Kan ik het zo opvatten? Volgens Rong is het alleen voor de helft juist. Dat ze een route voor mij heeft uitgestippeld, klopt. En ze weet dat ik zonder Eric en Rong te hebben gesproken, haar klooster nooit zou halen. Maar of ze met mij meegaat, hangt van nog iets af. Wat nou weer? Altijd die voorwaarden van haar! Hij kijkt mij in de ogen. Of ik niet vies van haar word. Wat vies? Ze is maagd! En ze kent de reinste gevoelens die er bestaan! Ik bedek mijn mond, wat heb ik er nou uitgeflapt! Haar broer hoeft dit toch niet te weten?

Rong steekt zijn hand onder de tafel en kijkt naar zijn half geamputeerde onderstel. Of ik weet dat ook zijn derde been niet werkt? Nee, hè! Het heeft daar niets mee te maken, Rong! Niet daarmee, nee, maar... Hij zucht en gaat verder. Hij had Jelai niet meer dan drie keer onder de douche bewonderd en... haar tweemaal begluurd via een gaatje dat hij samen met Hong in de toiletdeur had geboord, nadat ze ongesteld was geworden en regelmatig maandverband verwisselde... Het moment dat Jelai met de scherf van de shampoofles haar nek ging opensnijden, zwoer Rong – van zijn broers weet hij het niet, hier praten ze niet over – dat hij nooit meer een meisje of een vrouw in haar nakie zou zien of aanraken. Zijn vriendin vindt het prima dat hij hét niet kan. Ze adoreert hem vanwege zijn kennis – hij kan de krant lezen! Met honderden karakters op één kleine oppervlakte. Haar familie is allang blij dat hun dochter ooit naar de hoofdstad zou kunnen verhuizen om daar een rijkeluisleven te gaan leiden. Rong houdt de deur van het restaurant in de gaten om te zien of ze niet plotseling met Eric verschijnt. Het is twee uur geleden dat ze weggingen. Hij beschouwt Xiangtao als zijn pupil: ze is pas zeventien. Niet jong meer voor een boerin. Maar als hij in de stad zou wonen, zou hij opnieuw worden opgepakt, ditmaal wegens pedofilie. Hij zal haar opleiden tot lerares en haar haar eigen keuze laten maken als ze eraan toe is. Nu over Jelai. Of ik heb gemerkt dat ze smetvrees heeft. Is mij niet opgevallen, antwoord ik.

Toen Jelai zestien was, vervolgt Rong, waste ze zich elke dag drie keer van top tot teen. Vader bekritiseerde haar vanwege het verspillen van het dure kraanwater, waarna ze ging zwemmen. In een kanaal niet ver van het bewuste fabrieksterrein. Ook 's winters. Tot ze een keer thuiskwam met rode vlekken op haar rug. Ook de vissen in het kanaal dreven dood naar boven. Dankzij de milieuvervuiling was ze opgehouden met zich te schrobben en met zwemmen, misschien. Telkens als ze mannen moest behagen door mierzoet te lachen, te zingen en te... – Rong heeft moeite het woord 'dansen' in de mond te nemen, ik knik hem begrijpend toe – voelde ze zich door hen aangerand. Dat niet alleen. Ze verafschuwde zichzelf omdat ze zich als een driekwart hoer moest opstellen. Al is ze hun moeders oogappel, ze heeft het idee dat juist haar broers worden voorgetrokken. Wat een historisch misverstand! Maar Rong begrijpt haar. Chinese vrouwen zijn pas een halve eeuw bevrijd van het concubinesysteem. Duizenden jaren lang zijn ze wegwerpartikelen geweest. Jelai is een van de velen die zich aan dat lot willen onttrekken, zelfs nu het concubinesysteem officieel niet meer bestaat. Officieus wel, in ere gehouden door mannen met een paar extra centen die daardoor menen dat hun libido ook boven het gemiddelde uitsteekt. Maar de angst om gebruikt, misbruikt en verlaten te worden zit nog diep in de botten van Chinese vrouwen. Rong wijst naar buiten. Zijn Xiangtao bijvoorbeeld. Hij kan dát niet, maar ze maakt een scène zodra ze hem met een vrouwelijke collega ziet praten. Als hij naar het centrum van Huaiyin is geweest om zijn benen te laten nakijken, zonder haar begeleiding, dan is haar ver- plichte nummer het controleren van zijn broek- en jaszakken. Op zoek naar een geborduurde zakdoek of een armbandje – een souvenir van 'een slet uit de stad' die hem verleid zou moeten hebben.

Lieve help! Als Jelai bang is dat ik vies van haar word alleen omdat ze voor mannen heeft gedanst, wat zal ze dan van mij vinden als ze me de biecht afneemt? Ze moest eens weten, of eigenlijk moet ze vooral niet weten met hoeveel vrouwen ik hoeveel sterren van de hemel heb gevreeën. Indien er op haar manier wordt geredeneerd, zou ik tien keer het monnikenklooster in moeten gaan én daar blijven om te boeten voor mijn zonden! Het spreekt vanzelf dat ik deze gedachten voor mezelf houd, maar… inhouden is niet mijn sterkste kant. Ik wend me tot Rong en kleed mijn eigen situatie in als zijnde die van een losbol die het laatste oordeel vreest. Hij rangschikt de vier theekopjes om de theepot heen. Of ik het belachelijke van de angst van de vrijbuiter zie. Ik schud mijn hoofd. Hij geeft mij een duwtje in de rug. Waar de theepot op lijkt. Ik weet niet welke kant hij op wil. Hij kijkt om zich heen en fluistert. Op de je-weet-wel van een man! Ahá, nu hij het zegt… Rong valt mij in de rede. Waar het water uit de theepot in gaat. Namelijk in de vier theekopjes. Of ik het nu begrijp. Eerlijk gezegd snap ik er geen mallemoer van. Hij zwaait met zijn vinger. Deze theorie vindt hij ouderwets, maar zij toont wel hoe de meeste Chinezen, inclusief vooruitstrevende vrouwen als Jelai, over dé ervaring van hun aanstaande denken. Een man mag vier kopjes met thee vullen, maar men heeft nog nooit van vier theepotten gehoord met één kopje. Met andere woorden, een man mag zijn liefdessap lozen waar hij wil, maar een vrouw mag alleen dat van één bron opvangen.

Eric en Xiangtao zijn terug. Ik had gedacht dat het meisje behangen zou zijn met haarbandjes en plastic riemen die Eric in viervoud – van elke kleur één, zo niet meer – zou hebben gekocht, maar nee. Ze komt terug met een fazant. Zijn poten zijn vastgebonden aan een stok, met zijn kop naar beneden en zijn staart omhoog. Voor Rongs gezondheid, legt ze uit. Een familierecept tegen bottenpijn. Eric glundert. Volgens hem een koopje. Want hij heeft de verkoper verteld dat hij dit prachtexemplaar zou opzetten, voor in zijn bibliotheek. De verkoper voelde zich zo gevleid dat hij de prijs tot een kwart heeft teruggebracht. Voorts vertelde de jager hoe hij dit prachtbeest had gevangen. Achter in de heuvels. Het resultaat van een halve dag hurken en turen. Zijn kuiten waren daardoor twee keer zo dik geworden. De muggen hadden een goede aan hem – hij durfde ze niet van zich af te slaan, anders zou hij de fazant afschrikken.

Xiangtao sprong een halve meter in de lucht. Ze dacht dat Eric wist dat hij daardoor haar afdingen gesaboteerd had! Daarom ging ze bijna met hem op de vuist, midden op straat, toen hij per se de haarbandjes wilde aanschaffen. Haar gidsen is hoogstens een poot van een fazant waard, meer niet, luidt haar argument. Dit schijnt Rong aan iets te herinneren. Hij tilt zijn ene bil omhoog en haalt er een envelop onder vandaan. Dit is alles wat hij heeft. Tweeduizend yuan. Eigenlijk het geld dat Jelai hem in de loop der jaren heeft gegeven. Behalve het betalen van de ziektekosten en af en toe zijn (aanstaande) schoonfamilie wat toestoppen heeft hij er weinig van uitgegeven. Zijn cadeau voor mijn huwelijk met Jelai. Eric kijkt suffig uit zijn ogen. Ik hoor zijn hersenen kraken. Met Jelai trouwen, terwijl ze nergens te vinden is en non is geworden? Deze keer ben ik degene die Eric vertelt wat hij niet weet of in welke zin hij verkeerd is geïnformeerd. Hij slaakt een diepe zucht. Ook ditmaal kan ik zijn gedachten raden: dit is echt zijn exit uit Jelai's leven.

Als men de Berg Tai of zelfs de Berg Lao heeft gezien, dan zijn deze heuvels molshopen. Ze ogen wel groener en frisser. Het klooster Qingkong An bevindt zich op een heuveltop, met aan drie kanten bamboebossen en aan de voorkant een nieuw aangelegd paadje, bezaaid met afval dat pelgrims hebben achterlaten. De *zhuchi* – het hoofd van het klooster, zeg maar moeder-overste – ziet ons en slaat steil achterover. Ze richt één hand omhoog, net een guanyin-Boeddha, en mompelt *omituofuo*. Zoiets van wees gegroet, Maria, voor katholieken. Ze draait zich om en roept een paar nonnen bij zich. Zonder er een woord over vuil te maken sluiten ze de deur voor onze neus. Eric zet er een voet tussen en vraagt wat hij verkeerd heeft gezegd of gedaan dat hij niet welkom is. De zhuchi antwoordt dat hij er geen moeite voor hoeft te doen. Hij heeft zijn bouw niet mee. Want hij is een man en dit een nonnenklooster. Als hij wil bidden, moet hij naar de volgende heuvel. Daar is een monnikenklooster. Ik sta Eric bij: we zoeken juist dit klooster, in verband met een jonge vrouw. Het kloosterhoofd wordt kalmer en gebaart de zusters de poort iets meer te openen. Naar wie we op zoek zijn. Ik meteen: Jelai Bai. Een van de nonnen roept tegen haar meerdere een naam die in de verste verte niet op Jelai Bai lijkt, ook niet als ik het accent van deze streek wegdenk. Het klinkt zoiets als *Jingxin*. Letterlijk vertaald: het hart staat stil, maar bij een vrije vertaling is de naam lang niet zo luguber: iemand die vrede in zijn/haar hart heeft. De zhuchi wordt op slag bleek. Of ik Jingxin direct mee wil nemen! Ik wil haar net hartelijk bedanken of ik ruik onheil. Hoezo direct meenemen? Zijn Chinese kloosters zo soepel in het in- en uittreden van het klooster of is er iets loos met Jelai?

367

Acht

JELAI

Nu ik niet meer met de fruitkar naar de markt onder aan de heuvel hoef, is een van mijn nieuwe taken in de keuken helpen. De kokkin geeft mij een hakbijl en een spade mee. Ze wil ons verwennen en vraagt mij achterom het bamboebos in te gaan. De afgelopen dagen hebben we heel wat te verduren gehad. Eerst viel de elektriciteit uit. Twee dagen zat de openbare gebedsruimte zonder licht, het preekgedeelte zonder ventilator, de kantine zonder gekoelde frisdrank voor de pelgrims en ijsjes voor hun jengelende kinderen. En dat in deze hitte! Achtendertig graden in de schaduw. Als het zo door zou gaan, zouden de bezoekers wegblijven en zich laten bekeren tot het katholicisme. Aan de overkant van de heuvel is anderhalf jaar geleden een kerk gebouwd. Gefinancierd door Amerikaanse missionarissen. Ze hebben airco! Vooral als het heet is, wordt de mis massaal bijgewoond. Veel boerinnen gaan erheen omdat hun baby's direct ophouden met huilen zodra ze de koele lucht voelen. Toen kwam de Dienst Publieke Hygiëne van de lokale overheid. Ze klaagden dat de ongerepte natuur verpest werd door de lege flesjes, blikjes en verpakkingen die onze pelgrims overal lieten rondslingeren. Gelukkig was ons kloosterhoofd een geïnspireerde onderhandelaarster. We kregen een week respijt om maatregelen te treffen tegen deze vorm van milieuverontreiniging. Reden genoeg om te vieren. De kokkin heeft jonge, knapperige bamboescheuten nodig om een feestmaal te bereiden. En die moet ik zien op te graven, met de spade en bijl die ze me in de hand heeft geduwd.

Mingxin – Het begrijpende hart – grist het gereedschap uit mijn hand en roept dat ik word opgehaald. Door twee hele lange, vette en witte mannen met háren op hun handen. Ze is nog opgewondener dan ik. Ik moet mijn kleren pakken en dan kan ik naar huis. Ze spuugt in haar handpalm, pakt mijn spade stevig beet en begint bamboescheuten uit de aarde te wippen.

Ik wist het! Ik wist dat Chris mij zou vinden! Dat hij mij zou vergeven. En mij ondanks mijn zonden nog zou willen hebben. De andere blanke man kan niemand anders zijn dan Eric. Ik vouw mijn lichtgrijze kloosterkleren – geen habijt – op en leg ze op mijn deel van de lange plank waarop ik met twaalf nonnen en twee devote leken als ik slaap. Als het bedrijf dat Chris en ik zullen opzetten floreert, dan is het eerste dat ik doe wierookgeld aan dit klooster schenken. Acht dagen geleden klopte ik hier laat in de avond aan. Het kloosterhoofd, bejaard als ze was, knielde samen met mij voor het altaar en we baden tot de ochtendgloed in de ogen van het boeddhabeeld schitterde. Ze vroeg mij niets, wachtte geduldig tot de storm in mijn boezem ging liggen en gaf mij een kloosternaam. Jingxin – Het vredige hart. Ik hoefde niet net als de nonnen vier uur per dag te bidden, maar ik mocht toekijken, meeluisteren en ook meedoen. Mijn woelige gedachten kon ik in de avonduren aan het kloosterhoofd voorleggen. Ze gaf geen commentaar, maar leidde mij naar Boeddha. Zo vertelde ze mij dat stilte en nietsdoen tot het hoogste goed van het heelal behoorden. Of ik Boeddha hoorde zeggen hoe ik mijn problemen moest oplossen. Of ik Boeddha mijn kwelgeesten op het matje zag roepen. Nee. Hij was almachtig juist omdat Hij niets zei en niets ondernam. Respect was de sleutel tot Zijn overwinning in alle denkbare en ondenkbare situaties. Hij vertrouwde erop dat ik op het juiste moment een verstandig besluit zou nemen en niet eerder en niet anders. Toen ze dat zei, in de donkere zaal verlicht door honderden kaarsen aangestoken door pelgrims, ging er een lichtje bij mij branden. Het voelde alsof ik honderden jaren had geleefd, had geleden en op het laatst werd verlost. Het enige dat ik wilde, was iedereen en alles aanvaarden zoals ze waren en mijn eigen leven leiden, samen met Chris… Ze wees naar de pilaren van de tempel. Daarop stond gekalligrafeerd *Boeddha zag het goede. Boeddha zag het kwade. Boeddha ging zijn eigen weg.* Ik realiseerde me dat ik naar het goede had gestreefd, maar in plaats daarvan het kwade had ontdekt. Voorts had ik ertegen gestreden. Met als gevolg verbittering en teleurstelling. Toch had ik geen spijt. Want zonder deze weg te bewandelen zou ik Boeddha's wijsheid niet kunnen begrijpen en met open armen omhelzen. Respect. Zonder oordeel. Zonder actie. Met vrede in mijn hart. Jingxin.

Mingxin haalt mij in. Ze gaat zo dadelijk wel harder werken om genoeg bamboescheuten op te graven, maar nu wil ze naar behoren afscheid van mij nemen. Ze bidt samen met mij. Omituofuo. En zegt dat haar wezen met het mijne is verweven. Waar ik ook ben, ze voelt mijn aanwezigheid. Of ik de hare ook voel. Het afscheid tussen twee devote harten gaat niet gepaard met pijn. Omdat het geloof in ons samenzijn net als de zon alle wolken van eenzaamheid weg schijnt. Ik denk terug aan de internationale luchthaven van Beijing. Ruim een week geleden. Hoe mijn hart aan flarden ging vanwege uitzichtloosheid en verdriet. Wat een andere wereld en andere beleving dan deze! Het klooster verlaat ik nooit echt. Hier kan ik elke minuut terugkeren. Voor het stuk vrede dat ik in de grote boze wereld hierbuiten zal gaan missen. Ik trek mijn lekenkleren glad en houd de koperen deurklopper vast. Ik wil er net mee kloppen of ik voel mijn kuiten draaien. Zo ken ik mijn kloosterhoofd niet. Ik hoor haar met trillende stem haar verhaal doen, terwijl ze bestookt wordt met vragen. Zowel door Eric als door mijn Chris.

Het blijkt dat het kloosterhoofd de afgelopen vijf dagen *op een matras van spijkers heeft gezeten*. Eerst kreeg ze het aan de stok met de Elektrische Tijger. Vandaar dat het licht zomaar uitviel! Het lag dus niet aan storingen van het net, maar aan de baas van de elektriciteitscentrale. Hij eiste van ons kloosterhoofd dat ze – mijn kuiten draaien weer – een ontmoeting tussen hem en mij regelde... in het duurste hotel van Huaiyin. Ze wilde mij niet blootstellen aan zijn... Daarom deed hij het licht uit. Mijn kloosterhoofd zag het aantal bezoekers teruglopen en voelde zich verantwoordelijk voor het vertrouwen dat Boeddha haar had geschonken. Om een rustoord te bieden aan de tientallen duizenden vrouwenzielen in deze omgeving. Ze haalde bakzeil en beloofde de Tijger binnen zeven werkdagen een bevredigende oplossing. Hier ging hij mee akkoord. Maar als hij door zou hebben dat ze hem voor de gek hield, zou hij een controle van de elektriciteitsleidingen laten uitvoeren. Hoe lang dat zou duren, kon alleen Boeddha weten. De Tijger was net in slaap gesust of ze kreeg de secretaris van het districtshoofd op haar dak. Hij beschuldigde ons van milieuvervuiling. Als we het vijf kilometer tellende heuvelpaadje niet binnen vijf dagen schoon hadden gemaakt, zou ons klooster voor bezoekers gesloten worden, tot nader order.

Nu snap ik waarom mij vorige week donderdag, vlak voordat ik met de tractor zou vertrekken, werd verzocht binnen te blijven. Ik mocht niet meer helpen met het in- en uitladen van het verse fruit en het verkopen ervan in onze stand op de markt. Ons kloosterhoofd zegt met een zucht dat het haar spijt. Ze had me eerder van de stand moeten halen. Vorige week dinsdag vervulde ik mijn eerste taak hier. Pelgrims legden immers appels, peren en perziken op het altaar voor Boeddha neer. Je raadt het al, Boeddha at ze niet op. Nonnen en wij devote leken mochten er ook niet van smullen – ze waren te kostbaar voor eigen consumptie. Daarom vervoerden we elke ochtend de vruchten naar de markt en verdienden een paar fens om boeddhabeeldjes en kaarsjes te maken die we de pelgrims meegaven. De Elektrische Tijger en het districtshoofd hadden mij blijkbaar op de markt gezien. Nu begrijp ik waarom de ogen van ons kloosterhoofd de afgelopen dagen bekropen zijn met rode draden.

Ons kloosterhoofd wilde niet toegeven aan de kwade krachten. Nog minder wilde ze mij opofferen voor de goede vrede. Maar ze had veertig nonnen onder haar hoede en een flinke kudde pelgrims te bedienen. Mij dit vertellen zou mijn geloof in Boeddha ondermijnen – ik was al zo wankel in mijn overtuiging. Mij hier laten blijven zou de ondergang van het klooster betekenen. Ze weet zich geen raad. Totdat Chris en Eric hier verschenen. Haar stem trilt opnieuw. De twee heren zijn door Boeddha gezonden. Want ze heeft vurig gebeden voor een vreedzame oplossing. Als ze me stiekem willen meenemen, gaat ze morgen tegen de Tijger en het districtshoofd zeggen dat ik op het punt sta te trouwen. Met een buitenlander. En dat ik met hem naar – hoe heet de plaats in het buitenland waar Chris en Eric vandaan komen ook alweer? – zal vliegen.

Ik hoor een stoel kraken – Chris schijnt opgestaan te zijn. Wat hem betreft wil hij nu met mij vertrekken, voor het helemaal donker is. Het kloosterhoofd mompelt iets. Na verzoek om verduidelijking vraagt ze Chris om een gunst. Of hij een aankondiging van ons huwelijk in de plaatselijke krant wil zetten, want… Chris valt haar in de rede. Hij ziet geen reden tot haasten. Ze mompelt weer iets onverstaanbaars. Hierna volgt een stilte. Chris doorbreekt deze door te zeggen dat hij best bereid is dit te doen, alleen, hij heeft zich een andere manier van bekendmaking voorgesteld dan deze. Bovendien, hij heeft zijn ouders er niet eens van op de hoogte gebracht. In zijn land is het de gewoonte… Mijn kloosterhoofd valt hém in de reden. *Shizhu* – gulle gever, zo noemen nonnen alle leken – zegt ze tegen hem, ze kent geen andere manier om de mond van een journalist van de lokale krant te snoeren. Ik spits mijn oren. Ze zucht nogmaals. Gisteren werd ze door die vent gebeld. Hij had mij vorige week woensdag op de markt gesignaleerd. Een gewezen soapster, lichtte hij haar toe. Hij wilde een verhaal over mij schrijven, getiteld *van soapster tot non*. Of ze een interview voor hem kon organiseren. Ze werkte niet mee en prompt kwam hij met de mededeling dat hij erachter was gekomen dat ik hier zat om te herstellen van een schandelijke abortus. Ze zei dat daar geen sprake van was. Hij kon het mij zelf vragen! Hij hapte toe. Toen mijn kloosterhoofd te horen kreeg waar hij het interview wilde afnemen, rook ze onheil. Hij stelde hetzelfde dure hotel voor als de Elektrische Tijger en het districtshoofd! Dit leek haar geen hotel meer, eerder... Op zijn minst deelde het korting uit aan hoerenlopers. Door schade en schande had ze ingezien dat ze deze lui niet voor het hoofd moest stoten en ze stelde als enige voorwaarde dat ze bij het gesprek aanwezig was. En hij werd pissig! Dat zei genoeg over zijn verborgen agenda. Haar antwoord veranderde in nee. De termijn van zíjn aanmaning was korter. Met nieuws was altijd haast, begreep ze hieruit. Als ze mij niet binnen twee dagen bij hem bracht, zou hij een artikel in de krantplaatsen waarin haar klooster beschreven werd als bordeel. Hij had genoeg bewijs verzameld, schuimbekte hij door de telefoon. Een van de vrouwen hier was weggelopen bij haar man, die haar sloeg.

Mijn Boeddha nog aan toe! Ik bedek mijn mond. De journalist bedoelt zeker Mingxin! Hij wist dat ze schoenen op straat had gepoetst. En gierde dat het kloosterhoofd wel moest weten waar dat toe kon leiden. Tijdens het verzorgen van de schoenen spraken de poetser en de gepoetste soms een bedrag af. Voor haar dienst en zijn geneugten. Ik herinner me dat Mingxin vorige week vrijdag de slaap niet kon vatten. Ik ook niet. Zo vertelde ze mij fluisterend over een ruzie met een klant. Die haar deed besluiten het vak van schoenpoetser definitief de rug toe te keren. Op een dag informeerde een klant naar haar tarief. Ze zei dertig yuan voor het echte werk en twintig voor het mondwerk. Hij bood haar vijftien. Voor het echte werk. Ze schudde haar hoofd en ging verder met het poetsen van zijn schoenen. Hij schopte tegen haar borstkas. Wat ze zich verbeeldde. Dat ze dit bedrag durfde te vragen. Ze was bijna dertig jaar! Ze bitste terug dat hij over de vijftig was. Als ze hem ook dertig yuan, nee, voor haar part veertig zou betalen om in haar poepgat te boren, zou hij het willen? Hij schopte haar omver, samen met haar kist poetsgerei, en smeerde de schoenpoets over haar hele gezicht. Een spektakel waar men nu nog over praat. Daarom wilde ze non worden, maar het kloosterhoofd gaf haar de tijd om er rustig over na te denken. De journalist gierde zich een ongeluk. Een hoer van het platteland en een soapster uit Beijing. Hij zei dat een verwenhuis vergeleken met dit klooster nog in de kinderschoenen stond, gezien het aantal keuzemogelijkheden van dienstverleners, ieder met haar eigen specialiteit.

Ik storm de kamer binnen en kniel op de grond. Mevrouw het kloosterhoofd, roep ik, zo wil ik niet weggaan. Ze staat op van haar stoel en knielt met mij. Voor het beeld van Boeddha. Chris roept verblijd mijn naam, maar hem is blijkbaar door Eric het zwijgen opgelegd. Een kwartier lang hebben wij tweeën, zonder een woord te zeggen, geknield voor het altaar gezeten. Zowel zij als ik weet wat er zou gebeuren als ik stilletjes zou verdwijnen. De drie bewuste mannen zouden haar, samen met de andere nonnen hier, fijnmalen. Mannen, behalve mijn Chris uiteraard. Ze denken niet met de inhoud van hun ene hoofd, maar met dat van hun twee teelballen. Als hun driften niet bevredigd worden, zitten ze niet stil voordat hun onvrede uitgeleefd is. Nu ik van de grond opsta, is de innerlijke vrede die ik de afgelopen week heb gevonden tenietgedaan. Ik zie het kwade en wil ten strijde gaan. Vooral de journalist vergiftigt mijn kijk op de wereld. Hij hoort, zoals het heet, het geweten van de samenleving te zijn. Dat het kwade aan het licht brengt en het goede in het zonnetje zet. En juist hij grijpt naar de media om een gratis nummertje te scoren. Zogenaamd om een artikel te schrijven over prostitutie. Over zijn eigen hoerenloperij zal hij bedoelen! Toen ik afscheid nam van Chris, daar op de luchthaven van Beijing, zwoer ik dat ik het verdriet achter mij zou laten, evenals mijn vechtlust. Ik wilde zo graag voor de liefde leven, voor Chris en mij en voor... onze toekomstige kinderen. Maar nauwelijks een week later ben ik terug bij af. Hoe kan ik voor andere mannen dansen nu ik mijn hele wezen aan mijn verloofde wil geven?

Chris ziet mijn tranen. Hij zal hier een andere oplossing voor vinden. Ik kijk naar mijn blonde prins op het witte paard en zijn vriend Eric, mijn boezemvriend Eric. Een moment wil ik mijn lieve schat werkelijk geloven. Maar hoe? Hij stelt voor de Tijger geld toe te stoppen. Veel mensen in dit land zijn om te kopen, aldus hem. Als ze alleen was, zucht ons kloosterhoofd, zonder de nonnen die ze onder haar hoede heeft, zou ze zich niet door die mannen laten chanteren. Hoogstens zou ze eerder verlost worden van de lasten van deze wereld en mag ze Boeddha vervroegd in Zijn volle glorie bewonderen. Mijn hart bloedt. Hoeveel moet hij ervoor dokken, mijn lieve schat? Eric kan als het ware mijn gedachten lezen en vraagt Chris welk bedrag hij in zijn hoofd heeft. Nu hij zonder vast inkomen zit – heeft hij echt ontslag genomen, om bij mij te zijn? – moet hij op de kleintjes letten, waarschuwt Eric. Een bedrijf oprichten kost ook het nodige kapitaal. Die dan leeft, die dan zorgt, is het antwoord van Chris. Eerst moet hij mij en het klooster uit de nood zien te helpen. Wat betreft het districtshoofd en de journalist, daar gaat hij naartoe. En hij zal de naam van die ene journalist van de *China Daily* noemen. Al is het maar een columnist voor de sportpagina, Eric heeft de restauranthouder met zijn aquarium er mooi mee op de kast gejaagd. Wat Eric kon, kan hij ook. Waarop hij de wind van voren krijgt. Eric wijst hem erop dat het in Guangzhou was, een wereldstad. Daarbij had die restauranthouder veel gereisd. De mensen in dit gehucht zijn misschien nooit buiten Huaiyin geweest. Van de Engelstalige *China Daily* hebben ze waarschijnlijk nooit gehoord, laat staan ooit gelezen. Hoe kun je een kind bang maken met kruisraketten als het niet weet wat ze vermogen? Hoe meer ik Chris zijn handen zie wringen, hoe heviger mijn hart bloedt. De beste oplossing is... Eric maakt zijn zin niet af. Ik kijk hem boos aan. Hij laat zich niet door mij van de wijs brengen en gaat verder. Volgens hem is de beste oplossing 'm toch te smeren.

Nee! Ik pak de hand van mijn kloosterhoofd. Dit kan ik haar niet aandoen. Chris, help mij, en haar! Hij knikt tegen mij. Ik slaak een zucht van verlichting. Eric schudt zijn hoofd en kijkt mij aan, en ik kijk terug, smerig. Temeer daar ik weet dat Eric gelijk heeft. Dat zijn voorstel voor Chris' en mijn bestwil is. Maar juist daarom veracht ik Eric. Hij kent geen principes. Hij zegt dat Chris zijn schepen achter zich heeft verbrand, voor mij. Of ik het mijn liefje niet te moeilijk wil maken. Chris weet niet waar hij zich in stort. Echt! Hij is naïef! Ik ga naast Chris staan: ik houd juist van hem omdat hij naïef is. Mijn schat staat tussen ons in en luistert sprakeloos naar onze woordenwisseling.

De volgende ochtend staat de tractor met chauffeur al klaar om mij naar het bewuste hotel in Huaiyin te brengen. Attent van mijn kloosterhoofd om hieraan te denken. Eric heeft het over het bellen van een taxi, zodat Chris mij daarheen kan begeleiden. Dat lijkt hem veel comfortabeler. Ik wil geen van beide. Lopen, zeg ik. Ze roepen in koor dat het vier uur heen en vier uur terug is. Om nog maar niet te spreken over de bus naar het centrum van Huaiyin die ik moet zien te halen, die op rare tijden rijdt. Ik zwijg. Chris krabt zich achter het oor. Eric zwijgt ook. Einde van het liedje: Chris loopt met mij mee. Het kloosterhoofd en alle nonnen staan in een rij en zwaaien ons bij de poort uit. De ogen van Eric worden rood.

Ik heb speciaal een onbegaanbare route uitgekozen. Wij waden als het ware door rijstvelden, passeren bamboebossen en gaan langs weiden met *huangguo*-bloemen – witte, lelieachtige kelkjes die mijlenver geuren. Een paar keer probeert Chris een gesprek op gang te brengen, maar hij haakt af omdat ik er niet op inga. Maar wanneer hij zichzelf als nietsnut vervloekt, die zijn vriendin niet tegen viezeriken kan beschermen, kus ik hem op de mond. Net zo lang tot hij zwijmelt van mijn, volgens hem, appelbloesemadem. Hierna wijs ik hem erop dat hij mij wel degelijk heeft willen helpen, maar dat ik die hulp niet wilde aannemen. Het is mijn eigen keuze het probleem op deze manier te beslechten. Ik moet hem juist bedanken omdat hij mijn besluit respecteert. Bovendien, ik weet heus wel hoe ik mezelf moet beschermen. Hij stopt met lopen en vraagt of hij mijn hals mag zien – vanwege het littekentje. En of ik echt een mes bij me draag. Zijn ogen glinsteren zodra hij de gegraveerde schede ziet, ingelegd met jadestukjes. Hij waarschuwt me dat het mes vlijmscherp is. Of ik op wil passen. Wat had hij anders gedacht?

Om de zoveel stappen vraagt hij mij of het toch niet beter zou zijn geweest als wij het advies van Eric hadden opgevolgd en 'm stiekem waren gesmeerd. Het klooster heeft immers Boeddha om het te behoeden voor boze geesten? Ik kijk hem vuil aan. Na een paar keer houdt hij ermee op.

Ik installeer Chris in de lobby van het vervloekte hotel – het spijt me, mijn zegen krijgt het niet. Middenin staat een piano die wordt bespeeld door een meisje met een paardenstaart. Een westers arrangement van *Liangshanbo en Zhuyingtai*, zeg maar Romeo en Julia op zijn Chinees. Ik kam mijn haren en verzeker hem dat ik niet lang zal wegblijven.

De Tijger is eerder een kabouter. Voorzien van een hangbuik die zijn pik zo goed als tot zijn knieën verdringt. Zijn spillebenen doen mij denken aan een mug die hoogzwanger is. Het districtshoofd ziet er best sportief uit. Met gymschoenen – Adidas – aan, onder zijn perfect geperste Armani-pak. De journalist verzoekt mij een stuk tekst op te zeggen uit een van zijn favoriete soaps. Als hij met zijn mond wagenwijd open lacht, heb ik het idee dat ik bij de ingang van een riool sta – een stank waarmee hij een leger stoere jongens met gemak kan bedwelmen.

Ik heb nog nooit zoveel moeite gehad met het uitvoeren van een dans, voor de ogen van mannen die ik toch niet ken en met wie ik hierna niets meer te maken zal hebben. Chris' gezicht zweeft voor mijn ogen en ik vervloek hem. Wat voor prins is hij eigenlijk? Dat hij niet met zijn zwaard deze zwijnen neer kan sabelen? Maar ik houd te veel van hem om hem willens en wetens in gevaar te brengen. Trouwens, wat verlies ik met een dansje? Behalve mijn vertrouwen in de mensheid eigenlijk niets.

Chris springt op van zijn fauteuil. Ik heb geen fut meer om naar het klooster terug te lopen. Hij roept een taxi en we rijden tot we niet verder kunnen. Het is donker geworden. Krekels tussen het gras, kikkers in de rijstvelden en glimwormen in de bermen componeren een maansonate. Onderweg heeft Chris mij wel tien keer gevraagd of ik bedroefd ben. Ik houd mijn mond. Welk antwoord ik hem ook zal geven, ik meen het toch niet. Wat ik wel meen, zal ik hem nooit zeggen.

Het kloosterhoofd is speciaal voor mij opgebleven. Andere nonnen zijn allang naar dromenland vertrokken. Ze leidt Chris en mij naar het hutje waar Eric en hij gisternacht ook hebben gelogeerd, iets buiten het klooster. Waar vers fruit, jonge bamboescheuten en steenkool voor de winter worden opgeslagen. In een hoek liggen gedroogde bamboebladeren. Hier slapen de twee heren op. Zodra wij de deur openen, weten we hoe laat het is. Eric heeft dit kamertje omgetoverd in een café. De stank van alcohol en de rook van sigaretten overweldigen mij en doen het kloosterhoofd steil achteroverslaan. Ze zoekt oogcontact met mij, alsof ze iets te bespreken heeft, maar ik draai me om en grap en grol met Eric en Chris. Er zit voor haar niets anders op dan mij goedenacht te wensen en mij te verzoeken, bij terugkeer naar mijn slaapzaal, zachtjes te doen. Ik ben niet van plan vannacht te slapen, denk ik bij mezelf, maar ik wil de arme non niet nog meer de stuipen op het lijf jagen. Ze heeft genoeg met mij te stellen gehad. Als ik hier niet was gekomen, zou ze misschien nooit hebben geweten hoe diep een vrouw kon zinken en hoe hoog mannen konden steigeren.

Eric schuift mij een glas vuurwater toe – maotai. Hij is achter ons aan gereden, ook naar de stad geweest en heeft de slijter een goede bui bezorgd. Chris wacht niet tot hij er eentje krijgt en drinkt Erics glas leeg. Ik kijk naar de twee en mijn hart bloedt leeg. Nee, ik heb niets tegen hen. Ik houd van hen beiden. Vooral van Chris. Het moment dat ik een stuk tekst uit een soapserie voor de journalist moest opzeggen, realiseerde ik me dat ik een toneelspeelster was. En ben. Vanaf nu vervul ik twee rollen. Voor Chris ben ik – uit de grond van mijn hart – zijn steun en toeverlaat, tot de dood ons scheidt; voor Eric ben ik – ook met mijn ganse hart – zijn boezemvriendin. Zelfs als hij een moord zou plegen, zou ik onze vriendschap nog trouw blijven. Niet dat ik hem zou indekken, maar ik zou hem elke week bezoeken, hoe ver zijn gevangenis ook van mijn woonadres verwijderd ligt. Ik kan dit niet voor mijn twee broers doen, maar dit houden de mannen die mij dierbaar zijn van mij te goed. Voor de kerels die mij beschouwen als een stuk mals vlees in hun voederbakje, ben ik een soapster. Alles wat ik zeg of doe is gespeeld, nee, sterker nog, als ik lach, ben ik hen in feite aan het kelen, en als ik dans, hen het graf aan het intrappen. Zoals nooit tevoren wil ik liefhebben. En Chris datgene geven wat ik vanaf mijn twaalfde koste wat kost voor mijn ware heb bewaard. En zoals nooit tevoren wil ik opstaan tegen onrecht. Boeddha met Zijn stilte en nietsdoen is sinds het hotelbezoek vanmiddag voor mij een vreemd begrip geworden. Opeens denk ik aan het Oude Testament, in de Engelstalige kinderbijbel, die Jan mij leerde lezen. Zijn God spreekt mij meer aan. Hij stuurt de zondvloed om de corrupte wereld te verdrinken en bouwt de Ark van Noach om de paar goede zielen te laten overleven.

De twee heren worden spraakzamer naarmate er meer flessen leeg komen te staan. Chris zwaait met zijn zoveelste glas en brengt zijn dubbele tong moeizaam in beweging. Waaaaaar ik hem voorrr aanzag. Een eikel? Waardoor ik hem de ene leugen na de andere ophing. Eerst direct aan hem en dan vvvvvia Eric. De vermoeidheid en wanhoop die mij overdag parten speelden worden door zijn opmerking in één klap naar het niemandsland verdreven. Ik kijk in zijn ogen. Hij is niet te dronken om mij te verstaan maar wel bezopen genoeg om zijn eigen eerlijkheid alsmede de mijne te verdragen. Ideaal om een pijnlijk onderwerp frank en vrij te bespreken. Het vuurwater dat Eric mij gaf heb ik aan de vloer afgestaan, dus ik ben kraakhelder. Chris, als ik je in één keer, recht in je gezicht zou hebben verteld hoeveel ik in de loop der jaren heb gezondigd en wat mij heel lang heeft gekweld, zou je mij dan nog willen hebben, als je bruid? Hij zou niet weten waaaaaaaarom niet. Hij wankelt op zijn sokkel en wordt overeind gehouden door een schouder van Eric. Voor mij maakt Chris een uitzzzzzzondering, want normaliter lust hij leugenaars rrrrrrrauw. Hij grinnikt en dist een cliché op uit zijn repertoire, namelijk, 's lands wijs, 's lands eer. Hij zit nu in mijn land – dat hij het nog in de gaten heeft, gezien de alcohol die in zijn hoofd klotst. Als Chinezen tien woorden zeggen, lalt-ie, mag hij blij zijn als er één woord tussen zit dat waar is. Eric neemt een slok uit zijn eigen glas en knikt tegen zijn maatje. Hij is het er roerend mee eens.

Ik schuif dichter naar die twee toe. Lood om oud ijzer, Chris. In het Chinees zeggen wij: *een halve kilo is vijf ons en vijf ons is een halve kilo.*

Wij huichelen wel eens maar jullie zijn er ook niet vies van. Ze zetten hun glas neer, scheef op het stro, waardoor het goedje zijn kans schoon ziet weg te vloeien, en ze staan met een mond vol tanden. Ik daag hen uit: zin in politiek? Ze schudden hun hoofd. Of ik het alsjeblieft gezzzzellig wil houden. Oké, stem ik in. Is reclame een leuker onderwerp? Dat dacht ik al. Jongens, jullie vinden dat ik rondjes draai om wat ik eigenlijk wil zeggen, maar ik doe het uit zelfbescherming. Wordt een ander daar slechter van? Niet bepaald. Wat doen Nederlandse fabrikanten? Toen ik in Leiden woonde, werd ik doodgegooid met reclame, op tv en radio en in kranten en tijdschriften. Ik verstond jullie taal niet, maar ik wist wel wat ze van me wilden. Als ik een bepaald merk shampoo niet in huis haalde, diende ik me diep ongelukkig te voelen; als ik een bepaald merk auto niet voor mijn huis geparkeerd had staan, hoorde ik er niet bij. Waren dat geen leugens? Erger dan de mijne. Ze waren eropuit het geld, dat ik trouwens niet had, uit mijn zak te kloppen. Bij mij konden ze weinig uitrichten: ik kon me die dingen niet permitteren, maar ik zag mijn buurvrouwen in Roelofarendsveen er met hun platvoeten intrappen. Ze meenden écht dat als ze zich een bepaalde keuken niet konden veroorloven ze minder mens waren. Er was er zelfs eentje bij die van haar man wilde scheiden omdat ze al vijf jaar niet op vakantie waren geweest! Reclame van de voedselindustrie hield mensen voor dat ze hoe meer ze aten hoe gelukkiger en aantrekkelijker ze zouden worden. Zodra ze vetgemest waren, kwam de mode-industrie de schade herstellen. Ze plaatsten graatmagere modellen op de cover van bladen. Om vrouwen én mannen een minderwaardigheidscomplex aan te praten. Borsten vergroten, buik verkleinen, het vet uit de dijen zuigen, gezichtshuid gladstrijken, schaamlippen inkorten, haren op woensdag bruin verven en op vrijdag blond. Wat was er mis met de vrouwen in jullie land? Ze waren prachtig, in mijn ogen althans. Maar velen van hen lagen dag en nacht met hun lichaam in de clinch, omdat hun uiterlijk afweek van dat van de cover-girls. Dat was geen leugenpraktijk meer, noch oplichterij, maar sociaal aanvaarde terreur.

Eric stoot Chris aan. Ze overleggen. Wie het eerst zal beginnen. Chris vindt dat ik zijn vrrrrrrrrriendin ben. Het is dus zíjn afdeling om mij de mond zien te sssnoeren. China is veel ouder dan Nederland – hij meent het. Reclame kennen Chinezen zeker langer dan Nederlanders. Ik sla terug. Dat wel, mijne heren, maar op zo'n grote schaal professioneel opereren om het volk om de tuin te leiden voor commerciële doeleinden kennen wij niet. Van Jan – ik maak er geen geheim van, hij was mijn vriend – heb ik gehoord dat er zelfs psychologen bestaan die elke dag niets anders doen dan onderzoek verrichten naar het consumentengedrag en methoden ontwikkelen om mensen zodanig te beïnvloeden dat ze precies handelen zoals de adverteerders voor ogen hebben. Eric neemt het woord over. Hij zegt onder de indruk te zijn van mijn slagvaardigheid. Voor iemand die zijn bloed met een liter maotai verdund heeft praat-ie nog prima. Al ziet hij er aangeschoten uit, zo dronken als Chris is hij bij lange na niet. Hij vraagt zich af of hij mij erop attent mag maken. Dat ze hopen met reclame de consumenten geld te doen uitgeven, is waar. Maar als ze het niet doen, maaien ze ze niet bij bosjes neer!

Ik zet mij schrap: Politiek, hè? Hier wilden jullie het toch niet over hebben? Nu is het te laat om je terug te trekken. Ten eerste vind ik het laag dat je verwijst naar het bloedbad op het Plein van de Hemelse Vrede. Hier doelde je toch op, Eric? Mij houd je niet voor de gek. Je weet hoeveel leed dat in onze familie teweeg heeft gebracht. Hmm, ik ben aan het woord. Maar als je dit onderwerp per se wilt aansnijden, zal ik je één ding vertellen. Jullie westerlingen beschuldigen ons van het schenden van mensenrechten. Wij zouden studenten hebben neergeschoten. Andersdenkenden hebben opgesloten. Tijdens de Culturele Revolutie intellectuelen tot de dood toe hebben vervolgd. Wees blij dat wij dat hebben gedaan en nog steeds doen! Ik wacht tot ze beiden ontnuchterd naar mij staren en ga verder. Dit doen we onszelf aan en wij houden de moordpartijen binnenshuis. Jullie martelen of doden je landgenoten niet gauw, klopt. Jullie bundelen je krachten om mensen buiten je landsgrenzen aan te vallen en uit te buiten. Vroeger in naam van de koningin en door middel van koloniseren – Nederlands-Indië, bijvoorbeeld – en nu in naam van de democratie en door middel van de strijd tegen communisten of aanhangers van andere ideologieën en godsdiensten. In Azië, Latijns-Amerika en landjes elders in de wereld. Wat hebben ze jullie aangedaan dat jullie per se daarheen moeten vliegen om ze plat te bombarderen? Of ze met chemische wapens uit te roeien, waardoor er in de rijstvelden jaren geen gewassen konden groeien en kinderen met open wonden rondliepen? En waardoor lange tijd na de invasie vele vrouwen één man moesten delen, omdat ontzaglijk veel soldaten in het verzet waren gesneuveld?

Chris gebaart Eric hem zijn gang te laten gaan. Hij zegt dat ik Amerika verwar met Nederland. Europeanen doen zoiets niet. O nee? Jan zei anders tegen mij dat jullie wel degelijk morele steun aan Amerika gaven, soms ook financiële en militaire. Waar had ik het zonet over? Lood om oud ijzer. Wij zijn soms wreed tegen elkaar en jullie soms bruut tegen anderen. Waar gaat het ons allemaal om? Macht. Jullie willen macht over de hele wereld en wij over ons eigen volk. Wie is beter? Als ik mag kiezen, heb ik liever onze manier van geweld plegen. Wij houden de rotzooi binnenshuis en vallen andere staten niet lastig met mooie praatjes en kruisraketten. Eric gaapt. Chris volgt zijn voorbeeld. Mijn strijdlust is aangewakkerd, maar er is niemand meer tegen wie ik tekeer kan gaan, zonde. Ik wens hun een goedenacht, waarop Eric namens zijn maat van zich afbijt. Hij zal mij wel even een lesje in geschiedenis geven. Of Jan mij dit heeft verteld. Voordat ik kan reageren, gaat hij verder. Slordig van Jan, om mij dit te onthouden. Nederland heeft Nederlands-Indië nooit gekoloniseerd. Ze hebben daar handelsposten neergezet, meer niet. Einde lesje.

Eric, weet je wat er in Japanse geschiedenisboeken staat? Over hun rol in de Tweede Wereldoorlog? Ze zijn China nooit binnengevallen. Geen mens vermoord en geen brand aangestoken. Terwijl ze in 1937 binnen een paar dagen driehonderdduizend onschuldige Nanjingnezen van de aardbol hebben geveegd. Trouwens, als ik honderd Nederlanders voor mij op een plantage koffiebonen zou laten verbouwen en na een halfjaar jullie oogst met vijf gulden zou opkopen, drijf ik dan handel? Slaven zul je bedoelen. Chris leunt op de deurpost en zwaait mij uit. Ik ben bijna de hoek om of zijn stem haalt mij in. Volgens hem bestaat er een woord voor het fenomeen achter een gesloten deur je eigen familie geweld aandoen: incest. Naast wreed ook laf. Allebei het ergste in zijn soort. Daar knapt de grootste boef op af. Ik moet Chris nageven dat hij, als puntje bij paaltje komt, lazarus of niet, voor zichzelf een lans kan breken. Zijn opmerking is wat mij betreft in de roos. Niet dat ik overtuigd ben. Want machtsvertoon is, in welke vorm dan ook, stoer of laf, in mijn ogen krankzinnigheid ten top. Voor het eerst sinds ik mijn blonde teddybeer leerde kennen, besef ik dat wij als zon en maan zijn. Wij zullen elkaar nooit echt ontmoeten. Hoe sterk onze liefde voor elkaar ook is. Maar ik ben koppig. Ik zal er alles aan doen om onze verbondenheid tot over de landsgrenzen te laten zegevieren. Ik sta op mijn tenen en fluister in zijn oor: morgen zijn wij alleen én samen!

De volgende ochtend ben ik nog slap als een vaatdoek maar de nonnen zijn al aangekleed. Ik sta op en trommel mijn twee mannen ook wakker. Trots zie ik hen de houten kist van het klooster met wierookgeld vullen voordat we afscheid nemen van het rustoord voor mijn ziel.

Ik stel voor dat wij eerst naar Beijing gaan en dan pas terug naar Qingdao. Eric wil niet mee, maar ik sta erop dat hij het dorp ziet waarnaar ik vernoemd ben. Een kippeneindje buiten de hoofdstad, negentig kilometer maar. Achthonderd meter boven de zeespiegel, gebouwd op kolossale rotspartijen. Daar hebben mijn ouders elkaar leren kennen, in de jaren zestig. Het was toen nog een bedrijvige boerengemeenschap, maar nu is negentig procent van de bewoners naar de stad vertrokken om het grote geld te verdienen. Alleen oudjes die slecht ter been zijn blijven achter. Vandaar zijn huidige naam: het spokendorp.

Vanaf Beijing Centraal nemen we de taxi. Hoe dichter bij onze bestemming, hoe koeler de lucht aanvoelt die via de ramen in de wagen wordt geblazen. De chauffeur zet ons af aan de voet van de rotsberg – hij kan moeilijk negentig graden omhoog rijden, nietwaar? Dit is de derde keer dat ik hier ben, maar de eerste keer zonder mijn ouders. Ik kijk naar boven en verbaas me nog steeds over de aanblik. Huisjes, trapsgewijs op de rotsen neergezet, lijken van waar ik nu sta op elkaar gestapeld te zijn. Eric laat Chris en mij voorgaan en wil sigaretten kopen in een pensionnetje hierbeneden. Hij verzekert me dat hij ons in zal halen.

De trappen naar ons logeeradres zijn smal en de stenen wiebelen, maar Chris laat zich niet kennen. Hij sleept zijn koffer met zich mee en het zweet breekt hem aan alle kanten uit. Ik verdwijn in een van de woningen langs het paadje en kom terug met de kleinzoon van een kennis van mijn vader. Chris bekijkt de magere jongen en wil onder geen beding zijn bagage aan hem afstaan, maar ik fluister in zijn oor iets waardoor hij eerst met argwaan en daarna met verbazing toekijkt hoe de iele tiener pijlsnel de trappen opklimt, met de loodzware koffer op zijn rug. Wat ik Chris gezegd heb kun je al raden: laat het kind toch een zakcentje verdienen!

Ik vertraag mijn tempo. De kleine boerenhoeve waar wij zullen overnachten is nog niet te zien, maar wel te ruiken. Het parfum van kamperfoeliebloesem spoelt over ons heen. Chris kijkt naar links en rechts, op zoek naar de bron. Ik wijs naar de murenhoge bloemenzee waar ons huisje tussen verscholen staat en hij knijpt in mijn hand. Ik kijk achterom. Waar blijft Eric? Deze vreugde wil ik ook met hem delen. Voor de vierenhalf jaar rots in de branding die hij voor mij is geweest tot zelfs dit moment toe. Ik hoef Chris niet te vragen over hoeveel twijfel en onreddering Eric hem heen heeft helpen stappen, op zijn pad geworpen door mijn verhalen vol... onwaarheden. We betreden de binnenplaats. Zelfs de molensteen en de hooikar hier zijn innig omhelsd door slierten kamperfoelie. Witte, piepkleine bloemetjes die de lucht betoveren en ons huisje aankleden met een witte, kanten bruidsjurk. Ik haal een sleutel uit mijn tasje, geleend van die kennis van mijn vader, en open de deur. Behalve een bloot stenenbed is er alleen stof in de hoofdkamer. Ernaast is een zijkamertje, geheel ongemeubileerd. Eric komt binnen en laat meteen van zich horen. Te primitief. Niet zijn smaak. Hij wil een degelijk matras en een warme douche. Na twee nachten op bamboebladeren te hebben geslapen en drie dagen reizen en stressen, wil hij een normaal hotel induiken. Chris vindt hem flauw. Of Eric stront in zijn ogen heeft. Want dit is pas landelijk. Ik zoek naar Erics ogen en hij weet niet hoe vlug hij zich van mij moet afwenden. Ik bied aan hem uit te zwaaien. Hij zegt dat het nergens voor nodig is. Ik ken hem langer dan vandaag en daal met hem de steile trappen af. Hij schopt tegen het onkruid dat tussen de stenen groeit en geeft af op de spookachtige stilte. Geen kip op straat, op het pad dan. Eric! roep ik. Hij krabt op zijn hoofd en wij zwijgen beiden. Langer dan ons gemakkelijk is. Hij klapt op de tas in zijn hand. Dit heeft hij bijna vergeten. Wat hij in het pensionnetje voor Chris en mij heeft gekocht. Ik kijk erin. Broodjes, worsten, frisdrank en een netje van mijn lievelingsfruit – perziken. Mijn neus voelt warm aan. Voorts komt hij met een praktische vraag. Dekens en een klamboe. Of en zo ja waar ik ze kan versieren. Ik wil hem zeggen dat ik ze al geleend heb, van de kennis van mijn vader, alleen wilde ik ze niet onder zijn blik op het bed van Chris en mij spreiden, maar ik houd dit wijselijk voor mezelf en doe me nonchalant voor. Ach, zwaai ik met mijn hand, we slapen wel op het gras, onder de blote hemel. Romantischer, zeg ik. Hij staart mij aan. Ik bloos.

Chris kan mij beter niet helpen. Hij loopt alleen in de weg. Ik sproei wat water op de vloer van onze kamer, opdat het stof niet opvliegt, en bezem het op een plank die ik tussen de struiken heb gevonden. Het stenenbed bedek ik met twee gewatteerde dekens. Op de vensterbank zet ik een emmer neer die Boeddhazijdank niet lek is en vul hem met takken kamperfoelie. Opeens ruikt de kamer net als de tuin.

Na van Erics broodjes te hebben gesmuld, wil ik een wandeling met Chris maken, naar de top van de rotsberg. Hij wil liever op de binnenplaats blijven. Volgens hem is de maan hier helderder. Nu de nachtgordijnen gevallen zijn, begint de kamperfoelie feller en feller te geuren. Vandaar zijn Chinese naam: Jelai Xiang – de reuk die 's nachts verschijnt. Vloedgolven parfum die ons vanbinnen doen sidderen en vanbuiten overvallen, een minzame actie om ons bewustzijn geheel en compleet in beslag te nemen. Ik vertel hem dat mijn vader tientallen jaren geleden hierheen was uitgezonden. Om de boeren op te ruien tegen bourgeois elementen en revisionisten. En dat mijn moeder, een lerares uit de stad, hierheen was gestuurd om volksliedjes te verzamelen. In dit huisje, destijds de woning van een dorpshoofd, heeft mijn vader zeven maanden gelogeerd. Op een avond betrapte hij een jonge vrouw bij het beklimmen van een muur en het stelen van kamperfoelie. Hij riep en ze viel. Hij ook, op de sterretjes in haar ogen. Dat was een jaar nadat vaders eerste vrouw aan baarmoederkanker was overleden en een jaar voordat mijn oudste broer werd geboren...

Van mij mag Chris het licht niet aandoen. Het maanlicht nodigt zichzelf uit onze ramen binnen te komen en alles ziet er zilverkleurig uit, behalve mijn nek, die ivoorgeel is, waar zijn blik op brandt. Hij vraagt mij of ik voor hem wil dansen, ik zeg nee. En licht hem ook niet toe waarom. De blouse glijdt van mijn schouders. Ik leg een tak vol kamperfoeliebloesem in zijn hand. Hij ruikt eraan. Ik wacht. Hij weet niet wat ik wil. Ik houd zijn hand vast en strijk met de tak langs mijn gezicht. Zijn hand trilt en ik laat hem los. Zijn tak streelt mijn nek en schouders. Ik hoor kreetjes uit zijn keel ontsnappen, ga liggen en sluit mijn ogen. Daar waar zijn tak voorbijgaat vlamt mijn lichaam op, waarvan de delen als wilgentakjes in een zomerbries dansen, draaien en beven. Wanneer zijn tak mijn borsten bereikt, glijdt het topje van mij af. Hij knielt voor mij neer en zijn kreetjes worden kreunen. Hij maakt aanstalten naast mij te gaan liggen, maar ik schud mijn hoofd. Ver van mij af, daar moet hij blijven, met alleen de tak als onze brug. Zijn tak is zijn pen. Hij tekent wat ik voel. Met elke pennenstreek gaat er een stukje van mij open. Voor hem open. Chrisssssssss, ik roep zijn naam, die magie bevat. Ontroerd door wat hij ziet gaat hij door met mij liefkozen. Ik houd mijn armen boven mijn hoofd gekruist en voel zijn haren mijn huid prikkelen. Hij ademt diep – alsof hij zich vermant – en raakt met de tak mijn buik aan, waarop een elektrische stroom door mij heen flitst. Als een komeet door de sterrenhemel. Kort, hevig en onomkeerbaar. De elektriciteit bereikt mijn hoofd en ik zie niets meer, voel niets meer en hoor niets meer. Ik hunker alleen. Mijn tenen krommen zich om te voorkomen dat ik het uit zal gillen van verrukking, die mij verbijsterd achterlaat. Hij ziet mijn kuiten samentrekken en verhoogt zijn tempo van strelen, via de tak, in een ritme dat overeenstemt met de explosietjes in mijn cellen én met het liedje van cicaden in de struiken. Hij vindt mijn voetzool en kietelt mij daar. Ik geef een gil. Zoals nooit tevoren wil ik hem voelen. Niet zijn tak, maar zijn hand, zijn buik, zijn bron van mijn vreugde en zijn benen, verstrengeld met de mijne, als takken kamperfoelie met elkaar, onlosmakelijk en onafscheidelijk.

Ik ben een bloemetje dat wacht op de hand van een jongetje die mij plukt, tot pulp kneedt en die mij verandert in een vleugje herinnering van zijn eerste parfum. Het parfum van zijn verovering, van mijn overgave. Toe, Chris, druk mij tegen je aan tot ik stik. Als ik stik, ben ik er niet meer. Dan ben ik een deel van jou. Daar voel ik me thuis. Een berg vermorzelt mij. Ik verscheur. En val flauw.

Wat kan hij slapen! Als een reus die gedrogeerd is. Ik kijk naar zijn gezicht en luister naar zijn ademhaling. Voortaan is hij mijn hemel en ben ik zijn aarde. Vanaf nu, als ik aan hem denk, hem zie, ruik, hoor en voel, ben ik in ons paradijs. Zo niet, dan leef ik in mijn eigen werkelijkheid.

Negen

CHRIS

Wanneer ik wakker word, waan ik me in een Chinees restaurant. De geur van lente-uitjes, knoflook, gember, azijn en sojasaus vermengt zich met de damp van gekookt varkensvlees en tarwemeel. Ik begin te twijfelen of ik me nog steeds in hetzelfde huisje bevind als vannacht, geparfumeerd met kamperfoelie. Ik open mijn ogen en kijk uit het raam. Nu de dageraad er is, hebben de witte bloemetjes zich gesloten en zijn in een, neem ik aan, verkwikkende slaap gevallen. Wit, wit. In de ochtendgloed lijken ze eerder roze, oranje. Ook mijn prinses ziet er stralend uit. Ze zet een emmer vers water op de binnenplaats neer: ik mag mijn gezicht ermee wassen. Hé, merk ik op, hier hebben de takken kamperfoelie in gezeten! Ze bedekt haar gezicht met haar vingers, die in de zon glinsteren als de bladeren van waterlelies, en ik fluister in haar oren: wil je met mij trouwen? Ze wordt even stil, maar klapt direct hierna in haar handen. Eerst het een en dan het ander. Nu eten geblazen. En huppelt naar een moerbeiboom. Daaronder ligt een doek, gedekt met kommetjes en een pan. Tientallen jiaozi's liggen daar stoom af te geven, met ernaast een sausje van zoute ketjap, azijn en geperste knoflook. Ik ben inmiddels gewend aan een stevig ontbijt, maar dit slaat alles. Trots vertelt ze dat de markt van deze streek goed gesorteerd is. Om vijf uur kon ze daar lente-uitjes kopen met de dauwdruppels er nog op. Ik wrijf in mijn handen en doe me enthousiast voor. Heerlijk, een brunch! Ze lacht mij uit. Om zeven uur in de ochtend is dit voor Chinezen ontbijt. Vervolgens maakt ze het menu voor de lunch bekend. Witte rijst, rood geroosterde kip en gevulde aubergine. Ik houd mijn buik vast maar zeg verder niets.

Na het eten – wie zegt dat het Engelse ontbijt onverteerbaar is? ze zijn nog niet in China geweest! – stel ik voor een wandeling te maken. Naar de top van de rotsberg maar, zucht ik. Ze glundert. Eindelijk ben ik volgens haar wat sportiever. Ze trekt gemakkelijke schoenen aan en huppelt de poort uit. Dit houd ik maar voor mezelf: ik moet wel, met die zware kost in mijn maag. De lucht in de bergen komt als het ware uit blik. Zuiver, licht en fris. Jelai lijkt te zweven boven de stenen trappen. Haar voeten raken nauwelijks de grond. Ze zwaait met haar armpjes, giechelt en roept naar beneden. Of ik vaart wil maken. Haar gegiechel echoot tussen de rotswanden en doet de vogels uit hun nesten vliegen. Van haar moet ik laten zien dat ik ook in het beklimmen van bérgen een echte man ben. Opeens heb ik zin om haar in te halen. Ze rent de trappen nog vlugger op en kijkt zo nu en dan achterom. Angst om door mij gepakt te worden staat op haar gezicht te lezen en ze lacht, zoals het een Chinees betaamt, haar zenuwen weg.

Wat een misverstand! Haar inhalen? Van mijn leven niet. Ik hijg achter haar aan. Nee, zeg ik expres hardop, ik hoef niet te bewijzen dat ik een man ben, want dat weet ze best. Ze haast zich naar mij toe en bedekt mijn mond, bang dat de krekels het door zouden vertellen. Nou, da's juist de bedoeling, Jelai! Jij bent mijn vrouw en ik ben je man. Wat is daar mis mee? Ze kijkt in mijn ogen en wil graag dat ik haar één ding beloof. Dan zal ze haar hele leven van mij houden en mij trouw blijven. Ik plaag haar: liefde is onvoorwaardelijk. Ze stampt met haar voeten. Of ik niet een beetje serieus kan zijn. Oké, ik luister. Direct na deze woorden krijg ik spijt. Want ze doet het weer – hoe anders? – via een omweg, met een geschiedenisverhaal. Nu over ene Jiufang-en-nog-wat. Paardenkenner van beroep. Van zijn koning moest hij op zoek naar het snelste paard ter wereld. Toen hij zijn hand op zo'n prachtbeest had weten te leggen, ging het volgens hem om een zij, met een gele vacht, terwijl het een zwarte hij was. Hiermee bewees hij een meester te zijn in dit vak. Want hij negeerde uiterlijkheden, waardoor hij de ware aard van het wonderdier zag.

Is dat alles? vraag ik Jelai. Niet op je uiterlijk letten? Zonde, want je bent een feest voor het oog. Ze stampt weer met haar voeten. Zo bedoelt ze het niet. Gelukkig! zeg ik. Hier is haar voorwaarde. Ik moet dwars door haar doen en laten heen kijken en vertrouwen op haar goede bedoelingen, want die heeft ze, voor mij altijd. Oké, beloof ik haar. Ze vliegt in mijn armen en laat mij niet meer los.

Wie belt er nou? Midden in de nacht? Ik draai me om en probeer verder te slapen. De laatste tijd droom ik de raarste dingen en sta in de ochtend met een kater op, terwijl ik (meestal) geen druppel drink. Vandaag wil ik eindelijk van de koppijn af. De telefoon weet van geen ophouden en ik snauw: waai! – hallo! op zijn Chinees. Aan de andere kant van de lijn roept iemand dat ze mijn tante is. Ik wrijf mijn ogen open. Zelfs mijn ouders bellen mij zelden, laat staan een of andere tante. Sinds mijn huwelijk met Jelai leek mijn familie in Nederland verder en verder van mij verwijderd. Nu ik, drie jaar nadat we elkaar het ja-woord hebben gegeven, gescheiden ben, durf ik, behalve in geval van nood – als de hemel instort bijvoorbeeld – geen contact met mijn vader en moeder op te nemen. Anders krijg ik weer te horen dat ze mij nog zo hadden gewaarschuwd, over cultuurverschillen en blabla. In plaats van mij een hart onder de riem te steken lezen ze mij de les! Wat weten zij van cultuurverschillen? Eerlijk gezegd kan ik nu niet meer zonder. Het leven zou saai zijn als ik elke ochtend uit bed stap en al precies weet hoe de dag afloopt. Ze noemt zichzelf mijn tante uit Qingdao.

Ahá! Ik zit rechtop. Goedemorgen, tante! Hoe gaat het met u? En met mijn oom? Mijn hart leeft weer, nu ik me de tijd voor de geest haal die ik samen met Jelai in de kuststad had doorgebracht... Ze klinkt even vief als vroeger. En antwoordt dat ze het beiden prima maken. Een jaartje ouder, maar dat mag de pret niet drukken. Zoals vroeger spreekt ze mij aan met Keli haar jongen. Waar ze voor belt is het volgende. Het dak van de villa van Jelai en mij is lek. Eergisteren heeft het daar gestormd. Gistermiddag liep oom langs ons huis en zag drie dakpannen in onze voortuin liggen, gebroken. Het dak ziet er niet uit, volgens haar als de mond van een zesjarige, die net zijn melktanden heeft verloren. Haihai is met de ladder boven wezen kijken. Als we niet snel maatregelen nemen, loopt het huis onder water – vandaar dat ze mij de hele dag heeft proberen te bellen. Wat ze moeten doen. Voorlopig het dak met vervangend materiaal bedekken? Of toch maar de aannemer inschakelen om de leverancier van de originele dakpannen te achterhalen? Haihai is overal geweest. Die krengen zijn nergens te koop. Ik verman me en zeg dat ze hiervoor beter bij Jelai kan zijn. Ze is op zakenreis, naar de provincie Yunnan, licht tante mij toe. Dit heeft ze gehoord van een van Jelai's drie dienstmeisjes, die op haar maltezer past. Da's nieuw, denk ik bij mezelf. Jelai en dienstmeisjes zijn, waren dan, als water en vuur. Ze had het ervoor over om zelf onze drie huizen in Beijing op haar blote knietjes te poetsen of nog beter, er als zwijnenstallen bij te laten staan, dan een poetsvrouw aan te nemen. Bang dat zo'n hulp iets met mij zou beginnen. Nu ik onder haar juk vandaan ben, heeft ze die angst niet meer. Drie dienstmeisjes voor een éénpersoonshuishouden! Zijn de nouveaux riches hier gek geworden? En daarom vraagt tante mij om advies, want, voegt ze eraan toe, ik ben per slot van rekening ook eigenaar van dat huis.

Ik haal diep adem: het is vervelend, maar heeft Jelai haar niet verteld dat ons huwelijk ontbonden is? Al zeven maanden? Tante zegt dat het wel overwaait. Ze kent haar nicht, vandaag regen en morgen zon. Ik wil haar duidelijk maken dat echtscheiding iets anders is dan ruzie maken, maar wat heeft dat voor zin? Weet ze ook dat behalve het penthouse waar ik in woon, alle huizen aan Jelai zijn toegewezen? Ze zegt dat ik niet zo mal moet doen. Wij jongelui zijn volgens haar niet goed wijs. Bezittingen verdelen alleen omdat er gekibbel is geweest. Of we gauw een einde kunnen maken aan die flauwekul. Ik vloek binnensmonds. Jelai heeft niet eens het fatsoen om de waarheid aan haar oom en tante te vertellen! Of ze voelt zich schuldig omdat ze mij kaalgeplukt heeft. Een van de twee. Omwille van tante neem ik voor de laatste keer een beslissing over de villa. Weet u wat u het beste kunt doen? Haihai vragen om voorlopig een paar andere dakpannen te kopen. Als die maar niet te veel van de originele verschillen. Een beetje kan geen kwaad. Dat merkt toch niemand, denk ik bij mezelf. Jelai gaat daar nooit heen. Ze schaft maar huizen aan en bewoont ze niet. Als ik voorstelde de villa's behoorlijk in te richten – om de kosten hoefden we het niet te laten: het loon van een stukadoor bijvoorbeeld is veertig Nederlandse centen per uur – werd ze kwaad. Ze vroeg mij op de man af of ik daar soms een liefdesnestje wilde bouwen en er regelmatig heen zou rijden. En daar, achter haar rug om, met een stoeipoes ging rollebollen. Moet je eens horen! In haar eigen woorden, *de zakkenroller die roept 'Houd de dief!'* Op zijn oer-Hollands: zoals de waard is, vertrouwt hij zijn gasten. Tante vindt mijn voorstel uitstekend en zal Haihai meteen op pad sturen.

Tantes telefoontje rakelt herinneringen bij mij op. Daar heb ik dus geen behoefte aan. Maar de slaap vatten kan ik niet meer. Alle zakken van mijn broeken heb ik gecontroleerd. Geen sigaret. De laden van mijn bureau en van de keukenkasten heb ik ook een voor een bekeken. Zo te zien is een gang naar het winkeltje aan het einde van onze straat onvermijdelijk. En dat in het holst van de nacht! Ik stap in de auto, voor zo'n kippeneindje, erg ja, dat is me bekend. Nauwelijks heb ik me op de bestuurdersstoel geïnstalleerd of er wordt iets over mijn hoofd getrokken. Een mannenstem gebiedt mij me koest te houden, anders… Een hard en koud ding wordt tegen mijn nek gedrukt en twee stevige handen knijpen mijn keel dicht.

Na een reis van ik vermoed een uur of twee word ik een vochtige omgeving ingeduwd. Naar de holle klanken die mijn voetstappen veroorzaken en het druppelen van water boven mijn hoofd te oordelen, bevind ik me in een grot. Plotseling hoor ik mijn belager schreeuwen – nu pas valt het me op dat-ie een accent heeft dat ik niet thuis kan brengen. Ik moet zitten. Op de grond. Terwijl de zak van mijn hoofd wordt verwijderd, worden mijn ogen geblinddoekt en mijn handen op mijn rug vastgebonden. Ik mag één telefoontje plegen, wordt mij meegedeeld. En o wee als ik één woord afwijk van wat mij wordt voorgezegd. De enige tot wie ik me in zo'n situatie kan wenden is Eric. Losgeld twee miljoen Amerikaanse dollars, anders ga ik eraan. Ik hoor Eric hees worden, maar de mobiel is inmiddels van mijn oor gehaald en een prop in mijn mond gestopt. Ze bellen hem wel, belooft de stem met een accent, brullend, over honderdtwintig minuten. Waarschuwt Eric de politie, dan zijn de gevolgen voor zijn rekening. Ik schop tegen degene die mijn vriend onder druk zet, waardoor ik een scherp voorwerp op mijn hoofd voel timmeren. Ik word duizelig en val om.

Jak! Een bak ijskoud water wordt over mijn hoofd gegoten en ik ril over mijn hele lijf. Hoe lang heb ik zo gelegen – met een zwarte lap voor mijn gezicht en ingesnoerd als een rollade? Ben ik bewusteloos geweest? Mijn maag knort. En mijn blaas klapt bijna uit elkaar. Ik schop weer. In plaats van een steen op mijn kop krijg ik nu een paar draaien om mijn oor. Ik moet mijn bek houden. Dit keer fluistert een andere stem met hetzelfde rare accent – brullen ze niet meer, zoals gisternacht? Waar ben ik precies? Maar ik heb geen zin om nog eens buiten westen te worden geslagen en houd me koest – dat plassen doe ik maar in mijn broek. Hèhè, dat lucht op. Voor het eerst sinds maanden heb ik niets om handen. Al die tijd heb ik als een paard gewerkt voor mijn nieuwe bedrijf. Nu ik eindelijk wat rust heb – niet ironisch bedoeld – draven mijn gedachten door. Ik kan ze niet bijbenen en word duizelig, ditmaal van de beelden uit het verleden. Ons verleden. Ik heb me steeds voorgehouden dat het hoofdstuk met Jelai is afgesloten, maar niets is minder waar. Hier, in de handen van een stelletje criminelen, oog in oog met de dood, flitst het leven aan mij voorbij…

Een week nadat Jelai en ik waren getrouwd zocht ik in haar tas naar mijn mobiele telefoon, die ze van mij had geleend. En trof daar een doosje condooms aan. Ik vroeg haar voor wie die waren bedoeld. Voor ons, lachte ze mierzoet. Ze loog. Want wij gebruikten zoiets nooit.

Toen het tot haar doordrong dat ik me niet liet afschepen met klinkklare onzin, greep ze naar haar routinewapen – een sprookje. Het ging zo. Een paar duizend jaar geleden – al haar verhalen deden zich in die periode voor – vloog er een siheyuan in de fik. Als een haas maakten de ouders iedereen wakker en samen sprintten ze naar buiten. Toen de moeder haar kroost had geteld, schreeuwde ze moord en brand. Omstanders vroegen haar wat het geval was – haar gezin stond immers om haar heen. Ze snikte dat ze haar neefje nog miste. Die lui waarschuwden haar dat de woning op instorten stond, maar het mocht niet baten. Ze wilde koste wat kost voorkomen dat haar buren zouden denken dat ze haar eigen kinderen voortrok en dook nog liever de vlammenzee in. Twee maanden later werd ze postuum uitgeroepen tot heldin van het dorp. Ze onderschreef met haar leven – oftewel dood – de regel dat het belang van de grote familie voor het kleine gezin ging. Ik wachtte geduldig op het verband dat Jelai zou leggen tussen die quatsch en haar kapotjes – rampbestrijding en voorkomen is beter dan genezen misschien? – maar ze scheen uitgepraat te zijn.

Een maand later bereikte mij het bericht dat de directeur in Beijing, die vroeger had geprobeerd haar het bed in te krijgen en toen dat hem niet lukte, haar bij de veiligheidsdienst had aangegeven, op staande voet was ontslagen. Zijn superieuren ontvingen per post een videoband. Waarop hij met een gemaskerde vrouw, die, gelet op haar figuur, niet zijn eigen vrouw kon zijn, aan het je-weet-wellen was. Een kopie van dezelfde band kreeg ook zijn echtgenote toegestuurd. Binnen tien dagen waren ze met wederzijds goedvinden gescheiden. Hun zonen en dochters weigerden de vader/opa op te zoeken. Contact met hem zou een slechte invloed kunnen hebben op hun opgroeiende kinderen.

Twee maanden later richtten Jelai en ik ons eerste bedrijf op in Qingdao, gespecialiseerd in luxe sportartikelen. Fitnessapparatuur, tennisrackets en dergelijke. Jelai investeerde ons kapitaaltje in extravagante relatiegeschenken, diners en bezoeken aan koffiebars van vijfsterrenhotels. Zo had ze via via een oud-minister van de Verenigde Staten leren kennen, die haar in contact bracht met de fabrikant van een van de bekendste merken in golfartikelen. Ik was haar troef, vertelde ze hun. Want ik was econoom, westers opgeleid, rijk aan werkervaring en sprak vloeiend Engels, Duits en (ssst, hakkelig) Frans.

Drie maanden later werden we benoemd tot hun exclusieve vertegenwoordiger in China. Eric had het goed bekeken. De nouveaux riches – corrupte ambtenaren, makelaars in vastgoed, topmanagers van internationale bedrijven, popsterren, filmsterren en families van overzeese Chinezen – keken niet naar de prijs, maar naar het merk. Hoe bekender, hoe beter. Wij begonnen omzet te maken.

Tien maanden later wilde Jelai per se dat we de huur van ons winkelpand opzegden en onze firma naar Beijing verhuisden. Ze wilde dicht bij haar twee broers wonen, die binnen een paar weken (vervroegd) vrijgelaten zouden worden. Ik stemde toe. Elke dag ging Jelai, hoe druk het in onze zaak ook was, klokslag twaalf uur naar huis en duwde een rolstoel – waar ze die versierd had was mij een raadsel – naar de woning van hun vroegere overbuurvrouw. Ze zong onder haar raam, uit volle borst, een liedje dat ze zelf had geschreven. Het klonk zoiets als: dankzij het hoge proletarische bewustzijnsniveau van de bejaarde dame waren Hong, Rong en Long naar een grote revolutionaire school – de staatsgevangenis – gestuurd. Daar was Rong zo ondersteboven van de nuttige lessen die hij had geleerd dat hij zijn beide benen eigenhandig had gebroken. Om zijn trouw aan de CCP te bewijzen. Hetzelfde liedje zong ze ook voor de poort van de fabriek waar de man van die buurvrouw als conciërge werkte. En voor de deur van het politiebureau waar haar zoon stage liep.

Vijftien maanden later werd de zoon van dat oude vrouwtje op het spoor van Beijing Centraal gevonden, in stukken. Overreden door een trein. Volgens ooggetuigen en autopsie: zelfmoord. Zijn vader begon dat liedje zelf te zingen, vooral midden in de nacht en op straat. Diagnose: schizofrenie. Geruchten doen de ronde dat collega's van wijlen de zoon en krankzinnige vader hen eerst in bedekte termen en daarna openlijk verfoeiden om 'het politiek correcte gedrag' van zijn moeder/echtgenote. Tot ze zich niet meer op de werkplek durfden te vertonen. De vrouw, die nu alleen was komen te staan, zag er ondanks alles, kerngezond uit.

Ondertussen hoorde ik via via dat Jelai schuine moppen tapte tijdens diners met onze zakenpartners. Niet een beetje schuin, maar regelrecht obsceen. Zodra ze thuiskwam, meestal twee uur 's nachts, gooide ze haar hoge hakken naar mijn gezicht en schold mij uit. Wat een nietsnut ik niet was. Die het hoofd niet kon bieden aan de concurrentie in onze branche. Hierna nestelde ze zich op mijn schoot en huilde. Tranen met tuiten. Ze vertelde mij hoe de vieze kerels over haar achterwerk praatten, alsof het een appel betrof die ze wilden likken en opeten. Ik troostte haar dat ik zo spoedig mogelijk nieuwe leveranciers in Europa zou vinden. En tegen gunstiger prijzen onze handel zou inkopen. Ze wilde niet dat ik haar in bed legde. Zo viel ze elke dag, tegen vieren in de ochtend, in mijn armen op de bank in slaap. Ik deed mijn uiterste best, maar hier in Beijing scheen iedereen vriendjes te hebben in de hoge kringen. Wij hadden ze niet en voor elke stap die we ondernamen werden we van het kastje naar de muur gestuurd. Zonder connecties kregen we geen krediet van gewone banken en moesten wel leningen sluiten tegen vijftien procent rente per maand. Als we niet snel winst maakten en om de dertig dagen de rente voldeden, moesten we niet raar opkijken als er gekke dingen met Jelai of mij gebeurden. Aan het begin van de maand, wanneer de rente betaald diende te worden en we die niet konden opbrengen, gooide Jelai, zodra de telefoon ging, vazen door de kamer. De woekeraar kon haar urenlang uitschelden, zonder één vies woord te herhalen. Toch ging ze elke dag op pad en kwam niet meer om twee uur 's ochtends thuis, maar om vier uur.

Het tij scheen te keren. Deuren gingen voor ons open en kansen lagen op straat om op te rapen. Jelai schreef dit toe aan mijn unieke kwaliteiten. Ik kwam uit een land dat het op de wereldmarkt had gemaakt en hier kon China heel wat van leren. Op een dag nam ze mij mee naar de lobby van het Shangrila Hotel en verrek, ik kon Nederlands praten! Ze stelde mij voor aan een tuinder uit Hillegom die ze vorige week in een bar, niet deze bar, voegde ze eraan toe, had leren kennen. Samen met hem hadden we een groothandel in kamerplanten en snijbloemen opgezet. Weer geld verdienen aan de nouveaux riches. Ze betaalden gerust tweehonderd yuan voor een bloemstukje van rode rozen of roze anjers – meestal geen cadeau voor hun vrouw of verloofde, maar voor hun al dan niet geheime concubine. En dat was bijna het maandsalaris van een bouwvakker! Ook waren we leverancier geworden van de plantenafdeling van een aantal nieuwe supermarkten, die als paddestoelen na de regen uit de grond schoten. Jelai vatte het samen. Als wij goed uit onze doppen keken, hadden we geen concurrentie binnen branches die voor China nieuw waren.

Als Jelai een mantelpak leuk vond, schafte ze er van elke kleur één aan, maakte niets uit hoeveel kleuren er in de winkel hingen. Ze had een serie klerenkasten laten bezorgen, geïmporteerd uit Italië. Die door de invoerrechten vier keer duurder waren dan in het land van herkomst. Een voor de merkhemden die ze voor mij had ingeslagen, één voor de stropdassen en één voor de driedelige pakken. Onze eerste woning was een penthouse dat zeshonderd vierkante meter besloeg. Zes toiletten, vijf badkamers, negen slaapkamers en een kanjer van een zitkamer, vijfenhalve meter hoog, voorzien van een glazen koepel. Amper een maand later tikte ze een villa op de kop. Die stond in een wooncomplex iets buiten de derde ringweg, afgescheiden van de buitenwereld door middel van muren en pas geplante populieren. Vierentwintig uur bewaking bij de poort en achttien uur patrouille tussen de huizen en langs de vier tennis- en twee golfbanen. Als ik een vinger opstak, stopte er een trolley voor mijn neus. Die mij gratis vervoerde naar waar ik heen wilde, binnen het complex dan.

Elke dag aten we buiten de deur of belden de traiteur. Ik had er moeite mee, maar Jelai keek mij aan alsof ik in de hongerwinter van de Tweede Wereldoorlog was blijven steken.

Ongelijk kon ik haar niet geven. Beleggen in vastgoed was lucratief, zeker gezien de problemen waar het bankwezen momenteel mee kampte. In absolute zin waren we niet rijker dan bijvoorbeeld mijn ouders in de Haagse Vogelwijk, maar alles is hier spotgoedkoop. Ons penthouse aan de goudkust van Beijing had ons minder gekost dan een flatje in een Amsterdamse volksbuurt. Een viergangendiner stond gelijk aan een paar consumpties in een Haags café. Overal hing de sfeer van joie de vivre en dat voor een, in theorie, communistische staat! Hier maakten de zakenlui dankbaar gebruik van. Massagesalons, karaoketenten, eet- en drinkgelegenheden waarvan de keuken pas om vier uur 's nachts sloot, warenhuizen, zeven dagen in de week open, vanaf acht uur 's ochtends tot (in de zomer) elf uur 's avonds. De verkoopsters daar werden streng geselecteerd op gezicht, huid, figuur, stem en gedienstigheid, veelal geïmporteerd uit het agrarisch gebied aan de oevers van de Yangtse Rivier, waar vrouwen bekendstonden om hun schoonheid. Als ze je bedienden, lachten hun ogen. Je hoefde maar een kik te geven of ze renden, letterlijk. Trappen op, trappen af, en desnoods de straat op, als je niet wist waar de geldautomaat stond. Voor de ingang van veel chique restaurants en boetieks wachtten twee rijen mooie meiden, gestoken in een Shanghai-dress, op klanten, met hun lieve handjes voor hun buik gekruist en hun gezichtje dat voor iedere voorbijganger een glimlach over had. Je moest sterk in je schoenen staan om niet meegesleept te worden door het comfort en de luxe die hier voor het grijpen lagen. Trouwens, waarom zou Jelai zichzelf kort houden als ze zich dit allemaal kon veroorloven? Sparen deed ze consequenter dan ik, dat moest ik haar nageven, ondanks haar manier van genieten, die regelrecht tegen mijn opvoeding indruiste. En ze betaalde jaarlijks de schoolboeken en het schrijfgerei van de tachtig kinderen op het schooltje waar Rong lesgaf. En financierde de opleiding van Hong en Long, die het wilden gaan maken in de vrije sector.

Zoetjesaan vond ik naast condooms ook de Chinese variant van Spaanse vlieg in Jelai's handtas. En... drugs. Bij ondervraging antwoordde ze deze keer dat de spullen níét voor ons waren bedoeld, maar ik geloofde er wederom geen barst van. Op een avond achtervolgde ik haar tot in een discotheek. Ze stond daar met drie mannen te dansen en te snuiven. Ik ontplofte bijna, maar beheerste me. Een van die kerels kende ik. Hij werkte op een afdeling van de gemeente waar onze bedrijven vaker dan ons lief was mee te maken hadden. Thuisgekomen pufte ik net zo lang tot ze verscheen. Zo kalm mogelijk informeerde ik wat ze met ons huwelijk van plan was. Ze werd woest en krijste. Hoe ik zoiets kon vragen. Ze was mijn vrouw en bleef mij trouw tot de dood ons scheidde. Het zal best, dacht ik. Zo trouw dat ze altijd mijn verjaardag, onze trouwdag en weekends vergat. Ons penthouse was een zooi. Ik waste, streek, poetste en bleef tot in de kleine uurtjes voor haar op, en maar hopen dat ze veilig en wel terug zou komen. Alles draaide om onze firma's. Die ze verafgoodde. Nu wist ik hoe Karen zich moest hebben gevoeld. Van het leven willen genieten, terwijl Jelai bezeten was van haar ideaal. In ons geval het uitschakelen van concurrentie. Toch heb ik het drie jaar volgehouden. Vraag mij niet hoe. De dood duurde mij te lang en ik deelde haar mee dat ik wilde scheiden. Voor het eerst sinds jaren bonkte ze weer met haar hoofd tegen de muur. Ik dacht aan de medelijdende blikken van mijn vrienden en kennissen. Voor hen was het een publiek geheim dat Jelai een versleten schoen – slet – was. Ik dacht aan de vazen die ze niet alleen door de kamer gooide maar ook naar mijn hoofd, aan de Spaanse vlieg en drugs die ze vaak kocht en ik zette mijn tanden op elkaar. Beuk maar raak, zei ik. Ze mocht wat mij betreft berouw hebben.

Gezien het feit dat Jelai onder geen beding van mij wilde scheiden, werd onze zaak voorgelegd aan de rechtbank. Ze verhuisde naar onze nieuwste aanwinst, de tweede villa, in het Blauwe Bamboe Park, ver van de derde ringweg af en ik bleef in ons penthouse in de stad wonen.

Op een dag zat ik mokkend thuis en hoorde iemand op de deur kloppen. De dochter van onze onderbuurvrouw kwam mij vertellen dat een van mijn bloempotten – van Jelai eigenlijk – op hun balkon was gedonderd. Gelukkig was haar oma, die daar lag te dutten, op dat moment naar het toilet, anders... Opeens stormden politieagenten mijn huis binnen en sloegen het meisje in de boeien. Ze werd beschuldigd van prostitutie en afgevoerd naar het politiebureau. Ik scheurde in mijn Beijing-jeep achter de politieauto aan. Natuurlijk mocht ik niet mee naar binnen. Drie uur later strompelde het kind, amper negentien jaar, naar buiten, geradbraakt. Ze had niet eens de fut meer om te huilen en mompelde dat ze getekend had. Wat getekend? vroeg ik haar. Schuldbekentenis, antwoordde ze. Ze hadden net zo lang tegen haar geschreeuwd en haar bang gemaakt dat ze haar handtekening maar had gezet, onder wat ze niet had gedaan.

Sinds mijn huwelijk met Jelai onderhield ik weinig contact met Eric. Ik zou het gênant vinden als hij erachter zou komen wat zich tussen Jelai en mij afspeelde, maar nu kon het mij geen bal meer schelen. Ik belde hem en de volgende ochtend was hij vanuit Chengdu, waar zich een van zijn groentekassen bevond, naar mij gevlogen. We hadden samen een stuk of vijf pakjes Marlboro gerookt en kwamen tot de conclusie dat ik al maanden gevolgd was geweest. Dit wist ik vaagjes al, maar ik deed het af als de jaloezie van Jelai. Pas nu zag ik het verband tussen de schuldbekentenis van het buurmeisje en de op handen zijnde boedel-verdeling. Eric lichtte mij toe dat de Chinese wet zo in elkaar stak dat als bewezen was dat de man overspel had gepleegd, de vrouw recht had op compensatie. Met andere woorden: wanneer onze eigendommen werden verdeeld, zou Jelai meer toegewezen krijgen dan ik. Gisteren was het haar vriendjes eindelijk gelukt mij op 'heterdaad' te betrappen. Verrek! Jelai kende inderdaad een paar politieagenten, die ze waarschijnlijk tegen betaling had aangezet om deze klus te klaren.

Eric raadde mij af met Jelai te bakkeleien over de bezittingen. Wat een slappe lul was hij in de loop der jaren geworden! merkte ik op. Niemand laat ik over mij heen lopen, zelfs niet als die persoon mijn vrouw is! Hij schudde zijn hoofd. Of ik het zeker wist. Ik knikte. Hij dacht even na en vertelde mij dat ik deze strijd nooit zou winnen. Ik hield voet bij stuk. Op het laatst klopte hij op mijn schouder en gaf me mijn zin. Hij zou mij helpen. Het eerste dat we moesten doen was de rechter zien om te kopen. Een vos verliest wel zijn haren maar niet zijn streken, lachte ik Eric uit. Hij was even erg als drie jaar geleden, toen we vaak samen optrokken. Hij bleef aandringen. We legden een lang traject af, via een reeks advocaten, vrienden, kennissen en zelfs onbekenden, om in de buurt van de rechter te komen. Vlak voor de rechtszitting wilde hij ons eindelijk een paar minuten onder vier, zes ogen dan, spreken. Het enige dat hij ons adviseerde was dat we het niet te bont moesten maken. Dan zou hij ervoor zorgen dat Jelai het ook niet al te bont maakte.

Ik herkende Jelai niet meer. Ze verscheen op de rechtbank in een soort plunjezak. Gewoonlijk droeg ze alleen merkkleding en liep erbij als een diva op weg naar de première van haar nieuwste film. Onze bmw had ze thuis gelaten en ze kwam hier op een verroeste fiets. Haar gezicht leek wel besmeurd met modder, waardoor ze eruitzag als een boerin die rechtstreeks uit het rijstveld hierheen was gehaast. Alleen aan haar nagels, perfect gemanicuurd en gelakt, had ze vergeten iets te doen. Door ze kapot te knippen of er een paar krasjes in te zetten zouden die beter passen bij de rol die ze ging spelen. Afgezien hiervan gaf ze de aanwezigen de indruk dat ze werkelijk aan lagerwal was geraakt. Omdat ik er met ons geld vandoor was gegaan. Voor een jongere en mooiere bedverwarmster, zoals dat heette. De schuldbekentenis van het buurmeisje werd door haar aangevoerd als bewijs van mijn echtelijke ontrouw en onze drie villa's – twee in Beijing en een in Qingdao –, een bmw, een Volvo, het lidmaatschap van de meest exclusieve golfclub te Beijing – een paar honderdduizend yuan waard –, en ons forse spaartegoed werden haar toegewezen. Ik hield alleen het penthouse en de Beijing-jeep over. Ik wilde de rechter uitleggen wat er was gebeurd op de avond waarop het meisje naar het politiebureau werd afgevoerd, maar Eric stootte mij aan. Al had ik geen flauw benul wat hij ermee bedoelde, ik kwam gek genoeg tot rust. Met gesloten ogen zag ik mijn vrouw duidelijker dan ooit. Nu pas realiseerde ik me dat dit niet de eerste keer was dat Jelai een val voor mij had gezet. Als de dag van gisteren herinnerde ik me hoe ze Beibei opdroeg mij te verleiden. Weliswaar om mijn trouw te testen, maar vals was ze wel. En niet zo'n beetje ook. Hoe ze mij had voorgelogen over haar 'onzedelijke' verleden. Wederom een test. Of ik genoeg van haar hield om haar 'misstappen' te vergeven. Desondanks stond ik toch nog keer op keer versteld van haar vuile streken. Wat ze allemaal uithaalde om mij aan zich te binden! En als dat haar niet lukte, om mij te ruïneren, desnoods over het lijk van een onschuldig buurmeisje.

Na de rechtszaak sleepte ik Eric naar de diplomatenbuurt. De straten hier leken de grachten van Amsterdam wel. Het ene café naast het andere. Discotenten draaiden de hipste muziek en veel feestneuzen hadden hun haren geblondeerd. Geen gezicht. Mijn visie. Spleetogen en blond. We zochten een rustige bar uit, waar we ons naar hartelust konden bezatten én ongestoord een gesprek konden voeren. Eric feliciteerde mij met de uitkomst van de zaak. Wát?! Ik wilde hem net de mantel uitvegen omdat hij mij op kosten had gejaagd door per se de rechter om te kopen. Heeft dat geholpen? Van de regen in de drup, ja. Hij stootte mij bijna omver. Of ik het nog niet doorhad. Jelai had de rechter meer betaald dan wij. Ahá, vandaar dat de rechter mij had verzocht niet tot het uiterste te gaan – het zou de zaak alleen maar compliceren, voor hém, ja. Dit deed hij voor mijn bestwil, als wederdienst voor wat ik hem had toegestopt. Eric ging verder. Gelukkig hadden wij de rechter omgekocht, weliswaar tegen een lager tarief. Anders had ik het penthouse ook moeten afstaan. En de jeep had dan in de garage van Jelai staan verroesten.

Die bitch! riep ik zodat iedereen in de bar wist waar ik mee zat. Eric corrigeerde mij. En noemde Jelai de engel. Ik hoorde het in Keulen donderen: wat zei je daar?! Ben je blind voor de feiten of nog steeds strontverliefd op mijn ex? Van mij mag je haar hebben. Je gaat je gang maar, riep ik nog harder. Hij schudde zijn hoofd en vertelde mij dat ze alleen van mij hield. Hier kon geen echtscheiding verandering in brengen. Ze houdt van mij als een mug van een blote arm, bitste ik terug – hier was ik inmiddels goed in, na jaren omgang met mijn ex. Hij gaf zich niet gewonnen. Of ik wel eens het boek *Rage of Angels* had gelezen? Ja, antwoordde ik. Een gedesillusioneerde advocate liet zich door de maffia voor hun karretje spannen. Eric zei dat mijn engel lief kon zijn, maar als ze kwaad was, liet ze geen spaan van haar vijand heel. Zij kwaad? bitste ik opnieuw, ík moet kwaad zijn. Ze heeft mij trouw beloofd en duikt het bed in met... Eric zwaaide met zijn hand. Staakt-het-vuren, stelde hij voor. Hij gaf het op. Ik was nu niet voor rede vatbaar. Ooit zou ik inzien dat ze mij wel trouw was, zou blijven. Ik verlaagde mijn stem: stap met haar in het huwelijksbootje en je zal merken wat haar trouw inhoudt!

Eric vroeg of ik niet beter terug kon gaan naar Nederland. Jelai had onze zakenpartners zodanig bewerkt dat ze verder alleen met haar in zee wilden en mij als lucht beschouwden. Ik was door haar afgeschilderd als een overspelige echtgenoot die zijn vrouw diep had gekwetst. Ik zei nee. Hier waren voor mij kansen te over om opnieuw een bedrijf te starten en binnen afzienbare tijd winst te maken. Het was bijna gênant, maar ik leefde hier als een god in Frankrijk. In de ruim vijf jaar dat ik hier ben heeft Beijing – rigoureus maar tactvol – afgerekend met de fantomen van het bloedbad op het Plein van de Hemelse Vrede. Met een economische metamorfose als gevolg. Ondanks het grote verschil tussen arm en rijk is het algemene niveau van welvaart als een raket omhooggeschoten. Een willekeurig winkelcentrum hier oogt exclusiever dan de P.C. Hooftstraat in Amsterdam. Een dag zonder een royaal gevulde tafel is een dag niet geleefd. Deze levensstandaard in Nederland was voor mij misschien ook haalbaar, maar het zou jaren duren en zou ik weet niet hoeveel meer inspanning vergen. Jelai had gelijk. Over mijn voorsprong in opleiding, taal, werkervaring en over het voordeel van, het klonk idioot maar het was zo, mijn blonde verschijning. Van mijn soort waren er in Nederland dertien in een dozijn, maar hier was ik uniek, op zijn minst speciaal – ik verscheen op de juiste tijd op de juiste plaats. Waarom zou ik moeilijk doen als het makkelijk kon? Bovendien, ik wist het niet. Een relatie hoefde ik niet meer. Mijn hart, hoewel gebroken, bleef bij Jelai.

Wel begon ik feestjes af te lopen die de Nederlandse ambassade organiseerde, op Koninginnedag, Sinterklaas of Kerstmis. Iets dat ik nooit deed toen ik nog getrouwd was met Jelai. Op een van die party's kwam ik Sjoentjong Hoewensjang tegen. De Surinaams-Chinese jongen die wilde dat ik mijn hand in zijn broek stopte, toentertijd op de Haagse middelbare school. Hij was nu kanselier van een van de vestigingen van de Nederlandse ambassade in China. Hij bleek de S. te zijn van Jelai! De rechter had hem vrijgesproken van fraude – een aanklacht van zijn vroegere werkgever. Een bewijs dat Nederland een rechtsstaat was, aldus S. Hij vertelde mij dat Jelai de trouwste, liefste en aantrekkelijkste vrouw was die hij ooit had gezien. Als hij hetero was... Ik ging maar geen discussie met hem aan. Niet omdat ik geen harde bewijzen had voor het tegendeel, maar omdat... ik snapte het zelf niet eens. Terwijl hij over mijn ex praatte, werd ik gekweld door jaloezie. Toegegeven, dat sloeg als een tang op een varken, maar praat dat maar eens uit mijn hoofd. Wat kon het leven bizarre wendingen nemen! Ik was, volgens hem, zijn kalverliefde – pas op, eenzijdig! En hij was de eerste geliefde van mijn ex, ook eenzijdig. Als kind was ik zot op astronomie omdat de sterrenhemel mij spannend leek. Nu merk ik dat de planeet waar ik op leef de kroon spande wat avontuur betrof.

Een paar weken geleden klopte er iemand aan. Ik was allergisch geworden voor ongenode gasten en keek via het spionnetje in de deur wie dat was. Mijn hart stond stil. Het was Muoli, die ik sinds mijn hotelkamertje in Sichuan ruim vier jaar geleden niet meer had gezien. Ik opende de deur en liet haar binnen – al was het maar om de vloer met haar aan te vegen vanwege de intrige van het duo Huang & dochter. Ze verzocht mij even te wachten. Er was nog iemand die naar binnen wilde. Ik stond oog in oog met mezelf! Alleen een jaar of zes-, zevenentwintig jonger. Goeie god! Vader in de hemel! Jezus Christus! Het jongetje lachte mij toe, net zo naïef, goudblond en dezelfde hemelsblauwe ogen. Ze liet hem mij papa noemen en wilde met mij trouwen – ik was toch gescheiden en dus vrij om samen met haar ons kind op te voeden? Ik stortte in elkaar, waarop het jochie naar mij toe dribbelde en mijn arm vasthield. Zijn wangetje raakte de mijne aan en... ik voelde een brok in mijn keel. Mijn oerinstinct zei me dat mijn bloed inderdaad door zijn aderen stroomde. Ik kon niet onder woorden brengen hoe verwantschap aanvoelde, maar het was zo.

Ik trok hem op mijn schoot en vroeg naar zijn leeftijd. Hij antwoordde dat hij drie en *hajef* was. In het Nederlands! Ik schrok me rot en bood hem frisdrank aan, maar wat lustte zo'n kind? Het jochie riep Coca-*Coja*. Ook in het Nederlands. Het werd licht in mijn hoofd. Als dit geen vuurproef was, wat dan wel? Ik herinnerde me dat moeder mij vroeger nadeed. Op mijn derde of vierde jaar, vertelde ze mij, riep ik altijd: mama, *jaat jos!*, als ze mijn hand wilde vasthouden bij het oversteken van de straat. Dit flikten Thijs en Tineke ook, evenals mijn neven en nichten in Eckelrade. Volgens opa was dit een familiedefect. Een trek die veel Duitse kinderen, vooral die uit de buurt van Hessen, vertoonden. Er zat, als was het in onze generatie alleen nog maar een druppeltje, Hessens bloed in de tak van mijn vader. Zou Muoli – Yufang eigenlijk – deze keer niet hebben gelogen?

Ze zei dat ze, nadat ze mij met die geneeskrachtige Chinese kruiden had gedrogeerd, boven op me kroop... Haar ouders, vooral haar vader, schaamden zich voor hun dochter en zij voor zichzelf. Maar haar moeder had haar vader gesmeekt om haar thuis te laten blijven tot ze van het kind was bevallen. Hierna moest ze opsodemieteren van haar vader. Ze kwam naar Beijing en werkte sindsdien in een wooncomplex voor expats. Twee jaar geleden nam een Nederlands echtpaar zonder kinderen haar en haar zoontje in huis. Zo hadden ze Chrisje zijn vaderstaal leren spreken. Ze had net zo lang gewacht tot ik gescheiden was en vroeg mij nu om vergeving en om mijn hand. Ik was te vaak bedrogen om hier weer met mijn platvoeten in te stinken. Wel stelde ik een DNA-onderzoek voor. Het liefst in een neutraal land als Singapore of Australië. Ik was namelijk bang dat ze het streekziekenhuis zou omkopen om de uitslag te vervalsen. Ik zou de vliegtickets wel betalen. Waarop ze flipte, voor de verschrikte ogen van ons, pardon, haar zoontje. En gilde de schilderijen – nog van Jelai – van de wand. Hoe ik zo harteloos kon zijn. Niet ten opzichte van haar, maar van ons kind. Chrisje werd niet erkend door zijn opa en oma in Sichuan, uitgelachen door zijn leeftijdsgenootjes, bespuugd door de dorpelingen die hem als buitenlands duiveltje zagen – alleen Muoli's neven bemoeiden zich met hem – en nu twijfelde ik ook aan zijn ware afkomst. Ze krijste – sorry, als een viswijf – dat ze genoeg had geboet voor haar daden. En ging op de grond zitten, waarna ze schopte met haar mooie slanke benen. Dit gedrag paste niet bij haar uiterlijk. Ondanks het verstrijken van jaren was ze even tenger, teer en snoezig als vroeger. Maar het jongetje verdiende dit niet, aldus haar. Nu had ze geboft met het Nederlandse echtpaar. Hiervoor sliep ze soms weken op metrostations en het kind had kinkhoest tot zijn derde verjaardag. Ze gilde verder dat ze geen DNA-onderzoek wilde. Uit principe niet. Of ik accepteerde Chrisje als mijn zoon of wij gingen er gedrieën aan. Ik smeet haar mijn huis uit, samen met haar bastaardje. Het jochie trok aan mijn broekspijp, noemde mij papa en vroeg of hij zijn blikje coja mocht meenemen. Ik dacht dat ik doodging. Nog nooit, ik zweer op het graf van opa Sjef, nog nooit had ik me zo verscheurd gevoeld als toen…

Au! Een van de ontvoerders knijpt in mijn linkeroor – herinneringen ophalen is er niet meer bij – terwijl ik geen woord heb gezegd en me niet heb proberen los te wrikken. Voordat ik protest kan aantekenen, beveelt de man met dat rare accent, op fluistertoon, dat ik op moet staan. Wat wil je? Hij heeft mijn oor in zijn greep. Ik probeer overeind te komen maar glijd uit. De grond waarop ik lig, is veranderd. In plaats van vochtig, hard en koud, zoals gisternacht, voelt hij nu glibberig, zacht en verend aan. Iets kraakt lichtelijk onder mijn rug. Dorre boombladeren. Het kan niet anders, ik bevind me in een bos. Wanneer hebben ze mij hierheen gebracht? Ik hoor vogels tjilpen. En de hoonlach van… Jelai!

Ze sneert dat ze een stelletje amateurs zijn. Dit hoor ik vaagjes, van een afstand. De overkant van het bos misschien? Vandaar dat ik van mijn, zeg maar, cipier niet mag praten! Ik spits mijn oren, net als hij vermoedelijk. Ze geeft hun het gratis advies de volgende afpersing professioneler aan te pakken. Hier afspreken is vragen om moeilijkheden. Als er een wandelaar met een hond of een verliefd paartje langs zou komen, vallen ze door de mand. De stem die gisternacht naar Eric heeft gebeld brult dat ze moet kappen met haar betweterigheid. Het losgeld afgeven en dan oprotten met de gegijzelde, mij dus. Anders word ik, de blonde buitenlandse duivel, begraven in een land waar ik niet geboren ben. Naar zijn toon te oordelen is dit voor Chinezen iets afschuwelijks. Ze sneert verder dat ook hieruit blijkt dat ze amateurs zijn. Alleen kalfskoppen ontvoeren een man die geen familie heeft om zijn losgeld op te hoesten. Tenminste niet in China. Tenzij ze mijn ouders vanuit Nederland willen laten overvliegen. Dat wil zeggen, zonder dat ze van tevoren Interpol inschakelen. Of ze weten waar mijn vader en moeder, broer en zus wonen. Nederland heet het waar ik vandaan kom, licht ze hen toe. Verder dan Hongkong. Ze wordt met de minuut cynischer. Daar hebben ze, drie boeren uit het natuurreservaat in Sichuan, waar panda's kuieren en brilslangen roerloos een everzwijn in hun buik liggen te verteren, nooit van gehoord. Ze nodigt hen uit haar tegen te spreken, als ze ernaast zit. Jelai is op haar best als ze fel is.

Ik zie licht – dwars door mijn blinddoek. Het accent klinkt mij inderdaad bekend in de oren. Het behoort onder andere toe aan directeur Huang en Muoli. Zou ik door hen...?! Jelai gilt verder. Dat ze mijn enige familie was hier, maar nu lust ze mij rauw, met huid en haar en zonder dipsaus. De Sichuanees vraagt haar waarom ze dan is gekomen. Ze schreeuwt de mussen van de takken. Dolgraag wil ze zien hoe ze mij afmaken. Een spektakel dat ze niet wil missen. De Sichuanse kerel zegt dat ze moet opdonderen. Hij wacht wel op Eric. Die zal met de poen komen opdagen. Jelai klinkt cynischer dan ooit. Als Eric mij zou willen helpen, zou hij haar niet hierheen hebben gestuurd. Vervolgens vraagt ze die vent hoeveel volgens hem een kilo vriendschap kost. Als puntje bij paaltje komt, trekt iedereen zijn handen terug. De Sichuanees raakt zo te horen de kluts kwijt en verzoekt haar niet weg te lopen. Ze zegt dat ze alleen wil blijven als ze vaart maken. Afschieten of een kopje kleiner maken, als ze maar snel van start gaan. Ze heeft betere dingen te doen dan hier uren te wachten en ondertussen de vogelpoep met haar kapsel op te vangen.

De boef wil weten of ze écht niet voor haar ex betaalt. Twee miljoen yuan mag ook, in plaats van Amerikaanse dollars. Ondanks het hangende zwaard boven mijn hoofd barst ik in lachen uit. Zelfs bij ontvoeringszaken dingen de Chinezen af! Ze krijst dat ze niet eens twee fens voor mij over heeft. De Sichuanees gaat achter haar aan – ik hoor boombladeren kraken – en noemt haar trut. Of ze eraan gedacht heeft dat hij haar ook koud kan maken. Nu hij toch bezig is… Behalve hij, zijn jongste broer en oudste neef zijn er geen getuigen van de dubbele moord. Jelai buldert. Of hij werkelijk een kalfskop tussen zijn schouders heeft. Als ze bang was voor de dood, zou ze niet hiernaartoe zijn gekomen. Ze gebruikt een van haar talloze spreuken. *Als je iets te vertellen hebt, kun je het nu doen; als er een scheet dwarszit, kun je hem nu nog laten.* En informeert waar deze flauwekul in Boeddha's naam over gaat. Haar ex, ik dus, heeft geen geld, anders zou ze niet van mij zijn gescheiden, licht ze toe. Zij heeft de poen wel, maar ze maakt er nog liever de kachel mee aan dan dat ze mij afkoopt. Sterven, daar hunkert ze zelfs naar. Ze… – ik geloof mijn oren niet! – ze is haar man kwijt en heeft geen doel meer om voor te leven. Zo simpel liggen de zaken. Dus óf ze laten mij vrij óf ze maken haar en mij samen af. En gauw, want Eric zit momenteel bij de Nederlandse ambassade op haar telefoontje te wachten. Als ze zich niet binnen twee uurtjes meldt, belt hij de politie en wordt het een internationaal schandaal. Dat de daders een nekschot krijgen staat nu al vast. De Sichuanees zingt een toontje lager. Ze zijn helemaal niet van plan mij over de kling te jagen. Het enige dat ze willen is mij een lesje leren…

Uit het niets rijst de stem van… Muoli. Ze schreeuwt dat het niet gaat om een lesje leren, maar om mij voor de rest van mijn leven kinderloos te verklaren. Mijn hart weigert even dienst: dus toch zij! Jelai's stem trilt. Of ze haar kent. En zegt dat als het gaat om castreren, Muoli maar moet wachten totdat Jelai dat eerst heeft gedaan. Muoli giert dat Jelai weliswaar mijn vrouw is geweest, maar zij was haar voor. Jelai vliegt Muoli zo te horen in de haren, want ik hoor takken breken en kleren scheuren. Hierbij slingeren de twee dames de nationale scheldwoorden – ik neuk je grootmoeder – naar elkaars kop en nog meer uitdrukkingen die niet bij hun lieftallige verschijning passen. De stem met een accent lijkt wel echt: autoritair en doeltreffend. Hij gebiedt hun beiden hun smoel te houden. Hierna kiest hij een minder militante toon om zijn nicht te verzoeken rustiger met 'die trut' te onderhandelen. Die is momenteel hun enige bron van inkomsten, legt hij Muoli uit. Ik, arme drommel, ben in China moederziel alleen. Eric laat het afweten. Mijn ex lacht in haar vuistje. Het interesseert dus niemand of ik voer word voor de bosmieren of niet.

Muoli gilt dat het wel degelijk iemand interesseert of ik leef of sterf. Haar zoontje zal het niet lollig vinden. Sinds dat bezoek bij mij thuis jengelt Chrisje elke dag dat hij zijn papa wil zien. Hij vindt mijn Nederlands mooier klinken dan dat van het echtpaar bij wie Muoli als dienstmeisje werkt. Met een rollende 'r'. Ze noemt haar eigen knulletje kak, een snob. Naar haar vinnigheid te oordelen praat ze zeker met consumptie. Dat Chrisje net zijn vader is, die haar te min vindt om mee te trouwen.

Jelai is aan het woord. Gezien haar toon heeft ze de grootste moeite zichzelf onder controle te houden. Ik ken haar als mijn broekzak. Als ze alles goed begrepen heeft, staat ze oog in oog met de leugenaar die mij, ruim vier jaar geleden, bijna de dood heeft ingejaagd met het kruidenaftreksel fahanyao. Muoli antwoordt dat Jelai goed geïnformeerd is door mij, behalve één detail. Zij heeft eerder van mijn mannelijkheid geproefd dan mijn ex. Een doodse stilte. Hierna krijst Jelai dat het haar niets verbaast. Ze klinkt zo hysterisch dat de Sichuanees een schot in de lucht lost en de twee wijven waarschuwt. Hij trekt zich terug als ze het niet wat rustiger aan doen en het gauw op een akkoordje gooien. Jelai knarst met haar tanden. Ze heeft altijd geweten dat ik geen haar beter ben dan andere mannen. Kerels zijn allemaal katten. Ze gaan op de visgeur af. Zonder uitzondering.

Muoli is een andere mening toegedaan. Ik heb vier uur met haar opgescheept gezeten, op die bewuste dag en in dat Sichuanse hotelkamertje. Ik werd niet koud of warm van haar gehuil, gelach en geklaag. Ze kon pas op me kruipen toen ik gedrogeerd was en stijf als een plank.

Jelai noemt Muoli een slet die elke dag van de maand en elke maand van het jaar loops is. Ze klinkt kwader dan ooit, maar... ook opgelucht. Nadat ze haar gal heeft gespuid, vraagt ze Muoli wat ze in Boeddha's naam van mij wil. Muoli herhaalt dat het om mijn... zonen-en-kleinzonenwortel gaat. Jelai zet een keel op. Zelfs één schaamhaar eromheen mag Muoli niet van mij afplukken. Anders zal ze eigenmondig een van Muoli's oren eraf bijten. En dit – ze lacht keihard – heeft ze wel eens eerder gedaan. Bij een bamibakker van een Chinees restaurant in Parijs. Als Muoli haar niet gelooft, kan ze het bij mij verifiëren. Muoli snauwt dat ze er anders over denkt. Haar neven zullen Jelai's tanden eruit knuppelen voordat ze aan haar oren toekomt. Ze vraagt een zekere Sheng het mes voor te bereiden. De Sichuanees stribbelt tegen. Hij is ook een... vent. Zonder lul lijkt hem erger dan zonder kop. Wat ze van een oor vindt. Dat is technisch gezien ook makkelijker...

Jelai komt tussenbeide en zegt dat er geen sprake van is. Als ze één hoofdhaar van mij durven te krenken, belt ze meteen Eric. Ik hoor razendsnelle voetstappen op de boombladeren en Jelai maar schelden en vloeken.

De Sichuanees giert dat, nu haar mobiel een hoopje plastic stukjes is geworden, het hem zal benieuwen waar ze verder mee kan dreigen. Jelai wil weten of de losprijs nog steeds twee miljoen yuan is. Want die krijgen ze. Ze draait zich honderdtachtig graden om!

Stilte. De Sichuanees mompelt iets dat ik vanwege de afstand niet kan verstaan, waarna hij nog een stuiptrekking doet. Twee miljoen Amerikaanse dóllars, eist hij.

Ook hier gaat Jelai mee akkoord, alleen als ze mij meteen vrijlaten en verder nooit meer lastigvallen. In haar tasje – haar stem trilt – zitten de eigendomsbewijzen van onze huizen, auto's en twee bloeiende bedrijven. Ik beef over mijn hele lijf: is ze gek geworden?

Hij weet niet hoe snel hij moet toehappen.

Muoli schreeuwt wanhopig dat een oor eraf ook volstaat. Of haar neven alsjeblieft snel met de operatie willen beginnen. Ze hebben immers gehoord wat Jelai de trut heeft gezegd. Over een uur en drie kwartier zal Eric de politie waarschuwen en dan zijn ze allemaal de klos. Dus afsnijden en wegwezen. Opeens hoeft ze geen fen meer van mij.

Ik word naar voren geduwd en struikel over een boomstam die ik niet kan zien. Mijn mond smaakt zoutig – die bloedt zeker. Nog een paar andere handen schieten mijn bewaker te hulp. Ze drukken mij tegen een boom en binden mij eraan vast. Muoli schopt in mijn kruis en krijst. Als ze had geweten dat ik niets om onze zoon zou geven, zou ze niet drie jaar hebben gezwoegd en gewacht tot ik gescheiden was. Ze vit op haar neven, die meer om poen geven dan om haar. Ze jaagt de man op die de chirurgische ingreep blijkbaar aan het voorbereiden is.

Jelai laat zich horen. Als ze een hoofdhaar van mij afhalen, krijgen ze het met haar aan de stok.

De Sichuanees vraagt gierend hoe.

Tssss! Dit geluid ken ik. Ik heb het ruim vier jaar geleden ook gehoord. Toen ik, op het landweggetje iets buiten het klooster, Jelai's mes uit de schede trok. Ik herinner me dat ik toen zei dat ze op moest passen – het was vlijmscherp!

Jelai verheft haar stem. Laat haar maar voor mij boeten en haar eigen oor afsnijden. Maar de geest van haar gesneuvelde oor zal hen achtervolgen, tot in de hel.

410

De Sichuanees lacht als een hyena. Hij dacht dat ze gekomen was om te zien hoe haar ex om zeep geholpen werd. Maar nu het erom spant, kan ze het niet meer aanzien. Hem ook goed. Muoli schreeuwt dat ze mijn familie zal neuken tot in de derde lijn. Dat een oor van mijn ex niet voldoende is. Ze schopt weer in mijn kruis en noemt mij een bofkont. Hoe ik het voor elkaar krijg dat mijn ex haar eigen oor voor mij wil opofferen. Ze wil weten wat Jelai heeft dat aan haar ontbreekt. Terwijl ze een engeltje van een zoon voor mij heeft gebaard en opgevoed. In haar eentje. Met haar hongerloontje als dienstmeisje. Ze vloekt, schuimbekt en raakt in trance. Zo heeft ze mijn vader, moeder, opa, oma en de hele bevolking die aan onze stamboom hangt of heeft gehangen geneukt, verbaal, welteverstaan. Juist omdat mijn ex een oor voor mij over heeft, wil Muoli per se mijn klokkenspel laten afhakken.

In dat geval… Jelai maakt haar zin niet af. Stilte. De onheilspellende soort ervan. Ik hoor de mannen noch Muoli iets zeggen of doen. Zijn ze vertrokken of versteend? O god! Het nare voorgevoel dat ik de afgelopen dagen van mijn nachtmerries heb overgehouden, neemt mij stevig in zijn greep. Ik versteen ook.

Gelukkig praat Jelai weer, beheerst en kalm. Haar ex is haar leven. Als er één haar van mij wordt gekrenkt, gaat ze dood van verdriet.

Muoli wordt de hysterie zelve. Ze maakt mij los van de boom, duwt mij op de grond, stapt op mijn rug en stampt alsof ik een zandzak ben. Verder is het muisstil in het bos. Jelai! roep ik. De wanhoop nabij. De Sichuanees bromt dat ik mijn snavel moet houden. Mijn ex is nog niet doodgebloed, aldus hem. Ik probeer mij om te draaien, maar de mannen drukken mij naar beneden. Ik voel wat er aan de hand is. Nog meer stilte. Muoli noch Jelai krijst – nu pas waardeer ik het dat vrouwen schreeuwen, desnoods als een mager speenvarken. De Sichuanees noch mijn bewaker laat van zich horen. Ik smeek hun de blinddoek van mijn ogen af te halen, maar niemand geeft een kik. Muoli, gil ik, geen DNA-onderzoek meer. Ik weet dat Chrisje van mij is. Opeens trekt ze aan mijn linkeroor. Of ik dat nog eens wil zeggen. Ik weet dat Chrisje van mij is. Onze zoon spreekt met dezelfde 'j' als toen ik klein was. Hij heeft dezelfde blauwe, naïeve ogen als ik. En is even gevoelig… als zijn vader – ik. Maar, Muoli, ik smeek je Jelai te redden! Heeft ze zichzelf iets aangedaan? Zeg het mij! Ze is mijn vrouw. Mijn alles! Alsjeblieft!

Muoli trekt nog harder aan mijn oor en brult dat als wij zo verknocht zijn aan elkaar, ik die trut, nu ter plekke, moet vragen Chrisje te accepteren als haar eigen zoon en samen met mij op te voeden. Muoli heeft genoeg schaamte en ellende meegemaakt voor alle ongehuwde Chinese moeders tegelijk. Ze wil naar Nederland. Volgens haar bazin wonen daar gekken die vrijwillig alleenstaande moeder willen worden. Daar wil ze heen, als een maagdelijk meisje – zo ziet ze eruit, wederom volgens haar bazin. Ze wil een nieuw leven beginnen, maar dan zonder kind. En een man zoeken die even knap en zachtaardig is als ik.

Oké, oké, zeg ik.

En twee miljoen Amerikaanse dollars voor haar levensonderhoud in de komende jaren.

Op mijn woord, maar als ik het niet direct kan opbrengen, mag het dan ook in termijnen? Muoli, waarom is Jelai zo stil? Ik wil haar zien en haar… naar het ziekenhuis brengen. De touwen worden losgemaakt. Ik mag eindelijk lopen en trek de blinddoek van mijn gezicht. Het zonlicht prikt in mijn ogen. Voor een moment ben ik nog blinder dan eerst. Of is Jelai werkelijk nergens te bekennen? De bladeren ritselen en ik zie alleen de rug van een paar kleine mannetjes die wegrennen, mijn jeep inspringen en de motor proberen te starten. Die klunzen! Weten ze wel hoe ze een auto moeten bedienen? Muoli duwt mijn hoofd tegen een boomstam. Ze wacht op het losgeld en mijn hulp om een visum voor haar te regelen. Als ik haar neven bij de politie aangeef, krijg ik Chrisje nooit meer te zien. Haar 'belofte'.

Ik vind Jelai tussen boomtakken, til haar op en roep naar de jeep: zet ons af bij… Natuurlijk geven ze ons geen lift. Ze sjezen weg. Ik sta midden op de autosnelweg, aan de rand van het bos, en houd de eerstvolgende wagen aan. Het bebloede aangezicht van Jelai haalt de bestuurder over ons linea recta af te leveren bij het dichtstbijzijnde ziekenhuis.

Wat heeft het toeval met mij? Dat mijn leven in zijn teken staat? Mijn eerste avontuur in China, met de bus naar de Berg Lao, meer dan vijf jaar geleden, ging gepaard met een opname op de intensive care. Mijn liefdesrelatie met Jelai groeide in een ziekenhuis, waar ze werd behandeld voor de gaten in haar hoofd. Nu ben ik overrompeld door haar toewijding, vlak voordat ze weer op de EHBO belandt. Haar nek wordt gehecht. Het bloedverlies was overvloedig maar niet fataal. Een week later, terwijl ze nog bleek ziet van de verwondingen, wil ze per se naar Qingdao – de plek waar alles begonnen is. Met Chrisje. Ik zeg dat dit nog niet kan – een smoes, want Jelai moet verder herstellen – omdat ik het visum voor Muoli moet regelen. Ik denk aan Jelai's eerste grote liefde, S., een kanselier in China, niet in Beijing weliswaar, maar toch... Maar hij is zo rechtschapen als de pest – dit heeft de Nederlandse rechter zelfs door. Daarom wil ik hem niet lastigvallen. Ik bel Eric. Hij zegt dat hij pas wil helpen nadat hij Muoli heeft gezien. Als ze mooi is, dan is het zo gepiept. Ik waarschuw hem dat ze een wolf in schaapskleren is. Hij verwijst mij naar het gezegde: de soep wordt niet zo heet gegeten als ze wordt opgediend. Ik wil hem vertellen wat ze van mij afgehakt wilde hebben, maar houd het zakelijk. Als ik haar niet aan een visum help, krijg ik mijn zoontje niet te zien. En Jelai wil met Chrisje en mij naar Qingdao, zo snel mogelijk. Wil Eric Jelai niet ontmoeten? Na zoveel jaren? Hij lacht mij uit. Volgens hem trap ik overal in. Uiteraard wil hij mij helpen. Hij laat zijn zakenrelatie in Lisse, een tomatenkweker, Muoli een uitnodiging sturen, voor een werkbezoek. En haar opgeven als zijnde landbouweconome.

Een week later halen Jelai en ik Chrisje op. Muoli heeft alleen geld nodig voor haar vliegticket, meer hoeft ze niet. Ze is gewend aan hard werken en dat kan ze ook in Nederland. Volgens Eric heeft de tomatenboer veel Poolse seizoensarbeiders. Ze heeft katoen geplukt, bij haar thuis in Sichuan. Jelai stelt Muoli voor dat we elkaar over twee weken in Chongqing treffen. Ze zegt namens mij – ook een Chinese gewoonte – dat ik directeur Huang moet gaan opzoeken, met vers fruit en flessen maotai. Hij is per slot van rekening de opa van mijn zoontje, voegt ze eraan toe. Muoli zet Chrisje op Jelai's arm. Of we haar zullen beloven dat we het kind zullen liefhebben, ook als we later onze eigen kinderen zouden krijgen. Muoli is pas tweeëntwintig. Alleen als dienstmeisje of later als tomatenplukster werken heeft niet haar voorkeur. Met een kind kan ze niet verder studeren en onderwijl haar brood verdienen. Haar zoon bij zijn vader en zijn toegewijde vrouw achterlaten lijkt haar het beste.

Op het strand van Qingdao verbergt Chrisje zich achter mijn benen. Hij meent dat de zee boos is op hem, want hij gromt. Jelai wijst naar de schelpjes op het zand. En legt hem uit dat de zee golven nodig heeft om speeltjes voor Chrisje naar het strand te spoelen. Of hij wil tellen hoeveel cadeautjes hij van de zee heeft gekregen. En dat hij dank u wel moet zeggen bij elk schelpje of zeesterretje dat hij vindt. Voorts loopt ze moeizaam met mij verder. Mijn toenmalige blauwe lotus op de witte ijsplaat is verzwakt door het bloedverlies. Ik bied haar mijn arm aan en tevens mijn verontschuldigingen. Echt, ik wist niet dat ik dát met Muoli had gedaan. Jelai lacht, op zijn Chinees, haar gêne een eindje

413

van zich af. En zegt dat dit het ergste is dat een echtpaar – dat zijn we niet meer, maar ik weet wat ze bedoelt – kan overkomen. Maar ze neemt het mij niet kwalijk. Omdat dingen zelden zijn zoals ze lijken. Of ik me nog herinner wat ik haar de dag na onze kamperfoelienacht heb beloofd. Naar aanleiding van het sprookje over Jiufanggao, de paardenkenner. Ik zou nooit meer op uiterlijkheden letten. En dwars door Jelai's doen en laten heen haar goede bedoelingen zien. Ja, antwoord ik. Ze verwijt me dat ik mijn belofte heb gebroken. Ik dien haar van repliek: zij zou onze liefde trouw blijven. Ze kijkt mij in de ogen. Dat is ze nu nog.

Ik doe het niet graag, haar ondervragen, nu ze herstellende is van een wond, maar ik wil het weten, en wel nu. Hoe zit het met de condooms in haar handtas? Ze antwoordt dat ze er de directeur mee uit de tent moest zien te lokken. Anders zou ze er niet in slagen een van de verraders van de demonstranten op het Plein van de Hemelse Vrede aan de hoogste boom te hangen. Ze heeft goed opgelet. Terwijl sommige studenten vanwege het bloedbad het leven lieten, invalide zijn geworden of krankzinnig, maakt een aantal verklikkers binnen overheidsinstanties bliksemsnel carrière, alsof ze, in Jelai's woorden, iets glorieus op hun strafblad hebben staan. Ze is niet wraakzuchtig. En geeft alleen een waarschuwingssignaal. Voor een volgend bloedbad of iets in die geest, áls het ooit zover zou komen, wat ze niet hoopt. Degene die een volgende keer van plan is te klikken kan nu alvast zien wat er is gebeurd met die directeur. Zonder seks had ze dit niet klaar kunnen spelen. Die oude vos was sluw als een jager. Hij loste geen schot voordat het hertje voor de loop van zijn geweer verscheen. Maar, zij was het niet die dat met de directeur deed, maar de toneelspeelster in haar. Door het hotelbezoek samen met de drie chanteurs van het klooster in Huaiyin heeft ze zich in tweeën gesplitst. De ene helft is voor mij en de andere voor mannen onder wie ze niet uit kan. Daarvoor had ze zich rein gehouden voor dé prins op het witte paard. Die voor haar een lans zou breken, maar toen zag ze in dat dit slechts een sprookje was. En dat ze dit niet van mij kon verwachten, van niemand. Vandaar dat ze een masker opzette wanneer ze er alleen voor stond. Zo prentte ze zichzelf in dat ze er niet was. Zo levendig dat ze geen pijn voelde. Van het lid van de directeur, dat door de zhuangyang yao twee keer forser was dan in topvorm, op zijn achttiende, en dat was lang geleden. Tijdens het rollebollen peuterde ze de benodigde informatie los. Over de machtsverhouding in zijn werkeenheid. Welke superieur hem gunstig gezind was en welke hem liever wilde zien verdwijnen. Naar die laatste heeft ze de videoband gestuurd.

Hoe zit het met de zhuangyang yao? Jelai draait zich naar mij toe en valt bijna om van de abrupte beweging. Ik houd haar vast. Ze leunt op mijn arm. Of ik werkelijk dacht dat het door mijn goede kwalificaties kwam dat onze business op een gegeven moment op rolletjes liep. Ze had mij zien zuchten en lijden. Onder het feit dat ik haar geen goed leven kon bieden. Daar kon ze niet tegen. Ik was haar held. En moest slagen in mijn onderneming. De ambtenaren met de stempels die voor onze bedrijven onmisbaar waren hadden meestal een grote mond en een klein ukkie. Zonder pepmiddel zouden ze geen gebruik kunnen maken van betaalde liefde. Terwijl Jelai hen alleen via hoerenbezoek – door haar gefinancierd – kon omkopen, chanteren, om daarna zaken met hen te doen. Dus, verstrekte ze hun gratis zhuangyang spul en, voor de hygiëne, condooms.

Nu je het over hoeren hebt, waarom stuurde je er dan niet een naar de directeur om hem erin te luizen? Jelai houdt mijn arm vast en hapt naar lucht. O, heb ik weer op een zere plek getrapt? Haar wangen worden krijtwit. Of ik haar sprookje werkelijk niet heb begrepen. Welke van de zoveel? Ondanks mijn humor voel ik aan mijn water dat ik een onvergeeflijke fout heb begaan. Ze vraagt wat ik dacht van het brandende huis. O die! Geen man overboord, concludeer ik. Want het betreft een vrouw die stierf voor haar neefje – wij hebben geen neef verloren. Jelai knijpt in mijn arm. Of ik nog steeds niet doorheb dat haar zuiverheid en zelfrespect gelijkstaan aan haar leven. Desondanks offerde ze haar lichaam én ons huwelijksgeluk op aan de directeur omwille van haar familie. Net als haar drie broers die voor haar in de bres sprongen, met alle gevolgen van dien. Vergeleken met hun jarenlange gevangenisstraf was een nachtje door een smeerlap worden verkracht het minste dat ze voor haar broers kon doen. Als ik echt van haar hield, zou ik me niet alleen om ons tweetjes hebben bekommerd, maar ook om degenen die haar hadden gered.

En drugs? Ik zag haar snuiven, in die discotheek. Ze reikt mij haar handtas aan. Ik vis er een flesje uit, gevuld met paarlemoerpoeder – een middeltje tegen rimpels. De echte troep geeft ze aan haar klanten. Ook een krachtig goedje om hoge pieten te verwennen en over de streep te trekken.

En de politieagenten die het buurmeisje onder dwang een bekentenis lieten tekenen? Jelai verzamelt de laatste restjes van haar energie en duwt mij bijna de zee in. Ik heb haar zo beloofd dat ik altijd van haar zou houden en juist ik wilde scheiden. Hoe vaak ik het haar ook probeerde uit te leggen, de enige reden die ze kon bedenken waarom ik van haar af wilde, was dat ik haar te oud vond. Ze was al bijna dertig en de griet een verdieping onder ons pas negentien – een voorsprong in versheid die Jelai nooit zou kunnen inhalen. Concubines van de keizers gingen immers op hun zevenentwintigste met pensioen. Hoe kon ze zo dom zijn dit van mij te denken? Ze schreeuwt terug, hoe ík zo dom kon zijn om aan te nemen dat ze opgehouden was van mij te houden.

Ze heeft haar lijf gebruikt, alleen één keer om de directeur aan te pakken, maar voor de rest heeft ze haar waardigheid behouden. Dat ze schuine moppen tapte met haar zakenpartners was pure noodzaak. Hoe anders konden we als klein bedrijf overleven in deze moordende concurrentie, doorspekt met vriendjespolitiek? Ze vraagt mij naar onze notaris te gaan. Om te checken of de eigendomsbewijzen van onze bezittingen met één woordje zijn gewijzigd. En geeft mij een rekeningnummer. Ik kan bij de bank informeren of er één fen van ons spaartegoed door haar is opgenomen. Opeens herinner ik me dat haar tante zei dat het huis in Qingdao ook nog steeds op mijn naam stond. Ze opent haar handtas en rommelt erin. En wil mij de enige foto laten zien die ze altijd bij zich draagt, van een blonde teddybeer, in haar portemonnee. Door haar verontwaardiging – of zijn het zenuwen? – glipt de beurs uit haar hand en er vallen pasjes, bankbiljetten en papiertjes uit. Sommige dwarrelen in de straffe zeewind. Ik ga erachteraan. Opeens voel ik iemand mijn middel vastpakken. Ik draai me om en ze kust mij op de mond. Voor het eerst sinds de afgelopen dagen, maanden, jaren zelfs. Ze wijst naar de lantaarnpaal en vraagt mij hetzelfde te doen als destijds op de boulevard, met mijn overjas open en zij erin. Ditmaal ben ik degene die haar nooit meer wil loslaten, wat er ook gebeurt.

Jelai geeft toe. Van één ding heeft ze ontzettend veel spijt. Ze had mij die belofte niet moeten laten maken. Niemand, geen mens, zelfs haar lieve, lieve Chris niet, kan zich eraan houden. Omdat we mensen zijn, geen heiligen, noch de paardenkenner. We kunnen niet altijd om uiterlijkheden heen, hoe hard we het ook proberen. Zij trapte er zelf ook in. Toen ik van haar wilde scheiden. En meende dat ik haar wilde dumpen vanwege haar gevorderde leeftijd.

Ik sla mijn armen om haar heen en geniet van dit zeldzame moment. Toch laat het mij niet los. Waarom heeft ze dit al die tijd voor mij verzwegen? Wij waren man en vrouw. En hoorden elkaar te steunen. Vooral in tegenspoed. Volgens haar heeft ze mij het sprookje over de geschilderde mensenhuid voor niets verteld. Ik kijk naar Jelai's weelderige haardos. Daar ging het toch om? De vrouwelijke hoofdpersoon geneerde zich voor haar skelet en drapeerde een beeldschone huid om haar beenderen. Nu heeft mijn popje lang haar... Ze timmert met haar vuistjes op mijn rug en zegt dat een huwelijk geen tovermiddel is. Die dame met dat geschilderde mensenvel bijvoorbeeld, droeg de schuld van haar vader de woekeraar met zich mee. Hoe dieper ze van de geleerde Dong hield, hoe meer ze haar best deed haar verdriet voor hem te verbergen. Ze wachtte tot hij naar zijn werk ging voordat ze haar huid bijschilderde. Dong mocht alleen haar blijde en mooie kant zien. Dat was haar manier van liefde betuigen. Slechts een egoïstische vrouw zou haar man deelgenoot maken van haar zorgen. Als Dong haar meer tijd had gegund en niet af was gegaan op wat hij zag, zou ze snel de schuld van haar familie hebben afbetaald. Dan zouden die twee een aards paradijs betreden. Ik struikel over een golf die mijn broekspijpen overspoelt. De winterse kou kruipt in mijn botten, maar mijn hart gloeit. Ik wil Jelai net de wind van voren geven vanwege haar koppigheid of ik besluit haar van top tot teen te zoenen.

Chrisje is toch een schat. Hij speelt met de schelpjes en stoort ons niet. Zo nu en dan kijkt hij achterom en lacht mij toe. Ik onderdruk de neiging Muoli dankbaar te zijn, maar hoe? Ze heeft mij dit prachtzoontje geschonken! Jelai ziet dat ik Chrisje bewonder en stelt het volgende voor. Een keer per jaar laten we of Muoli overkomen om het kind op te zoeken of we brengen hem naar haar toe in Nederland. Ze heeft ontzag voor deze vrouw. Muoli heeft weliswaar gelogen, maar ze moest wel kranig zijn geweest om drieënhalf jaar lang moederziel alleen een kleintje op te voeden, zonder vast inkomen en met scheve ogen op haar lijf en op dat van Chrisje gericht. Dit is China, moet ik niet vergeten. Ik bal mijn vuisten: Muoli liet mij ontvoeren en wilde mijn oor én mijn je-weet-wel laten afhakken! Jelai giechelt. Nu weet ik waar een gekwetste vrouw toe in staat is. Een les voor mij. Als ik Jelai kan vergeven dat ze mij tijdens onze echtscheiding het bloed onder de nagels vandaan haalde, moet ik ook Muoli vergeven. Een vrouw gaat liever door de hel dan dat ze van de vader van hun kind te horen krijgt dat het niet van hem is.

Dezelfde avond dineren wij met Eric in Golvensonate. Zeekomkommers smullen. Hij laat mij het testament van Jelai zien, getekend te Beijing, vlak voordat ze naar het bos vertrok om mij vrij te kopen. Ik ben haar eerste erfgename, met Eric als haar executeur-testamentair. Hij wilde zelf naar het bos, maar Jelai zei dat het haar taak was. Ik word niet goed van de gerechten die onaangeroerd afgevoerd worden om plaats te maken voor nieuwe. Aangeschoten en daardoor aangemoedigd stel ik Jelai's uitgavepatroon aan de kaak. Ze steekt haar eetstokjes in de mond en zegt, kraakhelder als altijd – feest of geen feest – dat de Culturele Revolutie elke minuut kan aanbreken. Hong heeft haar verteld dat hij de ene dag gestoomde broodjes – die hij niet op kon – onder de bank stopte en de andere dag bedelde om etensresten. Bij gaarkeukens, waar hij werd uitgejouwd omdat zijn ouders 'revisionisten' waren. Haar wimpers worden vochtig. Op ons heugelijk samenzijn nota bene. Ik wil haar troosten, maar Eric is mij voor en heft zijn glas. Pluk de dag, roepen we in koor. Tegen sluitingstijd zingt Jelai als een op hol geslagen nachtegaal. Voor het eerst sinds ik haar – ruim vijf jaar geleden – heb leren kennen, in ditzelfde restaurant, is ze dronken.

Tien

JELAI EN CHRIS

Jelai Onze eerste zoon heet dus Chrisje, de tweede Eric, en onze enige dochter Hongronglong. In het dorp van onze eerste kamperfoelienacht hebben we een droomhuisje laten bouwen. Daar gaan we vaak heen, in de weekends en vakanties.

Chris Ook omdat Eric samen met zijn Chinese partners onder aan de rotsberg een oesterzwammenkwekerij heeft laten bouwen. Intensieve landbouw zoals het heet. Waar ze de supermarkten van het oostelijke deel van Beijing het hele jaar mee bevoorraden. In hun empire is Fangfang de pr-manager. Ze zegt geen hartstikke vieze saté meer om de jarige Nederlandse zakenlieden die hier op bezoek komen hartelijk te feliciteren, maar spreekt een mondje Nederlands, met een Friese tongval. Klopt. Eric en Fangfang hebben elkaar gevonden. Zoals directeur Zhang veertien jaar geleden had gewild. Of moet ik zeggen, voorzien? Ze is niet half zo knap als sommige van Erics eendagsliefjes, maar ze is wel vurig! Bijna net zo erg als Jelai. En tevens een liefhebster van zelfmoord. Naast de twee keren dat ze van haar studentenflat in Eindhoven naar beneden had willen springen, vanwege de lessen op de hogeschool aldaar die ze niet kon volgen, heeft ze nog driemaal hoog willen vliegen en laag landen, aldus Eric. Jelai heeft iets met scherpe voorwerpen en Fangfang heeft geen last van hoogtevrees. Felle vrouwen. Daar zijn Eric en ik of verslaafd aan of verliefd op – een van de twee. Daar zijn we nog niet uit.

Jelai Wanneer ik in discussie dreig te raken met Chris, denk ik eerst aan onze drie kleintjes. Die met hun respectievelijk blauwe, zwarte en bruine ogen naar ons tweeën staren, bang en teruggetrokken. Dan herinner ik me Jiufanggao. Die dwars door de kleur van de vacht heen de geest van het paard zag.

Chris en Jelai   Voorbij de taal en de dingen die we doen. Waar gevoel regeert. Daar ontmoeten we elkaar.

Jelai   Mijn man zegt immers, waar een wil is, is een weg.

Chris   Ze bedoelt: een omweg.

VERKLARENDE WOORDENLIJST

duizendjarig ei – een eendenei, bewaard in een brij van kalk en bladeren van coniferen. Na een tijdje wordt het vanbinnen zwart en zacht; het eiwit vertoont het patroon en draagt de frisse geur van het blad van de conifeer. Men snijdt het in partjes, giet er zoute ketjap overheen en bestrooit het met gemberstukjes. Wordt genuttigd als koud voorgerecht.

erhu – Chinese viool, met slechts twee snaren, die vervaardigd zijn van schapendarmen

fen – een Chinese cent

goud-en-zilverbroodje – een gestoomd wit meelzakje met lange, gele slierten die eruit steken. Doet denken aan een inktvis. Gemaakt van tarwemeel (vandaar 'zilver') en maïsmeel (vandaar 'goud'). Bijna te mooi om op te eten.

guanxi – connecties, netwerk

honghua – een rode bloem, die volgens de traditionele Chinese geneeskunde de bloedsomloop bevordert

huangjiang-saus – gemaakt van gefermenteerde sojabonen, zeer zoutig

jiaozi – Chinese ravioli

kang – familiebed, meestal opgetrokken uit bakstenen, met ingebouwde kachel en tunnels voor de warmtegeleiding

kanonschot – het ejaculeren van een man

konghou – een blaasinstrument, met bewerkte bamboestokken als pijpen

lantaarnbroek – een broek waarvan de pijpen worden gestoken in sokken en aan de enkels vastgebonden met stoffen banden (tegen de kou en tocht); het kruis is erg ruim, waardoor men makkelijk kan hurken – Chinezen doen veel in deze houding. Poepen bijvoorbeeld, daarnaast gebruiken vele boeren, met name die in de provincie Shanxi, hun maaltijden hurkend op een boomstam en bij gebrek eraan, op een kruk of stoel.

mapuo tofoe – een gerecht van gehakt, tofoe en een heleboel sambal. Een specialiteit van de provincie Sichuan, waar het vaak regent. Men eet daar veel sambal om reuma te voorkomen.

niangao – een ronde, platte koek van gemalen kleefrijst en rode dadels, veelal in de wind gedroogd, waardoor hij hard genoeg wordt om er iemand mee buiten westen te slaan. Voor consumptie weekt men hem eerst, een nacht lang, in water. Hierna gebakken in reuzel of olie en opgediend met een schaaltje basterdsuiker. Deze koek wordt gegeten ter gelegenheid van Chinees Nieuwjaar, vanwege het feit dat niangao een homoniem is van 'Het gaat met het jaar beter en beter met ons.'

qi – levensadem, energie

taiji-boksen/-meditatie – een eeuwenoude oefening voor lichaam en geest

wuxiang – een vijfkruidenmix, met onder andere steranijs en Chinese peper

yuan – standaardmunteenheid, als gulden of euro

zongzi – een klomp kleefrijst, gevuld met reuzel, stukjes gerookte ham en rode dadels, soms ook met het geel van een gekookt eendenei. Men wikkelt dit mengsel in bamboebladeren in de vorm van een driehoek en legt hem in een stoompan. Genuttigd in de zomer ter viering van het Duanwu Feest.

DANKWOORD

Met dank aan de steun en het vertrouwen van W. Oei, M. Vonk, F. Wang, Y. Li, A.H. den Boef, J. van de Ven, M. Spijkers, J. Post, J.W. Bos, G.A.A.M. Custers, Y. Yang, P. Wei, A. Krabbendam, de enthousiaste medewerkers van uitgeverij De Boekerij en alle anderen.

Mijn dank gaat vooral uit naar velen die forenzen tussen oost en west, en die hun levensverhalen met mij hebben willen delen. Zonder hun gulle giften zouden de hoofdpersonen van deze roman niet zijn ontstaan.

Lulu Wang
Den Haag, september 2004